梁野文库

武平古今诗词选注

陈厦生　主编

谢重光

邹文清　选注

社会科学文献出版社
SOCIAL SCIENCES ACADEMIC PRESS (CHINA)

《梁野文库》 编委会

《武平古今诗词选注》

主　　编：谢重光

副　主　编：李坦生　邹文清　林永芳

总 序 一

撼故实以激忠义，兴文化而振精神

习近平总书记强调，文化是一个国家、一个民族的灵魂。文化兴国运兴，文化强民族强。武平的发展进步亦如此，离不开以文载道、化育人心，凝聚合力、共写辉煌。在党的十九大胜利召开之际，"梁野文库"首批 5 本书籍即将与读者见面了。此时此刻，不禁感慨系之。

"千支百派从东汇"，"无限风光碧水湄。此地昔年传胜事，迄今留得晓风吹。"这是清康熙年间汀州知府王廷抡、明天启年间武平知县巢之梁笔下的武平一角。而武平这片热土，可歌可咏可记载的，何止这一两个片段？古往今来，多少文人雅士在登临武平山川、濡染武平风物之后，遥襟甫畅，逸兴遄飞，留下诗文典章，供后人赏读、研习与感怀。千载文脉、一邑民风，因而有迹可寻，因而薪火相传。

武平地处三省边陲，文脉久远。考古学者在武平发掘出的文物证明，早在 3 万多年前就有晚期智人在武平生活，这里是福建人类文明的重要发源地之一；新石器时代，这里的古越族已创造了灿烂的史前文明；而 2000 多年前的武平则是汉初古南海国的都城所在地，尽管这个王国存续时间非常短暂，却在这里留下了汉文明的点点火花。北宋淳化五年武平置县，此前此后，无数衣冠南渡的中原士族在闽粤赣边披荆斩棘、开疆辟土，演绎出客家史的磅礴篇章。

千年古邑，积淀深厚，见证着武平源远流长的文化传承，也印证着武平人善良坚韧的优秀品格。今天的武平，不但连续两年蝉联"福建县域经济发展十佳"，拥有"中国林改第一县"等一个个省级、国家级的桂冠，致力于实现"生态环境的高颜值和经济发展的高素质"；而且注重文化保护与传承，致力于精神世界的丰富与提升，今年还成功获评第五届"全国县级文明城市"，谱写出一曲曲文化之韵、文明之音。

康熙三十七年，当时主政武平的赵良生如此感叹："蕞尔山陬，节孝迭兴，人瑞蔚起，士风丕振，民俗淳庞，运綦隆矣。若不及时纪列，窃恐流光易迈，耳目渐湮，微言既远，大义云乖。"而"文教之捍御，胜于干橹"，编撰文献，则能以文化人，从而"奠武民于衽席之安"。他认为，武平不缺人文之精粹，却因未能及时梳理留存而湮灭散佚；在滋润世道人心、抚平粗粝野蛮方面，文明的力量可抵十万雄兵。在印刷技术落后、信息传播艰难的三百多年前，古人尚且能够痛切意识到振兴文化、传承文脉的巨大作用；今天有幸躬逢新时代，我们更应深入挖掘、系统梳理，去粗取精、去伪存真，藉以夯实文化自信，留住共同记忆，凝聚社会正气。

从这一意义上说，"梁野文库"的编撰出版，必将有力地促进武平文化建设，助推武平人民进一步崇文尚义、崇德尚善，为建设闽粤赣边宜居宜业宜旅的生态文明福地汇聚强大的内生动力。我相信，有我们的共同努力，武平的人文星空一定会熠熠生辉，武平的明天一定会更加美好！

是为序。

陈厦生[*]

2017 年 12 月 12 日

---

* 陈厦生，中共武平县委书记。

总 序 二

武平，位于福建省龙岩市西南部，南与广东梅州相连，西与江西赣州接壤。界连三省，乡土文明悠久而深厚。追溯历史，武平有新石器的青铜文明，汉代的南海国遗存，自北宋淳化五年建县至今，历史悠久、文明繁盛。尽观风物，武平有山峰耸峙、众溪潺潺的梁野仙山，有闻名遐迩的中山古镇，定光古佛；有古朴优美的客家山歌、别具风格的民俗，风物闲美、独具特色。传统的政治文化、宗教文化、伦理文化、学术文化、语言文化，等等，对于武平地区及周边的经济活动和社会活动都产生了深刻的影响。

在闽粤赣边的崇山峻岭中，武平北连武夷山脉，南接南岭山脉，境内山多田少，在很长一段时间里，空间的局限、交通的闭塞使武平的经济文化发展相对滞后。2002 年，习近平总书记任福建省省长时，充分肯定武平林改，十八大以来，武平以生态立县，发展绿色经济，开始了独具特色的快速发展时期。今天的武平，不仅经济社会发展进入良性循环，而且逐步发展为宜居宜业宜旅的生态文明城市。2017 年 7 月，全国深化集体林权制度改革经验交流座谈会在武平召开，这是武平有史以来承办的最高规格的国家级会议，11 月，武平被评为"全国文明城市"，声名再次鹊起。作为武平人，对家乡的变化我由衷喜悦。

崇文重教，人文化洽，自是中华民族地方乡贤代代相传的优秀传统。进入改革开放的今天，更应该将前人留下的物质和精神文明传承下去。中共武平县委审时度势，做出了编辑一套丛书来展示"千年古邑文化武平"独特风情和深厚底蕴的决定，丛书定名为"梁野文库"。在丛书筹备之初，我受邀参与文库的策划、审稿等工作。家乡领导对文化传承的那份热情和真诚，让我深受感动，欣然接受。2017岁末，"梁野文库"第一辑即将面世之际，我又应邀为丛书作序。作为武平人，深受故土恩泽，能够为家乡的文化传承和推广做一点自己的努力深感荣幸。可作为一个社会学学者，一个出版人，我却无从下笔，因为可写之处实在太多。

从社会学者的眼光来看，优秀的地方文丛是记录地方社会发展的一个载体，是在国家发展、社会进步的大背景下展示地方历史和现状的一幅画卷，从这个角度来说"梁野文库"的社会意义可述之处颇多。作为一个出版人，似乎在一般人看来地方文化论丛很难登上学术出版的大雅之堂，但我认为学术本身既不是阳春白雪也不是下里巴人，带有乡土气息的地方文化学术研究，才是文化真正得以传承之所在，才是出版者责任之所在。也正是基于这点考虑，社会科学文献出版社这个有强大的学术出版能力和资源整合能力，有强大的学术图书的内容传播力和社会影响力的出版平台，在第二次创业以来出版地方乡土文化研究、地方经济社会发展研究为主要内容的丛书为数甚多，从此角度讲，序言可述内容也很丰富。

总之，想写的话很多，但不能喧宾夺主，还是谈点期待为妥吧。经过一年多的努力，"梁野文库"第一辑即将出版面世，此辑涵盖了武平的名胜古迹、风物特产、民风习俗等内容，可以说为整套文库打开了很好的局面。我希望"梁野文库"成为一个开放式、开拓性的文献库，希望这套文库既可以大量挖掘历史文献、历史留存的资源并展现对其研究成果，也可以是对当下武平正在发生的人民经济社会文化生活各个方面的一个展示；希望这套文库无论是涉及的广度，还是深度，都成为武平历史文化的集大成者，希望它可读性、观赏性、史料性并存；希望武平籍的人文社科学子对家乡做多视角的研究，多题材地反映家乡发展，多方位表达时代进步；更希望外来的中外学者对武平开展研究，把其作为林改样本、生态文明发展样本、客家文化样本，使更多的人关注乡土文化、关注传统文化，更多地吸纳其中精华，观照当下生活，为社会的进步做出贡献。

最后恳请武平籍的政界、学界、商界贤达对这套文库的写作及出版给予更大的关注和支持。

感谢我的同事，也是本文库的责任编辑张倩郢女士所付出的辛勤劳动和智慧。

是为序。

谢曙光[*]

2017 年 12 月 25 日

于马甸

---

* 谢曙光（本名谢寿光），社会科学文献出版社社长、中国社会学会秘书长。

目录

现当代诗 / 301

千年武平艺文心史

——《武平古今诗词选注》序

感谢重光教授赐读《武平古今诗词选注》文稿。这部书稿艰辛裒辑自公元 10 世纪武平置县至 20 世纪，邑内外 70 余位作者的 500 余首相关本邑的诗词作品，逐一给予详密严谨笺注。悦读之余，深感它不似寻常诗词注本，乃是一部奇书。一篇篇心血和情致凝聚的诗词跃动眼前，娓娓述说自古及今，武平先民及时贤所为所愿、所思所念、所敬所赞，恣意摅发深挚情怀，袒露真实心迹，撼人心魄、发人思绪。那是历史时期武平人鲜活的心律脉动，堪称"千年武平艺文心史"。

诗人们珍视武平草莱开辟的传说。如宋初钱塘沈辽（1032～1085 年）《南岩导师赞》，200 句 800 余字，深情讴歌释自严（934～1015 年）筚路蓝缕、勠力初辟的功德。宋初乾德二年（964 年），大师从吉州（今江西吉安）西峰寺移锡南岩，正值武平置邑前后。他"兴徒众"、布教化，助民耕稼。邑人感念他，尊称"定光古佛"。沈辽晚于自严不足百年，对大师功德耳熟能详、深情颂赞他：

为邑民驱蛇驯虎、保牛护耕（"蛇乃蟠结""虎亦驯率"，"不日化成，小大欣悦"）。

为田亩祈雨求雪，谷麦丰登（"时苦大旱，田亩焦渴。乞偈致雨，……倾之澍雨"；"方冬无雪""恳请未终，琼瑶交戛""年登人逸"）……

稍后洪州黄庭坚（1045～1105 年）亦有南岩《真赞》，记述大师功德："驱使草木，教诲蛇虎。愁霖日出，枯旱下雨。无男得男，无女得女。法法如是，谁夺谁予？"（《南安岩主定应大师真赞》）显示大师武平惠民逸事广被传布。

沈辽、黄庭坚南岩《赞》，原只为如实记述。没承想依凭《赞》诗念颂，大师功德与民众感戴，得以流光千载！如果说，黄帝嫘祖教民耕织、炎帝尝百草疗疾、大禹治水等传说之于华族，属于洪荒、远古记忆，那么南岩大师驯兽浚河、祈雨求雪之于武平民众，恰似中古记忆。至于南岩师在赣粤间疏江通航、巨舸运货〔"……将运群物。不有巨舸，厥费屑屑。……（师）授以偈往，洪流夜发。载浮于江……"〕，已属商贸盛兴时代闽粤人的近古记忆了。从洪荒、远古以迄中古、近古，这些邈远记忆，对武平人都是神圣的，这是他们灵魂根脉所系。

诗人们无不以武平山乡的自然风光为傲。著名的"武平八景"，堪称本邑胜迹的"名片"。明诗人刘焘、王銮、孙勋、邓帛、巢之梁，清诗人刘旷、甘晋锡、王廷抡、赵良生等都留诗咏赞。清初雍乾间武平城西花园村人李梦苪，"无意功名，耽情诗酒"，"纵情山水，所到题咏"，把对故国原乡、山水人文的热爱，尽情挥洒诗章中：

"半溪一角水潆回，紫竹双扉傍水开。偶有牧人吹笛至，杳无山叟抱琴来。"（《半溪杂诗》）

"为郎濯锦换春衣，日暮持篮捣石矶。"（《平川竹枝词（二）》）

"渔郎钓罢江潭立，恰遇河农撑艇来。"（《平川竹枝词（三）》）

"溪东丹井最温和，水暖旋生滚滚波。村妇晚来呼女伴，兰汤浴罢拭红罗。"（《平川竹枝词（五）》）

山乡溪畔，暖阳向晚，牧人笛声伴和女郎捣衣声，渔郎水边垂钓，村妇温泉晚浴，一艘小船轻轻驶过。三百年前一幅山乡风情画，绘声绘影、明丽天然！

诗人们景仰英雄义士浩然正气。李梦苪《西湖岳王庙题壁》："乘兴游湖地，含悲拜岳王。可怜三字狱，空博一炉香。"这位本土诗人的挚情，飞越闽地，高翔广阔空域，捧一掬悲怆之泪，敬献英雄灵前。明末本邑高梧乡人赖嵩，"明亡而隐，义不受诏，死于乡黙"，是位"义不食周粟"类义士，耿耿气节，受邑人崇敬。清初熊湘在赖嵩隐居处白云山募建祠亭，累世飨祀。"戊戌六君子"之一刘光第《白云山吊赖义士嵩》长诗为赞："白云峰头竟长住，孤竹鲁连比高洁"，"匹夫殉国古亦有，杀人不死三章缺"，"但闻风籁响阴林，似悲故国还凄咽"。清末刘履成，民国熊秉廉、丘复、王仲焜等，均写下追怀赖嵩诗作。

历史上，武平人及莅武臣工，颇多酬唱往还，文脉累积丰厚，艺文掌故、家国情怀，多姿多彩。

我脱鲸波险，君罹寇盗惊。睽离四寒暑，会遇两蓬萍。

访旧半为鬼，问津多阻兵。衣冠漂荡极，风雨自鸡鸣。（李纲《钱申伯自海陵避地临汀闻余北归相迓于武平赋诗见意（二）》）。

宋名臣李纲（1083～1140年）遭贬琼州遇赦还，渡海北上至武平，喜逢南下避难故友钱申伯。酬诗半是乱世漂荡、故友多亡的感喟，半是兵革未息、天下不宁的愁绪。

明正德十二年（1517年），左金都御史王守仁（1472～1529年）带兵讨伐武平岩前寇，班师之际留诗："深耻有年劳甲马，每惭无德沛甘霖"（《平明社亭》），"正思锋镝堪挥泪，一战功成未足云"（《岩前剿寇班师纪事》）。没有凯旋的喜悦，没有胜者的自矜，只有兵动妨农的自责、"一将功成万骨枯"的忏悔。

绵绵诗脉，流衍今日。本邑武东乡人林默涵（1913～2007年），早年参加革命，两度被捕入狱。他的《狱中吟》诗："谁教急管吹愁曲，我自低吟托远思。暗影森森笼四壁，月华一线上征衣。"一位革命者身处逆境、豁达洒脱的情怀，幸获寄托。

为诗词作笺注，一向号称艰深，也最见学问根柢。地域专题诗词选注尤难：哀辑忌疏漏，须竭泽而渔，"黄泉碧落求之遍"（重光教授语）。拟定注释条目，疏、备可见高下：疏则注简省工，备则注繁费工。每篇诗词意旨，又牵涉万端、漫无涯涘，往往词僻典乖，字字敲心待释，注文或详或略，注家无可"逃躲"。仅以此诸端，审视这部笺注，可知其已然高标自竖：裒辑力求其尽，拟目力求其备，注文力求其详。

借助注文，吟诵这部笺注，可尽见注家引书之广博：举凡总集别集、正史野史、舆地方志、类书杂纂、诸子百家、神仙志怪、字典韵书；《武平县志》有康熙本、民国本，《汀州府志》乾隆本；文渊阁本《四库全书》并《四库提要》等。亦可见条目之拟，巨细兼备、不惮其繁：文史掌故、百科诸典，以至佛偈棒喝、语气助词……无不出注；生僻字音注，有汉语拼音、有同音字，方便不谙拼音者。每条注文之严谨、细密、周详，触目皆是。五百余首诗词，共设数千条注。一首诗的注文长达千字以上者，不胜枚举。明末古文家陈际泰入选两首诗，各110字，一首设注13条，注文1100字，另首设注12条，注文1300字，各似一短篇论文。沈辽那篇800多字的《导师赞》，设注122条，注文共4000多字，颇似一中篇学术论文！

地域性诗词（文）选注，指域可广可狭、或州或县，学术上属于文化地理学一分支。本书以县为指域，不算大。据统计，如今全国有2851个县（含台湾），大多是汉族传统文化区，也有少数民族传统文化区，均具本地历代诗词（歌）艺文丰富累积。不妨作一个设想：如果全国每个县（区）域，都像福建省武平县这样，裒辑一部《古今诗词（歌）选注》；以后假以时日，逐县域、逐省域、逐大区，以至全国，实现《古今诗词（歌）选注》大合璧，那将是一部中华各民族的，何等辉煌的中华人文巨藏——"中国艺文心史"啊！

张　弓

2018年11月12日·北京

宋诗

　　释自严（934～1015 年），俗姓郑，泉州同安县人。年十一出家，契悟于吉州（今江西省吉安市）西峰寺圆净大师，为云门宗四世孙。北宋乾德二年（964 年）起，卓锡武平［时为汀州长汀县属地，淳化五年（994 年）置县］南安岩（在今武平县岩前镇狮岩），景德初往虔州（今江西赣州）盘古山，终三年复返南安岩。世传为定光佛应身，宋累封至"定光圆应普慈通圣"八字大师，闽粤尊称"定光古佛"。

南安岩偈①

八龙②归顺起峰堆③，虎④啸岩前左右回。

好与子孙⑤兴徒众⑥，他时须降御书来⑦。

①此诗载南宋《临汀志·山川》"武平县·南安岩"条，亦载于元朝刘
　将孙《养吾斋集》卷 28《定光圆应普慈通圣大师事状》一文，诗题
　为辑者所加。今人《全宋诗》第一册卷一八亦录，作者作
　"释定光"。
　南安岩，即今福建武平县岩前镇狮岩，《临汀志》载："南安岩，在
　武平县八十里。形如狮子，旧为龙鼋窟宅，俗呼为'龙穿洞'。后定
　光佛卓锡于此。"
　偈（jì），佛经中的唱词，梵语"偈陀"之省。
②八龙：八条形如长龙的山峰。
③峰堆：《养吾斋集》作"峰维"。
④虎：如卧虎之山峰。其与"八龙"应是南安岩四周的十二峰。《临汀
　志·山川》："十二峰，在武平县南安岩前，定光偈云'一峰狮子吼，
　十二子相随'是也。"

⑤子孙：法嗣，传人。佛教中所谓"子孙"，是指某位禅师、法师的徒子徒孙，他们之间以法缘相维系。

⑥徒众：门人，传人。寺院中的僧众，包括方丈的子孙，以及沙弥、行者、净人等各种出家众。

⑦定光此谶后来应验。《临汀志·寺观》"南安岩均庆禅院"条载，转运使王赟经过南安岩，请自严法师施法降雪，果然大雪。王赟遂奏请将福州开元寺所得太宗皇帝御书一百二十幅，奉安于南安岩中，岁度僧一人。诏可，并命汀州郡守胡咸秩将御书躬护到南安岩均庆院，胡咸秩有诗云："迎得御书归洞壑，烟霞一路馥天香。"御书：《养吾斋集》作"鹤书"，即古时皇帝的一种诏书，用于招贤纳士或征聘。

沈辽（1032～1085年），北宋文学家、书法家。字睿达，钱塘（今浙江杭州）人，开封知府沈遘之弟。《宋史》卷三三一有传，称其："幼挺拔不群，长而好学尚友，傲睨一世。""趣操高爽，缥缥然有物外意，绝不喜进取。""间作为文章，雄奇峭丽，尤长于歌诗，曾巩、苏轼、黄庭坚皆与唱酬相往来。"

南岩导师赞①

（一）

堂堂导师，生于闽粤②。龆龀③出家，妙相奇骨④。

为一大事，应期⑤而出。佛修行时，乃始落发⑥。

初参西峰⑦，器识⑧旁达。周旋五年，行解微密⑨。

①此诗收录于沈辽《云巢编》卷六，后收录于《四库全书》第1117册（文渊阁本，集部·别集类）。全诗200句800余字，述南安导师生平行状。今按其内容将全诗析为9节，以利阅读。

南岩导师，即北宋初年卓锡福建武平县南安岩的释自严。据南宋《临汀志》之"仙佛·敕赐定光圆应普慈通圣大师传"等载，释自严，俗姓郑，泉州同安县人，北宋乾德二年（964 年）起，卓锡武平南安岩。释惠洪（1071～1128 年）《南安岩俨和尚传》称其"世传定光佛之应身也"，宋累封至"定光圆应普慈通圣"八字大师，闽粤尊称"定光古佛"。

《临汀志》称：定光大师卧逝后，"名公巨卿大篇短章，致赞叹意，无虑数百篇"，但这些篇章大多已佚。沈辽此诗及下文黄庭坚（1045～1105 年）《南安岩主定应大师真赞》即是幸存之篇，沈辽之诗更是现知最早的定光诗述行状，实为后世定光传记之蓝本。

此节介绍定光籍贯及早年出家、西峰参道的情形。

②闽粤：又作闽越，汉初闽越国疆域相当于后世福建，定光生于五代闽国泉州同安县（今厦门市同安区）。

③龆龀（tiáo chèn）：垂髫换齿之时，指童年。龆，通"髫"。

④妙相：佛教语，庄严的相貌。奇骨：非凡的形体相貌。

⑤应期：如期。

⑥落发：剃发出家。

⑦参：参禅。西峰：山名，在吉州（又称庐陵，今江西省吉安市）。据惠洪、《临汀志》记载，定光在西峰的师父是云门宗云豁禅师（真宗时赐号"圆净"，今江西省吉安市泰和县人）。

⑧器识：器量与学识。

⑨行解：佛教语，谓心所取之境相。微密：精微周密。

（二）

行化太和①，名闻已彻②。大江之涘③，有蛟为孽。

无有善游④，舟舫联没。师为黜伏⑤，龙洲始埕⑥。

至于黄梅⑦，夏暑道暍⑧。土人⑨来告，乾溪方绝⑩。

其众汹汹⑪，无以盥啜⑫。为投妙偈，洪流乃决。

　　此节介绍定光南下经江西省泰和县除蛟、疏通航道，及经广东梅州黄杨峡乾（干）溪、投偈为百姓导水之情状。

①太和：即今江西省吉安市泰和县。

②名闻：名声。彻：遍。

③大江：据惠洪、《临汀志》记载，此即怀仁江，为今泰和县赣江支流朱砂河。涘（sì）：水边。

④全句指"不能很好地行渡"。

⑤黜伏：斥退，降服。

⑥龙洲：据《临汀志》记载，定光降蛟后，水退沙壅，其地因号"龙洲"。龙洲在今泰和县桥头镇龙洲村。垤（dié）：积土成堆。

⑦黄梅：据惠洪、《临汀志》记载，为梅州黄杨峡。

⑧暍（yē）：暑热。

⑨土人：当地人。

⑩乾溪：据《临汀志》载，在今梅州。绝：干涸。

⑪汹汹：形容争论的声音，或指纷扰的样子。

⑫盥（guān）：洗手。啜（chuò）：喝水。

<h2 style="text-align:center">（三）</h2>

遂造武平，彼豪致谒①。我邑南岩，有如耆崛②。
请师晏坐③，少驻巾钵④。夜有巨蛇，骧首⑤来夺。
正眼一视，蛇乃蟠结⑥。复有庨虎，咆哮猖獗。
师不为骇，虎亦驯率⑦。天人悦焉，请建玄刹⑧。
师缘默契，布金营茇⑨。乃脱伽黎⑩，衲帽直裰⑪。
勠力偫工⑫，神鬼剞劂⑬。不日⑭化成，小大欣悦。
四方归依，奔走竭蹶⑮。

　　此节介绍定光到达汀州武平，为百姓教诲驯服蛇虎，受到热烈欢迎，百姓为其奋土建庵的情状。

①彼豪：那里（武平）的土豪。致谒（yè）：前来陈述。

②耆崛（qí jué）：耆阇崛山的简称。耆阇崛山：梵语的译音，又译为灵鹫山、灵鸟山、灵鸟顶山，在中印度摩揭陀国王舍城东北，为释迦牟尼说法之地。

③晏坐：安坐。

④少：稍。巾钵：佛教僧尼的袈裟与饭盂。

⑤骧（xiāng）首：抬头。

⑥蟠（pán）结：盘曲纠结。

⑦驯率（xùn lǜ）：驯顺。

⑧刹（chà）：寺庙佛塔。

⑨布金：可能是指人们布施金银。营莠（yǒu）：经营草莱。莠：古书上说的一种草。

⑩伽黎：袈裟。

⑪衲：僧衣。直裰（duō）：僧袍。

　　以上四句大意是说，定光与众人愿望默契，为此他脱去袈裟、僧帽与众人一起建寺院。

⑫勠力：通力合作。僝（chán）工：筹集工料，以完成建筑工程，同"僝功"。

⑬剞劂（jī jué）：原指斤斧，这里喻指手艺。

⑭不日：不几天。

⑮蹶蹶（jué）：行步匆遽的样子。

（四）

时苦大旱，田亩焦渴。乞偈致雨①，笑许其说。

倾之澍雨②，利均垙圸③。牧牛于野，数困虎咥④。

牧人群诉，为之轸恤⑤。时有青猴⑥，往来式遏⑦。

蕃息⑧十年，大资耕垡。已而猴死，夜梦来谒。

从师乞名，请建庙室。名曰"金成"⑨，享之疏粝⑩。

垂庥彼牧⑪，其祀方秩⑫。

此节介绍定光为百姓求雨、伏虎保牛、与青猴相伴、牧牛耕种、猴死为其命名建庙祭祀的情境。

①乞偈：恳求（定光）给偈书。致雨：得雨。

②澍（shù）雨：大雨。

③块圠（yǎng yà）：亦作"块轧"，漫无边际貌。全句是指各处均等得到雨水。

④咥（dié）：咬。

⑤轸恤（zhěn xù）：深切顾念和怜悯。

⑥青猴：又叫短尾猴、断尾猴、黑猴，主要集群栖息、活动于亚热带常绿阔叶林中。

⑦式遏：防卫、抵御。

⑧蕃息：蓄养。

⑨金成：《临汀志·定光传》载："师梦来乞名，与名曰'金成王'，仍为建庙。"

⑩享之疏粝（lì）：用粗糙饭食祭祀猴子。

⑪垂麻彼牧：从猴子相伴与牧中一直得到荫福。

⑫其祀方秩：可能是说祭祀已有十年。秩：十年。

（五）

师所导化，洞言凶吉。或请于师，天机勿泄①。

时师肯首②，因是结舌③。遂不复言，人无以伐④。

彼守羼提⑤，谓我颠越⑥。捕系廷下，面加讯折。

神色宴然⑦，不自辩别。褫⑧帽投火，火方烈烈。

火灭帽完，守怒愈疾。遂以为妖，涂之污血。

有炽其薪，帽益光洁。彼乃悔罪，讼其凡劣⑨。

此节介绍定光为百姓洞言凶吉遭同行忌恨而不说话，汀州郡守捕捉定光，火焚僧帽而僧帽益加光洁，郡守后悔、自责平庸的情事。

①师所导化……天机勿泄：据《临汀志》，此句是说定光导化百姓，为他们洞（预）言凶吉，"同道者惧其大甚"，请求定光不要泄露天机。导化：佛教用语，导引教化。

②肯首：点头表示同意。

③结舌：不说话。

④伐：伐罪，攻击。

⑤守：据《临汀志·定光传》等载，即汀州郡守欧阳程［道州营道（今湖南道县）人］。羼（chàn）提：梵语音译，意译为"安心守辱"，佛教"六度"之一。但据文意，此处"羼提"应为"阐提"。阐提，梵语"ecchantika"，音译为"一阐提迦"，略称"阐提"，意译为"断善根"或"信不具"，指永远不得成佛的根机。此句是说，汀州郡守欧阳程不具佛教善根。

⑥颠越：谓思绪混乱。

⑦宴然：安定平静的样子。

⑧褫（chǐ）：剥夺。

⑨讼：自责。凡劣：平庸低劣。

（六）

惟彼南康①，盘山嶻嶭②。佛陀波利③，昔所布萨④。

爰有石泉，一旦汗蔑⑤。石泉之下，神谶⑥先述：

后五百年，此泉当窒⑦。有白衣来，乃定光佛⑧。

彼众发谶⑨，奔走迎屈。师以舟往，雨华胶轕⑩。

江流⑪之下，乃有断桥⑫。舟楫所触，必湛于泪⑬。

往来为害，师为一拨。顺流而去，巨舟斯豁⑭。

山已无泉，龙象蹙頞⑮。师扣之锡⑯，其泉乃溢。

留正三载，法筵⑰益设。

此节介绍定光前往赣南盘古山，以应唐时波利禅师"五百年后定光佛来盘古山"之谶，途中除江中断桥、疏通航道，在盘古山出水，留经三年，大开丛林（寺院）的情景。

① 南康：古郡名，三国吴置，辖境含赣江上游章水、贡水流域（约今赣州市）。北宋西部为南安军，治在大庾（今江西省大余县）辖境相当今赣江章水、上犹水流域。东部为虔州，辖境约为赣江贡水流域。

② 盘山：即盘古山，在今赣南于都县南部的盘古山镇一带。嵽嵲（dié niè）：高峻。雩都县（今于都县），西汉初置，三国晋属南康郡，北宋属虔州。

③ 波利：北印度人，唐仪凤元年（676年）抵达五台山参拜文殊菩萨，后返印度携来《佛顶尊胜陀罗尼经》译成汉文，入驻五台山。

④ 昔所布萨：盘古山是往昔波利禅师布萨说法之地。布萨：佛教仪式，出家僧尼每半月——月中、月底集会一次，专诵戒律，称为"说戒""布萨"。

⑤ 蒌：干涸，或指污染。

⑥ 谶：将来能应验的预言。

⑦ 窒：阻塞，不通。

⑧ 定光佛：据丁福保先生《佛学大词典》等载，定光佛系古印度人，因他曾点化释迦牟尼而成佛果，传说能转世普度众生。本诗传主自严法师，即被认为是定光佛东土应身。

⑨ 发谶：为应验波利禅师谶言。

⑩ 雨华：即"雨花"，佛教故事说，佛祖说法，诸天降众花，满空而下。此诗中也可能比喻"雪"。胶轕：即"胶葛"，交错纷乱的样子。

⑪ 江流：据惠洪、《临汀志》记载，即今赣南安远县浮槎乡赣江贡水支流龙布河。

⑫ 枿（niè）：树木砍去后留下的树桩。

⑬ 湛：深。汩：沉没。

⑭ 豁：开通。

⑮龙象：喻指高僧，此指定光。蹙頞（cù è）：皱鼻梁，喻愁苦无奈。

⑯锡：僧人所持的锡杖，杖头有锡环。

⑰法筵：指讲经说法者的座席，引申为说佛法的集会。

（七）

河源①圣船，久废波涸②。屡竭人力，其谁能拔？

南海③建塔，将运群物④。不有巨舸⑤，厥费屑屑⑥。

或请于师，师以恻怛⑦。授以偈往，洪流⑧夜发。

载浮于江，塔工斯毕。彼徒不道⑨，假于贾褐⑩。

厥载未济⑪，暴风轩⑫突。不知津涯⑬，败我溟渤⑭。

　　此节介绍定光授偈帮助拨动广东河源县搁浅之船用于广州运砖造寺塔，又在船被用于牟私利之际使之漂走的情状。

①河源：今广东河源市，宋为广东惠州属县。

②波涸（gǔ）：河水干燥之地，即沙洲。涸：枯竭。

③南海：即南海郡，秦置，今广州一带。

④群物：众多物品。

⑤不有：没有。巨舸：大船。

⑥屑屑：琐屑。

⑦恻怛（cè dá）：同情。

⑧洪流：即今经广东河源、惠州的珠江支流东江。

⑨彼徒：那些人。不道：不讲道德。

⑩假：借。贾褐（gǔ hè）：（商人）卖布。《临汀志·定光传》称商人借船载木。

⑪厥载未济：商人载物还未渡过江（或海）。

⑫轩：高。

⑬津涯：江海边际。

⑭溟渤：溟海和渤海，指大海，此指南海。

（八）

遂良①出守，敬闻名实②。稽首③门下，就弟子列。

具厥神化④，献于帝闼⑤。乞名题寺，"均庆"是揭⑥。

潭龙不害⑦，年登⑧人逸。王赟奉使⑨，方冬无雪。

恳请未终⑩，琼瑶交戛⑪。数日未止，淖我使节⑫。

王复来讯，乃大霁澈⑬。自时厥后，恭事惕沐⑭。

有或不虔，莫不相诘⑮。始自七闽，上达京阙⑯。

公卿士夫，悼稚耆耊⑰，咸来致礼，以祈度脱⑱。

　　此节介绍定光晚年受到汀州郡守赵遂良的崇拜，赵将定光事状上报朝廷，获"均庆"寺额，定光除潭龙，又应转运使王赟求瑞雪之请的情形，以及其后晚年受到人们崇拜的盛况。

①遂良：即赵遂良，《临汀志·郡县官题名》载其大中祥符四至六年（1011~1013年）任汀州知州。

②名实：名声与事功。

③稽首：古时的一种跪拜礼，叩头至地，是九拜中最恭敬的。

④具厥神化：汇总他的神奇事迹。

⑤帝闼（tà）：帝门，帝宫。

⑥均庆：宋真宗为南安岩寺赐额名"均庆"。揭：公布。"均庆"是揭，即向天下公布该寺寺名为"均庆"。

⑦潭龙不害：据《临汀志·定光传》记载，定光应赵遂良之请，投偈除州城汀江龙潭蛟龙，龙潭在今长汀县城汀江。

⑧年登：年成丰收。

⑨王赟：994~1069年，北宋吉州太和（今江西泰和）人，真宗天禧三年（1019年）进士，尚书礼部侍郎致仕。明《闽书》载其大中祥符（1008~1017年）任福建转运使。奉使：指王赟奉命办理转运事务经过南安岩。

⑩恳请未终：向定光恳请下雪，话未说完。

⑪琼瑶：比喻似玉的雪。交戛：象声词，或指纷纷然的样子。

⑫淖：烂泥，泥沼，这里指大雪如泥阻路。使节：指转运使王赟。

⑬霁：雨雪停止，天放晴。澈：通"彻"。霁澈，即完全放晴。

⑭惕沐：恭敬。

⑮诘：责问。

⑯京阙：皇宫，亦指京城。

⑰悼稚：年幼者。耆耋（qí dié）：老人。

⑱度脱：佛教语，解脱、超脱人世生死苦难达到佛境。

（九）

大中乙卯①，正月六日，正其生时②，稽首辞诀③。

八十有二④，泊然⑤于灭。图画毫相⑥，端严昭晰⑦。

瞻仰如在⑧，孰有孰弗⑨？妙行圣上⑩，巍峨纤悉⑪。

世所传闻，万分之一。我赞以偈，文辞鄙拙⑫。

有如泰山，挥以毫末⑬。南山可砺，北海可竭⑭。

南岩道妙，并明日月⑮！

　　此节介绍定光82岁淡然圆寂及圆寂后画像受到人们膜拜的情况，以及作者对定光的赞叹之情。

①大中乙卯：即大中祥符八年（1015年），该年干支为乙卯。大中祥
　符，北宋真宗年号之一。

②正其生时：据惠洪及《临汀志·定光传》载，定光诞生、圆寂均在正
　月初六日。

③辞诀：诀别人世。

④八十有二：即在世八十二年，《临汀志·定光传》载定光"春秋八十
　有二，僧腊六十有五"。

⑤泊然：平静的样子。

⑥毫相：佛教语，指如来三十二相之一的白毫相，这里指定光画像。

⑦端严：庄严。昭晰：光亮。

⑧如在：《论语·八佾》："祭如在，祭神如神在。"谓祭祀神灵、祖先时，好像受祭者就在面前，后称祭祀诚敬为"如在"。

⑨孰有孰弗：谁有谁无，一是问祭祀定光时谁虔诚谁不虔诚，二或是问像定光这样受人虔诚谁有谁无。或者是指，何谓"有"，何谓"无"，即定光虽然圆寂了，肉身已无，但人们朝拜他时如同他仍活在人世，其遗译精神长有。

⑩圣上：对在位皇帝的尊称。

⑪纤悉：细致详尽。此两句大意是指定光神奇的事迹传到皇上那里，定光形象十分高大，事迹十分详尽。

⑫鄙拙：浅俗拙劣。

⑬毫末：毫毛末端，喻细微。联系上句，此句应是说定光如同泰山伟大，我所写只是毫末般微小。

⑭联系下句，此句应指定光"道妙"，可磨砺南山，可枯竭北海。

⑮南岩：指南安岩。全句是说南安岩主定光佛道高妙，与日月同辉。

　　黄庭坚（1045～1105年），字鲁直，号山谷道人，晚号涪翁，洪州分宁（今江西九江修水县）人，北宋著名文学家、书法家，江西诗派开山之祖，与张耒、晁补之、秦观都游学于苏轼门下，合称为"苏门四学士"。生前与苏轼齐名，世称"苏黄"。《宋史》卷四四四有传，称其"学问文章，天成性得……于文章尤长于诗，蜀、江西君子以庭坚配轼，故称'苏黄'"。

南安岩主定应大师真①赞

定光古佛②，不显其光③。古锥④透穿，大千为囊⑤。
卧像⑥出家，西峰参道。亦俗亦真⑦，一体三宝⑧。

南安石窟⑨，开甘露门⑩。异类中住，无天⑪中尊。

彼逆我顺，彼顺我逆⑫。过即追求，虚空鸟迹⑬。

驱使草木，教诲蛇虎。愁霖出日，枯旱下雨。

无男得男，无女得女⑭。法法如是⑮，谁夺谁予⑯？

令君⑰威怒，免我伽梨。既而释之，遂终白衣。

白帽素履，须发皤皤⑱。寿八十二，与世同波⑲。

穷岩草木，枯腊⑳风雨。七闽㉑香光，家以为祖。

萨埵㉒御天，宋有万姓㉓。乃锡象服㉔，名曰"定应"㉕。

　　此诗收录于黄庭坚《山谷集》卷十四、《文渊阁四库全书》第 1113 册。《临汀志·仙佛·定光传》亦载此诗，有两异：一谓作者为苏轼，似误；二则多出"南安石窟，开甘露门。异类中住，无天中尊"一句，此句述定光卓锡南安岩事，系其生平要事，当为原诗本有，而为《山谷集》遗漏。僧惠洪（1071～1128 年），与黄庭坚善，惠洪为筠州新昌（今江西宜丰）人，作有《南安岩俨和尚传》《南安岩严尊者传》《南安岩主定光古佛木刻像赞并序》等，熟稔定光事迹。黄庭坚为洪州分宁（今江西修水）人，曾知太和（今江西省吉安市泰和县），其作此诗当与惠洪关系密切。

①真：即真相、写真，画像。

②古佛：据佛经记载，定光佛为过去佛，释自严因"世传定光佛之应身"，故被尊称为"定光古佛"。《临汀志·定光传》此句作"定光石佛"，可能系因定光在南安岩石窟中修道成佛，故有此称。

③不显其光："不"，通"丕"，即丕显其光、大显其光，语出《诗经·大明》："大邦有子，俔天之妹，文定厥祥，亲迎于渭，造舟为梁，不显其光。"

④古锥：古锥能钻物，故禅林常用"古锥""老古锥"尊称论识深刻透彻的高僧祖师。宋徽宗《慧持大师赞诗》："七百年前老古锥，定中消息许谁知。"

⑤大千为囊：可能指胸怀"大千世界"之意。囊：袋子，喻胸襟。

⑥卧像：据《临汀志·定光传》载，即泉州建兴卧像寺。

⑦亦俗亦真：俗真圆融。俗、真，指佛教的俗谛、真谛。

⑧一体三宝：一身具备佛、法、僧三宝。

⑨石窟：僧人修行的石室。今广东梅州蕉岭县有梅江支流石窟河，其一流发源于武平县岩前，河名可能由定光在南安岩开石窟修行而得。

⑩开甘露门：开辟通向涅槃的门径。甘露，佛教语，比喻超脱生死、引入涅槃的无上妙法。

⑪异类、无天：蒙昧、智慧未开的人群。无天：不识天理。

⑫逆、顺：又曰违顺，违逆真理谓之逆，随顺真理谓之顺。

⑬虚空鸟迹：虚空，指无边无际、无所挂碍的境界，或指"天空"，佛经载有"鸟归虚空""虚空无鸟迹"句。

⑭此句指信众求男求女，定光均使之如愿。

⑮法法如是：万法如一、无差异，又作"法法皆如"。法法：万法，一切事物。

⑯谁夺谁予：谁消失灾祸，谁给予如愿。

⑰令君：指汀州知州欧阳程、通判张晔等。

⑱皤皤（bó bó）：形容白发。

⑲与世同波：云门宗主要教义，典出《楚辞·渔父》，指"安时处顺""安之若命"的处世思想。

⑳枯腊：形容干瘦。

㉑七闽：指福建。出自《周礼·职方》"五戎、六狄、七闽、八蛮"之句。

㉒萨埵（duǒ）：即菩提萨埵（菩萨）的简称。菩提，觉悟，智慧；萨埵，指有情，或众生。菩萨：即指以智慧度众生者。

㉓万姓：百姓，喻指天下。

㉔锡象服：即锡服，赐予紫服（紫袈裟）。

㉕定应：《临汀志·定光传》载，宋熙宁八年（1075年），朝廷赐号释自严"定应"。

释惠洪（1071～1128 年），一名德洪，字觉范，自号寂音尊者。筠州新昌（今江西省宜丰县）人，俗姓喻（一作姓彭）。北宋著名诗僧。自幼家贫，14 岁父母双亡，入寺为沙弥，19 岁入京师，于天王寺剃度为僧。当时领度牒较难，乃冒用惠洪度牒，遂以惠洪为己名。后南归庐山，依归宗寺真静禅师，又随之迁靖安宝峰寺。惠洪一生多遭不幸，因冒用惠洪名和结交党人，两度入狱。曾被发配海南岛，至政和三年（1113 年）才获释回籍。建炎二年（1128 年）去世。

正月六日南安岩主生辰①

生死纵然无背面②，名字由汝舌头转③。
昔日曾死今应生，今日是生何不见④。
是俗何故无须发，是僧何不着伽梨⑤。
僧俗死生明不得，团圊一句匾如锥⑥。

①此诗及下文《南安岩主定光生辰》（五首）载惠洪《石门文字禅》卷十七，《南安岩主定光古佛木刻像赞并序》《毛氏所蓄岩主赞》载《石门文字禅》卷十八。今人《全宋诗》第二三册卷一三四三及卷一三四四分别亦录，作者作"释德洪"。关于惠洪对定光事迹的了解，据《南安岩主定光古佛木刻像赞并序》"僧彦珣自汀州来，出示定光化身木刻像"等句所记，当来自僧彦珣。

南安岩主即卓锡于武平南安岩的自严法师（定光），据沈辽《南岩导师赞》及《临汀志·定光传》等载，"正月初六日"既是自严法师的生辰也是其涅槃日。世人普遍认为定光佛圣诞是正月初六，是因佛经有此记载，自严法师恰于此日诞生，故有"定光佛应身"之称，还是因自严法师有"定光佛应身"之称，其生日被定为定光佛圣诞，待考。

②佛教认为万法缘起，"本无生灭"，也即本无生死（如同正、背）的

对立。《临汀志·定光传》载定光示灭前集徒众言："吾此日生，今日正是时。汝等当知妙性廓然，本无生灭，示有去来，更言何事？"

③佛教论"名实"关系，认为其所用概念（名相）只是为教化众生、善巧方便、不得已暂借的概念，概念本身并不能完全概括事实真相（真相）。如《金刚经》第三十一品有云："须菩提，所言法相者，如来说即非法相，是名法相。"故世俗之人对自严法师或有种种称谓，但这些名称都任由方便、随众而称，不必执着。

④这两句大意是谓：自严大师于宋大中祥符八年（1015 年）正月初六示灭，而今天正月初六又是他的生日，他本应今天再生的，可是今天却见不到他了。

⑤伽梨：亦作"伽黎"，即袈裟。据《临汀志·定光传》载，汀州知州、通判对自严大师不满，"命焚其衲帽，火烬而帽如故"，"又疑为左道……再命焚，而衲缕愈洁"，定光自是白衣而不褐（即穿白衣而不穿褐色袈裟）。又曾有西域波利禅师飞锡至南康盘古山，并预言"吾灭后五百年，南方有白衣菩萨来住此山"。自严大师应邀前往以符古谶，三年而返南安岩。

⑥团圞：圆貌，圆融。匾：根据前文所论"僧、俗""死、生"，均为世俗所谓的相对概念，此处"匾"当通"扁"（宽平），即与"锥"（尖锐）相对。全句应是说，定光是僧还是俗、已死还是在生，实已圆融一体，正如所谓"扁"与"锥"，无须执着区别，当待之一体。

南安岩主定光生辰（五首）

（一）

老儿饶舌太慈悲①，此日提纲决众疑②。
解说神光摩顶后③，分疏死日降生时④。
落人块石悬空住⑤，喷火双莲结子迟⑥。
堪笑年年正月六，出群消息少人知⑦。

①老儿：老翁。《临汀志·定光传》载："民有询过去未来者，师皆忠告，莫不悚然。同道者惧其太甚，师曰：'只消吾不语耳！'遂不语。"据此可知此句是说，定光平日沉默不语，而于此圆寂之日却"饶舌"（多话），乃是出于慈悲，教导众生，饶益众生。

②此句大意谓自严法师在正月初六日以提纲挈领之语，解决众人疑惑。《临汀志·定光传》载："（大中祥符）八年正月六日申时，俄集众云：'吾此日生，今日正是时，汝等当知妙性廓然，本无生灭示有去来，更言何事？'言讫，右胁卧逝。"

③神光：神异灵光。摩顶：《法华经》谓释迦牟尼佛以大法付嘱大菩萨时，用右手摩其头顶。此句大意谓自严大师在为众人摩顶之后，解说佛理。

④分疏：详细解说。此句大意谓自严法师在正月初六日（既是其诞生日亦是其示灭日）为众人详细解说佛理。与上句互文。

⑤此句言，从空而落本要砸伤人的大石块却悬在空中停住了，比喻自严大师为众生解除一切苦厄。

⑥喷火：形容花开色红。双莲：即并蒂莲。据研究，并蒂莲出现概率极低，"结子迟"可能是指其结籽极少或较晚。联系下文"堪笑""少人知"及《临汀志·定光传》，所谓"双莲结子迟"，当是比喻自严大师虽是"定光佛应身"，却在历经磨难之后才得到朝野认可。

⑦出群：卓越出众。《世说新语》："殷中军道韩太常曰：'康伯少自标置，居然是出群器。'"这句大意谓自严大师佛法无边，是定光佛应身，但世人却不识。如五代僧人契此（布袋和尚），据言是弥勒应身，临终述谢世偈云："弥勒真弥勒，化身千百亿，时时示时人，时人自不识。"

（二）

赠以之中击电机①，不令点画入思惟②。

嘶风木马空成梦③，喘月泥牛醉未知④。

五蕴完全真死日，百骸消散是生时⑤。

云门函盖乾坤句⑥，语默何人遭得伊⑦。

①赠以之中：赠偈与你，使你实现心愿。之，达到；中，心愿。惠洪
《南安岩俨和尚传》："俨和尚多以偈示人，偈尾必题四字曰：'赠以
之中。'"南安岩俨即南安岩自严大师。《临汀志·定光传》："民有祈
祷，辄书偈付与，末皆书'赠以之中'四字，无愿不从。"电机：联
系后句"思惟"（妄想），应是"如电机缘""如电因缘"之意，即
因缘聚会之幻相，如《金刚经》所言："一切有为法，如梦幻泡影，
如露亦如电。"惠洪《云门匡真禅师画像赞二首》有"云辞电机，霹
雳为舌"句。匡真禅师即文偃，因其被南汉王敕封为"大慈云匡真
弘明大师"。全句大意应指自严法师以"赠以之中"之偈来破除众生
执着的幻相。

②思惟：即思维，佛教以此称妄想。《圆觉经》："何况能以有思惟心，
测度如来圆觉境界。如取萤火烧须弥山，终不能着。"点画：原指汉
字的点、横、直、撇等笔画，这里指文字。此句句意当以自严法师所
承"云门（宗）三句"之"截断众流"宗风，即无须执着于语言名
相，破除烦恼妄执，从而达到"函盖乾坤"之境界。

③"木马"（木制之马）与下句"泥牛"（泥捏之牛）在禅宗中是常用
意象，与"土牛木马"同义，常用来比喻幻相。众人执着的幻相即
如"嘶风木马空成梦"。

④"喘月泥牛"典出"吴牛喘月"，《世说新语·言语》载："满奋畏
风，在晋武帝坐。北窗作琉璃屏，实密似疏，奋有难色。帝笑之，奋
答曰：'臣犹吴牛见月而喘。'"即吴地天气多炎暑，水牛怕热，见到
月亮以为是太阳，故卧地望月而喘。众人颠倒迷醉，故谓"喘月泥牛
醉未知"。

《五灯会元》卷十五《云门文偃禅师》载："问：'如何是雪岭泥牛
吼？'师曰：'山河走。'曰：'如何是云门木马嘶？'师曰：'天地
黑。'"同卷《天台莲花峰祥庵主》又载："僧问：'如何是雪岭泥牛
吼？'师曰：'听。'曰：'如何是云门木马嘶？'师曰：'响。'"

明末清初浮石通贤（1593～1667年）《浮石禅师语录》卷四，引用了

惠洪此两诗句，其文曰："今朝六月一个事，纷纷俱漏泄。柳阴深处噪新蝉，池上荷香袭幽室。嘶风木马空成梦，喘月泥牛醉未知。所以，当年缺齿翁曾对梁王道：'不识佛心，天子虽聪敏，至此茫然如面壁。'何以不见经云'尽思共度量，不能测佛智'，且道如何是佛智，笑里一毛无间断，毫端十字路纵横。"文中的缺齿翁即中国禅宗初祖达摩，据言达摩曾被神光禅师用铁念珠打破门牙，故称。梁王即南朝梁武帝。宋《五灯会元》卷一等载，梁武帝曾与达摩论"功德"，彼此话不投机，"帝不领悟，祖知机不契"，此谓天子"不识佛心"。故"嘶风木马空成梦，喘月泥牛醉未知"，也即"不识佛心"之喻。

⑤五蕴：即佛教"色、受、想、行、识"五蕴，也即构成人之身心现象的五种要素。"蕴"系梵文音译，即积聚、和合。佛教认为世间一切事物都是由五蕴因缘和合而成，人之生命个体也是由五蕴和合而成。上下句大意谓自严大师"五蕴完全"（诞生）之日与其"百骸消散"（示灭）之日完全一样，都是正月初六日。

⑥云门宗祖文偃弟子德山缘密概括的"云门三句"，据《五灯会元·云门偃禅师法嗣·德山缘密禅师》载："我有三句语示汝诸人：一句函盖乾坤，一句截断众流，一句随波逐浪。"其中"函（涵）盖乾坤"即指世间一切均为真如佛性所派生。

⑦语默：即沉默、不说话。关于自严法师"语默"，详参本组词第一首注①。遘（gòu）：相遇。伊：他。全句应指定光平日沉默不语，凡人哪识得他的真相呢，即上诗所言"出群消息少人知"。

（三）

南安岩本在长汀①，岩主年年此日生。
笑里一毛无间断②，毫端十字露纵横。
未离唇吻成窠臼③，才落思惟堕堑坑④。
自是定光那惜借⑤，可怜驰逐并头争⑥。

①《临汀志·定光传》载自严法师"于乾德二年甲子之武平",北宋太祖乾德二年即公元964年,南安岩此时仍属汀州长汀县辖地。宋淳化五年(994年)析长汀县西南之地置武平县,南安岩始属武平县。

②"一毛无间断"当指一根毫毛之中蕴藏无穷之世界,《楞严经》卷四云:"于一毛端现宝王刹,坐微尘里转大法轮。"而据上一首诗注④所引《浮石禅师语录》文字,"笑里一毛无间断,毫端十字露纵横"都当是佛智广大之比喻。

③唇吻:代指语言。窠臼:喻指牢笼。"未离唇吻成窠臼",即语言尚未离口就成为障碍,一落言诠,便成滞累,即语言文字无法完全表达佛之深义。惠洪《林间录》有文云:"达观(禅师)曰:'才涉唇吻,便落意思。并是死门,故非活路。'"其后《五灯会元》卷十二《金山昙颖禅师》亦有此记,昙颖禅师即达观禅师,其号达观。故自严法师"语默"。

④思惟:同"思维",佛教指妄想。堕堑坑:即堕坑落堑,比喻陷入错误境地。

⑤那惜借:"那",通"哪";借,借用。全句是定光(自严法师)不借用语言、思维,以免落入窠臼、堕于堑坑。

⑥全句谓可怜的凡夫却奔驰追赶汲汲于语言、沉湎于思维,以至颠倒妄想。

(四)

体①妙常明自神解②,不关托境仗缘生③。

从来懒欲当头道④,恐后空存染污名。

苦口伤慈成漏泄⑤,死时生日太分明。

堂堂试展岩中像,稽首重瞻道骨清。

①体:即佛教所言性体,也即真如佛性。

②神解:不赖言传而能意会。《晋书·刘伶传》:"(伶)与阮籍、嵇康

相遇，欣然神解，携手入竹林。"

③托境仗缘：佛教认为万法（任何事物）皆是缘起（因条件而产生、消失）。境、缘同义。即所谓"法不孤起，仗境方生，道不虚行，遇缘则应"。前后两句是指，真如佛性是本来具有，不同万法托境仗缘而生。

④当头道：世间凡夫所追求的出人头地之道。

⑤伤慈：应即佛之"悲慈""慈悲"。此句应指自严法师对众生苦口慈悲，漏泄了他是定光应身。

（五）

不涉春缘正月六^①，衲僧^②拾得聚头看^③。

大家宜著音容想，一笑风吹牙齿寒。

欲问死生口门窄^④，更分僧俗眼皮宽。

湘山^⑤雪尽千岩晓，赠以之中^⑥墨未干。

①农历正月初六，一般在立春前后，与春之缘分基本可说不涉。

②衲（nà）僧：僧人。唐黄滔《上李补阙》诗："谏草封山药，朝衣施衲僧。"衲：本义缝补、补缀，后用来指僧衣。

③拾得：或指唐代天台山国清寺名僧拾得。聚头：聚首，会面。前后句意或谓自严法师生于正月初六"不涉春缘"，如同拾得所视之寒山（与拾得同隐，所谓"寒山拾得"）。

④口门窄：应指无须分辩之意。宋释惠远《偈颂一百零二首其一》："一雨洗郊原，千山锁寒色。底事不须论，元胡口门窄。"

⑤湘山：惠洪此诗可能正月初六作于今湖南境内，其时雪霁。据载惠洪先后数次游历和驻锡于湖湘的一些著名寺院共十余年。故诗中多有"湘山"，如其《石门文字禅》卷四《次韵雪中过武冈》诗云："今年湘山三尺雪，大松夜倒苍崖裂。晓惊谁推华藏界，堕我坐前光不灭。"武冈，宋为荆湖南路武冈军，今为湖南邵阳武冈市。又《石门文字禅》卷十一有《湘山独宿闻雨》，亦作于湖南。

⑥赠以之中：参阅此"五首"之二第①注。

南安岩主定光古佛木刻像赞并序

僧彦珣自汀州来，出示定光化身木刻像。平生偈语百余首，皆称性之句，非智识所到之地，真云门诸孙①也。珣求赞辞，力甚谨。再拜，为之赞曰：

> 秦时轹轹②，如刀口希③。廓然④见前，石火⑤莫追。
>
> 法于是中，不著思惟。举既不顾，咦⑥之而往。
>
> 天中函盖，目机铢两⑦。久雨不晴⑧，清机历掌⑨。
>
> 孰传其要⑩，绝尘逸群。深明⑪二子，详豁⑫诸孙。
>
> 维定光佛，出豁之门。以真如⑬用，使令万象。
>
> 反易黠鲁⑭，纵夺雨阳⑮。洗痴暗目，回颠倒想。
>
> 示汝语言，一切智畏⑯。如月入水，如风行空。
>
> 无所妨碍，赠以之中。又复怜汝，□□⑰未识。
>
> 方其死时，谓是生日。如光照珠，如甜说蜜⑱。

①云门诸孙：据惠洪《南安岩俨和尚传》载，自严法师得法师为庐陵西峰云豁禅师，云豁为金陵奉先寺深禅师之高弟，深禅师即云门宗祖文偃之弟子，故自严法师为云门四世孙。

②秦时轹（duó）轹：此即"云门脚跛"公案。宋《五灯会元》卷十五《云门文偃禅师》载，云门宗祖文偃曾"以己事未明，往参睦州"，睦州即睦州和尚陈宿尊（道踪），"州才见来，便闭却门。师乃扣门，州曰：'谁？'师曰：'某甲。'州曰：'作甚么？'师曰：'己事未明，乞师指示。'州开门一见便闭却。师于是连三日扣门，至第三日，州开门，师乃拶入。州便擒住曰：'道！道！'师拟议，州便推出曰：'秦时轹轹钻。'遂掩门，损师一足。师从此悟入"。据今人丁福保《佛学大词典》载："秦时轹轹钻：秦代古锥，腐蚀而不为穿

穴之用，以喻钝汉无入头之处。"

③刀口希：希，汉扬雄《方言》卷七："希，铄，摩也，燕齐摩铝谓之希。"铄，消损。秦时辕轳，如同刀口摩损，语言、妄想皆如同此类无用之物。文偃《云门匡真禅师广录》有版本作"力口希"，其所载偈颂有："举不顾即差互，拟思量何劫悟。咄咄咄力口希，禅子讶中眉垂。"

④廓然：寂然。

⑤石火：以石敲击迸发出的火花，其闪现极为短暂。

⑥顾、唉：此为云门宗"一字关"（一字禅）宗风体现，据惠洪《禅林僧宝传》卷二《韶州云门大慈云弘明禅师》载：云门宗祖文偃"每顾见僧即曰：'鉴''唉。'而录之者曰：'顾鉴唉。'"即文偃见到身边僧人时，常常只以"鉴""唉"字招呼，而不说其他的话，记录他的语录的人抄为"顾鉴唉"。谓僧人来云门向文偃参学时，文偃先注视之，令参学者在此"顾"能有所悟入。一"顾"之后，文偃仅说一"鉴"字，意令学人自我观照，审鉴。末了，文偃再言一声"唉"，发一声轻微感叹。所谓学禅唯有自修自悟，如此而已。故云门三传智门光祚禅师有偈颂云："云门顾鉴笑嘻嘻，拟议遭他顾鉴唉。任是张良多智巧，到头于此也难施。"又宋《五灯会元·云门文偃禅师》载："（僧）问：'十二时中，如何即得不空过？'（文偃）师曰：'向甚么处著此一问？'曰：'学人不会，请师举。'师曰：'将笔砚来。'僧乃取笔砚来，师作一颂曰：'举不顾，即差互。拟思量，何劫悟？'"所谓"举不顾，即差互"，即向你解释（举）了，你却不见（顾），这就是你的差错了。

⑦《五灯会元·云门文偃禅师》载："（师）上堂：'函盖乾坤，目机铢两，不涉世缘，作么生承当？'众无对。自代曰：'一镞破三关！'"所谓"函盖乾坤，目机铢两，不涉世缘"，即谓：从宏观言，真如涵盖乾坤，乾坤都是真如体性的外在体现；从微观言，需识清事物的一丝一毫都是真如缘起，自性空无；承前两句，故应不执着外境，不为境转。后文偃弟子德山缘密将此三句概括为"函盖乾坤，截断众流，

随波逐浪",即著名的"云门三句"。参上引《南安岩主定光生辰五首》之二第⑥注。铢两:一铢一两,引申为极轻的分量,喻微小之物。

⑧久雨不晴:《五灯会元·云门文偃禅师》载:"(僧)问:'如何是西来意?'师曰:'久雨不晴。'"又同卷载:"(僧)问:'如何是祖师西来意?'师曰:'日里看山。'""(僧)问:'如何是佛法大意?'师曰:'面南看北斗。'""祖师西来意、西来祖师意、西来意、祖意"均是禅林常用语,即佛法大意,问答"祖师西来意"为禅林流行公案,禅宗灯录对此甚多记载。所谓"久雨不晴""日里看山",大意是指一切自然现象都是佛法之体现,佛法无处不在,一切现成,无须执着寻求。

⑨清机历掌:清机,清净心机,晋曹摅《思友人》诗:"精义测神奥,清机发妙理。"历掌:遍掌。文偃《云门匡真禅师广录》载:"问:'如何是说时默?'师云:'清机历掌。'"惠洪《云门匡真禅师画像赞二首》有"忽然现前,清机历掌"句,匡真禅师即文偃,因其被南汉王敕封为"大慈云匡真弘明大师"。

⑩孰传其要:孰,谁,何人。其要,即本诗前述云门宗祖文偃的禅学精要。

⑪深明:即五代宋初高僧、文偃弟子、云门二传金陵奉先深禅师、清凉智明禅师,事载《景德传灯录》卷二十三及《五灯会元》卷十五等。

⑫详豁:"详"应为"祥"。祥,即奉先深禅师法嗣莲华峰祥庵主,事载《五灯会元》卷十五。豁,即自严大师授法师五代宋初高僧云豁,俗姓曾,吉州太和(今江西泰和县)人,住吉州西峰宝龙寺,清凉智明禅师法嗣,为禅宗青原下八世、云门三传,宋真宗赐号"圆净",事载《五灯会元》卷十五及南宋《嘉泰普灯录》卷一。惠洪《禅林僧宝录》卷八《南安岩严尊者传》载:自严大师"十七为大僧,游方至庐陵,谒西峰者宿云豁"。

⑬真如:佛教谓现象的本质或真实性。

⑭反易：颠倒，转化。《荀子·成相》："是非反易，比周欺上，恶正直。"黠鲁：黠，所谓聪明；鲁，所谓愚拙。反易黠鲁，即自严法师开示愚痴众人，使获智慧。

⑮雨阳：下雨和出太阳。此句即惠洪《南安岩严尊者传》所称"民以雨阳男女祷者，随其欲，应念而获"，又黄庭坚《南安岩主定应大师真赞》有"愁霖出日，枯旱下雨"句。

⑯此句韵脚"畏"，属《平水韵》"去声五未"，与前句韵脚"想"（"上声廿二养"），及与后两句韵脚"空""中"（"上平一东"）均不同韵。一切智，即指无所不知的佛智，与"一切种智"同。一切智畏，即（敬）畏一切智。

⑰清钦定四库全书《石门文字禅》刻本，此处作"阙"，即缺字。

⑱即自严大师灭日、生日都是正月初六，如同光与珠、甜与蜜，皆为同一。

毛氏①所蓄②岩主赞

此像为谁，天中之尊③。道传云门，为四世孙④。
白帽蒙首⑤，须髯绕颊⑥。见之清凉，洗烦恼热。
以偈为橛⑦，指撝造化⑧。诗乃办两，出于咄嗟⑨。
以境惟心⑩，往复无间。是故死时，亦生之旦。
怒猊⑪乳虎，亦生敬虔。何以致之，真慈则然⑫。
南率古□⑬，形如侧磬⑭。稽首定光，千江月影⑮。

①毛氏：应为衡阳毛文仲或其子毛在庭。惠洪《石门文字禅》卷二十七《季子梦训》载："湘山逸人毛文仲，盖东坡苏公江湖游旧也。公殁余十年，而文仲之子学成，更其名曰'在庭'，已而梦公授以字曰'季子'。"又，黄庭坚（号山谷道人）曾为住持庐山归宗寺的真净禅师（号云庵）作赞诗，《石门文字禅》卷二十七《跋山谷〈云庵

赞〉》载，黄庭坚作此赞"后二十余年"，惠洪"得于衡阳毛氏之家"。

②蓄：储藏，保存。据诗中"此像为谁"，可知毛氏所藏是自严法师（定光）之画像

③天中：天下之中，杜甫《有感五首·其三》有"洛下舟车入，天中贡赋均"句，"天中"指洛阳。此诗应指北宋京城开封。"天中之尊"应指《临汀志·定光传》所载定光受到京城诸朝列"寄诗美赠"，以及皇帝敕封。

④参上引《南安岩主定光古佛木刻像赞并序》注①。

⑤参上引《正月六日南安岩主生辰》注⑤。

⑥此句状自严法师外貌，惠洪《云门匡真禅师画像赞二首》谓文偃亦是"犀颅虎眸，美髯绕颊"。

⑦即惠洪《南安岩严尊者传》所称"公示人多以偈，然题'赠以之中'四字于其后"，及《临汀志·定光传》所载"民有祈祷，辄书偈付与，末皆书'赠以之中'四字，无愿不从"之类。憿，音"习"，即晓谕之文。

⑧指撝：即"指挥"，"撝"，通"挥"。造化，自然。所谓"指挥造化"，即黄庭坚《南安岩主定应大师真赞》所称"驱使草木，教诲蛇虎。愁霖出日，枯旱下雨"之类。

⑨此句大意谓自严法师作诗一挥而就。《世说新语·汰侈》载"石崇为客作豆粥，咄嗟便办。"咄嗟便办：即一呼一诺之间马上就办好了。上引《南安岩主定光古佛木刻像赞并序》称自严法师"平生偈语百余首，皆称性之句"，《临汀志·定光传》称自严法师"遗偈凡百一十七首，其二十二首乃亲书墨迹临刊"。

⑩以境惟心：即佛教所言"三界唯心，万法唯识"，即一切外境皆由心造。

⑪猊：即狻猊，狮子也。

⑫则然：即"恻然"，悲悯貌。

⑬钦定四库全书《石门文字禅》刻本，末一字作"阙"，即缺字。"南
　　牵古□"疑即"南安古岩"。

⑭形如侧磬：谓南安岩之外形。磬：佛寺中使用的一种钵状物，用铜铁
　　铸成，既可作念经时的打击乐器，亦可敲响集合寺众。

⑮千江月影：义同"千江有水千江月"，谓无处不在。

　　陈轩（约1043～1126年），字元舆，北宋建州建阳（今福建建阳）
人。嘉祐八年（1063年）进士第二，曾知成都府、杭州、福州。《宋史》
卷三四六有传。元丰六年至八年（1083～1085年）知汀州，《临汀志·郡
县官题名》载"元丰六年，以朝请郎知"。《临汀志·名宦》载其"暇日
与郡倅郭祥正登山临水，觞咏酬酢百余篇，邦人至今以为美谈"。

南安岩①

南安岩近南斗②旁，乾坤缔结③雷电守。
云寒木老洞穴④古，巨鳌露脊鲸呀口⑤。

①此诗载于南宋开庆《临汀志·寺观》"武平县·南安岩均庆禅院"
　　条，并称"郡守陈公轩有古风略云"，故此四句系古风节选，诗题为
　　编者所加。明嘉靖《武平志》之《附录·寺庵观庙·均庆寺》、清康
　　熙《武平县志》卷十《艺文志》亦录此诗，并称"旧本止此数句，
　　未见全章，今仍之"。

②南斗：星名。即斗宿，有星六颗，在北斗星以南，形似斗，故称。借
　　指南方，南部地区。南安岩地在南方又兼在汀州、武平最南方，故称。

③乾坤缔结：谓南安岩系天地所造。

④洞穴：南安岩有洞，属石灰岩溶洞地貌。《临汀志·山川》"武平
　　县·南安岩"称"旧为龙鼋窟宅，俗呼'龙穿洞'"。

⑤全句谓南安岩地貌，其突起之岩如同巨鳌露出之脊，其洞口如同巨鲸所

张之口。呀，《说文》"张口貌"。呀口，张口，客家话谓之"呀嘴"。

　　郭祥正（1035～1113年），北宋诗人。字功父，一作功甫，自号谢公山人、醉引居士、净空居士、漳南浪士等。太平州当涂（今属安徽）人。皇祐五年（1053年）进士，历官秘书阁校理、太子中舍、汀州通判、朝请大夫等，虽仕于朝，不营一金，所到之处，多有政声。一生写诗1400余首，著有《青山集》30卷。诗风纵横奔放，酷似李白。《宋史》卷四四四有传，称其："母梦李白而生。少有诗声，梅尧臣方擅名一时，见而叹曰：'天才如此，真太白后身也！'"《临汀志·郡县官题名》"通判题名"载以奉议郎来知。《临汀志·名宦》载其："与守陈公轩相欢莫逆。每于暇日，联辔郊行，觞咏酬酢，逮今所传诗犹百余篇。"

南安岩①

汀梅②之间山万重，南安岩窦③何玲珑。
青瑶④屹立敞四壁，巧匠缩手难为工。
嗟予⑤束缚未能往，愿得结草与岩松⑥。
遂登彼岸⑦达正觉⑧，月落岩下松生风。

①南宋宝庆王象之《舆地纪胜》卷一百三十二《汀州》之《定光南安岩诗》只载前四句，明弘治《八闽通志》卷八《地理·山川》"武平县·南安岩"条，亦只载前四句。南宋开庆《临汀志·寺观》"武平县·南安岩均庆禅院"条，只载后四句，并称"郡倅郭公祥正古风末云"。明嘉靖《武平志》之《附录·寺庵观庙·均庆寺》只载后四句，"与"作"倚"。清康熙《武平县志》卷十《文艺志》、乾隆《汀州府志》卷四十四《艺文志》均载此八句。从"东""冬"用韵析之，八句当属同一古风，但前后四句顺序是否如此，待考。此古风当属与郡守陈轩"联辔郊行，觞咏酬酢"之作。查宋集珍本丛刊

《青山集》（30卷）未载此诗。诗题为编者所加。

②梅：北宋广南东路梅州，辖程乡县，治在今广东梅州市，与汀州武平县接壤。《临汀志·至到》"武平县"载"南至梅州程乡县界九十里，以南安岩为界"。

③窦（斗）：洞穴。

④青瑶：青玉、青石的美称，喻南安岩。明《八闽通志》作"青瑶"，康熙《武平县志》作"青葱"。

⑤嗟予：感叹自己。

⑥全句当指自己愿做一棵小草，长守在南安岩青松之侧。

⑦彼岸：佛教语，佛家以有生有死的境界为"此岸"；超脱生死，即涅槃的境界为"彼岸"。

⑧正觉：佛教语，真正之觉悟，又作正解、正等正觉等。

赠武平许令①

昔拜先翁②汇水滨，存亡回首几经春。

凤毛③今喜为花县④，鹤发谁嗟困客尘⑤。

箧有赠篇⑥长取读，心藏遗德尚如新。

源源世泽来无尽，桂籍⑦传家已四人。

①此诗载宋集珍本丛刊《青山集》卷二十四。该集卷十一有《赠清流许令升卿》，则许令为许升卿，但《临汀志·郡县官题名》武平令、清流令皆漏载此人。许升卿，北宋睦州（后改称严州，治在今浙江建德）人，宋陈公亮修《淳熙严州图经》卷一《学校·登科》载其为皇祐五年（1053年）郑獬榜进士。

②先翁：称对方已逝之父。《淳熙严州图经·登科》载许升卿前，有"大中祥符五年徐奭榜"进士许墀、"天禧三年王整榜"进士许湜，之后有"熙宁六年余中榜"进士许大希，许升卿之父或为

许墅、或为许湜。下文"已四人"当指此许墅、许湜、许升卿、许大希四人。

③凤毛：凤凰的羽毛，喻珍贵稀少之物，又喻人子孙有才似其父辈者。《世说新语·容止》："王敬伦风姿似父，作侍中，加授桓公公服，从大门入。桓公望之，曰：'大奴固自有凤毛。'"余嘉锡笺疏："南朝人通称人子才似其父者为凤毛。"

④花县：晋潘岳为河阳令，满县遍种桃花，人称"河阳一县花"。见《白孔六帖》卷七七。后遂以"花县"为县治的美称。这里指许升卿为武平县令。

⑤此句为郭祥正自况，其官途不畅，《宋史·郭祥正传》载王安石"耻为小臣所荐，因极口陈其无行"，致郭祥正"遂以殿中丞致仕"。"后复出，通判汀州。知端州，又弃去，隐于县青山，卒"。

⑥箧（qiè）：书箱。赠箧，当指许升卿或其父赠郭祥正诗文。

⑦桂籍：科举登第人员的名籍。宋徐铉《庐陵别朱观先辈》诗："桂籍知名有几人，翻飞相续上青云。"

李纲（1083~1140年），字伯纪（旧字天纪），号梁溪先生，常州无锡人，祖籍福建邵武。两宋之际抗金名臣。《宋史》卷三五八、三五九有传，评其："纲负天下之望，以一身用舍为社稷生民安危。虽身或不用，用有不久，而其忠诚义气，凛然动乎远迩。"

南安岩恭谒见定光圆应禅师（二首）①

（一）

白衣②隐去碧岩空，塔庙岿然海峤③东。

分化何殊遽④如许？赠诗多写"以之中"⑤。

青山绿水年年好，明月清风处处同。

好住一方为庇荫，不须追逐泗滨翁⑥。

（二）

岭峤经行万屈盘，北归今始到南安[⑦]。

满山泉石有古[⑧]意，十里松筠生昼[⑨]寒。

颇厌病身游梦境，欲将余日付岩端。

定光古佛今犹在，请问此光何处观？

[①]此诗及下文《钱申伯自海陵避地临汀闻余北归相迓于武平赋诗见意二首》，均录于清道光刊南宋嘉定本《梁溪集》卷二七，亦载于 2004 年岳麓书社《李纲全集》（王瑞明点校）第 358～360 页。此四诗系李纲于南宋建炎四年（1130 年）北归途次武平道中诗。《临汀志·寺观》"南安岩均庆禅院"仅载李纲诗一句，即："丞相李公纲经过留诗云：'满山泉石有吾意，十里松筠生昼寒。'""经过留诗"，即李纲北归途经武平南安岩留诗。

据今人赵效宣《李天纪先生纲年谱长编》（1980 年台湾商务印书馆发行）载，南宋建炎三年（1129 年），李纲时年 47 岁，其时谪海南，十一月二十九日赦还，"奉德音，许自便居住"，十二月六日从琼州（今海口市琼山区）"渡海北归"至雷州至容州。建炎四年（1130年）自容州、藤州、梧州（均今广西地），顺珠江进入今广东地，经德庆、肇庆、南海（广州）、惠州、河源、循州（今龙川县）、梅州。六月十一日，宿金沙寺（在今蕉岭），由梅口（今梅县松口）入福建汀州武平南安岩，在武平邂逅从海陵（今江苏泰州）来汀州避难的老友钱申伯。钱申伯，名未详，据《梁溪集》卷一二一《答钱巽叔侍郎书》载，其人系钱巽叔之侄。又，《梁溪集》卷三一《送钱申伯如邵武》谓其"行年五十犹未试，蟠蛰虽久怼风雷，扫除习气趣空寂，华藏重重恣游历"，当系仕途不遇、晚年游心于佛之人。李纲喜谈佛理，故与钱申伯为同好之人，他们曾"淮舟昔共茱萸酒"。七月，李纲由武平再经上杭、宁化往闽北，"入江西境"，八月抵家即饶州德兴县

（今属江西）。

②白衣：《临汀志·定光传》等载，汀州知州欧阳程、通判张晔疑定光为左道，曾焚定光衲帽，"而衲缕愈洁，乃遣谢使归，（定光）自是白衣而不祸"。又云："南康盘古山波利禅师从西域飞锡至此……记云：吾灭后五百年，南方有白衣菩萨来住此山。"定光应谶前往盘古山，有"白衣菩萨"之称。

③海峤：海边山岭，诗中指广东之山，如下诗第一首之"海峤"。唐张九龄《送使广州》诗："家在湘源住，君今海峤行。"南安岩在广东山岭之东，故有此称。

④遽（jù）：疾速。

⑤《临汀志·定光传》等载，定光"民有祈祷，辄书偈付与，末皆书'赠以之中'四字，无愿不从"。以之中，应指以此偈必能如愿。中，如愿。

⑥泗滨翁：泗水之滨的优游老翁，可能典出孔子曾与弟子于泗水、沂水游春。泗水，河流名，在山东省中部，源于泗水县，流经孔子家乡曲阜，入淮河至海。其支流沂水，源出曲阜东南的尼山，西流至滋阳（今济宁市兖州区）合于泗水。《论语·先进》之《子路、曾皙、冉有、公西华侍坐》篇载，孔子请弟子们"各言其志"，曾点（字皙）曰："莫春者，春服既成，冠者五六人，童子六七人，浴乎沂，风乎舞雩，咏而归。"夫子喟然叹曰："吾与点也。"朱熹《春日》诗云："胜日寻芳泗水滨，无边光景一时新。等闲识得东风面，万紫千红总是春。"

⑦南安：即南安岩。

⑧古：《临汀志·寺观》"南安岩均庆禅院"条作"吾"。按诗律，当以"古"为是，因此联用了对句拗救，上句第六句本应为平声字，但用了仄声字"古"，下句第五句本应为仄声字，但改用平声字"生"，以对句拗救。有关拗救，参阅王力《诗词格律》之说。又，"吾意"于诗意不通。

⑨筠（yún）：竹。昼：白天。

钱申伯自海陵避地临汀闻余北归相迓于武平赋诗见意（二首）①

（一）

海峤经行遍，还为闽岭游。

清泉涤余瘴②，小雨报新秋③。

多谢故人意，来销羁客④愁。

殷勤问淮楚⑤，兵革⑥已宁不？

注：峤南多饮泉流，至武平始得甘泉清冽，故云。

（二）

我脱鲸波险⑦，君罹寇盗惊。

暌离四寒暑⑧，会遇两蓬萍⑨。

访旧半为鬼，问津多阻兵。

衣冠⑩漂荡极，风雨自鸡鸣⑪。

①海陵：宋泰州首县（今江苏泰州市海陵区）。临汀：即汀州。唐天宝元年至乾元元年（742～758年），改汀州为临汀郡，后复为汀州。迓（yà）：迎。

②瘴（zhàng）：瘴气，旧指南方山林间湿热蒸郁致人疾病之气。

③新秋：据《李天纪先生纲年谱长编》载，李纲于建炎四年（1130年）六月十一日后，由粤入闽，时为初秋。

④羁客：旅客，旅人，南朝宋鲍照《代棹歌行》："羁客离婴时，飘摇无定所。"此为李纲自指。

⑤淮楚：江淮地区，其地春秋战国时属楚国，故称。

⑥兵革：指宋金战争。靖康元年（1126年）二月，李纲组织开封守卫战抗金获胜。五月，李纲被贬。金兵随即攻下开封，灭亡北宋。宋室南渡，建炎元年（1127年）五月，高宗起用李纲为相，八月又罢其相。至建炎三年（1129年）十一月，李纲始从海南北归。此间，江淮一线成为宋金对峙之地。

⑦鲸波险：鲸波，犹言惊涛骇浪。唐杜甫《舟出江陵南浦奉寄郑少尹诗》："溟涨鲸波动，衡阳雁影徂。"李纲从琼州"渡海北归"，故言"我脱鲸波险"。

⑧睽离：分离。四寒暑：李纲自建炎元年罢相离京至建炎四年赦还北归，正好四年。宋苏舜钦《寒夜十六韵答子履见寄》："隔绝今一水，睽离将再春。"

⑨蓬萍：蓬萍无根，萍飘蓬转，以此况李纲、钱伯申两人人生漂泊无定。

⑩衣冠：古代士以上戴冠，这里指中原衣冠汉人，与"北夷"金人相对而言。

⑪此句典出《诗经·郑风·风雨》，其有"风雨凄凄，鸡鸣喈喈""风雨潇潇，鸡鸣胶胶""风雨如晦，鸡鸣不已"等句，后世常以"风雨鸡鸣"比喻虽处恶劣之境，但希望在即。

灵洞山①

灵洞山前曲曲开，白云深锁少②人来。
我今欲觅山中景，洞口无尘多碧苔。

①此诗及下文《读书堂》诗，均载清康熙《武平县志》卷十《艺文志》、乾隆《汀州府志》卷四十四《艺文六》。但《梁溪集》未载此两诗。又明嘉靖《武平志》卷四《秩官志·名宦》、康熙《武平县志》卷七《官师表》、乾隆《汀州府志》卷十七《职官二》载李纲"宣和中摄"武平令，或云李纲宣和元年（1119年）谪监南剑州沙县

税务兼摄武平事。《李天纪先生纲年谱长编》载李纲事颇详，记李纲于宣和元年十二月到达沙县，次年十月中旬北归，在沙县不足一年，并无其摄武平事（代理武平知县）之记。且李纲在沙县作诗众多，而所谓武平诗才区区两首。南宋《临汀志》仅于《寺观》"南安岩均庆禅院"载李纲"经过留诗"，此即李纲北归途经武平南安岩留诗之事，也无"摄武平事"之记。故李纲宣和中摄武平事及所作两诗（诗格不高），存疑，今姑且录之。李纲摄武平事或由其北归途经武平事所讹。

灵洞山：《临汀志·山川》"武平县"载："灵洞山，在武平县西十里。上有仙洞，为洞天之一。山有仙人上马石、蛟池、石龟之类，旁有灵洞院、洞元观，皆因山得名。"此山即今武平县城西郊之西山。《临汀志·寺观》"武平县"载："灵洞天福院……丞相李公纲道南访此，为之立记。"

②少：康熙《武平县志》作"无"，乾隆《汀州府志》作"少"，揆诸诗律（此处当用仄声字）及实情，当以"少"为是。

读书堂①

灵洞水清仙可访②，南岩木古佛③同居。
公余问佛寻仙了，赢得工夫剩读书。

①读书堂：在武平县城西郊灵洞山。康熙《武平县志》卷三《建置志·古迹》载："读书堂，县西，宋李纲建，今废。"

②仙：或云东晋葛洪曾来武平灵洞山炼丹，留有葛仙翁炼丹井。《临汀志·山川》载："灵洞山，在武平县西十里。上有仙洞，为洞天之一。"《临汀志·寺观》"武平县"载："灵洞天福院……门前二泉萦回，派出葛仙翁炼丹井。"

③佛：南安岩定光古佛。

　　方开之，今人编《全宋诗》第二九册载："字廓然，婺源（今属江西）人，徽宗政和五年（1115年）知黄岩县（明万历《黄岩县志》卷四），后通判汀州（清乾隆《汀州府志》卷一八）。"又，《临汀志·郡县官题名》"通判题名"载："朝奉郎，政和七年三月二十一日到任，宣和元年十一月满，转朝请大夫。"即任期在1117～1119年。

定光南安岩①

　　天下名山饶②洞穴，不似南安最奇绝。

　　一峰突兀上干③天，十二子孙④旁就列。

　　上有虚窗⑤透碧霄，夜分明月归岩腹⑥。

①此诗载于宋《舆地纪胜》卷一三二《福建路·汀州》，录于今人《全宋诗》（北京大学古文献研究所编）第二九册。南宋《临汀志》卷末《题咏》亦据《舆地纪胜》录此诗。诗仅三句，应有缺句。

②饶：多。

③干：犯。

④十二子孙：即十二峰。《临汀志·山川》"武平县"载："十二峰，在武平县南安岩前，定光偈云'一峰狮子吼，十二子相随'是也。"

⑤虚窗：喻南安岩洞口。

⑥岩腹：岩洞中。

　　郑弼，宋高宗绍兴四年（1134年）为入内东头供奉官，直睿思殿，曾随张浚出师闽州。后因事出监宣州商税。事见《建炎以来系年要录》卷七五。诗存今人编《全宋诗》第五十卷。

定光南安岩（三首）①

（一）

石耸虚岩②接太虚③，百千年称定光居。

未知天上何方有，应是人间别地无。

（二）

香风影里迎新魄④，梵呗⑤声中见落晖。

自恨劳生名利役，不能来此共忘机⑥。

（三）

路入云山几万层，豁然岩宇势峥嵘。

地从物外⑦嚣尘断，天到壶中日月长⑧。

---

①此诗载于宋《舆地纪胜》卷一三二《福建路·汀州》，题作《定光南安岩诗》，南宋《临汀志》卷末《题咏》据《舆地纪胜》录此三诗。因《舆地纪胜·定光南安岩诗》及《临汀志》转录此诗，按古人"先列诗文、后标作者"成例行文，因此诗前一作者为汀州知州宋思远，故今人按"先标作者、后列诗文"之今例，将宋思远误作《定光南安岩诗》作者，如今人编《全宋诗》第五十册卷二六六九"宋思远"诗即误录此诗。

②虚岩：南安岩（狮岩）有石灰岩溶洞，故称。

③太虚：天空。晋孙绰《游天台山赋》："太虚辽廓而无阂，运自然之妙有。"

④新魄：初升之月。唐于武陵《望月》："新魄又将满，故乡应渐遥。"魄：古同"霸"，月始生或将灭时的微光。

⑤梵呗（fàn bài）：佛教谓作法事时的歌咏赞颂之声。

⑥忘机：不存心机，淡泊无争。唐李白《下终南山过斛斯山人宿置酒》："我醉君复乐，陶然共忘机。"

⑦物外：世外，世俗之外。

⑧此句将南安岩溶洞比作"壶天"（"壶中天""壶中日月"），谓在此生活如同神仙。典出《后汉书》卷八十二下《方术列传下·费长房》，谓东汉人费长房，在市集中遇一老翁卖药，悬一壶于市上，市散，就跳入壶中。市人都没看见，只有费长房在楼上看见了，非常惊异，于是就带着酒脯去拜见老翁。老翁知道费长房对他入壶一事感到神异，就说："你明日再来。"费长房第二天一早就去拜见老翁，老翁带着他一同入壶。只见壶中玉堂严丽，美酒甘肴盈衍其中，两人一同畅饮完毕而出。后世遂以"壶天""壶中日月"喻神仙之境。唐李白《下途归石门旧居》："何当脱屣谢时去，壶中别有日月天。"

　　梁颀（wěi），字习之，福建长汀县人，北宋咸平三年（1000 年）进士。博洽能文，见重于陈尧咨，历知庐州、漕广东（发运官员），以和戎功迁开封府判官、兵部员外郎，出为河南洛阳少尹，卒（《临汀志·进士题名》）。

题灵洞天福院①

门外路将三市②隔，此中人是几生修？
千寻古木含云翠，一派寒泉③绕槛④流。

①此诗载南宋《临汀志·寺观》"武平县·灵洞天福院"条，明弘治《八闽通志》卷七八《寺观》"武平"、清康熙《武平县志》卷十《艺文志》、今人《全宋诗》第二册卷一一三亦录。《临汀志·寺观》载："灵洞天福院，在武平县西五里灵洞之麓，唐咸通间创。伪闽时，邑人金紫光禄大夫谢丞崧居其侧，后舍宅以大之。宋朝绍兴初，始建

法堂、佛殿、钟楼、法楼。藏前建二桥，曰'普度'，曰'望仙'。后建杰阁，松竹环翠筜。门有二泉萦回，派出葛仙翁炼丹井，清澈可爱，为邑胜概。丞相李公纲道南访此，为之立记。郡人河南少尹梁颜留题曰：'门外路将三市隔，此中人是几生修？千寻古木含云翠，一派寒泉绕槛流。'绍定寇毁，令赵汝讟命僧道成重创。"

②三市：大市、朝市、夕市，泛指闹市。隋江总《大庄严寺碑》："前望则红尘四会，见三市之盈虚。"

③寒泉：《临汀志·寺观》载灵洞天福院"门有二泉萦回"。

④槛：栏杆。清康熙《武平县志》作"涧"，寒泉饶涧，不合情理，误。

　　孙璋，字玉华，宋朝人，籍贯生平均不详。

题十二峰①

　　苍峰十二碧②岩隈③，岂是飞从海上来。
　　灵境④莫将巫峡⑤比，但⑥令云雨下阳台⑦。

①此诗载南宋《临汀志·山川》"武平县·十二峰"条，并云"玉华孙璋有诗云"，故孙璋之表字当为"玉华"。诗题为编者所加。今人《全宋诗》第七二册卷二七六二亦录，且仅录其一诗，题作《武平十二峰》。清康熙《武平县志》卷十《艺文志》作"明孙章"，朝代、诗人之名皆误。《临汀志》载"十二峰，在武平县南安岩前"。

②碧：清康熙《武平县志》作"翠"，误。

③隈（wēi）：山岩弯曲处。

④灵境：庄严妙土，吉祥福地，多指寺庙所在的名山胜境，另释迦牟尼佛曾在灵山（灵鹫山）说法，故此处有将南安岩喻为灵山之意。

⑤巫峡：长江流经重庆巫山县至湖北巴东县的一段峡谷，全长46公里，

为"长江三峡"之一，有著名的"巫山十二峰"，以绮丽幽深著称天下。诗人认为同是"十二峰"，但"南安岩十二峰"是如同灵山的神圣之地，而"巫山十二峰"却是风流之地，两者不可相提并论。

⑥但：清康熙《武平县志》作"恐"。

⑦此句典出战国宋玉《高唐赋》所记"阳台云雨"，在此赋中宋玉对楚襄王称："昔者先王尝游高唐，怠而昼寝，梦见一妇人曰：'妾，巫山之女也，为高唐之客。闻君游高唐，愿荐枕席。'王因幸之。去而辞曰：'妾在巫山之阳，高丘之阻，旦为朝云，暮为行雨。朝朝暮暮，阳台之下。'

元诗

刘将孙（1257～?），字尚友，庐陵（今江西吉安）人，南宋爱国词人刘辰翁之子。卒年不详，活跃于元成宗大德之世（1297～1307年）。宋末第进士，尝为延平（今福建南平）教官、临汀（即汀州）书院山长。学博而文畅，名重艺林。其词叙事婉曲，善言情。风格与其父相近。《四库总目提要》称其"濡染家学，颇习父风，故当时有小须之目"。著有《养吾斋集》四十卷，久佚。吴澄称他浩瀚演迤，自成一家。《四库全书》据明初《永乐大典》辑佚，编为三十二卷。《强村丛书》辑有《养吾斋诗余》一卷。

上下岩①

一岩空空碧，一岩英英②白。

横穿左右室，如建东西宅。

昂藏厦屋覆，嵌窦壁奇崛。

上光下为土，平地固无别。

①此诗及以下四首五言诗，皆录自文渊阁本《四库全书》所收刘将孙《养吾斋集》卷二《五言古诗二》。元大德（1297～1307年）中，刘将孙任汀州路临汀书院山长。据《养吾斋集》卷二十八《定光圆应普慈通圣大师事状》一文载，刘将孙家世与定光佛缘分甚深。此诗虽未出现定光佛或南安岩字样，但参以《定光圆应普慈通圣大师事状》所述，及《临汀志·山川·南安岩》"中有二洞"之记，知其所咏乃南安狮岩的结构和空间特点。

②英英：形容明亮。

绿水潭①

方池②湛深碧，来水了无迹。
曾经佛运木③，遂作无底穴。
僧言网得鱼，千鲤随涎沫④。
熟视黯⑤沉沉，此固宜有物。

①此潭即《临汀志·山川》所记之武平绿水湖，其载："绿水湖，在武
　平县南安岩数十里间，水色深绿，可以彩画。旧传定光佛创院岩中，
　彩画大绿，皆取诸此。"刘将孙此诗原注："古佛运木造寺，皆出此
　池中。"按：此诗所咏乃定光佛运木、网鱼诸神奇事迹，以及水潭深
　碧黯沉之状。

②《定光圆应普慈通圣大师事状》云："岩中境趣峭拔，师之遗迹显现
　不可泯者，有池，可二亩许，前无所来，而泓澄深黯，殆不可测。"
　即指此池。又云："岩为巨鼋窟宅，呼为龙穿洞。"受定光佛点化，
　山神率眷属从狮岩"迁于十二峰，下为龙潭，深不可测"。则此池即
　是所谓山神率眷属迁走后形成的。

③《定光圆应普慈通圣大师事状》云："或谓师尝出寺木于此。"

④《定光圆应普慈通圣大师事状》云："至今冬夏如一，无敢钓者。或
　钓得鲤，则比比而来，相次如贯不可绝，必有风雷随之，腥秽无敢
　触。"意谓此鲤鱼乃蛟龙所化。

⑤黯（dàn）：深黑。

南安岩①

一穴中透空，当年佛出处②。

燕寂南安岩，云乘东京去③。

游玩一供斋④，瞬息万里路⑤。

岂知不动者，元只在里许⑥。

①原注："相传古佛赴东京斋，自天窗飞锡而去。"按：唐五代汀州西
　南境有南安、武平两镇，北宋淳化五年（994年），以此两镇地置武
　平县。南安岩在原南安镇，又称狮岩，在今武平县岩前镇。据《临汀
　志·仙佛·定光圆应普慈通圣大师》，定光佛"乾德二年（964年）
　驻锡南安岩"，是时武平尚未置县，宜其称为南安岩而相沿久远也。

②据《临汀志·仙佛·定光圆应普慈通圣大师》，定光佛初到南安岩，
　睹"石壁峭峻，岩穴嵌崆"，遂"委身此地，以度群品"，乡人为之
　"畚土夷堑，刊木结庵"。"一穴中透空，当年佛出处"即指岩穴嵌
　崆，定光佛最初行化此地而言。

③东京，即北宋都城开封，"云乘东京去"指相传定光佛应召赴东京宋
　真宗御斋之事。

④《临汀志·仙佛·定光圆应普慈通圣大师》云：宋真宗设斋供僧，
　定光佛远赴此斋，斋罢，真宗让他带一份斋饭给汀州郡守胡咸秩，
　"至斋尚燠"，就是回到汀州斋饭还热着呢。

⑤据《元丰九域志》卷九"福建路汀州"载，汀州至东京三千五百九
　十里。

⑥动即不动，乃佛教空观观点。从武平至东京近万里路，但在佛家看
　来，与不动无异；另从神通的观点看，定光佛神通广大，万里如在眼
　前，"里许"还是说多了。元，通"原"。

狮子山①

高蹲石作势，偃翠竹为发。

平地呀吐吞，尻首②互依拂。

隔溪十二子③，奋迅④如有约。

忽遇大狮王⑤，回环足如絷⑥。

①此诗亦未出现定光佛或南安岩文字，但从诗中"隔溪十二子"一言，可以断定所咏即武平南安岩（又名狮岩）。

②尻（kāo），基本字义之一是屁股，引申作尾部。"尻首"如同"首尾"。

③南安岩形如蹲踞的雄狮，隔溪的"十二峰"如同十二只小狮子。

④奋迅：形容鸟飞或兽跑迅疾而有气势。宋苏轼《次韵子由书李伯时所藏韩干马》："龙膺豹股头八尺，奋迅不受人间羁。"

⑤十二子（十二峰）逶迤而来，与南安岩（狮岩）相望，如同遇见大狮王一样。

⑥"絷"的本意是指用绳索绊住马脚，引申为捆绑，抓住，使不能活动。"回环足如絷"指十二峰回环萦纡，好像把狮王的脚捆住了，使之巍然屹立，雄踞千万年而常住。或以为"十二峰"逶迤蜿蜒，如同十二只小狮子奋迅奔腾，忽然遇到大狮王（狮岩），立即停步，四脚就像被牢牢捆在大狮王身上一般，回环围绕在大狮王身边不愿离开，极言"相随"亲密之貌。可备一说。

石　碓①

凑石作机舂，聊应僧钵求②。

自碓不碓他③，岂吝此水流？

日用不容缺，事办神不留。

何至作机械，代众生马牛。

---

①原注："石凳作碓甚整，云古佛所作，绿水潭上有小水灌之。惟碓寺
中米，他米辄不肯碓。"此诗亦未出现定光佛或南安岩字样，但参以
《定光圆应普慈通圣大师事状》所述，可知是咏定光佛所作石碓
无疑。

②首联的意思是作此石碓，利用水冲机械之力舂米，是为了寺中僧众吃
饭的需求。

③只碓本寺之米，不碓寺外之米。

明 诗

刘焘，字尚载，明安庆府太湖县（今属安徽太湖）人，明初以贡生历知广西柳州，浙江嘉兴、宁波，陕西西安，湖广长沙，河南彰德，福建汀州诸府，咸有惠政，官终云南参政。明弘治《八闽通志》卷三十四《秩官》，清乾隆《汀州府志》卷十六《职官》、同治《太湖县志》卷二十《人物》，民国《太湖县志》卷二十《人物志·宦绩》均有记。

武平八景（七首）①

梁野仙山

梁野峰峦插汉②间，神仙曾此炼丹还。

幽岩洞渺三冬暖，山殿云深六月寒。

松叶秋深猿啸集，瑞花香拂鸟声残。

僧闲睡起无尘想③，茶罢经完坐石坛。

①此"八景"诗载清康熙《武平县志》卷一《方舆志·形胜》，实存七首，缺"龙岩雨霁"。此前，《绵洋古寺》载明嘉靖《武平志·附录》之《寺庵观庙·绵洋寺》。

②汉：天河。《诗经·大雅·云汉》："倬彼云汉，昭回于天。"

③尘想：犹俗念。晋陶潜《归园田居》诗之二："白日掩荆扉，对酒绝尘想。"

南岩石洞①

南岩佳致本天成，洞里晴阴自晓昏。

怪石嵯峨千古迹，琪花②开落四时馨。

鹿知佛事③晨参刹，猿识僧情早闭门。

乘兴几回游玩遍，恍疑别是一乾坤④。

①南安古洞：即南安岩（狮岩）溶洞，在今武平县岩前镇灵岩村。

②琪花：莹洁如玉之花。

③据言，释迦牟尼在鹿野苑初转法轮时，曾有两鹿来听佛法。故后世寺
院大雄宝殿屋顶上，常塑两鹿跪对法轮的形象。又，东晋法显《佛国
记》记佛祖前世迦叶佛（辟支佛）曾居一地，其地野鹿出没，名"鹿野
苑"。

④乾坤：天地。

平桥①翠柳

北往长桥接帝京，残红落尽柳青青。

浓阴漫压平川景，嫩绿犹争舞袖馨。

飞絮乱飘铺玉雪，流莺百啭露金翎②。

年年岁岁春三月，折尽长条赠别情③。

①平桥：即太平桥，位于今武平县城东，跨平川河，东岸为平川镇红东
村北门岭，西岸为平川镇七坊村。宋《临汀志·桥梁》载："太平
桥，在武平县东，宝祐间重创，易名'登云'。"

②翎：鸟羽。

③中国有折柳送别留赠的传统，据言起于"柳、留"谐音，故诗中多
有柳之意象，如《诗经·小雅·采薇》："昔我往矣，杨柳依依。今
我来思，雨雪霏霏。"李白《忆秦娥》："秦楼月，年年柳色，灞陵
伤别。"

丹井温泉①

溪东丹井古传留，混混②温泉昼夜流。

石涧暖烘真可爱，金锅烧煮不堪俦③。

咏歌曾点④谁能继，出浴杨妃⑤孰与俦⑥？

古往今来多少客，至今不断暮春游。

①丹井温泉：在今武平县城厢乡兴东村溪东自然村。清康熙《武平县志·方舆志》载："在县南五里。旧志：热水井，周围数丈，泉从石窦出，有硫黄气，能熟生物。民多浴之，可愈诸疮。"

②混混：即滚滚，波浪翻涌的样子。《孟子·离娄下》："源泉混混，不舍昼夜。"

③俦（móu）：相等，齐。不堪俦：比不上，不如。

④咏歌曾点：曾点，春秋鲁国南武城（今山东临沂市平邑县南武城）人，"宗圣"曾参之父，孔子弟子。《论语·先进》载：孔子问弟子们志向，曾点曰："莫春者，春服既成，冠者五六人，童子六七人，浴乎沂，风乎舞雩，咏而归。"夫子喟然叹曰："吾与点也！"

⑤出浴杨妃：唐玄宗常携杨贵妃到华清池洗浴，白居易《长恨歌》："春寒赐浴华清池，温泉水滑洗凝脂。侍儿扶起娇无力，始是亲承恩泽时。"

⑥俦（chóu）：伴侣。

龙河碧水①

一江城外号龙河，龙化沧溟②几岁多？

混混源从梁野发，滔滔泉入海潮波。

浪涵春景鱼游镜，绿尽秋澄翠染罗③。

最是月明堪听处，清风几度送渔歌。

①龙河碧水：龙河，即流经武平县城的平川河，宋《临汀志·山川》作"化龙溪""在武平县前百步"，故此景又名"化溪碧水"。清康熙《武平县志·方舆志》："化龙溪，即龙河碧水。"

②沧溟：大海。

③罗：轻软的丝织品。

绵洋古刹①

城南五里见绵洋，古寺从来历几霜②。

秋景风生松韵响，春山麝③过草留香。

楼高白昼云侵殿，帘卷清霄月照床。

自喜在官④多暇日，邀朋几度醉瑶觞⑤。

①明《武平志》所录此诗，文字与本版所录有小异。"见"作"号"，"留"作"浮"，"清"作"青"，"自喜"作"我每"。绵洋古刹：旧在县城南，今废。宋《临汀志·山川》载："南山绵洋院，在武平县南二里。莫知何年创，檀越主乃邑人钟统军也。嘉祐间重创佛殿，绍兴间建罗汉阁，嘉定间创三圣阁。"清康熙《武平县志·建置》："绵洋寺，县南，宋时建，明永乐间修。天启丁卯，知县巢之梁重建。"

②霜：年岁，年岁的代称，犹言秋。唐刘皂《渡桑干》："客舍并州已十霜，归心日夜忆咸阳。"

③麝：哺乳动物，形状像鹿而小，无角。雄麝脐部有香腺，能分泌麝香，通称"香獐子"。《说文》："麝，麝如小麋，脐有香。"

④在官：在职为官。《尚书·皋陶谟》："九德咸事，俊义在官。"

⑤瑶觞：玉杯，代称美酒。唐王勃《越州秋日宴山亭序》："银烛摛华，瑶觞抒兴。"

石径云梯①

迭嶂重冈断复连，岩峣嵬际③出层巅。

遥闻猿啸苍烟里，仰见人行白日边。

岂必东山能小鲁④，来临华岳⑤若登天。

游人仰望知何处，目极阑干⑥路八千。

①石径云梯：在武平县城西十五里，通赣南，俗称"石径岭"。

②岧峣（tiáo yáo）：山高峻貌。唐崔颢《行经华阴》："岧峣太华俯咸京，天外三峰削不成。"

③巀：山高耸貌。际：边际。

④岂必：何必。东山能小鲁：《孟子·尽心上》："孔子登东山而小鲁，登泰山而小天下。"

⑤华岳：高大的山。《礼记·中庸》："今夫地一撮土之多，及其广厚，载华岳而不重，振河海而不泄，万物载焉。"

⑥阑干：原指横斜貌，三国曹植《善哉行》："月没参横，北斗阑干。"后借指北斗，明杨基《岳阳楼》诗："春色醉巴陵，阑干落洞庭。"本诗亦借指北斗。

王銮，明湖州乌程县（今浙江湖州吴兴区）人，天顺间（1457~1464年）贡生，成化间（1465~1487年）任武平县教谕。名载明成化《湖州府志·岁贡》、嘉靖《武平志·秩官志》、崇祯《乌程县志·贡生》、清康熙《武平县志·官师志》、乾隆《汀州府志·职官二》。

武平八景（五首）①

平桥翠柳②

长桥坦坦柳依依，胜占三月江水湄③。
翠色回添膏雨润，绿阴多傍画阑④垂。
花⑤飞解送春归去，条折难堪士别离⑥。
多少往来冠盖客⑦，东风⑧立马听莺啼。

①有关注解，详参刘隗《武平八景》诗之注解。
②此诗载清康熙《武平县志》卷十《艺文志》。

③湄（méi）：岸边，水与草交接的地方。《说文》："水草交为湄。"

④画阑：即"画栏"，有画饰的栏杆。唐李贺《金铜仙人辞汉歌》："画栏桂树悬秋香，三十六宫土花碧。"

⑤花：柳花，即柳絮。南朝陈后主《洛阳道》诗之四："柳花尘里暗，槐色露中光。"唐李白《金陵酒肆留别》诗："风吹柳花满店香，吴姬压酒唤客尝。"柳絮一般在农历三月（公历4月）暮春飘飞，故谓"解送春归去"。

⑥参见刘泰《平桥翠柳》注③。

⑦冠盖客：途经之贵官。冠盖，原指官员的冠服和车乘，后代指贵官。汉班固《西都赋》："冠盖如云，七相五公。"唐杜甫《梦李白》诗之二："冠盖满京华，斯人独憔悴。"

⑧东风：春风。

丹井温泉①

闻说平川一井泉，四时温暖气蒸天。

满村分汲②香澄久，比屋③同沾惠泽绵。

云母盘④中通海眼，水晶镜里漏天渊⑤。

长年博济⑥花封⑦利，犹有余波达海边⑧。

①此诗载清康熙《武平县志》卷一《方舆志·形胜》。

②汲（jí）：从井里打水。

③比屋：家家户户。比，紧挨。

④云母：属于硅酸盐类的一族矿物，主要是白色和黑色，能分成透明薄片。云母盘，应指温泉四周由云母石围成。

⑤天渊：星名，《宋史·天文志三》："天渊十星，一曰天池，一曰天泉，一曰天海，在鳖星东南九坎间，又名太阴，主灌溉沟渠。"这里将温泉比作天渊星遗落人间。天渊，或指天水，即天上之水。

⑥博济：广泛惠泽。《三国志·魏书·高堂隆传》："始自三皇，爰暨

唐、虞，咸以博济加于天下。"

⑦花封：封建时代赐给贵妇人的封诰，又谓旧时给媒婆的酬金。此处何义，待考。

⑧温泉之水，汇入平川河、梅、韩诸江，达于南海。

龙河碧水①

门外龙河净碧洋，晚来吟眺似沧浪②。

高低楼阁平川市，大小船樯闽地航。

远地归鸦金闪闪，长空过雁字行行。

虽深百丈能窥石，只为源流彻底③光。

①此诗载清康熙《武平县志》卷十《艺文志》。

②沧浪（láng）：古水名，有汉水、汉水之别流、汉水之下流、夏水诸说。屈原《楚辞·渔父》："沧浪之水清兮，可以濯吾缨；沧浪之水浊兮，可以濯吾足。"南宋严羽有诗歌理论著作《沧浪诗话》。

③彻底：形容水清见底，唐李白《秋登巴陵望洞庭》诗："明湖映天光，彻底见秋色。"

绵洋古刹①

梵刹幽深占地宽，殿庭楼阁耸云端。

鸟啼烟树环檐暝②，风引山云入座寒。

贝叶③好从闲处阅，浮屠④高出径中看。

逃禅⑤几度追游遍，笑指高僧似阿难⑥。

①此诗载清康熙《武平县志》卷十《艺文志》，原题作"绵洋寺"。

②暝：天暗，昏暗。

③贝叶：原指贝多树的叶子，借指佛经，因古代印度人将佛经书于贝叶。

④浮屠：梵文 Buddhastupa 音译之讹略（汉文音译全文是"佛陀堵波"），即佛塔。

⑤逃禅：指遁世而参禅，唐牟融《题寺壁》："闻道此中堪遁迹，肯容一榻学逃禅。"

⑥阿难：佛陀十大弟子之一，善记忆，对于佛陀之说法多能朗朗记诵，故誉为多闻第一。

石径云梯①

云梯削壁若书空②，卓绝巍峨势独雄。

寒影回超千嶂外，高悬多被白云濛。

昼含雾雨看长润，夜透星河望不穷。

南去北来人不断，遥看浑似画图中。

①此诗载清康熙《武平县志》卷十《艺文志》。

②书空：雁在空中成列而飞，其行如字，故称。宋赵师侠《菩萨蛮·春陵迎阳亭》："残角起江城，书空征雁横。"此处形容云梯石阶排列，从下而上，如雁行书空。

西宁，明金山卫（在今上海）人，弘治二年（1489 年）由金山卫指挥使来任汀州守备，征汀漳寇有功，汀州知府吴文度为题《平南寇赋》。曾驻节武平所城，修城御寇。名、事载明嘉靖《武平志·秩官志·武职》，清康熙《武平县志·官师志》，乾隆《汀州府志》之《职官四》、《艺文二·马驯〈守备行司记〉》等。

龙岩雨霁①

公余到此几停车，对景成吟适自娱。

雨过峰头争献翠，泉飞檐外乱抛珠。

偏宜元亮②登舒啸③，只少王维入画图。

莫谓武平边鄙地，城南十里有蓬壶④。

①此诗载清康熙《武平县志·方舆志·形胜》。"龙岩雨霁"为武平八
　景之一，称龙霁岩，岩在今中山镇龙济村。
②元亮：晋陶潜，字元亮，别号渊明。
③舒啸：犹长啸，放声歌啸。晋陶潜《归去来兮辞》："登东皋以舒啸，
　临清流而赋诗。"
④龙霁岩在明武平所城（千户所，今中山镇）南十里。蓬壶，即仙山
　蓬莱岛，此处喻龙霁岩。

　　王守仁（1472～1529年），字伯安，学者称阳明先生，明绍兴余姚
县（今浙江省余姚市）人。著名思想家。弘治十二年（1499年）进士。
正德十一年丙子（1516年），湘赣闽粤诸省不靖，以左佥都御史巡抚南
赣，统辖赣州、南安、汀州、漳州、潮州、韶州、惠州、南雄、郴州等
八府一州，剿抚并举，未几，诸寇遂平。其间，正德十二年讨平武平岩
前寇，班师有诗（康熙《武平县志·崔符志》）。后任南京兵部尚书，
封新建伯。隆庆初，追赠新建侯，谥文成。

平明社亭①

四十年来欲解簪②，萦人王事③益相寻。

伏波欲兆南征梦④，梁父空期归去吟⑤。

深耻有年⑥劳甲马⑦，每惭无德沛甘霖⑧。

武平未必遵吾化⑨，也识寻盟⑩契此心。

①此诗载清康熙《武平县志·艺文志》，原题作"明社亭"。中华书局
　2016年3月版《王阳明集》卷二十《外集二》，载"赣州诗三十六

首"，注明为"正德丙子年九月升南赣佥都御史以后作"，其中有《丁丑二月征漳寇进兵长汀道中有感》《回军上杭》等，但未收此诗。平明社亭，在武平县中山镇阳民村（原属龙济村之杨柳陂自然村，因王守仁经此，谐音其字"阳明"，更村名为"阳民"）。康熙《武平县志·建置志》载："平明社亭，龙济岩左。"民国《武平县志·交通志》载："平明社亭，在龙霁岩左。……明王守仁有《平明社亭诗》……旧《艺文志》脱'平'字。"

②解簪：解去簪缨，谓离开仕途。王守仁出身官宦显要之家，父王华系成化十七年（1481 年）状元，官至南京吏部尚书。正德十二年（1517 年）作此诗时，王守仁年四十六，此句谓其一贯不喜仕途。

③萦人：缠人，累人。王事：王命差遣的公事。《诗经·小雅·北山》："四牡彭彭，王事傍傍。"

④伏波：即东汉著名军事家马援（前 14～49 年），获"伏波将军"称号，东汉建武十八年（42 年）南征平交趾乱。

⑤梁父：原指山名，又作"梁甫"，在泰山下，此处借指三国诸葛亮。《三国志·诸葛亮传》："亮躬耕陇亩，好为《梁父吟》。"归去：离开官场，回归田园。晋陶潜《归去来兮辞》："归去来兮！田园将芜，胡不归？"据载，王守仁极敬仰马援与诸葛亮。

⑥有年：多年，长年。晋陶潜《移居》诗之一："怀此颇有年，今日从兹役。"

⑦甲马：兵甲、车马，喻征战。

⑧沛：充足。甘霖：甘美的雨水，比喻恩泽。

⑨化：教化，开化。

⑩寻盟：重温旧盟。《左传·哀公十二年》："今吾子曰：必寻盟。若可寻也，亦可寒也。"杜预注："寻，重也。寒，歇也。"清康熙《武平县志·雈苻志》载：（正德）"十二年，岩前寇刘隆孜复炽，右佥都御史王守仁讨平之。……节制王公守仁提师驻杭，观兵不进，亲书告谕，翻刻千余张及布帛之类，遣人晓以祸福，许其自新。刘隆孜等归

义纳降，余党悉解。"

岩前剿寇班师纪事[1]

吹角[2]峰头晓散军[3]，春回万马下氤氲[4]。

前旌[5]已带洗兵雨[6]，飞鸟犹惊卷阵云。

南亩[7]稍欣农事动，东山休作凯歌闻[8]。

正思锋镝堪挥泪[9]，一战功成未足云[10]。

[1] 此诗载清康熙《武平县志·艺文志》、乾隆《汀州府志·艺文六》。中华书局 2016 年 3 月版《王阳明集》卷二十《外集二》，此诗为《喜雨三首》第三首，文字略有小异，全诗为："吹角峰头晓散军，横空万骑下氤氲。前旌已带洗兵雨，飞鸟犹惊卷阵云。南亩惭欣农事动，东山休共凯歌闻。正思锋镝堪挥泪，一战功成未足云。"

[2] 吹角：吹号角。

[3] 散军：解散军队，即撤军、班师。

[4] 万马："千军万马"之省，借指大军。氤氲（yīn yūn）：烟云弥漫的样子。本诗此句谓在春雾中行军。

[5] 前旌：前线。旌，旗。

[6] 洗兵雨：传说周武王出师遇雨，认为是老天洗刷兵器，后擒纣灭商，战争停息。事见汉刘向《说苑·权谋》。后遂以"洗兵"表示胜利结束战争。唐刘长卿《平蕃曲》之一："吹角报蕃营，回军欲洗兵。"

[7] 南亩：谓农田。南坡向阳，利于农作物生长，古人田土多向南开辟，故称。《诗经·小雅·大田》："俶载南亩，播厥百谷。"

[8] 典出《诗经·豳风·东山》，此诗叙征人解甲凯旋还乡途中的思乡之情。此句应言平定岩前寇只是阶段性胜利，不可漫作凯歌，还需努力直至寇息，取得全功，即下句"一战功成未足云"。

⑨锋镝（dí）：刀刃和箭镞，借指兵器、战争。此句言征战给国家黎民带来痛苦。

⑩"未足云"的原因在于一战功成万骨枯，战争造成无数兵士和百姓死亡。王阳明有浓厚的爱民情怀，所以战胜而不矜功，反而因兵民的牺牲而伤心掉泪。

　　何泰，字廷和，明赣州雩都县（今江西于都县）人，正德二年丁卯（1507年）举人，正德十五年（1520年）任武平知县。与弟何春、何秦（即何廷仁，王守仁著名门人）皆有令名。名载明嘉靖《武平志·秩官志》，清康熙《雩都县志》卷八《科举志》、康熙《武平县志·官师志》等。

龙岩雨霁①

维彼②东有岩，怪石磊巉巉③。
蛟龙作窟宅④，白云常封缄⑤。
宿雨⑥嘉初霁⑦，淄水⑧出山涵⑨。
长川挂瀑布⑩，青翠满松杉。

①此诗载清康熙《武平县志·方舆志·形胜》。"龙岩雨霁"为武平八景之一，称龙霁岩，岩在今中山镇龙济村。

②维彼：维，文言助词，用于句首或句中。彼，那。或谓"维"通"惟"，义"思念"。《诗经·小雅·白华》："维彼硕人，实劳我心。"

③巉巉（chán chán）：形容山势峭拔险峻。唐张祜《游天台山》诗："巉巉割秋碧，娲女徒巧补。"

④此句谓龙霁岩如有蛟龙居住，如南宋《临汀志·山川》载南安岩"形如狮子，旧为龙鼋窟宅，俗呼为'龙穿洞'"。

⑤封缄：包封，笼罩。

⑥宿雨：久雨。宋王安石《宿雨》诗："宿雨惊沙尽，晴云昼漏稀。"

⑦嘉：善，美好。初霁：初晴。

⑧淄（zī）水：其义待考，疑"淄"字有误。"淄"古同"缁"，义"黑色"，则淄水为黑水，宿雨之后，山水为浑或可通，如山东淄河，古称淄水，因水色墨绿得名。

⑨山涵：山洞。

⑩长川：长河。此句谓瀑布如长川，化自李白《望庐山瀑布》"遥看瀑布挂前川"句。

汪琳，明衢州开化县（今浙江开化县）人，正德间（1506～1521年）贡生，授武平县训导，安贫苦节。名载明嘉靖《武平志·秩官志》，清康熙《武平县志·官师志》、乾隆《汀州府志·职官二》、雍正《开化县志》卷四《选举志·明贡士》等。

梁野山①

禅榻②梁山上，肩舆③路几程？

残花四五树，啼鸟两三④声。

云向山腰起，人从树顶行。

老僧如有约，两两⑤路傍⑥迎。

①此诗载明嘉靖《武平志》之《附录·寺庵观庙·梁山寺》，亦载清康熙《武平县志·艺文志》、乾隆《汀州府志·艺文六》等。

②禅榻：禅床。唐杜牧《题禅院》："今日鬓丝禅榻畔，茶烟轻扬落花风。"

③肩舆：轿子。唐白居易《东归诗》："翩翩平肩舆，中有醉老夫。"

④明版作"两三"，清版作"三两"，揆诸格律，当以"两三"为是。

⑤民国《武平县志·艺文志》作"合十"。

⑥傍：通"旁"。

孙勋，字次薇，明广州南海县人，嘉靖十三年（1534年）举人，嘉靖二十二年至二十七年（1543～1548年）任武平知县，官至同知（一作知州）。名载明嘉靖《武平志·秩官志》，清康熙《武平县志·官师志》、道光《广东通志》卷七十四《选举表十二》等。

武平八景（五首）

梁野仙山①

一陟②梁山紫翠间，倦游飞鸟不知还。

晴空俯瞩③沧溟④小，古殿⑤深凝玉宇⑥寒。

丹灶尚存仙子去，岩花依旧石棋残。

凭高访胜风云睨⑦，笑指烟萝⑧月满坛⑨。

---

①此诗载清康熙《武平县志》卷一《方舆志·形胜》。此诗及下文《化溪碧水》《绵洋古刹》》《石径云梯》与明初刘焘为同题诗，韵脚一致，应为孙勋的步韵和诗。

②陟（zhì）：登高。

③俯瞩：同"俯瞰"，从上往下看。

④沧溟：大海。南朝梁简文帝《昭明太子集序》："沧溟之深，不能比其大。"

⑤古殿：梁野山有白云古寺，传为宋初定光古佛（释自严）卓锡之地。

⑥玉宇：天空。宋陆游《十月十四夜月终夜如昼》："西行到峨眉，玉宇万里宽。"

⑦睨（xiàn）：因害怕不敢正视的样子，唐韩愈《祭鳄鱼文》："刺史虽驽弱，亦安肯为鳄鱼低首下心，伈伈睨睨，为民吏羞，以偷活于此耶？"

⑧烟萝：原指草树茂密、烟聚萝缠，借指幽居或道家修真之处，宋苏舜
　钦《离京后作》："脱身离网罟，含笑入烟萝。"

⑨坛：神坛，法坛。

平桥翠柳①

山城三月风依依②，平桥柳色满溪湄。

青丝拂燕迎堤舞，翠带穿莺倚槛垂。

烟③近夕阳春漠漠④，阴⑤连禾黍日⑥离离⑦。

遗迹不逐东流逝，岁岁花开鸟自啼。

①此诗载清康熙《武平县志》卷一《方舆志·形胜》。此诗与明成化间
　王銮为同题诗，韵脚一致，应为孙勋的步韵和诗。

②依依：依稀、隐约。晋陶渊明《归园田居诗》："暧暧远人村，依依
　墟里烟。"

③烟：柳色浓郁如烟。

④漠漠：浓郁。

⑤阴：树阴。

⑥日：日益。与上句"春"形成借对。

⑦离离：此处形容禾黍日益茂盛。《诗经·王风·黍离》："彼黍离离，
　彼稷之苗。"

化溪碧水①

郭外平田护绿河，暮林烟树得春多。

长桥晚映龙②横渚③，细竹时摇燕拂波。

五夜④星辰澄底见，四方云物⑤望中⑥罗。

年来淡月黄昏后，近浦⑦渔家处处歌。

①此诗载清康熙《武平县志》卷一《方舆志·形胜》。

②龙：即化溪，又名"化龙溪"，今谓平川河。

③渚（zhǔ）：水中的小洲。《说文》："小洲曰渚。"龙横渚，谓化龙溪中横列小洲。

④五夜：古时将一夜分为五更：甲夜、乙夜、丙夜、丁夜、戊夜。五夜，或指夜晚，或指凌晨（第）五更戊夜。唐崔琮《长至日上公献寿》："五夜钟初动，千门日正融。"。

⑤云物：景物、景色。南朝齐谢朓《高松赋》："尔乃青春受谢，云物含明，江皋绿草，暧然已平。"

⑥望中：视野之中。唐权德舆《酬冯监拜昭陵途中遇雨》："甘谷行初尽，轩台去渐遥；望中犹可辨，耘鸟下山椒。"此联谓星辰万物一一罗列，明映溪中，形容水清。

⑦浦（pǔ）：水边，岸边。

绵洋古刹①

萧寺②横溪枕碧洋③，四时松桧老④秋霜。

日长槛外时闻鸟，风细篱坳静有香。

野鹤啄余花满院，山僧卧处竹侵床。

不妨秘阁⑤调琴暇⑥，笑向东风醉几觞⑦。

①此诗载明嘉靖《武平志·附录》之《寺庵观庙·绵洋寺》，亦载清康熙《武平县志》卷一《方舆志·形胜》。

②萧寺：佛寺。唐李肇《唐国史补》卷中："梁武帝造寺，令萧子云飞白大书'萧'字，至今一'萧'字存焉。"后因称佛寺为萧寺。

③碧洋：碧绿田野。

④老：谓松桧岁寒不凋，如人之长寿。

⑤明版作"闭阁"，清版作"秘阁"。秘阁：原古代宫中收藏珍贵图书之处，此诗应指寺中藏经之阁。

⑥暇：古音同"夏"，《平水韵》为"去声二十二祃"。《康熙字典》释

"暇"："《唐韵》《正韵》：胡驾切；《集韵》《韵会》：亥驾切，同音
'夏'。《说文》：闲也。"

⑦觞（shāng）：盛酒之器。

石径云梯

曙色岚光①翠欲连，绝崖飞嵼②万山巅。

惊看杖履③穿霞上，浪指楼台近日边。

目极嵩华④依北阙⑤，眼空溟渤⑥俯南天⑦。

九重⑧应在彤云⑨里，休道闽山路八千⑩。

①岚光：山间雾气经日光照射而发出的光彩。唐李绅《若耶溪》："岚
　光花影绕山阴，山转花稀到碧埼。"

②嵼（yǎn）：大山上的小山。

③杖履：原指手杖和鞋子，这里指山行者。

④嵩华：嵩山、华山的并称。北周庾信《哀江南赋》："禀嵩华之玉石，
　润河洛之波澜。"

⑤北阙：原指古代宫殿北面的门楼，是臣子等候朝见或上书奏事之处，
　后借指朝廷。此处谓在石径岭可能目极远见嵩山华山依傍北京，形容
　山高。

⑥溟渤：溟海、渤海的并称，此诗指南海。

⑦南天：南方。此处谓在石径岭可俯瞰岭南、南海，亦形容山高。

⑧九重：天之极高处，古谓"天有九重"，亦作"九天""九霄"，这里
　借指朝廷。因石径云梯、帝城（北京）均在武平县治之北，经石径
　岭可北赴京师，故谓"九重应在彤云里"。

⑨彤云：红云，彩云。唐宋之问《奉和春日玩雪应制》："北阙彤云掩
　曙霞，东风吹雪无山家。"

⑩路八千：唐韩愈《左迁至蓝关示侄孙湘》谓："一封朝奏九重天，夕贬
　潮阳路八千。""路八千"谓与京师之遥，武平地近潮阳，故亦有此称。

邓帛，明赣州信丰县人，嘉靖三十一年（1552 年）贡生，武平县训导，参与修纂《武平志》。名载明嘉靖《武平志·秩官志》，清康熙《武平县志·官师志》、康熙《信丰县志》卷三《选举表》。

梁野山①

百里峰峦此独高，攀缘隐隐似凌霄②。

松萝③壁挂春常满，尘壒④身超月共遥。

玄夜⑤灯传惊法鼓⑥，碧天剑倚弄云梢。

豪吟漫遣登临兴，伐木山山鸟自招⑦。

①此诗载明嘉靖《武平志》之《附录·寺庵观庙·梁山寺》，亦载清康熙《武平县志·艺文志》。

②凌霄：迫近云霄。

③松萝：又名龙须草、金钱草、关公须等，属地衣门松萝科植物，生于深山的老树枝干或高山岩石上，成悬垂条丝状。

④尘壒（ài）：飞扬的灰土，喻指尘世、尘俗。宋苏辙《御风辞》：“天地肃然，尘壒皆尽。”

⑤明版作“玄夜”，其义即黑夜。清版作“元夜”。元夜：元宵。宋欧阳修《生查子·元夕》：“去年元夜时，花市灯如昼。”

⑥法鼓：佛教法器，举行法事时用以集众唱赞的大鼓。《法华经·化城喻品》：“击于大法鼓，而吹大法螺。”晋孙绰《游天台山赋》：“法鼓琅以振响，众香馥以扬烟。”梁野山上有白云古寺。

⑦此句化自《诗经·小雅·伐木》“伐木丁丁，鸟鸣嘤嘤”句。招：招朋引伴。

梁元桢，明广州南海县人，万历四年（1576 年）举人，授武平知县，峭直不畏强御，剖决如流。后任宁化知县，所至有声。名载清康熙《武平县志》之《官师志》《官师表》，康熙《南海县志》卷五《选举志·明乡举》，乾隆《汀州府志·职官一》。

南安石洞①

> 迭嶂周遭插碧虚②，孤峰擎出化人③居。
> 云生乳窦④青莲字⑤，烟锁苔龛⑥贝叶书⑦。
> 自笑宰官终幻迹，且从老衲⑧问真如⑨。
> 南岩亦是安禅地，十二山头⑩好结庐。

①此诗载清康熙《武平县志·方舆志·形胜》，亦载民国《武平县志·艺文志》，题作《游南安岩》。

②碧虚：碧空，青天。南朝梁吴均《咏云》："飘飘上碧虚，蔼蔼隐青林。"

③化人：佛、菩萨。佛教谓佛、菩萨变形为人，以化度众生者。宋苏轼《同正辅表兄游白水山》："因随化人履巨迹，得与仙兄蹑飞鞚。"或指仙人，清吴伟业《海市》："灏气空蒙万象来，非烟非雾化人裁。"南安岩为定光古佛、何仙姑修行之地。

④乳窦：石钟乳洞。南朝宋鲍照《从登香炉峰》："旋渊抱星汉，乳窦通海碧。"南安岩洞内有石钟乳。

⑤青莲字：佛经。青莲：一种睡莲，叶子宽而长，青白分明，印度人用之形容佛眼。《维摩诘所说经卷上》："目净修广如青莲，心净已度诸禅定。"

⑥苔龛：长满青苔的佛龛。

⑦贝叶书：佛经。古印度人将佛经刻写于贝叶上。

⑧老衲：年老僧人。唐戴叔伦《题横山寺》："老衲供茶碗，斜阳送客舟。"衲，同"纳"，僧衣由布块缝纳而成，称为纳衣。

⑨真如：佛教谓真理、现象的本质或真实性。

⑩十二山头：即南岩安四周的十二峰，《临汀志·山川》："十二峰，在武平县南安岩前，定光偈云'一峰狮子吼，十二子相随'是也。"

梁野山①

百折丹梯②磴道③长，登临尊酒④共徜徉。

松萝翠滴重岩溜⑤，风叶⑥红飞九日⑦霜。

秋兴欲裁潘岳赋⑧，风流谁似孟嘉狂⑨？

凭高目断寥天⑩远，愁绝鸿书⑪滞一方⑫。

①此诗载清康熙《武平县志·艺文志》，亦载民国《武平县志·艺文志》，题作《九日登梁野山》。

②丹梯：指高入云霄的山峰。《文选·谢朓〈敬亭山诗〉》："要欲追奇趣，即此陵丹梯。"李善注："丹梯，谓山也。"唐李白《夜泛洞庭寻裴侍御清酌》："遇憩裴逸人，岩居陵丹梯。"

③磴（dèng）道：登山的石径。南朝宋颜延之《七绎》："岩屋桥构，磴道相临。"

④尊酒：杯酒。唐高适《赠别沈四逸人》："耿耿尊酒前，联雁飞愁音。"尊，古同"樽"。

⑤溜：迅急的水流，瀑布。

⑥风叶：民国武平县志作"枫叶"。

⑦九日：九月九日，重九，重阳。

⑧潘岳作有《秋兴赋》。潘岳（247～300年），西晋文学家，字安仁。

⑨孟嘉，字万年，江夏鄳县人，东晋名士，陶渊明外祖父。《晋书》卷九十八《桓温列传·孟嘉》载重阳"孟嘉落帽"事："九月九日，（桓）温燕龙山，僚佐毕集。时佐吏并著戎服，有风至，吹嘉帽堕

落，嘉不之觉。温使左右勿言，欲观其举止。嘉良久如厕，温令取还之，命孙盛作文嘲嘉，著嘉坐处。嘉还见，即答之，其文甚美，四坐嗟叹。"后以此典故称扬气度宽宏、风流倜傥。

⑩寥天：辽阔的天空。唐姚月华《怨诗》："登台北望烟雨深，回身泣向寥天月。"

⑪鸿书：书信。

⑫滞一方：阻隔一方，谓音讯不通。唐柳宗元《登柳州城楼寄漳汀封连四州刺史》："共来百越文身地，犹自音书滞一乡。"

　　王廷臣，明扬州江都县（今江苏扬州江都区）人。万历五年（1577 年）丁丑科武进士。任汀州守备期间，修紫阳祠，建通济桥，军威尤肃，军民建祠以祀。名载清乾隆《江都县志》卷十二《选举·武选举》、《汀州府志·职官四》等。

盈科桥（五首）①

（一）

海国②春初到，樵亭雨亦登。
湖光浓不扫，岚霭湿如蒸。
客舍悲王粲③，仙舟羡李膺④。
延津⑤何处是，双剑气凌凌⑥。

①此诗载清康熙《武平县志·艺文志》，"其一"亦载乾隆《汀州府志·艺文六》。盈科桥，康熙《武平县志·建置志·桥梁》载："县（城）南十五里。"盈科，水丰满沟，喻打下坚实基础。《孟子·离娄下》："原泉混混，不舍昼夜，盈科而后进，放乎四海。"

②海国：近海地域。唐张籍《送南迁客》诗："海国战骑象，蛮州市用

银。"武平近海，故谓。

③客舍：旅馆。

王粲（177～217 年）：东汉末年文学家，山阳郡高平县（今属山东）人，"建安七子"之一，建安二十二年（216 年）随曹操南征孙权，于北还途中病逝，终年四十一岁。作有《登楼赋》，抒写生逢乱世、长期客居他乡、才不得施展之情，中有"虽信美而非吾土兮，曾何足以少留"句。

④李膺（110～169 年）：字元礼，颍川郡襄城县（今河南襄城县）人，东汉名士、官员。《后汉书》卷六十八《郭太传》载，郭太字林宗，"游于洛阳，始见河南尹李膺，膺大奇之，遂相友善，于是名震京师。后归乡里，衣冠诸儒送至河上，车数千辆。林宗唯与李膺同舟而济，士宾望之，以为神仙焉"。

⑤延津：延津渡，晋时属延平县（今福建省南平市），故称。据《晋书·张华传》载，丰城令雷焕得龙泉、太阿两剑，以其一与张华。后华被诛，剑即失其所在。雷焕死，其子持剑行经延平津，剑忽跃出堕水。使人入水取之，但见两龙蟠萦，波浪惊沸，剑亦从此亡去。后遂以"延津剑"指龙泉、太阿两剑。故南平市南唐名剑州、宋为南剑州。

⑥凌凌：寒冷貌。唐韩愈《秋怀》诗之四："秋气日恻恻，秋空日凌凌。"

（二）

灵孕湖山秀，阴晴总斗奇①。
露凝金柳重，雨润碧苔滋。
对酒花飞急，凭阑鸟度迟。
相看②无限意，握手话鸥夷③。

①斗奇：争奇，唐文丙《牡丹》诗："万物承春各斗奇，百花分贵近亭池。"

②相看：唐李白《独坐敬亭山》："相看两不厌，只有敬亭山。"

③鸱（chī）夷：盛酒的革囊，指酒杯。《文选·扬雄·酒赋》："鸱夷滑稽，腹大如壶，尽日盛酒，人腹借酤。"

鸱夷尚有多义，其一，春秋末楚国商人范蠡经商时取名"鸱夷子皮"。《史记·货殖传》：范蠡"乘扁舟浮于江湖，变名易姓，适齐为鸱夷子皮，之陶为朱公"。

（三）

戎幕①乘清暇，名园忆辟疆②。

情牵烟水阔，梦绕薜萝③长。

客里④分官俸，山中寄鹤粮⑤。

何时重载酒，烂醉菊花傍？

①戎幕：军府，幕府。唐李白《宣城送刘副使入秦》诗："寄深且戎幕，望重必台司。"

②辟疆：即辟疆园，晋顾辟疆的名园，用于集宾友酣燕。顾辟疆，吴郡吴（今江苏苏州）人，事载《世说新语·简傲·王子敬傲主骄人》。

③薜萝：薜荔和女萝，常攀缘于山野林木或屋壁之上，《楚辞·九歌·山鬼》："若有人兮山之阿，被薜荔兮带女萝。"借指隐者或高士的住所。南朝梁吴均《与顾章书》："仆去月谢病，还觅薜萝。"清黄遵宪《岁暮怀人诗》之二："十年冷署付蹉跎，归去空山卧薜萝。"

④客里：离乡在外。唐牟融《送范启东还京》诗："客里故人尊酒别，天涯游子弊裘寒。"此句指用官俸集宾友酣燕。

⑤鹤粮：隐居修道者的口粮。唐皮日休《暇日独处寄鲁望》诗："园蔬预遣分僧料，廪粟先教算鹤粮。"此句应指山中隐士送来食物分享，或给山中隐士送去食物。

（四）

山脉控回龙①，探珠气转雄②。

岚光迷远岫③，云色净高松。

短屐扶残雨④，峨冠侧晚风⑤。

归途明望眼⑥，火树⑦一江红。

①控：扼守。回龙：回旋的山脉。

②探珠：即"探骊得珠"之省，在骊龙的颔下取得宝珠。骊，黑龙，喻山脉。全句应指登山揽胜如同探骊得珠，使人气概更加雄壮。

③岫（xiù）：山。

④屐：木鞋（用木头做鞋底的鞋）。南朝谢灵运登山所穿之屐，后世称"谢公屐"。残雨：将止之雨。宋陆游《枕上口占》："残雨堕檐时一滴，老鸡栖树已三鸣。"扶：应指搀扶，其字会意，从手从夫，意为"用手帮助身边（外侧）的人"，与下文"侧"对应。全句即指在残雨中穿着短屐搀扶而行。元郏经《娄东述怀寄示龙门上人玉山居士》诗："泥滑双扶屐，灯明共弈棋。"

⑤峨冠：高冠。宋陆游《登灌口庙东大楼观岷江雪山》诗："我生不识柏梁建章之宫殿，安得峨冠侍游宴。"侧：吹斜。

⑥望眼：远眺之眼。宋岳飞《满江红》词："抬望眼，仰天长啸，壮怀激烈。"

⑦火树：形容开满红花或长满红叶的树。唐白居易《山枇杷花》诗："火树风来翻绛焰，琼枝日出晒红纱。"

（五）

万顷陂塘傍竹轩[①]，平添一水护重门[②]。

旋看[③]泼泼[④]鱼初放，想见丝丝藻欲繁。

明月荡波留玉魄[⑤]，白云摇影动风幡。

凭阑最喜尘襟[⑥]涤，笑向渠头一问源[⑦]。

①竹轩：竹屋。唐赵嘏《忆山阳》诗："家在枚皋旧宅边，竹轩晴与楚坡连。"

②重门：层层之门，千家万户。宋张先《青门引》词："楼头画角风吹醒，入夜重门静。"

③旋看：来回观赏。

④泼泼：又作"发发"，一说鱼甩尾声，一说盛貌（很多的样子）。语本《诗经·卫风·硕人》"鳣鲔发发，葭菼揭揭"句。宋范仲淹《临川美鱼赋》："泼泼晴波，在彼中河。"清陈子范《买鱼行》："大船载载集江岸，小鱼泼泼数千多。"

⑤玉魄：月亮别称。唐春台仙《游春台》诗："玉魄东方开，嫦娥逐影来。"魄，通"霸"，月光。

⑥尘襟：世俗的胸襟。唐黄滔《寄友人山居》诗："茫茫名利内，何以拂尘襟。"

⑦化自朱熹《观书有感》"问渠那得清如许，为有源头活水来"句。渠：它。

邓烜（xuǎn），其人不详，或为明武平县训导邓焯之误。邓焯，福建沙县人，万历十七年（1589 年）岁贡，曾任州教授。名载清康熙《武平县志·职官志》、民国《沙县志·选举》。

檀　岭①

曲曲盘盘阻且长②，东回西转绕羊肠。
八千世路③多艰险，过客何劳④说太行⑤？

①此诗载清康熙《武平县志·艺文志》。
　檀岭：在今武平县中堡镇与上杭县珊瑚乡交界处的腊石岭、圆通山所在山脉，越此山东进即达汀江。宋《临汀志·至到》：上杭县“西北至武平县界八十里，以檀岭为界，自界首至武平县一百一十里”。清康熙《武平县志·山路》：“檀岭，在县东六十里。”乾隆《汀州府志·兵制》：上杭县“檀岭隘、驴子岭隘，俱在平安里”。民国《武平县志·山川》：“檀岭，县东七十里，为通汀驿路。逾岭直下，为上杭之千家村。再南则为木马山，为芳洋、中正通汀要道。连亘十余里，为杭武交界云。”
②阻且长：《诗经·蒹葭》：“溯洄从之，道阻且长。”
③世路：人世之路。唐杜甫《春归》：“世路虽多梗，吾生亦有涯。”
④何劳：何须烦劳，用不着。
⑤太行：晋冀界山太行山，以难行著名。李白《行路难》：“欲渡黄河冰塞川，将登太行雪满山。”

　　熊茂松，字汝辰，号蘅皋，明江西瑞州府高安县（今江西高安市）人。万历二十五年（1597年）举人，初任河北沧州知州，改福建汀州府同知、署宁化、永定知县，升刑部郎中，任湖广宝庆府（今湖南邵阳）知府，所任均有惠政。能诗，工书法，擅丹青，山水师黄子久（公望），佛像师丁云鹏，品格清高，雅尚文藻。著有《余清馆集》《东轩遗稿》。明《画史会要》，清《明画录》、乾隆《汀州府志》之《职官》《名宦》等均有记。

灵洞山（二首）^①

（一）

闻道龙湫^②百尺寒，真人^③遗下九还丹^④。
尘容^⑤自与仙源隔^⑥，咫尺迷津问转难。

（二）

燕岩^⑦千仞半浮空，旧隐仙人是葛公^⑧。
留得石棋残局在，世间几度决雌雄。

①此诗载清康熙《武平县志》卷十《艺文志·题咏》。灵洞山，在武平县城之西十里，属丹霞地貌。
②龙湫（qiū）：上有悬瀑下有深潭谓之龙湫。唐杜荀鹤《送吴蜕下第入蜀》诗：“鸟径盘春霭，龙湫发夜雷。”又专指浙江雁荡山瀑布名，前蜀贯休《无题》诗：“雁荡经行云漠漠，龙湫宴坐雨蒙蒙。”这里指灵洞山瀑布。
③真人：道家称修真得道的人。《庄子·天下》：“关尹、老聃乎，古之博大真人哉！”宋《临汀志·山川》载武平县灵洞山，“上有仙洞，为洞天之一。山有仙人上马石、蛟池、石龟之类，旁有灵洞院、洞元

观，皆因山得名"。

④九还丹：又称"九转丹"，道教谓经九次提炼、服之能成仙的丹药。唐吕温《同恭夏日题导真观李宽中秀才书院》诗："愿君此地攻文字，如炼仙家九转丹。"

⑤尘容：尘俗的容态。南朝齐孔稚珪《北山移文》："焚芰制而裂荷衣，抗尘容而走俗状。"

⑥仙源：道教称神仙所居之处。

⑦燕岩：在灵洞山。

⑧葛公：即东晋道教学者、著名炼丹家葛洪（284~364年），曾隐居广东罗浮山。《临汀志·寺观》载武平县灵洞天福院，"门有二泉萦回，派出葛仙翁炼丹井"。

成敦睦，明淮安盐城县（今江苏盐城市）人，万历十年（1582年）岁贡，曾任济南齐河县丞、广信上饶县丞。万历三十七年（1609年）任武平知县，清操自励，爱民好士，驭军兵有恩，曾修县志，寻卒，邑人立祠祀焉。名载明万历《盐城县志》卷六《选举志》，清康熙《武平县志·官师表》及光绪《盐城县志·人物志》有传。

均庆寺①

> 巑岏岛屿②起平芜③，映带诸峰作画图。
> 佛挽溪流成曲水④，仙留石榻隐团蒲⑤。
> 幽岩百折苍龙伏，迭嶂千寻玉柱扶。
> 秉炬昼游游不尽，分明人世有蓬壶⑥。

①此诗载清康熙《武平县志·艺文志》。

②巑岏（cuán wán）：山高锐貌。南朝宋鲍照《登庐山望石门》诗："崭绝类虎牙，巑岏像熊耳。"

　　岛屿：喻狮岩。

③平芜：草木丛生的平旷原野。南朝梁江淹《去故乡赋》："穷阴匝海，平芜带天。"

④武平民间言：定光佛、何仙姑斗法，定光要求仙姑让出南安岩，仙姑称除非江水倒流。定光施法，果使江水倒流。仙姑遂让岩另行结庵。下句"仙"，即何仙姑。

⑤团蒲：即蒲团，用蒲草编织成的圆垫，多为僧人坐禅及跪拜时所用。

⑥蓬壶：即蓬莱，古代传说中的海中仙山，此喻狮岩。晋王嘉《拾遗记·高辛》："三壶则海中三山也。一曰方壶，则方丈也；二曰蓬壶，则蓬莱也；三曰瀛壶，则瀛洲也。形如壶器。"唐沈亚之《题海榴树呈八叔大人》诗："曾在蓬壶伴众仙，文章枝叶五云边。"民国《武平县志·古迹志》："'人世蓬壶'石刻，在南岩洞后，万历三十□年，知县成敦睦书刻并有诗。"

　　巢之梁（1575～1645年），字伯桢，明常州武进县（今江苏常州武进区）人，万历四十年（1612年）举人。天启间至崇祯初（1621～1628年）任武平知县，爱民礼士，御寇有功，纂修县志。迁曹州（今山东菏泽）知州，爱民如子，致仕归家。南明弘光元年（1645年）闰六月，和儿子巢竹、巢琛在孟河与士民起兵反清，兵败殉国（民国《武平县志·古迹志·冢墓》，载其墓在武平城东竹园里。当为衣冠冢）。事载清康熙《武平县志》之《官师表》《萑苻志》、乾隆《汀州府志·职官二》、徐鼒《小腆纪传》卷第四十六《义师（一）》、光绪《武进阳湖县志》卷十九《选举》等。

武平八景（八首）①

梁野仙山

　　苍茫四望列峰攒，野鹤孤云天地宽。

绝璧花明香雾叆②，长松月映曙光寒。

一声清梵③金猊④袅，百杵⑤疏钟⑥玉漏⑦残。

几度临风怀古迹，空余丹灶伴幽坛。

①此"八景"诗载清康熙《武平县志》卷一《方舆志·形胜》。

②叆（ài）：云盛貌。

③清梵：僧尼诵经的声音。唐韩翃《题僧房》："名香连竹径，清梵出
花台。"

④金猊（ní）：形如狻猊的香炉，香烟可自口中吐出。宋李清照《凤凰
台上忆吹箫》："香冷金猊，被翻红浪，起来慵自梳头。"

⑤杵：原本作"杆"，按音律、诗义当作"杵"。百杵：以杵（木棒）
击钟达百余次。

⑥疏钟：稀疏的钟声，不时可以闻及的寺庙钟声。清陈廷敬《送少师卫
公致政还曲沃》："梦绕细旃闻夜雨，春回长乐远疏钟。"

⑦玉漏：古代计时漏壶的美称。唐苏味道《正月十五夜》："金吾不禁
夜，玉漏莫相催。"

南岩石洞

石室原无斧凿痕，何年虎踞共龙蹲？

劈开须仗巨灵①掌，说法还归大士②根。

借片白云封谷口，邀轮明月伴黄昏。

几时绝顶攀萝③去，更觅通天第一门。

①巨灵：神话传说中劈开华山的河神。典出东晋干宝《搜神记》卷十
三之记："二华之山，本一山也。当河，河水过之而曲行。河神巨灵，
以手擘开其上，以足蹈离其下，中分为两，以利河流。今观手迹于华
岳上，指掌之形具在；脚迹在首阳山下，至今犹存。"

②大士：梵文 Mahsaāttva 的意译，音译为"摩诃萨"，意思是"伟大

的人"，是对菩萨的通称。

③萝：藤萝，藤蔓。唐玄奘《题中岳山》："孤峰绝顶万余嶒，策杖攀萝渐渐登。行到月边天上寺，白云相伴两三僧。"

平桥翠柳

毵毵①柳眼②向人窥，无限风光碧水湄。

金谷晓莺啼舌巧，珠帘乳燕③舞衣垂。

娟娟④眉黛⑤愁无语，袅袅⑥腰肢瘦不支。

此地昔年传胜事，迄今留得晓风吹。

①毵毵（sān sān）：枝条细长纷乱的样子。唐孟浩然《高阳池送朱二》："澄波澹澹芙蓉发，绿岸毵毵杨柳垂。"

②柳眼：形容初生的柳叶细长柔嫩，如人睡眼初展。唐元稹《生春诗》二十首之九："何处生春早，春生柳眼中。"

③乳燕：雏燕，幼燕。唐李贺《南园诗》十三首之八："春水初生乳燕飞，黄蜂小尾扑花归。"

④娟娟：细长而弯曲。《文选》鲍照《翫月城西门解中》："始见西南楼，纤纤如玉钩。末映东北墀，娟娟似蛾眉。"

⑤眉黛：古代妇女以黛画眉，故称眉为"眉黛"。唐白居易《如梦令·频日雅欢幽会》："说着暂分飞，蹙损一双眉黛。"此处喻柳枝。

⑥袅袅（niǎo）：形容轻盈柔弱。《文选》左思《吴都赋》："蔼蔼翠幄，袅袅素女。"

丹井温泉

鸡犬飞升①丹井留，千年灵药进珠流。

红炉点雪②和烟暖，玉液金膏带雾浮。

浅碧一泓清沁骨，琮琤③万壑韵鸣球④。

华清浴罢霓裳⑤冷，不及春风此地游。

①鸡犬飞升：传说汉朝淮南王刘安修炼成仙后，把剩下的药撒在院子
里，鸡和狗吃了，也都升天了。汉王充《论衡·道虚》："淮南王刘
安坐反而死，天下并闻，当时并见，儒书尚有言其得道仙去，鸡犬升
天者。"本诗以此喻指武平温泉曾有仙人于此炼丹。

②红炉点雪：又作"洪炉点雪"。红炉上着一点雪，立即融化，比喻一
经点拨，立即悟解。本诗以此喻温泉如同洪炉煮雪水。

③琮琤：形容敲打玉石、流水等的声音。

④鸣球：谓击响玉磬。《尚书·益稷》："戛击鸣球，搏拊琴瑟。"孔传：
"球，玉磬。"孔颖达疏："《释器》云：球，玉也。鸣球谓击球使鸣。
乐器惟磬用玉，故球为玉磬。"明刘基《遣兴》："艳艳霜林张绮缬，
琤琤风叶落鸣球。"

⑤此句谓杨贵妃由唐玄宗宠爱赐浴华清池到无奈赐死马嵬坡的剧变遭
遇。霓裳，即唐玄宗所作《霓裳羽衣曲》，由杨贵妃作舞表演。唐白
居易《长恨歌》："春寒赐浴华清池，温泉水滑洗凝脂。侍儿扶起娇
无力，始是亲承恩泽时。""渔阳鼙鼓动地来，惊破霓裳羽衣曲。"

龙河碧水

万派奔流汇玉河，岚光树色映来多。
桃花浪喷峨嵋雪，杨柳风吹太液①波。
石峡浮霞明昼锦②，沙堤积翠蔚③春罗④。
澄清一碧犹无际，到处沧浪起暮歌。

①太液：古池名，即太液池，在汉唐长安，汉武帝元封元年（前110
年）开凿。唐白居易《长恨歌》："归来池苑皆依旧，太液芙蓉未
央柳。"

②昼锦：富丽锦衣。《汉书·项籍传》载秦末项羽入关，屠咸阳。或劝
其留居关中，羽见秦宫已毁，思归江东，曰："富贵不归故乡，如衣
锦夜行。"《史记·项羽本纪》作"衣绣夜行"。后遂称富贵还乡为

"衣锦昼行"，省作"昼锦"。本诗以之喻霞映溪水如同富贵还乡之锦。

③翦：通"剪"，裁剪。

④罗：轻软的丝织品。春罗：春衣，唐李贺《神仙曲》："春罗书字邀
　王母，共宴红楼最深处。"

绵洋古刹①

传来梵刹古绵洋，剩得荒山傲雪霜。

殿角空悬秋月冷，禅关②常锁翠云香。

缗蛮③鸟语和村杵④，缥缈霞光罩石床。

从此登临还旧物，好教三祝⑤万年觞。

①清康熙《武平县志·建置》："绵洋寺，县南，宋时建，明永乐间修。
　天启丁卯，知县巢之梁重建。"

②禅关：禅门。唐李白《化城寺大钟铭》："方入于禅关，睹天宫峥嵘，
　闻钟声琐屑。"

③缗（mín）蛮：又作"绵蛮"，形容鸟鸣声连续不断。《诗经·小雅·
　缗蛮》："缗蛮黄鸟，止于丘隅。"

④村杵：村庄中用杵舂米、捶衣、筑墙等声音。

⑤三祝：旧时谓祝人寿、富、多男子为"三祝"，此诗或指多次祈祝。

石径云梯

崎岖鸟道①远峰连，一径斜通紫翠巅。

踏破碧霞三岛②外，蹙③残红雾五云④边。

京华⑤望处遥依斗⑥，南露飞来咫尺天。

莫讶云程⑦应九万⑧，须知石磴⑨已三千。

①鸟道：鸟行之道，喻险峻狭窄的山路。唐李白《蜀道难》："西当太
　白有鸟道，可以横绝峨眉巅。"

②三岛：先秦传说中的蓬莱、方丈、瀛洲等三座岛屿，喻指极遥远之地。

③蹑：踏，踩。

④五云：古谓青、白、赤、黑、黄五种云色。

⑤京华：京城之美称，因京城是文物、人才汇集之地，故称京华（明北
　京在武平之北）。

⑥斗：北斗星。

⑦云程：极远之路，如同云中之路。

⑧九万：言极远。《庄子·逍遥游》："鹏之徙于南冥也，水击三千里，
　扶摇而上者九万里。"

⑨石磴：石级，石台阶。南朝梁萧统《开善寺法会》："牵萝下石磴，
　攀桂陟松梁。"

龙岩①雨霁

阿香②昨夜借雷车，净洗南天草木娱。

石骨③涤来千片玉，山腰喷出一帘珠。

花枝半入云霞色，柳浪④全披锦绣图。

看到雨余明月上，浑疑⑤濯魄在冰壶⑥。

①龙岩：在今武平县中山镇龙济村。康熙《武平县志·方舆志·形胜》
　"龙岩雨霁"条载："龙霁岩，在所城南三里。林木嘉茂，石径窈深，
　洞前有龙牙石、珠帘泉。"

②阿香：传说中推雷车的女神，此神推雷车将有雨。晋《续搜神记》：
　"义兴人姓周，永和中出都。日暮，道边有一新草小屋，一女子出门
　望见周。周曰：'日暮求寄宿。'向一更中，闻外有小儿唤：'阿香，
　官唤汝推雷车。'女乃辞去。"宋苏轼《无锡道中赋水车》诗："天公
　不念老农泣，唤取阿香推雷车。"宋陆游《中春连日得雨雷亦应候》
　诗："犁畔方吹社公雨，垅头又转阿香雷。"

③石骨：坚硬的岩石。宋王炎《游砚山》诗："涧水抱石根，石骨多绀

碧。”此句谓龙霁岩经泉水洗涤，石色如玉。

④柳浪：形容柳枝随风摆动的起伏之状。明高启《入郭过南湖望报恩浮屠》：“雨后春波柳浪香，布帆归缓怕斜阳。”

⑤浑疑：全然以为。

⑥此句化自李白《杂题四则》“疑如濯魄于冰壶”句。濯魄：洗过的月光，“魄”，通“霸”，月光。冰壶：比喻月亮。唐杜甫《寄裴施州》：“金钟大镛在东序，冰壶玉衡悬清秋。”

陈廷对，明福州闽县人，万历四十七年（1619 年）己未科武状元。善草书，曾任南澳副总兵。崇祯二年（1629 年）三月，约郑芝龙剿盗，芝龙败，归闽（《崇祯实录》）。崇祯五年（1632 年）八月，来武平剿寇（康熙《武平县志·萑苻志》）。

南安岩①

武平名胜岩前是，谽谺②崒嵂③擅幽致④。
我来提师驻此间，吹角摐金⑤傍萧寺⑥。
寺名均庆自唐迁⑦，岩辟乾坤混沌⑧年。
剖劈拟从雷斧划，神奇似倩⑨鬼工⑩镌。
我闽山林甲天下，武夷霍童⑪神仙舍。
兹山灵境何仙姑⑫，定光卓锡有年也。
冰柱孤擎特矗然⑬，香柑结颗自田田⑭。
狮峰横向天根⑮踞，龙骨长凭地脉穿⑯。
更看狮儿势如吼，还将象子⑰行将走。
莲房蕾药⑱不须花，中有莲叶大如斗。
福⑲来仙岛美⑳蓬瀛㉑，览胜宁须㉒觅化城㉓？
茵露每依苔藓色，松风频送晚钟声。

声飞霄汉白云绕，色向㉔迷茫沧海小。

携筇㉕著屐㉖任意行，一醉顿忘天地老㉗。

①此诗载清康熙《武平县志·艺文志》，亦载民国《武平县志·艺文志》。

②硌砑（hān xiā）：山石险峻貌。唐独孤及《招北客文》："其北则有剑山巉巉，天凿之门，二壁硌砑，高岸嶙峋。"

③崒崪（zú lǜ）：山石高峻貌。宋陆游《大寒》："为山傥勿休，会见高崒崪。"

④擅：善，特别。幽致：幽趣。唐白居易《睡后茶兴忆杨同州》："信脚绕池行，偶然得幽致。"

⑤吹角：吹号角。唐王维《从军行》："吹角动行人，喧喧行人起。"搋（chuāng）金：撞击金属乐器。唐高适《燕歌行》："搋金伐鼓下榆关，旌旗逶迤碣石间。"

⑥萧寺：佛寺。见孙勋《绵洋古刹》诗注②。

⑦迁：变迁。"自唐迁"，不确，均庆寺创建于北宋初。

⑧混沌：传说中天地未形成时的那种元气未分、模糊不清的状态。

⑨倩（qìng）：请。

⑩鬼工：谓事物精妙高超，非人工所能为者。唐李贺《罗浮山人与葛篇》："博罗老仙时出洞，千岁石床啼鬼工。"

⑪霍童：霍童山，在今福建宁德市蕉城区霍童镇，著名的道教洞天，有"天下三十六洞天第一"之称。

⑫何仙姑：清康熙《武平县志·方外志》载："何仙姑，父大郎，世居南安岩。生而不茹荤，誓不适人，父母货饼自给。吕纯阳见其人仙质，日过索饼啖，辄与之。吕感，赠一桃，云：'食尽则成仙。'仙姑遂辟谷南岩。"

⑬矗然：高耸貌；直立貌。北魏郦道元《水经注·庐江水》："又有孤石，介立大湖中，周回一里，竦立百丈，矗然高峻，特为

　　瑰异。"

⑭田田：形容茂盛鲜碧的样子。《乐府诗集·江南》："江南可采莲，莲叶何田田。"

⑮狮峰：狮岩。天根：天边。

⑯狮岩内有溶洞，洞径蜿蜒，如龙穿洞。《临汀志·山川》："南安岩，在武平县南八十里，形如狮子，旧为龙鼋窟宅，俗呼为'龙穿洞'。"

⑰狮儿、象子：喻狮岩周边的"十二峰"。

⑱蓏（dì）：莲子。"蕾"，康熙志、民国志均作"电"，似为"蕾"之误。莲房蕾蓏，应喻狮岩溶洞内的钟乳石等。

⑲福：应指徐福。《史记·秦始皇本纪》作"徐市"，其文曰："齐人徐市等上书，言海中有三神山，名曰蓬莱、方丈、瀛洲，仙人居之。请得斋戒，与童男女求之。于是遣徐市发童男女数千人，入海求仙人。"

⑳美：民国志作"羡"。

㉑蓬瀛：蓬莱、瀛洲的并称。

㉒宁须：何须。民国志作"何须"。

㉓化城：佛教用语，指梦幻美好之城。元张仲深《送全上人》："自知浮世一化城，愿结跏趺面墙坐。"

㉔向：近。

㉕携筇（qióng）：拄竹杖。唐吴融《赠方干处士歌》："拂旦舍我亦不辞，携筇径去随所适。"

㉖著屐：穿木屐。宋姜夔《一萼红·橘幽篁》："著屐苍苔细石间，野兴横生。"

㉗天地老：岁月流逝。

顾元镜（? ~1650 年），字韵弢，明湖州归安县乌镇（今属浙江桐乡市）人，号明静先生。万历四十七年（1619 年）进士，曾任池州知府。崇祯五年（1632 年）八月，以钦差整饬汀漳等处兵备、分巡赣南道、福建布政使司右参政兼按察使佥事身份，赴武平剿寇（康熙《武平县志·崔荇志》）。崇祯六年建成岩前城，作《鼎建岩城碑记》（载康熙《武平县志·艺文志》）。南明弘光（1644 ~ 1645 年）间，升广东布政使。后与苏观生在广州拥立唐王朱聿鐭即皇帝位，年号绍武，任东阁大学士。清军南下，攻克广州，绍武政权灭亡，降清。南明永历四年（1650 年）卒于韶州。

南安岩[①]

灵岩真法界[②]，登览自悠哉。
贝叶空中下，莲花石上开。
有山堪作钵，无涧不浮杯[③]。
蹑顶一长啸，松风千里来。

①此诗载清康熙《武平县志·艺文志》、民国《武平县志·艺文志》。
②法界：佛教用语，有多义。真法界，指摒绝虚妄、达于真如的境界。
③浮杯：古代每逢三月上旬的巳日集会水渠旁，在上流放置酒杯，任其漂浮，停在谁的面前，谁即取饮，叫作"浮杯"，也叫"流觞"。唐孟浩然《上巳日涧南园期王山人陈七诸公不至》诗："上巳期三月，浮杯兴十旬。"

重游南安岩[①]

丹岩缥缈白云乡[②]，半日偷闲逸兴长。
玉柱由旬[③]撑福地，石床阒寂[④]侍空王[⑤]。

翻经座上旃檀⑥绕，卓锡⑦阶前草木香。

信宿⑧不妨频载酒⑨，山灵应识旧诗囊⑩。

①此诗载清康熙《武平县志·艺文志》、民国《武平县志·艺文志》。

②白云乡：仙乡。《庄子·天地》："乘彼白云，游于帝乡。"后因以"白云乡"为仙乡。宋苏轼《潮州韩文公庙碑》诗："公昔骑龙白云乡，手抉云汉分天章。"

③由旬：古印度长度单位，佛学常用语，梵语 yojana 之音译，据言一由旬相当于一只公牛走一天的距离。另，《大唐西域记》卷二载，一由旬指帝王一日行军之路程。玉柱，应指南安岩洞中的石钟乳，由旬言其高。

④阒（qù）寂：寂静。唐卢照邻《病梨树赋》："余独病卧兹邑，阒寂无人，伏枕十旬，闭门三月。"

⑤空王：佛陀别称，由其创立的佛教根本思想是"缘起性空"而称"空王"。

⑥旃檀（zhān tán）：即檀香。唐王维《荐福寺光师房花药诗序》："焚香不俟于旃檀，散花奚取于优钵。"

⑦卓锡：驻留弘法。卓，植立。锡，锡杖。法师云游时皆随身执持锡杖，因此名僧挂单某处，便称为"住锡"或"卓锡"，即立锡杖于某处之意。

⑧信宿：连宿两夜。《诗经·国风·豳风·九罭（yù）》："公归不复，于女信宿。"毛传："再宿曰信；宿，犹处也。"

⑨载酒：携酒。唐刘长卿《听笛歌别郑协律》："旧游怜我长沙谪，载酒沙头送迁客。"

⑩诗囊：储放诗稿的袋子。语本唐李商隐《李长吉小传》："恒从小奚奴，骑距驴，背一古破锦囊，遇有所得，即书投囊中。"宋陆游《病中偶得名酒小醉作此篇是夕极寒》诗："诗囊羞涩悲才尽，药裹纵横觉病增。"

旧诗囊：顾元镜重游南安岩作此诗，前游作《南安岩》诗即谓"旧诗囊"。

均庆寺①

石壁玲珑万翠封，天然坠却绿芙蓉。

灵根②逗出虚空界③，玉笋④排成十二峰。

藤蔓缘崖窥法座⑤，涛声夹雨入疏钟⑥。

跻攀最有烟霞癖⑦，乘兴还须借短筇⑧。

①此诗载清康熙《武平县志·艺文志》。

②灵根：树木的美称。明陈所闻《懒画眉·月下刘中明招赏牡丹》曲："一丛凝露在沉香，移得灵根傍锦堂。"

③逗出：透出。《康熙字典》：逗，"音'透'，义并同"。虚空界：佛教用语，即虚空法界，指广大无边之境。

④玉笋：喻南安岩均庆寺前的十二峰。

⑤法座：宣说佛法的座席。

⑥疏钟：稀疏的钟声。

⑦烟霞癖：谓酷爱山水成癖。前蜀贯休《别卢使君归东阳》诗之二："难医林薮烟霞癖，又出芝兰父母乡。"

⑧短筇（qióng）：短杖。宋陆游《北园杂咏》："短筇行乐出柴荆，雪意阑珊却变晴。"

　　唐世涵，字毓承，明湖州乌程县（今浙江湖州吴兴区）人，万历四十七年（1619 年）进士。曾任苏州崇明知县，崇祯八年（1635 年）任汀州知府，多有惠政，曾修《汀州府志》。崇祯九年，亲诣武平岩前修城。名载明崇祯《乌程县志·科甲》，清乾隆《汀州府志·名宦》有传。

均庆寺[①]

佛光何自到尘寰[②]，定后应知[③]废往还[④]。
宝刹旧题唐岁月[⑤]，岩疆[⑥]新垒汉河山[⑦]。
坐移石榻三生梦[⑧]，悟落风幡[⑨]半日闲。
安得结庐从福地，公余长此足跻攀。

①此诗载清康熙《武平县志·艺文志》。
②尘寰：人世。唐权德舆《送李城门罢官归嵩阳》："归去尘寰外，春
　山桂树丛。"
③定：佛教有"戒定慧"三学，"定"为禅定。又，《临汀志·仙佛·
　敕赐定光圆应普慈通圣大师》载："（宋）熙宁八年，郡守许公当表
　祷雨，感应，诏赐号'定应'。""定后应知"或嵌有定光赐号。
④往还：应指佛教所谓轮回。
⑤均庆寺始修于北宋初，因创寺者定光佛（释自严）生时为后唐，故
　后人有其生于唐末、均庆寺创于唐末之说法。
⑥岩疆：边远险要之地，《明史·梁廷栋传》："廷栋疏辨，乞一岩疆自
　牧，优诏慰留之。"此处又暗合岩前城。
⑦汉河山：大汉河山，喻河山永固。康熙《武平县志·城池》载：崇
　祯四年，巡道顾元镜等建岩前城。崇祯九年，知府唐世涵前诣岩前
　所，巡视点兵，平治坑堑。
⑧三生梦：轮回如梦。三生：前生、今生、来生。

⑨典出慧能《坛经·行由·第十节》，其文曰："（慧能）至广州法性寺，值印宗法师讲《涅槃经》。时有风吹幡动，一僧曰风动，一僧曰幡动，议论不已。慧能进曰：'不是风动，不是幡动，仁者心动。'一众骇然。"

　　陈际泰（1573～1640年），字大士，号方城，江西临川（今抚州临川区鹏田乡陈坊村）人。明末古文家。祖父起流寓福建汀州武平，父陈仪（号西园）教书为业，娶其里钟氏，际泰生于象洞官坑。年十四，代父教蒙馆，向钟济川、钟美政、郝庶野问学，与上杭邱一敬诗书相传切磋。既冠，娶武平象洞曾坑饶氏。年二十五，返临川。与艾南英、罗万藻（崇祯末知上杭县）、章世纯等以时文名天下，号"临川四大才子""江西四家"。崇祯三年（1630年）中举人，七年（1634年）成进士。十年（1637年）除行人，十四年（1641年）护故相蔡国用丧，南行，卒于道，年六十八。所著有《太乙山房文集》十四卷、《已吾集》十四卷。《明史》卷二八八有传，称"其为文，敏甚，一日可二三十首，先后所作至万首。经生举业之富，无若际泰者"。清康熙《武平县志·寓贤》、乾隆《汀州府志·流寓》，民国《武平县志·古迹志·陈际泰故居》《上杭县志·流寓》亦记。

罗甥彦深归武平①

彦深罗子是吾甥，不难千里谒先生②。
先生之名若太冲③，应邀一语定生平。
当今异端纵且横④，而⑤舅虽贵莫支撑。
吾子单家⑥况孑立，那能百川一时吸。
人道书中车马集，是谋非尔所便及。
自我策之有术焉，拙夫得算百当千。
不如且读且力田，犹之且职⑦且学仙。

学仙不得可延庚⑧，学耕不失多逢年⑨。

昔有泙曼⑩志孤寡⑪，寡学屠龙龙飞天。

学文文成积万篇，饥来煮字徒烹煎。

肯思鄙言⑫幸勉旃⑬，夜分书此不成眠。

①此诗及下文《寄武平钟济川》《柬徐仲子》《柬罗美中》《寄闽中外
兄》前后相连载于陈际泰《已吾集》卷十四，今据《四库禁毁书丛
刊》集部第九册（北京出版社，2001）所录清顺治李来泰刻本扫描
本（第704~705页）整理。
又据调查及民国《武平县志·职官》载，明代武平所多有抚州籍军户，
故陈际泰之父来武平设馆授徒或与此有关。艾南英《明赐进士出身、
征仕郎、行人司行人陈公方城先生墓志铭》载陈际泰之父陈仪："少随
父客闽汀州武平，教授其地，号大师，因娶于其里之钟氏，是为赠母
钟孺人。儒亦以大士贵，赠如其官。大士生于武平象洞……既冠而室，
决志归临川，年盖二十五矣。……娶武平曾坑饶氏，封孺人……"
罗彦深：武平县人，陈际泰外甥，其姊妹之子，清康熙《武平县志·
人物志》等未载此人。据民国《武平县志·古迹志》"陈际泰故居"
所引邓传安《访陈大士先生遗迹记》载，罗氏居象洞龙塘村（与官
坑相连）。
②从下文"而舅虽贵"及《寄武平钟济川》"都门谒选大行人"、《柬
罗美中》"我在天北君天南"等语推测，陈际泰此诗当作于其晚年中
进士授行人司行人后，"千里"当指武平距京师的遥远里程。
③太冲：当是当时享有大名的一位文坛泰斗。西晋著名文学家左思（约
250~305），字太冲，著有《三都赋》，一时传诵，为之洛阳纸贵。
④指明末内忧外患，内有李自成、张献忠等起事，外有建州女真环伺。
陈际泰著有《太乙山房文集》，此书系军事理论著作，书中论改革兵
制、屯田等，意在殄灭努尔哈赤后金政权，故此书及其《已吾集》
于清代均遭禁毁。

⑤而：通"尔"，你，你的。

⑥单家：孤单清寒之家，寒门。《三国志·蜀书·诸葛亮传》裴松之注引《魏略》："（徐）庶先名福，本单家子，少好任侠击剑。"

⑦此字刻本扫描本模糊难辨，疑似"職"（职）。职：分内之事。

⑧延庚：延年。庚，年龄。

⑨逢年：谓遇到丰年。《史记·佞幸列传》："谚曰'力田不如逢年，善仕不如遇合'，固无虚言。"

⑩泙曼：即朱泙漫。《庄子·列御寇》："朱泙漫学屠龙于支离益，单千金之家，三年技成，而无所用其巧。"

⑪志孤寡：一意孤行。

⑫鄙言：谦称，自己的言辞。《后汉书·马援传》："凡人为贵，当思可贱，如卿等欲不可复贱，居高坚自持，勉思鄙言。"

⑬勉旃：努力。多于劝勉时用之。旃，语气助词，"之焉"的合音字。《汉书·杨恽传》："方当盛汉之隆，愿勉旃，毋多谈。"

寄武平钟济川①

当今天子重文章，足下何须诵汉唐。②

舅氏斯言犹在耳，令人时忆渭阳乡③。

寄语陈生应念旧，胎衣堕处④钟灵⑤久。

琴寄有主今何如，故国故都堪回首。

故人在者舅无变，名实兼收岁月长。

伧父⑥何为齐作古，巍然独擅鲁灵光⑦。

舅于文字生声价⑧，得隽⑨宁居诸子下。

天下功名岂一端，悠悠使我思黄霸⑩。

都门谒选大行人⑪，皇华⑫虽重困风尘。

周爰⑬物色匡时士，慷慨如何得似君。

①钟济川：据下文"舅氏斯言"，其人即陈际泰之母舅或母舅辈，武平象洞人，惜清康熙《武平县志》等武平志未载其人。据了解，象洞钟氏多居于该镇沾洋村。上引艾南英《明陈公方城先生墓志铭》载，陈际泰之母为武平钟氏女。民国《上杭县志·流寓传》"陈际泰传"引《太乙山房文集自序》，称陈际泰"初未识所谓墨卷，问钟济川乃得墨卷所由名，授以郭青螺所选八十一篇讽之。尔后，凡写家信皆用八股法，自以其意为文，得二寸许。"此诗当系付罗彦深南归武平寄与钟济川。

郭青螺，即郭子章（字青螺，1542～1618 年），江西泰和县人，官至兵部尚书，著述众多。

《明史·陈际泰传》载："十岁，于外家药笼中见《诗经》，取而疾走。父见之，怒，督往田，则携至田所，踞高阜而哦，遂毕身不忘。"本诗多用《诗经》典故，于此可见矣。

②据下文"舅氏斯言"，此句即钟济川教导陈际泰重视科举八股文之言，反映了明朝八股取士对读书人的深刻影响。所谓"文章"即当时科考八股之文，"汉唐"即汉赋唐诗。无独有偶，清吴敬梓《儒林外史》第三回记周进任广东学道，教训一应试童子，即斥曰："当今天子重文章，足下何须讲汉唐？"

③渭阳乡：舅氏之乡。《诗经·秦风·渭阳》："我送舅氏，曰至渭阳。"朱熹集传："舅氏，秦康公之舅，晋公子重耳也。出亡在外，穆公召而纳之。时康公为太子，送之渭阳而作此诗。"后因以"渭阳"为表示甥舅情谊之典，或以"渭阳"代称舅氏。

④胎衣堕处：陈际泰生于武平象洞。

⑤钟灵：谓灵秀之气汇聚，钟，凝聚，集中，亦暗契其地居民为钟姓。

⑥伧父：魏晋南北朝时，南人讥北人粗鄙，蔑称之为"伧父"，后用以泛指粗俗、鄙贱之人，犹言村夫。

⑦鲁灵光：汉鲁恭王建有灵光殿，屡经战乱而岿然独存。后因以"鲁殿灵光"称硕果仅存的人或事物，亦省作"鲁灵光"。前句"齐作古"

与"鲁灵光"之"齐"对"鲁",是律诗宽对中的借对。

⑧声价:名誉身价。

⑨得隽:得到杰出的人才。隽,同"俊"。

⑩黄霸:(前130~前51年),字次公,淮阳阳夏(今河南太康)人,西汉大臣,事汉武帝、昭帝和宣帝三朝。事载《汉书·卷八十九·循吏传第五十九》,据载黄霸"武帝末以待诏入钱赏官",即捐钱做官,故陈际泰对未有功名的舅氏钟济川言"天下功名岂一端"。

⑪大行人:职官名,职掌宾客的礼仪,以接待远方宾客为主。《周礼·秋官》:"大行人,掌大宾之礼及大客之仪,以亲诸侯。"明朝设行人司,陈际泰中进士后授行人司行人,《明史·职官三》:"行人司:司正一人,正七品;左、右司副,各一人,从七品;行人,三十七人,正八品。职专捧节、奉使之事,凡颁行诏敕,册封宗室,抚谕诸蕃,征聘贤才,与夫赏赐、慰问、赈济、军旅、祭祀,咸叙差焉。每岁朝审,则行人持节传旨法司,遣戍囚徒,送五府填精微册,批缴内府。"

⑫皇华:《诗经·小雅》有《皇皇者华》篇,有"皇皇者华,于彼原隰。駪駪征夫,每怀靡及。我马维驹,六辔如濡。载驰载驱,周爰咨诹。"等句,《序》谓:"《皇皇者华》,君遣使臣也。送之以礼乐,言远而有光华也。"《国语·鲁语下》:"《皇皇者华》,君教使臣曰:每怀靡及,诹、谋、度、询,必咨于周。"后因以"皇华"为赞颂奉命出使或出使者的典故。陈际泰为行人司行人,故引用此典,但其秩仅正八品,故又称"皇华虽重困风尘"。

⑬周爰:句出上引《诗经·小雅·皇皇者华》"载驰载驱,周爰咨诹"等句,"周爰咨诹"即"遍于咨诹"。

柬徐仲子①

若②父物外③之冥鸿④,若兄人中之卧龙。

名父名兄若此矣,子为子弟难为工。

文字出头心似雪，义声载路气如虹。

倏尔五年似昨日，偶然一会多清风。

寄语故人寒昔盟⑤，黄龙⑥一双酒一钟⑦。

①此诗在《己吾集》之序介于《寄武平钟济川》《柬罗美中》之中，又据诗意，徐仲子当为武平县人，据了解象洞镇东寨有徐氏居。仲子，对兄弟中排行为第二者的尊称。《诗经国风·郑风·将仲子》："将仲子兮，无逾我里。"柬，寄信。此诗信当付罗彦深南归寄达。

②若：汝，你，你的。

③物外：超脱世间事物。

④冥鸿：即溟鸿，高飞之鸿雁，语本汉扬雄《法言·问明》："鸿飞冥冥。"

⑤寒昔盟：寒盟，句出《左传·哀公十二年》之记："公会吴于橐皋。吴子使大宰嚭请寻盟。公不欲，使子贡对曰：盟所以周信也，故心以制之，玉帛以奉之，言以结之，明神以要之。寡君以为苟有盟焉，弗可改也已。若犹可改，日盟何益？今吾子曰：'必寻盟。'若可寻也，亦可寒也。乃不寻盟。"后以"寒盟"指背弃或忘却盟约。诗中以此向故人徐仲子表达有负昔日盟约的愧疚之情，故下句谓为之以酒解忧。此景此情恰如元代耶律楚材《次韵黄华和同年九日诗十首》（其一）："秋香真可人，不为无人改。自惭寒昔盟，东篱子空待。我独摇酒卮，不得寒英采。临风望故园，参商二十载。"

⑥黄龙：宋金交战，岳飞曾说要直捣黄龙府，与人痛饮。

⑦钟：酒杯，与"盅"通。

柬罗美中①

我与君年皆癸酉②，是岁生人多阳九③。

麻城孟白李太宰④，此外富贵几无有。

而我虽窥人间世，光气去身已白首。

况今祸难复殷流⑤，害气⑥不知何日否⑦。

我在天北君天南，闻从群儿自糊口。

目不居面反居足，虽有远明无户牖⑧。

世间万事无足论，群生于奥⑨柳生肘⑩。

有儿能读父之书，糟者犹糟酒犹酒。⑪

臭味⑫不失斯已矣，余以付天敢多咎⑬？

彦深罗子赋归⑭来，口占⑮寄君忘厥丑⑯。

①罗美中：据《已吾集》卷十三有《答闽中罗美中》文，其人应与罗
　彦深同宗，惜清康熙《武平县志》等无载。《答闽中罗美中》称：
　"不接侍以来已三十年所矣，每念凤昔周旋之好，夫岂无怀？而山川
　阻修，遂成异域，然心期所寄弥深。"此诗信当付罗彦深南归寄达。

②癸酉：艾南英《明陈公方城先生墓志铭》载，陈际泰"生于万历元
　年癸酉六月十一日丑时"，万历元年癸酉即1573年。则陈际泰与罗美
　中为同年。

③阳九：厄运。《文选》之江淹《杂体诗》："皇晋遘阳九，天下横
　雾雾。"

④即李长庚，湖北麻城人，字酉卿，号梦（孟）白，明神宗万历元年
　（1573年）生，万历二十三年（1595年）进士，曾为吏部尚书。长
　庚，即太白金星，据言李白母梦太白金星而生李白，故其字太白，李
　长庚号梦（孟）白，其由与此同。又其生于万历元年癸酉，故字酉
　卿。太宰：明清称吏部尚书为太宰。

⑤殷流：盛行。晋陆机《演连珠》："淫风大行，贞女蒙冶容之悔；淳
　化殷流，盗跖挟曾史之情。"

⑥害气：邪气，有害之气。《汉书·食货志上》："予甚悼之，害气将
　究矣。"

⑦否：停止，消散。

⑧户牖（yǒu）：门窗。

⑨牂（zāng）生于奥：喻祸福无常。牂，羊。奥，室内西南角。句出《庄子·徐无鬼》，此文记楚人子綦有八子，一子名梱，九方歅认为梱最有福气，将会跟国君一道饮食而终了一生。子綦却认为此系怪事，如同"吾未尝为牧而牂生于奥"（我不曾牧养而羊子却出现在我屋子的西南角），有此怪异征兆必有怪异行为，实在危险，大概是上天降下的罪过，故泣不成声。不久，梱被派遣到燕国去，强盗在半道上劫持了他，被截断脚而卖到齐国。齐国富人渠公买了去给自己看守街门，梱仍能够一辈子吃肉而终了一生。

⑩柳生肘：典出《庄子集释》卷六下《外篇·至乐》"俄而柳生其左肘，其意蹶蹶然恶之"。郭庆藩集释引郭嵩焘曰："柳，瘤字，一声之转。"后因以"柳生肘"指疾病或灾变。

⑪句出《大戴礼记·少闲》："糟者犹糟……酒者犹酒。"糟、酒分喻劣、优。全句称儿子能读父之书已足矣，至于能否成贤者实难强求。

⑫臭味：气味，承上句即指酒味，喻人之本性或志趣。全句谓儿子本性（志趣）不失，就已满足了。

⑬余：其余。咎：责备，责怪。

⑭赋归：告归，归乡，还家。朱熹《宿密庵分韵赋诗得衣字诗》："明朝驿骑黄尘里，莫待迷途始赋归。"

⑮口占：即兴作诗。

⑯厥丑：此丑，谦辞。

寄闽中外兄①

白石凿凿②高峨峨，山前人家并姓罗。
清溪左出③水滂沱，大石离立④如有曹⑤。
叠险重闭⑥若深阿⑦，中有一士读儒多。
其母余母戚云何⑧，爹妈同生人非他。

余父余母时委迤⑨，餍牲餍肉餍浆醝⑩。

呼余小字三婢哥⑪，授余璧经⑫稜⑬欲磨。

生平儒缓⑭气春和，两步当一趋⑮相过。

四子小学⑯共切磋，略皆上口无差讹。

余幸虚名入制科⑰，文走鸡林北薛陀⑱。

兄年七十鬓当皤⑲，强饭自爱忧则那⑳。

①闽中：福建，因秦设闽中郡，故名。外兄：表兄。《明史·陈际泰传》载："家贫，不能从师，又无书，时取旁舍儿书，屏人窃诵。从外兄所获《书经》，四角已漫灭，且无句读，自以意识别之，遂通其义。"据下文，其外兄罗氏，其居地应为今象洞镇司前村，又据"其母余母戚云何"，则陈母与罗母系同胞姊妹，陈罗系姨表。此诗信当付罗彦深南归寄达。

②凿凿：高峻貌。宋范成大《送子文杂言》诗："万山丛丛石凿凿，官居破屋巢烟萝。"

③清溪：据民国《武平县志·古迹志》"陈际泰故居"所引邓传安《访陈大士先生遗迹记》载，罗氏所居为象洞龙塘村（与陈际泰故居官坑相连）。此村有清溪东流入象洞溪（梅江支流）。左：东。

④离立：并立。《礼记·曲礼上》："离立者，不出中间。"孔颖达疏："又若见有二人并立，当己行路则避之，不得辄当其中间出也。"

⑤曹：偶，双方。《楚辞·招魂》："分曹并进。"

⑥重闭：重重关闭，谓防护严密。《左传·成公八年》："勇夫重闭，况国乎！"

⑦深阿（ē）：深山。

⑧戚云何：即"云何戚"，谈什么亲戚呢，因你的母亲、我的母亲是同一爹妈（同胞）生，故云不必称亲戚，彼此不是外人（人非他）。

⑨委迤：原指蜿蜒曲折，诗中指陈氏父母时常到罗家。

⑩餍（yàn）：饱食。牲：牲畜。醝（cuō）：酒。

⑪小字：小名，乳名。如霍光小字"阿翁"，曹操小字"阿瞒"，刘裕小字"寄奴"。三婢哥之"三婢"，或系客家话所言"生婢"（小媳妇）音转，客家有为男孩娶女性化小名的传统，陈际泰小名"三婢哥"又或与其性格良善、温和具有女性化倾向有关。

⑫壁经：儒家经典。汉代于孔子宅壁中发现藏书，亦称"壁书"。

⑬稜：通"棱"。

⑭儒缓：宽柔，柔弱。《魏书·刘芳传》："为政儒缓，不能禁止奸盗，廉清寡欲，无犯公私。"

⑮趣：同"促"。此句称罗氏勤勉。

⑯四子：当时共学的四个年轻人。小学：我国古代研究音韵、文字、训诂的学科。

⑰制科：即科举。

⑱鸡林：指新罗国，唐于新罗设鸡林州都督府，故称。薛陀：即薛延陀，我国北方古代民族，亦为汗国名。陈际泰为行人司行人，职掌宾客的礼仪，以接待远方宾客为主，故谓"文走鸡林北薛陀"。

⑲皤（pó）：白色。

⑳强饭：努力加餐。《史记·外戚世家》："行矣，强饭，勉之！即贵，无相忘。"那：同"挪"。

　　赖崧，字维申，明末武平县高梧乡（今十方镇高梧村）人，邑廪生，为现知存诗最早的武平籍诗人。明亡，遁迹白云山石岩，携二舒凫（鸭）往，日啖二卵自给。清漳南道兵备张嶙然劝谕下山，誓死不从。乡黠指为逆命，取其首以献。嶙然悯之，归其元，给银令葬。清末刘光第省亲武平，作有《白云山吊赖义士崧》诗赞之。

别　妻①

劲节耐狂飙，不为飙所拂。

堂堂大丈夫，不为威所屈。

结发本同心，我行汝无艴②。

吾头原可断，吾发不可刜③。

生当复来兮，死当长相依。

嗟乎！卿不见文④、谢⑤二公被虏后，成仁取义扬光辉！

噫！微斯人，吾谁与归！⑥

①此诗及下文《岩居》载民国《武平县志》卷廿二《列传·赖崧传》。

②艴（fú）：生气的样子。

③刜（fú）：断。《广雅》："刜，断也。"清军征服明朝，于1645年颁发"剃发令"（又作"薙发令"，"薙"，同"剃"），规定："全国官民，京城内外限十日，直隶及各省地方以布文到日亦限十日，全部剃发。"所谓"剃发"，即要求全国男子均需按满族男子发式，将前颅头发剃光，后脑头发编成长辫垂下。

④文：南宋文天祥（1236～1283年），抗元被虏，在大都（北京）就义。

⑤谢：谢枋（bìng）得（1226～1289年），南宋信州弋阳（今江西上饶弋阳县）人，著名爱国诗人，宋末率义军在江东抗元，被俘不屈，在大都（北京）殉国。

⑥句出范仲淹《岳阳楼记》。微：若非。吾谁与归，即"吾与谁归"。归，同道。

岩　居

此山无蕨薇①，介石②自崔巍③。

日啖双凫卵④，凫卵足疗饥⑤。

幸凫解人意，长傍此山飞。

不随流水出山去，只随夕照入岩扉。

伤哉，故国荒凉事已非！

吾戴吾发衣吾衣⑥，离家别室不肯归。

惟与双凫两相依，终此生兮任化机⑦。

又何患乎腹枵⑧不能耐，泪血沾襟不可挥！

①蕨薇：蕨与薇，均为山菜，指代野蔬。《诗经·小雅·四月》："山有蕨薇，隰有杞桋。"伯夷、叔齐于商亡后不吃周粟，采薇而食之，遂饿死于首阳山。《史记·伯夷列传》："武王已平殷乱，天下宗周，而伯夷、叔齐耻之，义不食周粟，隐于首阳山，采薇而食之。"

②介石：耿介之石，硬石。《易经·豫》："介于石，不终日，贞吉。"

③崔巍：高峻，高大雄伟。《楚辞·东方朔〈七谏·初放〉》："高山崔巍兮，水流汤汤。"

④凫（fú）：本指野鸭，赖嵩所饲之鸭，与其同居山岩，故谓"凫"。《康熙字典》释"凫"：《尔雅·释鸟》："舒凫，鹜。"《郭注》："鸭也。"《疏》："野曰凫，家曰鸭。"卵：蛋。

⑤疗饥：解饿，充饥。汉张衡《思玄赋》："聘王母于银台兮，羞玉芝以疗饥。"

⑥汉族自古极重视衣冠服饰。清朝颁发"剃发令"，同时颁发"易服令"，规定"官民既已剃发，衣冠皆宜遵本朝之制"。此句谓赖嵩表明不愿屈从清朝淫威，宁死要保持汉人传统的发式与衣式。

⑦化机：变化的枢机，即自然。唐吴筠《步虚词》之十："二气播万有，化机无停轮。"

⑧腹枵（xiāo）：空腹，饿着肚子。枵：空虚。

清诗

　　黎士弘（1618~1697 年），字愧曾，长汀县今濯田镇陈屋村人，清初文学家，有"海内名士"之誉。少学宁化李世熊，读书山中二十年。顺治十一年（1654 年）举顺天乡试，仕宦江西、甘肃、宁夏、陕西等地，官至陕西布政司参政，有政声。在边地八载，以母老归闽家居二十年。著有《托素斋诗文集》《仁恕堂笔记》《理信存稿》等。康熙三十六年（1697 年）卒，年八十。《清史稿》卷 285 有传。

晓发武平道中口占①

岂为春尽意阑珊②，麋鹿从来野性宽③。
出户便消三日恨④，经奇足偿十年观⑤。
可知正则⑥怀芳草⑦，能读离骚向子兰⑧。
人附使君⑨疲欲死，意中惟自领高寒⑩。

①此诗载《托素斋诗集》卷一，约作于清顺治九年壬辰（1652 年）暮春初夏，时黎士弘为福建布政使周亮工的家庭教师。该年即南明永历六年，郑成功部围攻漳州，城内绝粮，周亮工临危受命，代理漳南巡道，破围入漳，协助守城，至九月始解围。
②阑珊：衰减，消沉。
③麋鹿：鹿科的一种，即所谓"四不像"，性温顺，原产于我国长江中下游沼泽地带。据载，清初麋鹿几近绝迹，黎士弘此句若写实，表明清初武平尚有麋鹿。或此麋鹿可能实际是指其时客家地区还存量不少的黄猄，或仅是譬喻，另有隐义，待考。
④"三日恨"何义待考。联系下句，全句似强调"出户"（出门、外出）能消除某种怨恨或遗憾。三日：多日，长久。

⑤经奇：联系上句"出户"，此"经奇"当是动宾短语，其义应是经历奇异之事。观：应指读书或旁观人事。全句有躬行实践可抵十年读书的意思。

⑥正则：即屈原，其《离骚》曰：皇"名余曰正则兮"。皇，即先父。

⑦芳草：《离骚》有"芳""兰""芷"等，如"何所独无芳草兮，尔何怀乎故宇"句，屈原以"芳草"隐喻理想中的君子。

⑧子兰：《离骚》中有"余以兰可恃兮"等句，此"兰"是否指楚国令尹子兰，历来有不同说法。联系上句"怀芳草"，此"向子兰"之"子兰"应义同"芳草"，也即指君子而非令尹子兰。

⑨使君：指州郡长官。诗中具体何指，待考。

⑩高寒：比喻人的品格清高绝俗。杨万里《长句寄周舍人子充》诗："省斋先生太高寒，肯将好语博好官？"

挽林贞女（四首）①

贞女，汀武平林氏女，名清玉，幼字同邑钟廷楷。廷楷久客长安，归，死于路。清玉闻讣，改装步归钟门，视廷楷葬毕，遂吞金绝粒而死。

（一）

才及传闻已叹惊，从容大义泣幽明②。
未亡久订重泉③约，一死何知后世名。
得就双坟开并蒂，忍教比翼待他生。
遥遥京洛④春闺梦，还欲驰书过岭行⑤。

①此诗载《托素斋诗集》卷三，约作于康熙十八年（1678年）黎士弘返闽家居期间。武平林清玉事，亦载于雷赓扬《赓扬集》、王士祺（1634～1711年）《池北偶谈》、雷鋐（1696～1760年）《闻见偶录》、

康熙《武平县志·人物·闺阁》等。民国上杭丘复引载此诗于《南武赘谭·六十八》，并云：

雷鋐《闻见偶录》载："武平林宏昌女，名清玉，未生时指腹配邑人钟廷楷。（廷楷）甫成童，随父宦游，北上十余载。父念子、媳年皆二十有五，遣廷楷归娶，道卒（旧志云"客死岳州，时康熙十七年"，《池北偶谈》云"十八年"，误）。越月讣至（旧志云"七月初三日"），清玉请于父母，归钟门服丧，父母难之。清玉以死誓，乃许之。既谒，舅姑临榇号哭。廷楷葬日，吞金以殉（《托素斋·挽林贞女诗序》、《池北偶谈》俱云葬毕。旧志云"衰服赴灵哭，奠如礼。十五日吞金，十六日午时死"）。"疑廷楷未归榇（旧志为得其实）。此见《赓扬集》中，盖赓扬以明末诸生矢志不二，每乐表扬节烈。予恐其集或久而失，故录之。是翠庭先生固录自《赓扬集》也，赓扬姓雷，苦节终其身，亦见录中。

②幽明：人与鬼神之间。

③重泉：犹九泉，指逝者所归。

④京洛：原指洛阳的别称，因东周、东汉均建都于此，故名。后泛指国都，本诗指北京。

⑤此诗原注："贞女之夫廷楷，在都门依予兄弟最久。丁巳曾乞予书入粤，不果行。"据载，钟廷楷之父钟云灿任河南内乡（清为南阳府属县）巡检，廷楷"甫成童，随父宦游，北上十余载"。钟廷楷生卒年约为 1654～1678 年，1654 年黎士弘巳中举出仕，故"在都门依予兄弟最久"当是主要依士弘之弟士毅。"丁巳"即康熙十六年（1677年）。岭：南岭，越此山即入粤。

（二）

上山何处采蘼芜，安得相逢问故夫①。
化石②凄凉归只燕，填桥消息断灵乌③。
不难决策成奇节④，谁奉余年谢老姑⑤？

一拜伤心双泪落⑥，九泉滴到草应枯。

①此句化自汉乐府《上山采蘼芜》"上山采蘼芜，下山逢故夫"句。蘼
芜，即川芎苗，香草。

②化石：即望夫化石，赞妇女对丈夫的坚贞和思念。典出唐徐坚《初学
记》卷五引南朝宋刘义庆《幽明录》："武昌山上有望夫石，状若人
立。古传云：'昔有贞妇，其夫从役，远赴国难，携弱子饯送北山，
立望夫而化为立石，因以为名焉。'"

③我国民间传说牵牛、织女两星分居天河两岸，每年七夕喜鹊飞到天河
填河成桥使之相会，故谓"乌鹊填桥"。消息：盛衰兴亡，句中指时
有时无。消，消亡；息，孳生。灵乌：喜鹊，因其色乌（黑），故又
称乌鹊。

④奇节：奇特的节操。

⑤谢：酬谢，奉养。老姑：年迈的婆婆。姑，丈夫之母，《说文》：
"姑，夫母也。"全句是说林清玉下定决心为亡夫殉葬对她而言并不
是难事，而让她为难痛苦的却是她和丈夫都死了，谁去奉养年迈婆婆
的余生。

⑥此诗原注："贞烈辞姑，更为夫弟下拜，以奉姑谆嘱。"即林清玉下
跪谆谆嘱咐小郎（丈夫之弟）要好好奉养母亲。

（三）

锦被何曾赋合欢①，催妆②止有白衣冠③。
惊疑父老寻邻问④，叹息行人解担看⑤。
薄命自分⑥同弱草，伤心还为劝加餐⑦。
采风莫得轻濡笔⑧，自古从容死节难。

①我国古代称织有对称图案花纹的联幅被为合欢被，象征男女欢爱。
《古诗十九首·客从远方来》："文采双鸳鸯，裁为合欢被。"

②催妆：我国古代婚姻礼俗之一，谓女方出嫁须得男方多次催促，才梳
　　妆启行。催妆要多次，婚礼前二三日，男家下催妆礼，有凤冠霞帔、
　　婚衣、镜、粉等。

③白衣冠：旧时丧吊用的冠服。

④即"父老惊疑寻邻问"，谓父老对林清玉"归钟门服丧""吞金以殉"
　　之举感到惊疑，寻找知情的邻人探问情况。

⑤即"行人叹息解担看"。解担，放下担子，如《陌上桑》"行者见罗
　　敷，下担捋髭须"之"下担"。

⑥自分：自料，自以为。曹植《上责躬应诏诗表》："心离志绝，自分
　　黄耇无复执圭之望。"

⑦劝加餐：即劝婆婆加餐，珍重身体。

⑧采风：是指官府对民情风俗的采集了解。莫得：不可。濡（rú）笔：
　　蘸笔书写。全句是说官府采风对林清玉死节此类事情，不可随便书写
　　而要大书特书，因为"自古从容死节难"。

（四）

廿载游人隔帝城①，即教为梦未分明。

登堂忍泪安慈母，绝口无辞怨仲卿②。

故鬼欢迎松柏③路，空房暗落佩环声。

灵风④谡谡⑤归天上，一渡银河感倍生⑥。

①钟廷楷随父北上，客居京城二十年。

②仲卿：即焦仲卿。《孔雀东南飞》序曰："汉末建安中，庐江府小吏
　　焦仲卿妻刘氏，为仲卿母所遣，自誓不嫁。其家逼之，乃投水而死。
　　仲卿闻之，亦自缢于庭树。时人伤之，为诗云尔。"黎士弘借刘兰芝
　　不怨焦仲卿，来赞扬林清玉不怨钟廷楷弃她先逝，因各有无奈。

③松柏：指坟墓，因古人墓地多植松柏而得名。

④灵风：阴灵的节概。明唐顺之《吴江三忠祠》诗："灵风鼠雀避，落

日鹿麋过。"

⑤谡谡（sù sù）：象声词，劲风声，形容风声呼呼作响。陆机《感时
　　赋》："寒冽冽而浸兴，风谡谡而妄作。"

⑥全句大意是说林清玉阴灵归天，当她渡过将牛郎织女隔离、一年才得
　　一渡的银河时，一定会百感丛生！

　　刘旿（hù），号质庵，清湖广沔阳州（今湖北仙桃市）人，举人，
康熙九年（1670 年）任武平知县，课士爱民，锄强抑暴，征输有法，
听讼维公，奉诏修县志。康熙《武平县志·官师表》有传，名载乾隆
《汀州府志·职官三》等。

武平八景（四首）①

梁野仙山

极目梁山翠色斑，仙家灵处可医顽。

尘心顿共苔痕破，遥想②宁容洞户③关。

滴露幽人④携易⑤至，锄云⑥衲子⑦种茶闲。

飘然物外天寥廓，风度⑧钟声出古坛。

①刘旿《武平八景》诗，存四首，载清康熙《武平县志》卷一《方舆
　　志·形胜》。

②遥想：遐思，悠远之想。

③洞户：山涧中的陋室。南朝梁孔稚珪《北山移文》："洞户摧绝无与
　　归，石径荒凉徒延伫。"

④幽人：隐士。《易经·履》："履道坦坦，幽人贞吉。"

⑤易：《周易》（《易经》）。

⑥锄云：在云雾中劳作。

⑦衲子：僧人。宋黄庭坚《送密老住五峰》诗："水边林下逢衲子，南北东西古道场。"

⑧度：送。

平桥翠柳

春光淡荡袅①游丝，绿映平桥缕缕垂。

弱絮依微②犹拂水，嫩枝消瘦不胜鹂③。

飘扬故作千回舞，窈窕常妆十样眉④。

漫道⑤亭亭⑥车盖⑦状，何如张绪⑧少年时？

①袅：柔弱细长貌。南朝陈江总《游西霞寺》："披迳怜深沉，攀条惜香袅。"本诗以此形容游丝（柳丝）。

②依微：细微，轻微。唐韦应物《长安道》诗："春雨依微春尚早，长安贵游爱芳草。"

③不胜鹂：经不起黄鹂栖止其上。

④十样眉：即十眉。明杨慎《丹铅续录》载唐明皇令画工画美女十眉图，所谓鸳鸯、小山、五岳、三峰、垂珠、月棱、分梢、涵烟、拂云、倒晕十种眉形。此处喻柳叶多姿。

⑤漫道：莫说，不要讲。唐王昌龄《送裴图南》诗："漫道闺中飞破镜，犹看陌上别行人。"

⑥亭亭：高耸直立貌，形容女子或花木挺立秀气。宋周敦颐《爱莲说》："香远益清，亭亭净植。"

⑦车盖：古代车上遮雨蔽日的篷，状如伞，有柄。唐杜甫《病柏诗》："有柏生崇冈，童童状车盖。"

⑧张绪：南朝齐名士，吴郡吴县（今苏州）人。《南史》卷三十一有传，载其"少知名，清简寡欲"，"善谈玄，深见敬异"，"吐纳风流，听者皆忘饥疲，见者肃然如在宗庙。虽终日与居，莫能测焉。刘悛之为益州，献蜀柳数株，枝条甚长，状若丝缕。时旧宫芳林苑始成，武

帝以植于太昌灵和殿前，常赏玩咨嗟，曰：'此杨柳风流可爱，似张绪当年时。'其见赏爱如此。"

龙河碧水

清溪潺湲①日长流，柳拂沙堤草拂洲。

云静星来潭底隐，月明鱼在镜中游。

泛波鸥鸟迷烟暮，傍渚芙蓉蘸水秋。

处处渔家闻晚唱，歌声缭绕彻②城楼。

①潺湲（chán yuán）：水流貌。唐王涣《惆怅》诗之十："仙山目断无寻处，流水潺湲日渐西。"

②彻：透，遍。

石径云梯

回合①千峰一径尊，烟凝寒岫起朝暾②。

望迷云磴疑无路，历尽天梯喜有门。

柳外莺声时送响，松边鹿队自相喧。

振衣③直拂扶桑④影，仿佛身从空际⑤奔。

①回合：环绕，迂回曲折。南朝宋谢灵运《入彭蠡湖口》诗："洲岛骤回合，圻岸屡崩奔。"

②朝暾（zhāo tūn）：朝阳。唐韦应物《登高望洛城作诗》："帝宅夹清洛，丹霞捧朝暾。"

③振衣：整衣。唐白居易《偶作》诗之二："日出起盥栉，振衣入道场。"

④扶桑：神话中的树木名，后用来称东方极远处或太阳出来的地方。左思《吴都赋》："行乎东极之外，经扶桑之中林。"此处形容石径云梯高入日边。

⑤空际：天空，天边。

　　甘晋锡，清漳州海澄县六都人，寄籍福州侯官县，由福州府学中顺治八年（1651 年）辛卯科举人，任武平县教谕，康熙二十一年（1682 年）任漳州府学教授。名列清康熙《武平县志·官师志》、乾隆《海澄县志·选举》、《汀州府志·职官三》、光绪《漳州府志》之《秩官四》、《选举二》等。

武平八景（四首）①

南岩石洞

　　鬼斧何年巧凿成，群峰耸侍立门闳②。

　　云浮薜荔③岩疑动，日隐松杉水欲生。

　　石室坐谈僧室响，下方挥雨④上方晴。

　　更从阁道⑤凌飞磴，遥听诸天⑥钟磬声。

①甘晋锡《武平八景》诗，存四首，载清康熙《武平县志》卷一《方
　舆志·形胜》。甘晋锡与前文刘旿应同时任职武平，两者"八景"诗
　各四首且无雷同，恰好组成完整"八景"诗，故其时两人应分工完
　成"八景"诗。

②闳（hóng）：巷门。门闳，喻南安岩洞。

③薜荔：植物名，即木莲，常绿藤本，蔓生，叶椭圆形，花极小，隐于
　花托内，果实富胶汁，可制凉粉，有解暑作用。又因其名恰与梵语
　Preta（义为饿鬼，音译为"薜荔多"）同音，故其果实俗称"鬼馒
　头"，客家话亦作如是称，或称"鬼馒头果子"。《楚辞·离骚》："揽
　木根以结茝兮，贯薜荔之落蕊。"王逸注："薜荔，香草也，缘木而
　生蕊实也。"唐宋之问《早发始兴江口至虚氏村作》诗："薜荔摇青

气，桄榔翳碧苔。"

④下方挥雨：应指狮岩洞内钟乳石滴水。

⑤阁道：架木通道，栈道。

⑥诸天：佛教语，指护法众天神，也泛指天界、天空。

丹井温泉

恰是丹砂一道泉，方池涌出自溅溅①。

喷珠乱击千年石，飞雨斜侵半壁芊②。

毛女③浣花④丛竹里，仙童浇药翠崖边。

烛龙⑤应伏无人见，长使山灵燠气⑥宣⑦。

①溅溅（jiānjiān）：水急流貌，或指流水声之象声词。《乐府诗集·木
　兰诗》："不闻爷娘唤女声，但闻黄河流水鸣溅溅。"

②芊：原指草茂盛或碧绿，这里活用为茂盛碧绿之草。

③毛女：传说中得道于华山的仙女。汉刘向《列仙传·毛女》："毛女
　者，字玉姜，在华阴山中，猎师世世见之。形体生毛，自言秦始皇宫
　人也，秦坏，流亡入山避难。遇道士谷春，教食松叶，遂不饥寒，身
　轻如飞，百七十余年，所止岩中有鼓琴声云。"

④浣花：浇花。

⑤烛龙：神话传说中的神仙或神兽。《山海经·大荒北经》："西北海之
　外，赤水之北，有章尾山。有神，人面蛇身而赤，直目正乘，其瞑乃
　晦，其视乃明，不食不寝不息，风雨是谒。是烛九阴，是谓烛龙。"
　当代学者姜亮夫先生认为，"烛龙"即火神祝融。

⑥山灵：山神。燠（yù）气：热气、暖气。

⑦宣：流布。全句是说烛龙应该伏在此处地下无人看见，才使山神不断
　流布热气汩汩而出。

绵洋古刹

祇林^①萧瑟傍平畴，古刹阴阴^②灯火幽。

花露迥^③同清梵^④落，松风吹送晓钟^⑤浮。

斜阳倒影当轩^⑥照，曲水穿田绕槛流。

异日何人留玉带^⑦，题诗为挂碧纱帱^⑧。

①祇（qí）林：即祇园（祇树给孤独园），古印度著名佛教圣地，始建于释迦牟尼佛成佛后第六年，由给独孤长者和祇陀太子共同发心建造，故称为"祇树给孤独园"。此处喻绵洋寺。

②阴阴：深邃貌。南朝齐谢朓《直中书省》诗："紫殿肃阴阴，彤庭赫弘敞。"

③迥：远。从文义及与下句"吹"对仗言，此字应是"迥"（回）。

④清梵：僧尼诵经的声音。唐韩翃《题僧房》诗："名香连竹径，清梵出花台。"

⑤晓钟：晨钟。唐沈佺期《和中书侍郎杨再思春夜宿直》："千庐宵驾合，五夜晓钟稀。"

⑥轩：窗。

⑦玉带：饰玉的腰带，古代贵官所用。唐韩愈《示儿》诗："开门问谁来，无非卿大夫。不知官高低，玉带悬金鱼。"

⑧此句典出唐代宰相王播（759～830年）"碧纱笼"，五代王定保《唐摭言·起自寒苦》记载：王播少年孤贫，寄食扬州僧门，受到冷遇，每于寺僧吃饭时赶至，寺僧已饭毕。王播后来腾达，重游旧地，其往昔题于寺壁之诗尽为碧纱笼护。

龙岩雨霁

岩^①峦似倩^②雨痕妆，风扫烟收山色光。

垂线檐头犹献翠，喷珠石上自成琅^③。

花沾余湿香弥霭^④，鸟弄新晴飞更忙。

斜日照虹丽景⑤遍，蛟龙⑥隐隐出岩廊。

①岧（tiáo）：高。

②倩：借助。

③琅：清朗响亮的声音。

④霭（ài）：浓郁。

⑤丽景：美景。唐顾况《在滁苦雨归桃花崦伤亲友略尽》诗："丽景变重阴，洞山空木表。"宋刘子翚《建康六感·陈》诗："丽景明新妆，清波映鲜服。"

⑥蛟龙：应喻飞泉下汇而成之溪流。

　　王廷抡，字简庵，号起岩，清山西泽州凤台县（今山西泽州县南村镇东常村）人，著名晋商王璇之子。监生，任山东青州通判、户部员外郎、郎中。康熙三十五年（1696年）出任福建汀州知府，守汀四年，时郡城遇荒，开仓赈济，复购米于东、西关设立粥厂，民赖以活；又兴东、西两河水道，浚郡河壅塞，创建丰桥，汀人利之。康熙四十二年（1703年）任山东盐运使，授光禄大夫，康熙四十七年（1708年）卒于家。著《临汀考言》十八卷。名、事、文载清乾隆《汀州府志》之《职官三》《名宦》《艺文六》，乾隆《山西通志》卷一七三《陵墓》、卷一八二《艺文》等。

武平八景（八首）①

梁野仙山

　　梁野山，在邑治东三十五里，险峻迭出，绝顶有白莲池。昔乡民采茗，误至一岩，见门垂龙须草，蒙披而入，内有佛像、经帙、钟磬，幢盖如新，再往迷路。②

仙山自昔开生面③，梁野于今遗古殿。

岩邃④钟声出谷闻，峰高树影从天见。

莲池浴日吐朝霞，石壁披云横素练⑤。

洞里残棋尚未收，沧桑几度韶光⑥变。

①此"八景"诗载清康熙《武平县志》卷一《方舆志·形胜》。

②此述源自南宋《临汀志·山川·梁野山》。

③生面：新境界。清龚自珍《秋夜听俞秋圃弹琵琶赋诗》："曲终却是琵琶声，一代宫商创生面。"

④邃（suì）：深。

⑤素练：白色绢帛，常用以喻云、水、瀑布等。此处喻云。唐杜甫《不离西阁》诗之二："江云飘素练，石壁断空青。"

⑥韶光：美好时光，常指春光，泛指时光。

南岩石洞

南安岩，在邑治南八十里，形如狮子，旧为蛟龙窟宅，俗呼"龙穿洞"。定光大师卓锡于此。有二岩，南岩窈窕幽广，石室天成；东岩差隘，而石龛尤缜密。①

南岩石洞何年有？嵌崎②疑是神工纽③。

碧峰独立势常尊，明月相过虚自受④。

开遍琪花⑤别一天⑥，飞来云气通千牖⑦。

渔翁仔细探桃源⑧，亘古⑨名山雷电守。

①此述源自南宋《临汀志·山川·南安岩》。

②嵌崎（qīn qí）：险峻，不平。南朝宋谢灵运《山居赋》："上嵌崎而蒙笼，下深沉而浇激。"

③纽：衣带之结，喻南安岩如同神工在大地所拧之衣结。

④虚自受：应指南安石洞能容纳明月光。虚受：虚心接受。语本《易

经·咸》："山上有泽，咸。君子以虚受人。"

⑤琪花：仙境中晶莹美丽之花。

⑥别一天：如同另一天地。

⑦牖（yǒu）：窗户。

⑧典出晋陶潜《桃花源记》。桃源，喻南安石洞。

⑨亘（gèn）古：自古以来。清梁启超《读陆放翁集》："集中什九从军乐，亘古男儿一放翁。"

平桥翠柳

太平桥，在邑治东，跨化龙溪之上。

> 一道长虹横碧水，依依高柳垂汀沚①。
> 舒将青眼②睨江天，染得绿衣映桃李。
> 日暖啼莺隔水闻，枝翻乳燕因风起。
> 波明两岸好维舟③，把酒临流怀彼美。

①汀沚（zhǐ）：汀，水边平地；沚，水中小洲。

②青眼：即柳叶。青，状其色；眼，状其形。参见巢之梁《武平八景》同题诗②。又，黑色的眼珠在眼眶中间，青眼看人则是表示对人的喜爱或重视、尊重，跟"白眼"相对。青，黑色。《晋书·阮籍传》："籍又能为青白眼。见礼俗之士，以白眼对之，常言'礼岂为我设耶？'时有丧母，嵇喜来吊，阮作白眼，喜不怿而去。喜弟康闻之，乃备酒挟琴造焉，阮大悦，遂见青眼。"

③维舟：本指古代诸侯所乘之船，维连四船，使不动摇，故称。《尔雅·释水》："天子造舟，诸侯维舟。"后指系船停泊。南朝梁何逊《与胡兴安夜别》诗："居人行转轼，客子暂维舟。"

丹井温泉

温泉，在邑治南五里，周围数丈，泉从石窦出。能熟生物，浴之，可愈疮疬。

　　　　　　古井融和①通地肺，氤氲气象连天际。
　　　　　　一泓暖给万家春，尺泽②深涵千里势。
　　　　　　源发三江浪不惊，瀑飞半壁珠堪缀。
　　　　　　夜阑③明月浴温泉，莫浸④广寒宫阙桂⑤。

①融和：暖和。唐张登《小雪日戏题绝句》："融和长养无时歇，却是
　炎洲雨露偏。"
②尺泽：小水池。《文选·宋玉·对楚王问》："尺泽之鲵，岂能与之量
　江海之大哉？"
③夜阑：夜深。宋陆游《十一月四日风雨大作》诗："夜阑卧听风吹
　雨，铁马冰河入梦来。"
④浸：月光浸泡。浸，笼罩。
⑤广寒宫阙桂：神话称月亮中的宫殿为广寒宫，内植桂树。

化溪碧水

　　化龙溪，一名南安溪，在邑城南百步，源出清平乡，合流归顺乡，
入潮州界。①

　　　　　　千支百派从东汇，抱郭②西南流不待③。
　　　　　　夹岸芙蓉秋④满江，缘溪⑤桃李春如海。
　　　　　　云霞曙色落平川，星斗宵临荡异彩。
　　　　　　闻说延津剑化龙⑥，物华天宝⑦知何在？

①此述源自南宋《临汀志·山川·化龙溪》。
②抱郭：围绕着城郭。
③不待：不停。
④秋：芙蓉秋季开花。
⑤缘溪：沿溪。缘，顺。康熙武平志作"绿溪"，误。民国志作"沿溪"。

⑥延津剑化龙：参见王廷臣《盈科桥五首》其一注⑤。

⑦物华天宝：万物的精华，上天的宝物，比喻极珍贵之物。句出唐王勃
《滕王阁序》："物华天宝，龙光射牛斗之墟；人杰地灵，徐孺下陈蕃
之榻。"

绵洋古刹

绵洋寺，在邑治南，宋时建寺，临绵洋，故名。

忆自漳南①归入境，停骖②古寺尘嚣静。
菊华③黄比佛头金④，枫叶红于天上杏。
日落翻疑⑤山吐光，云移转觉溪流影。
行台⑥夜半未成眠，犹送钟声带露冷。

①漳南：漳州别称，如唐方干"漳南罢郡如之任，二十四州相次迎"
诗句之"漳南"即漳州；又明福建布政使司下设漳南道，分守汀、
漳二州。或指山西漳河之南，王廷抡籍贯山西凤台县，即在漳河
之南。

②骖（cān）：马。

③菊华：菊花别名。民国武平县志录此诗，作"菊花"。

④佛头金：佛像头镏金，其色金黄。

⑤翻疑：反而以为。唐戴叔伦《客夜与故人偶集》诗："还作江南会，
翻疑梦里逢。"下句"转觉"，义同。

⑥行台：魏晋至金代，行台为尚书台（省）临时在外设置的分支机构。
明代，行台为巡抚在治所之外随宜设置的临时官署，后又为道台在外
随宜设置的官署。

石径云梯

石径岭，在邑治北十五里，高峻多石，上有登云亭。

崎岖无异蚕丛路^①，石径梯悬绝攀附。

苦雨凄风实畏途，瞻天就日^②如平步。

四周山色傍云低，万点村烟随鸟暮。

邈邈关河^③望帝城，心依北斗^④常趋赴^⑤。

①蚕丛路：蜀道。蚕丛，相传为蜀王的先祖，教人蚕桑，后借指蜀地。
　唐李白《送友人入蜀》诗："见说蚕丛路，崎岖不易行。"

②瞻天就日：望天近日，义同"瞻云就日"。

③邈邈：遥远。关河：关塞，关防，泛指山河。宋柳永《八声甘州·对
　潇潇暮雨洒江天》："渐霜风凄紧，关河冷落，残照当楼。"

④北斗：北斗星，喻指朝廷，因石径云梯、帝城（北京）均在武平县
　城之北，经石径岭可北赴京师。

⑤趋赴：奔赴，前往。唐柳宗元《柳州谢上表》："臣前岁以久停官秩，
　去年蒙圣恩除替，便欲裂裳裹足，趋赴京师。"

龙岩雨霁

　　龙霁岩，在所城南三里，林木嘉茂，石径窈深，洞前有龙牙石、珠
帘泉。

龙岩野色何^①苍莽，最是雨余堪玩赏。

绿树微零^②滴有声，白虹^③飞度波犹响。

远峰岚净翠逾^④明，碧汉^⑤云还秋更爽。

不必丹青绘画图，山川风物归吾掌。

①何：多么。

②零：水落。

③白虹：此处应指珠帘泉（瀑布）。

④逾：更。

⑤碧汉：碧天与银汉（银河）的合称，即天空。五代闽徐夤《鹊》诗："香闺报喜行人至，碧汉填河织女回。"

　　赵良生，字省斋，清江苏扬州泰兴县（后属通州，今泰兴市）人，顺治三年（1646年）监生。康熙三十五年（1696年）任连城知县，期间于康熙三十六年署理永定知县，主修县志；康熙三十七年署理武平知县，重纂县志，重葺千户所城。康熙三十九年任长汀知县。名、诗载清康熙《武平县志·官师志》、《永定县志·秩官志》，乾隆《汀州府志》之《职官三》《艺文六》，光绪江苏《通州直隶州志》卷十《选举志上·文选表四》等。

武平八景（八首）①

梁野仙山

斯山何嵯峨②，元气③浩盘礴④。

千载仰嶙峋，万仞俯寥廓。

佛宇闭空山，安禅⑤足栖托⑥。

清梵闻午余⑦，林端响金铎⑧。

仙踪不可寻，岩花自开落。

凉秋明月高，仿佛来笙鹤⑨。

①此"八景"诗载清康熙《武平县志》卷一《方舆志·形胜》。

②何：多么。嵯（cuó）峨：山高峻貌。《楚辞·淮南小山〈招隐士〉》："山气巃嵸（lōng zǒng）兮石嵯峨，溪谷崭岩兮水曾波。"

③元气：大化之气，天地未分前的混沌之气，化而生万物。

④盘礴：广大，雄伟。唐杨炯《西陵峡》诗："绝壁耸万仞，长波射千里，盘薄荆之门，滔滔南国纪。"明李东阳《宿刘谏议祠用前韵》：

"江山盘礴堪舆气，精爽分明梦觉时。"

⑤安禅：静坐入定，打坐。唐王维《过香积寺》诗："薄暮空潭曲，安禅制毒龙。"

⑥栖托：寄托，安身。南朝宋谢灵运《山居赋》："企山阳之游践，迟鸢鹭之栖托。"

⑦此句即"午余闻清梵"，与下句形成对仗，但为协律而倒装。清梵：诵经声。全句是指寺院凌晨早课诵经，中午过后还可听到诵经声。

⑧金铎（duó）：即铎，古乐器名，大铃，形如铙、钲而有舌。寺院佛塔屋檐下常挂，风吹铃动，悦耳清脆。

⑨笙鹤：汉刘向《列仙传》载：周灵王太子晋（王子乔），好吹笙，作凤鸣，游伊洛间，道士浮丘公接上嵩山，三十余年后乘白鹤驻缑氏山顶，举手谢时人仙去。后以"笙鹤"指仙人乘骑之仙鹤。唐杜甫《玉台观》诗之一："人传有笙鹤，时过北山头。"

南岩石洞

南山一片云，何年忽耕破①。

天巧兼神工，狮抟与象卧②。

鬘顶③结宝幢④，香台托莲座⑤。

幽深怯穷探，森寒难久坐。

岂是雷电开，不遣尘土涴⑥。

合此⑦寄真修，何须寻紫逻⑧。

①此句应典出南宋隐士管师复"满坞白云耕不破，一潭明月钓无痕"诗句，后以"耕云钓月"喻隐士生活。

②抟（tuán）：揉。狮抟：狮子揉球。此句"狮象"喻狮岩（南安岩）及周边十二峰。

③鬘（mán）：美发。鬘顶：发顶，头顶，此处喻狮岩。

④宝幢（zhuàng）：即经幢，刻有佛号或经咒的石柱。此处借指寺院。

⑤香台：烧香之台，佛殿的别称。唐卢照邻《游昌化山精舍》诗："宝地乘峰出，香台接汉高。"

莲座：佛座，佛座作莲花形，故名。唐王勃《观佛迹寺》诗："莲座神容俨，松崖圣趾余。"

⑥涴（wò）：弄脏。

⑦合此：应当在此。

⑧紫逻：山名，在今河南汝阳县（旧伊阳县）东，旧传山口为夏禹所凿，导汝水东出。唐司马扎有《送进士苗纵归紫逻山居》，本诗以紫逻山喻指隐居之所。

平桥翠柳

炎方①春不寒，青眼②易舒笑。

乍软便飘扬，未长先窈窕。

依依三月中，张绪正年少③。

啼雨一莺娇，剪波双燕早。

瘦影拂澄潭，柔条舣④孤棹⑤。

最羡羊裘翁⑥，清阴坐垂钓。

①炎方：南方炎热地区。唐李白《古风》之三四："怯卒非战士，炎方难远行。"唐白居易《夏日与闲禅师林下避暑》诗："每因毒暑悲亲故，多在炎方瘴海中。"

②青眼：即柳叶，参见王廷抡同题诗注第②。

③本句典故参见刘旿同题诗注第⑧。

④舣（yǐ）：泊船。

⑤孤棹（zhào）：独桨，借指孤舟。唐长孙佐辅《杭州秋日别故友》诗："独随孤棹去，何处更同衾。"

⑥羊裘翁：即东汉严光。《后汉书·逸民列传·严光》载：严光少有高名，与刘秀同游学。后刘秀即帝位，思其贤令人访之。严光披羊裘钓

泽中。进京，刘秀授其谏议大夫。严光不屈，返耕于富春山。年八十，终于家。

丹井温泉

暖香春溶溶，深广不盈亩。

郁蒸①沸于汤，净绿淡如柳。

怀哉浩荡恩，涵濡②向来久。

严冬苦寒冱③，就沐④走童叟。

意在廉让⑤间，炎凉讵⑥易守。

不似洗妖红⑦，漫云有遗垢⑧。

①郁蒸：盛气如蒸，高温。郁，盛。唐杜甫《赠特进汝阳王二十韵》："花月穷游宴，炎天避郁蒸。"

②涵濡（rú）：滋润，浸润，比喻德泽优渥。唐元结《大唐中兴颂》："蠲除袄灾，瑞庆大来，凶徒逆俦，涵濡天休。"

③寒冱（hù）：严寒冻结，极寒。冱，冻结。唐陈岵《履春冰赋》："因润下而生德，由寒冱以生姿。"

④就沐：来温泉沐浴。就，近。

⑤廉让：廉泉、让水合称，喻风土习俗淳美。《南史·胡谐之传》载，梁州人范柏年晋谒宋明帝，谈话间，他们偶然说到广州的贪泉。宋明帝问范柏年的家乡有没有这种怪异的河流。范柏年回答道梁州没有贪泉，只有文川、武乡、廉泉、让水。

⑥讵（jù）：岂，怎。

⑦妖红：应指妖冶、妖媚而不庄重。

⑧漫云：别说，不要讲。清秋瑾《日人石井君索和即用原韵》："漫云女子不英雄，万里乘风独向东。"此句言别说（别嫌弃）温泉存留洗浴所遗污垢，因其对人益处良多。

化溪碧水

一水碧潆洄，绕郭势如带。

安澜去悠悠，恬波停蔼蔼[1]。

甘同饮醍醐[2]，冷比吸沆瀣[3]。

形胜得包络[4]，田野资灌溉。

鉴净[5]自生明，滩平喜无碍。

庶几似臣心[6]，何烦耿恭拜[7]。

[1]蔼蔼：同"蔼蔼"，可爱可亲貌。清周亮工《今夕歌宿郎山吕正始天咫楼作》："何接美人之蔼蔼兮，乃使我日暮而蹉跎。"

[2]醍醐（tí hú）：从酥酪中提制出的油，味美。

[3]沆瀣（hàng xiè）：夜间水汽。

[4]形胜：山川壮美之地。包络：环绕。此句谓化龙溪（平川河）将武平形胜一一环绕，使之更为壮美。

[5]鉴净：水潭明净。鉴：镜子，喻水潭。

[6]庶几：近似，差不多。此句典出"臣心似水"，《汉书·郑崇传》载，汉哀帝听信谗言，责问尚书仆射郑崇为什么他家来往的人像赶集一样，是否在密谋不轨。郑崇说虽然臣门如市，但是我忠君之心像水一样明澈，丝毫没有二心。

[7]耿恭拜：即耿恭拜井，此处喻化龙溪水量充沛，或谓臣心似水，无须如耿恭拜井一样要特别加以表现。耿恭，东汉将领，抵御北匈奴犯汉。《后汉书·耿恭传》载：北匈奴攻打耿恭所率汉军并堵绝水源，耿恭令军士在城中掘井十五丈仍然无水。官兵焦渴困乏，挤榨马粪汁饮用。耿恭仰头叹息说："听说从前贰师将军李广利拔佩刀刺山，飞泉从山中喷出；如今汉室恩德神圣，怎能走投无路呢？"即整衣拜井，替将士祈祷。过了一会儿，水柱喷出，众人齐呼万岁。耿恭命人在城上泼水给北匈奴人看。北匈奴人感到意外，以为有神明在帮助汉军，

于是领兵撤退。

绵洋古刹

何处好谈禅，城南有精舍[①]。

高树蟠古虬，疏枝透微麝[②]。

虚堂老开士[③]，燃灯照深夜。

茗瀹赵州亭[④]，莲栽慧远社[⑤]。

我来一挥麈[⑥]，尘鞅[⑦]苦难谢。

小院竹风凉，于焉[⑧]可消夏。

[①] 精舍：寺院，因是精勤修行者所居或指精致的修行之所，故称。唐孟浩然《晚泊浔阳望炉山》诗："东林精舍近，日暮但闻钟。"

[②] 微麝：微香。麝，麝香。

[③] 虚堂：高堂。唐戎昱《客堂秋夕》诗："隔窗萤影灭复流，北风微雨虚堂秋。"

开士：菩萨的异名，以能自开觉，又可开他人生信心，故称。后用作对僧人的敬称。

[④] 茗：茶。瀹（yuè）：煮。此句典出"赵州和尚吃茶去"公案，即"茶禅一味"。唐代著名禅师从谂（778～897年），晚年驻锡赵州（治今河北省柏乡县），人称"赵州和尚"。据《指月录》等载，曾有两位新到行脚僧人来学，赵州禅师问一僧以前是否来过此处，回答"没有来过"，赵州禅师说："吃茶去。"又问另一僧，回答"来过"，赵州禅师说："吃茶去。"院主（寺院监院）疑惑，问："师父，没来过的叫他吃茶去，可以理解；来过的为何也叫他吃茶去呢？"赵州禅师忽喊一声"院主"，院主应声答应，赵州禅师说："吃茶去！"此即所谓"新到吃茶，曾到吃茶，若问吃茶，还是吃茶"。

[⑤] 东晋慧远（334～416年），居庐山东林寺，与刘遗民等结社同修净土，后世尊为净土宗之始祖。传说当时名士谢灵运钦服慧远，替他在

东林寺中开东、西两池，遍种白莲，慧远所创之社遂称"白莲社"，故净土宗又称"莲宗"。

⑥挥麈（zhǔ）：挥动麈尾。晋人清谈时，常挥动麈尾以为谈助，后因称谈论为挥麈。金赵秉文《灵感寺》诗："欲尽休公挥麈乐，篸丝羞对落花风。"麈：古书上指鹿一类的动物，其尾可做拂尘。

⑦尘鞅：世俗事务的束缚。鞅，套在马颈上的皮带。唐牟融《寄羽士》诗："使我浮生尘鞅脱，相从应得一盘桓。"

⑧于焉：在此。

石径云梯

微径最迢遥，幽寻屡回互①。

穿云仗支筇②，怯雨防窘步③。

一线入青冥④，蜀道叹行路⑤。

登登蹑空濛⑥，杳杳⑦变朝暮。

踏叶走惊蛇，披榛穿巉兔⑧。

何当此振衣⑨，双足更须措⑩。

①回互：回环交错。清顾炎武《孝陵图》诗："十里无立楢，冈阜但回互。"

②支筇（qióng）：柱杖。筇，筇竹，宜做拐杖，借指拐杖。

③窘步：急步。《楚辞·离骚》："何桀纣之猖披兮，夫唯捷径以窘步。"

④青冥：青苍幽远，指青天。

⑤古代入川之路以难行著称，唐李白《蜀道难》称："蜀道之难，难于上青天！"此处以蜀道喻石径云梯。

⑥登登：拟声词，脚步声；或谓一登再登。空濛：缥缈迷茫之境，唐权德舆《桃源篇》："渐入空濛迷鸟道，宁知掩映有人家。"

⑦杳杳：昏暗貌。

⑧披榛：砍去丛生草木。晋赵至《与嵇茂齐书》："近无所依，退无所

据，涉泽求蹊，披榛觅路。"

鑱（chán）兔：狡兔，大兔。《诗经·小雅·巧言》："跃跃鑱兔，遇犬获之。"穿鑱兔，即鑱兔穿，鑱兔受惊而走。

⑨何当：犹合当，应当。唐杜甫《画鹰》诗："何当击凡鸟，毛血洒平芜。"

振衣：抖衣去尘，整衣。晋左思《咏史八首》："振衣千仞岗，濯足万里流。"意思是在极高的山岗上整饬衣服，抖落衣服的灰尘，在长河中洗去脚上的污浊。用以表示作者向往高洁洒脱的生活。

⑩措：用。古音同"醋"，平水韵属"仄声七遇"部。

龙岩雨霁

　　　　鳞鬣①久飞腾，峦岫转深秀。
　　　　帘泉散垂珠，过雨快长昼②。
　　　　危崖帧③画图，绝壁走篆籀④。
　　　　积雪洒琼瑶⑤，空翠⑥开锦绣。
　　　　此中饶⑦幽奇，不数⑧大小酉⑨。
　　　　会须⑩寻子荆⑪，流石话枕漱。

①鳞鬣（liè）：指龙的鳞片和鬣毛，代称龙。宋欧阳修《和出省》："共向丹墀侍临选，莫惊鳞鬣化风雷。"此处应喻如龙飞腾之山脉。

②长昼：长日。

③帧：装帧（名词作动词）。

④篆籀（zhòu）：篆文和籀文。此句指绝壁纹路纵横，如同布满篆籀。

⑤琼瑶：原指美玉，喻似玉之雪。此处积雪、琼瑶，均喻珠帘泉飞流散珠。

⑥空翠：绿色草木。南朝宋谢灵运《过白岸亭》诗："空翠难强名，渔钓易为曲。"

⑦饶：多，富。

⑧不数：不输，不亚于。

⑨大小酉：即湘西二酉山（大酉山、小酉山），二山皆有洞穴。相传小酉山洞中有书千卷，秦人曾隐学于此。北魏郦道元《水经注》："有大酉山、小酉山。小酉石穴中有书千卷，酉氏好所藏书。故元帝赋曰：访酉阳之遗帙。"所谓"学富五车，书通二酉"。唐陆龟蒙《寄淮南郑宝书记》诗："五丁驱得神功尽，二酉搜来秘检疏。"

⑩会须：应当。唐项斯《山友赠薜花冠》诗："会须寻道士，簪去绕霜坛。"

⑪子荆：西晋名士孙子荆，才藻卓绝，爽迈不群。南朝宋刘义庆《世说新语·排调》载，孙子荆年轻时想要隐居，对王武子说"就要枕石漱流"，口误说成"漱石枕流"。王武子说："流水可以枕、石头可以漱口吗？"孙子荆巧答道："枕流水是想要洗干净自己的耳朵，漱石头是想要磨砺自己的牙齿。"

暮春游灵洞山小饮葛仙井作①

偶然出郭试寻芳，灵洞山深引兴长。
序届②清明补修禊③，地当曲水仿流觞④。
看花佛院香偏异，汲井仙源淡共尝。
更喜郊行农事好，绿针⑤连野⑥布新秧。

①此诗及下文七诗，均载康熙及民国《武平县志·艺文志》。

②序届：时至，时到。序，季节。届，到。明樊阜《田间杂咏》诗："节序届芒种，何人得幽闲。"

③修禊（xì）：古时于农历三月上旬巳日（三国魏以后始固定为三月初三）到水边嬉戏，以祓除不祥，称为修禊。晋王羲之《兰亭叙》："永和九年，岁在癸丑，暮春之初，会于会稽山阴之兰亭，修禊事也。"宋张耒《和周廉彦》诗："修禊洛滨期一醉，天津春浪绿

浮堤。"

④曲水流觞：王羲之与友朋会于兰亭修禊时，众人坐河渠旁，于上流放置酒杯，酒杯顺流而下，停在谁的面前，谁就取杯饮酒，意为除去灾祸不吉。后发展成为文人墨客诗酒唱酬的一种雅事。当：面对。

⑤绿针：秧苗，其状如针。宋姚孝锡有"红缬退风花着子，绿针浮水稻抽秧"句。明丘浚《春日田园杂兴》诗："绿针白水秧千亩，黄蝶青苔菜几畦。"

⑥野：民国志作"野"，康熙武平志作"夜"，当误。

檀 岭

峻级陟①崔巍，遐瞩②连空碧。

弥望③郁萧森④，灌莽⑤被硙矶⑥。

樛枝拂云根⑦，层崖透山骨⑧。

中林⑨多古檀，可以荫行客。

春至露梢青，秋来霜叶赤。

重此輖轩⑩材，干霄⑪蔽天日。

匠石⑫未许寻，斧柯⑬焉⑭敢伐。

怀哉《魏风》⑮篇，君子惭素食。

千载挹清标⑯，伊人⑰渺难即⑱。

幸不置河干⑲，高山守奇节⑳。

①陟（zhì）：登高。

②遐瞩：远望。唐赵冬曦《奉和张燕公早霁南楼》："方曙跻南楼，凭轩肆遐瞩。"

③弥望：所望。《文选·潘岳〈西征赋〉》："黄壤千里，沃野弥望"。

④萧森：草木茂密貌。北魏杨衒之《洛阳伽蓝记·平等寺》："堂宇宏美，林木萧森。"

⑤灌莽：丛生的草木。《文选·鲍照〈芜城赋〉》："灌莽杳而无际，丛薄纷其相依。"

⑥被：披，长满。硉矹（lù wù）：高耸，突出。唐李白《明堂赋》："拿金龙之蟠蜿，挂天珠之硉矹。"此处指檀岭。

⑦樛（jiū）枝：曲枝。宋王安石《晨兴望南山》诗："草树露颠（巅）顶，樛枝空复繁。"云根：深山云起之处。晋张协《杂诗》之十："云根临八极，雨足洒四溟。"《诗经·国风》有《樛木》篇。樛，卷曲，如称卷发为"樛毛"。

⑧山骨：山中岩石。金元好问《十一月五日暂往西张》诗："林烟漠漠鸦边暗，山骨稜稜雪外青。"本诗或指山架。透，露。

⑨中林：林中。《诗经·周南·兔罝》："肃肃兔罝，施于中林。"

⑩輗軏（ní yuè）：輗与軏的并称，为古代车辕和横木衔接的活销。大车为輗，小车为軏。《论语·为政》："大车无輗，小车无軏，其何以行之哉？"輗軏材，指可做车辆之材。

⑪干霄：高入云霄。唐刘禹锡《和兵部郑侍郎省中四松诗十韵》："便有干霄势，看成构厦材。"

⑫匠石：古代名石的巧匠，其技出神入化，运斧削掉郢人鼻端的污泥，而丝毫未伤及鼻。《庄子·徐无鬼》："郢人垩慢其鼻端，若蝇翼，使匠石斫之。匠石运斤成风，听而斫之，尽垩而鼻不伤，郢人立不失容。"后亦用以泛称能工巧匠。

⑬斧柯：原指斧柄，此处指斧头。

⑭焉：怎。

⑮《诗经·魏风》有《伐檀》，诗云"彼君子兮，不素餐兮"，谴责君子（剥削者）"素餐"（白吃饭、不劳而食）的行径。

⑯抱：古同"揖"，作揖。清标：清峻脱俗。唐张贲《奉和袭美醉中即席见赠次韵》："清标称住羊车上，俗韵惭居鹤辈前。"

⑰伊人：此人或彼人。《诗经·蒹葭》："所谓伊人，在水一方。"

⑱渺：远。即：靠近。

⑲河干：河岸。《诗经·伐檀》有"坎坎伐檀兮，置之河之干兮"句，檀木被伐置于河岸，用于做车之"辐""轮"，是谓不幸。

⑳奇节：奇特高尚的节操。宋苏轼《上韩太尉书》："东汉之末，士大夫多奇节而不循正道。"

十二峰①

青莲朵朵绕林隈②，二六时中③几往来。

何事世人多色相④，至今犹说楚王台⑤。

①此诗次宋孙璋同题诗韵。

②林隈（wēi）：林木曲深之处。南朝梁简文帝《玄圃寒夕》诗："曛烟生涧曲，暗色起林隈。"

③二六时中：佛教常用之称"一天"，古时白昼六时辰，夜晚六时辰，故称"二六"。

④色相：佛教语，指万物的形貌。唐白居易《感芍药花寄正一丈人》诗："开时不解比色相，落后始知如幻身。"

⑤楚王台：参见孙璋同题诗注第⑦。全句含蓄评世人执着外形（色相），至今还将南安岩十二峰比之巫山十二峰，谈论楚王台"巫山云雨"之事。

象 洞①

新罗辟地自晋始②，窟穴旧是南蛮居。

九十九洞最辽阔，谽谺③嵯崒④皆山樗⑤。

传闻群象此中聚，何必刻舟⑥知其数。

彩布缠腰猓⑦女骑，红藤束背傜⑧童坐。

焚山烈泽⑨年复年，深岩邃壑⑩还依然。

　　如山突兀不可见，秋风古寨⑪牛羊眠。

　　彤墀⑫自昔朝仪⑬壮，对峙端门⑭列仙仗⑮。

　　氍毹⑯缨络宝瓶鞍，庭燎⑰光中立相向。

　　当时敕取⑱向滇云⑲，六诏⑳征求奉至尊㉑。

　　频年却贡㉒多宽政，柔远㉓常邀㉔厚往㉕恩。

　　太平有象㉖垂衣㉗久，饱食嘉禾酿美酒。

　　愿同父老祝丰登，莫向要荒㉘问奇兽。

①即今武平县象洞镇一带。洞，同"峒"，南方原住民聚落之称。宋《临汀志·山川》载："象洞，在武平县南一百里，接潮、梅州界。林木蓊翳，旧传象出其间，故名。后渐刊木诛茅，遇萦纡怀抱之地，即为一聚落，如是者九十有九，故俗号'九十九洞'。其地膏沃，家善酝酿，邑人之象洞洞酒，洪刍有《老酒赋》正谓此。但僻远负固，多不乐输，故置巡检寨以镇焉。"洪刍（1066～1128 年），字驹父，南昌人，北宋诗人，崇宁元年（1102 年）因"坐元符上书邪下，降两官，监汀州酒税"。1995 年北京大学编《全宋诗》卷二二载洪刍汀州诗多首，惜无《老酒赋》。

②《晋书·地理下·扬州》载，西晋太康三年（282 年）置晋安郡，领县八，其一为新罗。新罗县辖区在闽西，含后之武平县。

③谽谺（hān xiā）：山石险峻貌。参见陈廷对《南安岩》注第②。

④崎崒（qiú zú）：高峻。《文选·班固〈西都赋〉》："岩峻崎崒，金石峥嵘。"清姚鼐《岳麓寺》诗："客来亭午后，峰阴落崎崒。"

⑤樗（chū）：椿树。

⑥刻舟："刻舟求剑"之省称，喻办事刻板不知变通。典出《吕氏春秋·察今》。

⑦僰（bó）：我国古代称西南地区的一个少数民族，此处借指象洞原住民。

⑧徭（yáo）：徭人，又作猺人，我国古代南方地区的一种少数族，为

今瑶族、畲族的先民。

⑨焚山烈泽：焚烧山泽以捕猎野兽或刀耕火种，此为我国古代南方原住
　民的一种生产方式。词出《孟子·滕文公上》"舜使益掌火，益烈山
　泽而焚之，禽兽逃匿"句。

⑩壑：民国志作"谷"。

⑪古寨：注①引《临汀志》及该志《营寨》载，宋置象洞巡检寨，明
　清沿袭为巡检司。

⑫彤墀（chí）：同"丹墀"，借指朝廷。唐韩愈《归鼓城》诗："我欲
　进短策，无由至彤墀。"

⑬自昔：从前，以前。朝仪：朝廷的礼仪。《周礼·夏官·司士》："正
　朝仪之位，辨其贵贱之等。"

⑭端门：宫殿的正门。

⑮仙仗：指皇帝的仪仗。唐岑参《奉和中书贾至舍人早朝大明宫》诗：
　"金阙晓钟开万户，玉阶仙仗拥千官。"

⑯氍毹（qú shū）：毛织的布或地毯。唐岑参《玉门关盖将军歌》："暖
　屋绣帘红地炉，织成壁衣花氍毹。"

⑰庭燎：宫廷灯火。《诗经·小雅·庭燎》："夜如何其？夜未央，庭燎
　之光。"

⑱敕取：下诏征取。民国志作"勒取"，误。

⑲滇云：云南，别称"滇"。滇地多象，《史记·大宛列传》载："昆
　明……其西可千余有乘象国，名曰滇越。"

⑳六诏：唐代位于今云南及四川西南的乌蛮六个部落的总称，又称南
　诏。唐元稹《蛮子朝》诗："西南六诏有遗种，僻在荒陬路寻壅。"
　后用以称云南。

㉑至尊：帝王。

㉒却贡：我国古代朝廷免除或推却属国、边疆民族进贡方物的制度。

㉓柔远：安抚远人或远方邦国。《尚书·舜典》："柔远能迩。"孔传：
　"柔，安；迩，近……言当安远，乃能安近。"唐白居易《新罗贺正

使全良忠授官归国制》："朕以文明御时，以仁信柔远。"

㉔邈：遇。清洪昇《长生殿》："邈殊宠，一枝已傍日边红。"

㉕厚往："厚往薄来"之省称，意为在交往中施予丰厚而纳受微薄。出
　　于《礼记·中庸》："厚往而薄来，所以怀诸侯也。"孔颖达疏："厚
　　往，谓诸侯还国，王者以其材贿厚重往报之。薄来，谓诸侯贡献使轻
　　薄而来。如此，则诸侯归服。"

㉖象：双关，字义双关为现象（标志）之"象"，或谐音双关为"祥"。

㉗垂衣："垂衣裳"之省。典出《周易·系辞下》："黄帝、尧、舜，垂
　　衣裳而天下治，盖取诸乾坤。"唐孔颖达疏："垂衣裳者，以前衣皮，
　　其制短小；今衣丝麻布帛，所作衣裳其制长大，故云垂衣裳也。"古
　　以衣在上，象天；以裳在下，象地，故衣裳制作取象乾坤。后用以称
　　颂帝王无为而治，亦省作"垂衣""垂裳"。

㉘要荒：要，要服；荒，荒服。古称王畿外极远之地。元耶律楚材《壬
　　午西域河中游春》诗："何日要荒同入贡，普天钟鼓乐清平。"

千秋溪①

兹水足千秋，我心亦如此。
安得②田富民，相与濯③清沚④。

①千秋溪：即今城厢镇东云溪，源头众水汇为云漈（瀑布），流下为
　　溪，《临汀志·山川》："千秋溪，在武平县东。发源梁山，自东团经
　　忠孝里入化龙溪。"
②安得：怎得。
③濯：洗。
④沚：水中小洲。

铜　井[①]

一勺渊[②]然浸蔚蓝，辘轳[③]清响应澄潭。

须知绠[④]短难为汲，久信藏机[⑤]未忍探。

涉世浅深交取淡[⑥]，置身廉逊[⑦]饮能甘。

夜来宝气寻常识，纵是金银也不贪。

①铜井：尚存今中山镇。康熙《武平县志·山川》载："铜井，在所城内西偏，泉极寒冽。汲之，声如铜响，色黄。"

②渊：深。

③辘轳：安在井上绞起汲水斗的器具。

④绠（gěng）：汲水之绳。

⑤藏机：藏匿才智。唐李绅《墨诏持经大德神异碑铭》："发论开蒙，藏机匿圣。"

⑥交：交往。交取淡，典出《庄子·山木》："君子之交淡如水，小人之交甘若醴。"

⑦廉逊：廉洁逊让。

渔　溪[①]

片石严陵常避汉[②]，一竿渭水可兴周[③]。

何如此水无心逝，万古涵清昼夜流。

①渔溪：在今万安镇，源于当风岭，流经鱼溪尾，为平川河正源，《临汀志·山川》："渔溪，在当峰岭下。"

②此句用典参见上文赵良生《平桥翠柳》注第⑥。严陵，即严光，因其字子陵，省称严陵。

③此句典出"姜太公渭水垂钓"。《史记·齐太公世家》载，吕尚（姜太公）穷困年老，借钓鱼之机求见周西伯（文王）。西伯出猎在渭河北岸遇到太公，与太公谈论后大喜，同乘车而归，尊为太师。后太公辅文王灭商兴周。

蛟腾潭①

夙有澄清志，来分②浩荡天。
藏珠多媚泽③，击楫④凛冰渊⑤。
鹓序⑥吾何适⑦，鸥盟⑧尔最贤。
惟应孟学士⑨，凤起⑩卜⑪他年。

①蛟腾潭：在今中山镇新城村红岭上中山河中。康熙《武平县志·山川》载："蛟腾潭，在所北文峰塔前。"同治《建置志·文塔》载，文峰塔在武平所洪岭上。

②分：映照。

③媚泽：美好泽潭。

④击楫：拍击船桨，指划舟。

⑤冰渊：《诗经·小雅·小旻》："如临深渊，如履薄冰。"后遂以"冰渊"喻指处境危险，这里喻潭深骇人。

⑥鹓（yuān）序：朝官站立的次序。鹓，古书上指凤凰一类的鸟，喻贵族，又因群飞行列整齐，故以之喻官员上朝的行列。

⑦适：恰当。

⑧鸥盟：谓与鸥鸟为友，喻隐退。宋陆游《夙兴》诗："鹤怨凭谁解，鸥盟恐已寒。"此句称蛟腾潭水深不兴，甘处僻野，如同隐士之居。此联其义应指在仕途上我敢何所适从，蛟腾潭水深不兴、甘隐僻野是我最好的榜样。

⑨典出唐王勃《滕王阁序》"腾蛟起凤，孟学士之词宗"句。五代王定

保《唐摭言》载，唐高宗上元二年（675 年），洪州都督阎公重修滕
王阁，秋日宴群僚于阁上，先令其婿孟学士作文，以炫其才。时王勃
省父过此，即席而作《滕王阁序》，一鸣惊人，文垂千古。又，《西
京杂记》卷二说董仲舒梦蛟龙入怀，乃作《春秋繁露》；扬雄作《太
玄》，梦见自己吐出凤凰，飞集书上，故以"腾蛟起凤"，形容盛有
文采。

⑩凤起：凤凰起飞，喻贤德之人兴起。晋张华《萧史曲》诗："龙飞逸
天路，凤起出秦关。"与上述"起凤"不尽相同。

⑪卜：预计。孟学士系都督女婿，只是一家之言。本诗由谭名"蛟
腾"，联想到王勃名诗之"孟学士"，着意在于其"词宗"之美誉，
是希望蛟腾潭所在地能腾蛟起凤、人文蔚起。

熊湘，字竹侣，清康熙间武平高梧乡（今十方镇高梧村）人。好
义勇为，尝为里人、明末义士赖嵩募建祠亭于白云山石室，并广征诗
文，刊行于世。著有《乐志草》。事载民国《武平县志》之《文苑传》
《列传·赖嵩传》等。

白云山吊古①

飞瀑翻晴雪②，幽岩生夏寒。
介然一片石③，当作首阳④观。

①此诗载民国《武平县志·艺文志》。明末遗民赖嵩曾隐居白云山，其
事参见本书赖嵩诗有关说明。白云山，在今武平十方镇高梧村一带。

②晴雪：天晴后的积雪，此处喻飞瀑之莹白。

③介：耿直。介石：耿介之石，硬石。《易经·豫》："介于石，不终
日，贞吉。"

④首阳：山名，即首阳山，一称雷首山，相传为伯夷、叔齐采薇隐居

处。《诗经·唐风·采苓》:"采苓采苓,首阳之巅。"《论语·季氏》:
"伯夷、叔齐,饿于首阳之下,民到于今称之。"《史记·伯夷列传》:
"武王已平殷乱,天下宗周,而伯夷、叔齐耻之,义不食周粟,隐于
首阳山,采薇而食之。"首阳山在今何地,旧说不一。《论语》何晏
集解引汉马融曰:"首阳山在河东蒲坂,华山之北,河曲之中。"蒲
坂故城,在今山西省永济县南。

　　林宝树,字光阶,号梁峰,清武平袁畲乡(今武东镇袁畲白泥田
村)人。康熙三十八年(1699 年)举人,授奉天海城县(今辽宁海城
市)知县,不赴。尝募建陈大士(际泰)书院而为之序。有《大全摘
钞》《梁野集》行世,所著《一年使用杂字文》(俗称《元初一》)风
行闽赣粤客属地区。名、事载康熙《武平县志·人物志·科第》、乾隆
《汀州府志·文苑》、民国《武平县志·文苑传》等。

题村口石①

石阜②如屏障,浓阴景物幽。
高松仙鹤宿,密竹彩鸾留。
意静山稀籁③,心闲水息流。
潇然无俗累,何必汉津游④!

①此诗载民国《武平县志·艺文志》。
②石阜(fù):石山。宋苏轼《李氏山园潜珍阁赋》:"因石阜以建宇,
　跨饮江之鳌鼋。"
③籁:本指从孔穴中发出的声音,亦泛指一般的声响,这里指山中自然
　界的各种声响。
④汉津:汉水。宋曾巩《闻喜亭》诗:"闻喜名自昔,广亭临汉津。"
　汉津游,泛指远游。

李梦苡，字非珠，清雍正、乾隆间武平县城西花园村（今平川镇西厢村）人。少孤，有才子之称，受知县、诗人许廷鑅（苏州元和县人）赏识，故清代杨澜《临汀汇考》称梦苡诗有江浙人之风。后就读福州鳌峰书院，与宁化雷鋐（清初理学家）同学，受教于漳浦名儒蔡世远门下。蔡世远称其学博才高，可进以远大之业。乾隆元年（1736年），朝廷特开博学鸿词科，蔡世远推荐梦苡应试。梦苡考场患病，不能完卷而归。乾隆六年（1741年）中辛酉科举人。梦苡无意功名，潜心著述，耽情诗酒，又纵情山水，所到之处辄有题咏。诗品隽永脱俗，时人争相传诵。书法亦极佳，片言只字时人争作墨宝珍藏。卒后无子，门人为之殡葬，题其墓碑云"诗人李非珠先生之墓"。《福建通志·经籍著录》载，梦苡著有《西汉独见》4卷、《西峰诗文集》30卷，惜均散佚不存。杨澜《汀南廑存集》辑录其诗11首，其余诗文仅散存于民国《武平县志》及李氏族谱中。民国《武平县志·文苑传》及丘复《南武赘谭》卷四有传。

灵洞山①

灵洞洞灵灵不凡，玲珑怪石玉连环。
烟封谷口雨非雨，云断峰腰山复山。
归路忽闻清磬响，回头却羡老僧闲。
燕岩东畔飞泉处，分我栖霞②屋半间。

①灵洞山：在武平县城西十里，即西山。
②栖霞：云霞常来栖住。

平桥翠柳①

闻道清溪柳万条，荫浓翠色锁平桥。
长留张绪当年态②，细舞小蛮旧日腰③。

花絮频时尤婀娜，轻风吹后更痴娇。

寻芳却恨余生晚，未听黄鹂巧舌调。

①为旧时"武平八景"之一，即武平县城东之太平桥。参阅本书刘焘
《武平八景·平桥翠柳》注①。

②南齐张绪风姿清雅，南朝齐武帝萧赜植蜀柳于灵和殿前，说："此柳
风流可爱，似张绪当年。"参见刘昈同题诗注第⑧。

③白居易家妓小蛮，腰肢柔弱纤细如同杨柳。唐孟棨《本事诗·事
感》："白尚书（居易）姬人樊素善歌，姬人小蛮善舞，尝为诗曰：
'樱桃樊素口，杨柳小蛮腰。'"

丹井温泉①

溪东仿佛鲁南沂②，石室藏珠暗吐辉。

丹井无烟浮蟹眼③，青池有火煮苔衣④。

游人捎月相寻去，骚客临风独咏归。

不比骊山山下水，香泉空自浴杨妃⑤。

①为旧时"武平八景"之一，参见本书有关诗作及注释。

②鲁国（在今山东西南）南部有沂水（今沂河），《论语·先进》载：
"（曾点）曰：'莫春者，春服既成，冠者五六人，童子六七人，浴乎
沂，风乎舞雩，咏而归。'夫子喟然叹曰：'吾与点也！'"此诗将武
平平川拟作鲁南沂水。

③蟹眼：水沸其泡如同蟹眼，宋张元干《浣溪沙》词："蟹眼汤深轻泛
乳，龙涎灰暖细烘香。"

④苔衣：苔藓。南朝宋谢灵运《岭表赋》："萝蔓绝攀，苔衣流滑。"

⑤唐玄宗时，长安骊山北麓华清池，温泉浴池众多，最著名者"贵妃
池"为杨贵妃专用沐浴之池。

金鸡岭①

盘空缘石磴②，乘晓度③金鸡。

初日悬青嶂，朝云覆绿溪④。

陡然一峰起，直压万山低。

欲并仙霞⑤险，闽关控岭西。

①本诗载民国《武平县志·艺文志》。金鸡岭，在今武平县十方镇黎
　畲、黎明、高梧诸村之间。民国《武平县志·山川》载："金鸡岭，
　邑东四十五里，黎畲之阳，通高梧、上杭，可扼要。"
②石磴（dèng）：石级，石阶。
③度：翻过。
④金鸡岭东西麓有处明溪、鲜水溪，西流入平川河。
⑤仙霞：即仙霞岭，在闽北浦城县、浙西江山县及赣东北交汇处，江山县
　建仙霞关，有"两浙之锁钥，入闽之咽喉"之称，历来为兵家必争之地。

寒溪寺①

偶出寒溪寺，聊偷半日闲。

水骄能怒石，云动欲移山。

犬自孤峰吠，僧随一鸟还。

悠然清磬②响，风起万松间。

①此诗载丘复《南武赘谭·三十》。查康熙《武平县志·建置志·寺
　观》、民国《武平县志·古迹志·寺观》，无寒溪寺。又查，武昌西
　山有寒溪寺，东晋名僧慧远曾卓锡于此，苏轼作有《游武昌寒溪西山
　寺》诗。本诗寒溪寺在何处，待考。

②清磬：清越的磬声。

山居晚眺①

西峰②日暮立柴关③，如画川原一望间。

村树拖烟斜抱寺，溪云含雨半遮山。

孤鸿不带诗筒④去，双鹤常随钓艇还。

最爱平畴新绿满，幽人十亩赋闲闲⑤。

①本诗载民国《武平县志·文苑传·李梦苃》，转录自清杨澜所编《汀
　南廑存集》，亦载丘复《南武赘谭·三十》。

②西峰：即武平西山。李梦苃有《西峰文集》。

③柴关：柴门，引申为寒舍。唐刘长卿《送郑十二还庐山别业》诗：
　"浔阳数亩宅，归卧掩柴关。"

④诗筒：盛放诗稿以便传递的竹筒。白居易《秋寄微之十二韵》："忙
　多对酒楂，兴少阅诗筒。"自注："此在杭州、两浙唱和诗赠答，于
　筒中递来往。"

⑤闲闲：从容自得貌。《诗经·魏风·十亩之间》："十亩之间兮，桑者
　闲闲兮，行与子还兮。"朱熹集传："闲闲，往来者自得之貌。"清孙
　枝蔚《田家杂兴次储光羲韵》之八："桑者各有侣，闲闲在十亩。奈
　何冠盖客，竟忘山中友。"

半溪杂诗①

半溪一角水潆回，紫竹双扉傍水开。

偶有牧人吹笛至，杳无山叟抱琴来。

酒魔欺我常敧枕②，诗债逼人欲筑台。

却喜时清身未老，朋莲友菊不妻梅③。

①本诗载民国《武平县志·文苑传·李梦苾》，转录自清杨澜《汀南廑
存集》，亦载丘复《南武赘谭·三十》并云：李梦苾"邑中不详其何
许人，余以其《山居晚眺》《半溪杂诗》及集名'西峰'，定为城西
花园村人，列入《文苑传》。"则半溪在武平县。

②欹（qī）枕：斜倚枕头。唐郑谷《欹枕》："欹枕高眠日午春，酒酣
睡足最闲身。"

③宋诗人林逋隐居杭州孤山，植梅养鹤，清高自适，终生未娶，人谓
"梅妻鹤子"。李梦苾此句反用"梅妻鹤子"之典，称以莲菊为友，
在世俗保持清白，并不隐居，有"出淤泥而不染"之意。

山行即事①

几重山外路，数里画中行。
古树穿亭出，枯藤抱石生。
媚人花欲笑，啮水石能鸣。
未倦游人眼，松间月已明②。

①本诗载民国《武平县志·艺文志》，转录自清杨澜《汀南廑存集》，
亦载丘复《南武赘谭·三十》。

②唐王维《山居秋暝》诗有联云："明月松间照，清泉石上流。"本诗
"啮水""松间"句，应从此典化出。

登白云山有怀赖崧口占①

白云自去来，石室人何处？
伫望立孤峰，秋山落日暮。

①本诗载民国《武平县志·文苑传·李梦苾》，原文题作《怀赖义士口

占》。有关赖嵩事，参阅本书赖嵩诗。口占，即随口吟出。

西湖岳王庙题壁[①]

乘兴游湖地，含悲拜岳王。

可怜三字狱[②]，空博一炉香。

①岳王：岳飞。《宋史·岳飞传》：载"嘉定四年，追封鄂王。"杭州西湖栖霞岭有著名的岳王庙。

②三字狱：岳飞被捕，韩世忠质问秦桧，秦桧答"其事体莫须有"。"莫须有"即"也许有"。《宋史·岳飞传》：狱之将上也，韩世忠不平，诣桧诘其实。桧曰："飞子云与张宪书虽不明，其事体莫须有。"世忠曰："'莫须有'三字，何以服天下？"

接家书得悉生曾孙[①]

行年五十七，窃喜见曾孙。

只可呼豚犬[②]，何堪继恺元[③]？

书来熊入梦[④]，客到酒盈尊[⑤]。

但得闻诗礼[⑥]，书香一脉存。

①本诗载民国《武平县志·艺文志》。县志原题作《接家书得生曾孙》，"得"字后应脱"悉"或"知"字。又，县志称其"卒后无子，门人为之殡葬"，而此诗载李梦苌年五十七已有曾孙，故即便其子早于其父而逝，尚有其孙等人，何至"门人为之殡葬"，待考。

②豚（tún）犬：猪狗，谦称自己的儿子。《幼学琼林》卷四："父谦子拙，谓豚犬之儿。"这里移用于谦称自己的曾孙。

③恺元：为"八恺八元"简称。《左传·文公十八年》载：远古高阳氏

（颛顼）有才子八人，称为"八恺"；高辛氏（帝喾）有才子八人，

称为"八元"。此十六人之后裔，世济其美，不陨其名。舜举之于

尧，皆以政教称美。后泛指贤臣、才士。

④典出《诗经·小雅·斯干》"吉梦维何，维熊维罴""维熊维罴，男

子之祥"句，意思是"什么是吉梦？是熊是罴"，"只有熊罴，才象

征着男子的吉祥"。后世遂以"熊梦"或"熊罴入梦"为祝人生子的

吉祥语。

⑤尊：同"樽"，酒器。

⑥诗礼：《诗经》和《礼经》，泛指儒家经典。

海滨春感兼柬平川诸子（二首）①

（一）

长年寄迹海天涯，又见樱桃醉晓霞。

二十四番花有信②，三千里路客无家。

此心早逐云边雁，入耳无多雨后蛙。

几度登楼望乡国，垂杨袅袅舞腰斜。

①本诗载民国《武平县志·艺文志》，转录自清杨澜《汀南廑存集》。

海滨：在何处，待考。柬：寄柬、寄信。平川：武平别称。

②我国古代以五日为一候，三候为一节气。每年冬去春来，从上年小寒

到次年谷雨，八个节气共二十四候，每候都有某种花卉绽蕾开放，比

如清明"一候桐花、二候麦花、三候柳花"，故有"二十四番花信

风"之说。

（二）

春阴漠漠①似残秋，自拥孤衾卧小楼。

归梦正飞千里外，啼鹃偏哭五更头②。

绿杨拂水连烟舞，红杏环墙带火流。

遥忆故园二三子，携樽多作伴青游。

①春阴：春季天阴时空中的阴气。漠漠：密布貌。宋陈与义《寓居刘仓廨中晚步过郑仓台上》诗："世事纷纷人易老，春阴漠漠絮飞迟。"

②此句典出"杜鹃啼血"。据传，周朝末年蜀地君主望帝，名杜宇，禅位退隐后，不幸国亡身死，魂化为鸟，暮春啼苦，至于口中流血，其声哀怨凄悲，动人肺腑，名为杜鹃。元代虞集《一剪梅·春别》词有"杜鹃啼血五更残"句。

清泉岩奉和蔡梁村夫子①

鹤渚东南鹭水西②，翠连烟树碧连溪。

悬岩雾起吞峰顶，曲涧云生断马蹄③。

竹有千竿皆入画，石无一处不堪题。

凭栏极目春山寂，隐隐吟风④野鸟啼。

①本诗载民国《武平县志·艺文志》。清泉岩，在今漳州漳浦县大南坂镇下楼村，以梁山之半有巨石架空，泉从石中出，清洌，故名。多南宋、明朝石刻，为闽南名胜。蔡梁村，即清初理学名家蔡世远（1682～1733年），因世居漳浦梁山，故号梁村，人称"梁山先生"，曾受福建巡抚张伯行之聘主持福州鳌峰书院，李梦苪曾入鳌峰书院就学。奉和，谓作诗词恭敬地与别人相唱和。

②鹤渚、鹭水：谓洲渚栖鹤、水中息鹭，以此赞清泉岩之形胜。

③马蹄：代指马足。唐刘长卿《送李判官之润州行营诗》："江春不肯留归客，草色青青送马蹄。"本诗或可引申为行人足迹。

④吟风：谓在风中有节奏地作响。清纳兰性德《金山赋》："珍卉含葩而笑露，虬枝接叶而吟风。"

有怀黎九尔立书以讯之①

人在云山外，愁深烟雨时。
灯前空忆别，梦里半吟诗。
此日数行去，临风一问之。
竹林②闲论月，话及可相思？

①本诗载民国《武平县志·艺文志》，转录自清杨澜《汀南廑存集》。黎九尔，其人待考。立书：即刻写信。讯：问候。

②竹林：字面之义外，还暗含自己与黎九尔之交如同"竹林之游"。《晋书》卷四十九《嵇康传》载，嵇康"所与神交者惟陈留阮籍、河内山涛，豫其流者河内向秀、沛国刘伶、籍兄子咸、琅邪王戎，遂为竹林之游，世所谓'竹林七贤'也"。后以"竹林之游"比喻亲密的友谊或淡泊名利的君子之交。

周子书来欲以余名入荐牍书此谢之（二首）①

（一）

懒性狂情尚未除，萧然吾亦爱吾庐。
人图富贵思行乐，我喜穷愁可著书。
海志山经成赋本②，酒旗歌扇入诗余③。
原非贪食神仙字，甘老缥缃作蠹鱼④。

①本诗载民国《武平县志·艺文志》，修志时得于李凤冈访稿。周子，其人待考。荐牍：推荐人才的文书。清爱新觉罗·昭梿《啸亭杂录·阿文成公用人》："其拔擢人才，或于散僚卒伍以一二语赏识，即登荐牍，故人皆乐为之用。"

②海志山经：泛指有关山海的典籍，如《山海经》《海录碎事》等。赋本，作诗的典据。全句是说从海志山经中寻找作诗的材料。

③酒旗：古代酒店门前用以招徕客人的旗子。杜牧《江南春》绝句："千里莺啼绿映红，水村山郭酒旗风。"歌扇：歌舞时用的扇子。唐戴叔伦《暮春感怀》诗："歌扇多情明月在，舞衣无意彩云收。"诗余：即诗词中"词"的别称，因其由诗发展而来，被认为是诗的降一格的文学式样，故称"诗余"。此句大意是：把流连酒亭歌楼之类风流生活不宜入诗的材料，写入词曲中。

④缥缃（piǎo xiāng）：书卷。缥，淡青色；缃，浅黄色。古时常用淡青、浅黄色的丝帛作书囊书衣，因以指代书卷。蠹（dù）鱼：书虫。此句典出"蠹鱼三食神仙字"。唐段成式《酉阳杂俎》续集卷二《支诺皋中》记载：唐德宗建中（780～783年）末年，书生何讽曾买到黄纸古书一卷来读，在书里发现了一个圆形发卷，直径有四寸，像一个圆环没有头尾。何讽就把它弄断了。在两个断头处滴出的水有一升多，用火烧有头发的味道。何讽曾把这件事告诉一个修道的人，道人叹息说："你真是一身俗骨啊，遇到这个也不能升仙，是你的命运啊！据《仙经》讲：蠹虫三次咬到书上的'神仙'二字，就变成那种东西，名字叫作'脉望'。夜里用那个圆环映出天空正中的星，星使就会立刻降临，可以请求星使给你仙丹，用脉望里的水服下仙丹，立即就能脱胎换骨成仙。"于是拿何讽买的那本古书来查对，上面有几个蠹虫咬过的地方，根据前后字义来看，都是"神仙"二字。何讽才赞许信服。

本诗化用此典，意在表明自己虽为书虫，但并非那种吃了书中"神仙"二字而飞升成仙的书虫，而是甘作待在书卷中的书虫，即读书意在自适而非荣禄。

（二）

身无仙骨好楼居①，卧看闲云自卷舒。

虽使姓名知草木，何如山水话樵渔？②

清琴一曲弹秦月③，浊酒三杯下汉书④。

千古神交惟五柳⑤，传言周景莫题舆⑥。

①仙骨：仙人的骨相，指成仙的资质。唐许浑《广陵送剡县薛明府赴任》诗："寻仙在仙骨，不用废牛刀。"楼居，古代传说神仙居住五城十二楼，典出《史记》之《封禅书》和《孝武本纪》。古代诗人用此典的例子如唐刘复《游仙》："俯视昆仑宫，五城十二楼。"唐孟郊《长安旅情》："玉京十二楼，峨峨倚青翠。"

②知草木，即"草木知"。此句大意应指即使（出仕经世）我的大名遍传到荒野草木之间，却如何比得上我隐居山水闲话樵渔这般自在悠闲呢！

③此句典出"秦月和箫"，喻神仙生活。据西汉刘向《列仙传》卷上《萧史》及明冯梦龙《东周列国志》第四十七回"弄玉吹箫双跨凤"等载：春秋秦穆公有女名弄玉，又称秦娥，善吹笙。一夕月明如镜，弄玉倚楼吹笙，其音清越，响入天际。微风拂拂，忽若有和之者，其声若远若近。弄玉心异之，乃停吹而听，其声亦止，余音犹袅袅不断。弄玉临风惆然，如有所失。勉强就寝，梦遇一美丈夫羽冠鹤氅，骑彩凤自天而下，为之倚栏吹箫。其彩凤亦舒翼鸣舞，凤声与箫声，唱和如一，宫商协调，喤喤盈耳。弄玉梦醒，及旦，自言于穆公。穆公遣使访之得梦中人萧史，将弄玉嫁予萧史。萧史每天教弄玉吹箫，凤凰来止其屋，穆公为他们筑凤台。一日，夫妻乘凤飞天仙去。故李白《忆秦娥》词有"箫声咽，秦娥梦断秦楼月"句。

④此句典出"《汉书》下酒"。南宋龚明之《中吴纪闻》卷二"苏子美饮酒"载：北宋文学家苏舜钦（字子美）每晚读书都要饮一斗酒，

岳丈杜衍（谥号"正献"）心存疑惑，派子弟私下察看。发现苏舜钦读《汉书·张良传》，每有感慨就饮一大杯。杜衍听说，笑道："有这样的下酒物，饮一斗实在并不算多啊！"其原文为："子美豪放，饮酒无算，在妇翁杜正献家，每夕读书以一斗为率。正献深以为疑，使子弟密察之。闻读《汉书·张子房传》至'良与客狙击秦皇帝，误中副车'，遽抚案曰：'惜乎！击之不中！'遂满引一大白。又读至'良曰：始臣起下邳，与上会于留，此天以臣授陛下'，又抚案曰：'君臣相遇，其难如此！'复举一大白。正献公知之大笑，曰：'有如此下酒物，一斗诚不为多也！'"

⑤五柳：即晋陶渊明，因其《五柳先生传》有"先生不知何许人也，亦不详其姓字，宅边有五柳树，因以为号焉"句，后人认为此传系自传，故称陶渊明"五柳先生"。其《时运》诗又有"清琴横床，浊酒半壶"句，李梦苾此诗上一联"清琴一曲弹秦月，浊酒三杯下汉书"可与之相应。

⑥因来书者为周子，故此句巧妙反用"周景题舆"之典。据唐虞世南《北堂书钞》引三国吴谢承《后汉书》载，东汉周景（周瑜从祖父）为豫州刺史，委任陈蕃（字仲举）为别驾，陈蕃不来就职，周景便在别驾所乘车上题署"陈仲举所坐之车"，以造成社会视听，迫使陈蕃就职。原文为："周景为豫州刺史，辟陈蕃为别驾，不就。景题别驾舆曰'陈仲举座也'，不复更辟。蕃惶惧，起视职。"

保泰箴①

敬之敬之②，天难谌斯③。

毋曰已治，不敬则危。

毋曰已安，不敬则堕。

水满则覆④，月盈则亏。

石危于冕⑤，鞠苦于衣⑥。

人亦有言^⑦，杜渐防微。

泰之永保，惟敬可恃。

缅彼尧舜^⑧，其敬其咨^⑨。

① 本箴载民国《武平县志·文苑传·李梦苾》，为修志时采访所得，亦载丘复《南武赘谭·三十》。保泰：保持平安。箴：原义为"规劝，告诫"，后为文体之名，以规戒为主题。

② 句出《诗经·周颂·敬之》，其诗有"敬之敬之，天维显思，命不易哉"句，义为"警戒警戒要记牢，苍天在上理昭昭，天命不改有常道"。"敬"后来发展为儒家思想的重要范畴，其内涵和表现有"警""肃""慎""恭""畏"等，《论语》如《宪问》篇有"修己以敬"、《子路》篇有"执事敬"等论"敬"之句，"主敬"后为程朱理学心性论、工夫论的重要纲领。

③ 句出《诗经·大雅·大明》，其诗有"天难谌斯，不易维王"句，义为"天命无常难测又难信，一个国王做好也很难"。谌（chén），相信。李梦苾诗中此两句是说，要"敬之敬之"，是因为"天命难测"。

④ 句出《荀子·宥坐》，此文载：孔子到鲁桓公的庙中去参观，见到一种倾斜易覆的器具。孔子问看守庙宇的人："这是什么器具？"守庙的人回答说："这是宥坐之器。"孔子说："我听说宥坐之器，空着时会倾斜，装了一半水就会正，装满水了就会翻倒。"（吾闻宥坐之器者，虚则欹，中则正，满则覆）孔子回头对学生说："往里面灌水吧。"他的学生提水来灌，倒了一半水时欹器就端正了，装满了水后欹器就翻倒了，倒空了水它又倾斜了。孔子感慨地说："唉，哪有满了而不倾覆的呢（吁！恶有满而不覆者哉）？"宥坐：放在座位右边，用来警戒自己。

⑤ 宋《太平御览》卷八十二《皇王部七·帝桀》引《符子》载，夏王桀让大臣龙逄（又作"龙逢"）陪他在瑶台观看炮烙之刑，龙逄劝讽说："我看君主头上所戴不是冕冠而是悬着危石，脚下所踏不是鞋子

而是踏着春冰。头顶危石无不被石覆压，脚踏春冰无不下陷（臣观君冕，非冕也，冕危石也；臣观君履，亦非履也，履春冰也。未有冠危石而不压，踏春冰而不陷）！"夏桀即对龙逢施以炮烙之刑，龙逢赴火而死。

⑥鞠：穷困。《尚书·盘庚中》有"尔惟自鞠自苦"句，"自鞠自苦"，即自己受苦受累。鞠衣，古代王后六服之一，九嫔及卿妻亦服之。其色如桑叶始生，又谓黄桑服，春时服之。据《文献通考》，古时"季春天子乃荐鞠衣于先帝"，其礼节繁复累人。"鞠苦于衣"应是苦于鞠衣的倒装，意思是因为要荐鞠衣于先帝，弄得人又苦又累。

⑦句出《诗经》，《诗经·大雅》之《荡》《抑》《桑柔》《烝民》共出现"人亦有言"五次，其义相当于"古人有言"。

⑧缅：思貌，即缅怀。"仲尼祖述尧舜"（《礼记·中庸》），尧、舜是儒家思想之根源所在。

⑨咨：有"表示赞赏"之义，相当于"啧"，如《尚书·尧典》帝曰："咨！四岳！朕在位七十载，汝能庸命，巽朕位。"本诗之"咨"可能为此义。

平川竹枝词（十首）①

（一）

江流一线抛城东，笑日迎人户户红。
愿得珠娘②香一瓣，清芳如逐藕花风。

①竹枝词：一种由民歌发展而来的诗体，以吟咏风土为主要内容。平川，即流经武平县城东的河流，故又为武平县城之别称。

②珠娘：古越俗呼女孩为珠娘。南朝梁任昉《述异记》卷上："越俗以珠为上宝，生女谓之珠娘，生男谓之珠儿。"清周亮工《闽小记》卷三："福州呼妇人曰珠娘。"

（二）

为郎濯锦①换春衣，日暮持篮捣石矶。

滩头无数青青草，古树寒鸦噪落晖。

①濯锦：成都一带所产的织锦，以华美著称，亦指漂洗这种织锦。诗中
　指后一种意思。

（三）

碧水双条一鉴①开，寺名黄叶②费疑猜。

渔郎钓罢江潭立，恰遇河农撑艇来。

①鉴：镜子。宋朱熹《观书有感》："半亩方塘一鉴开，天光云影共
　徘徊。"
②查康熙《武平县志·建置·古迹》、民国《武平县志·古迹志》，未
　载黄叶寺，不知此寺在武平何处。郑板桥《游香山卧佛寺访青崖和
　尚》诗有"匹马径寻黄叶寺"句，此"黄叶寺"即北京香山卧佛寺，
　因该寺有两株古银杏，秋来叶黄缤纷，故有此称。这或可作武平黄叶
　寺得名之由的参考。

（四）

北门路转是平桥①，桥下垂杨映水飘。

折取一枝聊赠别，檀郎②去马正萧萧。

①平桥：参见上文李梦苾《平桥翠柳》诗注①。
②檀郎：晋潘岳，小字檀奴，因其容貌美好，风度潇洒，为当时众多妇
　女心仪的对象，后世遂以"檀郎"作为妇女对夫婿或所爱之人的美
　称。南唐李煜《一斛珠·晚妆初过》词："绣床斜凭娇无那，烂嚼红

茸，笑向檀郎唾。"

（五）

溪东丹井①最温和，水暖旋②生滚滚波。

村妇晚来呼女伴，兰汤③浴罢拭红罗④。

①即武平八景之"丹井温泉"，参见本书有关诗作及注释。

②旋：不久。或同"漩"。

③兰汤：温泉，唐玄宗《惟此温泉》诗："桂殿与山连，兰汤涌自然。"

④红罗：红巾。

（六）

柳絮纷纷杂雨丝，采茶真个耐人思。

青帘拂影低如马①，忙煞邻家小女儿。

①揆诸前后诗句，此句大概是描摹女子采茶之姿。

（七）

五月菖蒲①似箭张，家家买酒过端阳②。

笛中吹出落梅曲③，哪管陇头少妇忙④。

①菖蒲：即客家称"石香蒲"者，多年生草木，叶基生，剑形，故本
诗称其"似箭张"，生于沼泽地、溪流或水田边，有香气，可提取芳
香油，是中国传统文化中可防疫驱邪的灵草，端午节有把其叶与艾叶
捆在一起插于檐下的习俗。

②端阳：即五月初五端午节，"五"为阳数（奇数），故又称端阳，此
节有饮雄黄酒之俗。

③落梅曲：即笛曲《梅花落》，为汉乐府二十八横吹曲之一，善述离

情。唐高适《塞上闻笛》诗云："胡人吹笛戍楼间，楼上萧条海月闲。借问落梅凡几曲，从风一夜满关山。"

④陇头：即陇山（在今陕西西部陇县至甘肃东部清水县一带），借指边塞，出自南朝宋陆凯《赠范晔诗》"折花逢驿使，寄与陇头人"句。王维《陇头吟》诗有"陇头明月迥临关，陇上行人夜吹笛"句。李梦苋此诗句是说，笛子吹出《落梅曲》，吹笛人哪知那些夫君在边塞戍边、独守空房的少妇们正为持家而忙碌着呢！

（八）

终朝采葛①作衣单，到处披荆②手自攒。

新制芒鞋③郎踏破，篝灯④纺绩⑤到更阑⑥。

①终朝：整个早晨，即从天明到早餐之间。《诗经·小雅·采绿》："终朝采绿，不盈一匊。"或指整天、终日。唐杜甫《冬日有怀李白》："寂寞书斋里，张朝独尔思。"葛：多年生草质藤本豆科植物，茎皮纤维可织布。《国风·王风》有《采葛》诗，葛衣多穿于夏天，《史记·太史公自序》："夏日葛衣，冬日鹿裘。"陆游《夜出偏门还三山》诗："水风吹葛衣，草露湿芒屦。"

②披荆：劈开荆棘。

③芒鞋：用芒杆编织的鞋子。苏轼《定风波·莫听穿林打叶声》："竹杖芒鞋轻胜马，谁怕？一蓑风雨任平生。"

④篝灯：外罩有竹笼的灯火。王安石《书定院窗》诗："竹鸡呼我出华胥，起灭篝灯拥燎炉。"

⑤纺绩：纺丝绩麻。高适《宋中遇林虑杨十七山人因而有别》："耕耘有山田，纺绩有山妻。人生苟如此，何必组与珪。"

⑥更阑：更深夜残。唐方干《元日》诗："晨鸡两遍报更阑，刁斗无声晓露干。"

（九）

　　田田麦子爱冬晴，甘蔗红柑旧有名。

　　担到市头郎卖去，归来食饭恰初更^①。

①初更：旧时将一晚分为五更，初更即入夜初的一更，晚 7～9 时。宋范成大《烧火盆行》："春前五日初更后，排门然火如晴昼。"

（十）

　　村村种竹赛桑麻，新笋生时百草芽。

　　唯有子规啼不了^①，年年三月送春花^②。

①子规：杜鹃鸟。不了（liǎo）：不停，不止。
②农历三月为暮春，春花将尽，故谓"三月送春花"。

　　李灿（1723～?），字明文，号珠园，清武平县在城里（今平川镇红东村）人，乾隆年间（1736～1796 年）以善画闻，与上官周、黄慎同为汀籍名画家。少读书，不乐仕进，尝游江、浙、齐、豫，艺术日精。能诗，画成或自题诗其上，书法亦苍老。有《珠园集》。民国《武平县志·文苑传》有传。

题渔樵问答图^①

　　君收纶^②，我停斧，且向溪头话今古。

　　屈宋^③文章爨^④下薪，韩彭^⑤事业庖中鲋^⑥。

　　何须一一多兼顾，世上功名贱如土。

　　君卖鱼，我负刍^⑦，有酒可换不须沽^⑧。

　　青山满眼同一醉，勿论区区荣与枯。

①此诗及下文《题渔翁图》载民国《武平县志·艺文志·李灿传》，亦载丘复《南武赘谭·三十三》。
②纶：钓鱼线。
③屈宋：战国时楚辞赋家屈原、宋玉的并称。南朝梁刘勰《文心雕龙·辨骚》："屈宋逸步，莫之能追。"
④爨（cuàn）：灶。
⑤韩彭：汉代名将韩信与彭越的并称，两人终被刘邦诛杀。
⑥庖（páo）：厨房。鲋（fù）：鲫鱼。
⑦负刍（chú）：背柴，谓从事樵采之事。《孟子·离娄下》："昔沈犹有负刍之祸，从先生者七十人，未有与焉。"
⑧沽（gū）：买。

题渔翁图

闲来垂钓且狂歌，最是渔翁乐趣多。
物换星移人不老①，年年江上醉烟波②。

①物换星移：景物变幻，星辰移位，喻时间流逝。
②烟波：烟雾苍茫的水面，喻指避世隐居的江湖。

　　黄恬，清常州江阴县（今江苏江阴市）人，乾隆五十九年（1794年）举人，嘉庆十三年（1808年），任福建浦城知县。曾任武平知县。名列光绪《江阴县志·选举》《续修浦城县志·职官》，民国《武平县志·职官志》等。

游南安岩①

不识南岩胜，今知别有天。
嵌空真洞彻，大气实盘旋。

虎伏看蹲踞[2]，龙蟠望蜿蜒。

何如搏象[3]势，雄健力能全。

①此诗载民国《武平县志·艺文志》。

②蹲踞（jù）：或蹲或坐。此联虎、龙皆喻南安岩及周边十二峰。

③搏象：俗称"狮子搏象兔，皆用全力"，清王士禛《分甘余话》："昔亡友叶文敏评余《蜀道集》诗，'无论长篇短论，每首具有二十分力量，所谓狮子搏象兔，皆用全力。'余深愧其言。"这里指狮岩（南安岩）与周边十二峰，如同狮子搏象，气势雄伟。

　　钟孚吉，约生于清乾隆三十三年（1768 年），字颖嘉，号皆山，武平县樟坑里人，进士林其年之外祖。乾隆五十四年（1789 年）拔贡，任政和县训导；五十九年中举，授龙岩州学正。嘉庆十三年（1808 年）入京谒选（赴吏部应选）；二十一年充乡试同考官，寻署广西西隆州（今广西百色隆林县）知州；二十五年至道光初任广西隆安（在今南宁市）知县，建隆阳试院；又代理广西陆川知县。家贫，好吟咏，道光七年（1827 年）刊《皆山诗钞》二卷行世，今存。名载民国《武平县志》之《选举志》，该志《文苑传》有传，亦载民国《隆安县志》卷二《官师表》。

岁暮夜坐偶成（二首选一）[1]

如豆灯光伴寂寥，天涯岁暮坐寒宵。

倚门未可弹长铗[2]，乞食何堪弄短箫[3]。

纳纳[4]乾坤双眼阔，沉沉垒块一杯浇[5]。

丈夫岂肯因人热，无计归山学采樵[6]。

①此诗载《皆山诗钞》上卷，题作《岁暮夜坐偶成二首》。又载民国

《武平县志·文苑传·钟孚吉传》、丘复《南武赘谭·三十四》，题作《岁暮偶成》。

②长铗（jiá）：原指长剑。铗，剑柄。《战国策·齐策四》载：齐人冯谖贫苦不能自存，寄居孟尝君门下。因食无鱼、出无车，无以为家，三弹其剑铗，歌曰："长铗归来乎！"后人因用"弹铗"为处境窘困而不为贫困所屈、志气甚高之典。唐柳宗元《酬娄秀才将之淮南见赠之什》诗："高冠余肯赋，长铗子忘贫。"

③此句典出伍子胥"吹箫乞食"，即春秋时伍子胥于吴市吹箫向人乞讨。《史记·范雎蔡泽列传》："伍子胥橐载而出昭关，夜行昼伏，至于陵水，无以糊其口，膝行蒲伏，稽首肉袒，鼓腹吹篪，乞食于吴市。"

④纳纳：包容广大貌。唐杜甫《野望》诗："纳纳乾坤大，行行郡国遥。"清方文《芜湖访宋玉叔计部感旧》诗之一："乾坤纳纳同心少，何日能忘此际情。"

⑤此句典出阮籍"酒烧垒块"。《世说新语·任诞》载：王大评阮籍与司马相如优劣，认为两人其他方面都仿佛，唯阮籍心怀不平，经常饮酒浇愁这点和司马相如不同。后遂用"酒烧垒块、块垒胸、浇块垒"等指有才不得施展，无可奈何，借酒消愁。用"垒块"等喻胸中郁结的不平之气。

⑥采樵：砍柴，喻指隐居。

古障旅馆偶成（二首选一）①

风吹落叶响萧萧，小住茅庵影寂寥。
地广只须勤抚字②，民贫自合减征徭。
怀人有梦一毡③冷，作吏无才双鬓凋。
考绩④阳城书"下下"⑤，衰庸何以答熙朝⑥？

①此诗载《皆山诗钞》下卷，题作《古障旅馆偶成二首》。亦载民国《武平县志·钟孚吉传》、丘复《南武赘谭·三十四》，诗题《古津旅馆作》，"古津"系"古障"之误。古障，清代属西隆州（今百色隆林），今属百色西林县。《皆山诗钞》下卷有《腊月五日自寿示古障诸生》《古障大雪》等诗。

②抚字：原指抚养，后谓对百姓的安抚体恤。字，爱也。宋陆游《戊申严州劝农文》："虽诚心未格于丰穰，然拙政每存于抚字。"

③一毡：民国武平志作"孤灯"。

④考绩：旧时按一定标准考核官吏的成绩。《尚书·舜典》："三载考绩。三考，黜陟幽明。"孔传："三年有成，故以考功。九岁则能否幽明有别，黜退其幽者，升进其明者。"

⑤典出唐阳城"抚字催科"。阳城（736～805年），字亢宗，唐陕州夏县（今属山西）人，曾任谏议大夫，因为名相陆贽等伸冤，降职为道州（治今湖南道县）刺史。道州产侏儒，每年都需向皇帝进贡。阳城到任后不再上贡，朝廷派人去索要，阳城上奏道："州民尽是矮人，若因人矮而上贡，怕贡不胜数。"自是上贡侏儒之例遂罢。上司来催要赋税甚急，阳城自把考绩写在州衙墙上："抚字心劳，催科政拙，考下下。"遂挂冠而去。韩愈《顺宗实录四》："（阳城）出为道州刺史……一不以簿书介意，税赋不登，观察使数诮让。上考功第，城自署第曰：'抚字心劳，征科政拙，考下下。'"诗中用此典，表达自己愿学阳城爱民如子，不介意考绩高低的胸怀。

⑥熙朝：盛朝，盛世。明张居正《寿陈松谷相公》："诚旷世之希逢，熙朝之盛典也。"

舟泊端江①

　　腊月十五夜泊端江，梦至一山，奇峰拔好，古木参天，虽林深径曲，井冽泉甘，而颓垣废阁，满目荒凉，不胜寥落之感，得句云："露冷稚川炼丹井，云荒忠定读书楼。"醒而忆之，仿佛吾邑之灵洞山也，为足成七律一首。

> 万里返家一月留，驰驱又作岭南游。
>
> 人看北斗岩②边月，梦入西山洞③口秋。
>
> 露冷稚川炼丹井④，云荒忠定读书楼⑤。
>
> 拟归结屋依林麓，免诮官缘老病休。

①此诗载《皆山诗钞》下卷，原诗无题。诗亦载民国《武平县志·钟孚吉传》、丘复《南武赘谭·三十四》，无序，但云"庯代二载，授隆安知县，秩满陛见，出部，舟泊端江"。端江：即今珠江上游西江流经广东肇庆市部分。肇庆，隋唐称端州，宋徽宗重和元年（1118年）改称肇庆。

②北斗岩：即肇庆七星岩，在市区北，有岩峰七座，排列如北斗七星，巧布湖面。

③西山洞：即武平西山，又名灵洞山。

④稚川：晋代道学家葛洪，字稚川，是民间传说中的得道仙人。康熙《武平县志·山川》载灵洞山"又有石井三，传为葛洪炼丹处"。

⑤忠定：宋名相李纲之谥号。康熙《武平县志·建置》载："读书堂，县西，宋李纲建，今废。"参见本书李纲《读书堂》诗。

百色大雪（二首）①

（一）

> 司牧②隆安③两载归，鹅城④又见雪霏霏。
>
> 一天⑤雨带鲛珠⑥落，四野风兼玉屑⑦飞。
>
> 即日梅花添素素，昔时杨柳忆依依⑧。
>
> 老农喜兆丰年瑞，膏泽⑨潜滋宿麦⑩肥。

①此诗载《皆山诗钞》下卷。百色，即清广西思恩府百色厅，今为广
　西百色市。

②司牧：管理，统治。《左传·襄公十四年》："天生民而立之君，使司
　牧之，勿使失性。"诗中指任隆安知县。

③隆安：清南宁府属县。《皆山诗钞》道光版误作"安隆"。

④鹅城：百色别称，因其地形如飞鹅。

⑤一天：漫天，满天。

⑥鲛珠：《博物志》卷二《异人》载："南海外有鲛人，水居如鱼，不
　废绩织，其眼泣则能出珠。"此处喻雪粒。

⑦玉屑：比喻雪末。金元好问《读书山雪中》诗："似嫌衣锦太寒乞，
　别作玉屑妆山川。"

⑧《诗经·小雅·采薇》有"昔我往矣，杨柳依依"句。

⑨膏泽：滋润土地的雨水。曹植《赠徐干》："良田无晚岁，膏泽多
　丰年。"

⑩宿麦：来年成熟的麦，即冬麦。《汉书·武帝纪》："遣谒者劝有水灾
　郡种宿麦。"颜师古注："秋冬种之，经岁乃熟，故云宿麦。"

（二）

旅馆停骖①未遽②归，欣看云霰③杂烟霏。

蓝田积玉④何时种，珠树⑤分花到处飞。

垂钓人来孤艇坐，投林鸟觅一枝依。

儿童相戏抟狮子，错认还呼白泽⑥肥。

①骖（cān）：马。停骖：停车马，旅途中停。

②遽（jù）：速，马上。

③霰（xiàn）：雪粒。

④蓝田：县名，在今陕西省西安市东南，盛产美玉，有"玉种蓝田"
　之称。积玉：指精华所聚。《晋书·陆机传》："葛洪著书，称：'机

文犹玄圃之积玉，无非夜光焉；五河之吐流，泉源如一焉。'"

⑤珠树：原为传说中的仙树，后喻积雪之树。唐王初《雪霁》诗："昆玉楼台珠树密，夜来谁向月中归。"

⑥白泽：神兽名，浑身雪白，能说人话，通万物之情，圣人治理天下，即奉书而至。清初《渊鉴类函》引古本《山海经》云："东望山有神兽，名曰白泽，能言语。王者有德，明照幽远则至。"后用以为章服图案，唐开元有白泽旗，是天子出行仪所用；明有白泽补，为贵戚之服饰。

寄怀罗侍御枫溪①同年

宦辙②分中外③，跫然④想足音。徒惭下里曲⑤，空羡伯牙琴⑥。
兰畹⑦多年别，槐厅⑧几度阴。岭西⑨青嶂迥，蓟北⑩碧云深。
君耐冰霜苦，余甘瘴厉⑪侵。时维三伏暑，远睇⑫九苞禽⑬。
扈正⑭鸠民⑮久，乌台⑯豸服⑰临。酬恩⑱谏草毁⑲，访旧驿书⑳寻。
春昼花铃㉑静，秋宵箭漏㉒沉。但逢休沐㉓暇，不废短长吟㉔。
车笠㉕故人谊，桑榆㉖游子心。双鱼驰尺素㉗，明月照清襟㉘。

①此诗载《皆山诗钞》下卷，诗题注"名宸，长汀人"。据民国《长汀县志》之《选举志》《儒林传》载：罗宸，号枫溪，乾隆五十九年（1794年）甲寅科举人，乾隆六十年乙卯恩科进士，嘉庆四年（1799年）己未科补殿试，授户部主事。性耿介，不依附。历任浙江道监察御史，调礼部郎中，例得繁缺知府，辞不就。待人宽和，笃于乡谊。供职四十余年，至归，囊橐萧然，惟书籍数箧而已。八十余寿终。长汀县城罗辰故居，尚存其进士桅杆。

唐代称殿中侍御史、监察御史为"侍御"，后世因沿袭此称。罗宸曾任监察御史，故称。钟孚吉与罗宸为乾隆五十九年同科举人，故称"同年"。道光五年，罗宸为《皆山诗钞》作序。

②宦辙：指仕宦之路，为官之行迹、经历。清龚自珍《己亥杂诗》之三七："三十华年四牡騑，每谈宦辙壮怀飞。"

③中外：朝廷内外，中央和地方。南朝宋刘义庆《世说新语·言语》："孔融被收，中外惶怖。"此诗指罗宸曾在京任礼部郎中，钟孚吉在广西为官。罗宸《〈皆山诗钞〉序》称："嘉庆戊辰、己巳间，（皆山）由霍溪俸满称职，卓荐谒选在京，适予亦回郎署。相与长安结褉，评诗论文，极兰仪之欵洽者数载。寻奉檄粤西，长辔远骋，往往一言寄赠，筠筒韵语，借以通情愫者又几年矣！"霍溪，即龙岩之霍溪，钟孚吉曾任龙岩州学正。

④《庄子·徐无鬼》："夫逃虚空者，藜藋柱乎鼪鼬之径，跟位其空，闻人足音跫然而喜矣。"指长期住在荒凉寂寞的地方，听到别人的脚步声，对别人的突然来访感到欣悦。跫（qióng）：脚步声。此句指钟孚吉认为自己在边地任官，常常怀念罗宸。

⑤下里曲：下里，谓乡里、乡野。战国楚宋玉《对楚王问》："客有歌于郢中者，其始曰'下里巴人'，国中属而和者数千人。"后以"下里巴人"比喻通俗的文学艺术。这里用"下里曲"谦称自己的诗文。

⑥伯牙琴：《吕氏春秋·本味》载，伯牙操琴，琴声高妙，唯钟子期知音。子期死，知音难觅，伯牙遂破琴绝弦，终身不复鼓琴。后因以"伯牙琴"用为知音难遇之典。这里用"伯牙琴"赞美罗宸诗文高妙，亦有因自姓钟，而将自己与罗宸之交，比作钟子期、伯牙的知音之交。

⑦兰畹（wǎn）：《楚辞·离骚》："余既滋兰之九畹兮，又树蕙之百亩。"王逸注："十二亩曰畹。"兰畹，即兰圃，此处应指对罗宸居所的美称。

⑧槐厅：唐宋时学士院中的厅名，此处应指钟、罗二人共同攻读的学舍，如汀州府学。或亦指对罗宸居所的美称。宋梅尧臣《送王著作赴西京寿安》诗："闲寻前代迹，净扫古槐厅。"宋沈括《梦溪笔谈·故事一》："学士院第三厅学士阁子，当前有一巨槐，素号槐厅。旧

传居此阁者，多至入相。”

⑨岭西：广西别称，因其地在南岭之西。

⑩蓟（jì）北：北京一带。蓟，古县名，秦置，在今北京一带。

⑪瘴疠：因瘴气所生之病，旧时南方多瘴气。

⑫睇（dì）：看。

⑬九苞禽：凤的别名，此处美称罗宸。九苞，凤的九种特征。宋欧阳修《赠杜默》诗：“何必九苞禽，始能瑞尧庭。”

⑭扈正：为“九扈”“农正”之合称，两者均指主管农事的官名。《左传·昭公十七年》：“九扈为九农正。”杜预注：“扈有九种也……以九扈为九农之号，各随其宜以教民事。”《尔雅·释鸟》“扈”作“鳸”，本是农桑候鸟，借以作农事官名。此处指罗宸曾为户部主事，户部起源于周代官制中的地官，故户部别称农部，其长官有“大司农”之称。

⑮鸠（jiū）民：聚集百姓。《左传·昭公十七年》：“五鸠，鸠民者也。”杜预注：“鸠，聚也。治事上聚，故以鸠为名。”

⑯乌台：指御史台，汉代时御史台外柏树很多，上有很多乌鸦，所以人称御史台为乌台。罗宸官监察御史，故称。

⑰豸（zhì）服：绣有獬豸图案的官服。古代传说，豸为异兽，独角，能辨是非曲直。古代法庭上用它来辨别罪犯，它会攻击无理者使其离去，故明清时獬豸为御史官服补子图案。

⑱酬恩：谓报答恩德。唐罗隐《青山庙》诗：“市箫声咽迹崎岖，雪耻酬恩此丈夫。”

⑲谏草毁：指烧掉进谏的草稿，又作“焚谏草”。《晋书·羊祜传》：“（羊）祜历职二朝，任典枢要，政事损益，皆咨访焉。势利之求，无所关与。其嘉谋谠议，皆焚其草，故世莫闻。”《宋书·谢弘微传》：“（弘微）每有献替及论时事，必手书焚草，人莫之知。”喻为官谨慎细密。唐杜甫《晚出左掖》：“避人焚谏草，骑马欲鸡栖。”

⑳驿书：驿站送来的书信。

㉑春昼：春日。花铃：指用以惊吓鸟雀的护花铃。清梁清标《辘轳金井》词："斗草平芜，逗芙蓉双颊，花铃暗掣，早惊见绿杨飞雪。"

㉒箭漏：漏，即漏壶，古代计时器。箭，置漏壶下用以标记时刻的部件。

㉓休沐：休息洗沐，犹休假。宋范成大《次韵韩无咎右司上巳泛湖》："休沐辰良不待晴，径称闲客此闲行。"

㉔短长吟：长吟和短吟。吟，诗体名，借指作诗。唐杜甫《送严侍郎到绵州》诗："穷途衰谢意，苦调短长吟。"

㉕车笠：即车笠之交，指不以贵贱而异的朋友。晋周处《风土记》载"越俗性率朴，初与人交，有礼，封土坛，祭以犬鸡，祝曰：'卿虽乘车我戴笠，后日相逢下车揖；我步行，君乘马，他日相逢君当下。'言交不以贵贱而渝也。"

㉖桑榆：旧时人家多于房前屋后种植桑树与榆树，以"桑榆"借指故园，如同"桑梓"。

㉗典出"鱼传尺素"，汉乐府《饮马长城窟行》有句云："客从远方来，遗我双鲤鱼。呼儿烹鲤鱼，中有尺素书。"尺素，古代用绢帛书写，通常长一尺。后以"双鱼""尺素"代称书信。

㉘清襟：洁净的衣襟，引申为高洁的胸怀。南朝梁任昉《〈王文宪集〉序》："粲答诗曰：'老夫亦何寄，之子照清襟。'"

寄内（二首选一）①

数载遨游滞海湄②，盈盈一水隔天涯③。
诲劳稚子师兼父，侍养慈亲妇代儿。
顾④我家贫长作客，怜卿米尽巧为炊⑤。
浮云⑥夫婿纵无定，归计⑦应难屈指⑧期。

①此诗载《皆山诗钞》上卷。内：内人，夫人。

②海湄：海边。本诗后四首为《元日》诗，中有"薄宦羁迟闽海滨……虚度韶光卅六春"句，此际钟孚吉任龙岩州学正，其地在闽海之滨，故有此慨。

③南朝《古诗十九首》有诗云："迢迢牵牛星，皎皎河汉女。……盈盈一水间，脉脉不得语。"此处指夫妻不得团圆。

④顾：环顾。顾我，即"你看我"。

⑤反用"巧妇难为无米之炊"。

⑥浮云：喻飘忽不定，没有定处。

⑦归计：回家的计划、打算。宋陆游《行在春晚有怀故隐》诗："归计已栽千个竹，残年合挂两梁冠。"

⑧屈指：弯着指头计数，喻时间短。

　　钟彤光，清武平县人，嘉庆十二年（1807年）丁卯科举人，道光四年至六年（1824~1826年）任福州府训导。名载同治重刊本《重纂福建通志》卷百六十四《选举志·国朝举人》、卷百之八《国朝职官·福州府》，民国《武平县志》之《选举志》《艺文志》等。

人世蓬壶①

莫恨蓬壶隔②，蓬壶在此中。
人间存贝阙③，海上失珠宫。
乳盖④千秋驻，泉旒⑤五色⑥丛⑦。
遥怜飞锡杖，佛⑧不异仙风⑨。

①此诗及下二诗，均载民国《武平县志·艺文志》。"人世蓬壶"喻指南安岩（岩前镇狮岩），明知县成敦睦刻"人世蓬壶"于其上，参见其《均庆寺》诗注第⑥。

②隔：隔绝。蓬壶（蓬莱岛）为海上仙山，故谓"隔"。

③贝阙：与"珠宫"合称"贝阙珠宫"，指用紫贝明珠装饰的龙宫水府，后用以形容壮丽的宫室。此处喻指南安岩均庆寺。语出《楚辞·九歌·河伯》："鱼鳞屋兮龙堂，紫贝阙兮珠宫。"唐李商隐《利州江潭作》诗："河伯轩窗通贝阙，水宫帷箔卷冰绡。"清魏源《秦淮灯船引》："谁幻江城作蜃楼，谁化暑宵成贝阙。"

④乳盖：应指洞中钟乳石（石钟乳），有些形同茶壶盖等盖子。

⑤泉疏（liú）：洞中下沥之水珠，如同皇帝礼帽前后的玉串。《礼记·玉藻》："天子玉藻，十有二疏。"

⑥五色：青、赤、白、黑、黄五种颜色，古代以此五者为正色。《尚书·益稷》："以五采彰施于五色，作服，汝明。"孙星衍疏："五色，东方谓之青，南方谓之赤，西方谓之白，北方谓之黑，天谓之玄，地谓之黄，玄出于黑，故六者有黄无玄为五也。"泛指各种颜色。

⑦丛：聚集。

⑧佛：即世称定光古佛者自严法师，其北宋初卓锡于南安岩。

⑨仙风：神仙的风致。又，世传有何仙姑者与定光古佛同修于南安岩。

蛟潭涌月①

郭外蛟藏久，良宵月占多。
孤轮②天上转，一镜水中磨。
岸阔随光徙③，峰斜带影④拖。
千年神物⑤在，几度弄金波⑥。

①蛟潭：在南安岩前，宋《舆地纪胜》载："蛟塘，在武平县，其水无源，其深无际。昔常有蛟为民患，洎南安师建院于岩下，其毒遂弭。"《临汀志·山川》作"蛟湖"。

②孤轮：月亮。唐刘禹锡《奉和中书崔舍人八月十五日夜玩月二十韵》："迥见孤轮出，高从倚盖旋。"下文"一镜"亦指月亮。

③徙：移动。

④影：潭中山峰之倒影。

⑤神物：神灵之物。《易经·系辞》："是故天生神物，圣人则之。"此处指月亮。

⑥金波：水上月光，金光跳跃。宋范仲淹《岳阳楼记》："长烟一空，皓月千里，浮光跃金，静影沉璧。"

鸳鸯岭松声①

欲识松风胜，鸳鸯十里程。

浮天皆水调②，撼地作涛声。

路异钱塘③出，人同画舫④行。

个中⑤思洗耳⑥，细辨卧龙⑦鸣。

①鸳鸯岭：康熙、民国《武平县志》、乾隆《汀州府志》之《山川》，均未载此山。唯乾隆府志《乡行志》载：清朝"曾绍文，武平人，正直端方，尝于鸳鸯岭置田种树"。此山似应与南安岩、蛟潭同在今岩前镇。

②谓漫天皆是如潮松涛声。水调（diào），潮声也，喻松涛如潮。

③钱塘：古县名，今杭州市。其地钱塘潮，名闻天下。此处指行于鸳鸯岭山路，虽异于钱塘濒海者，但闻松涛之声却与钱塘潮声无二。

④画舫：华美的游船。唐刘希夷《江南曲》之二："画舫烟中浅，青阳日际微。"

⑤个中：此中，其中。宋陆游《对酒》诗："个中妙趣谁堪语，最是初醺未醉时。"

⑥洗耳：典故名，典出汉蔡邕《琴操·河间杂歌·箕山操》：许由听到尧让位给自己而感到耳朵受到了污染，因而临水洗耳。后遂以"洗耳、许由洗耳"等表示以接触尘俗的东西为耻辱，心性旷达于物外。李白

《送裴十八图南归嵩山》之二"归时莫洗耳，为我洗其心。"苏轼《送
江公著知吉州》诗："方将华省起弹冠，忽忆钓台归洗耳。"

⑦卧龙：或指三国诸葛亮，《三国志·诸葛亮传》："诸葛孔明者，卧龙
也。""亮躬耕陇亩，好为《梁甫吟》。"卧龙鸣，即诸葛亮隐居之志。
也可能指松涛之声如龙吟。

莫树椿（1773～1856 年），字寿舍，号翘南，清上杭县在城里（今上
杭城关）人。嘉庆二十五年（1820 年）二甲第七十八名进士，钦点翰林
院庶吉士。道光三年（1823 年）、五年、六年三任山东济南临邑知县。南
归，主讲汀州龙山书院、上杭琴岗书院，启迪后进。著《师竹堂文集》
十四卷、《不朽录》近二百卷。名、事载道光《临邑县志·职官志》《济
南府志·秩官十》、民国《上杭县志》之《选举志》《列传》等。

辛巳六月游南安岩①

步入招提②境，幽岩别有天。
空③能超色相④，谤⑤不落言诠⑥。
一片清凉界，三生香火缘。
蝉声在高树，嘶断夕阳烟⑦。

①此诗及下二诗，均载民国《武平县志·艺文志》，并载前后游南安岩"二
　诗皆刻石嵌岩中，诗载《师竹堂集》"。辛巳，即道光元年（1821 年）。
②招提：寺院。梵语音译"拓斗提奢"，省作"拓提"，后误为"招
　提"。其义为"四方"，四方之僧称招提僧，四方僧之住处称为招提
　僧坊。北魏太武帝造伽蓝，创招提之名，后遂为寺院别称。南朝宋谢
　灵运《答范光禄书》："即时经始招提，在所住山南。"
③空：佛教语，指万物皆缘起缘灭而无自性，故谓空。
④色相：佛教语，指万物的形貌。《心经》云"色不异空，空不异色，

色即是空，空即是色"，即"空"是"色"（物质、现象等）的内在本质，"色"是"空"的外在表现，故称"空能超色相"。

⑤谤：佛教禅宗主张"即心是佛"，认为人之清净本心即佛心，保有此心即成佛，心外无佛，无需外求。故禅宗针对妄执佛经言教和外在形式之人，行"呵佛骂祖"之法，令其抛弃一切攀附，直证真如，见性成佛。"呵佛骂祖"的著名公案，如唐代德山宣鉴禅师称"这里无祖无佛，达磨是老臊胡，释迦老子是干屎橛，文殊、普贤是担屎汉"云云（宋《五灯会元》卷七）；又如唐代临济义玄禅师宣称"逢佛杀佛，逢祖杀祖"（义玄《临济录》）。此句之"谤"，应同"呵佛骂祖"。

⑥不落言诠：即"不落言筌"，指不在语言运用上留下用工的痕迹。言诠，即解释说明；筌，捕鱼的竹器。出于《庄子·外物》"筌者所以在鱼，得鱼而忘筌……言者所以在意，得意而忘言"句。所谓"谤不落言诠"，应指禅宗之"谤佛""呵佛骂祖"，其特点是"得意忘言"，即真义在语言表相之外。故不要执着迷惑于其语言表象，而要领悟其实质真义。

⑦唐雍陶《蝉》有"高树蝉声入晚云，不唯愁我亦愁君"句。

辛卯①腊月重游南安岩

登临②景象故依然，弹指流光已十年。
蹑屦昔曾穿石窟③，攀藤今更上云巅。
炎凉风味更番④领，俯仰⑤情怀转瞬迁。
我是倦游南北客，可容长此坐谈禅？

①辛卯：即道光十一年（1831年），此际莫树椿已南归不出。据前诗记道光元年辛巳（1821年）六月游南安岩，已十年，故谓重游。

②登临：民国志载，《师竹堂文集》作"当前"。

③窟：民国志载，《师竹堂文集》作"𪨶"。

④更番：轮番，更替。

⑤俯仰：得意与失意。道光元年，莫树椿贵为翰林；十年后，仕途铩羽而归。民国《上杭县志·列传·莫树椿传》载，"在（临邑知县）职五年，以四参案因公挂部，议降调。赖友人赠金赴都，循例捐复"，遽南归，不复出。故有此联之感叹。

题旌表节孝温禄和妻曾氏①建坊②

千钧一发重纲常，节孝堪垂女史③光。

志比《柏舟》④光日月，贞操漆室⑤履冰霜。

旌扬特荷丝纶⑥重，咏叹争传齿颊香。

夙昔⑦显亲⑧吾有志，还教宠锡⑨待龙章⑩。

①民国《武平县志·艺文志》"柏香堂集"条载："此为旌表节孝温禄和妻曾氏，其子禹门汇集题赠诗文所刻。曾氏节孝具《列女传》。"而民国《武平县志》之《列女传》已佚。此条又载："曾太孺人早失所天，事老亲，抚幼儿，同里熟知其事。"所天，丈夫。民国《武平县志》未载温禄和、温禹门（任军中幕僚参军）之事。

②民国《武平县志·古迹志》载，此牌坊在岩前城内平寇台下。

③女史：对知识女性或有才女子的美称。

④柏舟：《诗经·鄘风·柏舟》中有"之死矢靡它"（矢，通"誓"；靡，通"无"）等句，旧说认为是卫世子共伯早死，其妻共姜守节，自誓不嫁而作此诗。故古人称夫死不嫁为"柏舟之节"。

⑤漆室：春秋鲁国邑名。汉刘向《列女传·漆室女》载，鲁穆公时，君老太子幼，国事甚危。漆室有少女倚柱而啸，忧国忧民。后用为关心国事的典故。

⑥荷（hè）：承蒙。丝纶：《礼记·缁衣》："王言如丝，其出如纶。"孔颖达疏："王言初出，微细如丝，及其出行于外，言更渐大，如似

纶也。"后因称帝王诏书为"丝纶"。

⑦凤昔：昔时，往日。唐权德舆《酬李二十二兄主簿马迹山见寄》诗：
　　"远郊有灵峰，凤昔栖真仙。"

⑧显亲：使双亲荣显。宋曾巩《英宗实录院谢赐御筵表》："上以副陛
　　下显亲之心，下以尽愚臣归美之志。"

⑨宠锡：帝皇的恩赐。唐白行简《李娃传》："天子异之，宠锡加等。"
　　锡，同"赐"。

⑩龙章：原指龙纹，后为对皇帝文章的谀称，借指诏书、敕令。清李果
　　《范文正公祠》诗："先皇银榜龙章在，红树阶前交映明。"

　　石抡秀，清道光年间武平县人。

璇溪钓庐①

　　　　渊然璇溪水，抱我草庐流。
　　　　领略在川意，闲坐石矶②头。
　　　　持竿拂白日③，渭水非吾俦④。
　　　　瑞璜⑤半虚诞，苍石自千秋。
　　　　相尚⑥有至道⑦，何心钓王侯？
　　　　得鱼且饮酒，晚归与妇谋。
　　　　独酌低檐下，陶然大白浮⑧。
　　　　古人不可见，明月上帘钩。
　　　　君不见自来惟有沧江⑨好，
　　　　酣醉狂歌更不扰。

①此诗载民国《武平县志·艺文志》，并注璇溪钓庐"在皂角铺溪中，
　有圆石如苍璇，抡秀结庐东岸，以此署其门额"。康熙《武平县志·
　莅治志·邮递》载"皂角（铺），县东五十里水仙公馆"。

②石矶：典出东汉隐士严光"钓渔矶"，参见赵良生《平桥翠柳》诗注第⑥。

③拂白日：打发时光。

④此句典出"姜太公渭水垂钓"，参见赵良生《渔溪》诗注第③。俦（chóu），同类，同辈。

⑤璜（huáng）：半璧形的玉，故谓"半虚诞"。

⑥相尚：相互推崇。

⑦至道：指最好的学说、道德或政治制度。《礼记·学记》："虽有嘉肴，弗食，不知其旨也；虽有至道，弗学，不知其善也。"

⑧大白浮：畅快饮酒。汉刘向《说苑·善说》载，战国时魏文侯与大夫饮酒，由公乘不仁担任"觞政"一职，先约定说："饮不釂者，浮以大白。"浮，罚（《小尔雅》："浮，罚也。"）。白，杯，酒杯。就是说，若有饮不干杯中酒者，要罚一大杯酒。后亦称满饮或畅饮酒为浮白。宋陆游《游凤凰山》诗："一樽病起初浮白，连焙春迟未过黄。"

⑨沧江：即沧浪江。沧江好，即渔父随波逐流的隐士生活。屈原《渔父》载，屈原被流放，"游于江潭，行吟泽畔，颜色憔悴，形容枯槁"，渔父见而劝之与世俗同流，不必独醒高举，而屈原则表明"宁赴湘流，葬于江鱼腹中"，也要保持清白节操。于是，"渔父莞尔而笑，鼓枻而去，乃歌曰：'沧浪之水清兮，可以濯吾缨；沧浪之水浊兮，可以濯吾足。'遂去，不复与言。"

　　林其年（1828~1864年），字子寿，武平县城南人，举人钟孚吉外孙。道光二十四年（1844年）十七岁中举人，咸丰六年（1856年）成进士，授户部主事，为则例馆纂修，寓大慧寺。咸丰七年太平军陷武平，其父林士俊及一家共六人遇害。其年闻父殉难，奔丧南归，誓报国难家仇。咸丰八年，太平军踞连城，其年参与统兵勇驻上杭防堵。因连年战乱，无法回家，至潮州主讲韩山书院二载。援例捐江苏知府，同治三年（1864年）赴京引见，过漳州。九月，太平军康王汪海洋部陷漳州，其年被执不屈，题绝命词三章于壁，遂遇害。后奏准祀漳州昭忠祠，授云骑尉世职。著《存悔斋诗钞》四卷，刊行于世。民国《武平县志·列传》有传。其孙林绂庭为优贡，民国21年（1933年）任武平县县长，协纂《武平县志》。民国《武平县志·古迹志》载："户部主事、忠节林其年墓，县东北官陂。"

梦入西山题西南观壁观李伯纪读书处①

至人何所怀？秋夕罢秋磬②。

起折青桂③枝，月明好持赠④。

①此诗及下文《忆京师诸同年》《杂谣（一）（二）》《雨后》《挽李谏卿环少尹》《初夏郊园》《武平南乡山中作》诸诗，均载民国《武平县志·艺文志》。

李伯纪，即宋李纲，其字伯纪。李纲读书堂，在武平西山，参见本书李纲《读书堂》诗及注解。观壁，寺观的照壁（旧时在房子大门内或门外，用来遮挡视线或装饰的短墙）。

②秋夕：秋夜。秋磬：原诗注"琴名"。唐雍陶《宿大彻禅师故院》诗："秋磬数声天欲晓，影堂斜掩一灯深。"

③青桂：桂树，常绿，故称。南朝梁江淹《莲花赋》："青桂羞烈，沉水惭馨。"

④持赠：持物赠人。宋欧阳修《乞药呈梅圣俞》诗："谓此吾家物，问谁持赠公。"传说月宫有桂，古时科举考试正处秋季，恰逢桂花盛开之际，故以"折桂"借喻登科。林其年秋梦李纲读书堂，故有此"折桂持赠"之句。

忆京师诸同年①

怕忆南归日，临歧②最伤神。

迟回人事误，患难友朋真。

热血曾无可③，寒花永不春④。

生平何用讳，所愧见贤仁。

①林其年为咸丰六年（1856 年）丙辰科翁同龢榜二甲进士，民国《武平县志·选举志》记为"咸丰（三年）癸丑"，误。

②临歧：相送至歧路而分别。唐贾岛《送陕府王建司马诗》："杜陵惆怅临歧饯，未寝月前多展踪。"

③无可：犹言无可无不可。《后汉书·仲长统传》："任意无非，适物无可。"

④此联及下联，可能涉及林其年国恨家仇、南归无成之伤心事，以"寒花永不春"喻凄寒境遇。

杂谣（四首）

（一）①

白云在天如匹绢②，美人独处山之椒③。

悠然可望不可即，使我于此心摇摇。

高堂置酒长歌发，撇竹④弹丝争激越。

出门不辨路纵横，残火零星隐城阙。

年少侠游无是非，黄金散尽相识稀。

恨不与君渡江去，晚风秋雁向人飞。

①此诗抒发对"美人"的向往之情。屈原《楚辞》之"美人"，以喻贤
　君美政，如屈原《九章·思美人》有"思美人兮，擥涕而伫眙。媒
　绝而路阻兮，言不可结而诒"句。林其年此诗"美人"，揆其诗意，
　当喻志同道合者。

②绡（xiāo）：生丝。

③椒：山顶。《康熙字典》："又山顶亦曰椒。谢庄《月赋》：'菊散芳于
　山椒。'"

④擪（yè）：（用手指）按压。竹：竹制管乐器。

（二）①

长铗长铗②非贤豪，人生生死知吾曹③。

渊有长蛟谷有虎④，尔乃朒缩⑤如铅刀⑥。

市上千钱一斗麦，居人作饼行人食。

吁嗟食饼不酬钱，长安万里霾风烟⑦。

天下滔滔竟如此，儒衣儒冠亦良耻。

我欲攀天叫雷公，雷公偃卧天门东！

①此诗应抒发不能报国难雪家仇的无奈羞愧之情。

②长铗（jiá）：长剑。此句反用孟尝君食客冯谖鼓长铗鸣不平之典。

③吾曹：我辈。

④此句暗用晋周处除三害之典。《世说新语》载："周处年少时，凶强
　侠气，为乡里所患。又义兴水中有蛟，山中有白额虎，并皆暴犯百
　姓，义兴人谓为三横，而处尤剧。"长蛟、虎，应暗指太平军。

⑤朒（nǜ）缩：同"缩朒"。原指农历朔日，月见东方称为"缩朒"。
　《说文·月部》："朒，朔而月见东方，谓之缩朒。"后喻退缩不前貌。
　《汉书》卷二十七《五行志第七·下之下》："王侯率多缩朒不任事，
　故食二日厎戹者十八，食晦日朓者一，此其效也。"方音存古，客家
　话犹用此词，且可叠词成"朒朒缩缩"，极言畏缩貌。

⑥铅刀：铅制的刀。典出《史记》卷八十四《屈原贾生列传》引《吊屈原赋》"莫邪为钝兮，铅刀为铦"句。铅质软，作刀不锐，故比喻无用之人物。此句意思是称自己蒙受血海深仇，却不能挺身而出除害报国难家仇。

⑦以上四句批评京城官场贪残之辈，如同食饼不酬（给）钱者。

(三)①

小妻十五纤纤手，为君束装②劝君酒。

酒阑人定③鸡亦鸣④，屋角蛛丝低北斗。

出门一笑天地宽，年少使人私喜欢。

人间富贵乃君物，不敢戒君行路难。

女子朱颜无十载，唯有相思镇长在。

心头日日镇车轮，烂尽车轮君始悔。

①此诗劝诫少年不可沉湎儿女情长、温柔之乡。

②束装：收拾行装。陆游《晓发金牛》诗："客枕何时稳，匆匆又束装。"

③人定：我国古代十二时辰的最后一个时辰，相当于亥时（晚9～11时），用以指夜深人静之时。

④鸡鸣：鸡啼，常指天明之前。又指十二时辰的第二个时辰，相当于丑时（凌晨1～3时）。

(四)①

上天沉沉雨如注，十日檐声②不肯住。

大江倒灌长河翻，耕者失田行失路。

米船薪船悉断绝，过午炊烟聊可数。

书生忍饥聊诵经，颜回③泪面长荧荧。

雀鼠④抛残太仓⑤粟，一粟不到贫家缸。

人事天时故应尔⑥，板门坚闭新苔青。

① 此诗极言涝灾殃民之烈，批判不恤民艰、挥霍浪费者。林其年为户部官员，故有此慨。

② 檐声：下雨时屋檐的流水声。宋张栻《喜雨呈安国》诗："悬知雨意未渠已，一夜檐声到枕间。"

③ 颜回：孔子最得意的弟子。《论语·雍也第六》："子曰：'贤哉，回也！一箪食，一瓢饮，在陋巷，人不堪其忧，回也不改其乐。贤哉，回也！'"此句写久涝造成的饥荒，即使颜回这样安贫乐道的贤人也不免要"泪面长荧荧"。

④ 雀鼠：原指麻雀和老鼠，常偷食米谷，这里比喻不恤民艰、挥霍民脂民膏者。

⑤ 太仓：古代设在京城中的大谷仓。

⑥ 故应尔：《世说新语·贤媛·四》载：魏武帝曹操逝后，文帝曹丕把父亲的宫女全都留下侍奉自己。其母卞太后叹息道："狗鼠不食汝余，死故应尔！"（狗鼠也不吃你吃剩的东西，确实该死呀！）"故应尔"有"确实如此"之意，本诗用之应表达对"人事天时确实如此"的愤懑无奈之情。

雨后（四首）

（一）

雨过发余润①，绿阴俄②遂繁。

栖息③意怦动，隔花窥掩门。

夕阳在高檐，略辨明灭④痕。

悠然此春莫⑤，但讶棉裘温。

①余润：向四旁浸润或流淌的水。唐温庭筠《休浣日西掖谒所知因成长
　　句》："荀令凤池春婉娩，好将余润变鱼龙。"

②俄：倾刻，不久。

③栖息：休息，歇息。

④明灭：忽明忽暗。宋曾巩《初发襄阳携家夜登岘山置酒》诗："烟岭
　　火明灭，秋湍声激扬。"

⑤春莫：即春暮。唐陆龟蒙《奉酬袭美早春病中书事》诗："药须勤一
　　服，春莫累多情。"

（二）

春云如鱼鳞，近空霭①遥夜。

露坐②落花前，雨香倾苔借。

云行复云止，月弦早西下。

三更沟瓦鸣③，雨来快倾泻。

①霭：原指烟雾，此处指如烟雾笼罩。

②露坐：即披蒙露水而坐。如宋陆游《露坐》诗有"清秋欲近露沾草，
　　皎月未升星满天"句；《秋夕露坐作》诗有"银河半落露华清，南斗
　　阑干北斗明"句。

③沟瓦鸣：即瓦沟鸣，急雨在屋顶瓦沟上哗哗流淌。宋张元干《水调歌
　　头·追和》："清夜盆倾一雨，喜听瓦鸣沟。"宋陈与义《秋雨》诗：
　　"尘起一月忧无禾，瓦鸣三日忧雨多。"

（三）

端居①忽不怿②，感彼归飞鸿。

鸿飞但北向③，客④行西复东。

江淮⑤浩无际，夜月明青枫。

未照君颜色，先照屋梁空⑥。

①端居：安居。唐孟浩然《望洞庭湖赠张丞相》诗："欲济无舟楫，端居耻圣明。"

②不怿（yì）：不悦、不愉快。《尚书·顾命》："惟四月，哉生魄，王不怿。"

③大雁春暖北飞。

④客：作者自称。

⑤江淮：长江、淮河。

⑥杜甫《梦李白诗二首之一》诗："落月满屋梁，犹疑照颜色。"后以"落月屋梁"表示对故友深切的思念。

（四）

诗家言语好，得之熏山春。

味诗可以醉，不借杯中醇。

南风竹树香，气一乘弦均①。

羲皇②去我远，我为其敝民。

①此句诗意待考，其"弦"或与下句有关，传说伏羲始制瑟。

②羲皇：传说中的远古伏羲氏。

挽李谏卿环少尹①

山阳笛②起故园声，不见同袍③老弟兄。

但略知书能折节④，惟偏嗜酒竟伤生。

千金苦把微官铸⑤，一死犹携少妇行⑥。

况是沧桑尘劫⑦后，西风落叶满芜城⑧。

①李环：武平县人，民国《武平县志·选举志·例仕》载其为"山东历城县典史，代理费县知县"。谏卿，或为其字。少尹，官名，唐初诸郡皆置司马，开元元年改为少尹，是府州的副职。至宋，名存实亡。后为州县

辅佐官如县丞、典史、吏目、巡检之类的别称。此诗亦载丘复《南武赞谭·三十五》。

②山阳笛：《晋书》卷四十九《向秀传》载：向秀途经山阳旧庐，闻邻人吹笛，追想曩昔游宴之好，感音而叹，怀念亡友嵇康、吕安，遂作《思旧赋》追思二人。后以山阳笛表示伤悼、怀念旧友。山阳，郡名，西汉始置，郡治昌邑（今山东巨野县东南）。

③同袍：原指共穿一件衣服，引申指战友、兄弟、朋友等。语出《诗经·秦风·无衣》"岂曰无衣，与子同袍"。林其年原诗注："君入京师尝寓余，余亦尝至济南视君。"李环曾任历城县典史，历城为济南府首县。

④折节：改变旧有的志向或作为。《后汉书》卷六十五《段颎传》："颎少便习弓马，尚游侠，轻财贿，长乃折节好古学。"这里赞赏李环折节读书。

⑤原诗注："需次八年。"需次，旧时指官吏授职后，按照资历依次补缺。李环任典史属例仕，即捐纳钱粮而取得官职，故谓"千金苦把微官铸"。

⑥原诗注："妾雉经以从。"即其妾自缢殉葬。

⑦尘劫：尘世的劫难。这里应指清朝咸同年间朝廷与太平军鏖战等引起的社会动荡。

⑧芜城：古城名，即广陵城（扬州）。西汉吴王刘濞建都于此，筑广陵城。南朝宋竟陵王刘诞据广陵反，兵败死焉，城遂荒芜。鲍照作《芜城赋》以讽之，因得名。这里应指李环任职之城（大概是费县）历劫后荒凉萧条之状，或泛指其时普遍的萧条之情。

初夏郊园（二首）①

（一）

湖光雨后嫩于苔，四月人家恰送霉②。
已有一枝青菡萏③，晓风凉背画船开。

①此诗亦载丘复《南武赘谭·三十五》

②送霉：告别霉湿。

③菡萏（hàn dàn）：古人称未开的荷花为菡萏，即花苞。

（二）

> 东风一晌老鹦花①，睡起勾藤②日未斜。
>
> 随喜小窗作清供③，山僧寄到雨前茶。

①老鹦花：应指老鹰花，又称鹰爪花等，夏秋开花。一晌：短时。全句
谓春风一吹，老鹦花即盛开。

②勾藤：木质藤本，常绿，高 1～3 米，又名钓藤、吊藤、藤钩子等。

③清供：供玩赏的清雅物品。

武平南乡山中作①

> 石色泉光向背②分，相与③举步踏春曛④。
>
> 忽当万竹不知路，回顾四山纯是云。
>
> 绝顶行谁衣袂⑤白，斜阳递与⑥药苗芬。
>
> 何如决策编茅住，检校华阳⑦箧底文⑧。

①此诗亦载丘复《南武赘谭·三十五》。

②向背：山的阳面与山的阴面。与唐王维《终南山》诗"分野中峰变，
阴晴众壑殊"意思相近。

③相与：一同。《文选·王褒·四子讲德论》："于是相与结侣，携手
俱游。"

④曛：落日余晖。

⑤行谁：谁人在行走。衣袂（mèi）：衣袖，借指衣衫。宋刘过《贺新
郎》词："衣袂京尘曾染处，空有香红尚软。"

⑥递与：给予。

⑦华阳：即南朝梁著名隐士陶弘景（456～536 年），其号"华阳隐居"，辞官隐居句容句曲山（茅山），创道教茅山宗。《梁书·陶弘景传》记其"遍历名山，寻访仙药。每经涧谷，必坐卧其间，吟咏盘桓，不能已已。"梁武帝屡请而不出，曾作《诏问山中何所有赋诗以答》诗云："山中何所有？岭上多白云。只可自怡悦，不堪持赠君。"故人称"山中宰相"。

⑧箧（qiè）底：箱底。陶弘景有诗云："夷甫任散诞，平叔坐论空。岂悟昭阳殿，遂作单于宫。"言西晋王衍（字夷甫）放诞不羁，位高权重，却玄谈误国，五胡乱华，西晋灭亡，身被石勒所杀。三国魏何晏（字平叔）善于清谈，终为司马懿所杀。此诗后被认为是预制诗（谶诗），称其预言梁武帝萧衍沉湎佛理玄谈，最终将遭侯景之乱，所谓"诗秘在箧里"。《南史·陶弘景传》："弘景妙解术数，逆知梁祚覆没，预制诗云：'夷甫任散诞，平叔坐论空。岂悟昭阳殿，遂作单于宫。'诗秘在箧里，化后，门人方稍出之。"宋邵博《邵氏闻见后录》云："古今之变，有必然者，弘景其知言也。"此联谓林其年想在南乡山中结茅而住，时时阅读陶弘景的高妙文章，表达了向往隐居生活的思想。

日 斜

病起人如新种竹，髫余女①似未开花。

春风燕子多情语，为报帘钩②日又斜。

①髫余，其义待考。髫女：垂髫女孩，小女孩。

②帘钩：卷帘所用的钩子，借指窗户。唐王昌龄《青楼怨》诗："肠断关山不解说，依依残月下帘钩。""为报帘钩日又斜"，应指日斜报帘钩，即夕阳亦多情，斜照帘钩（窗户），情景一如宋杨时《望湖楼晚眺》"斜日侵帘上玉钩，檐花飞动锦文浮"句。

瓶　梅

吾家处士孤山住[①]，除却梅花百不知。

细雨归鸿春向晚[②]，青青只剩胆瓶枝。

①北宋林逋，人称"和靖先生"，隐居西湖孤山，终生不仕不娶，唯喜
　植梅养鹤，自谓"以梅为妻，以鹤为子"，人称"梅妻鹤子"。因同
　姓林，故称"吾家"。

②春向晚，即"春将晚"，暮春也，瓶梅无花只剩青枝。

秋柳（二首）

（一）

记得临歧别绪多[①]，归来此树更婆娑。

东风几度花如雪[②]，北渚何年水始波[③]。

便欲携将春女[④]去，其如啼杀夜乌[⑤]何。

凭君为用屯田[⑥]墓，系马题诗[⑦]一再过。

①旧时常以折柳表示送别，所以用"临歧别绪多"表示当年在柳枝下
　离别。

②柳花即柳絮，仲春飘飞如雪。

③北渚：北地水涯。宋陆游《北渚》诗："北渚露浓蘋叶老，南塘雨过
　藕花稀。"水始波，即冰解水流，泛起波澜。

④春女：怀春女子。《诗经·召南·野有死麕》："有女怀春"。此联由
　春柳联想春女，由春柳联想夜乌，有"春女思，秋士悲"（《淮南
　子》）之意味。

⑤乌鹊啼夜给人伤感萧索之感，如唐张继《枫桥夜泊》诗句："月落乌啼霜满天，江枫渔火对愁眠。"啼杀，即"啼煞"，即长啼而累。唐杜甫《遣怀》诗："夜来归鸟尽，啼杀后栖鸦。"

其如……何：即"如……何"，能把……怎样呢？表示无奈。其，反问语气词。《列子·汤问·愚公移山》："其如土石何？"

⑥屯田：即北宋著名词人柳永，因曾任屯田员外郎，故人称"柳屯田"。

⑦《世说新语·言语》载：桓温北征，经金城，见年轻时所种之柳皆已十围，慨然曰："树犹如此，人何以堪！"攀枝执条，泫然流泪。

（二）

风漪①静对碧粼粼，镜面秋平瘦写真②。
亭驿忽闻残夜笛，江潭不见去时人。
凄红共是传情惯，惨绿偏能惹恨新③。
剩得梅花无恙在，空山自爱岁寒④身。

①风漪：原指微风吹拂水面形成的波纹，借指竹席。揆诸下句"镜面"，本诗应为原意，借指者如宋范成大《谢龚养正送蕲竹杖》诗："一声霜晓谩吹愁，八尺风漪不耐秋。"宋陆游《乙夜纳凉》诗："八尺风漪真美睡，故应高枕到窗明。"

②此句指秋水平展如镜，瘦柳长枝倒映水面，如同写真。

③惨绿：即秋柳惨绿。全句应指：凄败的红花，总是易于令人生起伤感之情；凋零的落叶，偏偏最能使人生起新的怅恨。如宋柳永《定风波》词之"自春来，惨绿愁红，芳心是事可可"句意。

④梅、松、竹，是谓"岁寒三友"。

积水潭①

苔花细细柳鬖鬖②，最好烟波积水潭。

记得西涯③垂钓处，一春鲑菜④似江南。

① 积水潭，在北京城西北隅。林其年曾任户部主事，寓北京大慧寺（在积水潭西）。

② 鬖鬖（sān sān）：同"毵毵"。植物枝叶下垂貌。清周亮工《穆陵关欲雪》诗："大弁峰高雪意悬，鬖鬖冻柳映寒泉。"

③ 西涯：又称"西海"，在积水潭附近，因明代宰相李东阳生于此地，其号西涯，故名。

④ 鲑（guī）菜：鱼类菜肴的总称。唐杜甫《王竟携酒》诗："自愧无鲑菜，空烦卸马鞍。"宋黄庭坚《食笋十韵》："洛下斑竹笋，花时压鲑菜。"

寓　意①

秦人废经籍，民以吏为师②。

此路一朝辟，至今成两歧③。

读书不读律，人笑痴儿痴。

究竟国家事，书生安得知。

① 林其年曾任户部则例馆纂修，清朝各中央衙署为了准确执行皇帝交办的公务及较好履行本衙门的职责，设馆编纂本衙门的则例（办事定例），以便照章办事，少出差错。故此诗论法令。

② 指秦朝在焚书坑儒后，要求人们以吏（法官）为师学习法令。《史记·李斯列传》：始皇三十四年，丞相李斯上书曰："臣请诸有文学诗书百

家语者，蠲除去之。令到满三十日弗去，黥为城旦。所不去者，医药卜筮种树之书。若有欲学者，以吏为师。”始皇可其议，收去诗书百家之语以愚百姓，使天下无以古非今。明法度，定律令，皆以始皇起。

③两歧：两途，即中国长期实行的"儒法并用""外儒内法"的统治之道。

感　怀①

此生何事不纤埃②，浊酒狂歌亦可哀。

千古有情在书卷，九州同气③是人才。

当知敬礼论文意④，且约嵇生命驾来⑤。

说到牢骚吾岂敢，东南满地长蒿莱⑥。

①此诗亦载丘复《南武赘谭·三十五》。

②纤埃：微尘。晋潘岳《藉田赋》："微风生于轻幰，纤埃起于朱轮。"此句谓人生诸事皆如纤埃微不足道。

③同气：气质相同或相近。《易·乾》："同声相应，同气相求。水流湿，火就燥。"此处引申为志趣相投者。

④敬礼：即东汉末丁廙（yì），其字敬礼，少有才姿，博学洽闻。与曹植友善，曾劝曹操立曹植为太子。曹丕即位后，借故将其杀害。论文意，其义待考，"文"或指曹植文才，《三国志·曹植传》裴松之引《魏略》载，丁廙曾劝曹操立曹植为太子，盛赞曹植"文章绝伦"。

⑤嵇生：即三国魏"竹林七贤"之嵇康。吕安与嵇康友善，每一相思，辄千里命驾。命驾：指命人驾车马，谓立即动身。《晋书·嵇康传》："东平吕安服康高致，每一相思，辄千里命驾，康友而善之。"此联言丁廙与曹植、嵇康与吕安友善，诠释上句"九州同气是人才"。

⑥应指太平军占据中国东南。蒿莱：杂草，野草。杜甫《夏日叹》诗："万人尚流冗，举目惟蒿莱。"鲁迅《集外集·〈无题〉诗》："万家

墨面没蒿莱，敢有歌吟动地哀。"

桐乡道中得家书①

两月行装一叶舟，吴云越树②极悠悠。
归鸿似诉江南怨，只替人家带许愁③。

①桐乡：位于浙江北部，在今嘉兴市，清为嘉兴府属县，今为桐乡市。
②桐乡在古吴越之间，故有此谓。
③鸿雁是大型候鸟，每年秋季南迁，常引起游子思乡之情和羁旅伤感。
　又，《汉书·苏建传》载："汉求（苏）武等，匈奴诡言武死。后汉
　便复至匈奴……教使者谓单于，言天子射上林中，得雁，足有系帛
　书，言武等在某泽中。"后世遂有"鸿雁传书"之典。本句借用"归
　鸿"称家书，言所得是江南地区令人忧愁的消息，所谓"江南怨"
　应指太平军占据江南之事。

易州道中寄家人①

哪得南飞雁，将书报与知。
浑河②千里雪，是我晓行时。
薄酒难为醉，遥春未可期。
梅花犹目断③，况复故园枝。

①易州：今河北（保定市）易县，毗邻北京西南，清为直隶易州。
②浑河：即北京城西南之永定河，因水黑，曾称卢沟河（卢：水黑）、
　浑河等，清康熙皇帝赐河名"永定"。明刘侗、于奕正《帝京景物
　略》："浑河，如云浊河也。卢沟，如云黑沟也。浊且黑，一水也。"
③目断：竭尽目力远望。元王实甫《西厢记·第二本·第一折》："无

语凭栏杆，目断行云。"全句谓北地隆冬，竭尽目力尚不见梅花，更别说能见到故乡的树木了，意在抒发故园之情。

秋夜忆家人（三首）

（一）

思乡但愿食眠佳，一病抛除①万事谐。

自是莲花清净品，居然绣佛证长斋②。

①一病抛除：谓病愈。

②自是：从此。莲花清净品：佛教尚莲，因其清净。居然：安然。《诗经·大雅·生民》："不康禋祀，居然生子。"绣佛：用彩色丝线绣成的佛像。长斋：终年吃素。唐杜甫《饮中八仙歌》："苏晋长斋绣佛前，醉中往往爱逃禅。"全诗称但愿病愈和顺，自此将虔诚信佛。

（二）

阿延①五岁颇知书，背诵琅琅注水如②。

休似阿爷③词赋早，六经④高阁⑤走蟫鱼⑥。

①阿延：即林其年次子林祖延。民国《武平县志·选举志》："林祖延，（字）幼石，其年子，（光绪）二十三年（岁贡）。"

②注水如：即"如注水"。

③阿爷：父亲。北朝《木兰诗》："阿爷无大儿，木兰无长兄。"客音存古，客家话称父亲为"爷"。

④六经：即《诗》《书》《礼》《易》《乐》《春秋》等六部儒家经典。

⑤高阁：即束之高阁。

⑥蟫（yín）鱼：衣服、书籍中的蛀虫，亦称"蠹鱼"。此联意思是不

要像你父亲我这样，那么早就痴迷于辞赋，而忽略了六经的诵习。

（三）^①

何年明月不团圆，何日全家一处看。
若忆长安都解忆^②，可怜生不识长安^③。

①此诗化用杜甫《月夜》诗"今夜鄜州月，闺中只独看。遥怜小儿女，
　未解忆长安"句。
②长安：代指京城。因为父亲在京城为官，所以忆长安就等于是忆父
　亲。解忆：懂得思念。此句反用杜诗"未解忆长安"句。
③谓家中小儿女即便懂得思念父亲，却可怜出生之后尚不曾见过父亲，
　如上诗"五岁阿延"可能就如此。

得南来信有感^①

六郡良家子^②，三河恶少年^③。
未收贰师马^④，空费大农钱^⑤。
甲仗^⑥抛关下，装资掠市廛^⑦。
所嗟好身手，哪不盼凌烟^⑧？

①此诗载民国《武平县志·林其年传》，并云：林其年任京官时，"值
　太平军兴，所过披靡，得南来信，慨然有作"。亦载丘复《南武赘
　谭·三十五》。诗题为注者所加。全诗借西汉李广利率大军往西域贰
　师城夺取良马却无功而返的史事，影射清军围剿太平军的孱弱无能，
　因而盼望有唐朝凌烟阁所供那样的功臣拯救清朝。
②六郡良家子：西汉长安西北的陇西、天水、安定、北地、上郡、西河
　等六郡，环卫关中，地理重要，其地民风高上勇力，人精骑射。西汉
　因与匈奴的矛盾，选拔六郡良家子组建精兵以抗匈奴。六郡良家子为

国征战，建功立勋。《汉书·匈奴传》载："文帝中年，赫然发愤，遂躬戎服，亲御鞍马，从六郡良家材力之士，驰射上林，讲习战阵，聚天下精兵，军于广武。"

③三河恶少年：汉朝长安东部的河东、河内、河南三郡，其地分别在今山西临汾、河南焦作、洛阳一带。《史记·货殖列传》载："昔唐人都河东，殷人都河内，周人都河南。夫三河在天下之中，若鼎足，王者所更居也。"《汉书·张骞李广利传》载：（汉武帝）"太初元年，以广利为贰师将军，发属国六千骑及郡国恶少年数万人以往，期至贰师城取善马，故号'贰师将军'。"这里以"三河恶少年"代指"郡国恶少年"。

④贰师：即汉西域大宛贰师城，今译作"奥什"，为吉尔吉斯斯坦共和国西南的奥什州。《汉书·张骞李广利传》载：李广利率军往贰师城取善马，道远多乏食，士卒患饥，人少不足以拔宛，罢兵引而还，往来二岁，至敦煌，士不过十之一二。故称"未收贰师马"。

⑤大农：即大司农，秦汉时全国财政经济的主管官，为九卿之一，后演变为户部尚书的别称。"大农钱"即户部国帑（国家财物）。

⑥甲仗：武器。《周书·武帝纪下》："齐众大溃，军资甲仗，数百里间，委弃山积。"

⑦装资：衣装物资。市壖（ruán）：集市田野。《康熙字典》释"壖"："韦昭曰：河边地。张晏曰：城旁地。一曰城下田。"

⑧凌烟：凌烟阁的省称。唐太宗为怀念当初一同打天下的诸多功臣，命阎立本在凌烟阁内描绘了二十四位功臣的画像。唐杜甫《丹青引赠曹将军霸》："凌烟功臣少颜色，将军下笔开生面。"末联意思是，令人感叹的是，那些能救国难的好身手，谁不盼望能建功立勋，像唐初功臣一样画像于凌烟阁？言下之意是，好身手报国无门。

绝命词①

（一）

古人有言，不共戴天②。
奈何溗涊③，辱此鲜民④！

（二）

总计生平，多驳少纯⑤。
幸不从逆，以辱君亲。

（三）

敢曰成仁，敢曰成义⑥。
庶几终天⑦，完此憾事⑧！

---

①此诗载民国《武平县志·林其年传》，并云：林其年于漳州为太平军
　所执不屈，"题绝命词三章于壁"。诗题为注者所加。此诗亦载丘复
　《南武赘谭·三十五》。

②《礼记·曲礼上》："父之仇，弗与共戴天。"林其年之父为太平军所害。

③溗涊（tiǎn niǎn）：原指污浊、卑污，引申为污浊之人，这里指太平军。

④鲜民：无父母的穷独之民。语本《诗经·小雅·蓼莪》："鲜民之生，
　不如死之久矣。"毛传："鲜，寡也。"

⑤驳：斑驳，颜色不纯夹杂着别的颜色。驳、纯，比喻人生的逆顺。

⑥《宋史·文天祥传》载：文天祥就义后，"其衣带中有赞曰：'孔曰
　成仁，孟曰取义，惟其义尽，所以仁至。读圣贤书，所学何事，而今
　而后，庶几无愧。'"

⑦庶几：但愿，希望。终天：生命结束。

⑧憾事：即终天之恨。全句称但愿生命结束，了却这未能报国恨雪家仇的遗恨。此章化用文天祥绝命词诗句。

　　王友楣，清武平县道光、咸丰间人，字浣月，又字瑞珠，王积成之女，生于广东佛山。少年学习文辞，能为诗，工绘事兼娴音律，上杭县廪贡、广东候补道罗上桢（民国《上杭县志·文苑传》有传）之继室，伉俪唱和，为香阁宾友，是武平县清代以前现知有诗作存世的唯一女诗人。其诗清华流利，婉转低回，有《倚云楼诗稿》，已佚。其同时代人番禺李能定《汾江草庐丛笔》、侯官林昌彝《射鹰楼诗话》、镇平黄钊《诗纫》等著作中保存其少许诗作，近人上杭丘复辑入《新杭川风雅集》卷第二十九、《南武赘谭·六十七》。

河口舟中与外子夜话①

人言作客乐，侬②言作客苦。作客良自苦，更苦居官府。
王孙归未归③，城南一延伫④。东风平仲绿⑤，秋月动砧杵⑥。
麦饭⑦祀先人，不得浇抔土⑧。太息摧心肝⑨，曰归予与汝。
此行太不易，酸风兼苦雨。水陆舟复车，绿林出江渚⑩。
所幸近家山，行行⑪返旧圃。外子忽大笑，县官困衙鼓⑫。
岂惟困衙鼓，动辄得龃龉⑬。观察⑭大点兵，叱咤声如虎。
水落行十里⑮，迟迟长官怒。官自田间来，何以备脩脯⑯。
更有梗化⑰民，追科如御侮⑱。戕贼⑲人命轻，官行前负弩。
三百荷戈⑳徒，潜踪有如鼠。师㉑行已六日，消息能传语。
我家三径㉒荒，田园足鸡黍。媪媵过十万㉓，南面称豪举㉔。
与子理琴书，惓惓㉕长闭户。

①本书所选王友楣所有诗作，均选自丘复1936年编成的《新杭川风雅

集》卷二十九。关于王友楣及其诗，丘复《南武赘谭·六十八》云：
"谢（伯镕）协纂录其人其诗入（民国《武平县志》）《列女传》，以
实武平之闺媛云。"而民国《武平县志》卷二十七至卷三十一含《列
女传》（卷二十八），后均佚。

据下文王友楣《蓝田驿和女史何小秋〈谒文公神祠题壁〉原韵》
注①所引丘复文，本诗题又作《长乐舟中与外子夜话》，可知本诗作
于清广东嘉应州长乐县，即今梅州五华县。

此诗至《珠江浣月轩题壁》等五诗，《新杭川风雅集》称录自李
能定《汾江草庐丛笔》。《丛笔》并云：

武平王浣月恭人，楷卿太守继室也。其父积成公与先子为中表，同侨
寓汾江（注者按：河名，流经佛山）。恭人惠赠云："两世遗孤成蝶
梦，十年问字忆鸾笺。"予读之不禁泪潸然下也。其画笔绝佳，诗亦
恳挚淋漓，《河口舟中与外子夜话》云云，《舟过文昌砂望先坟有感》
云云，《岐岭息劳轩题壁》云云，《哭黄香铁先生》云云，《珠江浣月
轩题壁留别》（十首之八）云云。

外子：旧时妻称夫为外子，此诗"外子"即指罗上桢，民国《上杭
县志·文苑传》有其传，略引之："罗上桢，字楷卿，胜运里大洋坝
乡（注者按：即今上杭溪口镇大洋坝村）人。生长世家，早饩于庠，
负经世略，从父冠群培植之。冠群拥巨资，有商业于粤。壮岁游其
地，与诗人张南山维屏、黄香铁钊相唱和。既不得志于时，由廪贡任
连江教谕，非其志也。咸丰八年，太平军据连城。两广总督黄宗汉闻
戒，遣候补道、邑人郭蓬瀛率兵勇千人驻县堵剿，并募捐军需，上桢
以同知为随员。蓬瀛卒于县，上桢继任劝捐。明年贼退，遂在乡办团
练。耄年栖迟省垣，年七十余卒。上桢才气横溢，诗文皆豪放，中有
法度。侯官林昌彝谓其古文辞纵横排奡，力追古作者家数，诗笔清雄
婉秀，恳挚缠绵（见《射鹰楼诗话》）。胡小牧太守谓其近作激郁苍
凉，读之有无数戎马之声郁勃纸上（见南海李能定《汾江草庐丛
笔》）。隶书笔力雄健，可上接宁化伊秉绶。所著《曝书楼文钞》《箓

园诗钞》，零星散刻，俱非全稿。

又，揆之诗中"戕贼人命轻，官行前负弩。三百荷戈徒，潜踪有如鼠"等句，此诗应作于咸丰、同治间太平天国动荡之际。全诗言宦游之苦、抒归家之乐。"

②侬（nóng）：人称代词，你；旧诗文也常指"我"，如唐李白《横江词》："人道横江好，侬道横江恶。"在本诗中，从丈夫角度言指"你"，从诗人角度言指"我"。

③王孙：指贵族子孙，后用来尊称一般青年男子，诗中即指丈夫。唐王维《送别诗》："春草明年绿，王孙归不归。"归未归，计划好（说好）要回家却没有回家。

④延伫：久立、久留，引申为盼望、期待。《楚辞》之屈原《九歌·大司命》："结桂枝兮延伫，羌愈思兮愁人。"《文选》之祢衡《鹦鹉赋》："眷西路而长怀，望故乡而延伫。"

⑤平仲：银杏别名。唐沈佺期《夜宿七盘岭》有"芳春平仲绿，清夜子规啼"句，抒写羁旅愁绪。

⑥砧杵（zhēn chǔ）：捣衣石和棒槌，亦指捣衣。砧杵是思妇题材诗歌的常用意象，其内蕴的感情基调是哀怨凄凉，表达的是人生悲剧性的体验。砧杵意象频繁见于唐诗，如白居易《闻夜砧》诗："谁家思妇秋捣帛？月苦风凄砧杵悲。八月九日正长夜，千声万声无了时。应到天明头尽白，一声添得一茎丝。"如李白《子夜吴歌·秋歌》"长安一片月，万户捣衣声"句，亦含砧杵意象。

⑦麦饭：祭祀用的饭食。宋刘克庄《寒食清明》诗："汉寝唐陵无麦饭，山蹊野径有梨花。"

⑧谓作客不得归，无法用酒浇酹先人坟茔杯土。

⑨太息：叹息。屈原《离骚》："长太息以掩涕兮，哀民生之多艰。"心肝：情感，心思。李白《长相思》有"长相思，摧心肝"句。

⑩绿林：强盗。《后汉书·刘玄传》载西汉王莽末，南方饥馑，王匡等人亡命聚集于绿林山（在今湖北）中造反。后用"绿林"指聚集山

林反抗官府之人，也指聚众行劫的群盗股匪。江渚：江洲或江岸。

⑪行行：形容走走停停。《文选·古诗十九首》："行行重行行，与君生别离。"

⑫衙鼓：旧时衙门中所设的鼓，用以集散曹吏。白居易《晚起》诗："卧听冬冬衙鼓声，起迟睡足长心情。"元贡师泰《又寄王鲁川推官》诗："曹吏尽随衙鼓散，理官独抱狱书归。"此诗有自注云："外子故人江明府宰长乐，备陈宦况。"

⑬龃龉（jǔ yǔ）：牙齿上下不整齐，比喻彼此不合。白居易《达理诗》二首之一："谁能坐自苦？龃龉在其中。"

⑭观察：清代对道员的尊称。唐代中叶后于未设节度使的各道设观察使，为州以上的长官。清朝各省布政使司分守道辖一省内若干府、县的民政等，按察使司分巡道辖一省内若干府、县的刑名等，其地位类似唐之观察使，后人因为分守、分巡道员也管辖府州，就借用以尊称道员。

⑮秋冬水位下落，因之仅行十里，故下文云"迟迟"（迟缓）。

⑯脩脯（xiū fǔ）：原指干肉，这里引申为礼金。

⑰梗化：顽固，不服从教化。元虞集《刷马歌》："岭南烽火乱者谁，何事至今犹梗化。"

⑱追科：催征赋税。御侮：抵御外侮。

⑲戕贼：残害。《孟子·告子上》："将戕贼杞柳，而后以为桮棬也。"

⑳荷戈：持兵器。

㉑师：军队，即清朝军队。

㉒三径：汉朝蒋诩辞官不仕，隐于杜陵，闭门不出，舍中竹下三径，只与逸士求仲、羊仲两人出入。典出晋赵岐《三辅决录》卷一："蒋诩归乡里，荆棘塞门。舍中有三径，不出，惟求仲、羊仲从之游。"后以"三径"比喻隐士居处。陶渊明《归去来兮辞》："三径就荒，松菊犹存。"

㉓嫏嬛（láng huán）：神话中天帝藏书处。《字汇补·女部》："玉京嫏

嫒,天帝藏书处也,张华梦游之。"后常用作对藏书室的美称。此句
谓家中藏书甚巨。

㉔豪举:举止行为豪放不羁。《史记·魏公子列传》:"平原君之游,徒
豪举耳,不求士也。"

㉕惓惓(quán quán):失意貌或恳切貌,战国楚宋玉《神女赋》:"褰
余帱而请御兮,愿尽心之惓惓。"本诗指恳切貌。

舟过文昌砂望先坟有感[1]

生男飘泊犹延嗣[2],生女一嫁如斯耳。沿江突兀孤峰起,累累古坟
遍涯涘[3]。推篷一望泪不已,先人骸骨蓬蒿里,过此不能荐芳芷[4]。忆
侬少小生罗绮[5],笑啼果饵娇无比。高堂豪华役奴婢,结客三千半珠
履[6],日费万钱如敝屣[7]。父曰归里,母曰止止[8]。因循委靡[9],一误至
此。父病三年一旦死,堂前白发儿幼齿。阿兄纵博[10]从此始,阿舅播
迁[11]谁依倚,酒食之交可知矣。脱簪珥[12],奉甘旨[13],母子针黹[14]勤十
指。母叹天,只有如此。九十衰龄香云委[15],苍苍者天,复夺所恃。九
泉相约延寸晷[16],面目苍黄知何似。

父执[17]为我谈桑梓[18],云有翩翩青云士[19]。三日新妇成阿唯[20],得侍巾
栉[21]读书史。不论黄白与青紫[22],但愿诗情画格非鄙俚[23]。我否曰否,卿
是曰是[24]。同卧沧江几一纪[25],前车可鉴急还轨。慷慨陈词前长跪,愿以遗
骸属君子[26]。婿云归葬本至理,弈弈[27]儿孙荐樽篚[28],为侬高歌一色[29]喜。

①文昌砂:又作"文昌沙",在今佛山市区文沙路一带,汾江流经其
地。王友楣因父侨寓佛山,生于佛山,故此地有其先坟。此诗抒写舟
中望先人坟茔的悲喜之感:先述"先人骸骨蓬蒿里",系因家道中落
所致。后述有幸所适(嫁)得人,"婿云归葬本至理",夫君愿归葬
妻家先人遗骸。

②延嗣:延续子孙,犹传宗接代。

③涘涘（sì）：水边，水岸。《庄子·秋水》："今尔出于涘涘，观于大海。"

④荐：祭献。芳芷：香草名。《楚辞·离骚》："畦留夷与揭车兮，杂杜蘅与芳芷。"王逸注："杜蘅、芳芷，皆香草也。"唐李群玉《黄陵庙》诗："风回日暮吹芳芷，月落山深哭杜鹃。"

⑤罗绮：原指罗和绮，多借指丝绸衣裳。后引申为衣着华贵的女子，李白《清平乐》词："女伴莫话孤眠，六宫罗绮三千。"或喻繁华，明夏完淳《杨柳怨和钱大揖石》："到今罗绮古扬州，不辨秦灰十二楼。"

⑥形容贵宾众多、胜友如云。珠履，珠饰之履（鞋），典出《史记》卷七十八《春申君列传》："赵平原君使人于春申君，春申君舍之于上舍。赵使欲夸楚，为玳瑁簪，刀剑室以珠玉饰之，请命春申君客。春申君客三千余人，其上客皆蹑珠履以见赵使，赵使大惭。"李白《江上赠窦长史》："不同珠履三千客，别欲论交一片心。"

⑦敝屣：烂鞋，喻极其无用之物。《孟子·尽心上》："舜视弃天下犹弃敝屣也。"

⑧止止：犹止之，止住。苏轼《次韵王定国谢韩子华过饮》："谁要卿料理，欲说且止止。"全句是说王友楣父亲说要回归故里（武平），母亲却说要留在佛山，盖其娘家在佛山。

⑨因循：犹豫，拖延。司马光《答胡寺丞书》："京师日困俗事，因循逾年，尚未报谢。"委靡：柔顺，顺从。南朝梁王僧孺《为人述梦》诗："雅步极嫣妍，含辞恣委靡。"

⑩纵博：纵情赌博。唐岑参《赵将军歌》："将军纵博场场胜，赌得单于貂鼠袍。"陆游《九月一日夜读诗稿有感走笔作歌》："华灯纵博声满楼，宝钗艳舞光照席。"

⑪播迁：迁徙，搬迁。北周庾信《哀江南赋》："值五马之南奔，逢三星之东聚，彼凌江而建国，始播迁于吾祖。"唐李嘉佑《送评事十九叔入秦》诗："唯余播迁客，只伴鹧鸪飞。"全句谓舅舅家搬走了，

王友楣一家无所依靠。

⑫簪珥：发簪和耳饰，古代多为高贵妇女的首饰。

⑬甘旨：原指美味食物，后指养亲的食物。白居易《奏陈情状》："臣母多病，臣家素贫。甘旨或亏，无以为养。药饵或缺，空致其忧。"

⑭针黹（zhǐ）：针线活。明陆采《怀香记·池塘晤语》："懒上妆楼，无心针黹。"

⑮香云：妇女头发。委：舍弃。全句应指王友楣母亲或祖母（大母）在九十岁时辞世。此句原诗自注："楣重遭先大母、先母大故。"

⑯寸晷（guǐ）：日影移动一寸的时间，形容短暂的时光。晋潘尼《赠陆机出为吴王郎中令》诗："寸晷惟宝，岂无玙璠。"

⑰父执：父亲的朋友。语出《礼记·曲礼上》："见父之执，不谓之进，不敢进；不谓之退，不敢退；不问，不敢对。"孔颖达疏："见父之执，谓执友与父同志者也。"杜甫《赠卫八处士》诗："怡然敬父执，问我来何方？"执：交谊深厚之友。

⑱桑梓：故乡、故里。诗中指武平及其附近之地如上杭。《诗经·小雅·小弁》："维桑与梓，必恭敬止。"朱熹集传："桑、梓二木，古者五亩之宅，树之墙下，以遗子孙给蚕食、具器用者也……桑梓，父母所植。"后世以"桑梓"借指故乡或乡亲父老。

⑲翩翩青云士：即罗上桢。翩翩：原指鸟轻飞的样子，用以形容青年男子文采风流、举止洒脱的样子。青云：原指青色的云，即青天，以喻志行高远。王勃《滕王阁序》："老当益壮，宁知白首之心？穷且益坚，不坠青云之志。"

⑳阿（ē）唯：唯唯诺诺，迎合顺从。北宋《太平广记》卷九八引宋孙光宪《北梦琐言·怀浚》："与之语，即阿唯而已，里人以神圣待之。"阿：迎合。唯：叹词，表答应。

㉑侍巾栉（zhì）：拿着手巾、梳子伺候，形容妻妾服事夫君。《左传·僖公二二年》："寡君之使婢子侍执巾栉，以固子也。"，东汉

《东观汉记·鲍宣妻传》："妻曰：'大人以先生修德守约，故使贱妾侍执巾栉。'"

㉒黄白：黄金和白银。汉应劭《风俗通·正失·淮南王安神仙》："淮南王安，招致宾客方术之士数千人，作《鸿宝》、《苑祕》、枕中之书，铸成黄白，白日升天。"青紫：本为古时公卿绶带之色，因借指高官显爵。《汉书·夏侯胜传》："胜每讲授，常谓诸生曰：'士病不明经术，经术苟明，其取青紫如俯拾地芥耳！'"王友楣此句谓不慕荣利。

㉓画格：画作品格。王友楣善画。鄙俚：粗野，庸俗。

㉔此句言夫妇琴瑟和鸣，即所谓"我说'不'，你也说'不'；你说'是'，我也说'是'"。

㉕沧江：即沧浪江，典出屈原《渔父》，文中的沧浪渔父过着与世俯仰的生活。一纪：岁星（木星）绕太阳一周约需十二年，故古称十二年为一纪。《国语·晋语四》："文公在狄十二年，狐偃曰：'蓄力一纪，可以远矣。'"韦昭注："十二年，岁星一周为一纪。"诗中此句指夫妇结婚十二年来共同过着与世无争的生活。

㉖属：同"嘱"，托付。此句谓将归葬先人遗骸的愿望托付给君子（罗上桢）。

㉗弈弈：高大貌，诗中指繁盛貌。王安石《送陈谔》诗："朱门弈弈行多惭，归矣无为恶蓬莘。"

㉘樽簋（guǐ）：酒杯和盛器，代指祭品。

㉙一色：一样。

岐岭息劳轩题壁[①]

息劳轩映碧窗纱，尚忆沿途景物赊[②]。
雁侣晨飞黄叶渡[③]，枫人[④]夕照赤城霞[⑤]。
摩肩扰攘人归市[⑥]，屈指间关[⑦]我到家。
好似携雏双燕子，雕栏遍处觅名花[⑧]。

①岐岭：闽粤客家地区称岐岭者众，如广东五华县有岐岭乡，福建永定县（今龙岩市永定区）也有岐岭乡，诗中岐岭为何处待考。但很可能为今武平象洞乡中段村岐岭下，此地村民为钟姓，地与岩前镇毗邻。岩前近广东，多王姓，王友楣或为此乡之人。此诗原注"钟蔚然九丈命绘折枝牡丹"，查民国《武平县志·选举志》，咸丰五年（1855 年）有贡生钟蔚南者，则钟蔚然当与其为武平同宗同辈。

②赊：繁多。

③黄叶渡：湖南零陵古城大西门有一座浮桥，叫黄叶渡。另，"黄叶"未必是渡名，而是指秋天黄叶飘飞的古渡口。具体何义，待考。

④枫人：指老枫树上生长的瘿瘤，因似人形，故称。晋嵇含《南方草木状·枫人》："五岭之间多枫木，岁久则生瘤瘿，一夕遇暴雷骤雨，其树赘暗长三五尺，谓之枫人。越巫取之作术，有通神之验。"白居易《送客春游岭南二十韵》："天黄生飓母，雨黑长枫人。"

⑤赤城霞：浙江天台县有赤城山，山上赤石屏列如城，观之如霞，故称"赤城栖霞"。另，"赤城"未必是某一山名，也可能是喻指闽粤之间某一丹霞地貌之山。具体何义，待考。

⑥归市：趋向集市，形容人多而踊跃。《孟子·梁惠王下》："从之者如归市。"清邵大业咏徐州诗有联云："炊烟历乱人归市，杯酒苍茫客倚楼。"

⑦间关：形容旅途的艰辛，崎岖、辗转。《汉书·王莽传》："间关至渐台。"孙中山挽蔡锷："平生慷慨班都护，万里间关马伏波。"

⑧原诗此处有注："钟蔚然九丈命绘折枝牡丹。"九丈，排行第九的父执辈。

哭黄香铁先生（二首）①

（一）

三载鏖兵杼柚空②，嗷嗷满耳叹哀鸿③。
六朝土宇④重归日，杯酒凄凉告乃翁⑤。

①黄香铁：即黄钊（1787～1853年），字谷生，号香铁，广东镇平（今蕉岭）蕉城镇陂角霞黄村人，清代著名诗人、方志学家和教育家。嘉庆二十四年（1819年）中举人，授内阁中书，后大挑一等授知县。在京师与广东阳春县谭敬昭、吴川县林辛山、顺德县吴秋航及黄小舟、番禺县张维屏、香山县黄香石等人，有"粤东七才子"之称。在嘉应州（今梅州）与宋湘、李甫平齐名，被誉为"梅诗三家"。道光十八年（1838年）任韩山书院山长。晚年在潮州城购买"雁来红馆"，从事教育。一生著作甚丰，有《读白华草堂诗集》、《石窟一徵》、《梅水诗传》十卷、《诗纫》八卷、《赋抄》一卷、《经后》四卷、《铁盒随笔》以及《落叶诗》等大量诗文著作。咸丰三年（1853年）卒，年六十五。罗上桢壮岁游粤地，与张维屏、黄钊相唱和。

②三载鏖兵：指太平军从咸丰元年（1851年）起兵，至咸丰三年黄钊卒，正好三年。杼柚（zhù zhóu）：亦作"杼轴"，指织布机上的两个部件，即用来持纬（横线）的梭子和用来承经（直线）的筘。杼柚空，形容生产废弛，贫无所有。典出《诗经·小雅·大东》："小东大东，杼柚其空。"郑玄笺："言其政偏，失砥矢之道也。谭无他货，维丝麻尔，今尽杼柚不作也。"

③嗷嗷：哀鸣声，哀号声。哀鸿：悲鸣的鸿雁，喻哀伤苦痛、流离失所之人。语本《诗经·小雅·鸿雁》："鸿雁于飞，哀鸣嗷嗷。"

④六朝（222～589年）：指中国历史上三国孙吴、东晋及南朝宋、齐、梁、陈拥有东南半壁江山的六个朝代。六朝京师均是南京（吴建业，晋建康）。土宇：乡土和屋宅。语本《诗经·大雅·桑柔》："忧心殷殷，念我土宇。"咸丰三年春，太平军陷江宁（今南京），宣布建都，改名天京。故诗中有"六朝土宇重归日"之愿。

⑤此句化用陆游《示儿》"王师北定中原日，家祭无忘告乃翁"句，"乃翁"即指黄香铁。

（二）

素心生不识珠钿①，刻翠吟红竞擘笺②。

十载衾裯③春梦寂，萧萧风雨哭残年④。

①素心：本心。李白《赠从弟南平太守之遥》："素心爱美酒，不是顾专城。"珠钿（diàn）：嵌珠的花钿，多为妇女首饰。

②刻翠吟红：同"刻翠裁红"，比喻极力修饰辞藻。清陈廷焯《白雨斋词话》第三卷："毛会侯《浣雪词》，刻翠裁红，务求新颖。"按，毛会侯即清初文学家毛际可（字会侯），浙江遂安县人。擘笺：谓裁纸，宋陆游《阆中作》诗："擘笺授管相逢晚，理鬓熏衣一笑哗。"联系下句，此句应赞美黄钊的两妾，不重珠钿华饰，而为其诗文之事尽心尽力作贤内助。

③衾裯（qīn dāo）：原指被褥床帐等卧具，借指男女欢爱。

④原诗注："两如君（注者按：旧称他人之妾）仍寓韩江。"丘复注："念庐居士曰：'香铁先生名钊，镇平人，晚年寓潮州，吴太守均赠以两姬，筑书楼居之。诗注"两如君"，当即吴所赠也。'"按：吴均，字云帆，浙江钱塘（今杭州）人，道光二十七年至咸丰四年（1847～1854年）任潮州知府，以积劳卒于官，性清介，治潮最久，诛盗尤严。

珠江浣月轩题壁（十首之八）

闲听木鱼唤奈何，此中哀怨徵声①多。

七弦②调急声声彻③，自谱《秋鸿》④敛翠娥⑤。

①徵（zhǐ）声：徵，古代五声音阶"宫商角徵羽"的第四音，其调悲凉。汉王粲《公宴》诗："管弦发徵音，曲度清且悲。"《史记·刺客

列传》："高渐离击筑，荆轲和而歌，为变徵之声，士皆垂泪涕泣。
又前而为歌曰：'风萧萧兮易水寒，壮士一去兮不复还！'"

②七弦：古琴有七根弦，借指七弦琴。汉应劭《风俗通·声音·琴》：
"今琴长四尺五寸，法四时五行也；七弦者，法七星也。"唐刘长卿
《弹琴》诗："泠泠七弦上，静听松风寒。"

③彻：透。

④秋鸿：古琴名曲，相传为南宋郭楚望所作，又传为明代朱权所作，取
意于鸿雁振翅高飞，博出长空之南征，以寓旷达之至、高达之怀。旋
律苍雄浑朴，节奏起伏跌宕，令人听后若有远达平沙、一举万里
之感。

⑤敛翠娥：低垂眉毛。翠娥：又作"翠蛾"，指妇女细而长曲的黛眉。
金王浍《感遇》诗："游子去万里，空闺敛翠娥。"此句原诗自注：
"楣每听木鱼，辄为抚弦，以其有《秋鸿》之逸响云。"

蓝田驿和女史何小秋 《谒文公祠题壁》 原韵①

余生宦海任沉浮，匹马当年万里投②。
能以文章饰吏治，遂令滨海变清流③。
玉堂旧梦曾三岛④，香案重题又此楼⑤。
笑我金闺深仰止⑥，为传诗句遍关邮。

①此诗及以下两诗，《新杭川风雅集》称录自侯官（今福州）林昌彝
（1803～1876 年）《射鹰楼诗话》并有评语。今查该诗话咸丰元年
（1851 年）刻本，似未论及罗上桢、王友楣夫妇。姑引丘复所录"评
语"，存之以资备考：
吾闽能诗者若许素心、何玉瑛、洪兰士，皆闽中之杰者也。近汀州武
平王浣月孀人友楣，楷卿广文之继室。父某侨寓佛山，诞孀人日，珠
光满室，因字瑞珠。父母特钟爱之，及笄弄文翰，能为诗，工绘事，

兼娴音律。楷卿常以其《倚云楼诗稿》示余，集中多与楷卿唱和之
作，诚闽中之佳话也。孺人诗清华流利，婉转低回，如《舟次文昌
砂》《望先坟有作》《长乐舟中与外子夜话》《绮春楼即事》《和吴梅
村题士女图》诸诗，皆卓然名作。七律可诵者《蓝田驿和女史何小
秋谒文公祠韵》云云、《程江舟中即事》云云；七绝如《黄浦江中偶
见夷妇》云云。昔陈仲醇称姚峨女史云："笔床茶灶，不巾栉闭户潜
夫；宝轴牙签，少须眉下帷董子。"吾于女史亦云。

有关题解：文公即唐代大诗人韩愈，谥号"文"，故称韩文公。其于
元和十四年（819 年）正月至十月，被贬任潮州刺史。正月离京赴任
时，作有著名的《左迁至蓝关示侄孙湘》诗，中有"云横秦岭家何
在，雪拥蓝关马不前"句。此蓝关即蓝田关，在长安东南的蓝田县，
有驿站。唐《元和郡县志》载："关内道京兆府蓝田县：蓝田关在县
南九十里，即峣关也。"后人在韩愈入广东赴潮途中的龙川县一山建
韩公祠，好事者附会此山即韩诗"蓝关"，载之清《惠州府志·舆
地》云云。揆诸王友楣生长于粤地及下文自注所涉"许公督学"等，
此诗题中的所谓蓝田驿、文公祠应在龙川县山中，至少在粤地是可确
定的。何小秋，其人待考。女史，旧时对知识妇女的美称。

②此句即言韩愈赴任潮州"雪拥蓝关马不前"事。

③此句言韩愈能以文章辅助吏治，将潮州滨海荒服之地变成昌明之域。
韩愈"文章饰吏治"著名事例，是其针对潮州鳄鱼为害，作有著名的
《鳄鱼文》，劝诫鳄鱼搬迁，"率丑类南徙于海，以避天子之命吏"。

④三岛：传说中的蓬莱、方丈、瀛洲三座海上仙山，亦泛指仙境。唐郑
畋《题缑山王子晋庙》："六宫攀不住，三岛互相招。"此句句意
待考。

⑤原诗自注："时许公督学祠旁建楼。"许督学即钱塘（今杭州）许乃
钊，其于道光二十九年至咸丰三年（1849～1853 年）任广东学政。

⑥仰止：仰慕，向往。止，语助词。语出《诗经·小雅·车辖》："高
山仰止，景行行止。"宋姜夔《铙歌吹曲·沅之上》："真人方兴，百

神仰止。"清魏源《贵溪象山龙虎山诸诗》之一:"山形果象蹲,遗
蹢空仰止。"

程江舟中即事①

篷窗晓日映香帷②,病起慵妆力不支。

蟹步寒沙声断续,蚕眠春茧坐倾欹③。

荷戈壮士歌长铗④,种竹人家护短篱。

犹忆官邮曾走马,摊笺搦管⑤和新诗。

①程江:河名,源于赣南寻乌县,为纪念梅州先贤程旻而得名(梅县旧
　名程乡),经粤东平远县、梅江区入梅江,全长94公里。又镇名,在
　今广东梅州市梅县区,因程江河下游在此与梅江汇合,故名。
②篷窗:船窗。香帷:同"香帏",芳香艳丽的帏帐。唐王昌龄《青楼
　怨》诗:"香帏风动花入楼,高调鸣筝缓夜愁。"
③倾欹(qī):倾斜,歪斜。宋苏舜钦《游山》诗:"北渡千丈桥,柱
　衮阑倾欹。"此联句意待考,大概是以之形容自己病起无力之态。
④长铗(jiá):长剑。铗,剑柄。《楚辞·九章·涉江》:"带长铗之陆
　离兮,冠切云之崔嵬。"参见本书钟孚吉《岁暮夜坐偶成》诗注
　第②。
⑤搦(nuò)管:握笔,执笔为文。白居易《紫毫笔》:"搦管趋入黄金
　阙,抽毫立在白玉除。"

黄浦江中偶见夷妇, 舟人为言即是处囧妇, 有感①

居然士女进龙宫,覆额青丝笑语同②。

一柱擎天思伟节③,千秋遗恨说文忠④。

①黄埔：在广州东，今为黄埔区，其江即珠江。我国华南地区古为越地，被视为蛮夷之地，其地越人遗民中的妇女后世仍被称为"夷妇"，其中生活在广州、福州一带沿海的船家被称为"疍民"，妇女则是"疍妇"。疍民是我国历史上形成的一种特殊族群，长期以来，他们被排斥在"四民"之外，列入贱籍，社会地位十分低下，政治上和经济上所受的歧视和压迫都极其深重。

②士女：同"仕女"，官宦人家的女子。此句大意可能是指，那些疍妇就像进入龙宫的官家女子，覆额青丝（黑发）、欢声笑语与官家女子如出一辙、并无二致，表达了王友楣对疍妇的同情与赞赏。

③伟节，喻指朝廷派出的大吏。节，符节，官吏的凭证。清顾炎武《赴车》诗之一："禀性特刚方，临难讵可改。伟节不西行，大祸何由解。"又，"伟节"指高尚的节操，如宋苏轼《龙尾石砚寄犹子远》诗："伟节何须怒，宽饶要少和。"

④文忠：应指林则徐（1785~1850年），其谥号"文忠"。道光十九年（1839年），林则徐作为朝廷钦差大臣在广州进行了近代著名的禁烟运动。抗英禁烟，堪称伟节，也堪称"一柱擎天"。而其抗英遭贬，又堪称"千秋遗恨"。据载，林则徐在广东禁烟期间亦曾招募了大量"渔民疍户"组成水勇，乘快艇出击沿海的英国侵略军。

题净因室女史《如此江山》绣卷，奉呈侍郎黄树斋先生①（十首之二）

（一）

诧绝奇观生面②开，江山弹指现楼台③。
描来争④及绣来好，奉与人间补衮才⑤。

①此诗及下一首《舟至石泷水西，瞻拜东莞公袁大司马祠》，《新杭川
　风雅集》称录自黄钊《诗钞》并引有关评语。丘复云：

念庐居士曰：《倚云楼诗》清华流利，宛转低徊，洵如林香石先生所
云。予尤爱其《舟过文昌砂望先坟有感》之作，情真语挚，读之令
人凄恻。今全稿不得见，仅从林氏诗话、李氏丛笔录得九首。而丛笔
所载赠李诗，亦仅引一联，莫窥其全。想其伉俪唱和必多，无一遗
存，良可惜也。予已辑录《倚云楼诗》，顷又由罗子澄搜寄黄香铁
《诗钞》、张南山《听松庐诗话》各一则，均采女士诗，亟为续录。
丙子（按：即1936年）雨水日，念庐识。

镇平黄香铁钊《诗钞》云：

闺秀王浣月（友楣），闽杭罗楷卿学博（上桢）配也，善书画，尤工
吟咏，比肩唱和，为香阁中宾友。楷卿尝以其诗质余且执贽焉。其卷
首绝句十首，乃《题净因室女史〈如此江山〉绣卷，奉呈侍郎黄树
斋先生，录其二首》云云，标格绝佳。七律《舟至石泷水西，瞻礼
东莞公袁大司马祠》一首云云，咏古史具见平允，是又巾帼所难矣。

黄树斋：即黄爵滋（1793～1853年），字德成，号树斋，江西抚州宜
黄县城人，官至礼、刑二部侍郎。清代著名政治家、思想家、文学
家，积极倡导禁烟的先驱者之一，与林则徐、邓廷桢等均为禁烟名
臣。《清史稿·黄爵滋传》载："（道光）二十年（按：1840年），命
爵滋偕左都御史祁俊藻赴福建查办禁烟，与总督邓廷桢筹备海防"。
王友楣题诗奉呈，当于黄在闽之际。净因室女史，即清代女诗人张因
（1742～1807年），其字净因，甘泉（扬州人），诗人黄文旸之妻，又
工绘事，善山水、花鸟，著《绿秋书屋诗集》《双桐馆诗钞》。

②诧绝：惊奇之极。生面：新的面貌、境界。

③此句言净因室女史顷刻间绣出江山、楼台，赞其技艺之高。

④争：同"怎"。

⑤补衮（gǔn）才：对黄树斋的美称。补衮：补救规谏帝王的过失。语
　本《诗经·大雅·烝民》："衮职有阙，维仲山甫补之。"衮：古代君

王等的礼服。

（二）

诗情画格炉香外，别有云烟列绣屏。

恍步重峦亲杖履①，笛声吹裂②众山青。

①杖履：原指老者所用的手杖和鞋子，后指拄杖漫步。唐朱庆馀《和刘
　补阙秋园寓兴》之三："逍遥人事外，杖履入杉萝。"

②唐卢肇《逸史》记"独孤生吹笛"：唐开元时，李謩为吹笛第一人。
　一晚，在越州（今绍兴）镜湖吹笛。座中有老者独孤生，吹笛声发
　入云，四座震慄。吹至"入破"部分，笛遂败裂，不复终曲，众皆
　帖息。后以"裂笛"比喻技艺高超绝伦。

舟至石泷水西，瞻拜东莞公袁大司马祠①

生儿真悔作公卿，痛哭边臣泪欲倾。

方倚通材资半壁，谁知间谍坏长城②。

君亲无愧还忠孝③，神鬼前知话死生④。

太息儿孙皆宿草⑤，空余祠宇纪恩荣。

①石泷：即今东莞市石龙镇，东江流经此地。民国《东莞县志·古迹
　略》载东莞水南乡兴宁门右有"乡先生袁大司马祠"，道光间唐棣、
　陈名超等倡建。袁大司马，即明末抗清名将袁崇焕（1584～1630
　年），其祖籍东莞。大司马为古代官名，明清用作兵部尚书的别称。
　《明史·袁崇焕传》载："崇祯元年四月，命（袁崇焕）以兵部尚书
　兼右副都御史，督师蓟、辽，兼督登、莱、天津军务。"故对袁崇焕
　有大司马之称。

②谓明崇祯帝中后金反间计，凌迟处死袁崇焕。《明史·袁崇焕传》

载："崇焕甫闻变即千里赴救，自谓有功无罪，然都人骤遭兵怨，谤
纷起，谓崇焕纵敌拥兵。朝士因前通和议，诬其引敌胁和，将为城下
之盟。帝颇闻之，不能无惑。会我大清设间，谓崇焕密有成约，令所
获宦官知之，阴纵使去。其人奔告于帝，帝信之不疑。十二月朔，再
召对，遂缚下诏狱。法司坐崇焕谋叛，（崇祯）三年八月，遂磔崇焕
于市。"

③原诗自注："公夺情镇边，累疏乞补终制。"《明史·袁崇焕传》载：
天启"三年……遭父忧，夺情视事。""五年……崇焕遂乞终制，不
许。十二月进按察使，视事如故。"夺情：中国古代礼俗，官员遭父
母丧应弃官家居守制，称"丁忧"，服满再行补职。朝廷于大臣丧制
未终，召出任职，或命其不必弃官去职，不着公服，素服治事，不预
庆贺，祭祀、宴会等由佐贰代理，称"夺情"。

④原诗自注："里人为外子言，闽人商公之故里，夜迷道，见一老人教幼
儿。老人见客，谓此儿东莞某子，托为携回。入门不见，俄闻太夫人诞
公矣。"即有同乡人告诉王友楣丈夫罗上桢说，以前曾有一个福建人在东
莞袁崇焕老家经商，一夜迷路，看见路上有一个老人教育小孩。老人对
这位闽商说，这个小孩是东莞某某人的儿子，托付他把小孩子带回东莞交
还其父母。闽商到了东莞某人家，刚进门，小孩子却不见了，不一会就听
到袁崇焕的母亲生下他。

⑤太息：叹息。宿草：指墓地上隔年的草，用为悼念亡友之词，语本
《礼礼·檀弓上》："朋友之墓，有宿草而不哭焉。"借指人已过世多
年。此句谓袁崇焕子孙都已过世，意指事情已过去很久。

附：

南海张南山维屏《听松庐诗话》云：罗楷卿学博时，宴集予听松
园，其内子浣月有句云："买丝侬愿亲刀尺，绣作松园问字图。"萃林
园主人以时花馈学博，辄命浣月绘折枝图系诗酬之，有句云："自笑香
闺忙不了，百花诗并百花图。"洵花津韵事也。

　　李聚垣，据《武平城北李氏族谱》所载"聚垣公《天马寨序》"及
民国《武平县志·艺文志》之李邦达《天马寨记》推断，其人即李邦
达，"聚垣"当为其号。民国《武平县志·列传》有传，据载，其为清
咸丰、同治间武平县城北凹坑村人，县学增生，有才略。太平军部入武
平，其办理乡团，集各乡义勇，捍卫闾里，拟《守隘管见》十二条，
分致各乡联保，以抗太平军。著有《枕戈随笔》，附载于钟传益私修
《武平县志》。其文《文垣书院记》《邑侯陈公靖寇记》等分别载民国
《武平县志》之《学校志·书院》及《艺文志》。

送钟涵斋①赴都（三首）

（一）

　　大笔一枝媲伯英②，声名两度达皇京。

　　器③缘盘错④方知利，事到艰难久不成⑤。

　　放眼河山胸更拓，关心京国义当行。

　　寇氛渐息⑥人思治，济世匡时慰众情⑦。

①钟涵斋，即钟传益，字涵斋。民国《武平县志·选举志》载其为道
　光十四年（1834 年）副榜（副贡）。该志《列传》亦有传，据载：
　其为武平县在城人，生卒年为 1809～1891 年。负才略，敢任事，咸
　丰元年（1851 年）以副贡举孝廉方正，朝考以知县用。咸丰九年
　（1859 年）二月从京师（北京）赴曾国藩抚州军营，帮办粮台。是年
　冬，随胡林翼驻湖北英山，帮办营务。同治四年至六年（1865～1867
　年），先后署理湖北嘉鱼、当阳知县，兼理远安知县，纂修《嘉鱼县
　志》。同治十一年（1872 年）告病归籍，居家热心公益，私修县志。
　光绪十七年（1891 年）卒，年八十三。著《相在尔室迻言》八卷、

《学治存稿》等。

②伯英：即汉代书法家、草圣张芝，字伯英。此句赞钟传益善书法。

③器：原指器具，喻指才能、才干、人才，如"庙堂之器""大器晚成"。

④盘错：原指树根或树枝盘绕交错，用来比喻事情错综复杂。

⑤民国《武平县志·钟传益传》载，咸丰十一年至同治二年（1861～1863年）间，因湖北巡抚胡林翼病逝，奏留湖北、遇缺即补的钟传益需次（等待补缺）三年，至于断炊，始一委厘差（税收官员）。

⑥寇氛渐息：是指太平天国动乱接近尾声，时在咸丰末同治初（1862年前后）。

⑦众情：众人的情绪。唐杜荀鹤《献长沙王侍郎》诗："文星渐见射台星，皆仰为霖沃众情。"

（二）

　　凌霜劲节耐冬寒，何畏驰驱雨雪漫。
　　到处应怜民瘼苦，居官定异位尸餐①。
　　思逢尧舜酬②非易，功比萧曹③立④不难。
　　前路迢迢游自在，蓬门⑤闲倚远相看。

①位尸餐："尸位素餐"之省称，指空占职位不做事，白吃闲饭。《汉书·朱云传》："今朝廷大臣，上不能匡主，下亡以益民，皆尸位素餐。"

②酬：实现愿望。

③萧曹：汉初名相萧何、曹参。

④立：有所为。

⑤蓬门：用蓬草编成的门户，形容居室贫陋。杜甫《客至》诗："花径不曾缘客扫，蓬门今始为君开。"这里是作者谦称自己在武平的居所。

（三）

何必归来号觉非^①，从今不作嫁人衣^②。

椟藏^③笑我价难待，廷献^④于君世亦稀。

素牍^⑤荐贤应大用，苍生借箸^⑥必迟归。

相期一振摩天翮^⑦，正遇顺风任远飞。

①觉非：自认以前所做之事错了、不值得。如陶渊明《归去来辞》有"觉今是而昨非"句。此句言下之意可能指钟传益在湖北需次多年回到武平，曾以"觉非"为号。

②嫁人衣："为人作嫁衣裳"之省称，原指替富家小姐做嫁衣裳，喻指白白替别人操劳，自己却一无所得。典出唐秦韬玉《贫女》诗"苦恨年年压金线，为他人作嫁衣裳"句。

③椟（dú）藏："韫椟而藏"之省称，指珠宝藏在木匣里，等待高价出售，比喻怀才待用或怀才隐退。典出《论语·子罕》："子贡曰：'有美玉于斯，韫椟而藏诸？求善贾而沽诸？'子曰：'沽之哉！沽之哉！我待贾者也！'"

④廷献：向朝廷进献才智。

⑤素牍：书札、书信。"素牍荐贤"应指有大员上奏举荐了钟传益。

⑥借箸：《史记·留侯世家》载，楚汉相争期间，张良在刘邦吃饭期间，"请借前箸为大王筹之"，即借用刘邦的筷子在饭桌上比画，分析楚汉双方以后的形势和利害冲突，明确提出不能重用六国诸侯的原因，刘邦采用了张良的战略方针，最后终于突破了项羽的重重包围。后用"借箸"指为人谋划。此句所谓"苍生借箸"，指百姓需要能人为其谋福祉。

⑦摩天：迫近上天，形容很高的样子。汉王粲《从军》诗之五："寒蝉在树鸣，鹳鹤摩天游。"翮（hé）：鸟翅。

陈友元，号省斋，清咸丰间武平县牛轭岭（今城厢镇尧禄村）人，今存《省斋纪事》。生平待考。

时事叹（五首）①

（一）

烽烟告警满天红，震地悲号乱寸衷②。

小丑猖狂多诡计，大员③忘忘损兵戎。

未曾御寇夸降寇，总是无功冒有功。

品职滥邀④何面目，欺君行诈术无穷。

① 此诗选自陈友元《省斋纪事》，原作 16 首，今选 5 首。《省斋纪事》记述咸丰七年（1857 年）丁巳五月十二日至十八日，太平军石镇吉（翼王石达开族弟，按太平天国制度，属国宗）部屠武平城事。民国《武平县志·大事志》载，太平军及同党"洪会"（红会），于咸丰七年、八年、十年、十一年及同治三年（1864 年），先后五入武平。其间，咸丰七年屠城极为惨烈。该志据《陈友元纪事》（即《省斋纪事》）等记之曰："咸丰七年丁巳四月七日，太平军石国宗部陷府城，众号三十万……五月四日，围攻上杭城……（十一日午后）敌撤杭围，犯武陷县城，遂屠焉。知县陈应奎、教谕林宝辰、象洞司巡检舒日昌、典史秦廷业俱死之，男妇死者数千人。十八日晨，敌窜石崀岭而去。"石崀岭即石径岭。今所选《时事叹》五诗，怒斥清朝官兵抵挡太平军的腐朽无能、保境安民的束手无策、邀功请赏的厚颜无耻。

《省斋纪事》记太平军屠武平城事，武邑人民肝脑涂地，至为惨痛，是武平历史记忆的重要史料，也有利于深入理解《时事叹》所叹。

丘复《南武赘谭·三十六》载此《纪事》，兹录如下：

"咸丰七年丁巳，太平王都天京，命石国宗统带兵马，或长毛，或红头，共十余万人。二月，破邵武府并所属四县。旋破宁化、归化，趋汀州。富总兵（注者按：即汀邵镇总兵富勒兴阿）未对垒先逃。通城大小官员、士庶俱逃，不知下落。独延本府（按：即汀州知府延英）逃至鱼溪（按：在今长汀四都镇）地方，被匪徒斩头，死于途。四月初七日巳刻，入汀州城。以后一路直下，无人抵住。

"到千家村（按：即今上杭珊瑚乡）宿几夜，焚杀掳掠，不计其数。因大王姓石，不过中堡（按：此地多石姓），由悦洋、芳洋而来，到下堡。三更出门，天明到人家。上杭县正堂程老爷（按：即程尚碥）招乡勇、潮勇，坚守城池。贼用计挖地孔七个，不能进城。乃用棺木贮硝药二副，藏地孔中，爆炸城墙数丈。城内连放大炮二响，死贼无数。贼因无粮，遂去上杭。

"五月十二日午刻，到武平县南门城外，扎营乌石崇钟家祠。县主文垣陈应奎（按：据民国《武平县志·学校志·书院》之《文垣书院记》载，陈应奎号文垣）被杀，城内外乡勇数百，闭城坚守，以铳炮抵敌。贼用诡计以议和引诱，谓两家不必交锋。不料城中有通贼党二人，一为林文炳，每日在堂官前答话，一为修朋鸾，六品顶戴，为之内应，开东城门，鼓吹迎接。贼拥众入城，忽然开刀向男妇乱杀，并大小捆捉。将富户捉去，以棕索反缚，每辫子五人为一束，以刀割肉吓人，逼勒银两而殆尽。或开窖赎身，然后杀其人。妇人多被污辱，有破胎者。殆因平日刁横恶算，恃富欺人，天理昭彰，所谓'货悖而入者亦悖而出'也！城内外杀死者几千人（按：《时事叹》自注，杀死三千零十六人）。尸首或丢塘内，或街上，或井内，城内城外堆积如墩，亦有杀于桥上及溪内者甚众，十分可怜。

"至十八日早，贼出城过石崆岭而去。丁老爷、应老爷、陈把总皆逃去，林老师、秦典史皆被杀。七月尽，陈大少爷回县，八月初七八日开吊。"（按：原文眉间载有："反乱到城，尧禄岭三村男女老幼并六畜、衣物，皆搬上天马寨。大雨狂风，冻死牛三头。"尧禄岭，即今城厢镇尧禄村，原名"牛轭岭"。）

②寸衷：寸心，内心。明叶宪祖《鸾鎞记·仗侠》："我寸衷匪石，肯容轻转。"

③大员：即汀邵总兵富勒兴阿等一干官员。

④邀：即邀功、求功。

<h2>（二）</h2>

步伐未娴①妄出师，教民临阵法谁知？

戈矛乍动心先怯，号令徒挥手自持。

对垒但谋全②首领，闭关安得夺旌旗？

纵然耀武夸千乘③，警报纷纷未靖陲④。

①娴：娴熟。

②全：保全。

③千乘（shèng）：形容兵车很多。古时用四匹马拉的一辆兵车叫一乘。

　白居易《长恨歌》："九重城阙烟尘生，千乘万骑西南行。"

④靖陲：安定边境。

<h2>（三）</h2>

虽掌兵权属武官，将才远不及齐桓①。

加征重敛伤民命，厚禄肥家保己安。

血满江河闻鬼哭，尸填沟壑见心寒。

徒糜②国帑③盈千万，世事陵夷④不忍观。

①齐桓：即春秋五霸之齐桓公。

②糜：浪费。

③国帑（tǎng）：国家公款。

④陵夷：丘陵渐平，喻由盛到衰。《汉书·成帝纪》："帝王之道，日以陵夷。"颜师古注："陵，丘陵也；夷，平也。言其颓替若丘陵之渐

平也。"白居易《立碑》诗："勋德既下衰，文章亦陵夷。"

（四）

未到黄昏户已关，因公严禁示[1]常颁。

每伤来寇吞诸郡，久叹无人斩小蛮[2]。

乱起妖氛除本易[3]，丛生蔓草剪无[4]难。

何时虎旅[5]扬威武，尽把凶顽丑类删。

①示：公示，告示。

②小蛮：宵小蛮人，指太平军，因其起事于广西，早期将士主要为广西人，旧时广西被视作蛮人之地。

③妖氛：不祥的云气，喻指凶灾、祸乱。《隋书·卫玄传》："近者妖氛充斥，扰动关河。"本易：本来很容易。

④剪：剪除，剿灭。无难：不难。

⑤虎旅：虎贲氏与旅贲氏的并称，两者均掌王之警卫，后指勇猛善战的军队。李商隐《马嵬诗》："空闻虎旅传宵柝，无复鸡人报晓筹。"

（五）

妇女奔逃解佩环[1]，可怜玉趾[2]过重关。

盈腔感慨三更泪，蒿目[3]萧条万仞山。

早避虎狼谋更急，远离乡井久无还。

都缘素食[4]居高位，坐视神州国步艰。

①佩环：玉制的环形佩饰物，多指妇女所佩的饰物。元王实甫《西厢记·第一本·第一折》："兰麝香仍在，佩环声渐远。"

②玉趾：妇女如白玉般的脚。南朝梁沈约《少年新婚为之咏》："裙开见玉趾，衫薄映凝肤。"

③蒿目：满目蒿莱，犹言所见都是艰难困苦之状，常组成"蒿目时艰"

词组。《庄子·骈拇》："今世之仁人，蒿目而忧世之患。"《明史·职官志一》："伴食者承意指之不暇，间有贤辅，卒蒿目而不能救。"

④素食：不劳而食。《诗经·魏风·伐檀》："彼君子兮，不素食兮。"此句指斥官员尸位素餐。

王启图（1814～1884年），字慎斋，武平县平川镇西厢村享堂上人，刻苦力学，清道光二十年（1840年）考取二甲进士，授吏部文选司主事，因兄启文会试失言为人所陷，受株连革职归里，一度课子弟读书自娱。曾应聘主讲诒安书院。后援例捐纳起复为官，咸丰十一年（1861年）复入都。同治八年（1869年）辞官回乡，不复出。晚年主讲汀州府龙山书院，行端学粹，深得好评。因病归，光绪十年（1884年）卒，享年七十一岁。著有《励心堂诗文集》。其一生热心公益，创建武平县考棚，捐建武平所永安桥，群众感念，载于口碑。然被冤赋闲二十年，思想深受影响，郁结仇怨之气，往往见于诗文。

咏雪和袁简斋韵（八首）①

（一）

寒云破晓五更钟，遥望层崖雪几重。
白屋②乍醒高士③梦，青山竟改旧时容。
桥边屐齿④深深印，巷口檐牙处处封。
可是诸天宫阙近⑤，凭人折取玉芙蓉⑥。

①本编王启图诗皆据《励心堂诗文集》为底本，而以民国《武平县志》所录参校。据启图后人口述，《咏雪和袁简斋韵》八首乃王启图革职赋闲在家时，某次携长子良安做客东留乡，晨起见漫天大雪，适案头有《袁简斋诗集》（袁简斋即清中期名诗人袁枚，号简斋），中有

《咏雪诗》八首，乃命良安和之。良安只吟出第一首前六句，和不下去，启图为之续完。

②白屋：古代指平民的住屋。因无色彩装饰，故名。《汉书·王莽传上》："开门延士，下及白屋。"颜师古注："白屋，谓庶人以白茅覆屋者也。"

③高士：志趣、品行高尚的人，多指隐士。《战国策·赵策》："吾闻鲁连先生，齐国之高士也。"

④屐齿（jī chǐ）：屐，古代一种木制的鞋，底部有齿，走在泥地上会印出深深的齿痕。唐独孤及《山中春思》诗："花落没屐齿，风动群不香。"

⑤此句指雪封冰冻，树枝和屋檐都挂着晶莹剔透的冰挂，令人错以为来到天上宫阙。

⑥玉芙蓉：仙人掌的肉质茎中流出的浆汁凝结物，或指白莲花、白牡丹。这句用玉芙蓉形容冰封的树枝和屋檐垂下的冰挂。

（二）

银海茫茫失远村，天然图画总无痕①。
园丁扫径风难定，卓午②炊烟日易昏。
帘卷正当琼树立，山居也有玉堂③尊。
巡檐索笑梅花下，粉蝶如痴欲断魂。

①这两句指大雪纷飞，远处村庄被雪覆盖，只剩一片银装素裹的浑然景象，好似天然画图。

②卓午：正午。唐李白《戏赠杜甫》诗："饭颗山头逢杜甫，头戴笠子日卓午。"

③玉堂：玉饰的殿堂，常指宫殿。《韩非子·守道》："人主甘服于玉堂之中。"

（三）

纷纷毛羽附鸾凰，犹带蓬莱①万斛霜。

满地琼瑶成海市②，六宫粉黛让昭阳③。

鸿来塞上声何急，鹤守梅边梦独长④。

只为热中消不得⑤，呼童煮茗沁诗肠⑥。

①古代神话传说中的"蓬莱、方丈、瀛洲"三座仙山之一，此处泛指仙山。

②琼瑶：又称琼琚，美玉、美石之通称。《诗经·卫风·木瓜》："投我以木瓜，报之以琼琚。匪报也，永以为好也！投我以木桃，报之以琼瑶。匪报也，永以为好也！投我以木李，报之以琼玖。匪报也，永以为好也！"海市，即海市蜃楼，平静的海面、大江江面、湖面、雪原、沙漠或戈壁等地方，偶尔会在空中或"地下"出现高大的楼台、城郭、树木等幻景，这种现象成为"海市蜃楼"。在中国山东蓬莱海面上常出现这种幻景，古人归因为蛟龙之属的蜃吐气而成楼台城郭，因而得名。其实，海市蜃楼是光线在垂直方向密度不同的气层中，经过折射形成的幻景，通常可分为上现、下现和侧现等海市蜃楼景观。

③粉黛：年轻美女。昭阳，汉宫殿名。汉成帝时，赵飞燕女弟为昭仪，居昭阳宫。此句大意是说美雪独领风骚。

④宋代林逋隐居杭州孤山时，植梅养鹤，清高自适。后作为成语和典故，比喻隐逸生活和恬然自适的清高情态。本句即取此义。

⑤热中，腹中有内热，转为消中消渴之病。

⑥茗即茶。让小童泡出好茶，热茶下肚，沁人心脾，神清气爽，仿佛诗思也变得清爽高雅了。

（四）

骑驴偶过灞桥①西，让路唯怜玉在泥②。

哪觉天时分早暮，竟忘人世有高低。

九州自昔留鸿爪③，十载于今息马蹄④。

虽设柴门常自闭⑤，喜无尘累到幽栖。⑥

①灞桥，西安市城东一座颇有影响的古桥。此用骑驴索句的典故。宋孙
　光宪《北梦琐言》："唐相国郑綮虽有诗名，本无廊庙之望……或曰：
　'相国近有新诗否？'对曰：'诗思在灞桥雪中驴子上，此处何以得
　之？'盖言平生苦心也。"宋陆游《谢王子林判院惠诗编》诗："骑驴
　上灞桥，买酒醉新丰。"

②本句活用了一则古代笑话："秀才张某恃才高傲。一天，在田垅遇一
　挑泥农夫，不肯让路，两人均不得过。农夫笑道："我有一联，君若
　能对，愿下田让道。"秀才满口应承。农夫曰：一担重泥遇子路（寓
　一旦仲尼遇子路）。张苦思冥想，无言可对，只得下田让路。三年后，
　张某看浚河工决堤引水，傍晚，两边河堤的挑夫（夫子）欢笑而返，
　才恍然大悟，续上前联：两堤夫子笑颜回。"作者做翻案文章，意思
　说若是秀才下田给农夫让路，那就像美玉被泥淖玷污了一样，令人
　惋惜。

③雪泥鸿爪，指人的言行留在人世的痕迹。此句自述以前足迹遍布
　九州。

④意思是自己衔怨革职在家赋闲，大约已十年。

⑤此句化用王安石诗句："桃花石城坞，饷田三月时。柴门常自闭，花
　发少人知"。诗中描写的是少年王安石随父居住南京，闭门苦读的情
　景和心境。

⑥尘累，佛教语，指烦恼、恶业的种种束缚。借指世俗事务的牵累。幽
　栖，指地处僻远的居所。最后两句合起来看，体现出作者羡慕古人、

喜欢没有尘累的简单高洁生活。

（五）

想见瑶池解舞裙，藐姑仙子①自超群。

空中色相应忘我②，冷处③生涯只有君。

塞北啮毡持汉节④，淮西偃旆入唐军⑤。

倚楼镇日支颐坐⑥，往事沧桑问暮云。

①中国古代传说中的神话人物，又称姑射仙子。《庄子·逍遥游》："藐姑射之山，有神人居焉。肌肤若冰雪，绰约若处子。不食五谷，吸风饮露，乘云气，御飞龙，而游乎四海之外。其神凝，使物不疵疠而年谷熟。"

②色相也叫色象，系佛教概念，指一切事物的形状外貌。如《华严经》有："无边色相，圆满光明。"《楞严经》有："离诸色相，无分别性。"佛教认为，事物的形貌等外在表现都是空幻的，连人本身也是空幻的，唯有佛性才是真实。所以人应该忘掉事物的外在特征，也应该忘掉自我，一心去体认佛性、真如。

③冷处，一本作"雪里"。

④此句和上句"冷处生涯只有君"，都是讲西汉苏武事迹。苏武持节出使匈奴，被执不降，受尽折磨，而一心念着君主和朝廷，被驱北海牧羊，在冰天雪地中持节不屈，靠掘食野鼠而坚强活下来，经十九年终于回归。

⑤偃旆（pèi），放倒旗帜表示投降。讲唐宪宗时，唐将李朔雪夜攻下叛乱藩镇淮西节度使吴元济事。

⑥镇日：整天。支颐：以手托下巴。

（六）

老去星星两鬓华，一竿长此钓烟沙。

刚疑方水能成玉①，不信枯杨亦著花②。

古渡忽开云半角，荒郊难认路三叉。

前村隐隐青帘动，竹外梅边是酒家。

①方水：又作"方折""方流"，即方折的水流，指水流作直角转折。古代传说方折之水，其下有玉。唐《艺文类聚》卷八引《尸子》："凡水，其方折者有玉，其圆折者有珠。"《淮南子·坠形训》："水圆折者有珠，方折者有玉。"南朝梁江淹《迁阳亭》诗："方水埋金膔，圆岸伏丹琼。"唐白居易《玉水记方流》诗："尹孚光滟滟，方折浪悠悠。"

②此句以雪喻花，即冬日枯杨上积雪如花。

（七）

公子翩翩踏雪归，少年裘马自轻肥①。

三千世界②春初到，十二楼台③花乱飞。

去迹来踪今似昨，幻光泡影是耶非？④

旁人漫道神仙侣，披得王恭鹤氅衣⑤。

①轻裘肥马：形容生活豪华。语出《论语·雍也》："赤之适齐也，乘肥马，衣轻裘。"朱熹集注："言其富也。"

②"三千大千世界"的省称。佛教说一日月照四天下，覆六欲天、初禅天，为一"小世界"；一千个小世界覆一二禅天，为一"小千世界"；一千个小千世界覆一三禅天，为一"中千世界"；一千个中千世界覆一四禅天，为一"大千世界"。一大千世界有小、中、大三种"千世界"，故称三千大千世界。用例如南朝陈徐陵《孝义寺碑》：

"方使三千世界，百亿须弥，同望飞轮，共禀玄德"。

③即十二瑶台，泛指神仙所居。典出《拾遗记·昆仑山》："昆仑山有昆陵之地，其高出日月之上。山有九层……第九层山形渐小狭，下有芝田蕙圃，皆数百顷，群仙种耨焉。傍有瑶台十二，各广千步，皆五色玉为台基。"

④这两句根据佛典，认为人的踪迹看似丰富多样，其实都是虚幻不真实的，犹如幻光泡影，也无所谓是非。

⑤王恭，东晋人物，"少有美誉，清操过人"。鹤氅，仙鹤羽毛制成的氅衣，相当于披风，罩于衣服外，用以遮风寒。《世说新语》："孟昶……尝见王恭乘高舆，被鹤氅裘。于时微雪，昶于篱间窥之，叹曰：'此真神仙中人。'"此句说，在大雪天，像王恭一样披着鹤氅，宛如神仙。

（八）

空明一片渺山河，云在青天月在波。
照我也知红日近，催人其奈白头何！
似传芳讯韶光早，尚忆芸窗①好景多。
安得思如惠连②手，梁园瑞雪进赓歌③。

①亦作"芸牕"，指书斋。唐萧项《赠翁承赞漆林书堂诗》："却对芸窗勤苦处，举头全是锦为衣。"

②谢惠连是谢安幼弟谢铁之曾孙，谢灵运之族弟，南朝宋著名文学家，其《雪赋》和谢庄的《月赋》，并称为六朝这一类小赋的代表作。传说谢灵运《登池上楼》中的名句"池塘生春草"，就是在梦中见到谢惠连而写出来的。

③梁园：西汉梁孝王刘武（文帝之子）所建，为游赏延宾之所，故址在今河南商丘东。谢惠连之《雪赋》，采用汉人假设主宾陈说事物之法，假设梁王为主，岁末在梁园置酒会宾，以司马相如、邹阳、枚乘

为宾，引出作赋设辞，描绘冬雪奇观。

江南舟中感作①（四首）

（一）

江南春草碧如烟，极目天涯总黯然。

身入华胥②终是梦，人逢萍水定为缘③。

三生④果证圆时月，万念灰余劫后年⑤。

燕市不堪回首处⑥，霓裳空咏大罗天⑦。

①这是作者被革职归家船至赣江时所作，时在道光二十一年（1841年）。

②华胥氏，简称华胥，最早见于《列子·黄帝》。相传是中国上古时期母系氏族部落的一位杰出女首领，是伏羲与女娲之母。她生在一个叫华阳的地方，有了华胥后改名（华胥国）。身入华胥，比喻到太古时代的神仙之地。作者一年前成进士，任职吏部文选司主事，大好前程，刚刚起步。刚过一年就因为家兄得罪受株连革职归家，前途黯淡，仿佛一下子从繁华的神仙世界跌入黑暗的地狱，像南柯一梦一样，故有是叹。

③两个人能够萍水相逢，一定是有某种缘分存在。

④佛教的概念，指前生、今生、后生。

⑤劫是佛教概念，梵语为 kalpa，巴利语为 kappa。音译劫波、劫跛、劫簸、羯腊波。原为古印度婆罗门教极大时限之时间单位。被佛教沿用，亦视之为不可计算之长大年月。这一概念随佛教传入中国后，产生了"劫灰"的概念，典出《梁高僧传·汉洛阳白马寺竺法兰》："昔汉武穿昆明池底得黑灰。问东方朔，朔云不委，可问西域人。后法兰既至，众人追以问之，兰云：世界终尽劫火洞烧，此灰是也。"

意思是邈古以前世界灭绝留下的痕迹。这两句总的意思是，确如佛教说的那样，天上的圆月就是三生有缘的明证；自己的经历，也印证了佛教四大皆空的说法，因而万念俱灰了。

⑥燕市，代指燕京，即北京。作者在北京做过官，也在那里遭受冤屈，那是一段不堪回首的岁月。

⑦大罗天，道教概念，位于三十六天中的天之最高位，是元始天尊的道场。这里用以比喻朝廷宫阙。本句的意思是，在京华皇宫中欣赏霓裳羽衣舞的繁华生活一去不复返，成了虚幻的记忆。

（二）

茫茫随去大江东，帆影空濛细雨中。

虚抱葵心无暖日^①，逆来羊角有狂风^②。

倚楼笛恨孤生竹，伫月琴怜半死桐^③。

咄咄自嗟真怪事，漫嗤殷浩惯书空^④。

①葵心，葵花向日而倾，比喻向往思慕之心。本句的意思是，自己虽然对君王无比忠心，却不被理解，得不到君王的恩宠和重用。

②羊角弯曲像旋风的样子，所以称旋风为"羊角"。这句意思是自己遭受革职的沉重打击，就像突然遇到逆来的羊角旋风一样，无法预料，无力抗拒。

③倚楼听吹笛，笛声满是幽怨，不耐烦这笛声，转而憎恨制造笛子的孤竹；伫月听琴，琴声哀婉，引人愁思，因而觉得制琴的桐木也半死不活的，令人生厌。

④殷浩是东晋大臣，与另一权臣桓温有矛盾。永和八年（352 年），殷浩奉命北伐，兵败许昌，被桓温弹劾，废为庶人，流放东阳。殷浩在流放期间，手老是在空中比比画画，原来写的都是"咄咄怪事"四个字，表示心中的不平。典出《世说新语·黜免》："殷中军（殷浩）被废在信安，终日恒书空作字，扬州吏民寻义逐之，窃视，唯作咄咄怪事四字

而已。"这里借殷浩这一故实，曲折表示自己被革职也是咄咄怪事。

（三）

泪下三声读楚词，素心唯有彼苍①知。

浮云都向银河卷，冷箭难为铁甲披②。

竟把丛兰随露萎，谁将小草倩风吹③。

莺花④寂寞春江夜，往事升沉有所思！

①彼苍：天的代称。《诗经·秦风·黄鸟》："彼苍者天，歼我良人。"
②指自己被革职是中了小人的暗箭。
③楚辞惯用美人、芳草比忠、贤，这里丛兰、小草，都是作者自喻。
④莺花，一本作烟花。

（四）

辜负年华客里过，茫茫身世恨如何？

忘机未审蛛丝巧，涉险方知兔窟①多。

松柏犹存空劲节，江湖虽远总恩波。②

只因未了平生愿，日暮聊为白水歌③。

①兔窟，民国《武平县志》卷廿三《文苑传·王启图》引此诗，作鬼窟。按：此联意思是小人像蛛丝织网一样布下陷阱，让你去钻，又像鬼蜮一样，设下种种奸计，让你防不胜防，因此，应以"鬼窟"为是。
②范仲淹《岳阳楼记》："居庙堂之高则忧其民，处江湖之远则忧其君。"庙堂指朝廷，江湖指民间。这句说，自己虽然被革职为民，一下子从朝廷跌入民间，但这还是天子的恩惠，还是要像范仲淹所说的那样，"处江湖之远则忧其君"，在民间仍时时事事想着君主，为君主分忧。

③应即白水诗，先秦佚名诗篇，内容是："浩浩白水，鲦鲦之鱼。君来召我，我将安居。国家未立，从我焉如？"作者借此诗篇表达自己出处两难的矛盾心情。

感怀（四首）用钟雨帆①韵

（一）

披衣清晓对晴晖，今昨休论是与非②。
小草何心为远志，故园回首合当归③。
乍临明镜惊华发④，因拂缁尘理旧衣⑤。
人老思家甚年少，忍听孤雁一声飞⑥！

①钟熙春，字雨帆，武平中田铺人，咸丰拔贡，考取八旗汉教席，以教职用。

②陶渊明《归去来辞并序》："悟已往之不谏，知来者之可追。实迷途其未远，觉今是而昨非。"意思是过去误入迷途，一切都错了，但过去的已无法挽回，就让它过去吧。幸好迷途不远，来日方长，现在已经有了正确的决定，就应走在正确的道路上，好好珍惜未来吧。本句表面上说不要管过去和现在的是非对错，实际上还是追悔莫及的意思。

③远志、当归，都是中药材。本联巧妙借用两种中药名称，表示过去的所谓远大抱负都已付诸流水，宦途凶险，应该警醒，还是回家过田园生活为是。

④偶然照照镜子，发现头上已生白发，不禁触目惊心。唐李益诗句："明镜出匣时，明如云间月。一别青春鉴，回光照华发。"唐李白《将进酒》诗句："君不见黄河之水天上来，奔流到海不复回。君不见高堂明镜悲白发，朝如青丝暮成雪。"

⑤缁尘，指黑色灰尘，常喻世俗污垢。南朝谢朓诗句："谁能久京洛，

缁尘染素衣。"意思是京城的污浊环境，使人的品质都变坏了。这里"拂缁尘理旧衣"的意思是清除官场的恶俗和污染，回归自己淳朴的本质。

⑥大雁是候鸟，每到秋天就飞到南方避寒。一年一度听南飞雁叫，既感到秋天的肃杀，更感到时光易逝，引人愁思。《红楼梦》中黛玉诗句云："红颜一去人自愁，孤雁南飞又一秋。"正是抒写这种悲愁情绪的典范。甚：超过。

（二）

故乡千里月同明，定忆长安睡不成。①

且喜灯花经夜发，还占檐鹊向晨鸣。②

开窗初见寒梅影，祀灶渐闻爆竹声③。

三载京华饯残腊④，团圆何日话升平？

①唐杜甫《月夜》诗前两联云："今夜鄜州月，闺中只独看。遥怜小儿女，未解忆长安。"意思是自己宦游在京城，思念家乡，而家里妻子也一样对月思念我。只是儿女还小，还不懂得忆念在京城的父亲。这里反其意而用之，意思是故乡远隔千里，我在途中对月想家，家里亲人也一定在对月思念我。

②占（zhān）：占卜，诗中有祈愿之意。旧俗以鹊鸣檐前为喜兆。宋范成大《藻侄比课五言诗已有意趣　老怀喜甚因吟》之十二："尤怜小儿女，时报鹊鸣檐。"

③祀灶又称祭灶、送灶。汉族民间祭祀灶神的一种习俗。本为古代"五祀"之一。汉代祀灶日在夏初，至晋代乃定于腊月二十四日，此后则普遍于二十三或二十四日送灶。宋范成大《祭灶词》："古传腊月二十四，灶君朝天欲言事。"清潘荣陛《帝京岁时纪胜·十二月·祀灶》："廿三日更尽时，家家祀灶，院内立杆，悬挂天灯。"晚近以来，南方祀灶日一般是在腊月二十三日。

④残腊指农历年底。唐李频《湘口送友人》诗："零落梅花过残腊，故园归去又新年。"宋苏轼《与程正辅提刑书》之二三："残腊只数日，感念聚散，不能无异乡之叹。"饯残腊是准备一些酒食饯别残腊。明文徵明诗："风雨饯残腊，梅花迎早春。"王启图道光二十年中进士授职吏部主事，二十一年革职归家，此云在"三载京华饯残腊"，则应于道光十八年即已到京准备考试。

（三）

态变沧桑事莫论①，聊拈诗卷对清樽。

猿声鹤唳还惊梦，暮鼓晨钟欲断魂②。

久客频年疏定省③，故交再见叙寒暄。

因缘二字从今悟，日阅金经诵偈言④。

①态变沧桑，还是指突然被革职，从仕途得意的人生高峰突然跌入低谷，备尝世态炎凉。

②暮鼓晨钟，佛寺中晚上击鼓，早晨鸣钟以报时。这一首是作者从京城回到故乡所作。由于人生遭受重大挫折，作者开始留心佛教，参究佛理，并时常与佛寺、僧人往来。

③按照儒家礼仪，子女必须早晚向父母亲问安。《礼记·曲礼上》："凡为人子之礼，冬温而夏清，昏定而晨省。"郑玄注："定，安其床衽也；省，问其安否何如。"这句说，作者长年客居在外面，很少顾得上早晚问候父母，也疏于探望亲长。

④因缘，指佛教的因果报应和万事缘起理论。缘起就是一切有为法都是因各种因缘而成，任何事物都因为各种条件的相互依存而处在变化中，这是佛陀对世间现象的成住坏灭之原因、条件所证悟的法则。金经指佛经，偈言是佛教高僧说出的带有佛理禅机的言论，形式上像是一首七言律诗。

（四）

渺然愁思总无端，老去心情强自宽。

一局残棋方问夜[①]，三杯酒后不知寒。

少年风月从头忆，人事烟云过眼看。

但得倚闾[②]长健在，家书早报竹平安。[③]

①"方问夜"，疑为"方向夜"，即下完一局棋，天才慢慢黑下来。

②倚闾，指父母倚在门口或里巷口盼望子女归来。这里用来代指父母。

③家书早报竹平安，比喻平安家信。典出唐段成式《酉阳杂俎续集·支
植下》："北都惟童子寺有竹一窠，才长数尺，相传其寺纲维每日报
竹平安。"

岁暮感事（三首）[①]

（一）

又别柴门[②]寓帝京，因循三载滞归程。

幽思东壁蛩吟细[③]，晚睡西窗兔魄[④]盈。

客里还家嫌梦短[⑤]，公余退食觉身轻[⑥]。

惊心岁序送残腊，爆竹声声赛凤城[⑦]。

①这三首诗应是咸丰十一年（1861）王启图复入都为官客居京城时
所作。

②用柴木做的门。这里用作谦词，形容自己居宅简陋。三国魏曹植《梁
甫行》："柴门何萧条，狐兔翔我宇。"宋王安石《即事》诗之一：
"渐老逢春能几回，柴门今始为君开。"

③东壁，指居室东侧的墙壁下。蛩（qióng），又称寒蛩、促织，是深秋

的蟋蟀。《古诗十九首·涉江采芙蓉》："明月皎夜光，促织鸣东壁。"
唐韦应物《拟古诗》之六："寒蛩悲洞房，好鸟无遗音。"

④兔魄，月亮的别称。《参同契》卷上："蟾蜍与兔魄，日月无双明。"

⑤客居在外，做了一个回家的梦，好不容易有片刻的缱绻温馨，可惜梦
就醒了。

⑥公事完毕，回到家中吃饭，觉得没有责任在身，一身轻松。陆游《送
梁谏议》诗有云："归访乡人忘位重，乍辞言责觉身轻。"

⑦清初诗人查慎行（1650～1727年）有《凤城新年辞》："巧裁幡胜试
新罗，画彩描金作闹蛾；从此剪刀闲一月，闺中针线岁前多。"本句
应是说过年爆竹声声，热闹繁华胜过查慎行《凤城新年辞》描绘的
景象。又，凤城原指唐都长安，唐章八元《题慈恩寺塔》："落日凤
城佳气合，满城春树雨濛濛。"诗中指北京。赛凤城，也可能指整个
北京城、人们争着赛放爆竹。

（二）

> 当年一二鲁灵光，各指星星两鬓霜。①
> 空色禅心初有悟②，酸咸世味遍粗尝③。
> 过从但觉新交厚，阅历深惭故态狂。
> 谱检金兰④半凋落，升沉容易感名场⑤。

①鲁灵光指鲁国灵光殿。这灵光殿是西汉景帝之子鲁恭王刘余在鲁国曲
阜建造的宫殿，其建筑规模宏大，雄伟壮观，为当时国内较大的建筑
物之一。东汉文学家王延寿曾作《鲁灵光殿赋》。这里借指进士殿试
的保和殿。一二犹言甲乙。整联意思是当年参加殿试名列前茅的精英
们现在都老了，两鬓都泛起霜花一样的星星白发。

②佛教认为四大皆空，一切物质存在即所谓"色"，其实都是空，"空
即是色，色即是空"，对于这样的佛教基本观点，即所谓"禅心"，
作者已经有了初步的领悟。

③酸咸代指酸甜苦辣涩，酸咸世味即五味杂陈的生活真谛，对此，作者也粗粗尝了个遍。

④金兰即金兰之交，旧时汉族交友风俗，两人或多人结为异姓兄弟，结拜的时候按人数各用一沓红纸写出每人姓名、生日、时辰、籍贯及父母、祖及曾祖三代姓名，称为《金兰谱》，然后摆上天地牌位，根据年龄大小，依次焚香叩拜，一起读誓词。典出《周易·系辞上》："二人同心，其利断金；同心之言，其嗅如兰。"后来"金兰之交"一词，不一定有结拜的形式，只比喻朋友间的同心合意、生死与共。

⑤这两句说，过去的结拜兄弟，在名利场上升降浮沉，转眼间死的死，衰的衰，多么令人伤感啊！

(三)①

田园寥落一官求，岂为浮名作远游？②

极目燕云皆北向，关情汀水独南流。③

八旬有母思黄发④，五十为郎笑白头⑤。

唯有洁身归去好，渔歌唱晚武陵洲⑥。

①民国《武平县志》卷二三《文苑传·王启图》引"田园寥落"一诗，题为《岁暮感事用叶霭臣韵》，其中第四句"关情"作"开心"。

②家中田园寥落了，我却为区区一点官职远离家乡，岂不是为了虚名才选择做这样的远游？

③一般的士人心向朝廷，就像燕京城头的云彩一样，朵朵北向；只有我看破虚名，心念家乡，就像家乡的汀江水一样，自北南流。

④黄发：老年人头发由白转黄，旧时长寿的象征，后常用指老人。

⑤郎：指郎官。中央政府六部各司都设郎中和员外郎，统称郎官。古时五十岁已经很老了，头发都白了，还做着卑微的郎官，真让人笑话。

⑥陶渊明《桃花源记》记载的是武陵渔人找到世外桃源的故事，所以末联的意思是希望辞官回家，过上桃花源一样的安适生活。

赣江舟中有感并赠周南冈同年^①（四首）

（一）

曾记当年此地经，故人犹似雁离群。

一心未白空存我^②，两眼垂青^③只为君。

往事升沉同逝水，天涯聚散总浮云。

寒江寂寞西山^④晚，鸦噪蛩吟不忍闻^⑤！

①旧时同科中举或中进士，称为同年。周南冈，丘复《南武赘谭》引
此诗作周南岗。清道光二十年（1840 年）庚子科进士周姓者有周炳
鉴、周连仲、周镇南、周诚之四人。这四人中哪一位是周南冈或周南
岗呢？考周炳鉴，原名燠，字安卿，号立庵，诸暨藏绿坞人。选庶
常。甲辰（1844 年）充顺天同考官。周连仲，字倬轩，河北乐亭人，
官礼部主事。周镇南，字树侯，号梅庄，江西高安县人，入翰林，散
馆授编修。周诚之，字霁岚，原籍江西湖口，生于甘肃陇西，道光二
十五年由义宁县知县署任龙胜厅。后升任广西西隆州知州。这四人
中，周炳鉴二甲 44 名，周镇南二甲 64 名，周诚之二甲 78 名，排名
都在王启图二甲 84 名之前，符合本诗第三首"风檐骥尾"之说，而
周连仲名在三甲，与"风檐骥尾"之说不符，可以排除在外。又周
炳鉴仕途比较平稳，甚至可以说比较得意，与本诗所写同病相怜的情
况不符；周镇南，江西人，本身即是楚人，不得称为"两度秋光来楚
地"，也都可以排除。唯有周诚之是陇西人，却连任偏远蛮荒之地的
义宁、龙胜、西隆州，其中义宁、龙胜古属楚地，从本诗第三首"两
度秋光来楚地"、第四首"楚水吴山都阅遍"等句来看，周诚之疑即
周南冈或周南岗。

②自己蒙冤受谴，忠君爱国之心未白。

③青：青眼，黑眼珠。表示尊重爱悦。垂青，谓以青眼相看，表示重视或见爱。古人称黑眼珠为青眼。语出《晋书·阮籍传》："籍又能为青白眼，见礼俗之士，以白眼对之。及嵇喜来吊，籍作白眼，喜不怿而退。喜弟康闻之，乃赍酒挟琴造焉，籍大悦，乃见青眼。"意思是，对尊重喜爱之人，目光正视，眼珠在中间，为青眼；对鄙薄憎恶之人，目光向上或斜视，为白眼。

④"西山晚"，《励心堂诗文集》作"西江晚"，民国《武平县志》卷二三《文苑传·王启图》、丘复《南武赘谭》引此诗，俱作"西山晚"。按：本句前有"寒江"，若再言"西江"，"江"字重复，且"西江"是珠江支流，赣江不得称为"西江"。据此，应以"西山晚"为是。

⑤民俗以鸦噪为不吉祥，蛩吟则令人有悲秋之感。宋潘阆《旅舍秋夕书怀》："边鸿过尽背枕卧，弟侄无书忧胆破。蛩声更苦不忍闻，半夜起来塞耳坐。"

（二）

卅年中事自悲歌，旧泪征衫细抚摩。

知识真为吾辈累，困穷偏在故人多。

遇归数命①天难问，亲尚康强老奈何②？

惭愧半生愁里过，读书也是算蹉跎！③

①数命，命运。《西游补》第十三回："老翁道：'我算天地数命，无有不准。'"清蒋士铨《第二碑·书表》："此数命造成，都不可以比较。"

②"老奈何"，民国《武平县志》卷二三《文苑传·王启图》引此诗，作"奈老何"。

③丘复《南武赘谭》引此诗，作"读书也算是蹉跎"。

（三）

玉笋班中斗八叉^①，风檐骥尾^②共堪夸。

珊瑚有色仍沉海，茵溷无心竟落花^③。

两度秋光来楚地，五年春梦误京华。^④

劝君抱璞名山去，寻得桃源好结家^⑤。

①玉笋班，唐李宗闵知贡举，门生多清秀俊茂，唐伸、薛庠、袁都辈，
时谓之玉笋班。八叉，两手相拱为叉。唐温庭筠才思敏捷，每入试，
叉手构思，凡八叉手而成八韵，时号"温八叉"。后以"八叉"喻才
思敏捷。明郎瑛《七修类稿·诗文》："〔张锡〕天资俊拔，下笔成
文，诚八叉七步之才也。"

②风檐，指科举时代的考试场所。清顾炎武《日知录·拟题》："即以
所记之文，抄誊上卷，较之风檐结构难易迥殊。"清赵翼《重赴鹿鸣
宴》诗："风檐弋获原非易，多少文心耗短檠。"骥尾，用以喻追随
先辈、名人之后。语出《史记·伯夷列传》："颜渊虽笃学，附骥尾
而行益显。"司马贞索隐："苍蝇附骥尾而致千里，以喻颜回因孔子
而名彰。"明王玉峰《焚香记·赴试》："若二位高才，必当首擢，既
蒙提挈，愿为骥尾。"整句说，与你同场参加科举考试，因为你的大
名而沾光。

③《梁书·儒林传·范缜》："〔范缜曰：〕人之生譬如一树花，同发一
枝，俱开一蒂，随风而堕，自有拂帘幌坠于茵席之上，自有关篱墙落
于粪溷之侧。"后因以"茵溷"比喻人的好坏不同的际遇。鲁迅《惜
花四律》其三有句云："堕茵印屐增惆怅，插竹编篱好护持。"

④这联应是指周南冈抱着美好的理想参加科考，出来做事，但事与愿
违，在京城五年不如意，两度外任经过楚地，最终也是得到抱恨的
下场。

⑤抱璞名山去，指保持本色，不为爵禄所惑。见《战国策·齐策四》：

"齐宣王欲用颜斶，斶辞曰：'夫玉生于山，制则破焉，非弗宝贵矣，然大璞不完；士生乎鄙野，推选则禄焉，非不得尊遂也，然而形神不全。斶愿得归。'"本句是劝谕同年的话，意思是你既然怀才不遇，那就不如保持本色，退隐到远离尘俗之地，安度晚年。

（四）

着鞭偏早补牢迟①，后路穷通未可期。

司马史终游侠传②，少陵集半旅愁诗③。

敢因白简生尤怨④，毕竟黄金作主持⑤。

楚水吴山都阅遍，酸咸臭味两心知⑥。

①着鞭偏早，指早年登科，春风得意。补牢迟，指"亡羊"之后，未能及时"补牢"，意指经受挫折之后，没有采取适宜的对应措施。

②司马迁《史记》共130卷，《游侠列传》列第124卷，几乎是最末一篇了。

③杜甫自号少陵野老，少陵集指杜甫的诗集。杜甫的诗，多半抒发自己的旅愁。

④"白简"，《励心堂诗文集》作"青简"，民国《武平县志》卷二三《文苑传·王启图》、丘复《南武赘谭》引此诗，俱作"白简"。按：白简指古时指弹劾官员的奏章。《晋书·傅玄传》："玄天性峻急，不能有所容，每有奏劾，或值日暮，捧白简，整簪带，竦踊不寐，坐而待旦。"王启图受其兄连累被劾革职，应以"白简"为是。全句意思是，我岂敢因为受到弹劾去职而心生怨望。

⑤黄金作主持，意谓钱在起作用，暗讽有关部门办事不公，贿赂公行。

⑥臭味，本义是气味。汉仲长统《昌言下》："性类纯美，臭味芬香，孰有加此乎？"宋苏轼《题杨次公蕙》诗："蕙本兰之族，依然臭味同。"比喻志趣。汉蔡邕《玄文先生李休碑》："凡其亲昭朋徒，臭味相与，大会而葬之。"唐元稹《与吴端公崔院长五十韵》："吾兄谙性

灵，崔子同臭味。投此挂冠词，一生还自恣。"清方苞《赠潘幼石序》："岂臭味之同，虽先生亦有不能自主者耶？"整句意思是，两个人志气爱好相通，对于生活的感受也比较接近，对此，彼此心中都很清楚。类似的用法如清末吴大廷为魏燮《九梅村诗集·题词》："抗坠元音合，酸咸臭味投。"

送府尊王月船[1]（四首）

（一）

文采风流达紫台[2]，九重心简[3]济时才。

三迁旧认花千树[4]，八邑[5]亲酬酒一杯。

俗任鄙洞硎式焕[6]，胸怀恺悌[7]网常开。

儿童尚记遮留[8]日，快说使君今又来。[9]

[1] 王光锷，字月船，四川巴县（今重庆巴南区）人。嘉庆戊辰（1808年）举人。道光间署长汀县事，听断明决，穷治贼匪，以干练著称。咸丰中，任汀州知府，匪类闻风丧胆。任中重视文教，修龙山学舍，增加生员待遇，严明课程，受到郡人感戴。府尊：对知府的尊称。

[2] 紫台本指神仙所居。《汉武帝内传》："上元夫人语帝曰：'阿母今以琼笈妙蕴，发紫台之文，赐汝八会之书。五岳真形，可谓至珍且贵。'"唐卢照邻《益州至真观主黎君碑》："紫台初构，霜露沾衣；碧洞新开，蓬莱变海。"清赵翼《李雨村观察挽诗》之一："奇士人间留不住，故应召掌紫台文。"但唐开元元年，改中书省曰紫微省，当时中书省为最高决策机构，颇疑此句借用古典，以紫台代指皇帝身边的决策机构，恭维王月船的才华为最高执政所知。

[3] 九重，本指天之极高处，借喻皇帝所居，也借指皇帝。心简，亲自选拔。整联意思是，您的才华被最高当局所知，皇帝信任你能够济时理

民，亲自选拔你担任汀郡太守。

④三迁，此处指三次升迁。花千树，从刘禹锡诗句"玄都观里桃千树，尽是刘郎去后栽"化出。宋刘辰翁《青玉案·稠塘旧是花千树》之"花千树"亦从"桃千树"化出："稠塘旧是花千树。曾泛入、溪深误。前度刘郎重唤渡。漫山寂寂，年时花下，往往无寻处。一年一度相思苦。恨不抛人过江去。及至来时春未暮。兔葵燕麦，冷风斜雨，长恨稠塘路。"本句意思是，您在官场是老前辈了，屡次迁转，看到的都是您的晚辈。

⑤八邑，汀州府属八县，即长汀县、宁化县、上杭县、武平县、清流县、连城县、归化县（今明溪县）、永定县。

⑥"鄙"有鄙野、鄙俗、浅陋、边远等义；"凋"指凋敝，衰败。砺，磨刀石。式焕，光彩夺目的样子。整句意思是，出任边远、鄙野而且凋敝地区的太守，您严明典章，以重典治理豪猾。

⑦恺悌，常用作对君子的美称。恺，乐；悌，易。恺悌，即和乐平易的样子。整句意思是，但是您胸怀宽厚，平易温和，能体恤民艰，对于无告细民，常常格外照顾，网开一面。

⑧遮留，拦阻挽留。《北史·唐永传》："行台萧宝夤表永为南幽州刺史，夷人送故者，莫不垂泪，当路遮留，随数日，始得出境。"形容官当得好，受到百姓的爱戴，离任时心有不舍，极力挽留。

⑨使君、太守，都是知府的雅称。末联赞扬王太守勤政爱民，深受百姓爱戴，离任时百姓极力挽留；又想象王太守调离不久又回任，儿童们拍手称快，奔走相告说：前不久大家遮留的王太守又回来了！

（二）

关心民隐尚咨诹①，处处停车处处讴。

始信阳春原有脚②，由来皓月正当头。

龚黄治行膺繁剧③，苏白风流盛唱酬④。

日照鄞江⑤一丈水，幽禽野鹤自为俦⑥。

①咨诹（zōu）：咨询，询问。诸葛亮《出师表》："咨诹善道，察纳雅言。"

②阳春有脚，典出五代王仁裕《开元天宝遗事·有脚阳春》。唐朝宰相宋璟爱民恤物，时人称赞他像长了脚的春天，到处带来了温暖。后遂用"有脚阳春"或"阳春有脚"等称颂官吏的德政。

③龚黄，汉循吏龚遂与黄霸的并称，亦泛指循吏。膺繁剧，担任繁杂难办的事务。

④苏白，苏东坡、白居易的并称，泛指文采风流的士大夫。盛唱酬，经常与人诗酒唱酬。

⑤鄞江，即汀江。一丈水，形容汀江的宽度。南宋开庆《临汀志·题咏》引蒋之奇《苍玉洞诗》："鄞江一丈水，清可照人心。"清杨浚《竹枝词》云："鄞江一丈水长清，风雨无端昨夜生。却被出山泉水浊，照人心事不分明。"

⑥幽禽野鹤互相结伴，安然自适。形容王太守政通民和，一派祥和景象。

（三）

十龄公子剧聪明，不羡裁诗走马成①。
满室青箱殷式谷②，五支丹桂定争荣③。
龙门有幸瞻前辈④，凤尾⑤还教畏后生。
燕寝公余销永昼，琅琅好听读书声。

①形容年幼才高。唐李商隐诗："十岁裁诗走马成，冷灰残烛动离情。桐花万里关山路，雏凤清于老凤声。"这一联赞扬王太守的公子年幼聪明多才，不亚于古代十岁走马成诗的神童。

②原注：青箱，南史王彪之，博闻多识，并谙江南旧事，缄之青箱。世称王氏青箱学。式谷，《诗经》："教诲尔子，式谷示之。"式，用也；谷，善也。用善教子，使为善也。

③丹桂，形容人家佳子弟。争荣，比喻崭露头角，出类拔萃。

④借用唐王勃在滕王阁见到众多前辈典故。《滕王阁序》有云："今兹
　捧袂（mèi），喜托龙门。杨意不逢，抚凌云而自惜；钟期既遇，奏
　流水以何惭？"

⑤对科第排尾的美称。唐黄滔《寄翁文尧拾遗》诗："龙头凤尾前年
　梦，今日须怜应若神。"自注："滔卯年冬在宛陵梦文尧作状头
　及第。"

（四）

> 久叨仁宇理幈幪①，十亩田园一亩宫。
>
> 摇落几经伤小草，吹嘘能不感春风。②
>
> 碌轮赠我郊原绿③，榴火迎公驿路红④。
>
> 为报渔阳贤太守⑤，雨旸时若⑥庆年丰。

①谓在仁德覆蔽之下。宇，覆庇。南朝梁沈约《瑞石像铭》："惟圣仁
　宇，宝化潜融。"本用以赞颂帝王，后也用为一般赞颂之词。唐柳宗
　元《为韦京兆祭杜河中文》："余弟宗卿，获茈仁宇。"幈幪（píng
　méng），帐幕，引申为庇荫。

②小草，作者自喻；春风，比喻对方，即王太守。

③碌轮，车轮声，也可指车。明曾棨《送陈郎中重使西域》诗："雕轮
　历碌拥鸣骢，几欲停鞭记旧游。"清归懋仪《夜泊》诗："双轮历碌
　才停向，又向江头听暮潮。"这句意思是，蒙您赠送车辆给我用，我
　乘着车，感到郊原充满绿意，心情无比愉悦。

④榴火，石榴花。因其红艳似火，故称。宋周邦彦《浣溪沙慢》词：
　"嫩英翠幄，红杏交榴火。"元曹伯启《谢朱鹤皋招饮》诗："满院竹
　风吹酒面，两株榴火发诗愁。"本句用榴火比喻王太守一路受到热情
　的欢迎。

⑤东汉初渔阳太守张堪，在任上击溃匈奴的进犯，捕击奸猾，保证社会

稳定，积极恢复生产。是历史上著名的贤太守。这里用张堪比喻王太守。

⑥指晴雨适时，气候调和。典出《尚书·洪范》："曰肃，时雨若；曰义，时旸若。"元马致远《荐福碑》第二折："雨旸时若在仁君，鼎鼐调和有大臣。"

和黄次荪①振衣亭②落成原韵（二首）

（一）

风流原是玉堂仙③，丘壑缘深意自便④。
瀑布泉飞新雨后，振衣人立晚风前。
心如虚室⑤悬明镜，事为名山⑥费俸钱。
吏治文章两夐绝⑦，南溪幸有使君贤。

①黄崇惺，原名崇姓，字次荪，安徽歙县人。同治十年辛未（1871年）进士，点翰林院庶吉士，历任福建归化（今明溪县）、福清知县。诗文雅健。

②振衣亭：在归化县（今明溪县）城北名胜滴水岩洞外，黄崇惺建。

③翰林学士的雅号。宋以后翰林院亦称玉堂。黄次荪曾点翰林，故有此称。

④这里"自便"是自己感到舒适的意思。

⑤虚室，空室，比喻心境。宋司马光《复用三公燕集韵酬子骏尧夫》："官闲虚室白，粟饱太仓红；朝夕扫三径，往来从二公。"

⑥事在名山，即名山事业。名山：古代帝王藏策之府。故以名山事业借指在帝王藏策之府的事业，多指不朽的著作。典出《史记·太史公自序》："藏之名山，副在京师，俟后世圣人君子。"

⑦夐（xiòng）绝：犹超绝。南朝宋颜延之《赭白马赋》："分驰迥场，

角壮永埒，别辈越群，绚练夐绝。"宋陈亮《与王季海丞相书》："圣
上天日之表，本非苟安于无事，而又英明夐绝古今。"

（二）

四朝长庆老郎官①，容易悲秋强自宽。
笑我闲云归洞壑，羡君初日照峰峦。②
玉屏金竺多年别③，莲洞桃源一例观④。
料得公余秉微尚，乡关怅触⑤屡凭栏。

①"长庆老郎"系《汉书·颜驷传》里的典故。原文为："武帝过长庆
　署，见驷庞眉皓首为郎。上曰：'叟何时为郎，何其老也？'曰：'臣
　文帝时为郎。文帝好文，而臣好武；景帝好美，而臣貌丑；陛下好
　少，而臣已老，是以三世不遇。'"作者自注："道光庚子通籍后，辛
　丑旋里，咸丰辛酉复入都，同治己巳旋里，遂不复出。"其遭遇也是
　三世不遇，很不适时。自道光至此诗写作的光绪年间，已历道光、咸
　丰、同治、光绪四朝，故用"四朝长庆老郎官"自嘲。

②这句说，我像闲云野鹤一样，回归洞壑、巢穴；您像初升红日一样，
　光芒万丈，前途无量。

③玉屏、金竺，皆是山名，这两山都是黄次苏家乡歙县的名胜。

④莲洞、桃源，也是歙县附近的名胜，一在黄山，一在黟县。但这里一
　语双关，一面是写对方家乡的胜景，一面是说只要有超脱尘俗之心，
　随处都可当作桃源看待。

⑤怅（chéng）触：感触。唐李商隐《戏题枢言草阁三十二韵》："君
　时卧怅触，劝客白玉杯。"明梅鼎祚《玉合记·言祖》："看折柳，听
　吹笳，离肠怅触断无些。"

蓟门烟树①（四首）

（一）

春风又到蓟门边，佳气葱葱在眼前。

五色缤纷烟十里，四时苍翠树千年。

霞蒸露结仍朝暮，燕语莺啼自管弦。

总为②升平能育物，江山如绘乐尧天③。

①蓟门，原指古蓟门关。唐代以关名置蓟州后亦泛指蓟州（今天津蓟州
区）一带。另北京城西德胜门外西北隅的蓟丘也古称蓟门。燕京八景
之一的"蓟门烟树"，在金代称为"蓟门飞雨"，至明代始称今名。
目前的蓟门烟树指的是西直门以北的元大都城墙遗址西段，这段城墙
为夯土构建，明军攻陷元大都后，将大都北侧城墙南移 5 里，蓟门烟
树所指的那一段城墙遂遭荒废，在夯土城墙的遗址上树木生长，遂称
蓟门烟树。乾隆御书蓟门烟树碑，位于北京电影学院附近的元大都城
墙遗址上。王启图这组诗，应是他咸丰十一年辛酉（1861 年）复入
都之后所作。

②"总为"，一本作"总谓"。

③《论语·泰伯》："巍巍乎，唯天为大，唯尧则之。"谓尧能法天而行
教化。后因以"尧天"称颂帝王盛德和太平盛世。

（二）

黛影岚光断复连，茫茫烟雨蔚遥天。

翠添槐叶新晴后，红衬榴花夕照边。

结夏①僧寻贡土寺，纳凉人对玉山②泉。

怪他一树无情碧，徙倚临风听暮蝉。

①佛教僧尼自农历四月十五日起静居寺院九十日，不出门行动，谓之"结夏"，又称"结制"。

②玉山即玉泉山，位于颐和园西五六里。这座六峰连缀、逶迤南北的玉泉山，是西山东麓的支脉，因这里泉"水清而碧，澄洁似玉"，故此称为"玉泉"。明初王英有诗形容："山下泉流似玉虹，清泠（líng）不与众泉同。"这座山也因此称为"玉泉山"，明清时列为燕京八景之一。

（三）

莺花三月梦游仙①，容易秋风又一年。

故垒萧萧余老树，荒郊漠漠锁秋烟②。

枝高梧井③金风肃，叶染枫林玉露鲜。

绚烂极时平淡好，孤云停住碧山巅。

①梦游仙，词牌名，即《戚氏》。丘处机词名为《梦游仙》，为一首在词坛中较为少见的游仙词。另外又有《游仙词》诗及唐传奇《游仙窟》，都是写神仙故事和艳遇奇事。这里借指风景如仙境般神奇浪漫。

②蓟门烟树所指那一段城墙已经荒废，故曰故垒萧萧，荒郊漠漠。

③梧井，即梧桐。宋吴文英《浣溪沙》："波面铜花冷不收，玉人垂钓理纤钩，月明池阁夜来秋。江燕话归成晓别，水花红减似春休，西风梧井叶先愁。"

（四）

荆关画本①入吟篇，古树经霜色更鲜。

盘马踏开风叶路，飞鸿叫破雪花天。

律吹黍谷②回春早，鞭指金台③落日圆。

为爱冬青④柯不改，万年枝上绕祥烟。

①指五代山水画大家荆浩和关仝。荆浩，后梁画家，开创北派山水画

法。其《匡庐图》，现由台北故宫博物院藏，描写庐山的景色。气势宏大，结构严谨，高远，平远相杂。关仝，后梁到北宋的画家，早年师法荆浩，画风笔简，气壮意长，主要以秦岭及华山的大山巨壑为描绘对象，在北宋与李成、范宽并称三家山水。这里泛指名画家描绘燕京美景的作品。

② 律吹黍谷：典出"邹衍吹律"。吹律，吹奏律管。律为阳声，故传说可以使地暖。黍谷，山谷名，在北京市密云区西南，又称寒谷、燕谷山。《太平御览》卷八四二引汉刘向《别录》："传言邹衍在燕，有谷地美而寒，不生五谷。邹子居之，吹律而温至，生黍，到今名黍谷焉。"北周庾信《谢赵王赉丝布等启》："灵台久客，从此数炊。黍谷长寒，于今更暖。"清方文《寄怀从子密之》诗："春将回黍谷，人尚隔桃源。"

③ "金台夕照"为燕京八景之一。金台陵为金章宗陵，位于燕京西南大房山。金代定都后，海陵王选址大房山云峰山修建金帝陵墓。云峰山又称三峰山，俗称坟山，古有"幽燕奥室"之誉。这里群山环绕，峰峦重叠，九条山脉奔腾而下，号称"九龙"。山巅林木隐映，云雾苍莽，山间隘口处泉水淙淙，长流不息。金朝帝王陵墓依云峰山南麓而建，绵延百余里，为古都北京最早的一个规模宏大而又集中的皇陵群。金陵在金元之际已遭破坏，到明代因年久失修，仅有残迹。现为北京的一处遗址景观。

④ 冬青：一种枝繁叶茂、四季常青的植物。这里用以比喻坚贞不渝的品质。

卢沟晓月（四首）

（一）

晓发卢沟马足骄，一轮明月照关桥①。
凤凰池上归来客②，对此清光上早朝。

①即卢沟桥，旧称芦沟桥，在北京市西南约 15 公里处，丰台区永定河上。因横跨卢沟河（即永定河）而得名，是北京市现存最古老的石造联拱桥。卢沟桥为十一孔联拱桥，总长 266.5 米。桥身总宽 9.3 米，桥面宽 7.5 米。桥面两侧设置石栏，北侧有望柱 140 根，南侧有 141 根。整个桥身都是石体结构，关键部位均有银锭铁榫连接，为华北最长的古代石桥。桥畔有石碑两座，一座记载着清康熙三十七年（1698 年）重修卢沟桥的经过，另一座是清乾隆皇帝亲题的"卢沟晓月"四字。"卢沟晓月"是"燕京八景"之一。

②凤凰池：禁苑中池沼。魏晋南北朝时设中书省于禁苑，掌管机要，接近皇帝，故称中书省为"凤凰池"。隋唐相沿，仍称中书省为凤凰池。又因唐代"同中书门下平章事"为宰相之一，故又以"凤凰池"指宰相职位。"凤凰池上归来客"即中书省官员，也泛指位居中枢的官员。唐贾至为中书舍人，岑参《和贾至舍人早朝大明宫之作》有句云："独有凤凰池上客，阳春一曲和皆难。"

（二）

朝朝茅店发轻轺①，何独卢沟晓景饶？
知傍九宵多好月②，翠华三度过关桥③。

①轺（yáo）：古代的轻便马车，转义为被国君召唤者所乘坐的宫廷专车、国君礼遇宾客的专车。《史记·季布列传》："朱家乃乘轺车之洛阳。"《汉书·平帝纪》："亲迎立轺并马。"

②九宵：表示天空的最高处。靠近天空最高处，所以月色最好最多。比喻京城傍着皇宫，所以各种事物都最为美好，连月光也比别处美好。杜甫《春宿左省》有句云："星临万户动，月傍九宵多。"

③翠华：指皇帝的仪仗。白居易《长恨歌》写唐玄宗仪仗西行："翠华摇摇行复止，西出都门百余里。"这里"翠华三度过关桥"，指清代皇帝仪仗三次（或多次，"三"可泛指多）经过卢沟桥。除了康熙、

乾隆两位皇帝到过卢沟桥，还有哪位皇帝到过，待考。

（三）

半规斜照^①碧山遥，晓渡卢沟第一桥^②。

若比扬州明月夜^③，彼夸华丽此清超^④。

①半规，半圆。拂晓时半轮残月尚未退去，斜照着卢沟桥。

②卢沟桥历史悠久，结构宏伟，地位重要，又有康熙、乾隆两位皇帝的御碑，因而被誉为第一桥。

③扬州是大运河的一端，运河上建有桥梁多座，以华丽著称。明月夜运河两岸笙箫歌舞不断，极尽富丽繁华之事。唐杜牧《寄扬州韩绰判官》："青山隐隐水迢迢，秋尽江南草木凋；二十四桥明月夜，玉人何处教吹箫。"

④清超：清新高超，清雅脱俗。清袁枚《随园诗话》卷九："同年李竹溪棠，性诚悫，而诗独清超。"

（四）

驻马卢沟月色饶，春风晓度绿杨桥。

天涯多少宦游客，未免有情仰碧霄^①。

①仰碧霄，比喻对皇帝和朝廷的向往景仰，也就是希望得到帝王和朝廷的赏识、重用。

送王月船太守^①（四首）

（一）

一见如相识^②，停骖^③忆去年。

风尘真面目^④，香火旧因缘^⑤。

多感真言切，深知道力坚。

春风留不住，别后每悬悬。⑥

①咸丰中王光锷（字月船）再次任汀州知府时，因事被巡抚参奏革职。本诗就是王光锷被革职后，作者写的送行诗。

②乍一见面就觉得互相很熟悉、很了解。比喻彼此性情相近、气味相投。成语"倾盖如故"说的就是这种情况。

③骖（cān）：本指古代三匹马驾的车子，这里指太守的马车。

④风尘，比喻世俗纷扰、污浊。晋陆机《为顾彦先赠妇》诗之一："京洛多风尘，素衣化为缁。"有时也指谗言、流言蜚语。《魏书·王慧龙传》："〔刘〕义隆畏将军如虎，欲相中害，朕自知之，风尘之言，想不足介意也。"本句说，世俗纷扰、污浊，你饱受流言中伤，反而让人看清你忠贞不渝的真面目。

⑤香火，供佛敬神时燃点的香和灯火。香和灯火都是供佛的，因此佛教称彼此意志相投为"香火因缘"，指彼此契合。《北史·陆法和传》："法和是求佛之人，尚不希释梵天王坐处，岂规王位？但于空王佛所，与主上有香火因缘，且主上应有报至，故救援耳。"唐白居易《喜照密闲实四上人见过》："紫袍朝士白髯翁，与俗乖疏与道通。官秩三回分洛下，交游一半在僧中。臭帑世界终须出，香火因缘久愿同。斋后将何充供养，西轩泉石北窗风。"

⑥悬悬：思念。汉蔡琰《胡笳十八拍》："身归国兮儿莫之随，心悬悬兮长如饥。"

（二）

不料黄杨厄①，闲鸥②听也惊。

升沉同劫运③，身世感浮名。

木落无天意，风高夜有声。

盟心一丈水④，毕竟照人清。

①黄杨厄，黄杨厄闰的略语。黄杨：树木名；厄：困苦；闰：闰年。旧时传说，黄杨木难长，遇到闰年，非但不长，反而会缩短。比喻境遇困难。宋苏轼《监洞霄宫俞康直郎中所居四咏》："园中草木春无数，只有黄杨厄闰年。"

②闲鸥：比喻退隐闲散之人。

③劫运，指灾难、厄运。清黄钧宰《金壶七墨·鬼劫》："俗以水火刀兵为生人劫运。"《南宫词纪·懒画眉·送别》套曲："玉销香断，花残月孤，这的是五行劫运，合受催促。"本句说，我们共同经受了莫名的灾难、厄运。

④犹如白水盟心，指着水起誓，泛指对人盟誓。《左传·僖公二十四年》："所不与舅氏同心者，有如白水！"杨伯峻注："'有如白水'即'有如河'，意谓河神鉴之。"这里"一丈水"指汀江，意思是指着汀江起誓，表白自己的清白和无辜。

（三）

早识沉浮理，濠梁①总达观。

烟霞供笑傲，盘错出艰难。

驿路莺歌暖，春江雁影寒。②

顺时自珍重，努力强加餐。

①濠梁：河上的桥梁。《庄子·秋水》载庄子和惠子在濠梁上辩论"鱼乐"之事。后遂以"濠梁"比喻隐士悠然自得的出世思想。

②驿路、春江两句，寄托了美好的祝愿和分离的难舍之情。祝愿王太守此去，一路上气候调和、莺歌相伴，一切顺遂。但好友不得不分离，且气候会逐渐转寒，希望太守多加保重。雁影，比喻两相分离。清蒲松龄《聊斋志异·马介甫》："甚而雁影纷飞，涕空沾于荆树，鸾胶再觅，变遂起于芦花。"

（四）

一声渔父曲①，万首□□②诗。

家国正多事，江湖空远思③。

碧怜芳草软，红爱夕阳迟。

羡有佳公子，箕裘笔一枝④。

①《渔父曲》：此指《楚辞》中《渔父》一文，乃屈原所作，重在表明自己的高尚品德，即"宁赴湘流，葬于江鱼腹中"，也要保持自己清白的节操。这里借《渔父曲》写王太守的高尚品德和清白节操。

②□表示原稿中缺字。

③宋范仲淹《岳阳楼记》："居庙堂之高则忧其民，处江湖之远则忧其君。"这句写王太守像范仲淹说的那样，虽然被冤去职，处江湖之远，仍然忧国忧民，但只怕当局并不理会你的一片忠心，故曰"空远思"。

④箕，簸箕；裘，皮衣。比喻祖先的事业。典出《礼记·学记》："良冶之子，必学为裘；良弓之子，必学为箕；始驾马者反之，车在马前。君子察于此三者，可以有志于学矣。"唐孔颖达疏："积言善冶之家，其子弟见其父兄世业陶铸金铁，使之柔合，以补治破器，皆令全好，故此子弟仍能学为袍裘，补续兽皮，片片相合，以至完全也。……善为弓之家，使干角挠屈调和成其弓，故其子弟亦睹其父兄世业，仍学取柳和软挠之成箕也。"末联是安慰王太守的话，说你有佳公子，一定能够克绍箕裘，继承祖业，在文章学问上发达成名。

凭虚公子①

西京②公子号凭虚，博古多闻足启予。

秋水伊人③思渺渺，春风贵客悟如如④。

楼成蜃蛤⑤新尘市，城主芙蓉旧里居⑥。

毕竟空空⑦称妙手，先生安处定相於⑧。

① 凭虚公子，或称子虚先生。与下一首的乌有先生一样，都是比喻假设
的人或事。典出西汉司马相如《子虚赋》。《子虚赋》讲楚王派子虚
去访问齐王，齐王率全国游猎能手陪同子虚外出打猎，子虚竭力向陪
同的乌有先生吹嘘楚王的游猎盛况，故意贬低齐王，乌有先生立即替
齐王辩驳，向子虚发难。东汉张衡《西京赋》的主人公冯虚公子，
也是此类虚构的人物。

② 汉、唐都城长安，称西京；北宋都城开封，而以河南府（今河南省洛
阳市）为西京。这里只是泛指都城，甚至只是指虚拟的某个大都市。

③《诗经·秦风·蒹葭》："蒹葭苍苍，白露为霜；所谓伊人，在水一
方。"蒹葭就是芦苇。这首诗所描写的是一幅萧瑟冷落的秋景，金秋
之季，拂晓之时，露浓霜重，芦苇沾满了晶莹洁白的霜花。全诗笼罩
在一片凄清落寞的情调之中，诗人来到河边，翘首伫立，透过薄雾和
芦苇丛，凝视着河的对岸，那就是"伊人"所在的仙乡琼楼。现在
一般理解"伊人"为诗人热恋的女郎，其实也可以是诗人的好朋友。
从本诗内容来看，诗中的"伊人"应是作者一位已经故去的挚友。

④ 如如：佛教概念，指永恒存在的真如，即唯一真实存在的法性、真
理。另一义是恭顺儒雅貌。本句"如如"，以上两义似皆可通，但配
上一个"悟"，还是第一义较为恰当。

⑤ 指海市蜃楼。

⑥ 宋人传说石延年、丁度死后为芙蓉城主。故苏轼《芙蓉城》诗有：
"芙蓉城中花冥冥，谁其主者石与丁"之句。后因以"芙蓉城"或
"芙蓉馆"做悼念友人之典。如宋刘克庄《挽赵漕克勤礼部》诗"定
应去判芙蓉馆，不堕蛮云蜑雨中"，即用此典。石延年（994～1041
年），北宋官员、文学家、书法家。字曼卿，一字安仁。丁度
（990～1053年），字公稚，北宋文字训诂学家。

⑦ "空空"有多种意义。与本诗比较接近的两义是：1. 诚实、憨厚无知貌。《吕氏春秋·下贤》："愁愁乎，其心之坚固也；空空乎，其不为巧故也。"高诱注："空空，悫也。"《大戴礼记·主言》："君先立于仁，则大夫忠而士信，民敦，工璞，商悫，女憧，妇空空。"2. 佛教概念，即一切皆空的意思。《大品般若经·如化品》："以空空，故空。不应分别是空、是化。"《红楼梦》中的空空道人，即取此义。从本诗来看，这两义皆可通。但联系到"如如"，可能还是一切皆空之义较为接近。

⑧ 本诗借虚构人物来抒发自己的人生理想和社会价值观念，也可能是借此怀念挚友。最后这句说，您的最后归宿，一定与您的人品、性情、旨趣和理想相合。

乌有先生①

疑有疑无孰定评，不妨随口唤先生。

庸庸②但解求形式，落落③何惭著姓名。

派衍鸿蒙④征旧谱，交深象网⑤缔新盟。

夫夫⑥自擅千秋号，一瓣心香属长卿⑦。

① 本诗也是一首借虚构人物抒发自己人生理想和价值观的诗篇。

② 庸庸，也有多义。主要有：1. 昏庸、平庸。汉王充《论衡·自然》："生庸庸之君，失道废德。"唐刘知几《史通·书事》："上知犹其若此，而况庸庸者哉！"2. 发怒貌。唐江采萍《楼东赋》："奈何嫉色庸庸，妒气冲冲，夺我之爱幸，斥我乎幽宫。"3. 融洽貌。宋陈师道《李夫人墓铭》："娣姒之间，庸庸坦坦，不愧以长，覆护其短。"结合全诗内容，应解作"融洽貌"为近。

③ 落落，亦有多义，主要有：1. 犹磊落。常用以形容人的气质、襟怀。《三国志·蜀志·彭羕传》："若明府能招致此人，必有忠谠落落之誉。"唐杨炯《和刘长史答十九兄》："风标自落落，文质且彬彬。"

2. 形容孤高，与人难合。宋李纲《辞免尚书右仆射第一表》："志广材疏，自笑落落而难合。"3. 形容高超、卓越。北周庾信《谢赵王示新诗启》："落落词高，飘飘意远。"宋王禹偁《怀贤诗·桑魏公》："沉沉帷幄谋，落落政事笔。"4. 形容举止潇洒自然、豁达开朗，如落落大方。以本诗言，以上各义皆可通。

④鸿蒙：指天地开辟之前的洪荒世界。本句意思是，这位乌有先生渊源久远，如果你去看看他的族谱，他的氏族源流，可以一直追溯到天地开辟之前的洪荒世界。

⑤象网，应为象罔，亦作罔象，乃虚拟人物，意为似有象而实无，盖无心之谓；以无心，故能独得玄珠。典出《庄子·外篇·天地》："黄帝游乎赤水之北，登乎昆仑之丘而南望。还归，遗其玄珠。使知索之而不得，使离朱索之而不得，使吃诟索之而不得也。乃使象罔，象罔得之。"这句意思是，我与这位乌有先生的交情，渊源久远，可以追溯到洪荒之前，由于彼此不存心机，故交情深厚，历久弥新，就像刚刚新订立盟誓似的。用象罔作比喻，一取其久远，二取其无心。

⑥夫夫，读作 fú fū，犹言这位男子。《礼记·檀弓上》："曾子指子游而示人曰：'夫夫也，为习于礼者。'"汉郑玄注："夫夫，犹言此丈夫也。"

⑦司马相如（约公元前 179～前 118 年），字长卿，蜀郡成都人，西汉辞赋家，中国文化史文学史上杰出的代表，有明显的道家思想与神仙色彩，是《子虚赋》作者。这联意思是，这位男子千秋万载为人乐道，要归功于司马相如，是他以一瓣心香，塑造了乌有先生这位不朽人物。

王声昭，字芷骏，清武平县在城里（今平川镇西厢村）人，进士王启图四子。道光二十五年（1845年）岁贡，光绪三十一年（1905年）重游泮水，卒年八十有七。著有《存信堂诗集》。名、事载民国《武平县志》之《选举志》及《文苑传·王启图传》等。

访李非珠墓①

怆然何处访诗豪，城北徘徊白发搔。
万卷皆通罗锦绣，一丘相共没蓬蒿。
词林人去风流歇，荒冢蛩吟②月色高。
毕竟嗟余③生太晚，未能杯酒说庄骚④。

①李非珠，即李梦苁（字非珠），武平县举人、诗人，其事参见李梦苁诗之注。民国《武平县志·古迹志·冢墓》未载李非珠之墓址，据此诗"城北"，墓址应在其故里城北（今平川镇红东村）。

②蛩（qióng）吟：蟋蟀吟叫。宋柳永《倾杯乐》词："离绪万端，闻岸草，切切蛩吟如织。"

③嗟（jiē）余：感叹自己。

④庄骚：《庄子》《离骚》之并称。宋陆游《剑南诗稿五三》："戴笔敢言取史汉，闭门犹得读庄骚。"

　　傅硕臣，字简侯，清上杭县古田蛟洋乡（今蛟洋镇）人，咸丰二年（1852 年）举人，加六品衔。尝掌教武平岩前希贤书院。名载同治《上杭县志·武备志》、民国《上杭县志·选举志》等，诗存民国丘复所编《古蛟诗选》。

南岩石洞①

苍玉峡，何年开？白龙飞去不复回。

至今玲珑敞洞府，摩挲疑欲生风雷。

君不闻，李伯纪②，公余问佛曾游此。

又不闻，王阳明③，吹角峰头特驻兵。

名儒自古重邦国，所到山川为生色。

岩得二公岩愈灵，何况斯岩又奇特。

我来怀仰意何穷，伏夏④披襟⑤当远风。

但觉红尘隔千丈，清虚⑥真个玉为宫。

玉为宫，冰作关，炎威暑气都消歇。

安得日携枕簟⑦古佛前，

卧听松声涛卷雪，不知人世有六月。

①此诗载民国《武平县志·艺文志》。丘复《南武赘谭·八》载："岩
　前希贤书院在中街……吾杭傅简侯先生掌教兹院。"

②李伯纪：即宋李纲，字伯纪，其涉武平之事参见本书李纲诗及注释，
　其《读书堂》诗有"公余问佛寻仙了"句。

③王阳明：即明王守仁，世称"阳明先生"，其涉武平之事参见本书王守仁
　诗及注释，其《岩前剿寇班师纪事》诗有"吹角峰头晓散军"句。

④伏夏：二十四节气中，从小暑至立秋，民间称之为"伏夏"。此期全
　年气温最高。

⑤披襟：敞开衣襟，喻舒畅心怀。战国楚宋玉《风赋》："有风飒然而

至，王乃披襟而当之曰：'快哉此风！'" 宋张景星《秋日白鹭亭》诗："开樽屏丝竹，披襟向萧籁。"

⑥清虚：清净虚无。《文子·自然》："老子曰：'清虚者天之明也，无为者治之常也。'"

⑦枕簟（diàn）：枕席。《礼记·内则》："敛枕簟，洒扫室堂及庭，布席，各从其事。" 唐韩愈《新亭》诗："水文浮枕簟，瓦影荫龟鱼。"

何海山，清末武平县（今东留乡封侯村）人，武学生员，好风雅，善画兰竹石。

山　村①

崆峒②崖畔是吾家，尽日浮云四面遮。
屋半铺茅墙半石，门前一带竹篱笆。

①此诗载民国《武平县志·艺文志》，并注"海山好风雅，善画兰竹石，以此诗刻于图章"。

②崆峒：民国志此诗附注："崆峒，本名崆头，今又改封侯乡。"

李镜秋，字轮光，清末武平县人，其里在今城厢镇东团岭下。

自题小照

年逾①七十矣，安能从所欲②。
少时忆凄凉，壮岁实劳碌。
汲汲③励芸窗④，乾乾⑤苦场屋⑥。
金榜不题名，青囊⑦用细读。
一官何足道，初心望善述⑧。

前代经修坟，新居聊托足^⑨。

嗟尔^⑩写真容^⑪，难绘我衷曲^⑫。

①逾：过。

②从所欲：随心所欲。句出《论语·为政》："子曰："吾十有五而志于学，三十而立，四十而不惑，五十而知天命，六十而耳顺，七十而从心所欲不逾矩。"

③汲汲：急切追求。《汉书·扬雄传上》："不汲汲于富贵，不戚戚于贫贱。"晋陶潜《五柳先生传》引之。

④芸窗：书房。书斋。唐萧项《赠翁承赞漆林书堂诗》："却对芸窗勤苦处，举头全是锦为衣。"

⑤乾乾：自强不息貌。《易经·乾》："君子终日乾乾。"宋司马光《初见白发慨然感怀》诗："留为鉴中铭，晨夕思乾乾。"

⑥场屋：科举考试的地方，又称科场。宋欧阳修《送徐生之渑池》诗："名高场屋已得隽，世有龙门今复登。"《资治通鉴·唐武宗会昌六年》："景庄老于场屋，每被黜，母辄挞景让。"胡三省注："唐人谓贡院为场屋，至今犹然。"

⑦青囊：古代医家存放医书的布袋，借指医书。唐刘禹锡《闲坐忆乐天以诗问酒熟未》："案头开缥帙，肘后检青囊。唯有达生理，应无治老方。"唐杨巨源《题赵孟庄》："烟鸿秋更远，天马寒愈健。愿事郭先生，青囊书几卷。"此句应指李镜秋弃儒从医。

⑧述：遵循，继承。

⑨托足：立脚，容身。

⑩嗟尔：叹惋之词。《诗经·小雅·小明》："嗟尔君子，无恒安处。"

⑪真容：真实的容貌，即画像。唐元稹《度门寺》诗："太子知栽植，神王守要冲，由旬排讲座，丈六写真容。"

⑫衷曲：心中委曲之事，难以吐露的情怀。

刘光第（1859～1898 年），字裴村，原籍福建武平县湘坑湖（今湘店乡湘湖村），太高祖刘用琳于清初康熙间"湖广填四川"移民潮中，由武平迁四川富顺县赵化镇。光绪八年（1882 年）中举人，九年联捷中进士，授刑部主事。光绪二十一年乙未（1895 年）秋，告假离京只身自天津泛海，南下武平。次年自武平出粤东，经两湖乘江轮东下，抵沪搭海轮北上，六月抵京。光绪二十四年（1898 年）参与著名的"戊戌变法"，赏四品卿衔，在军机章京上行走，参与新政。同年八月十三日（9 月 28 日）与谭嗣同等维新志士被杀害，合称"戊戌六君子"。其诗文后人梓为《衷圣斋文集》二卷、《衷圣斋诗集》二卷，中华书局 1986 年出版《刘光第集》。

夜发峰市①

飞𡺾②压滩声，推篷且夜征③。

枕边孤月吐，舟底百雷鸣。

峰市诗偕④过，京华⑤梦欲成。

何人⑥拥灯坐，罢绣⑦数江程⑧。

①此诗及以下八诗，作于刘光第光绪乙未（1895 年）秋至丙申（1896 年）春南归武平期间，均载中华书局 1986 年版《刘光第集》；下文注明"未刊稿补钞"4 首外，其余 5 首均载成都昌福公司 1914 年版《衷圣斋诗集》。刘光第归闽期间，作有《湘坑湖记》《赖义士传书后》《庆芳翁寿序》诸文，均载《刘光第集》。

《赖义士传书后》序云"（光绪）乙未之秋，余自京师来闽，次上杭之峰市"，则此诗作于刘光第南归自粤入闽舟次上杭峰市之际。峰市，系汀江下游重要码头、集市，界闽粤之间，原属上杭县，清雍正间县丞署设于此，俗称"河头城"；民国设特种区，民国 29 年（1940 年）改属永定县。1999 年因建设棉花滩水电站，原集镇淹为库区，乡政府东迁。

②飞巘（yǎn）：行舟两岸飞速后移的高山。

③夜征：夜行。

④偕：一同，一起。全句指与诗（写诗或读诗）同过峰市。

⑤京华：京城，因是文物人才汇集之地，故称京华。

⑥何人：即刘光第夫人张云仙。据《刘光第集·刘光第年谱简编》载，光绪十四年（1888年），刘光第母丧服阕后携家赴京。

⑦罢绣：暂停纺绩。罢绣之人即刘光第夫人。刘光第居京至为清苦，《清史稿·刘光第传》称其"家素贫而性廉介"，高楷《刘光第传》载："君恶京师尘嚣，于南西门外僦废圃，有茅屋数间，篱落环焉，躬耕课子。二三友人过访，则沽白酒，煮芋麦饷客。""刘夫人如老妪，帐被贫窭，乃不似一官人。"

⑧江程：江上的航程。末联忆念在京的夫人，却以夫人忆念出远门的丈夫之形式表达，表面意思是悬想夫人在京惦念回故乡省亲的光第，屈指计算着他江行已到达何地，以此反映其夫妻感情之深。

白云山吊赖义士嵩①

真人②入关神秀发，红缨柘袍③坐金阙④。

南中⑤君臣若崩角⑥，争⑦怪平西⑧迎剃发。

辫绳⑨三尺系中原，谁扶倾天哭日月。

况闻令下千⑩雷霆，腰膂⑪几人膏斧钺⑫？

就中亦有逃空虚⑬，顶上如蓬尽芟绝⑭。

为存君臣亡父子⑮，九有⑯五伦⑰同坏裂。

武平赖生冠儒冠，誓将戴发黄泉没。

白云峰头竟长住，孤竹⑱鲁连⑲比高洁。

犹嫌鹞子矜⑳爪嘴，止将凫㉑卵当薇蕨㉒。

双凫亦耻下山飞，高鸟高人斗清节。

何物㉓乡人鸟不如，阴㉔断其头伺岩穴。

河山百代逗㉕兴亡，风雨万灵㉖趋恍惚。

心孤曾怨鬼神迷㉗，项拗竟随天地折。

匹夫殉国古亦有，杀人不死三章缺㉘。

监司徒与赙金钱㉙，里老至今祠石碣㉚。

我过家山吊崖谷，恨少神弦㉛奏金铁㉜。

但闻风籁㉝响阴林，似悲故国还凄咽。

杀身成仁心所安，析义要如筋入骨。

苏卿啮毛不忘汉㉞，大禹文身为游越㉟。

黄冠归里㊱傥得成，文山高操犹冰雪㊲。

①赖义士，即武平县明末遗民赖崧（嵩），其事参见本书赖崧诗及相关诗作注解。《刘光第集·赖义士传书后》序云："（光绪）乙未之秋，余自京师来闽，次上杭之峰市。武平赖君以正，奉其族祖《赖义士传》为杨戒所撰者，请即其后而书之。余之先，武平人也，于义殆不可让。"

②真人：奉天命降生人世的真命天子，即皇帝。《史记·秦始皇本纪》："始皇曰：吾慕真人，自谓'真人'，不称朕。"此处指清初入关的第一位皇帝顺治。

③红缨：满人礼帽饰红缨。柘（zhè）袍：柘黄袍（柘树皮可染黄色，故名），隋文帝始服，后泛指皇袍。唐王建《宫中三台词》之一："日色柘袍相似，不著红鸾扇遮。"元欧阳玄《陈抟睡图》诗："陈桥一夜柘袍黄，天下都无鼾睡床。"

④金阙：指天子所居宫阙。北齐颜之推《观我生赋》："指金阙以长铩，向王路而蹴张。"

⑤南中：泛指南部地方。此处指在南方苦苦撑持的南明政权。

⑥崩角：像野兽折了头角一样，比喻危惧不安的样子。语本《尚书·泰誓中》："百姓懔懔，若崩厥角。"

⑦争：同"怎"。

⑧平西：即明将吴三桂，崇祯十七年（1644 年）封平西伯，同年献山海关降清，清定都北京后封其为平西王。

⑨辫绳：即按清朝"剃发令"，汉人后脑头发辫（编）发如三尺长绳垂下。

⑩千：言雷霆之多猛，即清"剃发易服令"如万千雷霆，令人骇怖。

⑪腰膂（lǚ）：原指腰背，比喻要冲之地。《宋史·范育传》："熙河以兰州为要塞……兰州危，则熙河有腰膂之忧矣。"

⑫膏斧钺："身膏斧钺"之省，即被斧钺剁为肉膏，谓犯杀身之祸。唐刘知几《直书》："至若齐史之书崔弑，马迁之述汉非，韦昭仗正于吴朝，崔浩犯讳于魏国，或身膏斧钺，取笑当时；或书填坑窖，无闻后代。"

⑬逃空虚：明清之际，明朝士大夫遗民不愿做清朝顺民，纷纷逃禅（遁世而参禅）隐居。

⑭全句指明朝遗民视头发如蓬草尽行芟除，即削发为僧。芟（shān）：割草，引申为除去。

⑮全句指明遗民削发逃禅，虽保全了与明朝的君臣之义，却断却了与家庭的父子之亲。

⑯九有：佛教指轮回众生所处的九种境界。唐王勃《释迦佛赋》："恩沾九有，行洽三无。"

⑰五伦：儒家指君臣、父子、兄弟、夫妻、朋友之间的五种伦理体系。

⑱孤竹：即商末伯夷、叔齐，为孤竹国（在今冀东辽西）国君之二子。《史记·伯夷列传》载："武王已平殷乱，天下宗周，而伯夷、叔齐耻之，义不食周粟，隐于首阳山，采薇而食之……遂饿死于首阳山。"

⑲鲁连：又作"鲁仲连"，战国末期齐国高士。《史记·鲁仲连邹阳列传》载："鲁仲连者，齐人也。好奇伟俶傥之画策，而不肯仕宦任职，好持高节。"

⑳矜：自夸。

㉑凫：鸭。

㉒薇蕨：薇与蕨，贫人所常采食的野菜。晋刘琨《扶风歌》：“资粮既乏尽，薇蕨安可食。”典出《史记·伯夷列传》。

㉓何物：什么，哪一个。

㉔阴：暗中。全句有关史事是：《刘光第集·赖义士传书后》记，赖嵩（崧）“后竟为乡黠谢汉仲指为长毛贼而害之，挈其头献监司”。民国《武平县志·赖崧列传》所载同，谓“乡黠谢汉仲指为逆命，取其首以献”。

㉕逗：查《衰圣斋集》即作此字，其义或通“透”。《康熙字典》释“逗”，其一义“音透，义并同”。

㉖万灵：或指众神，《史记·封禅书》：“黄帝接万灵明廷。”或谓众生，宋司马光《交趾献奇兽赋》：“于是三光澄清，万灵敷佑；风雨时若，百谷丰茂。”

㉗心孤：心虚。此句可能是指谢汉仲谎称因鬼迷心窍，误害赖嵩（致其“项挶竟随天地折”），自欺欺人，自我辩解，故称其人为“乡黠”。

㉘三章：《史记·高祖本纪》载，汉高祖刘邦率兵入咸阳时，与父老约法三章：“杀人者死，伤人及盗抵罪。”刘光第文载，赖嵩（崧）被谢汉仲谋害后，“监司悯焉，给葬金。其妻以杀人责，谢几毙云”。民国《武平县志》载，漳南道张嶙然“杖汉仲几毙”。即谢汉仲“杀人不死”。

㉙监司：监察地方之官，据刘光第文（有“漳南监司张参政”句）、民国《武平县志》，此人即指分巡漳南道张嶙然。张嶙然，浙江义乌县人，崇祯十三年（1640年）进士，降清，顺治四年（1647年）为福建布政使司参政兼按察使司佥事、分巡漳南道。明成化六年至清康熙四年（1487～1665年），漳南道驻节上杭县。赙（fù）：南朝《玉篇》：“赙，以财助丧也”（拿钱财帮助别人办理丧事）。

㉚民国《武平县志》载：“里人熊湘，为募建祠亭于白云山石室。”

㉛神弦：即《乐府诗集》所载《神弦歌》，共11曲18首，为南朝时祭祀民间神灵所用乐曲。

㉜金铁：应指如金铁之声，即如金铁相击而生的悲壮之音。

㉝风籁：风声。

㉞苏卿：即西汉苏武，字子卿，奉命持节出使匈奴被扣留，匈奴逼其投
降不成，迁其于北海（今贝加尔湖）牧羊。苏武留居匈奴十九年持
节不屈，历尽艰辛，终得回汉。《汉书·苏武传》载苏武在匈奴，
"啮雪与旃毛并咽之，数日不死"，"既至海上，廪食不至，掘野鼠去
草实而食之"。

㉟据说上古夏禹（大禹）开九州曾入越地，《史记·夏本纪》载："或
言禹会诸侯江南，计功而崩，因葬焉，命曰会稽。"越地人民有披发
文身之俗。此句谓"大禹文身为游越"，只是入乡随俗权宜之举。

㊱黄冠：黄色冠帽，多为道士戴用。此句有关史事是：《宋史·文天祥
传》载，文天祥囚大都（今北京）时，对奉谕劝降的王积翁言："国
亡，吾分一死矣。傥缘宽假，得以黄冠归故乡，他日以方外备顾问，
可也。""积翁欲合宋官谢昌元等十人请释天祥为道士，留梦炎
不可"。

㊲文山：即文天祥，其崇信道教，道号文山。此句谓文天祥在宋亡被俘
后，元廷若能从其愿，许其归家作道士，他忠于故国的高操仍同冰雪
一样，并不因此受污。末二联分别以苏武、大禹和文天祥的事迹，意
在表明杀身成仁自然是难能可贵之至，但赖义士避居保全也不失忠于
故国之心，也是"高操犹冰雪"之举。

过当风岭①

神京②已隔海漫漫，荒岭云生作瘴③看。
北地妻儿④应忆远，南中草木不知寒。
壮游蜀客无难路，僻处清时⑤有盗官⑥。
虎豹天阍⑦况狐鼠，何时一著逐邪冠⑧？

①当风岭：又作"当峰岭"，武平名山，在万安镇与永平镇交界处，为武平两大水系平川河、桃溪河分水岭，旧时县中往武北如刘光第祖居地湘坑湖必经此山。清康熙《武平县志·山川》载："当峰岭，在县北三十里。凿石为路，长五里，接长汀、永平寨。"

②神京：指京城，诗中指北京。南朝宋谢庄《世祖孝武皇帝歌》："刷定四海，肇构神京。"

③瘴：旧指南方山林间湿热蒸郁致人疾病的气体。

④妻儿：妻子儿女。刘光第南归武平时妻儿皆居北京。

⑤清时：清平之时，太平盛世。三国魏曹操《清时令》："今清时，但当尽忠于国，效力王事。"

⑥盗官：从僻处清时的当风岭，居然有盗贼出没，联想到朝廷和各级衙门活跃着窃国残民的官吏，他们的行径与盗贼无异，因称之为"盗官"。

⑦天阊（chāng）：天门，喻朝廷。全句是说"盗官"弄权于天门（朝廷）之内，犹如豺狼虎豹，与当风岭如同狐鼠的盗贼一样，都是害民之贼。

⑧著：即"着"，此处义为"戴"。逐邪冠：即触邪冠，也即獬豸冠，旧为御史等执法官吏戴的帽子。刘光第祖上刘隆（字伯盛），明永乐初中进士，曾为监察御史（属都察院），至今人称"刘察院"。刘光第《湘坑湖记》云："光第，伯盛公十七世孙也。"其亦为刑部主事，省亲武平时曾撰联颂祖上刘隆："朱点蛙鸣实神奇，衣传绣豸与儿孙。"下文《南来》诗"勖我承家獬豸冠"即谓此。此联写出作者要剪除凶顽澄清天下的志向，为其戊戌变法时的壮举埋下了伏笔。

当风岭谷间白花一株曼靓可爱，把玩良久，去而赋诗①

镂冰裁玉照谽谺②，风物③长条④媚白华⑤。

好与摩挲莫攀折，伶俜⑥已过⑦女郎花⑧。

①此诗载《刘光第集·七言绝句未刊稿补钞》。曼：柔美。靓（liàng 或
　jìng）：幽美。

②谽谺（hān xiā）：山谷空旷貌。唐卢照邻《五悲·悲昔游》："当谽
　谺之洞壑，临决咽之奔泉。"

③风物：风光景物。晋陶潜《游斜川》诗序："天气澄和，风物闲美。"

④长条：长枝。宋苏轼《月夜与客饮酒杏花下》诗："花间置酒清香
　发，争挽长条落香雪。"

⑤白华：白花。

⑥伶俜（líng pīng）：飘零孤单的样子。古乐府《孔雀东南飞》："昼夜
　勤作息，伶俜萦苦辛。"

⑦过：超过。

⑧女郎花：木兰（辛夷、玉兰）的别名。唐白居易《题令狐家木兰花》
　诗："从此时时春梦里，应添一树女郎花。"宋陆游《春晚杂兴》诗
　之五："笑穿居士屩，闲看女郎花。"自注："唐人谓辛夷为女郎花。"

南　来

南来犹作故乡看，暂到湘湖意已欢。
丘垅①四朝②身尽拜，桧松千尺祖曾攀③。
逢人竞说猴狮地④，勖⑤我承家獬豸冠。
忽忆海疆新割去⑥，愁时不觉涕汍澜⑦。

①丘垅：即丘垄、祖墓。
②四朝：即宋、元、明、清四朝。《刘光第集·先大父家传》载："吾
　刘氏自先人忠于宋，耻仕元，由江西瑞金避地汀州，居长汀者一世，
　迁武平者十六世。"《刘光第集·庆芳翁寿序》载刘光第在湘坑村时，
　"尝系屦从翁后，往探鹧鸪地祖墓"，下文《瑞金龙头山中》诗，即
　刘光第拜祭瑞金刘氏祖墓时所作。

③桧（guì）松：柏树、松树。桧，即圆柏。祖曾攀：据刘光第《湘坑湖记》载："距湘坑湖二里，山益高，云木深秀，道边老松参错，若古衣冠丈人十数辈，苍颜静气，拱而肃客者然。余则竦立起敬，悠然念此树殆数百年，自吾先人未入蜀前，出入经过，至此必尝仰睇俯摩焉。"

④猴狲地：明刘隆墓地所在，在今武平县湘店乡店下村吴潭自然村汀江东岸小溪口，其地形山势状如猴狲。刘隆曾任山西按察司佥事。刘诗原注："猴狲地，在东坑赤土冈，明佥事公墓在焉。"康熙《武平县志·丘隆志》："明副使刘隆墓，东坑赤土冈。"

⑤勖（xù）：勉励。

⑥海疆新割去：1895 年 4 月 17 日（光绪二十一年三月二十三日）中日签订《马关条约》，规定中国割辽东半岛、台湾及澎湖列岛给日本。是年秋，刘光第回湘湖。

⑦涕：泪水。汍（wán）澜：泪疾流貌。《后汉书·冯衍传下》："泪汍澜而雨集兮，气滂浡而云披。"晋欧阳建《临终诗》："执纸五情塞，挥笔涕汍澜。"

湘坑湖外数农人闻人道中日和战之事，摇首太息，咨嗟久之。忽然问"今扶朝军师何人"，意谓必有如古时姜太公、诸葛亮一流者。余为惘然，成此绝句①

扶朝军师今是谁？此言堪笑亦堪悲。
也知画策②臣须急，一辈田间做水儿③。

①中日和战之事：即从光绪二十年（1894）甲午六月到次年乙未三月，中日间的战争与议和之事。

②画策：谋划策略。

③做水儿：即农夫，客家方言称"务农"为"做水"。刘诗原注"是乡之人，谓伐木为'作山'，耕田为'作水'"。刘氏族人迁蜀五世后，

已不能作武平客家话。《刘光第集·武平钟母八十寿序》："盖余为儿时曾听之，自余祖母后，余家无复能作武平话者。至是去其乡五世，百有余年久矣。"

瑞金龙头山中①

荒径少人迹，阴林寒日斜。

半身枫子鬼②，四足狗嫲蛇③。

水白栖云树④，山红抱石花⑤。

殷勤觅龙角⑥，何处访仙家⑦？

①龙头山：今湘湖刘氏族人称，此山在今江西瑞金市沙洲坝镇附近，湘湖刘氏有祖坟在彼处。原诗题注"丙申"，即此诗作于光绪二十二年丙申（1896年）春。刘光第大概此年清明前后祭毕祖墓即北返。

②枫子鬼：即枫树上之寄生枝。南朝梁任昉《述异记》卷下："南中有枫子鬼，枫木之老者为人形，亦呼为灵枫。"明李时珍《本草纲目·木一·枫香脂》："枫子鬼，乃欇木上寄生枝，高三四尺，天旱以泥涂之即雨也。"欇（shè），枫也。

③狗嫲蛇：蜥蜴，客家话俗称。

④水质清澈，白云绿树清映，如同栖止其中。

⑤山色红艳，是因其石长满映山红。石花，指长于石隙的映山红，清明前后，此花满山盛开。

⑥龙角：即龙角地，旧时堪舆家认为系最佳葬地。《晋书·郭璞传》："璞尝为人葬，帝微服往观之，因问主人何以葬龙角。"

⑦仙家：仙人或仙人居处。唐牟融《天台》诗："洞里无尘通客境，人间有路入仙家。"

题康步崖①同年②咏诗草③

长汀诗人康步崖，凤池④无地贮愁怀。

怪他苦语时时吐，回首师门是偶斋⑤。

①此诗载《刘光第集·七言绝句未刊稿补钞》。

康步崖：即康咏（1862～1916 年），字步崖，号漫斋，长汀县城关人，光绪八年壬午（1882 年）中宝廷（号偶斋）主试的举人，随后赴京拜宝廷为师学习诗文。数年后南返，应聘任广东潮阳东山书院山长。光绪十八年壬辰（1892 年）中进士，授内阁中书。甲午中日战起，他与宝廷之子伯茀联名上书，请求投笔从戎。《马关条约》签订后，他无意从政，毅然返乡从教。光绪二十九年（1903 年）在广东潮汕创办同文学校；一年后返汀创办汀郡中学堂。宣统二年（1910 年）当选为省咨议局议员、京师资政院议员。辛亥革命后，兴办实业，倡议汀人集资在潮州办盐业公司，被推为总经理。康咏诗词造诣深厚，宣统二年辑为《漫斋诗稿》，其诗充满忧国忧民之情，诗意"凄清婉丽，哀而不伤"。民国 5 年（1916 年），病逝潮州，年五十五，归葬长汀金盆山。刘光第殉难后，梁启超作《六君子传》，康咏有《题〈六君子传〉后》一诗：

"云雾连天黯，郊原喋血红。群公纷洛蜀，万国走辕辒。

拨乱需人杰，衔冤泣鬼雄。千秋谁定论，未免怨苍穹。"

②同年：刘光第与康咏均在光绪八年（1882）中举人，故称"同年"。刘光第归闽期间，曾入汀州，2006 年版《武平刘氏族谱·附录》载有其为汀州刘氏家庙、望江楼之题联。此际康咏正归居汀州，两人应有交往。

③草：稿。诗草，即诗稿。

④凤池："凤凰池"之省，原是禁苑中池沼，借指中书省或宰相办公

处，此处指康咏中进士后任内阁中书的内阁。清代内阁设中书，官阶为从七品，掌管撰拟、记载、翻译、缮写之事。

⑤偶斋：即清末著名诗人爱新觉罗·宝廷（1840～1890 年），其号竹坡，晚年自号偶斋，满洲人。同治七年（1868 年）进土。光绪八年出典福建乡试，官至礼部侍郎，著有《偶斋诗草内外集》等。

题郑德臣克明①舍人②感事诗后

哭庵魂北易实甫③，劲血报主梁鼎芬④。

天下伤心辞几许，临汀城里又逢君⑤。

①此诗载《刘光第集·七言绝句未刊稿补钞》。

　郑克明（1856～1913 年）：福建长汀县城关人。民国《长汀县志·选举志》载：清进士"郑克明，（光绪）十五年己丑张建勋榜，内阁中书，学问淹博，士林钦仰，充汀州中学监督、长汀县议事会议长"。著有《省庵诗抄》。德臣，即其字。

②舍人：明清时于内阁设中书舍人，掌书写诰敕、制诏、银册、铁券等。郑克明曾任内阁中书，故称"舍人"。

③易实甫，即易顺鼎（1858～1920 年），湖南龙阳（今汉寿县）人，字实甫，号哭庵。尝问业于王闿运，光绪元年（1875 年）中举人，纳赀为江苏候补道，旋师事张之洞。《马关条约》签订后，上书请罢和议，反对割让辽东与台湾。曾两次去台湾，入刘坤一军，后赴台湾协助刘永福筹划防务。又入张之洞幕，曾主讲两湖书院。辛亥革命后寓居上海。其《魂北集》（与《魂东集》《魂南集》《归魂集》，合称《四魂集》），诗作记述国运之艰，抒发救国之志。

④梁鼎芬（1859～1919 年），广东番禺人，光绪六年（1880 年）进士，授编修。历任知府、按察使、布政使，曾因弹劾李鸿章，名震朝野。后应张之洞聘，主讲广东广雅书院和江苏钟山书院，为《昌言报》

主笔。辛亥革命前有反帝主战思想。后任溥仪毓庆宫行走。诗词多慷
慨愤世之作，与罗惇曧等人并称"岭南近代四家"。或因其为人慷
慨，文风犀利，如劾直隶总督袁世凯疏有"臣但有一日之官，即尽一
日之心。言尽有泪，泪尽有血"之句，又兼办报，故有"劲血报主"
之称。

刘光第此诗提及易实甫、梁鼎芬，应是因郑克明感事诗中言及此
两人。

⑤临汀：汀州别称，因唐天宝间曾易名临汀郡。"又逢君"，应指刘光
第与郑克明在北京城中有交往而言，刘光第祖籍汀州武平，两人可谓
同是汀州人，故有交情。

丘逢甲（1864～1912 年），又名仓海，字仙根，号蛰仙，又号仲
阙。祖籍广东镇平（今蕉岭），出生于台湾苗栗县铜锣湾，长大后移居
彰化县。26 岁中光绪十五年（1889 年）己丑科进士，授职工部主事。
但他不乐仕进，辞官回台湾讲学，任台中衡文书院主讲，后又于台南和
嘉义创办新学。亦曾在台湾巡抚幕府参赞机宜。甲午中日战争中方战
败，清廷割让台湾给日本，丘逢甲再三上书谏诤无效，乙未年（1895
年）毅然领导台湾人民抗日护台，事败举家内渡回原籍广东镇平淡定
村，往来于潮、汕、广州之间，一度赴港、澳、南洋等地，致力于教育
救国事业，支持康梁维新变法。他创办了韩山书院等新学，并先后担任
两广学务处视学、广东教育总会会长、广东咨议局副议长等。民国成
立，以广东代表身份赴南京参加筹组临时政府，被推举为参议院议员。
因积劳成疾，于 1912 年初扶病南归，病故于故里，终年 48 岁。

丘逢甲诗学得自家传，少年即有"东宁才子"之称，名闻全台。
平生作诗数千首，但在台湾所作惜皆毁于战火和乱离，内度后所作，结
集为《岭云海日楼诗抄》，广为流传，影响很大。他的诗充满炽热的爱
国主义激情，悲壮慷慨，沉郁雄豪，有极强的艺术感染力，公认为近现
代诗歌革命的杰出代表之一，与黄遵宪并称。诗人柳亚子评论说："时

流竞说黄公度，英气终输仓海君"，即从气概和激情角度来看，丘逢甲还在黄遵宪之上。台湾建有逢甲大学来纪念这位中国近代史上杰出的爱国主义者、教育家、诗人。

南岩均庆寺诗（有序）（四首）

　　寺在武平岩前所城中。岩在寺后，如卧狮，奇甚。由狮口入洞，颇深豁，前后俱通，中祀白严尊者①。据至治元年僧景铉碑，尊者元仁宗时曾应诏入都，灵异卓著。今所传为宋封定光圆应大德普度古佛者，当仁宗而讹也。碑云："尊者南归，道杭州，遇山出蛟，以帝所赐金钟覆之。入闽，喜此岩。有'一峰狮子吼，万象尽皈依'语。因卓锡启道场，帝闻之，敕赐藏经。尊者接诏归，有句云：'九重天上恩纶锡，拾得昙花满路香。'旋示寂于杭。闽人塑遗像于寺及岩中。"②寺旧名均庆，见万历二十五年僧正名碑③。吾丘氏自闽迁粤，在宋、元间，据家乘，四世祖曾祷南岩而五世祖生，乃以寺名名之，是为元至正十六年。非万历碑存，无知此寺旧名者矣！岩后镌"人世蓬壶"四字，父老相传为乾隆亲笔；据万历间武平令成敦睦诗，碑四字乃成书也④。寺所有以至治碑及延祐间所铸钟为最古，今皆存岩中。寺有何仙姑祠，俗传仙姑与尊者争此岩，指岩巅石上仙足迹为证。然考诸碑无此语，知好事者为之也。庚子⑤冬十月游此，赋四诗纪之。

（一）

万山围一城，闽粤此钥锁。

一岩瞰城立，一佛踞岩坐。

旁立古女仙，遗容何婀娜。

传闻昔争墩，此语恐未果⑥。

如何岩巅石，莲印徧磊砢⑦？

入岩岩转深，岩势侧而椭。

岩居金色身，罏烟袅古火。

岩腹蓄乳泉，时作天花堕。⑧

（二）

昔值蒙古世，曾有化人师。
说法动帝听，天龙护南归⑨。
乃从万石腹，手辟招提基⑩。
一狮作佛吼，万象咸佛皈⑪。
竟传古佛身，应化来南维。
弹指五百年，时代纷传疑⑫。
问佛佛不言，问僧僧岂知。
上有延祐钟⑬，下有至治碑。

（三）

入冬万化闭⑭，群山惨淡色。
我来逢睡狮⑮，对佛坐叹息。
虎狼方满野，杀气黯西北⑯。
岂无干净土，恐化虎狼国。
何时一吼威，竟使群山蹻。
春雷万蛰动⑰，阳和转东极⑱。
会须起睡狮，诸天奋神力⑲。

（四）

吾祖昔入粤，五世乃始昌⑳。
当时佛抱送，附地腾佛光。
以寺为厥名㉑，至今留余庆㉒。
我从海上来，五载离闽疆㉓。

此行访佛迹，再见闽山苍。

闽山连粤山，遥控东南洋。

长蛟率悍类，毒雾遮日光㉔。

安得佛金钟，覆使毋披猖。

欲读金字经，贝叶无遗藏㉕。

谁传神山笔？父老思先皇㉖。

入寺考故名，剔藓残碑旁㉗。

手携石墨归，满路昙花香㉘。

① 自严尊者，即定光古佛，俗姓郑，名自严，泉州同安县人，生于五代闽国龙启二年（934 年），卒于北宋大中祥符八年（1015 年），得法于江西庐陵（今吉安）西峰寺，驻锡于福建武平岩前均庆寺，往来于武平、长汀和闽赣交界区域弘法，死后多次受到皇家封赠，是赣闽粤客家地区的民间保护神。

② 至治元年僧景铉碑所记多误。南宋《临汀志》已记载定光佛事迹及朝廷屡加封敕为"定光圆应普通慈济大师"的情况，则"定光圆应"之号为宋封无疑，至治碑说成元封，一误也；把武平定光佛与江浙一带也被时人称为定光佛转世的长耳和尚混为一谈，二误也；把长耳和尚的卒地杭州当成武平定光佛的卒地，三误也。对此丘逢甲限于资料，失于考证，反以元至治碑为准，这是需要为读者辨明的。

③ 元至治僧景铉碑与明万历僧正名碑，今皆不存。

④ 成敦睦《均庆寺》诗结句云："分明人世有蓬壶"。据民国《武平县志》卷二一《艺文志》附录，万历中知县成敦睦在南岩有"人世蓬壶"刻石及诗，并称"载《古迹志》"。

⑤ 庚子，即光绪二十六年（1900 年）。故本诗载《岭云海日楼诗钞》卷七《庚子稿》。

⑥ 古女仙即何仙姑。民间传说：均庆寺地原为何家所有，定光佛到来后曾与何仙姑争地，仙姑之父何大郎让与定光佛，定光佛才得立稳脚跟

卓庵弘法。未果：非事实，即本诗序末所云"仙姑与尊者争岩"，系"好事者为之"。

⑦莲印，类似莲花的痕迹。莲花是佛教的象征。徧，此处同"遍"。磊砢，指众多委积的石头。古诗用例如宋梅尧臣《拟水西寺东峰亭九咏·幽径石》："缘溪去欲远，磊砢忽碍行。"清陈梦雷《华严岭》诗："披荆历磊砢，天地忽迫窄。"整句意思是南岩洞窟中有众多委积的石头，上面遍布莲花印迹。

⑧乳泉：石钟乳上的滴水。南岩洞中多石钟乳。唐段成式《酉阳杂俎续集·贬误》："岩中有丹灶盆，乳泉滴沥。"

⑨蒙古世指元朝，化人师指佛教祖师，即定光古佛，"说法动帝听，天龙护南归"云云，即元至治碑所谓定光大师元仁宗时曾应诏入都，灵异卓著，感动皇帝，敕赐金钟、藏经而返等内容。

⑩招提，指寺院，准确地说是民间私造的寺院。

⑪此联从定光佛偈语"一峰狮子吼，万象尽皈依"化出。一联中两个佛字，不但重复，也有失平仄对应的规律，疑有误，似应以原句"一峰狮子吼，万象尽皈依"为宜。

⑫北宋惠洪《禅林僧宝传》记载自严大师到岩前卓庵后，一度到南康盘古山住了三年，原因是早先有一位来自天竺的波利尊者，在南康盘古山行化，临去留下一句谶语："却后当有白衣菩萨来兴此山。"五百年后的自严尊者自称就是那位白衣菩萨转世，为了坐实那句谶语，特地前往盘古山"住三年而成丛林，乃还南安"。丘逢甲熟知这段典故，但并不相信，故有"纷传疑"之说。

⑬延祐是元仁宗的年号，时为1314～1319年。延祐钟，应即至治碑所谓"帝所赐金钟"。此钟与碑今皆不存。

⑭万化，指大自然万事万物。《申鉴·政体》："恕者仁之术也，正者义之要也，至哉，此谓道根，万化存焉尔。"万化闭，是说万事万物都处于休眠、收敛、潜藏状态。

⑮睡狮，本指南安岩（又名狮岩）形状像一只张着大口的狮子，这里

作者别有所指，乃将当时的中国比喻为一只睡着的狮子。

⑯此联指英、美、法、德、俄、日、奥（奥匈帝国）、意八国联军侵华事件。丘逢甲访问南岩的庚子年（1900年），恰逢八国联军侵华，他的一腔爱国热血，喷发于当时写的各首诗歌中，即使写均庆寺，也不由得对八国联军的恶行发出愤怒的声讨。八国联军军事行动主要在华北，慈禧太后与光绪帝被迫逃亡西安，所以说"杀气黯西北"。

⑰一切潜藏、休眠、蛰伏的事物都活跃起来，恢复了生机。

⑱阳和，指春天的暖气。东极，指东方边际、东方极远之处。《山海经·海外东经》："帝命竖亥步，自东极至于西极，五亿十选九千八百步。"也泛指东方大海。唐杜甫《长江》诗之二："浩浩终不息，乃知东极临。"仇兆鳌注："东极，指东海。"整句意思是春天的暖气从东方极远处升起，慢慢传遍各地。

⑲诸天，佛家语。《经律异相》卷一《三界诸天》言：三界共三十二天，自四天王天至非有想、非无想天，总谓之诸天。丘逢甲对时局充满忧虑，冀望中华民族能够猛醒过来，就像睡狮醒来一样，重新焕发无穷的威力，抗御外敌的侵略，同时也希望佛教如若有灵，诸天之神能够共奋神威，帮助中华民族振兴。

⑳丘逢甲有《谒饶平始迁祖枢密公祠墓作示族人》诗，叙其族迁粤情况甚详：始迁祖北宋末任官枢密院，福建莆田人，贬官来潮州；入粤二世祖宋末人，梅州刺史；刺史之孙丘必明，为入粤四世祖，亦丘逢甲族祖，任韶州金判；金判之弟即丘逢甲的直系祖先，原居福建汀州，迁来镇平开基。不过这里所叙不确，丘逢甲《说潮》之第十七首，编者（《岭云海日楼诗抄》为逢甲之弟瑞甲、兆甲及逢甲之子丘琮所编）附注云："镇平丘姓，南宋末元初始来迁。其先谱牒散失，误以为与饶平丘氏祖枢密公成实者为同派。公初未疑，清末以办学，亲至闽上杭、长汀，始考知其误。"本诗所叙，乃未考知其误时的认识。今据蕉岭丘氏族谱，镇平淡定村（今蕉岭逢甲村）丘氏，前五世是梦龙→文兴（创兆）→应隆→宗仁→均庆，第五世即以均庆寺

为名，丘逢甲是第二十一世。淡定村丘氏自始祖起四世单传，至第五世均庆生四子，从此人丁旺盛，故谓"五世乃始昌"。

㉑据镇平丘氏家乘及父老相传：丘氏自闽迁粤，在宋、元间，四世祖丘宗仁、妻刘氏，曾到南岩均庆寺祷告而生男，感佛恩，乃以寺名名之为均庆。"当时佛抱送，附地腾佛光"云云，乃是丘逢甲的想象，带有神话色彩。

㉒"余庆"之"庆"，意义为"福"，"留余庆"即留余福的意思。其音读如"羌"，在《平水韵》中归为下平声"七阳"，与其前后之"昌""光""疆""苍"等字叶韵。

㉓从海上来，指从台湾内渡。丘逢甲举族内渡先到泉州，是为闽疆，时在乙未年（1895年）；旋即离开闽地回粤东，至庚子年（1900年）到武平访南岩均庆寺，时隔五年，故曰"五载离闽疆"。

㉔长蛟，传说中江海中的巨大水族，龙属，一说为细长有四足，马首蛇尾。一说为身披鳞甲，头有须角，五爪，惯于兴风作浪，为害人类。悍类，即鳄鱼之类。广东韩江及其上游梅江古称恶溪，有鳄鱼，为害人畜。韩愈任潮州刺史时曾撰《祭鳄鱼文》驱鳄。这里一语双关，既指自然界的恶蛟、鳄鱼之类，更指当时"遥控东南洋"的外国侵略者。

㉕金字经：用金字书写的佛经，这里指传说中均庆寺曾获得的敕赐藏经。贝叶是棕榈科植物贝叶棕，经过特殊的工艺处理，用来书写佛经，经文用绳子穿成册，可长久保存。"贝叶无遗藏"是说均庆寺传说中的敕赐藏经已经失传，读不到了。

㉖"神山笔"指狮岩岩后镌刻的"人世蓬壶"四字，"父老思先皇"是说父老把这四字说成乾隆皇帝亲笔御书。

㉗残碑即万历二十五年（1597年）僧正名碑，碑文记载"寺旧名均庆"。丘逢甲访问狮岩时，其碑已布满苔藓，经过剔除仔细辨认才读出碑文的大概。

㉘石墨，中国古代指煤炭，现在特指一种结晶形碳，丘逢甲这里用以指拓碑的原料。"手携石墨归"，是说把石墨拓下的碑文带回去。昙花

即优昙花，象征佛教。昙花香比喻充满佛教的祥瑞。据《法华文句》
四上："优昙花者，此言灵瑞。三千年一现，现则金轮王出。"

王汉卿农部宗海出都抵潮小住将归武平赋别^①二首

一

征书万里赴长安^②，御笔新除七品官。

玉殿晓云扶射策^③，金台斜日送归鞍^④。

眼看沧海蓬莱浅，梦入诸天列宿寒^⑤。

一笑江城^⑥重话旧，此行垂橐负瞻韩^⑦。

二

岸花送客绿篷忙，天上初回粉署郎^⑧。

南海约寻光孝寺^⑨（有羊城之约—原注），

西山归访读书堂（武平西山有李纲读书堂遗址—原注）。

江湖游草添行卷^⑩，风雪寒梅问故乡^⑪。

佳话闺中应说遍，良人执戟在明光^⑫。

①王宗海，字汉卿，武平岩前人。光绪二十三年（1897年）拔贡，次
　年朝考一等，授七品官，任职农部（户部别称）。"百日维新"失败
　后离京回武平，经潮州小住，拜访丘逢甲，促膝深谈，相聚甚欢。本
　诗载《岭云海日楼诗钞选外集》。
②征书，朝廷征用人才的文书。长安，汉唐等十朝古都，这里代指清京
　北京。
③玉殿，泛指皇家宫殿。清代雍正朝后皇帝一般在养心殿见官员。射策，
　向皇帝进献匡时救弊的对策。献策一般在早上，故曰"晓云扶射策"。
④金台，即黄金台。燕昭王曾筑黄金台招徕天下贤士。这里金台是虚

指，主要是要以此衬托王宗海是贤士。斜日是指下午或黄昏时分，归鞍比喻骑马回乡。斜日西风瘦马返乡，渲染出情绪低沉的气氛，又，京师八景有"金台夕照"，诗中以"金台"代指北京。

⑤仕途失意离京返乡，精神上很自然转向佛、道寻求寄托。蓬莱指道教，诸天指佛教。列宿则指众星宿，特指二十八宿。这是古人的天道观念，可与道家、道教思想相通。

⑥江城，这里指汕头或潮阳。王宗海拜访丘逢甲时，丘正主讲潮阳东山书院。

⑦垂橐（tuó）：垂着空袋子，谓空无所有。唐韩愈《答窦秀才书》："钱财不足以贿左右之匮急，文章不足以发足下之事业，稇载而往，垂橐而归，足下亮之而已！"瞻韩指瞻仰韩愈。空空而来，拿什么颜面瞻仰千秋文宗韩愈呢？故曰"负瞻韩"。

⑧从潮州回武平先走一段水路，坐的是绿蓬船；送客时两岸繁花盛开，气氛热烈起来。天上指京城、朝廷；古代官署以胡粉涂壁，故称"粉署"。粉署郎指京城官署的官员。对于家乡人来说，来自京城的官员回乡，那是很光彩的事情，由此渲染出客人回乡的欢乐，一扫前首的沉闷气氛和揶揄格调。

⑨南海指广州，光孝寺是广州名寺，建于三国时期，历史悠久；历史上多有来自天竺和西域的名僧来此传教、讲学，地位崇高。更主要的是唐仪凤元年（676年），高僧惠能曾在该寺的菩提树下受戒，开辟佛教禅宗南宗，称"禅宗六祖"，为该寺增添了不朽的光彩。好朋友惜别，相约异日一起去广州参访光孝寺。

⑩行卷，有的本子作竹卷，误。今据《岭云海日楼诗抄》订正。行卷本指唐代应进士考试的举子把自己平日得意的诗文编成卷轴，进献给与主试官关系好的政坛、文坛名公巨卿，希望其在主试官面前为自己美言，是唐代科举考试的特有事象。这里指王宗海游历江湖写下很多好诗，提高了自己在文坛的声价。

⑪寒梅在风雪中不改清香和高洁，比喻士人的高尚品格。这里褒扬王宗

海有高尚品格，为故乡增光。有的本子"寒梅"作"梅花"，误。
"问故乡"的"问"字，疑应为"向"字，因为当时王宗海正要坐船
向故乡而去。

⑫唐张籍有一首描写贞洁妇女的诗《节妇吟·寄东平李司空师道》，有
一联曰"妾家高楼连苑起，良人执戟明光里"，写的是一位女子面对
调戏她的男人夸赞自己的丈夫。良人，古时夫妻互称良人，后多用于
妻子称呼丈夫。戟，一种古代的兵器。执戟，指守卫宫殿的门户。明
光，本汉代宫殿名，这里指皇帝的宫殿。这一联一方面说王宗海回家
后与妻子在闺中温存，可以好好述说自己游历的佳话；一方面化用张
籍这两句诗，夸赞王宗海的妻子贞洁高尚，堪比古代节妇。

李靖黎（　　~1912 年），清末武平县北门内集贤坊（今平川镇红东
村）人，光绪二十八年（1902 年）壬寅恩正并科举人。中举后，应邑
人之请主讲梁山书院，曾纳粟得江西候补知县。名载民国《武平县志·
选举志》，事载武平北门《李氏族谱》。

游葛仙井吊忠定读书台①

夙②欣灵洞异，经岁③一徘徊。

疏略山灵笑④，登临我辈才⑤。

今看丹井在，何处葛仙⑥来。

俯仰残阳里，书台信古哉。

①葛仙井、忠定读书台（即李纲读书堂），均在武平灵洞山（西山）。
　详参本书李纲等人有关诗作及注释。

②夙：早。

③经岁：同"经年"，即一年或若干年。此句指多年才来一游灵洞山。

④疏略：疏忽、忽略。山灵：山神。《文选·班固〈东都赋〉》："山灵

护野，属御方神。"李善注："山灵，山神也。"林则徐《塞外杂咏》：
"我与山灵相对笑，满头晴雪共难消。"联系上联，此句应是说，我
多年才来西山，山神应该笑话我的疏忽不敬了。

⑤此句应即"我辈才登临"，如同唐孟浩然《与诸子登岘山》"江山留
  胜迹，我辈复登临"。

⑥葛仙：东晋著名炼丹家葛洪。

岁暮往西山（二首）

（一）

三年尘旅客，一笑款①禅关②。
佛子③疲仍卧，仙翁去不还。
相看生白发④，此意负青山。
桂树传千载，云深未可攀。

①款：敲，叩，如款门、款关而入。

②禅关：禅门。宋梅尧臣《会善寺》诗："琉璃开净界，薜荔启禅关。"

③佛子：佛门弟子，诗中指西山寺僧人。下句"仙翁"即东晋葛洪。

④相看：与青山相看，我已满头白发。李白《独坐敬亭山》诗有"相
  看两不厌，只有敬亭山"句。

（二）

寰中①纷俗虑，物外②散③游踪。
独鸟下寒碧④，孤丛凋晚红⑤。
吟情⑥流似水，禅意静于松。
去矣复回首，悠悠闻暮钟。

①寰中：宇内，天下。唐王勃《拜南郊颂序》："天下黎人，知四海之安乐；寰中殊域，奉三灵之康泰。"

②物外：世外，谓超脱于尘世之外。唐许玫《题雁塔》诗："暂放尘心游物外，六街钟鼓又催还。"

③散（sǎn）：潇洒，洒脱，逍遥。《世说新语·贤媛》："王夫人神情散朗，故有林下风气。"（按：王夫人，即东晋女诗人谢道韫，为王凝之的妻子。）

④寒碧：寒凉的碧空。

⑤晚红：岁末之花。南方暖燠，四时有花。

⑥吟情：诗情，宋赵师秀《秋色》诗："幽人爱秋色，只为属吟情。"

感　怀

素衣①寥落几经秋，断送②风尘半白头。

拙官还遭时俗忌，书生例受古今愁。

二三知己唯羊仲③，四十年华似马周④。

未死前途谁可料，邯郸枕上梦悠悠⑤。

①素衣：寒士之衣。

②断送：虚度时光。韩愈《游城南十六首·遣兴》："断送一生惟有酒，寻思百计不如闲。"

③羊仲：东汉隐士，与裘仲合称"二仲"，与归隐的兖州刺史蒋诩来往。汉赵岐《三辅决录》："蒋诩字符卿，舍中三迳，唯羊仲、裘仲从之游。二仲皆推廉逃名。"即蒋诩庭院中有三条小路，他只与羊仲、求仲二位隐士来往。"三径"后为隐士住所的代称。

④马周（601~648年）：唐太宗时名臣，博州茌平（今山东茌平县）人。《新唐书》列传第二十三有传，云："周善敷奏，机辩明锐，动中事会，裁处周密，时誉归之。帝每曰：'我暂不见周即思之。'"据

此传记载，马周少孤，嗜学，因家贫放浪不羁，为州里所鄙薄。贞观
五年（631 年），年三十一，因谏言有功得太宗赏识，此后一路腾达，
官至中书令（宰相）。按此记载及本诗前后诗意，"四十年华似马
周"，即言自己届中年，境遇仍如未腾达之前的马周。

⑤此句典出"一枕黄粱"。唐沈既济《枕中记》载，唐开元初，道士吕
翁在邯郸旅店中遇落魄卢生，用神仙术使其昼寝入梦。卢生在梦中历
尽富贵荣华，一觉醒来，店主黄粱饭尚未煮熟。

展　墓①

天摧地折一抔安，孤子②余生敢自残？
俯首墓门唯涕泪，侧身人世尚衣冠。
九原③起瞧④中⑤非热，千里归临鬓欲寒。
老母惧哀诸弟少，遗言在耳若为⑥宽。

①展墓：省视坟墓。《礼记·檀弓下》："吾闻之也，去国则哭于墓而后
　行，反其国不哭，展墓而入。"

②孤子：居父丧而母尚在者的自称。《幼学琼林·卷三·疾病死丧类》：
　"自谦父死曰孤子。"清赵翼《陔馀丛考·孤哀子》："今人父亡称孤
　子，母亡称哀子……孤哀之分称，实始于唐。"

③九原：本为山名，在今山西新绛县北。相传春秋时晋国卿大夫的墓地
　在此，后泛指墓地。唐韦庄《感怀》诗："四海故人尽，九原新
　冢多。"

④起瞧：其义待考，疑为"起醮"方叶律，其义为祭祀。

⑤中：内心。《史记·韩长孺列传》太史公称赞术士壶遂"深中隐厚"，
　即赞其内心廉正忠厚。

⑥若为：怎堪，怎能。唐王维《送杨少府贬郴州》："明到衡山与洞庭，
　若为秋月听猿声？"

登赣州城楼

八境①楼撑气岌嵬②，双流③水抱势潆洄。

山外夕阳天竺寺④，雨中春树郁孤台⑤。

古人往矣空题壁，今我因之⑥一举杯。

笑与游人同蚁垤⑦，十年负尔读书才。

①八境（楼）：在赣州城区西北贺兰山上，又名"八境台"，即诗题中的"赣州城楼"，始建于北宋嘉祐年间（1056~1063年），因郡守孔宗瀚筑台后绘制《虔州八境图》，以图求诗于苏轼作《虔州八境图》诗而得名。

②岌嵬（jí wéi）：高耸貌。本作"嵬岌"，为作诗协律（"岌"古为入声），调序为"岌嵬"。

③双流：即章水、贡水，分流赣州城西、东，在八境台前合流为赣江。

④天竺寺：始建于唐，原在赣州城东天竺山（今章贡区天竺山公园），位于贡水西滨，其景为赣州八景之"天竺晴岚"。后毁，今重建于贡水之东沿圳村。

⑤郁孤台：在赣州城区西北贺兰山上，始建于唐，因树木葱郁、山势孤独而得名。李渤、苏东坡、辛弃疾、岳飞、文天祥、王阳明、郭沫若等历代名人都曾于此留有诗词。其中辛弃疾名词《菩萨蛮·书江西造口壁》（中有"郁孤台下清江水，中间多少行人泪？"句），更使郁孤台名扬天下。

⑥因之：追随古人踪迹。因，沿袭。

⑦蚁垤（dié）：蚂蚁洞口的小土堆。葛洪《抱朴子·外篇·喻蔽》："蚁垤之巅，无扶桑之林。"

同杨氏昆季^①登昭王台^②题壁

纷纷虫鼠意何乖^③，扰扰鱼虾事可哀。

清白风推杨氏吏^④，昏黄今上楚王台。

我生最有离群感，旷代^⑤难为济世才。

他日东门摇策^⑥去，斜阳影里首重回。

①昆季：兄弟，长为昆，幼为季。北齐颜之推《颜氏家训·风操》：
"行路相逢，便定昆季；望年观貌，不择是非。"杨氏兄弟，其人
待考。

②昭王台：即下文"楚王台"。楚昭王（约前523～前489年），春秋时
期楚国国君、中兴之主。韩愈左迁潮州途中作有《题楚昭王庙》诗，
据考此楚昭王庙在今江西萍乡上栗县内。

③乖：乖谬。

④《后汉书·杨震传》载，东汉杨震为官公廉，不受私谒，子孙常素
食步行，老朋友劝其为子孙开办一些产业，杨震回答说："让我的后
代被称为清官子孙，把此清白家风留给他们，如此遗产不也很丰厚
吗！"（"使后世称为清白吏子孙，以此遗之，不亦厚乎！"）故杨氏有
"清白遗风"之祖训。

⑤旷代：久历年代。晋葛洪《抱朴子·时难》："高勋之臣，旷代
而一。"

⑥摇策：摇鞭、扬鞭。策，鞭。扬鞭而行，比喻得志。

呵　鼠

天下之事有如此，鼠辈欺人乃至是。

抉器翻书夜或然，胡^①为白昼逞厥技？

主人宦海号穷官，笥②无衣裳只图史③。

半盎一钵莱蔓菁④，折腰并少五斗米⑤。

我辈窘情殊可怜，天生窃性太无耻。

猖狂或穿墉上牙⑥，狼藉时湿蜜中矢⑦。

命俦啸侣⑧十百群，竟夕扰人四五起。

妻孥窃骂宾客愁，念欲杀之幺麽⑨耳。

去岁樊江⑩天降灾，郊原禾黍浸大水。

人无所得鼠何之，群鼠渡江竞含尾。

中有硕鼠硕且肥，老耗太仓⑪穴仓址。

十二生肖首地支⑫，大易⑬系辞⑭艮为止⑮。

主人之居环籍地⑯，水脉暗通茫泚泚。

已联蛙龟侣鱼虾，更噉⑰菱荷败菡萏。

天昏地黑连朝阴，族类逼人地密迩⑱。

口含黄稗⑲恣跳梁，身涵⑳文房吱登几㉑。

毛色若灰飙然奔，眼光如豆疾而驰。

主人仓皇归及门，倒置几乎啮冠履。

忿思食肉寝㉒其皮，狱具张汤付之理㉓。

宵分㉔有计脱囊中，眉公大笑黜而死㉕。

欲遣仆吏桀石投㉖，未丧转忌佳器毁㉗。

且邀邻翁伐木熏，未燔先虞㉘屋梁毁。

不二于物㉙古人云，何有乎我夫已矣㉚。

吁嗟鼠乎何足仇，鼠辈欺人曰尔尔㉛。

①胡：为何。

②笥（sì）：竹箱。

③图史：图书和史籍。清吴伟业《赠钱臣扆》诗："花萼一楼图史遍，
　竹梧三径管弦新。"

④盎：古代一种容器，腹大口小，客家音读如"āng"。菜蔓菁：菜即菜菔，又名萝卜、罗服。蔓菁，即芜菁，俗称大头菜。菜蔓菁应是将萝卜与大头菜混称，或即指蔓菁。

⑤此句反用陶潜"不为五斗米折腰"，即折腰尚不得五斗米。

⑥此句典出《诗经·召南·行露》"谁谓鼠无牙，何以穿我墉？"句。墉，墙也。

⑦蜜中矢：蜂蜜中的老鼠屎。矢，同"屎"。《三国志·吴书·三嗣主传》载"孙亮辨奸"事：孙亮欲食生梅，命黄门（宦官）到仓库取蜜浸渍生梅，所取之蜜有老鼠屎。宦官欲嫁祸于守仓官吏，孙亮即命人剖开老鼠屎，发现里面是干燥的，便说："如果老鼠屎原本就在蜜中，里外应当都湿。现在外面是湿的，里面是干的，一定是宦官后来放进去的！"宦官磕头认罪。

⑧命俦（chóu）啸侣：招呼同类一道从事某一活动。命、啸：呼引，呼唤。俦、侣：同伴。曹植《洛神赋》："众灵杂还，命俦啸侣。"

⑨幺麽（yāo mǒ）：亦作"么麽"，微不足道的人，小人。战国《鹖冠子·道端》："无道之君，任用么麽。"陆佃解："么，细人，俊雄之反。"

⑩樊江：应指村名，在今浙江绍兴市越城区皋埠镇，其地濒临萧曹运河、杭甬运河。南宋大诗人陆游（绍兴人）有《樊江观梅》《归次樊江》等诗。

⑪太仓：古代设在京城中的官府大谷仓。

⑫十二地支配十二生肖，子、鼠居第一位。

⑬大易：即《周易》，含"经""传"（《易经》《易传》）两部分。晋左思《魏都赋》："览《大易》与《春秋》，判殊隐而一致。"

⑭《系辞》：《易传》解释《易经》，由七篇文章构成，《系辞》是其一。

⑮艮为止：即"艮，为止"，出自《易传》之《象》和《说卦》，而非《系辞》，《象》曰："艮，止也。时止则止，时行则行，动静不失其时，其道光明。"艮，为《易经》八卦之一，亦为六十四卦之第五十

二卦。诗中运用"艮，为止"，大意是说"行止有时"是正道，而鼠（子）在十二地支中排序贵为第一，却行止无时，背道而驰。

⑯籍地：又作藉地，即"藉地而坐"，意思是屋子直接接地，比较低湿。

⑰噉（dàn）：同"啖"，吃。

⑱密迩（ěr）：贴近，靠近。《三国志》卷五四《吴书·鲁肃传》："边境密迩，百姓未附。"此句言老鼠成群逼近人居，与人争地。

⑲蓃稗（yí bài）：两种草名，似禾，实比谷小，亦可食。蓃，通"稊"。稗，客家话音读如"帕"（pà），即农田中的稗草。《孟子·告子上》："五谷者，种之美者也；苟为不熟，不如蓃稗。"

⑳溷（hùn）：同"混"，扰乱。

㉑吱登几：应指老鼠在桌椅上"吱吱"而叫。

㉒寝：睡，卧。

㉓张汤：西汉武帝时的酷吏，事载《史记》卷一二二《酷吏列传》、《汉书》卷五九《张汤传》。据载，张汤年少时，父亲任长安丞，出外，张汤作为儿子守护家舍。父亲回来后，发现家中肉被老鼠偷吃了，大怒，鞭笞张汤。张汤掘开鼠洞，抓住偷肉的老鼠并找到吃剩之肉，然后立案拷掠审讯这只老鼠，传布文书再审，彻底追查，并把老鼠和吃剩下的肉都取来，罪名确定，将老鼠在堂下处以磔刑。他的父亲看见后，把他审问老鼠的文辞取来看，其辞如同办案多年的老狱吏，大惊，于是让他书写治狱文书。理：法律。

㉔宵分：夜半。《宋书》卷二《武帝本纪中》："每永怀民瘼，宵分忘寝。"

㉕眉公，即苏轼，其为四川眉山人。苏轼为老鼠狡黠装死而大笑一事，载其《黠鼠赋》。据此文记载：苏子一日夜坐，有老鼠在咬东西。苏子拍击床板，声音就停了，但停了又响。苏子命童子拿蜡烛照床下，有个空袋子，老鼠咬东西的声音从里面发出。童子说："啊，这只老鼠被关住就不能离开了。"童子打开袋子看，里面什么声音也没有。举起蜡烛来搜索，发现袋中有一死老鼠，童子惊讶地说："老鼠刚才在叫，怎么突然死了呢？那刚才是何声音，难道是鬼吗？"童子把袋

子翻过来倒出老鼠，老鼠一落地就逃走了，就是再敏捷的人也措手不及。于是苏子为自己受老鼠叫声影响而分神，反思自己心思不专一，俯下身子笑了，仰起身子又醒悟了（"余俯而笑，仰而觉"）。

㉖揭：古同"揭"，举起。古代流传"重阳揭石"习俗，以互扔石块（内装五色豆之布包）象征驱赶瘟魔。此句"揭石投"，即用此典故，表示投揭石驱鼠。

㉗此句意同"投鼠忌器"。

㉘虞：忧虑。

㉙不二于物：即"为物不二"，意指以诚待万物，专一不二。出儒家经典《中庸》第十六章"天地之道，可一言而尽也。其为物不二，则其生物不测"句，其义为"天地的法则，简直可以用一个'诚'字来囊括：诚本身专一不二，所以生育万物有难测之妙"。本句是倒装句法，"不二于物古人云"即"古人云不二于物"。苏轼在《黠鼠赋》中，针对自己受鼠声影响而分心，假借有人批评他"不一于汝而二于物"（你是心不专一，而二心于外物），"此不一之患也"。

㉚此句是作者针对自己亦受老鼠影响，反思自己哪些地方做到了古人"不二于物"的教导，即也没有做到"不二于物"。全句同《论语》"何有于我哉"。已矣：叹词，有"罢了、算了"之意。《楚辞·离骚》："已矣哉！国无人莫我知兮。"

㉛尔尔：不过如此。

刘履成，清末民初武平县人，生平待考。

访忠定公读书堂遗址①

西山古迹今何有？忠定书堂传世久。
书堂湮灭名犹存，名与此山同不朽。
公以编修言水灾②，谪监沙税摄县来③。

是时汴京尚如故，不用公言竟南渡④。

公余至此葛仙访⑤，辟地数弓⑥罗碧嶂⑦。

更深夜静子规啼，远念中原独惆怅。

我来避俗访名山，宰相高风渺莫攀。

空谷生兰堪自赏，此身疑在水云间。

前贤遗迹殷勤览，一片荒基埋瓦砾。

岂必长分香火缘⑧，终胜老僧卓飞锡⑨。

①此诗及后一诗，均载民国《武平县志·艺文志》。忠定公，即宋李
　纲，谥号"忠定"，故称。有关李纲读书堂，参见本书李纲《读书
　堂》诗及有关注解。

②今人赵效宣《李天纪先生纲年谱长编》（1980 年台湾商务印书馆发
　行）载：李纲"重和元年，戊戌（1118）……十二月，差兼国史编
　修官。"《宋史·李纲传》载："宣和元年（按：1119 年），京师大
　水，纲上疏言阴气太盛，当以盗贼外患为忧。朝廷恶其言，谪监南剑
　州沙县税务。"

③《李天纪先生纲年谱长编》无李纲摄武平事（代理武平知县）之记，
　参见本书李纲《灵洞山》诗注解①。

④《宋史·李纲传》等载：北宋靖康元年（1126 年）二月，李纲组织
　开封守卫战获胜。金兵撤离，李纲却以"专主战议，丧师费财"罪
　名被贬。不久，金兵再次南下围攻开封。宋钦宗再度起用李纲，李纲
　从长沙率湖南勤王之师入援，未至而都城失守，北宋灭亡，宋室南
　渡，是为南宋。

⑤葛仙：即东晋道士、炼丹家葛洪，传说曾来武平。参见本书李纲《读
　书堂》诗及注释。葛仙访，即访葛仙。

⑥弓：旧时丈量土地的计量单位，一弓为五尺，三百六十弓为一里。

⑦罗碧嶂：查民国《武平县志·山川》等未载此山，应为武平西山中
　的一座山嶂。揆其客家话读音，俗名似为"萝卜嶂"。或是罗列碧嶂

之意，即青翠的山峦历历罗列。

⑧香火缘：燃香和灯火皆供佛，因此佛教称彼此意志相投为"香火因缘"。白居易《喜照密闲实四上人见过》诗："臭帑世界终须出，香火因缘久愿同。"

⑨老僧：应指北宋初卓锡武平南安岩的定光古佛。参见本书李纲《南安岩恭谒见定光圆应禅师二首》《读书堂》两诗及注释。全句是说，李纲读书堂虽已沦为瓦砾废墟，而他曾拜谒的"老僧卓飞锡"的均庆寺至今香火兴旺，但不必与之"长分香火缘"，因为读书堂的遗泽其实终胜一筹。

春日登白云山访义士岩①

行行山腰径渐仄，异草幽花惨春色。
景仰斯人上翠微，迭嶂层岩偶一识。
岩上发苔垂狰狞，岩下泉水流渹渹②。
当年勤王事未举，一心报国怀先生③。
至今白云山独峙，想像石室供栖止。
日啖凫卵当蕨薇④，□⑤风直与首阳比。
保持一发宁亡身，斯世休将汉仲瞋⑥。
求仁得仁又何怨，舍生始足全其真。
我来访古频搔首，云去岩空人不朽。
光华还我汉家山⑦，欲酹先生一杯酒。

①此诗赞颂明末武平遗民赖崧，有关事迹参见本书赖崧诗及有关诗作及注释。民国《武平县志》注此诗作于"民国五年"，即 1916 年。

②渹渹（pēng pēng）：大水相激声。柳宗元《晋问》："崩石之所转跃，大木之所擢拔，渹渹洞踏者，弥数千里，若万夫之斩伐。"

③原注："先生岩中诗有'举勤王事，空怀报国心'句。"本书所载赖

崧两诗并无此句，不详"举勤王事，空怀报国心"出于赖崧何诗。

④"蕨薇"及下句"首阳"，典出商末伯夷、叔齐兄弟耻食周粟，采薇
而食，饿死首阳山之事。

⑤此处缺一字，疑系"高"字。

⑥汉仲：即谢汉仲，杀害赖崧者。参见本书刘光第《白云山吊赖义士
崧》诗及注第24等。瞋：同"嗔"，怨怒。

⑦光华：光辉。汉家山：针对清统治而言，指汉人统治的山河。全句指
推翻满清统治，恢复中华汉家山。

现当代诗

熊秉廉，字慕夷，清末民初武平县高梧乡（今十方镇高梧村）人，宣统三年（1911年）贡生，宣统元年被选为福建省咨议局议员。名及诗文载民国《武平县志》之《选举志一》《选举志三》及《艺文志下》等。

白云山吊赖义士[①]

石室人何在，风高落日寒。
丹心留一片，千古白云端。

[①]此诗载民国《武平县志·艺文志》。赖义士，即武平县明遗民赖崧，有关注解参见本书赖崧诗。

王宗海（1868~1936年），字汉卿，武平县岩前大布村人。清光绪二十三年（1897年）拔贡，次年朝考一等，以七品小京官用，不久升主事。民国时期，1914年考取北洋政府第二届甲等知事，分发浙江署理龙泉县知事。仅四个月，丁内艰（遭母丧）归。复出后，委任署理浙江天台县知事，未到任。晚年居汕头，任广东东区绥靖公署咨议。性刚直豪迈，酷好诗，下笔立就。执笔为诗文，有目无古今、唯我独尊之概。民国25年（1936年）卒于汕头，年六十九。自撰墓联云："桑柘影前留履迹，梅花香里寄吟魂。"著有《是亦政斋诗抄》。民国《武平县志·文苑传》有传。

狮岩行[①]

我家北去六七里，不乏好山与好水。
就中狮岩景最奇，南天一柱盘空起。

玲珑岂必凿五丁②，结构难穷造化理。

脚迹平生半天下，秀拔果有谁得似？

酒痕襟上认杭州③，艳说风光绝绮靡④。

究赖白苏⑤两公相品题，始把西湖比西子⑥。

愧无前贤伟迹与盛名，顿使狮岩亦得流传，

九州万国震人耳。

泚笔叠赓⑦太史⑧诗，山灵应笑雕虫技⑨。

相对似怜双鬓衰，无限情怀杂悲喜。

猿鹤空山结侣迎，吾道不行归自是。

云气往来消息通，问讯不劳青鸟使⑩。

凌虚俯视众山低，卓然特立空旁倚。

磊磊落落真吾师，不然即拜为兄亦尔尔⑪。

到此留宿不愁饥，龙壁千年足石髓。

世上炎凉浑不知，镇日逍遥乐静止。

足健犹能上极巅，一声长哨青霄里。

吞吐烟韦⑫纵逸兴，沐浴日月浣尘滓⑬。

洞中倘许容留客，竹杖芒鞋从此始。

①狮岩：在今武平岩前镇灵岩村，位于王宗海故乡大布村之北。

②五丁：传说中的五位力士。北魏郦道元《水经注·沔水注》："秦惠
王欲伐蜀而不知道，作五石牛，以金置尾下，言能屎金，蜀王负力，
令五丁引之成道。"杜甫《桥陵诗三十韵因呈县内诸官》诗："即事
壮重险，论功超五丁。"

③此句化用白居易《故衫》诗"襟上杭州旧酒痕"句，是说衣衫上还
留有杭州喝酒的污渍，以此表达对杭州的怀念。

④绮靡：美好，艳丽。南朝梁江淹《水上神女赋》："绮靡菱盖，怅望
蕙枝。"唐韦纾《赋得风动万年枝》："参差摇翠色，绮靡舞晴空。"

⑤白苏：即白居易、苏轼。白居易曾任杭州刺史，苏轼曾任杭州知州。

⑥化用苏轼《饮湖上初晴后雨二首·其二》"欲把西湖比西子"句。

以上两句是说，正因有白居易、苏轼先后品题赞美杭州，如苏轼第一个把西湖比作西施，才使杭州之美更加扬名天下。

⑦沘（cǐ）笔：以笔蘸墨。

叠赓：应是"叠韵赓酬"的省称。叠韵：又作"迭韵"，指赋诗重用前韵。清袁枚《随园诗话》卷一："余作诗，雅不喜迭韵、和韵及用古人韵。"赓酬：谓以诗歌与人相赠答。王安石《题正觉相上人箨龙轩》诗："此地七贤谁笑傲，何时六逸自赓酬。"

⑧太史：即明清翰林。太史在三代为史官与历官之宅，朝廷大臣。后职位渐低，秦称太史令，汉属太常，掌天文历法。魏晋以后太史仅掌管推算历法。至明清两朝，修史之事由翰林院负责，故又称翰林为太史。原注："吾家寿山太史曾题壁上。"寿山太史，即王利亨，清广东程乡县（今梅县）松源人，以故里有闽粤名山王寿山且自姓王，而号"寿山"。嘉庆六年（1801年）进士，选翰林院庶吉士。曾任山西广灵知县、忻州知州，归家掌教潮州韩山书院。著有《琴籁阁诗钞》，以诗、书、画、印、琴名于当世。松源王氏与武平岩前王氏同宗。

⑨山灵：山神。雕虫技，谦称自己的诗文。

⑩青鸟：传说中西王母的使者。李商隐《无题》诗："蓬山此去无多路，青鸟殷勤为探看。"

⑪尔尔：应答之词，同"唯唯""是是"，表同意。此句是说狮岩磊落，堪拜为师，如不然拜其为兄也可以。

⑫烟韦：似是"烟霞"之误。

⑬尘滓（zǐ）：比喻世间烦琐的事务。唐李德裕《柂艋舟》诗："永日歌濯缨，超然谢尘滓。"

咏　怀①

官居②故人少，谁伴此翁衰③？

香山④有三友，琴酒并清诗。

酒余⑤素不嗜，琴更非所知。

三者择其一，唯诗较相宜。

岂敢夸能赋，念念常在兹。

干戈纷纭扰⑥，文士几逢时？

功名既失望，怀抱将安施？

芙蕖⑦出清水，天生绝世姿。

幽兰结延伫⑧，芳心空自持。

酒杯偶一借，聊以展愁眉。

歌声出金石，孤愤抒余悲。

牙排⑨千百家，少陵⑩真我师！

搜括古今变，宣泄天地微。

微流纳⑪大海，戞戞⑫铸伟词。

有时愤所切，却不涉偏私。

诗笔本史笔，直道留是非⑬。

纷纷论李杜，论定自微⑭之。

岂有村夫子，而能为此为⑮？

契□⑯异人任，舍我属其谁？

每饭存君国，芒鞋瘁⑰奔驰。

一身不自救，犹复念穷黎⑱。

此怀只自喻，俗士哪能窥？

萧条旷代异，漂荡各数奇⑲。

身世有同感，精神长相随。

胸愧无万卷，集腕供指麾^⑳。

虽欲出新意，总不出范围。

瓣香^㉑业^㉒有年，心摹更手追。

静思转入妙，貌合神终离。

经营镇日^㉓忙，兀坐^㉔魂如痴。

境界有时绝，天遣^㉕光山资^㉖。

深夜卧迭起，嬉笑一凭姬^㉗。

不知人间世，并忘寒与饥。

著作穷事业，恪守儒清规。

缘情慰寂寞，敢卜千秋垂?^㉘

剪红与刻翠^㉙，抱艳^㉚非我思。

翻盆施急手，骏马趁下陂。

何曾有雷雨，蛟螭起砚池。

顷刻尽数纸，工拙非所期^㉛。

思速词人病，安得相如迟^㉜?

诗成亟^㉝抄录，一日三促儿。

藉此聊送老，遑^㉞惜心血亏!

①此诗载民国《武平县志·艺文志》之"民国·王宗海《是亦政斋诗抄》"条。原文载该诗抄："皆民国后需次浙江之作……不愿请人作序，以自作《咏怀诗》弁首。"《咏怀诗》即此诗。

②官居：官吏的住宅，即王宗海在浙江任官时的居所。宋梅尧臣《通判遗新柳》诗："园柳发新荑，官居雪当壅。"有版本作"家居"，误。

③翁衰：王宗海居浙江时年约五十，称"衰"如同欧阳修《醉翁亭记》所称"太守与客来饮于此，饮少辄醉，而年又最高，故自号曰醉翁也"，北宋庆历五年（1045 年）欧阳修左迁滁州知州年仅三十九岁。

④香山：即唐朝大诗人白居易，其号"香山居士"。其《北窗三友》有

"今日北窗下，自问何所为。欣然得三友，三友者为谁。琴罢辄举酒，

酒罢辄吟诗"句。三友，即琴、酒、诗。

⑤余：我。全句是说我一向不喜饮酒。

⑥此句指当时国内南方以孙中山为代表的革命党人与北洋政府之间的战

争，如 1913 年革命党人发动的"二次革命"，1915 年蔡锷等为反袁

称帝发动的"护国战争"，等等；国际上则有"第一次世界大战"。

⑦芙蕖：荷花的别称，同"芙蓉"，李白有"清水出芙蓉"句。

⑧延伫：指久立，久留。《楚辞·离骚》："悔相道之不察兮，延伫乎吾

将反。"后引申为归隐。南朝宋沈约《赤松涧》诗："愿受金液方，

片言生羽翼。何时当来还，延伫青岩侧。"

⑨牙排：即牙牌，是一种由象牙或骨角制的记事签牌。此指作者家藏千

百家诗人的作品，卷轴或书册上都夹有象牙柄或骨柄的书签。结合下

句，要表达的是，在那么多古今诗人中，自己最崇敬和师心杜甫。或

"牙排"即"排列"之意。

⑩少陵：即杜甫，自号"少陵野老"。"少陵"本为地名，在西安市南

长安县。其地本是古杜伯国旧地，汉宣帝葬此，其墓因称"杜陵"。

宣帝许皇后的墓在附近，因规模小于帝陵，故称"少陵"（"少"者，

"小"也）。杜甫远祖系"京兆杜陵人"，他自己也在此地住过较长时

间，故自称"少陵野老"。

⑪纳：汇入。有版本作"归"。

⑫戛戛（jiá jiá）：形容独创，如"戛戛独造"。

⑬史笔：史官直言记载历史的笔法。唐岑参《佐郡思旧游》诗："史笔

众推直，谏书人莫窥。"直道：犹正道，指确当的道理、准则。

⑭微之：即唐代著名诗人元稹，其字微之。本句是指王宗海认为：李杜

高下优劣众说纷纭，元稹才作出公正的评判，后人视为定论。关于李

杜优劣之争，有扬李抑杜、扬杜抑李、李杜并重三派分歧。元稹是最

早持杜甫优于李白者也即扬杜抑李者，王宗海也持此论。

⑮此句有版本作"尚能有此为"。

⑯此处缺一字

⑰瘁（cuì）：劳累。《诗经·小雅·蓼莪》："生我劳瘁。"

⑱穷黎：贫苦百姓。

⑲数奇：指命运不好，遇事多不利。《汉书·李广传》："大将军阴受上指，以为李广数奇，毋令当单于，恐不得所欲。"颜师古注："言广命只不耦合也。"刘禹锡《赠尹果毅》诗："问我何自苦，可怜真数奇。"

⑳集腕：集于手腕。指：手指。麾：同"挥"。或"指麾"同"指挥"。此句意思是不能像杜甫那样读书破万卷，下笔如有神。读书不多，阅历不广，作诗时下笔就不能随心所欲，挥洒自如。

㉑瓣香：师承，敬仰。清洪亮吉《北江诗话》卷一："近来浙中诗人，皆瓣香厉鹗《樊榭山房集》。"

㉒业：已经。民国版作"葉"（叶），盖"業"（业）之误。这句说多年来崇敬杜甫，努力向他学习。

㉓镇日：整日。朱熹《邵武道中》诗："不惜容鬂凋，镇日长空饥。"

㉔兀坐：独自端坐。唐戴叔伦《晖上人独坐亭》诗："萧条心境外，兀坐独参禅。"

㉕天遣：上天使我，同"天罚"。

㉖山资：过隐居生活所需的费用。陆游《览镜有感》诗："阅世久应书鬼录，强颜那复乞山资。"

㉗姬：旧时称妾。民国《武平县志·艺文志》之"情界漫草"条载王宗海"（民国）二十四年在汕纳宠"。

㉘此句是说，这本诗集只是发于真情为着抚慰寂寞而作，哪敢奢望它能流传千年呢！垂：流传。

㉙同"剪红裁翠"，喻极力修饰辞藻。

㉚民国版作"胞艳"，误。这两句是说自己的诗作不喜欢剪红刻翠那种一味追求香艳浮靡的风格。与剪红刻翠相反的诗风是苏东坡和辛弃疾那种豪放雄健的风格。

㉛苏东坡《百步洪》诗有如下诗句描写水流之速："长洪斗落生跳波,轻舟南下如投梭。水师绝叫凫雁起,乱石一线争磋磨。有如兔走鹰隼落,骏马下注千丈坡。断弦离柱箭脱手,飞电过隙珠翻荷。四山眩转风掠耳,但见流沫生千涡。"后人常借用这些句子(或当中的部分句子)来形容诗思之神速。以上三句中的"翻盆施急手,骏马趁下陂""顷刻尽数纸"与苏诗同旨,强调"思速"。

㉜汉刘歆《西京杂记》载:"枚皋文章敏疾,长卿制作淹迟,皆尽一时之誉。""长卿"即司马相如之字。唐彭伉《寄妻》诗:"莫讶相如献赋迟,锦书谁道泪沾衣。"

㉝亟:同"急"。

㉞遑(huáng):不必,谈不上。

丘复(1874～1950年),上杭县蓝家渡(今蓝溪镇曹田村)人,以荷花生日(六月二十四)生,故原名馥,字果园,别号荷生,人称荷公,辛亥光复后更名为"复"。光绪二十三年(1897年)中举人,二十五年(1899年)秋于广东潮阳会晤丘逢甲,此后诗文唱和,交谊尤深。三十一年(1905年)创办上杭县师范传习所并任监督。宣统元年(1909年)受(广州)两广方言学堂监督丘逢甲之聘到堂任教。三年(1911年)参加南社。武昌起义后,于辛亥冬随丘逢甲任广东代表赴南京,参加组织中华民国临时政府。1912～1924年先后为福建省临时议会议员、正式议会议员、全国参议院候补议员、正式议员。1915～1937年长年客居潮汕,主持汀龙旅潮同乡会馆馆务、从事教育,期间1925～1926年受聘为广东私立嘉应大学文科教授,"七七"战事兴起后返里。1928年任《长汀县志》总纂;1936年任《上杭县志》总纂;1940年任《武平县志》总纂,次年事毕归里。1942年于老家蓝溪创办明强中学,并任校董兼校长。1950年冬病殁于念庐故居。著有《念庐诗集》6卷、《念庐诗稿》29卷、《念庐诗话》5卷、《念庐文存》6卷、《愿丰楼杂记》10卷、《南武赘谭》(85则)等,2013年汇为《丘复集》由福建人民出版社出版。整理校勘有《后汉书注校补》《杭川新风雅集》《天潮阁集》等古籍多种。其有关武平之诗歌，主要集中于《念庐诗稿》卷29《南武集》（部分载于《南武赘谭》，文字互有小异），作于1940年农历九月至次年农历六月总纂《武平县志》期间。

题武平张永明 《西北游草》①

万里遨游一卷诗，东南西北历边陲。

收将山海胸中富，写出烟云腕下奇。

梁野山高豪气钟，灵岩洞古访遗踪。

英年成就已如此，造极终登第一峰。

① 此诗载《丘复集》（2013 年版）卷二十二《倦还集》，作于 1939 年。张永明情况详参本书张永明《纪游诗》及注释。

香亭寄赠杖头资， 书此志感（二首）①

（一）

平生心迹故人知，念我穷居欠酒资。

从此杖头钱有著②，醒来随饮醉吟诗。

（二）

有酒酕然供软饱③，休论薪米价如何④。

开怀最是杯中物，抖擞精神得力多。

① 此诗载《丘复集》（2013 年版）卷二十二《倦还集》，作于 1940 年。香亭，即刘作华。其为武平岩前人，字香亭，号诗隐庐主，清附生，南社社员。1913 年当选福建省议会议员，与同为议员的丘复在榕共

事多年。民国修纂《武平县志》原定其为协纂之一，因事寓居广东梅口（松口）未返武平。详参下文丘复《春感》诗之四注①、《杂感》诗之一注①、之五注①、②。

杖头资：同"杖头钱"。刘义庆《世说新语·任诞》载：晋朝阮修常将铜钱挂在手杖顶端，手扶拐杖，步行至酒店，即以铜钱买酒畅饮。故后世以"杖头钱"代指沽酒之钱。陆游《闲游》诗之二："好事湖边卖酒家，杖头钱尽惯曾赊。"

②有著：即"有着"，有着落。

③软饱：谓饮酒。苏轼《发广州》诗："三杯软饱后，一枕黑甜馀。"自注："浙人谓饮酒为软饱。"

④原注："往年，西园议长有'薪米艰难况酒钱'之句，予曾次韵调之。"西园议长即莆田人林翰（1878～1925年），号西园，光绪二十八年（1902年）中举，民国2年（1913年）福建省议会正式成立，当选议长，有《山与楼诗集》。丘复曾为省议员，两人多酬唱。"予曾次韵调之"之诗，即《西园见示近作，有'薪米艰难况酒钱'之句，戏步其韵调之》，中有"君原小户辞杯酒（君不善饮），我正穷途欠杖钱"之句，诗载丘复《念庐诗稿》卷九，作于1923年。

游灵洞山（二首）①

（一）

出郊十里叩仙关，夹岸溪声渐入山。
一径穿云坡上下，六番渡矴②水弯环。
登高腰脚非夸健，垂老③身心不肯闲。
忆自诗题忠定④后，遍传名胜播人间。

①此诗至《武平归途》（即除最后二首《挽林系文同年》《题王汉卿同

年诗卷》外），均选自《丘复集》卷二十三《南武集》，系荷公于1940 年夏至 1941 年夏任《武平县志》总纂时所作。本诗原题作《偕武平县长宛沛然方舟、协纂谢丽滨伯镕、林系文绂庭、邑子陈奋飞、郭翼群游灵洞山》，亦载《南武赘谭·五》，并云："余尝与宛县长，谢、林二协纂，邑子陈奋飞、郭翼群游兹山。初入洞口中，树影溪声，恍惚桃源仙界。"

宛方舟，湖南新宁县人，民国《武平县志·职官志》载：县长宛方舟"湖南人，（民国）二十八年省委"。谢、林生平参阅本书其诗作部分。陈奋飞、郭翼群，上杭县人，民国《上杭县志·选举志下·师范》载陈奋飞毕业于"集美高师文科"。

②砅（lì）：踏着石磴渡水。

③1940 年丘复 67 岁，故谓"垂老"。

④忠定：即宋名相李纲，谥号"忠定"。其与武平事，参阅本书所录其诗《灵洞山》《读书堂》及注释，《南武赘谭·五》云此两首所谓李纲诗"《忠定集》余未见"。

（二）

仙去已墟天福院①，公余何处读书堂？
人呼山贼偕游谢②，世惯争墩旧姓王③。
一壑一丘吾欲老，所闻所见迹多荒④。
洞迷卅六⑤尘封久，细雨催归暮色苍。

①宋《临汀志》之《古迹》载武平灵洞山有葛仙翁炼丹井，《寺观》载武平灵洞天福院，"丞相李公纲道南访此，为之立记"。葛仙翁即晋炼丹家、道士葛洪。墟：成为废墟。民国《武平县志·古迹·寺观》载灵洞天竺院（即天福院）已"蔓草荒烟，故址已不可考矣"。

②《南史》卷十九《谢灵运传》载：谢灵运"寻山陟岭，必造幽峻，岩嶂数十重，莫不备尽登蹑"，"尝自始宁南山伐木开径，直至临海，

从者数百。临海太守王琇惊骇，谓为'山贼'"。荷公引用谢灵运此典有赞美同行的谢伯镕之意。

③争墩：东晋谢安的表字（安石）与宋朝王安石的名正好相同，后来王安石退居金陵，买的宅院正好在谢安的府邸旧址，宅内有以谢安命名的"谢公墩"。王安石于是戏作诗道："我名公字偶相同，我屋公墩在眼中。公去我来墩属我，不应墩姓尚随公。"时人评曰："与死人争地。"据《南武赘谭·五》载，灵洞山"仅有屋宇数间，中祀木偶。左旁横屋，其上祀王氏木主，据称系王氏私业"，故荷公此诗委婉批评王氏对灵洞山有"争墩"之嫌。

④《南武赘谭·五》载灵洞山所谓古迹"渺无遗迹"。

⑤宋《临汀志·山川》载灵洞山"大洞三十六，小洞二十八"，《南武赘谭·五》称登灵洞山"无大风景"，"所谓'大洞三十六，小洞二十八'，直欺人语"。

访明邑令巢公墓①

全城扫穴建殊勋，去后关心尚考文②。
健笔当年传烈魄③，循声隔代颂神君④。
桐乡魂欲依朱邑⑤，浚县祠疑画陆云⑥。
斜日竹园山下路，荒凉五尺吊孤坟⑦。

①此诗《南武集》原题作《偕沛然、丽滨、系文访明邑令巢公墓》，亦载《南武赘谭·四》。原文有序："公名之梁，有守城平寇功，迁秩去，在郡邸纂武邑志。墓在翔凤桥南公路左。"巢之梁，明末常州府武进县举人，康熙《武平县志·官师志》载："巢之梁，武进人，天启间以乡荐宰邑事。爱民礼士，值寇逼城，捍御有功。纂修县志，民歌思焉。"

②考文：原指考订古籍文字，诗中即指巢之梁"迁秩去，在（汀州）郡邸纂武邑志"。

③原诗有注：巢之梁"请祀死事廖希颜忠烈祠，旌表童日奎妻、舒烈妇"。

④循声：为官有循良之声。神君：对贤明长官的尊称。典出《晋书·良吏传·乔智明传》，其载西晋乔智明任隆虑县、共县二县县令，二县人民爱戴他，称其"神君"。

⑤《汉书·循吏传第五十九·朱邑传》载：西汉庐江舒县人朱邑，年轻时任舒县桐乡（今安徽省桐城市）啬夫，他廉洁公正，待人宽容，抚问老人孤寡，深爱吏民敬爱。后官至大司农。病逝前他交代儿子："我故为桐乡吏，其民爱我，必葬我桐乡。后世子孙奉尝我，不如桐乡民。"及死，其子葬之桐乡西郭外。民果共为朱邑起冢立祠，岁时祠祭，至今不绝。朱邑墓今仍在桐城市范岗镇朱公村。

⑥浚县在今河南鹤壁市。与陆云相关者实为浚仪县，此县置于西汉，治今开封市。《晋书》卷五十四《陆云传》载：晋文学家陆云曾任浚仪县令，该县居于都会要冲，号称难治。陆云到任后严肃恭敬，下属不能欺骗他，市场没有两样价格。有个人被杀，主犯的罪名不成立，陆云拘留死者的妻子却不审问。十多天后放出去，暗地里让人跟随其后，并对跟随的人说："她离开不出十里，如有男子等着跟她说话，便把他们捆缚来见。"而后果真如此。一审问这人就服罪，说："我与这个女人私通，共同谋杀了她丈夫，听说这女的放出来，要跟她讲话，怕离县府近，让人发现，所以远远地等着她。"于是一县称颂他神明。郡守忌妒他的才能，多次谴责他，陆云便辞官。百姓追念他，绘出他的像，置于县社与土地神相配享受祭祀。

疑：古同"拟"，比拟。与上句"欲"对仗。

⑦《南武赘谭·四》载："明知县巢之梁在（武平）城南里许竹园山墓，碑书'清光绪中重修'，坟小草封，殊为不称，疑后人思其德而立虚坟耳。"

闻李、 魏二县尹皆有遗墓①

魏令曾为吾县尹，李君名字志歧分②。
筑城迁署绸缪豫③，兴乐明伦作育勤④。
未免偏枯循吏传⑤，至今同拜故侯坟。
得闲拟再披荆访，旧部闻皆有子孙。

①此诗《南武集》原题作《闻元代李、魏二县尹皆有遗墓，子孙占籍焉，他日将并访之》，亦载《南武赘谭·三》，其云："元二县尹皆有墓在武，一为魏侃夫，一为李实，子孙皆居于武。《职官志》（李）实误列魏后，（李）实字伯英，大德七年来。宋季之乱，入元二十余年，弦诵寥寥，（李）实作兴之。《府志·职官》分李实、李伯英为二人，《名宦》则云（李）实字伯英，均误。府教授林大化《修学宫记》可证也。后人居东山下、岸塘等处。据其氏族稿，在任十三年，以官为家，后人即宅立祠，墓在西门外红紫家。余因访明知县巢之梁墓，拟暇日再访二县尹墓，先纪以诗。"

②即注①中县志、府志对李实的名、字等记载分歧不同。

③原诗注"魏尹侃夫事"。据武平民间传说，魏侃夫于元末动乱中重建县治，又在刘坊（今万安镇）筑土堡保民，入明，被诬私造王城，受剥皮酷刑而死，至今人称"剥皮公爹"。绸缪：原指紧密缠缚貌。《诗经·唐风·绸缪》："绸缪束薪，三星在天。"后用"未雨绸缪"（未下雨前，先缠缚好即修好房屋门窗），比喻提前做好准备或预防。豫：同"预"，预防。

④原诗注"李尹事"。康熙《武平县志·官师志》载元武平县尹"李实，字伯英，汴人。令武平，平易近民。时邑制草创，学舍颓圮，士弦诵久辍。实捐俸修茸，加意作兴，事载学碑"。

⑤原诗注："府、县志有李传，无魏。"盖因魏为明廷处死，故无传。

题《明季赖义士崧遗诗事略辑存》①

夷齐创逸民②，义不食周粟。

饿死首阳山，幸不遭杀戮。

哀哉赖先生，志欲追芳躅③。

身为明诸生，时值明社屋④。

故国虽已非，不忍事异族。

弃家遁白云，采薇不盈掬⑤。

偕隐二舒凫，生卵日充腹。

物能解人意，依依不出麓。

嗟人⑥不如物，献媚甘肆毒。

断脰⑦志早决，惟头不可秃。

小人妄为恶，志士成仁速。

一死虽不同，大节媲孤竹⑧。

迄今读遗诗，就义筹之熟⑨。

峨峨白云山，高风千载肃⑩。

①此诗亦载《南武赘谭·十五》，赖崧事及有关典故，参阅本书其诗作
　及注释。《南武赘谭·十五》有云："高梧白云山明义士赖崧"，"余
　屡过高梧，未登此山。（民国）二十九年以修志寓武平，义士族裔鸿
　音印刷遗诗、事略辑存，为题一诗。"据此，则白云山在今武平十方
　镇高梧村。

②商末伯夷、叔齐，事载《史记》"列传第一"，是史载最早的逸民
　（亡国后的隐居之士）。创：开创。

③芳躅（zhú）：前贤的踪迹。

④明社：明朝。社，社稷，旧时用作国家的代称。屋：止（由屋为停息
　之所引申而来）。社屋，即朝廷倾覆之意。

⑤盈掬：亦作"盈匊"，满捧，两手合捧曰"匊"。《诗经·唐风·椒聊》："椒聊之实，蕃衍盈匊。"

⑥即杀害赖崧的乡黠谢汉仲。

⑦断脰（dòu）：断颈。西汉刘向《战国策·楚策一》："有断脰决腹，一瞑而万世不视，不知所益，以忧社稷者。"断脰决腹，即杀头剖腹，形容惨烈的死难。

⑧伯夷、叔齐为商孤竹国（在今冀东）国君之子。

⑨此句意思是说，读赖崧遗诗，可知他早就决计为国就义。筹之熟，即考虑很早很成熟。

⑩肃：恭敬，即令人肃然起敬。

游古山寺（四首）①

（一）

山林嫌寂市嫌嚣，山寺离城四里遥。
一水北来虹影落，门前正对马鞍桥②。

①民国《武平县志·古迹志》之《寺观》载："古山寺，县东五里。旧志载'明洪武间主簿虞仲彝创，名古木堂。嘉靖癸巳，寿民钟岳、陈仁政、曾仕忠等修'云云，但不知何时易以今名。此寺久毁，民国二十余年民众重建，仍名古山寺。"《故宅》又载："古木堂，县东五里，明洪武间主簿虞仲彝建。按：当时是否祀佛，今不可考，疑据忠定诗'南岩木古'句名堂。后人改为古山寺，故旧志入之祠庙矣。"旧志即康熙《武平县志》。此诗亦载《南武赘谭·七十八》，并云："古山寺，志载：'明洪武间，主簿虞仲彝建。名古木堂。'疑本摘李忠定公《读书堂》诗'南岩木古佛同居'之意而名，不知何时改为古山寺。余《游古山寺》诗云：……"

②马鞍桥：民国《武平县志·交通志》载，原在"县东二里"，民国5

年（1916年）募建石桥改于县东三里，邑人陈仲东为之记，石碑树于桥畔。此桥仍在今武平县城郊七坊村，上句"一水"即平川河，"虹"喻此桥。

（二）

登陟无须换屐忙，人嫌浅露欠深藏。

谁知吏隐[①]非禅悦[②]，五百年前古木堂[③]。

①吏隐：谓不以利禄萦心，虽居官而犹如隐者。唐宋之问《蓝田山庄》诗："宦游非吏隐，心事好幽偏。"宋王禹偁《游虎丘》诗："我今方吏隐，心在云水间。"本诗"吏隐"，当称李纲等居官犹隐者，据传其所作《读书堂》诗有"南岩木古佛同居""公余问佛寻仙了"句。

②禅悦：佛教语，谓入于禅定，使心神怡悦。《维摩诘经·方便品》："虽服宝饰，而以相好严身；虽复饮食，而以禅悦为味。"

③原诗注："志载：明洪武间，主簿虞仲彝建，名古木堂。"

（三）

寻碑野寺不辞艰，灵洞山前访古山。

两袖清风犹昨日，前人信比后人悭[①]。

①悭（qiān）：吝啬。此句原诗注："两山皆无一古碑。"

（四）

山右[①]何人埋骨处，不僧不俗惹人嗤。

颇闻道行清修谨[②]，为笑沙门好怪奇[③]。

①山右：山之西侧。

②《南武赘谭·七十八》此句后注："闻主持人某，家尚殷裕，摆除尘

俗，一志清修，人无闲言云。"

③沙门：梵语音译，指出家的佛教徒的总称，也指佛门。此句应指寺中主持有喜欢奇怪事物的癖好。

醉后散步大斗山（二首）①

（一）

大斗山村力穑民，五十三户少寒贫。

千金为建平安醮，食罢禾虫更赛神②。

①此诗亦载《南武赘谭·十五》，其文曰："武人迷信，迎神建醮无虚日。梁野山定光佛像有三，太平山天后像无日在庙，迎神者必预订期，到一处极少须送庙祝三十元。往往送神未至山，半路已为他村迎去。香火之盛，无逾此者。二十九年，余至武，值害虫伤稼之后，迎神往来箫鼓不辍。余醉后散步大斗山，有诗云：……"从诗题"醉后散步"推测，大斗山当在县城附近。

②赛神：设祭酬神。唐张籍《江村行》："一年耕种长苦辛，田熟家家将赛神。"

（二）

箫鼓①村村报赛②忙，上迎下接遍山乡。

禾虫一起农民苦，只饱神前庙祝③囊。

①箫鼓：箫与鼓，泛指乐奏。陆游《游山西村》："箫鼓追随春社近，衣冠简朴古风存。"

②报赛：古时农事完毕后举行谢神的祭祀。唐王建《赛神曲》："但愿牛羊满家宅，十月报赛南山神。"

③庙祝：寺庙里管香火的人。

游万安镇途中杂诗（八首）①

（一）

行人如织乐熙熙，妇孺提携趁会期②。

逐队也偕来访古，万安城外魏公③祠。

①万安：今为镇，镇政府（下镇）在武平县城北约3.5公里。此诗亦载《南武赘谭·二》，并云：（武平）"别有万安镇城。元季魏侃夫任县尹，其可考见者修筑县城、迁改县署。值鼎革，卜居城北七里之刘坊。土匪海元子滋扰，倡民筑土城，名其地曰'万安村'。俗传侃夫因筑土城遭刑祸。而魏姓《氏族稿》则云，明代世袭某职、传几代，皆不足信。居民思遗爱，立庙城北，塑像以祀。旧正二十六日诞辰，往时演剧庆祝，香火甚盛。有墓在城南十里，曰'关刀亭'，岩前魏氏即其后。其城暴动时驻军，曾经修葺，今城内居民不多，建筑小学，规模颇弘大，工程未竣。祠在城北，遗像髯修而黑手执一剑。谢协纂丽滨伯镕为其乡人，余尝偕游其乡，有诗……"

②会期：原指会合的日期。《左传·襄公五年》："使鲁、卫先会吴，且告会期。"诗中应指魏公庙庙会。据注①，即农历正月二十六日魏侃夫诞辰日。

③魏公：元武平县尹魏侃夫。

（二）

周遭犹见旧城坚，老树婆娑六百年①。

解组为民筹保障②，至今人颂使君③贤。

①原诗注:"古枫一株甚大,相传魏县尹筑城时所植。"魏侃夫于元末
　明初任县尹,至荷公访其祠时已600余年。
②解组:解绶,辞官。此句述魏侃夫辞官在万安筑城保民事。民国《武
　平县志·祠祀志》"魏公庙"条载:"公罢用后,因原籍兵燹,苦不
　得归,移离城七里之刘坊镇家焉。时邻境盗贼窃发,道路充斥。公筑
　土堡聚守,环居而亘卫,风鹤之警以息,因改地名为'万安镇'。"
③使君:原指尊称奉天子之命、出使四方的使者,汉代称呼太守刺史,
　汉以后用作对州县长官的尊称。这里是对魏侃夫的尊称。

(三)^①

合儒释道太汗漫^②,宣圣^③居然坐醮坛。
怪诞莫轻嗤向栩^④,争传却敌孝经团^⑤。

①此诗亦载《南武赘谭·三十八》。
②汗漫:漫无标准,不着边际。此句批评将儒、释(佛)、道三家偶像
　合祀的现象。其实,此为儒释道"三教合一"观的体现。《南武赘
　谭·三十八》云:"武邑至今有孝经团,于释、道外别树一帜,亦画
　咒念咒,为人建醮,能上刀山剑树。余游万安镇访元县尹魏公祠,适
　值建所谓'三教醮'者,有诗云……"
③宣圣:汉平帝元始元年(公元1年)谥孔子为"褒成宣公",此后历
　代王朝皆尊孔子为圣人,诗文中多称为"宣圣"。
④向栩:《后汉书》卷八十一《独行·向栩传》载,东汉末年向栩,
　"少为书生,性卓诡不伦"。后为侍中,正逢张角黄巾军纵横,向栩
　上奏,很是讥讽同僚无能,说不必派兵镇压,只要派一个将领到黄河
　岸上朝着北面朗诵《孝经》,贼自然就消灭了。宦官张让向皇帝进谗
　说,向栩不让国家出兵镇贼,怀疑与张角同一条心,想做内应。向栩
　因此被送进黄门北寺狱,遭杀。
⑤原诗注:"武邑旧有孝经团,清咸丰八年红巾起事入城,一夜各乡皆

传神语'速赴义'，贼闻退走。所谓孝经者，乃世传《文昌孝经》。"
红巾入城，即太平军中的花旗军入武平城。《文昌孝经》系道家经典，托文昌帝君之口，劝导世人尽孝。

（四）

矮屋茅茨十笏遗①，荒唐神话探花祠②。

萧条香火灵安在？委巷③沉迷信地师④。

①笏（hù）：即古代大臣上朝所执用于记事的笏板。此句应谓探花祠地狭仅如"十笏"之大。如山东维坊有清末所建"十笏园"，因其地小如"十个笏板"，故名。

②原诗注："相传有人左手执炭右执花，日坐其间。去后哄传'葬此可出探花'，方音读'探'与'炭'同，争思得之，遂合建一祠，呼'探花祠'云。"

③委巷：委曲之巷，谓僻陋曲折的小巷，借指民间。《礼记·檀弓上》："小功不为位也者，是委巷之礼也。"郑玄注："委巷，犹街里，委曲所为也。"

④地师：风水地理先生。

（五）①

何屯冈以姓为名，武艺军传细柳营②。

近事百年难考信，况教千载说荒城。

①此诗亦载《南武赘谭·五》，其论"何屯营"云："出（武平县）东门绕北行约三里，有村名曰'亭里'。居民二三十家，姓氏五六，右为往万安镇孔道，南安溪流其左，地势略高，为一小冈阜。东头尚遗墙址，昔为店肆，今倒废无余。地颇宽敞，疑即何屯营故址。人称'屯里'而讹为'亭里'。"

②原诗注："志载：'五代时有何统军使部武艺军屯县东五里，筑城周二里。城址犹存，有庵曰屯营庵。'今无可考，或曰即今之'屯里'，居民刘、谢二姓。"宋《临汀志·古迹》载武平屯营庵，为康熙《武平县志》等移录。

细柳营：西汉名将周亚夫驻扎在细柳（在今陕西咸阳市西南）的部队。《史记·绛侯周勃世家》载："以河内守（周）亚夫为将军，军细柳以备胡。"

(六)①

平桥翠柳景消磨②，曾比秦淮窄窄河③。

谁识道旁田上下，销金歌舞旧行窝④。

①此诗亦载《南武赘谭·五》。原诗有注："'平桥翠柳'为旧八景之一，在屯里。之前仅一小涧，以略彴（注者按：独木桥）度之。相传明王文成（注者按：即王守仁）塞河子口以前，盐船达太平桥，在此设馆运赣。歌妓丛集，笙箫彻夜，商务繁盛。"《南武赘谭·五》载此据"谢协纂（伯镕）云"。

②消磨：消减，消退。

③秦淮河是长江下游南岸南京市境内的小支流，横贯南京城，入长江。因流经南京城，极负盛名，以夫子庙秦淮风光带为最。

④行窝：典出《宋史》卷四百二十七《道学列传一·邵雍》载：北宋著名理学家邵雍初居洛阳时，虽然日子穷苦却怡然自乐。前宰相富弼、司马光、著名诗词家吕公著等退居洛阳，敬重邵雍，常与之游，并为邵雍置办了接近都市的带园地的住宅。邵雍从此过上自足生活，为自宅起名为"安乐窝"，并自号为"安乐先生"。春秋时节，邵雍常出城游历，随性而行。有热心人仿照邵雍"安乐窝"样式新建别苑，等候邵雍的光临，并取名叫"行窝"。后因以"行窝"指可以小住的安适之所。

（七）^①

梁野山高在望中，何当健步上凌空。

杖端挂得嶙峋石，添出峰头二老翁^②。

①此诗亦载《南武赘谭·六》，其文云："志局初赁东城内钟氏文广居楼上。凭栏一望，天马山峙其前，梁野山耸其左，山顶迤南稍下有一石峰，高大数丈，远如老翁然。俗传定光佛以锡杖挑之置此。志载：'山在县东三十五里，险峻迭出，绝顶有白莲池。昔时乡民采茗，误至一岩，见门垂龙须草，蒙披而入，内有佛像、经帙、钟磬，幢盖如新，再往而路迷矣。唐开元中，福僧持铁钵驻三峰。大历中，僧灵悟驻此。自后岩遂芜。其顶有古母石，大数丈，一石载之，登者见百里。'固未尝言及定光佛所谓以杖挑之置此。齐东之语，令人失笑！余有诗云……"

②此联应指传说定光佛以锡杖挑石上梁野山，安置峰头，佛与石俨然如"峰头＝老翁"。又，揣摩此联诗意，也可能有借旧典言新事之意，即形容自己与同行另一老者（可能就是《武平县志》协纂、万安人谢丽滨）杖履而上，立于峰头，故谓"添出峰头二老翁"。

（八）

闻道城中报警钟，防空四散乱飞蜂^①。

兹游恰似先几^②去，七里山乡得缓冲。

①抗日战争时期，日机多次飞临闽西投弹轰炸，造成平民死亡，其罪罄竹难书。据1993年版《武平县志·大事记》载：1939年6月25日，日机9架轰炸县城，投弹40余枚，炸死17人，炸伤13人，炸毁民房193间。1942年8月，日机再次轰炸武平城。

②先几：预先洞知细微。

登北门山①

步上北门山，城门在肩脊。

左臂弯下垂，山麓东门辟。

中干如挺胸，隐隐西门隔。

腕下一壑深，人家在肘腋②。

陇西聚族居，烟稠户数百③。

近忘城市嚣，远胜山村僻。

我欲登城楼，凭吊一场剧④。

楼梯缺不全，楼板朽半坼⑤。

趑趄不敢前，怅望足踟蹰⑥。

颇闻七纪⑦前，烽火敌氛迫。

城下如蚁屯，蹈瑕⑧乘其隙。

一跃从此登，汹涌张潮汐。

下令遂屠城，十九遭杀磔⑨。

横尸满街衢，流血肉狼藉。

臭秽不可居，虎狼远辟易⑩。

凄凄古战场，无处寻陈迹。

言者人人殊，记载渺方策⑪。

近事且传疑，千载何由核？

同行有刘生，为我谈咫尺⑫。

忽忽二十年⑬，复值黄杨厄⑭。

一片瓦砾场，道是女媭⑮宅。

当年旧世家，一炬销金碧。

世变叹苍黄⑯，使我感今昔。

四顾天茫茫，局促跬步⑰窄。

①此诗亦载《南武赘谭·三十六》，有记云："咸丰丁巳之役，民间相
传，太平军自上杭退出，前锋已至石崀岭，因开门迎接乃折回。初仅
杀衣冠迎接之人，后于县衙搜出顶盖连发一篓，盖陈知县拿获长毛皆
削其脑盖并发积存之，将以献功。首见之，遂下令屠城。尸骸狼藉，
臭秽不堪，乃引向石崀岭而去。死后得陈知县尸于北门李祠门外塘
中，是事急投水而死也。陈友元《纪事》则云被杀，而李邦达代某
撰挽词讳城人迎降之迹，云：'敌营北门外，攻围连日，夜值大雨，
守者炮火不能施，遂攀城而入。'邦达别有《丁巳陷城纪略》，既佚，
官样文章，大致必相同。时未得陈友元《纪事》，故于《大事志》、
《名宦传》皆约略云之，以无所据证，不敢凭传闻之言而折邦达之
说。特于《登北门山》诗微示其意。"北门山，在武平县城北门后，
康熙《武平县志·建置志》载武平县城"丽谯四：曰北高，曰南平，
曰迎春，曰秋成"。北门，即北高门。

②肘腋（zhǒu yè）：胳膊肘儿和腋窝，本诗喻武平北门山窝。以上四句
以人之部位，喻武平县城门及北门山下人家之布局。即北门建于山
上，如居肩脊，故名"北高山"；东门在山之东麓，如居左（东）
臂；山中部如挺胸，将西门隔开，即西门建于山之西麓；深壑如在腕
下，人家则如居于肘腋。

③李氏堂号（郡望）陇西（旧陇西郡，治在今甘肃天水），武平城北
（北门坊）居李氏。《南武赘谭·六十一》载："北门李氏，支派甚
繁，以城北一派为最，人口逾万。"

④剧：即咸丰七年丁巳（1857年）太平军屠武平城之惨剧。

⑤坼（chè）：裂缝。

⑥趑趄（zī jū）：犹豫不前。踧踖（cù jí）：徘徊不进貌。司马光《上皇
太后疏》："彷徨而不自安，踧踖而不敢进。"

⑦七纪：八十四年。咸丰七年（1857年）太平军入武平城，至本诗写
作的1940年恰84年。一纪：十二年。

⑧蹈瑕：利用过失。《史记·淮南衡山列传》："高皇始于丰沛，一倡天

下不期而响应者不可胜数也。此所谓蹈瑕候闲，因秦之亡而动者也。"
诗中"蹈瑕"即指太平军利用武平城中人迎降过失而进城。

⑨十九：十分之九。杀磔（zhé）：屠杀。

⑩辟易：退避，避开。《史记·项羽本纪》："项王瞋目而叱之，赤泉侯
　　人马俱惊，辟易数里。"

⑪方策：史册、典籍。此句指对咸丰七年太平军入武平县城事，众说纷
　　纭，如李邦达、陈友元所记都不尽相同，各种史册隐而不书。

⑫刘生：即刘抟九，时为武平志局干事。民国《武平县志·选举志》
　　载："刘抟九，汀州中学毕业，潮惠师管区第三组组长，铨叙上尉。"
　　《南武赘谭·四十七》载："武志《氏族》较杭志《氏族》为详。杭
　　《氏族志》由华分纂其志，主编专由口询。武志《氏族》则刘干事抟
　　九负其责，一再致书各乡、各姓，并登报征求，故于迁徙之源流，传
　　世之远近，户口之多寡，以及今昔之盛衰，颇为详核。"
　　咫尺：当前事。所谈内容，《南武赘谭·三十六》载："同游刘生抟
　　九，任志局干事，言护法军兴，地方不靖，其姐适李氏，固巨室，颇
　　极仓灾，付之炬。其先有李作东者，弱冠捐职同知，分发广西。道光
　　末年，历署河池、那地二州，寻授西隆州。太平军兴，全桂鼎沸，仕
　　宦视为畏途。南丹缺人，大吏以其英干，檄之兼理。敌氛逼近，一夕
　　数惊，幕友皆劝暂避。不听，幕友皆散。乃作家书以死自誓。咸丰九
　　年，南丹城陷，死焉，年仅三十。敌钦其节，为之殡殓。篷室（注者
　　按：即小妾）王氏目击死事状，以故乡道梗，不得归，返湖南外氏，
　　致书告于家。后三十余年，孙恂如绕湘入桂，跋涉经年，负骨归葬。
　　明年恂如亦卒，年未三十。可谓祖死忠、孙死孝矣！"

⑬此句《南武赘谭·三十六》作"忽忽十年前"，据刘抟九所言"护法军
　　兴"，当是述二十年前事。民国《武平县志·大事记》载：1918 年护法
　　军与粤军许崇智至蕉岭，邑人蓝玉田、钟大辉起民军响应。驻闽北洋
　　军王克悌率兵入驻县立小学校，枪杀校长钟文。至 1926 年北伐军入闽，
　　北洋军曹万顺部归顺国民革命军，期间武平因南北之争而雪上加霜、

民不聊生。荷公作有《烈士钟文传》，载《南武赘谭·五十九》。

⑭黄杨厄：即"黄杨厄闰"之省称，旧时传说，黄杨木难长，遇到闰年，非但不长，反而会缩短，比喻境遇困难。苏轼《监洞霄宫俞康直郎中所居四咏》："园中草木春无数，只有黄杨厄闰年。"句中指护法军、北洋军"南北之争"给武平人民生活带来的痛苦。

⑮女嬃（xū）：屈原之姐，《离骚》："女嬃之婵媛兮，申申其詈予。"《水经注·江水》引袁山松曰："屈原有贤姊，闻原放逐，亦来归，喻令自宽全，乡人冀其见从，因名曰秭归。"据上注⑫，本诗借指刘抟九之姐。

⑯苍黄：素丝染色，可以染成青（苍）的，也可以染成黄的，比喻事物的变化。语出《墨子·所染》："染于苍则苍，染于黄则黄；所入者变，其色亦变。"

⑰跬（kuǐ）步：半步。《荀子·劝学》："故不积跬步，无以至千里。"

过县废署①

卅六年前②此地来，闲云孤鹤暂徘徊。
旧游历历惊残梦，浩劫重重剩烬灰。
雨夜篝灯③经校艺④，端阳蒲酒记衔杯⑤。
剧场罢后弦歌改，伫有重新建设才。

①此诗亦载《南武赘谭·七十九》，并云："纪元前七年，余至武平县署时，知县陈肃纲，字冠三，浙人勾山先生兆仑（注者按：陈兆仑，杭州人，号勾山，清雍乾间进士、文学家）七代孙，以峰市县丞代理。衙署破漏不堪，仪门尤甚，有倒坍之虞。陈侯言急需修葺，而五日京兆（注者按：比喻任职时间短或即将去职）未遑也。再至，则已夷为运动场矣。借钟氏会正祠为县政府。今志旧署仍入《城市》志，而不列古迹者，以改建尚有待也。余《过县废署》诗云……"

②卅六年前：即1905年（此年距1940年为36年），即注①所引《南武赘谭·七十九》所称"纪元前七年"（指中华民国元年之前7年，即1905年）。

③篝灯：置灯于笼中。《宋史·陈彭年传》："彭年幼好学，母惟一子，爱之，禁其夜读书，彭年篝灯密室，不令母知。"王安石《书定院窗》诗："竹鸡呼我出华胥，起灭篝灯拥燎炉。"

④校艺：校勘经籍。艺：古称《诗》《书》《礼》《乐》《易》《春秋》六经为六艺，班固《汉书》："能通一艺以上，补文学掌故缺"。经：经营，从事。

⑤端阳：端午。蒲酒：菖蒲酒。记：怀念。衔杯：口含酒杯，多指饮酒。此句指怀念端阳节与友朋（可能就是县志协纂谢丽滨、林系文等人）一起饮菖蒲酒的情景。

十方停车候轮①

暂别依依亦黯然，平川流水隔杭川。

十旬②风月谈心夜，二百春秋会齿年③。

翔凤桥④边劳送客，蠹鱼丛里望成仙⑤。

下车小住西湖寺⑥，寒冻钟声欲雪天。

①标题为注者所拟，原题作《十方停车候轮，寄呈丽滨、系文两协纂，并示抟九干事、耀伦专记》。十方：镇名，在武平县东南，介于武平、上杭两县县城路程之中。本诗作于庚辰年底（1941年1月），荷公暂别武平返上杭过年途经十方。候轮，应指自武平县城乘汽车到达十方后，需换车等候其他汽车往上杭（据下文《信宿十方》诗可知当时十方已通公路，但1938年起至上杭"行车无定"）。抟九，即刘抟九。

②十旬：一百天。旬：十天。此指荷公莅任武平县志总纂至此次暂别约百日。

③会：汇合。齿：年龄。原诗注："宛县长谓予三人恰合二百岁，盖予

与丽滨年六十七，系文年六十六。"

④翔凤桥：民国《武平县志·交通志》载："祥凤桥，旧志不载所在
　地。按：（县城）东城门中，竖有《建筑祥凤石桥》碑，为万历三十
　二年立，当即今翔凤桥地。"

⑤本句用典参见本书李梦苡《周子书来》诗注第④。

⑥西湖寺：民国《武平县志·古迹志》载："在黎畲乡，现设十方中心
　学校。"黎畲，村名，今属十方镇。

信宿十方①

五载经营地转移，芟荆斩棘在人为②。

十方散处③炊烟合，三路交叉辙迹驰④。

东道客来欣有主⑤，西湖寺古剩遗基。

往来信宿鸡鸣候⑥，已是车声�辘⑦时。

①此诗亦载《南武赘谭·十一》。信宿：连住两夜。《诗经·豳风·九
　罭》："公归不复，于女信宿。"《南武赘谭》云："十方，位杭武岩公
　路中心，西北至武平城，东达上杭城，南下岩前城，皆四十里。土地夷
　旷，旧有西湖寺，属黎畲境。（民国）二十四年，就寺背开辟市场如钳
　形，东头直街将至寺背，分左右出，街衢宽展，店铺数十间皆新建筑。
　寺扩筑为中心小学，中辟小公园，周栽花木。异日当成重镇。余往志局，
　屡住于蓝君大华所设陆丰商店，礼意周至。余有《信宿十方》诗。"

②此句言民国武平县修建公路事，其中可"通车者二"即武（平）岩
　（前）路、武（平）高（梧）路，分别通广东蕉岭、本省上杭，为蕉
　武路北段、杭武路西段，据民国《武平县志·交通志·公路》载，
　武岩路、武高路民国22年（1933年）始修，24年（1935年）"六
　月，全路完竣"，历时三年。故本诗称"五载经营"可能含初期筹建
　等年份在内。该志又载：1935年武平民办车公司"设总站于岩前，

分站于县城、十方"，"二路计长一百华里"，"自十方达杭城一线，
因杭公司车辆缺乏，于（民国）二十七年停驶，故行车无定"。

芟（shān）：割除。

③散处：居民分散居住。

④据《武平县志·交通志·公路》载，通往上杭的武高路系"由武岩
路因十里中之十方车站分支"，则十方为通往武平、上杭、蕉岭的公
路交汇点，故可称"三路交叉辙迹驰"。

⑤东道客：即丘复自称，因其籍上杭县在武平县东。又或"东道"指
十方，因其在武平县城之东，则来客丘复在十方所宿之户主如同东道
主。东道主：典出《左传》，据载：（春秋时鲁僖公三十年，公元前
630年）晋文公和秦穆公联合围攻郑国，郑大夫烛之武见秦穆公，要
求秦军停止进攻郑国，理由之一是郑国今后可作为东路上的居停主人
招待来往的秦国使者（"若舍郑以为东道主，行李之往来，共其乏
困，君亦无所害"）。因郑国在秦国东面，所以称为"东道主"，后借
之以泛称接待或宴请宾客的主人。

⑥鸡鸣候：即"鸡鸣候旦"的省称，又作"鸡鸣戒旦"，怕失晓而耽误
正事，鸡刚啼叫天没亮就起身，典出《诗经·齐风·鸡鸣》诗。十
方有金鸡岭，故荷公引用此典。

⑦轣辘（lì lù）：形容车轮转动声。

初见梅花

探访无消息，溪头忽遇仙。[①]
低垂开近水，绰约别经年[②]。
旧梦湖山畔，新吟驿路边[③]。
纤尘清不染，未肯受人怜。

①仙：以梅花拟仙女。

②绰约：姿态柔美貌，《庄子·逍遥游》："肌肤若冰雪，绰约若处子。"

　　经年：多年。柳永《雨霖铃》词："此去经年。应是良辰好景虚设。"

③全句是说：以前在梦里湖山之畔见到梅花，现在见到驿路边的梅花，

　　诗兴大发而吟出佳句。

十方停车诗承丽滨、系文寄和，叠韵奉酬（二首）①

（一）

醉月迷花孟浩然②，鬓丝禅榻杜樊川③。

奔波顾我④今垂老，乐泮当初并少年⑤。

酩酊三杯胸解闷，升平一枕梦游仙。

人生识字偏多患⑥，搔首踟蹰莫问天⑦。

①《十方停车诗》即上文《十方停车候轮》诗。叠韵：即诗人自己次自
　　己诗作的原韵而作诗。荷公此两诗即次《十方停车候轮》诗韵脚
　　"然""川""年""仙""天"而作，并注明第一首诗"酬系文"
　　（即酬林绂庭），第二首诗"酬丽滨"（即酬谢伯镕）。奉酬：酬答。

②李白《赠孟浩然》诗赞美孟浩然"醉月频中圣，迷花不事君"（中
　　圣，意思是赏月醉酒，其举止合乎圣人情态。曹魏时徐邈喜欢喝酒，
　　称酒清者为"圣人"，酒浊者为"贤人"）。

③杜牧（号樊川居士）《题禅院》诗有"今日鬓丝禅榻畔，茶烟轻扬落
　　花风"句，用"鬓丝禅榻"指老僧的生活，后也用之指老年人所过
　　的近似僧徒的清静生活。

④顾我：自我回顾。

⑤乐泮：指在泮宫读书很快乐。据《念庐居士岁纪》载，光绪十八年
　　壬辰（1892 年）荷公年十九，考取郡庠（汀州府学）就读。这句指
　　当年荷公与林绂庭同在府学就读，《南武赘谭·八十五》载：林绂庭

"君少余一岁，（光绪）壬辰，年十八入泮，与余同出祥符沈公门（注者按：即沈源深，曾任福建学政，会稽（今绍兴）人，寄籍祥符今开封）。"泮：古代学宫前的水池，一半有水，一半无水，后借指学校，此诗即汀州府学。

⑥化自苏轼《石苍舒醉墨堂》"人生识字忧患始，姓名粗记可以休"句。

⑦"搔首踟蹰"句出《诗经·邶风·静女》，有焦急、惶惑或犹豫之意。莫问天，即莫问苍天，一切顺从天命。

（二）

> 一灯如豆夜初然①，论古茫茫涉大川②。
> 记品梅花犹昨日③，误投尘网恰同年④。
> 策瑜雄略嗟何补⑤，膺泰浮舟愧并仙⑥。
> 弓冶传家欣有子⑦，输君保定善承天⑧。

①然：同"燃"。

②涉大川：即渡大河，句出《周易》，此书有"利涉大川""用涉大川"诸句。荷公此句所用"涉大川"，可能是指他与谢伯馨的论古内容涉及《周易》，以此代指《周易》内容；或指论古内容如同"涉大川"一样宽阔。

③原诗有注："元年在榕城与君唱和事。"元年即中华民国元年（1912年），《念庐居士岁纪》载本年荷公"在省城，后去上海"，六月"选为福建省临时议会议员，随后去福州参加福建省临时议会"，"停留福州至冬天"。

④丘、谢均生于同治十三年（1874年）。误投尘网，旧谓人在世间受到种种束缚，如鱼在网，故称尘网。这里指出生至世间。典出陶渊明《归园田居》："误入尘网中，一去三十年。"

⑤东汉末孙策、周瑜为同年，均生于灵帝熹平四年（175年），《三国

志·周瑜传》载:"(孙)坚子策与瑜同年,独相友善,瑜推道南大宅以舍策,升堂拜母,有无通共。"孙策于建安五年(200年)为刺客所伤后身亡,年仅26岁。周瑜于建安十五年(210年)病逝于巴丘,年仅36岁。此句举古代同年出生的两位英雄的例子自况,意思是我们虽有抱负有才略,终究于事无补。

⑥《后汉书》卷六十八《郭泰传》载,太原人郭泰博通群书,善谈论,美音制。游于洛阳,见到河南尹李膺,李膺大加赞赏,遂相友善,名震京师。后来郭泰要回故乡,士大夫诸儒生送到河边,有几千辆车子。郭泰只与李膺同船过河,送行的众宾客望见他俩,以为神仙。此句举古代两位志同道合被艳美为神仙的例子,谦逊地表示:我与你一起被比为神仙,我是于心有愧啊!

⑦弓冶:指父子世代相传的事业,出《礼句·学记》"良冶之子,必学为裘;良弓之子,必学为箕"句。据民国《武平县志·选举志》及2004年版《武平谢氏族谱》载,谢伯镕诸子皆学有所成,谢鸣珂毕业于日本北海道帝国大学,谢成珂毕业于(南京)中央大学,谢廷珂毕业于(上海)大夏大学预科,谢祝珂毕业于上海震旦大学。

⑧保定:保护、安定,语本《诗经·小雅·天保》"天保定尔,亦孔之固""天保定尔,以莫不兴"诸句,承天:承奉天道,出《易经·坤》"至哉坤元,万物资生,乃顺承天"句。输君:不如您。苏轼《九日次韵王巩》诗:"霜鬓饶我三千丈,诗律输君一百筹。"诗此句应指荷公赞美谢伯镕既受上天眷顾(如诸子有成),又善于承奉天道,于此自叹弗如。

春感(五首)①

(一)

连绵阴雨怯春寒,四顾愁云懒倚阑②。
混沌几疑天梦梦③,昏沉无奈夜漫漫。

花枝零落含英少，鸟羽淋漓展翮④难。

蓑笠一身农冻死⑤，方忧饿莩力先殚⑥。

①此五诗作于1941年春，亦载《南武赘谭·八十》，诗作文字亦有小异，并有云："春雨连绵，米价日贵，途多伏莽，人若搜牢，闻者惊心，行者裹足。" "时武邑事亦正于酝酿中，劫夺频闻。林协纂以'难''声'二韵含蓄得体云。"《念庐居士岁纪》载本年荷公上半年在武平修志，"六月底，各稿已完，编纂工作事毕。七月七日，由武平志局返家"。

②依阑：即"倚栏"。

③天梦梦：昏乱，不明。出《诗经·小雅·正月》"民今方殆，视天梦梦"句。天，指周幽王，荷公诗有暗指抗战时局不明之意。

④翮（hé）：鸟翅。

⑤原诗注："俗谚有'三月冻死作田倕'之语。"作田倕：即耕田辈，农夫。

⑥饿莩（piǎo）：饿死的人，此处指将要饿死之人。白居易《辨水旱之灾明存救之术策》："凶歉之年，则贱粜以活饿莩。"力先殚：力先尽，表示无能为力、无奈。

（二）①

东风蹂躏未罢休，老至伤春更甚秋。

聚铁人方成大错②，点金谁与补全瓯③？

茅龙乌狗须臾变④，丛雀渊鱼蓦地愁⑤。

汹涌万方同一慨⑥，陆沉真见海横流⑦。

①结合下文丘复《杂感》诗及第一首注①，本诗当是其因"武平事变"而起的感时之作。"武平事变"发生于抗战至艰的1941年暮春，当年1月即发生了震惊中外的"皖南事变"。丘复此诗感事伤时，蕴藏着

深沉的爱国之情。

②《资治通鉴》卷第二百六十五载：唐昭宣帝天祐三年（906 年），罗绍威为天雄节度使，辖魏博（今河北南、山东西北）六州四十三县。罗以魏博自田承嗣时所置牙军五千人，挟持军帅，骄横难制，乃阴借朱全忠（朱温）军十万入魏博，尽杀牙兵。半年中罗绍威供应军需，耗费不赀；虽剪除骄兵，但亦自此衰弱。"绍威悔之，谓人曰：'合六州四十三县铁，不能为此错也！'"后以"六州铁""聚铁铸错"为铸成大错之典。荷公此句"大错"，县内应指"武平事变"、国内应指"皖南事变"等等"大错"之事。

③点金：点铁成金，喻救国奇策。瓯：原指盆，后以喻国土。补全瓯，即驱逐日寇，收复国土。

④茅龙：相传仙人所骑的神物。汉刘向《列仙传·呼子先》载：汉中卜师呼子先，高寿一百余岁，临将离开汉中时，对酒家老姬说："赶紧整装，和你一起到中陵王那里去报到。"夜里有仙人拿着两只茅草编扎的狗来喊子先，子先把其中一个给酒家老姬。骑上之后，竟然是龙，一起上了华阴山。

刍狗：古时用草编结成的狗形，供祭祀用，用完即丢弃。后比喻轻贱无用之物。《老子》第五章："天地不仁，以万物为刍狗；圣人不仁，以百姓为刍狗。"

须臾：片刻。全句应指抗战时局的急剧变化。

⑤丛雀渊鱼：比喻不行善政，等于把老百姓赶到敌人方面去。语出《孟子·离娄上》："为渊驱鱼者，獭也；为丛驱爵（雀）者，鹯也；为汤武驱民者，桀与纣也。"蓦地愁：令人陡然生愁。蓦地：突然，陡然。

⑥即全国爱国人民发出同样感慨。

⑦陆沉：比喻国土沦陷。南朝宋刘义庆《世说新语·轻诋》载，桓温去洛阳途中，曾与诸僚属登上平乘楼（船楼），远望中原，慨然说："遂使神州陆沉，百年丘墟，王夷甫诸人不得不任其责！"

海横流，即"沧海横流"，比喻时局动荡。但"沧海横流，方显英雄本色"，中国人民最终定能取得抗战胜利。

（三）

米贵如珠悯众生，秧针初苗望秋成。

荒年六月偏逢闰①，淫雨三春不放晴。

啄去无如鹦鹉粟②，啼来唯有鹧鸪声③。

断炊何止延津路④，为数青黄屈指惊。⑤

①辛巳年（1941 年）闰六月。

②此句化用杜甫《秋兴八首》诗之"香稻啄余鹦鹉粒"句，其合理语序即"鹦鹉啄余香稻粒"，其义是长安附近的香稻不是一般的稻子，而是鹦鹉啄余的稻子。无如：无奈。荷公此句究竟何指，不得而知，或许指鸟类与人夺食、啄去稻粒，或暗指因抗战征粮造成百姓缺粮，亦未可知，不敢臆断。

③鹧鸪之啼如同"行不得也哥哥"，易勾起旅途艰险的联想和满腔的离愁别绪，衬托处境的艰难或心情的惆怅。如唐李群玉《九子坡闻鹧鸪》"落照苍茫秋草明，鹧鸪啼处远人行"、辛弃疾《菩萨蛮·书江西造口壁》"江晚正愁余，山深闻鹧鸪"等，诗中鹧鸪声都是衬托处境艰难或心情惆怅的。

④原诗注："友人接学生书：'南平月已两次缺米三日。'"南平县旧属延平路（府）首县，南平有河名剑津，因"干将莫邪"在此"双剑化龙"传说而得名。这里将延平与剑津合用，称为延津路，即指南平。

⑤青黄：稻谷不熟到成熟。全句是指屈指去数稻子成熟还需几个月，心中为之生惊。

（四）

昨宵近接故人书①，万斛离忧②吐复茹③。

救国有怀空垒块④，归田无地可耕锄。

酒因禁酿醒奚解⑤，舃⑥纵相携计亦疏。

只合随缘坡老好⑦，不须洄溯我生初⑧。

①原诗注："时隐庐主人自梅口镇有书来。"《丘复集》卷二十二《倦还集》载 1939 年《己卯除夕怀人绝句三十二首》之二载："武平刘作华香亭""自号'诗隐庐主'。"则"时隐庐主人""诗隐庐主"均为刘作华（香亭）。民国《武平县志·选举志四》载："刘作华，清附生，当选福建省议会议员，岩前人。"《南武赘谭·八十一》载："武志协纂原定三人，刘作华以事寓梅口，不能来。前诗寄去，得复云：'月之念（廿）六，接读大作《春感》五首，忧时伤乱，慷慨悲歌。二三两首，尤见匠心，堪称诗文。仆羁愁靡，既警报频闻，值福州之寇陷，适新诗之邮传，哀感于中，情不自禁，吮毫濡笔，率和五章，非敢云诗，聊以寄意。'"经查，抗战时福州两次沦于日寇，第一次时值 1941 年 4 月 21 日，此日为农历三月廿五日，故刘作华所谓"月之念（廿）六"即农历三月廿六日（4 月 22 日），故可知荷公此诗应作于 1941 年 4 月。梅口，即梅县松口。

②万斛（hú）离忧：极多的离愁。万斛，极言容量之多。古代以十斗为一斛，南宋末年改为五斗为一斛。清陈莲姐《寄外二首（其二）》："休言半纸无多重，万斛离愁尽耐担。"斛，古为入声。

③吐复茹：即欲吐复茹（吞）。

④垒块：比喻胸中积存不平之气，抑郁不适。刘义庆《世说新语·任诞》："阮籍胸中垒块，故须酒浇之。"

⑤据本诗第一、三首载，此年武平等地缺粮，米贵如珠，政府可能因此下达了禁酒令。我国历史上为节约谷物，历代禁酒，一般在灾荒之年

实施俱多，史籍累载不鲜。酲（chéng）：大醉。奚：何。

⑥臿（chā）：同"锸"，掘土的农具。此句是说，我们纵然共携锄头归
田耕种，但年事已高，耕田之法早已生疏。

⑦坡老：对苏轼的敬称。苏轼为人"任性逍遥，随缘放旷"（《论修养
帖寄子由》）。荷公景仰坡老，其庚辰年底（公历 1941 年 1 月）自武
平归念庐，适值坡老生日（农历十二月十九日），作有《青塘、俊
民、震寰、介堂小集念庐，祝东坡生日》诗，赞云："仰公忠爱心拳
拳，慕公大义磨弥坚。"

⑧我生初：《诗经·王风·兔爰》有"我生之初，尚无为；我生之后，
逢此百罹"诸句，感叹人之幼年无忧无虑，成年之后多灾多难。

（五）

开门尽日对西山，灵洞仙踪不可攀。

白鹤峰①高云缥缈，化龙溪②小水潺湲。

千年故治犹唐镇③，万里长征念汉关④。

盾鼻尚堪磨墨汁⑤，濡豪待纪凯歌还⑥。

①白鹤峰：即白鹤岭，康熙《武平县志·山川》载："白鹤岭，在县西
十里，形势轩昂，江、广往来要路。"民国《武平县志·山川志
（三）》载："白鹤岭，由灵洞山脉南趋，为武平所通本县东留、江西
筠门岭大道。山峻路窄，可扼守云。"

②化龙溪：即文川河。

③武平于北宋初淳化五年（994 年）置县，县城故谓"千年故治"。宋
《临汀志·建置沿革·武平县》载，"唐置州之后，析西南为两镇，
曰南安，曰武平"，即唐时武平地为汀州长汀县西南的南安镇、武平
镇。此句应感叹所幸中国还有很多像武平县一样尚未沦陷的国土。

④此句借汉朝时戍边将士虽"万里长征"但心系汉关（汉土）之事，
赞扬中国抗日将士浴血奋战、保疆卫国的爱国之心。

⑤此句化自"磨盾鼻"典故，典出《北史》卷八十三《文苑列传·荀济》，南朝梁人荀济，博学能文，年轻时与萧衍是布衣之交。后得知萧衍为梁武帝，负气不服，对人说："会楯上磨墨作檄文"（我可以在盾牌的把手上磨墨作檄文）。不容于梁武帝，遂投奔东魏。后因以"磨盾鼻"称在军队里做文书工作。荷公用此典意在表明文人虽然无法上阵杀敌，但可以笔为戈服务杀敌。

⑥濡毫：即沾墨于笔。全句说要准备好笔墨为将来抗战胜利作文庆祝欢呼。

杂感（五首）①

（一）

海誓山盟总易寒，痴人说梦兴应阑②。

无情簸荡风波恶，有翼飞腾道路漫。

旗鼓相当夸守易，膏肓已入觉医难。

闲愁莫赋长门怨③，恩断哀号力既殚。

①此五诗作于1941年暮春，原题作《杂感，叠前韵酬诗隐庐和章，三、四两首则感近事也》，与上文丘复《春感（五首）》叠韵（赋诗重用前韵），其中三首（第一、二、五首）系奉酬刘作华（诗隐庐主）之作。亦载《南武赘谭·八十二》，诗作文字亦有小异，并有云："杭城事变甫一月，而武平事变随之而起。杭城尚未流血，武邑则财政科长、经征处、警察局死者二十余人，十九皆福州人。经征处被焚，县长杨澍桐夫妇、银行夫妇均被捉去。银行人及妇女行数里放回，唯县长被劫持上山。历十日乃送返。事前即有'杀尽福州子'之谣传。时保安谭团长驻十方，边区梁指挥驻粤蕉岭。据杨县长回后对人言，事前早有所闻，请之谭团长，无兵可拨，仅有驻县三十余名。躬至蕉

岭请兵，既允，不能如期而至。事既发生之翌日，谭团长至县演说，有‘武平全城皆匪’之语，亦可笑矣！余叠前韵，作《杂感》五首，答诗隐庐和章，其三、四两首，则感近事也。"《南武集》此诗"附注"云："时值福州沦陷，来诗及之。首、二及末章皆答来诗之意，三、四两章则正平川城内事变，因并及之。戊子暑月自识。"即第三、四首是为"武平事变"而作的。

所谓"杭城事变""武平事变"，即 1941 年 3 月 17 日，上杭县政府军事科员李致平（上杭人）与县长陈石（浙江青田人）意见相左，李借反对征收房铺宅地税为名，发动地方武装，攻入上杭城，烧毁征兵册、田赋册及税务簿据等文件。同年 5 月 4 日，武平县自卫队中队长潘顺荣（武平中山人）借机发动兵变，警察局长陈世焰等 21 人被杀（其中 19 人是福州人，故此事变俗称"打福州子"），县长杨澍桐夫妻被绑架，十天后放回。潘顺荣等上山为匪，下山后继续为害武平，1944 年潘被福建省府处决。

②阑：残，将尽。

③长门怨：乐府《相和歌辞》楚调曲名。长门，汉宫名，汉武帝的陈皇后失宠后居于此。相传陈皇后"奉黄金百斤"聘司马相如作《长门赋》，表现被弃的苦闷之情，文辞凄婉动人。自汉以来古典诗歌中，常以"长门怨"为题抒发失宠宫妃的哀怨之情。

（二）

吮髓抽筋死不休，几人皮里郁阳秋①。
新鲜鱼肉惊登俎②，劳苦豚蹄枉祝瓯③。
自觉蛮夷夸大长④，居然天子号无愁⑤。
当年豪气今何似？休对闺中泪暗流。

①皮里郁阳秋：即"皮里阳秋""皮里春秋"，指藏在心里不说出来的言论。典出《晋书》卷九十三《褚裒传》："谯国桓彝见而目之曰：

'季野有皮里春秋。'其言外无臧否，而内有所褒贬也。"（按：褚裒，字季野）后因晋简文帝母名为郑阿春，敬讳"春"字，而改作"皮里阳秋"。郁：积。

②俎（zǔ）：切肉或切菜时垫在下面的砧板。此句化用"人为刀俎，我为鱼肉"，典出《史记·项羽本纪》。

③豚（tún）蹄：猪蹄。此句典出"豚蹄穰田"，比喻所花费的极少而所希望的过多。《史记·滑稽列传》载：楚国派遣大军侵犯齐境，齐威王派淳于髡携带礼物黄金百斤，驷马车十辆，出使赵国请求救兵。淳于髡见所带礼物太少，仰天大笑，将系帽子的带子都笑断了，并说："我今天从东边来时，看到路旁有个祈祷田神的人，拿着一个猪蹄、一杯酒，祈祷说：'小高地上收获的谷物盛满篝笼，低田里收获的庄稼装满车辆；五谷繁茂丰熟，米粮堆积满仓。'我看见他拿的祭品很少，而所祈求的东西太多，所以笑他。"（"今者臣从东方来，见道傍有穰田者，操一豚蹄，酒一盂，祝曰：'瓯窭满篝，污邪满车，五谷蕃熟，穰穰满家。'臣见其所持者狭而所欲者奢，故笑之"）瓯窭：如瓯盆般狭小的高地。

④即"蛮夷自觉夸大长"。自觉，自认；大长（zhǎng），首领。汉初南越王赵陀对汉廷自称"蛮夷大长老夫"，《史记·南越列传》载：汉文帝即位初，派陆贾到了南越，南越王赵陀因自称皇帝特别恐惧，向天子写信道歉，自称"蛮夷大长老夫臣佗"。

⑤即"天子居然号无愁"。《北史·齐本纪下》载：北齐后主高纬荒唐骄纵，自弹胡琵琶唱《无愁》之曲，侍从和者多达百余人，"人间谓之'无愁天子'"。高纬是南北朝著名昏君。

（三）

愁城环困百忧生，依样葫芦又画成①。

破户未明风逆顺②，穿帘争论月阴晴③。

覆蕉野鹿犹酣梦④，舞剑荒鸡有恶声⑤。

失却园丁红满地，落花无主忒心惊⑥。

①应指"杭城事变"才月余，"武平事变"又起，两"事变"均带有本地强暴排斥外来为政者的性质。

②破户：残破的窗户。风逆顺：逆风，顺风。

③穿帘：破漏的帘子。争：同"怎"。荷公此两诗句似在批评发起杭、武事变者为不明大局、胡作非为之人。

④此句化用"覆鹿寻蕉"典，典出《列子·周穆王》，其载：郑国有樵夫打死一只野鹿，用蕉叶把它覆盖藏起来，后却忘记所藏地方，以为是一场梦。后用此典比喻把真实的事情看作梦幻。据上文本组诗第1首注①，本首用此典应指"武平事变"已有征兆，有关方面却置若罔闻，以之为儿戏。

⑤此句反用"闻鸡起舞"典。《晋书》卷六十二《祖逖传》载，祖逖年轻时与刘琨都为司州主簿，情好绸缪，共被同寝。半夜闻荒鸡鸣，祖逖就踢醒刘琨说："此非恶声也！"因而起舞。而"武平事变"发生于凌晨，故荷公称之为"恶声"。

⑥忒（tè）：太。此两句应指"武平事变"中县长被劫持、县政机构瘫痪，全县情形如同失却园丁、落花无主。

（四）

本事诗难振笔书[①]，刚柔奚吐复奚茹[②]。

不惊高密疑通贼[③]，非种朱虚误力锄[④]。

触蛋动蜂忘螫毒[⑤]，将媒托鸩[⑥]竟防疏。

哪堪风雨飘摇日，又见门庭诟谇[⑦]初。

①本事诗：以真事为内容的诗，得名于唐孟棨的《本事诗》。荷公此《杂感》诗涉及新近发生的"武平事变"，碍于人事，故难奋笔（振笔）直书而需用曲笔。

②此句化用《诗经·大雅·烝民》："人亦有言，柔则茹之，刚则吐之。维仲山甫，柔亦不茹，刚亦不吐，不侮矜寡，不畏强御"句，后因以"柔茹刚吐"（软的吃下去，硬的吐出来，即吃软怕硬）比喻凌弱畏强，欺软怕硬。但句中的仲山甫（周朝名臣）却相反，他软的不吞、硬的不吐，不侮鳏寡，不畏强暴。荷公此句感叹因所作是本事诗，故他无法直接抨击施暴者、同情受害者（硬的软的，哪个吐出，哪个吞下？）奚：哪个。

③此句反用"王修执法"典。《三国志》卷十一《魏书十一》载：东汉末，王修任高密县令，当地有个姓孙的一向强横，他的门客屡次犯法。有贼抢劫百姓后逃到孙家藏匿，官吏没法抓捕。王修率官民围住孙家搜贼，姓孙的抗拒，官民害怕不敢靠近。王修命令官民："谁敢不进攻就与姓孙的同罪。"姓孙的害怕了，就交出了贼。从此豪强都慑服了。荷公此句批评当局对"武平事变"肇祸者潘顺荣等豪强的为非作歹麻木不仁、懦弱苟且，不能像王修一样不畏强暴，以致酿成血案、反被其噬。

④此句反用"刘章"典。刘章是汉高祖刘邦之孙，齐王刘肥的次子。吕后称制期间被封为朱虚侯，后来于诛灭吕氏有功加封为城阳王，谥号景王。《史记·齐悼惠王世家》载：刘章年轻时，一次入宫侍奉高

后（吕后）举行酒宴，担任酒吏。刘章要求以军法监酒，并借机唱了一首《耕田歌》："深耕密种，立苗要疏，不是同类，坚决铲除（"深耕概种，立苗欲疏，非其种者，锄而去之"）。"吕后沉默不语。席间吕氏家族中有一人喝醉，逃离酒席，刘章追过去，拔剑杀了他，回来禀报说："有一人逃离酒席，臣执行军法杀了他。"从此，吕氏家族的人都惧怕刘章，朝中大臣也都归附他，刘氏势力日益强盛。荷公此句应是批评当局未能像朱虚侯刘章及时除害，而对"武平事变"却耽误了及时处置的先机。

⑤虿（chài）：古书上说的蝎子一类的毒虫。螫（shì）毒：谓蜂、蝎等以尾针螫刺行毒，比喻毒害。

⑥《楚辞·离骚》："吾令鸩为媒兮，鸩告余以不好（我托付鸩鸟去做媒人，鸩鸟却告诉我说她不好）。"王逸注："鸩羽有毒，可杀人，以喻谗佞贼害人也。"后因以"鸩媒"指善用谗言害人的人。

⑦诟谇：辱骂。

（五）

不堪重话冶池山[①]，零落花神渺莫攀[②]。
卅载风流人老大，百年世事泪潺湲[③]。
铜驼暗泣悲埋棘[④]，铁柱潜亡讶抱关[⑤]。
霜匣[⑥]光芒今已掩，龙吟安得剑飞还[⑦]？

①冶池山：即福州屏山东麓的冶山。宋《三山志》卷一《叙州》："泉山即冶山，亦即瓯冶池山。天泉池，或即瓯冶池之原名。泉山当亦因此得名。"荷公与刘作华民国初均为福建省议会议员，在福州共事（《南武赘谭·五十九》载："刘作华与予同事省议会有年。"），至1941年已三十年，故后文言"卅载风流人老大"。

②《南武赘谭·八十一》载刘作华和诗之五有"如梦如烟忆冶山，花神古庙共跻攀"句，并注"（民国）二年事"。据载，福州花神庙在

西湖一带。

③潺湲：不绝貌。

④此句化用"铜驼荆棘"典。铜驼：铜铸的骆驼，古时设置在宫门的外面。铜驼被荆棘遮蔽，形容亡国后的凄凉、残破景象。西晋索靖（239～303年）有先识远量，晚年因见朝政混乱，预知天下必将大乱，指着洛阳宫门的铜驼叹息道"将来我会在荆棘之中见到你的。"不久，西晋爆发"八王之乱"。外族入侵，西晋灭亡（《晋书》卷六十《索靖传》载："靖有先识远量，知天下将乱，指洛阳宫门铜驼，叹曰：'会见汝在荆棘中耳！'"）。

⑤铁柱：即柱后，为执法官、御史等所戴的一种帽子，也称惠文冠、獬豸冠。《后汉书·舆服志下》："法冠，一曰柱后，高五寸，以纚为展筒，铁柱卷，执法者服之，侍御史、廷尉正监平也。"后借指执法官、御史等。抱关：守门，借指小吏。《史记·魏公子列传》："（侯）嬴乃夷门抱关者也，而公子亲枉车骑，自迎嬴于众人广坐之中。"朱德《古宋香水山芙蓉寺题诗》诗有"铁柱幸胜家国任，铜驼仍作荆棘游"句。荷公此句大意是说武平当时执法者（铁柱）缺失，以致自卫队中队长潘顺荣这些抱关者发动兵变，做出令人讶异之事。

⑥霜匣：剑匣。《西京杂记》说，刘邦斩白蛇之剑，"刃上常若霜雪（一样莹白），开匣拔鞘，辄有风气，光彩射人。"

⑦此句化用"匣里龙吟"典。"匣里龙吟"是指宝剑在匣中发出龙吟般的声响，原指剑的神通，后比喻有大材的人希望见用。晋王嘉《拾遗记》卷一："帝颛顼有曳影之剑，腾空而舒，若四方有兵，此剑则飞起，指其方则剋伐。未用之时，常于匣里如龙虎之吟。"荷公此句是说，刘作华大才犹如霜匣光芒，"安得剑飞还"是说刘何时才能回到家乡大展其才。

立夏前二日作^①

狼藉残红满地飞，闺中流泪送春归。

扫花成冢无人吊，一霎繁华事已非。

①1941 年 5 月 6 日立夏，故此诗作于 5 月 4 日。原诗有"附注"云：
"此亦悲武平事变，县长杨澍桐夫妇及银行长某妻均被匪掳去，两妇
人离城二里许放回，杨入山数日始回。事变发生于天未明时，前数日
早有传说，闻潘某有书致杨，未审确否。公务员役死者二十一人，十
九皆属福州。越数日，保安团长谭某来城，谓'满城皆通匪'云。"
此诗亦载《南武赘谭·八十二》，并云："盖亦本事诗，是日实五月
四日也。"

留别丽滨、 系文两协纂并抟九干事（二首）^①

（一）

话别难为垂老时，故人重会渺无期。

将离赠芍^②今何必，多难兴邦古有之。

漫说千秋传世业，赓歌^③三寿作朋^④诗。

秋容冷淡无嫌瘦^⑤，晚节黄花^⑥共保持。

①此诗亦载《南武赘谭·八十三》并有序云："武志编纂以五月为期，
因时太促，不能蒇事。延长五月，至（民国）三十年六月底，各稿
已完。余将归，系文以诗赠行并序云：'荷公先生总纂志稿，成行有
日矣。十月共事，惓惓下怀。率吟拙句赠行，藉志去思。'诗云：
'蓬门寂寞客来稀，幸迓高轩兴欲飞。大块阳春真有脚，垫江河水早

知归。鸿篇凤美多文富，邑乘偏劳健笔挥。俯仰步趋终在后，伯阳同传愧韩非。''十月相于酒共倾，笑谈长挹畹兰清。扢扬风雅新编集（君以所编《杭川新风雅集》见赠），著作阳秋凤擅名（君前总纂《上杭县志》）。附骥却惭蝉翼远，登龙幸御马蹄轻。炎风何事催归去，白首临歧怅别情。'余已整理行装作归计，汽车久停，肩舆难觅兼又阻雨，延滞经旬。余有诗《留别丽滨、系文两协纂并抟九千事》云……丽滨和韵云：'学问文章冠绝诗，平川考订慰心期。编年且比左丘氏，谀墓直嗤韩退之。烛剪西窗寒夜话，魂销南浦别离诗。何当斗酒来相会，满酌金罍各自持。''陶然不觉酒肠宽，减膳添觥心较安（公尝戏言，以酒代饭，可省米救荒）。卜岁鸡占传曼倩（《纬侯志》农谚，用东方朔岁占），登坛牛耳执齐桓。千秋事业成功大，十月苕岑再合难。垂老情深增别感，临歧珍重勉加餐。'"

②赠芍：句出《诗经·郑风·溱洧》"维士与女，伊其相谑，赠之以勺药"句，郑玄笺："其别，则送女以勺药结恩情也。""勺药"亦作"芍药"。后因以"赠芍"表示男女别离之情。本诗化用为别离之离。

③赓歌：酬唱和诗。语本《尚书·虞书·益稷》："乃赓为歌曰：'元首明哉，股肱良哉，庶事康哉！'"

④三寿作朋：出《诗经·鲁颂·閟宫》"三寿作朋，如冈如陵"句，对"三寿"历来有不同解释，其中一种说法认为"三寿"即"三老"。荷公此诗当作"三老"解，所谓"三寿作朋"即指荷公与谢丽滨、林系文三位老人结为老友，互相赓歌酬唱。

⑤秋容：秋色。冷淡：不浓艳；素净淡雅。陆游《秋阴》诗："陂泽秋容淡，郊原晓气清。"元张翥《水龙吟·广陵送客，次郑兰玉赋蓼花韵》："水天潇洒，秋容冷淡，凭谁点缀？"无嫌：无妨，不妨。

⑥晚节黄花：也作"黄花晚节"，比喻晚年仍能保持高尚的操行。黄花：即傲霜耐寒的菊花，常用以表示人有节操。晚节：晚年的操行。荷公此句典出宋韩琦《九日小阁》诗："莫嫌老圃秋容淡，且看寒花晚节香。"

（二）

闲云野鹤海天宽，落落孤踪适性安^①。

不愿委随^②宁固执，偏逢留滞又盘桓^③。

老犹伏案书生素^④，文欲藏山直道难^⑤。

幸有少年刘干事^⑥，周旋十月劝加餐^⑦。

①落落：形容孤高，与人难合。孤踪：孤单的行踪。适性安：即"适性安命"，适性，合意。

②委随：随顺。《后汉书·窦宪传》："宪以前太尉邓彪有义让，先帝所敬而仁厚委随，故尊崇之。"

③此句所述即本诗（一）注①引文中"余巳整理行装作归计，汽车久停，肩舆难觅兼又阻雨，延滞经旬"之情形。

④素：本色。

⑤藏山：即"藏之名山"省称，意思是把著作藏在名山传给志趣相投的人，形容著作极有价值。语本司马迁《报任少卿书》："仆诚以著此书，藏诸名山，传之其人，通邑大都，则仆偿前辱之现，虽万被戮，岂有悔哉！"直道：正直之道。

⑥刘干事：即刘拐九。

⑦周旋：照顾，周济。《三国志·魏志·臧洪传》："每登城勒兵，望主人之旗鼓，感故友之周旋。"加餐：慰劝之辞，谓多进饮食，保重身体。

武平黄县长招饮饯别①

掀然波浪大风平，善政民安胜用刑。

借鉴前车更旧辙，裁量美锦试新硎②。

欲知爽直看浮白③，尚有文章待杀青④。

一曲狂歌临别赠，循声⑤留取姓名馨。

①诗题为注者所拟定，原题作《武平黄县长招饮饯别，连日阻雨，候车不来，今将行矣，聊效临别赠言，非敢援俗致谢》。黄县长，即黄清淮，福建龙溪（今龙海）人，厦门集美高级师范学校毕业，民国30年（1941年）5月17日至32年（1943年）3月16日任武平县县长，曾任闽南新报社社长、漳浦县县长，中国农工民主党党员。民国《武平县志·职官志·民国武平县长姓名表》载："黄清淮，本省龙溪人，三十年五月省委。"1993年版《武平县志》卷三十四《人物传·潘顺荣》载："武平事变"后，1941年"冬，黄清淮出任武平县县长后，又改用招安办法将潘招抚下山，安排他担任县自卫队大队长"。

②新硎（xíng）：刀刚在磨刀石上磨过，形容非常锋利或初露锋芒。硎：磨刀石。《庄子·养生主》："今臣之刀十九年矣，所解数千牛矣，而刀刃若新发于硎。"

③浮白：汉刘向《说苑·善说》："魏文侯与大夫饮酒，使公乘不仁为觞政，曰：'饮不釂者，浮以大白。'"（魏文侯与大夫们饮酒，请公乘不仁担任"觞政"一职，先约定说："饮酒不尽者，罚一杯酒。"）原意为罚饮一满杯酒（浮，同"罚"；白，同"杯"。"浮以大白"即"罚以大杯"），后亦称满饮或畅饮酒为浮白。公乘不仁，人名。

④杀青：古代制作竹简，必先用火烤炙，至其冒出水分，刮去青皮，始方便书写并防止虫蛀，此一制作程序，称为"杀青"，后泛指书籍定稿或著作完成。此句似指新纂成的《武平县志》还待最后定稿出版。

⑤循声：为官有循良之声。

别灵洞山①

去年依阑见天马，左顾昂然耸梁野②。

今年开门见灵洞，白鹤峰高吾欲控③。

相看如客日当门，我作主人频举樽。

谁知主人原是客，为访主人蜡双屐④。

入山不见主人面，在山不若下山看。

山头云去还复来，饱餐秀色能几回？

今朝白云封一半，宫扇⑤不张笑容粲。

呼之欲出撩我情，知我欲归送我行。

鬔鬃天然云雾扫，婀娜娇姿淡弥⑥好。

嫣然一显美人身，得见庐山面目真。

相对无言默不语，莫论谁客复谁主。

黯然销魂两分晓，无端又被云封了。

明日东归心郁陶⑦，灵洞不见只见梁山高！

①此诗亦载《南武赘谭·八十四》并序云："志局初赁东门下畔钟氏文
　广居楼上。凭栏一望，天马、梁野诸山环列于前后。因保安队谭团长
　往来借住，县政府不能阻，遂迁至东门上畔刘祠，乃干事刘拪九宗祠
　也。其地高敞，唯傍山麓，春雨连绵，未免湿气稍重耳。开门正对灵
　洞山，白鹤峰峙其右，雨后云山层层显出，信奇观也。余作《别灵洞
　山》诗云……"

②依阑：即"依栏（杆）"。左：东。

③白鹤峰，在武平县城西，为灵洞山南脉，详参上文丘复《春感
　（五）》注①。"吾欲控"，即我想登山顶。

④蜡双屐：给木屐涂蜡以便登山。《宋书·谢灵运传》载谢灵运"登蹑常

著木屐"，"寻山陟岭，必造幽峻，岩嶂千重，莫不备尽。"又，《世说新语·雅量》载西晋阮孚爱好木屐，"自吹火蜡屐""神色闲畅"。

⑤宫扇：即团扇，宫中多用之，故名。全句是说：灵洞山只被白云封住一半，如同美貌宫女，手执宫扇却不打开以遮面，露出笑容含羞粲然一笑。

⑥弥：更。

⑦郁陶：忧思积聚貌。《尚书·五子之歌》："郁陶乎予心，颜厚有忸怩。"孔传："郁陶，言哀思也。"

武平归途（八首）

（一）

风雨而来风雨归，乡心东逐①岭云飞。
稻田恰是来时柳，一半才黄②且忍饥。

①乡心：思乡之情，思念家乡的心情。刘长卿《新年作》诗："乡心新岁切，天畔独潸然。"丘复籍贯上杭县，在武平县东，故云"东逐"。
②丘复自武平归上杭，时在 1941 年 7 月（农历六月）。旧时武平一带水稻一年一熟，故 7 月"一半才黄"。

（二）①

一抔黄土葬黄人，闪电飘风迹已陈。
聚号彭亡②坡落凤③，不堪重问令威身④。

①原诗注云："过黄土岭，（民国）二十七年黄苏被狙击处。"此诗亦载《南武赘谭·八十五》，并云：1938 年省"保安副处长黄苏至上杭，钟（绍葵）入见，被拘，并不宣布罪状而枪决。下午，黄往武平。

越两日返杭，过黄土岭，被人狙杀。因果循环，出人意外。"1993 年版《武平县志》卷三十四《人物传·钟绍葵》等载：1935 年钟绍葵因抓捕中共领导人瞿秋白等有功，入南京中央陆军军官学校将校班学习，1937 年冬毕业，回到汀漳师管区任职。1938 年率部投奔粤军余汉谋部，任少将参谋。福建省当局忌于钟绍葵独霸一方野性难驭，于 1938 年 4 月，派省保安处副处长黄苏（清流县人）将钟诱至上杭，处决于上杭监狱门口。黄苏往武平宣布钟之罪状，两天后于返杭途中十方黄土岭遭钟之部属狙杀。事后有人作一对联，贴于黄土岭最乐亭大门两侧，联云："武士斩武将，黄土埋黄苏。"横批"恶有恶报"，覆盖于原来"为善最乐"横匾上。

②聚号彭亡：《后汉书》卷十七《岑彭传》载：东汉初建武十一年（公元 36 年），汉征南大将军岑彭领军征伐在成都称帝的公孙述，扎营于武阳（今四川眉山彭山区）的彭亡聚。岑彭因忌讳地名不祥，打算移营，恰值日暮，暂罢。当夜，公孙述指派的刺客潜入营中，伪称公孙述身边逃亡的侍从向汉军投降。岑彭竟信以为真，当即收留，是夜即被刺死（"彭至武阳"，"所营地名彭亡，闻而恶之，欲徙，会日暮，蜀刺客诈为亡奴降，夜刺杀彭"）。

③坡落凤：东汉末庞统人称"凤雏"，与刘备进兵西川，"进围雒县"（在今成都北），"率众攻城，为流矢所中，卒，时年三十六"（《三国志·蜀书·庞统传》）。《三国演义》据此演义，称庞统行军至雒县落凤坡，死于乱箭之下。荷公用"彭亡""落凤"典感叹"黄土葬黄苏"。

④令威：晋《搜神后记》卷一载："丁令威，本辽东人，学道于灵虚山。后化鹤归辽，集城门华表柱。时有少年，举弓欲射之。鹤乃飞，徘徊空中而言曰：'有鸟有鸟丁令威，去家千年今始归。城郭如故人民非，何不学仙冢垒垒。'遂高上冲天。"荷公用此典，大概意在用"令威成仙"来反衬"凤雏落凤"，也即丁令威学道化为仙鹤，虽有少年欲射之而能高飞而去，而凤雏庞统却因卷入人世纷争而身死形

消，从而感叹功名误人之可悲。

（三）

肩舆仆仆^①争先路，行李迟迟落后程。

黄土岭边闻越货^②，中途伏莽^③客心惊。

①肩舆：轿子。仆仆：奔走劳顿貌。宋范成大《酹江月·严子陵钓台》
词："富贵功名皆由命，何必区区仆仆。"据此句可知，荷公因杭武
公路无汽车可通，从十方改由乘轿还乡。

②越货：抢劫财物。

③伏莽：本为军队藏匿草丛中，后世用以指隐伏的盗匪。语出《易经·
同人》："九三，伏戎于莽。"《旧唐书》卷一《高祖本纪》："史臣
曰：'由是攫金有耻，伏莽知非。'"原诗注云："十方闻黄土岭匪警，
行李在后未至。"

（四）^①

伉直狂非祢正平^②，秉钧权异武元衡^③。

如何中道^④遭狙击，欲信仍疑迹未明。

①原诗注云："闻陈子强前二日被匪狙击于浅潭，真相未详。"荷公
《南武集》有《抵杭城翌日，闻子强凶人已得，人以为疑》诗，有
"寻仇报复果何因，况是交游里党亲"句，从"里党"言，则陈子强
当是武平县人。

②伉（kàng）直：刚直。《史记·仲尼弟子列传》："子路性鄙，好勇
力，志伉直。"祢正平：东汉末名士祢衡，字正平。《后汉书·祢衡
传》称其"少有才辩，而尚气刚傲，好矫时慢物"，"（曹）操欲见
之，而衡素相轻疾，自称狂病，不肯往，而数有恣言"。最终因以言
忤违黄祖，被杀，年二十六。

③秉钧：掌权、执政。武元衡（758～815年）：唐宪宗朝宰相，元和十年（815年）六月三日早朝，被平卢节度使李师道遣刺客刺死。荷公此两诗句似言黄苏、陈子强等人对强梁钟绍葵之属的处置，堪称伉直之举，但他们毕竟不是祢衡一样的狂悖之人，也不像武元衡掌握了大权，却遭狙杀，出人意料。

④中道：中途。

（五）①

金鸡岭上旧麾兵，种族当年此战争②。
三百健儿齐赴义，惜无人与表忠贞。

①原诗注云："过金鸡岭，吊明季千户张承勋率家兵三百余人拒清兵于此。二首。"民国《武平县志》卷十三《职官志》"明职官·正、副千户"载，张承勋系武平千户所（武所）副千户张真八世孙，袭（副千户）职，张真系"九江府德化（县）人，洪武二十七年奉钦调本所，世袭副千户"。此诗亦载《南武赘谭·十一》，并云："十方东行三里许曰金鸡岭，旧尝设隘，明知县张策置黄柏公馆。官路未改之先，经由武平取道于此，为通杭要隘。隆武二年九月，清李成栋已下上杭，统兵至武。武所副千户张承勋（其先张真，德化人，明初有功世袭副千户，戍守武所，承勋其八世孙也，全族五六百口），率家丁三百余人抗清兵于此岭。其后所城破，全宗殉难。遗孤允敬，年七岁，伏尸中得免，逃居和平乡，诫子孙誓不仕清，故清代二百六十余年，其族无显者。民国初，玭仁乃毕业于北平朝阳大学。今居和平乡者已传二十代，迁四川仁寿县者五百余口。清代无人敢笔之，记载志乘阙如，致不知李成栋统兵入武有抗拒血战之事。余《过金鸡岭》诗云……"

②明末与清军之间的战争，因双方分属汉族、满族，故称种族战争。

（六）①

积尸丛里剩余生，不仕新朝大义明。

二百余年遗诫守，报韩人②重旧家声。

①民国《武平县志》卷七《氏族志》"张氏"载："武所始祖张真，九江德化县人。明洪武二十三年，奉调驻所，世袭副千户。其承袭载今志《职官》。世居武所，旧为军籍，至明末已九世，蕃衍五六百口。值明亡，副千户承勋率家丁抗清兵于金鸡岭，殉职。后武所被屠，仅遗子承敬甫七岁，伏乱尸中，得免于难，逃居和平乡，尝诫子孙，誓不仕清，故清代无显者。至民国初，玳仁乃毕业北平朝阳大学。迄今传二十代。"按"遗于承敬"，本诗（五）注①所引《南武赘谭》作"遗孤允敬"，即"承敬""允敬"有所不同。

②报韩人：即汉初名臣张良。《史记·留侯世家》载，张良先人是战国时的韩国人（今河南宝丰县人），祖、父先后担任了五位韩王之相。秦扫六合灭韩，张良尚年少，"悉以家财求客刺秦王，为韩报仇，以大父、父五世相韩故"。秦始皇到东方巡游，张良与大力士在博浪沙（在今河南原阳县）袭击秦始皇，误中副车。秦始皇大怒，在全国大肆搜捕，寻拿刺客非常急迫，张良于是改名换姓，逃到下邳躲藏起来。李白《经下邳圯桥怀张子房》诗有"报韩虽不成，天地皆振动"句。荷公用此典，意在褒扬武所张氏抗清不仕新朝之举如同张良"报韩"，而其后人如张玳仁者又能"重旧家声"。

（七）

入耳初闻打稻①声，农家向晚趁新晴②。

黄云一片湖洋路③，差慰④丰年愿望情。

①打稻：客家地区旧时收割水稻，将禾束甩打斗楻内板以脱粒，谓之

"打禾""打谷"。

② 向晚：近晚，天色将晚。此句谓农家趁久雨新晴，忙于割稻，天色近晚，仍不辍劳作。

③ 黄云：比喻成熟的稻麦。王安石《同陈和叔游齐安院》诗："缲成白雪桑重绿，割尽黄云稻正青。"湖洋：地名，今上杭县湖洋镇，地接武平十方，为荷公东返必经之地。

④ 差慰：略可安慰。

（八）

乍晴乍雨泥人行，天气炎凉顷刻更。

八十里程①行傍晚，西城灯电满街明②。

① 据本书上文丘复《信宿十方》等诗，此"八十里程"应是十方至上杭县城之里程。

② 西城：即上杭县城西。1993 年《上杭县志·大事记》载：1927 年 5 月，上杭福曜电灯公司发电照明。故荷公 1941 年返乡，上杭县城已有电灯。

挽林系文同年（二首）①

（一）

风流倜傥少年场②，倚马千言③下笔强。

一出官因桑梓误④，重泉⑤恨与地天长。

穷愁不见偏多病，患难余生未减狂。

撒手脱离尘垢去，寻仙问佛任相羊⑥。

① 此诗作于 1942 年初夏，载《念庐诗稿·老蚕集》。林系文即林绂庭，

系文为其号。同年，指荷公与林系文同年入府学就读。此诗亦载《南武赘谭·八十五》，其文云：

整理此稿自春分日录起，旋作旋辍。交立夏节，突传林协纂噩耗，而易箦日月，传者不详也。君名绂庭，字系文，居武平南城林屋巷。曾祖士俊，邑庠生，咸丰七年太平军陷城遇难。祖其年，进士，户部主事，分发江苏知府，同治三年殉漳州之难。父子俱祀昭忠祠。父祖延，岁贡生。君少余一岁，壬辰年十八入泮，与余同出祥符沈公门（注者按：即沈源深），旋食饩。己酉以优行贡，分发广东知县。改革后任武平劝学所长有年。（民国）二十二至二十三年间，任武平县长。

君天分甚高，涉猎史书亦博，诗文援笔立就，不假思索。性高傲，言无忌讳，于人少所许可，往往取怨于人而不自知。（民国）二十六年冬，二子被人暗杀于家。同时商会主席钟佩芳亦遇害县城之内。黄昏时候同时枪杀三命，县政府莫能谁何。是日，旅长钟绍葵率志愿兵二团出发湖南，或谓钟阴遣人为之，然无左证，人不敢言，言随踵祸。……君自遭家难，唯寄情诗酒以写其牢愁。曾旅长友仁（注者按：广东五华人，民国中将）聘之以教其子。

（民国）二十九年秋，修志回县，同事十月。别后书札往还。时以诗见寄，于余诗多所纠正。或不得要领，余以书往商，君亦翕服也。今年六十有八，有一子在练师长惕生（注者按：武平岩前人，民国中将）军营服务。去年曾获曾孙所著《畲经庐诗稿》，未知能保存否。余挽以诗云……余录寄谢协纂、刘干事，同致哀悼焉。

尚有一事可附载者：咸丰七年（注者按：1857年）鼓吹开城之事，余幼时即闻之。承乏志事，未得陈友元《纪事》之先，只知为姓林。及余还家复来，宿十方，始知为林文炳，莫详何等人。余以其人敢于开城，必有势力，又适姓林，维时君之先人任团总，疑有关系。得陈之纪事乃释然（注者按：《南武赘谭·三十六》记：据陈友元《省斋纪事》载，咸丰七年太平军入武平，为之内应，开东城门，鼓吹迎接太平军者其一为县衙书办林文炳,而非时任武平团总的林绖庭曾祖林士俊)。一日午餐酒闲,余以此意告,君愤然作色曰:"君亦疑先人乎?"余曰:"此事君必有所闻,已不见告。及余自十方来,查城区采访册:林文炳,咸丰七年殉难,入祀昭忠祠。君(民国)三十年任分纂,又不加调查、辨正,安得不使人疑?且人之疑藏于心,君有何力使人不疑?亦唯余怀疑,乃多方调查而得陈之《纪事》,否则至今尚不能无疑也。"辩论许久,君之气乃平。足见刚果性成,倔强犹昔。而今已矣,虽欲与君强辩而不可得矣,能无痛乎!附记卷末,以为君补传之资。

　　据荷公此记"君少余一岁""今年六十有八"句,验之《十方停车候轮》诗之自注,可知林绖庭生卒年为 1875～1942 年。

②少年场:年轻人聚会的场所。北周庾信《结客少年场行》诗:"结客少年场,春风满路香。"此句是说林绖庭年仅十八岁,就考入才俊云集的汀州府学。

③倚马千言:倚靠在即将出发的战马前起草文件,千言立就,形容才思敏捷。刘义庆《世说新语·文学》:"桓宣武(桓温)北征,袁虎(即袁宏)时从,被责免官。会须露布文,唤袁倚马前令作。手不辍笔,俄得七纸,殊可观。"

④出官:出任做官。荷公注云"君曾出任武平县长",即林绖庭于 1933～1934 年曾任武平县长。林因"性高傲,言无忌讳,于人少所许可,往往取怨于人而不自知",1937 年"二子被人暗杀于家",故谓"因桑梓误"。桑梓:家乡。

⑤重泉:犹九泉,旧指逝者所归。苏轼《祭单君贶文》:"云何不吊,衔痛重泉。"本句荷公注云:"二十六年冬,两子遭暗杀于家。"

⑥相羊:亦作"相佯",如"徜徉",徘徊,盘桓。《楚辞·离骚》:"折若木以拂日兮,聊逍遥以相羊。"

（二）

贾生年少冠同门[①]，五十年来几辈存？

久别相惊俱老大，长谈未肯闲晨昏。

商量旧学朋三寿[②]，剖晰疑团酒一尊[③]。

欲细论文今已矣，空歌楚些赋招魂[④]。

①贾生：即西汉初著名政论家、文学家贾谊，世称"贾生"。《史记·贾生列传》载贾谊"年十八，以能诵诗属书闻于郡中"，吴廷尉向汉文帝推荐贾谊，"言贾生年少，颇通诸子百家之书。文帝召以为博士"。荷公此句注云"（光绪）壬辰入泮，同出祥符沈公门，君年十八"，故此处借贾生赞林绂庭年少多才。林绂庭卒年六十八，故下句云"五十年来"。

②荷公此句注云："《武志》编纂，君与谢君丽滨及予三人，丽滨与予同甲，君少一岁。""朋三寿"，即"三寿作朋"，详参上文丘复《留别丽滨、系文两协纂并抟九千事》第一首注④。

③荷公此句注云："详予所著《南武赘谭》。"即上文注①所引《南武赘谭·八十五》所记"尚有一事可附载者"。剖晰，同"剖析"。

④屈原《楚辞·招魂》是沿用楚国民间流行的招魂词的形式而写成，句尾皆有"些"字，后因以"楚些"指招魂歌。

题王汉卿同年诗卷[①]

诗以穷益工[②]，惟穷乃多暇。

江山助诗豪，游屐[③]恣上下。

赋物静入微，咏古深得鳝。

精思废寝食，冥索[④]忘昼夜。

非穷无此闲，非暇焉入化[⑤]？

俗士入宦途，兹事中道罢。

奔走要津门，不媒贱自嫁。

孜孜讲钻营，奚暇谈陶谢⑥？

君亦宦途人，臭味异鲍麝。

盛气旁无人，雄才可大霸。

和我五十诗，几方李杜驾⑦。

游稿积数寸，字字酒浆醡⑧。

秉烛读连宵，烧跋几条桦⑨。

湖山足啸歌，傀儡供笑骂。

掷地金石铿，入孔水银泻。

酸醎与世殊，锋芒令人怕。

七言律尤工，别筑长城跨⑩。

角韵⑪屡出奇，用兵不厌诈。

草堂接謦欬⑫，剑南相枕藉⑬。

直可倒一时，何止避三舍⑭。

昔君初入浙，一官龙泉借⑮。

匆匆衰绖归，急急簿书卸⑯。

重游武林山，听鼓几冬夏⑰。

性不惯逢迎，声未免叱咤。

虽负牛刀才，膴仕无姻娅⑱。

寂寞久赋闲，有类长休假。

问君胡不归，味岂倒啖蔗⑲？

爱此山水区，绝少西湖亚。⑳

故山烽火连，万亩荒稑稏㉑。

况无田可归，乐土聊墨稼㉒。

吴山第一峰，高踞张吟榭。

东坡不弈棋㉓，醉翁或九射㉔。

茶用文火煎，酒向武负赍^㉕。

六桥几案间^㉖，远胜骑驴灞^㉗。

一官水上沤^㉘，得丧何足讶？

独有吟中趣，乐事真无价。

诗岂能穷人，玉汝天麻迓^㉙。

闲中吟诗多，琳琅堆满架。

他年赋遂初^㉚，万口争脍炙^㉛。

磊磊南岩山^㉜，名高埒太华^㉝。

①此诗载《丘复集·念庐诗稿》卷九，亦载《南武赘谭·六十》。王汉卿，即王宗海（1868～1936年），汉卿其字，民国《武平县志·文苑传》有传，其事详参本书"王宗海诗"。光绪二十三年（1897年），王宗海中拔贡，荷公中举人，故称"同年"。《南武赘谭·六十》载，王宗海"晚年欲自作传，亦犹编诗，不愿他人作序，而以《咏怀诗》弁首也。（民国）二十五年卒于汕，年六十九。……上年予曾题其诗卷"。又查本书王宗海《咏怀》诗为五言古体长诗，共41句。则荷公此诗（亦五言，共40句）作于1935年，当为和诗。

②同"文穷而后工"，旧时认为文人越是穷困不得志，诗文就写得越好，句出欧阳修《梅圣俞诗集序》："盖世所传诗者，多出于古穷人之辞也，盖愈穷则愈工。然则非诗之能穷人，殆穷者而后工也。"

③游屐：出游时穿的木屐，代指游玩山水。

④冥索：潜心探究。

⑤入化：达到绝妙的境界。

⑥陶谢：晋陶潜、谢灵运的并称。陶善写田园诗，谢长于山水诗。杜甫《夜听许十一诵诗爱而有作》诗："陶谢不枝梧，风骚共推激。"

⑦李杜：唐李白、杜甫，彼此和诗。方驾：原指两车并行，后以之比喻比肩、媲美。杜甫《戏为六绝句》之五："窃攀屈宋宜方驾，恐与齐梁作后尘。"

⑧醡（zhà）：原稿此字左"酉"右"窑"，《康熙字典》"酉"部载此字即"醡"，同"榨"。酒浆醡，指经过榨取而成的酒浆（美酒），诗中以此比喻王宗海诗作是字字精心提炼之作。

⑨跋（bá）：灯座。《礼记·曲礼上》："烛不见跋。"孔颖达疏："《小尔雅》云：'跋，本也。'本，把处也。"烛跋，指竖立火炬或蜡烛的底坐。桦：桦树，南朝《玉篇》："木皮可以为烛。"烧跋几条桦，大意是烧掉了几根蜡烛，以之形容"秉烛读连宵"。

⑩唐代著名诗人刘长卿擅五言诗，人称"五言长城"。丘复仿之，称赞王宗海"七言律尤工"，如同在"五言长城"之外，别筑"七言长城"。

⑪角韵：衡量（选择）用韵。

⑫草堂：借指杜甫，安史之乱期间杜甫曾寓居成都浣花草堂。謦欬（qǐng kài）：原指咳嗽声，引申为言笑、谈吐。荷公此句应是赞扬王宗海学诗宗杜甫，得到杜诗真传。本书所载王宗海《咏怀》诗有"少陵真我师"句，少陵野老即杜甫之号。

⑬剑南：借指陆游，《宋史·陆游传》载："通判夔州""王炎宣抚川、陕，辟（游）为干办公事""范成大帅蜀，游为参议官"，即陆游于南宋乾道六年至淳熙五年（1170～1178年）在四川任职多年，因四川又通称"剑南"，故其将此间所作诗文汇为《剑南诗稿》。枕藉：枕头与垫席，引申为沉溺，陆游《幽居戏赠邻曲》诗："虽无壶酒助歌呼，幸有蠹书供枕藉。"全句是说王宗海沉溺于陆游之诗。

⑭此句应是赞美王宗海诗可倾倒一时，令人何止退避三舍，不敢与其争锋。

⑮王宗海曾署龙泉知县，龙泉县在浙南，旧属处州府，今为龙泉市，由丽水市代管，地接福建。

⑯衰绖（cuī dié）：指丧服。古人丧服胸前当心处缀有长六寸、广四寸的麻布，名衰，因名此衣为衰；围在头上的散麻绳为首绖，缠在腰间的为腰绖。衰、绖两者是丧服的主要部分。引申为居丧。衰，通

"缀。"《南武赘谭·六十》载：王宗海"署龙泉县。甫四月，丁内艰归"。即遭母丧归。

⑰武林山：杭州西湖的三面群山总称"武林山"，杭州别称"武林"。《南武赘谭·六十》载：王宗海"再出，委署天台，未抵任。"天台县，清台州府属县。听鼓：官吏赴缺候补。清黄轩祖《游梁琐记·张勤果轶事》："弱冠随父听鼓汴垣。"据此可知，王宗海曾寓居杭州，需次（等候补缺）多年。

⑱牛刀：宰牛刀，喻高才。苏轼《送欧阳主簿赴官韦城》诗："读遍牙签三万轴，欲来小邑试牛刀。"膴（wǔ）仕：高官厚禄。膴，厚也。姻娅：亲家和连襟，泛指姻亲，也作"姻亚"。《诗经·小雅·节南山》："琐琐姻亚，则无膴仕。"

⑲胡：何。晋陶潜《归去来兮》："归去来兮，田园将芜胡不归？"倒啖（dàn）蔗：《世说新语·排调》载：晋著名画家顾恺之（字长康）吃甘蔗，先从蔗梢吃起。有人问他什么原因，他说："逐渐进入美妙的境界。"（顾长康啖甘蔗，先食尾。问所以，云："渐至佳境。"）

⑳天下很少山水能称"西湖第二"，即言西湖山水最美。

㉑穊稏（bà yà）：江南稻名，又通作"罢亚"。辛弃疾《鹧鸪天·鹅湖寺道中》词："千章云木钩辀叫，十里溪风穊稏香。"

㉒墨稼：笔耕。

㉓苏东坡只观棋而不下棋，其《观棋》诗有序云："予素不解棋，尝独游庐山白鹤观，观中人皆阖户昼寝，独闻棋声于古松流水之间，意欣然喜之。自尔欲学，然终不解也。儿子（苏）过乃初能者，儋守张中日从之戏，予亦隅坐，竟日不以为厌也。"

㉔九射：即"九射格"，古代饮酒游戏的器具，射靶上画九种动物，物各有筹，射者视所中物之筹数而饮酒。醉翁：即欧阳修，号醉翁，其《醉翁亭记》记宴饮："宴酣之乐，非丝非竹，射者中，弈者胜，觥筹交错，起坐而喧哗者，众宾欢也。"

㉕武负贳（shì）：《史记·高祖本纪》载刘邦在乡时，喜好喝酒和美

色，常常到武负、王媪的酒肆赊酒喝（"好酒及色，常从王媪、武负
贳酒"）。贳：赊欠。

㉖六桥：杭州西湖外湖苏堤上之六桥：映波、锁澜、望山、压堤、东
浦、跨虹，苏轼所建。苏轼《轼在颍州与赵德麟同治西湖湖成德麟有
诗见怀次韵》："六桥横绝天汉上，北山始与南屏通。"亦指西湖里湖
之六桥：环璧、流金、卧龙、隐秀、景行、濬源，明杨孟瑛所建。几
案：案桌。

㉗骑驴灞：宋孙光宪《北梦琐言》卷七载：唐朝时，相国郑启虽然有
诗人的名气，但在诗坛上名望不高。他想提高自己的声望，于是骑着
驴在雪天到灞桥去寻找灵感。有人问他最近的新诗，他回答说："诗
思在灞桥雪中驴子上，此处何以得之！"后以"骑驴吟灞上""骑驴
索句"作苦吟之典。全句是说，杭州西湖等六桥胜景就在案桌之前，
即可信手拈来入诗，远远胜过骑驴到灞桥苦苦觅诗。

㉘水上沤：如同水泡般虚幻。沤，水泡。陆游《黄昏小雨中暂憩苍头在
傍云初未尝得暝予乃甚适若熟寐者作五字记之》诗："轻若风中絮，
浮如水上沤。死生君了否？试向此中求。"

㉙玉汝：即"玉汝于成"之省称，逆境像打磨璞玉一样磨砺你，使你
成功。语本《诗经·大雅·民劳》"王欲玉女（汝），是用大谏。"天
庥（xiū）：上天的庇护。迓（yà）：迎接。

㉚赋遂初：晋孙绰作《遂初赋》，反映作者乐于隐居生活，后因以"赋
《遂初》"借指辞官隐居。荷公以此借指王宗海赋闲之诗作。

㉛脍炙（kuài zhì）：原指细切的肉和烤熟的肉，泛指佳肴，后比喻美好
的诗文或事物为人称赞。司马光《司马温公诗话·寇莱公诗》：
"〔寇准诗〕为人脍炙。"

㉜南岩山：即王宗海原乡岩前之灵岩山（南安岩），《南武赘谭》此句
即作"磊磊灵岩山"。荷公以此山恭维王宗海。

㉝埒（liè）：等同，比。《史记·平准书》："故吴诸侯也，以即山铸钱，
富埒天子。"太华：山名，即西岳华山，在陕西省华阴县南，因其西

有少华山，故称太华。

谢伯镕（1874～1953年），谱名培鋆，字伯镕，号丽滨，以字行。武平县万安乡下镇村人。清岁贡生，民国初年福建法政专门学校毕业，考取县知事，先后任浙江省富阳、龙泉等县承审员和代理县知事等职。1941年与林绖庭协助丘复纂修《武平县志》。喜诗文，擅书法，有《七秩寿辰唱和集》。晚年热心教育，捐创学校多所。

哀魏侃夫[①]

哀哉正月二十六，魏公此时遭杀戮。
保民御寇该剥皮，千载闻风齐痛哭。
乱世岂容做好官，问公何事城高筑。
呜呼！城已废，民不忘，
人生何用臭皮囊，社祭年年报赛忙。

①元武平县尹魏侃夫解职后，率眷属居万安，时寇盗蜂起，乃率乡民筑万安土堡抵御，被人诬为私筑王城，枉遭剥皮之刑，乡民怀念，集资建祠纪念，定每年农历正月二十六日为祭祀魏公之期，至今崇奉不衰。

四十周年花烛纪念自题杭州拍照[①]

不忆杭州忆故乡，十年心事九回肠[②]。
千金不买疗愁药，一喜竟成却病方[③]。
未得风帆归栗里[④]，仍留霜鬓照钱塘[⑤]。
叮咛莫学东坡妇，有酒同倾勿久藏[⑥]。

①此诗大约作于1935年。作者结婚四十周年纪念，夫妇在杭州拍了一

张合照，这首诗就题写在照片上。

②形容愁思难解。柳宗元《登柳州城楼寄漳、汀、封、连四州刺史》："城上高楼接大荒，海天愁思正茫茫，惊风乱飐芙蓉水，密雨斜侵薜荔墙。岭树重遮千里目，江流曲似九回肠。共来百粤文身地，犹自音书滞一乡！"

③时作者之夫人偶染微恙，得到第五子玉珂结婚的喜讯，霍然病已。

④栗里：地名，在庐山南麓、温泉北侧的虎爪崖下，相传为陶渊明的出生地。今属江西九江市南陶村西。南宋葛立方《满庭芳·栗里田园》首句云："栗里田园，乌衣门巷，别来几换星霜。"这一联说，还没有条件像陶渊明一样归隐故乡或隐居世外桃源，只能以垂老之身暂留杭州。

⑤钱塘，即杭州。时作者寓居杭州。

⑥苏轼《后赤壁赋》，记宋神宗元丰五年（1082年）苏子被贬黄州时，于十月十五之月明星稀夜，与客同游，得鱼而无酒，"归而谋诸妇。妇曰：'我有斗酒，藏之久矣，以待子不时之需。'于是携酒与鱼，复游于赤壁之下。"明代才子金圣叹有"不亦快哉"三十三则，其一记其招待阔别十年的友人，亦趋内室求酒于内子，并引《后赤壁赋》故事曰："君岂有斗酒如东坡妇乎？"其内子欣然拔金簪相付。计之可作三日供！足见东坡求酒于妇的风流韵事在文人中广为流传，且争相效法。本诗即引此典表达结婚纪念夫妇亲昵恩爱之情。

步韵①酬和丘主纂赠《留别》（两首）②

（一）

学问文章冠绝时③，平川考订④慰心期。
编年且比左丘氏⑤，诔墓直嗤韩退之⑥。
烛剪西窗寒夜话⑦，魂销南浦别离诗⑧。
何当斗酒来相会，满酌金罍各自持。⑨

（二）

陶然不觉酒肠宽⑩，减膳添觥心较安。⑪

卜岁鸡占传曼倩⑫，登坛牛耳执齐桓⑬。

千秋事业⑭成功大，十月苔岑⑮再合难。

垂老情深增别感，临歧珍重⑯勉加餐。

①步韵，又称为"次韵"，是和诗的一种方式，即使用原作诗者用过的某一韵或某几个字，和诗者依次使用相同的韵字，这就是步韵，是步步跟随之意。

②1940年丘复应聘到武平任县志主纂，1941年功成临别之际，有《留别丽滨、系文两协纂并挬九干事》诗赠修志诸同人。详参上文丘复此诗（一）及注①。

③丘复《南武赘谭》引此诗，"时"作"诗"，应是笔误。丘复原诗首句韵字是"时"，既然是步韵，当然只能用"时"字，且后文还有一个韵脚是"诗"字，一诗中不应重复同一字为韵脚。

④丘复纂修武平县志时，对相关人和事多作考订。纂修县志的副产品《南武赘谭》，即其考订成果的汇集。平川，武平县城所在地。

⑤左丘氏，即左丘明，春秋末期史学家。关于其姓氏籍贯，最新研究成果认为，原为姜姓，出自太公少子，初为丘氏，后改左氏，名明，春秋末年鲁国都君庄（今山东省肥城市石横镇东衡鱼村）人。著有《春秋左氏传》与《国语》二书。《春秋左氏传》简称《左传》，既是重要的儒家经典，又是我国第一部完整的编年体史书。

⑥韩退之，即韩愈。谀墓，写墓碑时因为某种原因对墓主阿谀奉承。唐宪宗元和十二年（817年）宰相裴度挂帅，猛将李愬夜袭蔡州，一举平定割据多年的淮西（今河南省东南部）藩镇吴元济，取得唐廷多年求之不得的平藩胜利。事后宪宗命吏部侍郎韩愈撰写碑文，名为《平淮西碑》。其碑文大力歌颂裴度功勋，甚少提到李愬的事迹，李

愬部将愤而仆倒韩碑，并向皇帝诉韩愈碑文不公，收受贿赂为人说好话。帝乃命翰林大学士段文昌重新撰写碑文。对于这桩公案，千年以来说法不一。丘复相信韩愈收受贿赂谀墓之说，并曾就此事抨击韩愈，故有是言。

⑦朋友一起聊天，典出李商隐《夜雨寄北》："君问归期未有期，巴山夜雨涨秋池。何当共剪西窗烛，却话巴山夜雨时。"

⑧形容离别时的难舍难分、肝肠寸断。典出唐白居易《南浦别》："南浦凄凄别，西风袅袅秋。一看肠一断，好去莫回头。"

⑨金罍（léi），大型盛酒器和礼器。流行于商晚期至春秋中期。造型有圆形、方形两种。这里泛指大酒杯。意思说老朋友再相会，一定要痛饮一番，大家都要做好准备，不要醉倒。

⑩酒肠代指酒量。唐孟郊、韩愈《同宿联句》："为君开酒肠，颠倒舞相饮。"宋苏辙《送毛滂斋郎》诗："酒肠天与浑无敌，诗律家传便出人。"清吴伟业《赠穆大苑先》诗："身躯虽小酒肠宽，坦腹乡村话畴昔。"

⑪作者曾经戏言，以酒代饭，可省米救荒。觥（gōng）：古代以兕牛角所制酒器。

⑫卜岁：旧时民间以进入新正（正月）初几日的天气阴晴来占本年年成。其说始于汉东方朔的岁占，谓岁后八日，一日为鸡日，二日为犬，三日为猪，四日为羊，五日为牛，六日为马，七日为人，八日为谷。如果当日晴朗，则所主之物繁育，当日阴，所主之日不昌。后代沿其习，认为初一至初十，皆以天气清朗，无风无雪为吉。鸡占：古越俗，用鸡骨头占卜。唐柳宗元《柳州峒氓》诗："鹅毛御腊缝山罽，鸡骨占年拜水神。"宋苏轼《雷州》诗之一："呻吟殊未央，更把鸡骨灼。"曼倩：汉东方朔本姓张，字曼倩。这句应为称赞丘复善明时局、富于远识。

⑬齐桓公（？～前643年10月7日）春秋时代齐国第十五位国君，姜姓，名小白。于前681年在鄄（今山东鄄城）召集宋、陈等四国诸侯

会盟，齐桓公是历史上第一个充当盟主的诸侯。后来他执诸侯之牛耳，共九次以霸主身份会合诸侯。这句称赞丘复有学有术，在闽西居于文坛领袖的地位。

⑭《周礼·春官》曰："外史掌书外令，掌四方之志。"汉代郑玄注曰："志，记也，谓若鲁之《春秋》、晋之《乘》、楚之《梼杌》。"梁启超据此论定，"最古之史，实为方志"，"郡之有志，犹国之有史"，故云。

⑮苔岑：晋郭璞《赠温峤》诗："人亦有言，松竹有林。及余（尔）臭味，异苔同岑。""异苔同岑"，即不同的青苔同长于一山。后世因以"苔岑"指志同道合的朋友。此次武平修志，原定五月为期，后展期五个月，共十个月，故称"十月苔岑"。详参上文丘复《留别丽滨、系文两协纂并拚九干事（一）》注①。

⑯临歧，本指面临歧路，后常以临歧珍重为赠别之辞。清孙旸《送邓孝威南还》："谁遣征书回鹖冠，又看薄毂出长安。到来京洛文章贵，归去江湖天地宽。碣石虚闻求骏骨，邢沟无恙把渔竿。临歧珍重加餐饭，白首休歌《行路难》。"

林绂庭（1875~1942 年），号系文，武平县平川镇兴南村人，清宣统元年（1909 年）优贡生，朝考一等，以知县分发广东。民国初年任武平县劝学所长、教育局长等，1932 年任武平县长，1940~1941 年与谢伯镕协助丘复纂修《武平县志》。

荷公先生将归上杭赠行①（二首）

荷公先生总纂志稿，成行②有日矣。十月共事，惓惓下怀。率吟拙句赠行，藉志去思。

（一）

蓬门寂寞客来稀，幸迓高轩兴欲飞③。

大块阳春真有脚④，垫江河水早知归⑤。

鸿篇凤羡多文富，邑乘⑥偏劳⑦健笔挥。

俯仰步趋终在后，伯阳同传愧韩非⑧。

①此诗载丘复《南武赘谭·八十三》，写成于 1941 年 7 月丘复总纂成
　《武平县志》将归上杭之际。有关背景详参丘复《留别丽滨、系文两
　协纂并抟九千事》注①。诗题为注者所拟。

②成行：排列成行，即志稿已纂成排版（时用铅印）。

③迓（yà）：迎。高轩：高车，贵显者所乘，亦借指贵显者，南朝徐陵
　《与杨仆射书》："高轩继路，飞盖相随。"本诗用于尊称丘复。

④大块：大自然，大地，世界。《庄子·齐物论》："夫大块噫气，其名
　为风。"阳春有脚：典出五代王仁裕《开元天宝遗事·有脚阳春》，
　谓唐朝宰相宋璟爱民恤物，时人称赞他像长了脚的春天，到处带来温
　暖。后遂用"有脚阳春"称颂官吏的德政。本诗用此典，或是翻新
　用典。一、丘复虽未出仕，但以此歌颂丘复总纂县志之举给武平带来
　福泽；二、联系下句，"阳春有脚"或指"春光有脚"，即有时光如
　流之意，感叹与丘复同修县志的十个月美好时光匆匆而过。

⑤垫江：不详其义。另，今重庆有垫江县，西魏建县。"早知归"或指
　丘复年近古稀时有回归故里之意。

⑥邑乘（chéng）：县志，本诗指丘复总纂的《武平县志》。

⑦偏劳：有两义：一是指负担很重，如唐岑参《陕州月城楼送辛判官入
　奏》诗："相思灞陵月，只有梦偏劳。"从此意上说，是指丘复总纂
　《武平县志》任务繁重。二是指请人帮忙或谢人代做事的客气话，因
　丘复系上杭县人，而总纂《武平县志》，故说"偏劳"。

⑧伯阳：即春秋思想家老子，其字伯阳。韩非：战国思想家韩非子。

《史记》有《老子韩非列传》，故曰"同传"。司马迁在此文末评论说："老子所贵道，虚无，因应变化于无为，故著书辞称微妙难识。……韩子引绳墨，切事情，明是非，其极惨礉少恩。皆原于道德之意，而老子深远矣。"即老子、韩非子虽然同传，但老子较之深远。林绂庭此诗句，是自谦有愧与丘复同列《武平县志》修纂。

（二）

> 十月相于^①酒共倾，笑谈长挹畹兰清^②。
> 扢扬风雅新编集^③，著作阳秋^④夙擅名。
> 附骥^⑤却惭蝉翼远，登龙幸御马蹄轻^⑥。
> 炎风^⑦何事催归去，白首临歧^⑧怅别情。

①相于：相亲，相厚。杜甫《赠李八秘书别诗》："此行非不济，良友昔相于。"

②长挹（yì）：长舀，长取。畹兰：兰花，即"九畹兰"之省，《楚辞·离骚》："余既滋兰之九畹兮，又树蕙之百亩。"王逸注："十二亩曰畹。"一说田三十亩曰畹，后即以"九畹"为兰花的典实。此句是说笑谈内容都很高雅脱俗。

③扢（gǔ）扬：发扬，显扬。风雅新编集：原诗注："君以所编《杭川新风雅集》见赠。"丘复1936年秋编成出版《杭川新风雅集》，收录明至民国上杭籍诗人诗作。

④原诗注："君前总纂《上杭县志》。"著作：写作。阳秋：原指孔子所著《春秋》，晋时因避晋简文帝郑后阿春讳，改"春"为"阳"。后通称史书，诗中指丘复总纂于1938年出版的《上杭县志》。

⑤附骥：即"附骥尾"之省，谓蚊蝇附于好马之尾，可远行千里，比喻依附名人而出名，一般用作谦词。

⑥登龙：即"登龙门"之省，谓鱼登上了黄河龙门即为龙，比喻得到有名望者的接待和援引而提高身价。这两诗句，是林绂庭自谦与丘复

相亲如同"附骥""登龙",但丘复学识如蝉翼高飞,自己无法追上,所幸所驾之马轻快,不至于落后太远。

⑦炎风:热风。丘复作别武平时在1941年7月。

⑧临歧:相送至歧路而分别。唐贾岛《送陕府王建司马》诗:"杜陵惆怅临歧饯,未寝月前多展踪。"

祝钟勤侯①六秩华诞

(一)

杭川②秋水动遐思,三十年来忆旧知。
岁月如流惭下泽③,乔松增茂挺高枝④。
当年风度怀张绪⑤,老去文章羡牧之⑥。
遥企庭阶兰桂馥⑦,南山⑧健饭日餐芝⑨。

①钟勤侯(1882~1961年),名时赞,字之灏,号佩香,上杭太拔坵(丘)辉村人。清廪生,后游学福州鳌峰书院。民国时曾代理平和县县长。晚年热心文教,参与编纂民国《上杭县志》,执教上杭县立中学,门下士多俊杰。六十寿辰时,贺寿诗文甚多,编成《秋辉介寿集》一卷。本诗即贺诗之一。据丘复《老蚕集》之《寿勤侯六十》诗载钟勤侯生日为农历八月二十四日。

②上杭县的代称。

③《易经·履》:"上天下泽"。"上天下泽"缩略为天泽,喻上下、尊卑。这里自称下泽,则尊对方为前辈,为尊长。

④乔松,高大的松树。乔松增茂挺高枝,祝贺对方增寿。

⑤张绪,字思曼,南朝齐士大夫,吴郡吴县(今苏州)人。少知名,清简寡欲,忘情荣禄,朝野皆贵其风。后世作为清高士人的典范。

⑥杜牧,字牧之,唐代杰出的诗人、散文家,其诗英发俊爽,人称"小

杜"，以别于杜甫"老杜"。

⑦遥企：同"遥祝仰"，对远地之人表敬仰。庭阶兰桂馥，典出《世说
　新语·言语》：有一次谢安问诸子侄，"子弟亦何预人事，而正欲使
　其佳？"谢玄回答道："譬如芝兰玉树，欲使其生于庭阶耳。"后以庭
　阶兰桂馥比喻子弟优秀俊拔。

⑧南山：祝寿语，即寿比南山之意。

⑨餐芝：食仙芝，即指修身养性。

<h3 style="text-align:center">（二）</h3>

> 簪聚临汀羡轶群①，矫如仙鹤气凌云。
> 江东渭北思春树②，白雪苍葭隔楚氛③。
> 治著弦歌知雅化④，门栽桃李竞奇芬⑤。
> 跻堂祝嘏⑥瞻天象，奎耀生光百辈醺⑦。

①恭维对方是汀州名族，高官显宦聚集一方，卓然超出常人。簪
　（zān）：簪子，后以"簪缨缙绅"喻显贵之人。临汀：汀州别称。轶
　群：超出众人。

②杜甫《春日忆李白》有句云："渭北春天树，江东日暮云。何时一樽
　酒，重与细论文。"渭北，指渭水北岸，借指长安，当时杜甫在此地；
　江东，指今江苏省南部和浙江省北部一带，当时李白在此地。这四句
　诗，表达了杜甫与李白的深挚友谊，以及离别后的思念之情。作者借
　杜甫与李白的关系喻自己与对方。

③《诗经·秦风·蒹葭》："蒹葭苍苍，白露为霜。所谓伊人，在水一
　方。溯洄从之，道阻且长。溯游从之，宛在水中央。"本句"白雪苍
　葭"化用此诗，表达彼此友谊的深长。楚氛，指恶劣、鄙俗之气。典
　出《左传·襄公二十七年》："以藩为军。晋楚各处其偏。伯夙谓赵
　孟曰。楚氛甚恶。"晋杜预注："氛，气也。言楚有袭晋之气。"本句
　总的意思是，我们友谊深长，但限于恶劣的环境，很少在一起。

④弦歌，指礼乐教化、学习诵读。本句恭维对方治理百姓注重礼乐教
　　化，使得民风文雅起来。

⑤本句恭维对方培养了很多出色的学生。

⑥祝嘏，祝贺寿辰，多用于皇室贵族等。嘏（gǔ）：福。

⑦奎，即奎星，又称魁星，原为古代天文学中二十八宿之一，道教尊其
　　为主宰文运之神。斝（jiǎ）：古代盛酒的器具，圆口，三足。本联意
　　思是，我们很荣幸地前来祝寿，看到您就像天上的奎星一样光芒灿
　　烂，大家都高兴得开怀畅饮。

　　谢鸣珂（1897～1976 年），号殿翔，武平县万安镇下圳村人，谢伯
镕长子，毕业于日本北海道帝国大学森林科，20 世纪 20 年代为闽西进
步刊物《曙汀》主编。1927 年北伐战争期间，当选为民选武平县务委
员会委员长，后历任福建省立南平高级农校校长、福安高级农校校长，
江西省中正大学及上海劳动大学教授。迁台后历任高雄旗山经济农场场
长、高屏区农林试验改良场场长等职。

咏武平八景①（调寄定风波）

一　南岩佛迹

浑忘人世有蓬壶②，古佛去后来仙姑③，
拔地狮岩张大口，仙佛岩居同道莫分途。
南安本是税茶市④，监税筑城武力未应无。
因地及人空念旧，成佛成仙不见掷刀屠⑤。

————

①有关"武平八景"，详参本书明刘焘、清刘旿等同题诗及注释。

②蓬壶，即蓬莱，传说海上三神山之一。蓬壶，喻南岩（狮岩），明武
　　平知县成敦睦曾刻"人世蓬壶"于其上。

③古佛，即定光古佛；仙姑，即何仙姑。据民间传说，岩前狮岩原属何
仙姑之父何大郎，定光佛初来还曾与何仙姑争地，据此则何仙姑先
到，定光佛后来。这里说"古佛去后来仙姑"，可能因为平仄需要而
作如此调整。

④武平建县之前，先有南安、武平两镇。五代王氏闽国合南安、武平两
镇为武平场。场者，榷税之所。当时武平出产，茶为大宗，场以税茶
为主，合乎情理。

⑤佛教主张"放下屠刀，立地成佛"。这句针对上句"武力未应无"
（即有武力），是对那些声言信佛信道而肆行屠戮者的讽刺。

二　梁野仙踪

炼石首闻欲补天，偶留一石梁山巅①。

落帽风吹微似动，千载颠危不坠碎人魂。

捆石香藤今作佛，闻道毒蚊闭口不劳神。

热灶何须炊佛足②，梦醒黄粱③得饱且安眠。

①梁野山最高山峰上屹立着一块巨石，俗称"古母石"，大数丈，一石
载之，瞰见百里。因此奇石，联想到女娲炼石补天，遗下此石。

②关于古母石，有个传说。相传某年的一天，定光古佛化装成一个乞
丐，离开白云寺前往古母顶西北山脚的箩斗坑化缘。中午时分来到一
个财主家，定光古佛上前讨食。财主见是一个乞丐，一挥手吩咐家丁
赶出门去。古佛取出背袋里原已乞讨到的一点米，央求财主借锅煮口
饭吃，财主也不答应。古佛说，"那就用我的两只脚作柴烧可以吗？"
财主勉强答应。只见古佛不急不忙淘米下锅，然后就把双脚放进灶膛
里噼噼啪啪烧起熊熊大火。不久饭煮熟了，古佛在厨房里吃完后，也
不跟财主打招呼就径自离去。财主见古佛行走敏捷，不禁大惊失色。
家人又报告说饭桌、凳子全都无影无踪了。他急忙跑到厨房，只见尚
未完全烧尽的桌脚、凳脚残存灶膛。财主恼羞成怒，吆喝众家丁手持

棍棒追赶。古佛走到村头水口处，见有块镇水口的大石，忙解下缠腰的香藤把它捆绑好，用伞柄背上石头健步如飞朝古母顶疾走。待走到山顶，回头一看，财主率领众家丁仍在半山腰上穷追不舍。古佛就生气地把背上的大石往地上一放，施展法术，使这块石头迅速变成十几人合抱不过的大石。正在山腰上气喘吁吁追赶的财主一伙一抬头，猛然看见山顶一块巨石悬空而立，摇摇欲坠，吓得落荒而逃。从此巨石屹立在山顶，饱经风霜雨雪电劈雷击，至今不坠。词中"颠危不坠碎人魂""炊佛足"云云，皆据此传说而言。

③黄粱一梦，用来比喻荣华富贵如梦一场，短促而虚幻。黄粱指小米，黄粱一梦即指梦醒来的时候小米还没有煮熟。唐沈既济《枕中记》记载，相传唐朝时期，道士吕翁因事要到邯郸，巧遇一名姓卢的书生。卢生渴望得到荣华富贵，吕翁一番劝解不见成效，便让卢生在他的枕头上睡觉，让他在梦中得到荣华富贵。卢生在梦里历经大起大跌，最后在荣华富贵中度过余年。卢生梦醒后，发现店主人蒸的黄米饭还没有熟。

三　龙河碧水

白叶岭前旧税茶，选泥比重铁充沙①。

好是化龙衣带水②，碧色涟漪绕郭润桑麻。

北部高标三面抱③，东安桥④出大水圳前排。

今日三官堂⑤下过，新老南门故事说婆家。

①武平初置县时，县城选在哪里，有一个选泥比重的传说，即把几个候选地的泥土拿来比重，以比重大的中选。当时的武平镇即现在的平川镇为了胜选，在提供评比的泥土中掺进铁砂，结果中选。此类传说在很多地方都有，不独武平为然。

②化龙溪，即今平川河，一名南安溪，有化龙传说。衣带水：像衣带那样窄的河流。

③旧时武平县城，城北有北门山，北、东、西三面环山，南部开阔平坦。

④在平川河上，旧县衙东二十步，桥上有屋，是廊桥。民国《武平县志·交通志》载："皆由李族修葺。"

⑤三官，即三官大帝，指掌管天地水三界的"天官"、"地官"和"水官"。据民国《武平县志·古迹志》："三官堂，在象洞南片水口。"这里提到的三官堂在县城，疑旧时县城另有三官堂，县志失载。

四　灵洞西山

西向仙人凹①上行，灵山洞口复山亭。

忠定读书堂②上坐，仙井③石仓奇谷④任搜寻。

安得草堂同旦夕，水秀山灵吞吐接神明⑤。

远仰岩疆增建置，戡乱止戈百世保安平⑥。

①在平川镇西厢村。

②见本书宋李纲同题诗。

③南宋《临汀志·山川》载武平"灵洞山，石井三，旧传葛真人炼丹井"。

④武平梁野山、岩前镇狮岩、中山镇长安嵩都有出米岩的传说。本句所写，可能借用移花接木之法。

⑤草堂即李纲读书堂。这句意思是，如果能够在草堂与李纲旦夕相处，受到他的教诲，那就三生有幸了。

⑥岩疆指武平。这句意思是，李纲在武平有增加建置、戡乱止戈之功，确保了一县百世平安，我们在千载之下仍景仰不止。

五　平桥细柳①

临下居高出北门，沧桑满眼吊平川。

商肆兵屯今已矣②，空复征歌选舞话当年。

翠柳迎风桥畔舞，几个清溪垂钓画中人。

为养清溪来处水，只在栽松插柳保山泉。

①即平桥翠柳。见明刘熹等"武平八景"同题诗及注释。

②太平桥旁边的村庄今称藤里，古称屯里。五代时，何统使部武艺军于此屯驻，曾筑小城。明代以前，盐船直达涧口起卸。后河子口塞，舟楫不通，商务衰落。

六　石径云梯①

送子桥头赋月亭，云封谷口月初明。

行尽石窝鹅颈弯，迂回石径步步入云深。

西下出云梯路急，水不东流掉首向南行。②

风月一肩山路转，万古难忘崎岖道路情。

①见明刘熹"武平八景"同题诗注①。

②石径岭一条盘旋而上的千余级石阶，像架云梯，为通江西要道，隘口有一登云亭。亭前涧水南流。亭中楹联曰："石径有尘风自扫，青天无路云为梯"。

七　丹井温泉①

古昔葛洪炼丹方，离乡背井到蓝塘。

掘井及泉腾热气，温度不高气味杂硫黄。

一自葛洪仙去后，附近人家永久沐恩光。

传说银铅多宝藏，开发及时富国并图强。

①见明刘焘"武平八景"同题诗注①。

八　龙岩雨霁①

路向麻姑墩②下过，山间何处起笙歌。

本是晴云无雨色，虎啸龙吟洞口水帘多。

广济岩③深多少尺，制胜探奇斧凿欲如何？

名胜久湮须整顿，山水清音天韵好揣摩。

①详参明王銮"武平八景"同题诗及注①。

②麻姑墩，地名，在中山镇太平村东侧。

③应为龙济岩，在中山镇阳民村。

锯木偶吟

横来风雨摧高木，老去心情恋旧庐。

既少闲丁能臂助，更无利器可根除。

分明四段全功毕，继续三朝贾勇余。

五十三年林下客①，今兹真个作樵夫。

①作者时年53岁，林学专业毕业。

沁园春　结婚四十周年纪念并寄剑光兄妹①

结发来归②，四十周年，万里戎途③。记鼓山伴友④，钱塘歇夏⑤，盟山誓海，如彼西湖⑥。误我虚名⑦，逢卿青眼⑧，合浦还将明月珠⑨。年华逝，历千般苦楚，一贯行趋⑩。

堪虞。世事荣枯，要重建家园恢旧图。奈白头未返，亲恩难报⑪，行人在远，孺子须扶。⑫济美凤毛⑬，因风柳絮⑭，跨灶胜蓝⑮好慰吾。

同兴起，看祖鞭先着，晨唱频呼。⑯

①作者 1928 年 7 月于杭州结婚。此诗作于 1968 年，题于结婚纪念照
　上。是时作者在台湾屏东，儿子剑光、长女桐光均留学美国。照片由
　剑光同学刘鑫所摄。

②来归，有归顺、归附之意。古代丈夫一方称女子出嫁也用该词。

③指戒备于途。唐张文琮《昭君怨》诗："戒途飞万里，回首望三秦。"
　清王韬《淞滨琐话·金玉蟾》："时土匪未靖，行旅戒途。"

④在福州鼓山一起陪朋友游玩。

⑤在杭州一起度暑假。

⑥如彼西湖，盟誓时指西湖水为誓。

⑦即虚名误我，盖指作者为了所谓前途而险些失去美满姻缘。

⑧青眼，见王启图《赣江舟中有感并赠周南冈同年》之一"垂青"注。

⑨合浦：汉代郡名，在今广西合浦县东北。《后汉书·循吏传·孟尝》：
　"尝迁合浦太守。郡不产谷实，而海产珠宝，与交趾比境，常通商贩，
　贸籴粮食。先时宰守并多贪秽，诡人采求，不知纪极，珠遂渐徙于交
　趾郡界。于是行旅不至，人物无资，贫者饿死于道。尝到官，革易前
　敝，求民病利。曾未逾岁，去珠复还。百姓皆反其业，商货流通，称
　为神明。"比喻东西失而复得或人去而复回。本句用此语，意思是，
　险些失去心爱的人，但失而复得，有情人终成眷属。

⑩行，小步走；趋，大步、快步走。一贯行趋，意思是无论经历多少坎
　坷苦楚，彼此携手相扶，坚定地走自己的路。

⑪作者身在台湾，而双亲在家乡，生死未卜。自己头发都白了，回不了
　家乡，报不了父母深恩。

⑫行人指自己，孺子指儿女。

⑬此用南朝宋谢超宗之典。超宗为谢灵运之孙。谢灵运受到诬陷，全家
　被贬谪到广州，当时谢超宗只有三岁。元嘉三十年（453 年），父亲
　谢凤去世后，才得返回都城建康。勤奋好学，具有文才，盛得名誉，

宋孝武帝大为赞赏："超宗殊有凤毛，灵运复出矣！"此为"济美凤毛"之由来。比喻后继者能与前人的业绩齐美而发扬光大。

⑭谢道蕴，亦作谢道韫，谢奕之女，谢安侄女，东晋一代才女。有一年冬天家族聚会，大雪纷飞，谢安一时雅兴大发，问在座诸子侄："飘飘大雪何所似？"谢道蕴的堂哥谢明抢着说："撒盐空中差可拟。"谢道蕴则微微思考了一下，才说："未若柳絮因风起。"谢安大大夸奖她，认为她比喻精妙、文思敏慧。道蕴才名一时广为传播。凤毛、柳絮两句，前者是对儿子而言，后者是对女儿而言。借本家前辈的事迹，激励儿女志存高远。

⑮跨灶，本指良马奔跑时后蹄印跃过前蹄印，因以喻后辈胜过前辈。胜蓝，青出于蓝而胜于蓝，也是指后辈超过前辈。

⑯祖逖少有大志，与刘琨俱为司州主簿，同寝，中夜闻鸡鸣，蹴琨觉，曰："此非恶声也！"因起舞。此用闻鸡起舞的故事激励和勉励儿女，对之寄予殷切期望。

　　谢肇齐（1903～1995年），武平县中山镇人，1926年考入厦门集美高等师范，毕业后，执教于武平中学。后入黄埔军校第五期受训，又于英国皇家陆军专门学校骑兵科毕业。参加北伐战争、抗日战争，历任国民军师长、副军长等职，抗战后期在防卫重庆战役中建立殊功，晋升为中将。1949年去台湾后，任凤山陆军军官学校校长，以忤上意被解职。晚年定居美国，1995年在美国旧金山去世。

观京戏　《追韩信》

国士①宁辞万里求，相将②三杰③尽归刘。

怜才莫谓寻常事，此道如今已不留。

身悲治粟④知音少，铗唱无鱼⑤感慨多。

自古英雄常寂寞，人间难得是萧何。⑥

①国士，是指国中才能最优秀的人物。出处《左传·成公十六年》："皆曰：国士在，且厚，不可当也。"宋黄庭坚《书幽芳亭》："士之才德盖一国则曰国士。"这里指韩信。

②相将，这里应理解为相偕、相随，读音是 xiāng jiāng。如果理解为宰相与大将，则平仄不合。

③张良、萧何与韩信，为辅佐刘邦建立汉朝的三杰。

④治粟，即治粟都尉，汉初官名。汉武帝时又名搜粟都尉，掌管生产军粮等事。韩信曾任此职，《史记·淮阴侯列传》载："滕公奇其（韩信）言，壮其貌，释而不斩。与语，大说之。言于上，上拜以为治粟都尉，上未之奇也。"

⑤也作弹铗无鱼，指身处困境通过特殊举动引起人注意。典出《战国策·齐策四》："齐人有冯谖者，贫乏不能自存，使人属孟尝君，愿寄食门下……居有顷，倚柱弹其剑，歌曰："长铗归来乎，食无鱼！"故事大意是：战国时期，齐国孟尝君的门客有几千人，他把他们分为三等，上等有肉吃，出门有车，中等有鱼吃，下等只能吃蔬菜。冯谖属于下等门客，他靠在门柱上击剑抱怨没有鱼吃。孟尝君把他升为中等门客。他又抱怨没有车，接着升为上等，这才悉心辅佐孟尝君。

⑥作者才高而不被重用，甚至遭到解职处分，内心感慨不平，借观剧之感而发泄，故有知音少、常寂寞等类感叹，希望有萧何一样的伯乐能发现被埋没的国士之才。

除夕思亲（二首）

（一）

忆昔从戎远别时，依依欲语竟无时。

阿娘含泪频相嘱，除夕团圆归莫迟。

（二）

迢递关山归梦赊[①]，年年腊尽在天涯。

何当合宅同归省，莱舞庭前[②]笑语哗。

①赊：渺茫。唐张说《岳州作》："物土南州异，关河北信赊。"
②老莱子是春秋后期楚国人，道教思想家，又是中国历史上著名的孝子。他为了使父母快乐，自己 72 岁时还经常穿着彩衣，做婴儿啼哭或舞蹈的动作，以博取双亲一笑。后人以"老莱衣""莱舞"比喻对老人的孝顺。唐孟浩然诗曰："明朝拜嘉庆，须著老莱衣。"宋苏舜钦《老莱子》诗："飒然双鬓白，尚服五彩衣。"

夜　归

公罢归来月满衣，远村灯火二三微。

流萤点点催诗绪，乱逐马前马后飞。

春郊试马

余寒阵阵晓风轻，十里桃花照眼明。

马上喜吟新得句，枝头惊出乱啼莺。

梁心田，又名梁思明（1903～1932 年），武平县平川镇人，中国共产党党员，1926 年在彭湃主持的海陆丰农民运动讲习所学习。1928 年组织武平中山上峰农民暴动。1930 年 6 月任武平县苏维埃政府委员。1931 年随红四军转战江西，任红三十四师秘书。1932 年 11 月在吉安战斗中牺牲。

有 怀

丰城览胜又三春①，海陆②风光气象新。

革命激流过甲子，思潮澎湃渡零丁③。

峰头瞭望旌旗动，村里频闻鼓角声④。

往事可堪再回首，起看天上启明星⑤。

①丰城：江西中部县份，今为（宜春）丰城市。此诗写作者因事到丰城，然后转往海陆丰（广东海丰县、陆丰县）参加农民运动讲习所等辞去，再后回武平搞暴动的经历和感受。"又三春"，可能指到丰城三年后才转至海陆丰，也可能指其至丰城县三年前的事。或以为此处丰城是海陆丰的省称，与后句的海陆为互文修辞手法，聊备一说。

②海陆，指广东省海丰、陆丰二县。

③作者原注："由海陆丰回县时，经过甲子港、零丁洋。澎湃隐指彭湃。"彭湃，广东海丰人，是中国共产党早期农民运动主要领导人，1925年4月创立海丰农民运动讲习所。回县指回武平县。

④作者原注："在上峰乡组织暴动，训练游击队。"上峰乡即今中山镇。上峰村，1929年，梁心田等在此组织农民武装暴动。

⑤启明星又称金星，天亮前后，东方地平线上有时会看到一颗特别明亮的"晨星"，那就是启明星。这里暗喻革命组织或革命领袖。

刘益霖（1908？～？），武平县十方镇集贤村人，广州新城英文专门学校毕业。曾与人共同组织"青年文化促进会""农民协会"，后历任武平县立初中、宁化县中、灵岩中学等校教师，著有《益霖诗存》。

游西山

等是桃源每问津①，沿溪五里尽花茵。

钟声绕谷浑如梦，岚影迷林欲醉人。

萧寺②夕阳千古色，芒鞋湛露一闲身。

为寻旧迹行荒径，忠定堂③墟满棘榛。

①此句是说西山一带也是一处世外桃源，我常常来游览、探寻。等是，同样是，也是。问津，原意是询问渡口、问路，转意为寻访探求。《论语·微子》："长沮、桀溺耦而耕，孔子过之，使子路问津焉。"

②萧寺：梁武帝造寺院，命萧子云书写"萧"字，故后世以"萧寺"称佛寺。但结合本诗显现的荒凉萧瑟景象，萧寺也可解作萧条的寺院。

③忠定堂，即李纲读书堂。李纲生前抗金建议多未被采纳，去世后，于理宗淳熙十六年（1189年）特赠陇西郡开国公，谥号忠定。

赏　菊

百卉于今大半凋，起看寒菊独清超。

春风只识群花媚，秋雨何妨劲节标①。

枝影耐当霜露冷，冰心②长抱月光昭。

幽人自得篱边趣，傲骨嶙峋伴寂寥。③

①在潇潇秋雨中，百花凋零，而傲霜的菊花纵情绽放，显示出其独特的劲节。

②冰心，晶莹纯净的心，比喻品德美好。唐王昌龄《芙蓉楼送辛渐》："寒雨连江夜入吴，平明送客楚山孤。洛阳亲友如相问，一片冰心在

玉壶。"

③幽人，不求显达隐居民间的人，具有傲骨嶙峋的品格，作者自况。篱
　边趣，有如陶渊明般的高洁旨趣。陶渊明《饮酒·其五》："结庐在
　人境，而无车马喧。问君何能尔？心远地自偏。采菊东篱下，悠然见
　南山。山气日夕佳，飞鸟相与还。此中有真意，欲辨已忘言。"

旅榕①即事

深院花香发两枝，大枝色艳小开迟。

毋劳蜂蝶怨遥夜②，漏尽③风寒只自知。

①福州遍植榕树，故别称"榕城"。

②是"遥夜毋劳蜂蝶怨"的倒装，意思是，在漫漫遥夜里，花儿香气
　不彰，怨不得蜂蝶不来。

③漏尽，漏刻已尽，指夜深或天将破晓。未有钟表之前，用漏壶漏水来
　计时，壶上有刻度。

闲居偶书

雾晨风定过横溪，午抱孩儿索乳啼。

小醉梦回天已晚，更深犹伴鸡皮妻。①

①此诗写旧时贫穷教书先生一天的生活，从晨、午、晚，一直到更深，
　情态逼真，性格活现。鸡皮妻，形容妻子皮肤粗糙，可见是一位辛苦
　操劳的劳动妇女。

矶头舟中①

清晨解缆赶程归，夹岸溪村烟淡围。

不尽峰回迎远客，时来水溅泼征衣②。

滩舟轻快冲湍出，橹影横斜逐鸟飞。

矶上渔翁垂钓坐，料他应是已忘机③。

①此诗可能作于作者任教宁化时回武平途中。矶头应为今上杭县南阳镇
（时属长汀县）矶头村，在此村顺旧县河可入汀江达上杭县城，再西入武
平县。如《丘复集》卷二十二《倦还集》有《矶头换船》《自新泉抵杭
城百二十里，朝发夕至，矶头换舟不延候，则半日可达，亦云快矣》诸诗。

②征衣，这里指旅人之衣。唐岑参《南楼送卫凭》诗："应须乘月去，
且为解征衣。"

③忘机，道家语，意为消除机巧之心。常用以指甘于淡泊，忘掉世俗，
与世无争。唐李白《下终南山过斛斯山人宿置酒》："我醉君复乐，
陶然共忘机。"

岩前①杂咏（七首）

（一）

春深晴日暖高楼，蛟浦②光消夕照收，

处处蛙声常夜聒，田间渔火插泥鳅③。

（二）

田畴漠漠草萋萋，一片油油麦色齐，

春雨一犁天欲暮，前山几朵白云低。

（三）

簇簇奇峰乱翠堆，天光云影共徘徊④。
倚楼北望山城景，狮口雄将扑进来⑤。

（四）

蛟湖⑥十亩对岩开，每摄云霞千万堆，
宿雨新晴明似镜，青山都向水中来。

（五）

蛟湖潋滟泛轻鸥，岸上渔翁下钓钩，
卖却鱼儿归已醉，洋洋喜气上眉头。

（六）

山外烟云入眼收，洞中三伏似三秋⑦。
游人斜靠岩隈卧，满壑松风散尽愁。

（七）

河汉星疏挂月钉⑧，夜来香气满东窗。
听谁远作山歌唱，互答声声带粤腔⑨。

①岩前镇，武平南部乡镇，东连象洞镇，西接中赤乡，南与广东省蕉岭
　县毗邻，北与十方镇交界。
②浦，水边或河流入海的地区。蛟浦，岩前镇蛟湖之浦，即蛟湖周遭
　一带。
③渔火插泥鳅，闽西民俗，晚上用松明火把照明，用铁叉在水沟或田里
　插泥鳅，回来用泥鳅煮米粉，是一道美食。
④南宋朱熹的《观书有感二首·其一》："半亩方塘一鉴开，天光云影

共徘徊。问渠那得清如许？为有源头活水来。"这里借用朱熹现成诗句，描写人在天光云影中徘徊赏景。

⑤山城：岩前旧筑有城。狮口，岩前镇狮岩，好像雄狮张着大口。整联说，登楼北眺岩前镇全景，最突出的是雄伟的狮岩扑面而来。

⑥在岩前镇，南临广东梅州蕉岭县，湖平如镜，现已辟为蛟湖自然生态风景区。

⑦三伏天出现在小暑与大暑之间，是一年中气温最高且又潮湿、闷热的日子。"三秋"这里指秋季的第三个月，即农历九月，是秋高气爽的日子。北周庾信《至仁山铭》："三秋云薄，九日寒新。"唐王勃《滕王阁序》："时维九月，序属三秋。"

⑧釭（gāng）：油灯也。这里说天上的月亮好像一盏油灯。

⑨黄遵宪《己亥杂诗》："土人旧有山歌，多男女相思之辞，当系獠、蜑遗俗。今松口、松源各乡，尚相沿不改。每一辞毕，辄间以无辞之声，正如妃呼豨，甚哀厉而长。"张元济为《岭南诗存·跋》："瑶峒月夜，男女隔岭相唱和，兴往情来，余音袅娜，犹存歌仙之遗风。一字千回百折，哀厉而长，俗称山歌，惠、潮客籍尤甚。"按：客家山歌闽西、粤东、赣南都有。岩前地邻广东，故其山歌带粤腔。

客中夜寒

初更人散独凭栏，入睡乾坤带醉看。
万籁声销星影静，一天霜重月光寒。
客怀孤峭浑如旧①，闺梦依稀应未残。
遥想蟾蛾同冷落，琼楼中夜意阑珊②。

①孤峭，此喻品性孤傲，不与众人和同。《隋书·艺术传·萧吉》："吉性孤峭，不与公卿相浮沉。"唐裴庭裕《东观奏记》卷上："武宗朝，任宰相李德裕，虽丞相子，文学过人，性孤峭，疾朋党如仇雠。"这

句说，客居在外，孤高的性情一如往昔。

②蟾娥，即嫦娥。诗人在人散更阑时独自凭栏，感到无比的寂寞，却遥想月中嫦娥也寂寞异常，用嫦娥之寂寞反衬自己之寂寞。

感　怀

世态如云任卷舒，闲居解闷有残书。

恩情每在困危结，亲故多因利害疏。

美景昙花终寂灭，浮生泡影总空虚。①

升沉兴废原常例，烂醉高歌怎问渠。②

①昙花为仙人掌科植物，灌木状，主茎圆筒形，木质。花时很短，当花渐渐展开后，过一两个小时就慢慢地枯萎了，整个过程仅四个小时左右。故有"昙花一现"之说。本联反映作者受到佛教思想的影响，感到世事无常，四大皆空，美好的事物或事情短暂，人生很空虚。

②对于升沉兴废看得多了，思想麻木了，因而借酒浇愁，常常喝得烂醉，然后就高歌或吟咏，反映了作者的思想性格和生活状态。

渠：它，即前句"升沉兴废"。

忆　旧

画堂①重到暮春时，燕子呢喃似旧知。

闻道主人游粤去，料他风雨也寻诗②。

①画堂，泛指华丽的堂舍。这是对对方的客气话，其实可能只是普通堂室而已。

②风雨中寻诗，刻画出这位友人的高尚情操与志气爱好。着一"也"字，暗示作者自己也是这样。正因为志气好尚相同，他们才成为莫逆

好友。此情此景，使人想到唐代韦应物的《寄全椒山中道士》"今朝郡斋冷，忽念山中客。涧底束荆薪，归来煮白石。欲持一瓢酒，远慰风雨夕。落叶满空山，何处寻行迹"。韦应物想念的山中客，与作者访寻的这位旧友，是不是有些神似？

厦门海滨春夜即事

一轮高挂①照春宵，几颗渔灯点海潮。
愁绪方才溶热酒，忽然又听水村箫②。

①春宵中高挂的是一轮明月。
②几杯酒下肚，消溶（融）了愁闷的情怀，听到悠悠的箫声，不禁又愁绪满怀。因为箫声往往是寄托愁苦之思的。

晚　景

噪鹊双飞绕竹松，斜阳无力晚催钟。
红霞为爱山苍翠，独向天涯抱几峰。

客归寄友

未料他乡作故乡，风尘险阻慰清狂。
归来囊橐空依旧，赢得新诗稿几张。①

①此诗应是作者在外地工作（很可能是在宁化任教）时所作。教师清贫，假期或年节归来，囊橐（tuó）空空，好的是又有一些新诗作，可以与友人分享。

杂感（四首）

（一）

米薪高价俸钱微，物贵于今昔所稀。
经月未曾知肉味①，隔年难得添新衣。

（二）

世事空嗟是与非，向谁论罪有攸归。②
东家歌管西家哭，上苦甘肥下苦饥。③

（三）

几人沉湎在诗书，终隐深山住草庐。④
一种交情浑似水，不曾温热不曾疏。⑤

（四）

晨随跑步晚看山，六日教书一日闲。⑥
同学少年多作古，残躯犹幸在人间。

①孔子在齐闻《韶》，三月不知肉味，那是因为专心于礼乐。作者经月
　不知肉味，却是因为买不起。当时物价之高，教师薪金之微薄，此诗
　为我们留下了一份实录。

②作者多次发出是非难明、无处论罪的浩叹，可能有一段坎坷经历，可
　能蒙受过不白之冤。

③这种是非难分、贫富不均、苦乐不齐的情形，自古皆然。宋佚名诗：
　"月儿弯弯照九州，几家欢乐几家愁。几家夫妇同罗帐，几个飘零在
　外头？"就是很好的写照。

④本联是作者的自我写照。

⑤《庄子·山木》："且君子之交淡若水，小人之交甘若醴；君子淡以亲，小人甘以绝。"这种不曾温热不曾疏的交情，就是君子之交，不含任何功利之心，彼此交往纯属友谊，看似淡淡的，却长久而亲切。

⑥当时的学校制度是每周六天工作制，只有周日一天休息。

春溪独钓①

> 春溪垂钓一渔郎，笑煞桃花开放忙②。
> 枝上莺啼音绕水，竿头风起袖生香。
> 冶容如锦花浓抹，新翠含烟柳淡妆。
> 牧子放歌堤树外，跳莎③归路满斜阳。

①本诗应是作者的自我写照，刻画出自己与世无争、悠游自在的内心世界。

②渔郎悠游自在，相比之下，桃花急急开放，倒显得忙得不可开交。这是用桃花的忙，反衬渔郎也就是作者自己的潇洒悠闲。

③莎草，多年生草本植物，地下的块根称"香附子"，可入药。

　　张永明（1911~1983年），原名维烈，字焕光，号永明。1911年出生于武平县上赤乡（今中赤乡上赤村），1932年毕业于北平中国大学国学系，后游历西安、洛阳、开封、杭州、北京、南京等古都，辗转十三省，提升了学养。先后在武平中学、永安师范、福州高中、沙县中学、福建省立音乐专科学校及福建师专等校执教。1947年东渡台湾，而妻儿仍留武平。先后在台北师范、台北师专、华侨中学、台南女中、"国立"艺专、东吴大学等校任讲师、教授等职，一度出任台湾"教育部"专员。一生勤于著述，尤擅长旧体诗词和楹联。有《西北游草》《风尘漫草》《风尘诗话》《文艺杂纂》《永明文选》等著作传世。晚年孤寂落寞，1983 年病逝于台北。

秋思（五首）

（一）

金波荡漾逐云浮，万里晴空叹影流。
长忆玉人明月夜，吹箫独上最高楼。①

①唐杜牧《寄扬州韩绰判官》诗："青山隐隐水迢迢，秋尽江南草未凋。二十四桥明月夜，玉人何处教吹箫？"本诗即从杜牧此诗化出。

（二）

自携书剑客幽燕，地北天南路八千。①
欲寄相思无尺素，聊将心事托吟篇。

①幽燕，指北京。作者韶年负笈北京求学，"路八千"，指从家乡到北京路程极远。岳飞有"八千里路云和月"之句。

（三）

小家碧玉解怜才①，拟结丝萝苦乏媒。①
一自髫龄②初识面，青梅竹马两无猜③。

①解怜：懂得爱怜。曹雪芹《红楼梦》第十八回中贾宝玉作《怡红快绿》诗，有"对立东风里，主人应解怜"句，谓海棠和芭蕉在春风里相互争妍，主人真应该懂得怜爱它们。本诗"解怜才"谓富有爱意。

②结丝萝，就是喜结连理、结婚的意思。《诗经·小雅·弁》里有"茑
与女萝，施以松柏"之句，茑即菟丝，与女萝均为蔓生，缠绕于草
木，不易分开，故诗文中常用以比喻结为婚姻。

③髫（tiáo），古代小孩头上扎起来的下垂头发，即所谓"垂髫"。髫龄
或髫年，指幼年。

④青梅竹马，典出唐李白《长干行》描述一对男女幼年时亲密无间："郎
骑竹马来，绕床弄青梅，同居长干里，两小无嫌猜。"后来，用"青梅
竹马"和"两小无猜"代表男女间天真、纯洁的感情长远深厚。

（四）

几回相见几销魂，凤愿难偕剩泪痕。

亦是文章多误我，此中委曲共谁论。

（五）

永抱秋心①记旧盟，回文锦字②绣来精。

罗巾一幅香盈袖，睹物怀人别有情。

①秋心即秋日的心绪，多指悲愁心情。龚自珍有《秋心》三首，反复
吟咏自己的苍凉萧瑟之心情。

②通常作锦字回文。典故出自十六国前秦时期的一则故事：秦州刺史窦
滔被陷害流放到流沙县，其妻苏蕙在一块锦缎上绣了回文诗，全篇
840个字，正读倒读皆成章句，共能读出3752首诗，"情新因意得，
意得逐情新"，表达了她对丈夫的思念与关心。

故乡八景（八首）

四海之内，八闽之西，有武平县上赤乡者，余之故乡也。青山绿
树，环列如屏。一溪夹于中，宽可百余尺。白石粼粼，潺湲激越。架桥

水上，以通行人。黄昏远眺，隐若长虹。其水逶迤西流，经粤界汇梅河、汀江折而南，至潮汕入海。乡民躬操耕植，兼营木材，运售潮汕，以为常业。

　　近三十余年，远客台湾，故乡事迹，颇多遗忘。父老相传，乡中有八景，今尚能记忆，即"溪桥晚眺""漈头瀑布""当峰松涛""镜秋澄潭""天然古井""观澜书室""莲湖清院""石榴花滩"是也。来台以前，每逢假期返乡，常至其地游赏。步行山边水涯，抚松竹，弄流泉，漱齿濯足，乐而忘返。对每景曾题小诗一首，抄录附此。（见张永明《故乡记·序》）

溪桥晚眺

溪声喧碓水①，桥影入楼云②。

隐若长虹起，遥遥照日曛③。

①此据山野耕夫（张自贤）《美丽乡村——上赤村之今昔》附录张永明《故乡八景》诗（下称张自贤本）。别一稿本"碓水"作"礁水"，应误。"碓水"即推动水碓之水，流水与水碓相激，其声喧闹。

②从桥边楼阁俯视，天边飘过一朵云彩，衬得拱桥的倒影清晰可见。

③此据张自贤本。别一稿本作"必曛"，应误。日曛，即日色昏黄，指天色已晚。唐王勃《采莲赋》："悲时暮，愁日曛。"夕阳余晖与桥影互相辉映，恍如长虹辉耀彩霞一样美丽。

漈头①瀑布

绝壁垂千尺，飞流落九天②。

临观势转剧，满面喷寒泉。

①南朝梁顾野王所撰古代汉字字典《玉篇》曰："漈，水涯也。"读作 jì。但在客家方言中却读作"zài"，意思为"水激石的样子"，引申为悬

崖瀑布。这种称为"漈"的瀑布福建最多，如"百丈漈"、"梅花漈"，武平梁野山有"云漈"。浙江也有百丈漈、白木漈等。"漈"之声符"祭"，表姓氏时念"zhài"，表明"漈"客家音"zài"，属方音存古。

②此据张自贤本。别一稿本作"巨流落九天"，应误。唐李白《望庐山瀑布》："飞流直下三千尺，疑是银河落九天。"

当峰①松涛

峰高凝露气，松老壮涛声。

幽意自来往②，山边石磴③横。

①武平县城通往武北地区必经之路当风岭，旧亦作当峰岭。本诗之当峰在上赤村，不同于限隔武北武南之当峰岭。

②此据张自贤本。别一稿本作"幽幽自来往"，应误。幽意，幽深的思绪。唐方干《詹碏山居》诗："无人会幽意，来往在烟霞。"

③石磴，读 dèng，石级，石台阶。南朝梁萧统《开善寺法会》诗："牵萝下石磴，攀桂陟松梁。"

镜秋澄潭

秋水明如镜，潭烟薄似纱①。

山蹊②人迹少，只此数渔家。

①此据张自贤本。别一稿本作"潭烟落似纱"。

②山蹊，山间小路。

天然古井

非由人力凿，古井却天然。

汩汩源泉涌，味甘水色鲜。

观澜书室

门前向西路①，山里读书堂。
偶值溪流涨，观澜势更狂。

①此据张自贤本。别一稿本作"门前向溪路"。

莲湖清院

人稀禅院寂，日暖荷花香。
背负群山秀，门临一水长。

石榴花滩

五月榴花放，落花带水流。
滩头波浪急，短筏①速油油。

①筏是用竹、木等平摆着编扎成的水上交通工具。武平山区盛产竹木，远销潮汕等地，其运输方式就是分别编成竹筏或木筏，由船工撑到潮汕。

赋谢赖其芳博士① （二首）

同邑赖君，在美洲专习陶瓷，发明一种新玻璃，荣获博士学位。近岁自海外归来，任职中央研究院。余见之于沪滨②旅寓，承赠自制花瓶，赋此奉谢。

（一）

晶莹彩色似琉璃，陶旎③工精式样奇。
我欲置之香案上，可凭供养百花枝。

（二）

博士声华动九陔④，学成咸佩出群才。

今将拙句酬高谊，敢说投桃报李来。

①赖其芳（1899~1985年），中国玻璃、陶瓷学家，中国陶瓷学会的创始人之一。1899年9月13日出生于武平县十方镇高梧村，1924年赴美国芝加哥留学，先后在伊利诺伊大学、埃咸州学院、匹兹堡大学攻读，获硕士、博士学位。归国后在硅酸盐领域大展宏图，曾任中央研究院研究员，1949年后任轻工业部硅酸盐研究所（轻工业部玻璃搪瓷研究所前身）第一任所长，一级工程师、中国硅酸盐学会筹备委员会主任等职，贡献甚巨。

②沪滨，即上海。

③瓬（fǎng）：捏土制作瓦器。陶瓬，即制作陶器的工人。

④九陔（gāi）：犹言九州，即全中国。

赠练惕生①少将

夙昔留前约，今方拜后尘②。

交游敦古道，馈赠感深仁。

神武通三略③，威声震四邻。

澄清怀孟博④，壮志几时伸。

①练惕生（1898~1967年），字揖五，又名警兴、文勋，武平县岩前城练屋人。1949年前先后任国民革命军少将师长、中将副军长，抗日名将。1949年率部起义，1950年后任农工民主党福建省主委、福建省体委主任、政协副主席等职。

②后尘，指行走时后面扬起的尘土。比喻居人之后，为自谦之词。拜后

尘，意为见到前辈或先进，自甘为后辈、后进。唐杜甫《戏为六绝句》之五："窃攀屈宋宜方驾，恐与齐梁作后尘。"

③"三略"是《黄石公三略》的简称。《黄石公三略》是中国古代的一部著名兵书，与《六韬》齐名。此书侧重于从政治策略上阐明治国用兵的道理，不同于其他兵书。此句赞扬对方精通军事韬略与政治策略。

④孟博是东汉名臣范滂（pāng）（137～169 年）的表字。范滂自小砥砺名节，长大后有澄清天下之志，为官举劾权豪，严惩疾恶，在士大夫中有很大的影响。后因党锢之祸，冤死狱中。

纪游歌

有客有客倦风尘①，历尽沧桑剩此身。

闲来忽忆浪游事，操觚弄墨②请具陈。

饮马北至长城窟③，乘桴浮于东海滨④。

三载重游古南粤，只身一度入西秦⑤。

中经五路大干线⑥，纵观历代六都城⑦。

水涉江淮与河汉⑧，山登泰华与嵩衡⑨。

行踪既历十三省，展转曾经万里程。

驿馆青灯常挂梦，关河白露无限情。

赢得奚囊⑩诗百首，空愧事业一无成。

①有客有客，作者自指。倦风尘，在社会上历尽沧桑，感到身心疲惫，对什么都厌倦了。

②操觚（cāo gū）：觚，古代用作书写的木简。原指执简写字，后即指写文章。弄墨与此同义。

③汉代乐府古题有《饮马长城窟行》，主题反映古代思妇对行役到北方的丈夫的忆念。这里象征作者游历的足迹曾到古长城边。

④《论语·公冶长》载，孔子曰："道不行，乘桴浮于海。"意思是：

如果我的主张行不通了，就坐木排到海上漂流去。这里是说作者历尽坎坷，最后流落到东海之滨的台湾。

⑤这里写作者有三年在广东省，即古南粤；又曾游历陕西，即古西秦。

⑥即平汉（北平至汉口）、津浦（天津至浦口，即今南京市浦口区，在长江之北）、沪宁（上海至南京）、粤汉（广州至汉口）、陇海（江苏连云港至兰州）五大铁路干线。

⑦即西安、洛阳、开封、杭州、北京、南京等六大古都。

⑧长江（江）、淮河（淮）、黄河（河）、汉水（汉）等主要江河。

⑨泰山（泰）、华山（华）、嵩山（嵩）、衡山（衡）等主要山岳。这两句泛指作者足迹经历了祖国主要的大山大河。

⑩奚囊，典出唐李商隐所作《李贺小传》：李贺"每旦日出，与诸公游，恒从小奚奴，骑距驴，背一古破锦囊，遇有所得，即书投囊中。"后因称诗囊为"奚囊"，指储诗之袋。奚，魏晋时南方少数民族名，又为中原人对异族蔑称之一，与蛮、夷同。奚人沦落为富贵人家的奴仆，称为"奚奴"，又称"昆仑奴"。

遣怀（七绝四首）

（一）

志高行洁思文举①，名士风流拜武侯②。
出处③当为天下计，营求敢作一身谋？④

①东汉末年名士孔融（153~208年），字文举。鲁国（今山东省曲阜市）人。少有异才，勤奋好学，建安七子之一。曾任北海相，时称孔北海。在任六年，修城邑，立学校，举贤才，表儒术，政绩斐然。后来被朝廷征为将作大匠，迁少府，又任太中大夫。性好宾客，喜抨议时政，言辞激烈，后因触怒曹操而为其所杀。

②武侯，即诸葛亮（181~234年），字孔明，辅佐刘备，为蜀汉丞相，是杰出的政治家、军事家。生前封武乡侯，死后追谥忠武侯。是中国传统文化中忠臣与智者的代表人物。此句说一生最佩服名士风流的诸葛武侯。

③出处（chū chǔ）：古指出仕或退隐。

④末两句说，无论出来工作（包括做官）还是退隐，都要考虑国家和社会的需要，不敢只为一己私利去谋划经营。

（二）

目击道存知雪子①，功成身退慕留侯②。

但期有侄为公绰③，何用生儿似仲谋④。

①《庄子·田子方》："子路曰：'吾子欲见温伯雪子久矣，见之而不言，何邪？'仲尼曰：'若夫人者，目击而道存矣，亦不可以容声矣。'"由此形成成语"道存目击"，意指一个人具有深厚的道德修养，人们只需一接触便能感受得到。雪子，春秋时有道之人，姓温伯，得姓之地在今河南省河阳县温西南。

②汉初谋士张良，运筹帷幄，佐刘邦平定天下，以功封留侯。刘邦夺得天下后，张良不愿居官，过隐居生活，避免了被诛杀的命运，成为功成身退的典范。

③柳公绰，字起之，陕西华原人，是大书法家柳公权之兄。家甚贫，有书千卷，不读非圣之书。为文不尚浮靡。终成唐德宗、宪宗时名臣。

④三国吴大帝孙权，字仲谋。其父亲孙坚和兄长孙策，在东汉末年群雄割据中打下了江东基业。建安五年（200年），孙策遭刺杀身亡，孙权继而掌事，克绍父兄之业，发扬光大，建立吴国，与曹、刘鼎足而立。曹操夸赞孙权曰："生子当如孙仲谋。"

（三）

不曾附势不趋炎，不务时髦不避嫌。

觅句耽吟行我素，残杯冷炙有余甜。

（四）

要作安贫乐道①人，偶遭挫折岂宜嗔。

且看自古圣贤辈，坎坷一生缠厥身。

①安贫：安于贫困；道：原指儒家所信奉的道德，后引申为人生的理想、信念、准则。安贫乐道，形容人在任何贫困恶劣环境都能坚持自己的信仰和理想。

雨夜书怀

帘外春寒暮雨倾，鸡鸣喔喔①唤愁生。

凝眸望断人千里，拥鼻吟残②夜四更。

野雀凌晨飞欲散，庭花落地③湿无声。

每因阅世名心淡，月旦何须博好评④。

①《诗经·郑风·风雨》有句云："风雨如晦，鸡鸣不已。既见君子，云胡不喜。"原诗描写风雨交加天色昏暗之时，雄鸡啼叫不止。比喻在黑暗的社会里不乏有识之士。这里作者用此典故比喻自己。

②典出《晋书·谢安传》："安本能为洛下书生咏，有鼻疾，故其音浊，名流爱其咏而弗能及，或手掩鼻以效之。"是说谢安为一代儒宗，万人景仰。他患鼻炎，吟诗时带鼻音。名流争着仿效，乃至吟诗时故意捂着鼻子使得声音带鼻音，故有"吟残拥鼻""拥鼻哦诗"之说。

③五代诗人孙光宪《菩萨蛮·小庭花落》有句云："小庭花落无人扫，

疏香满地东风老。"这首词写暮春时节，女主人公怀人不得的愁苦心情。作者"凝眸望断人千里"，也是怀人，故用此典增加诗的感染力。

④月旦评，东汉末年由汝南许劭兄弟主持对当代人物或诗文字画等进行品评、褒贬的一项活动，常在每月初一发表，故称"月旦评"。无论是谁，一经品题博得好评，身价百倍，世俗流传，以为美谈。此句反其意而用，意思是自己饱经沧桑，把一切名利看得很淡，无须博取人们好评。

咏　菊

三径①犹存斗雪姿②，百花零落独开迟。

孤高傲世应同感，偕隐名山更有谁。

①亦作"三迳"。典出晋赵岐《三辅决录·逃名》："蒋诩归乡里，荆棘塞门，舍中有三径，不出，唯求仲、羊仲从之游。"后因以"三径"指归隐者的家园。晋陶潜《归去来辞》："三径就荒，松竹犹存。"

②斗雪姿，通常形容梅花，此处指菊花。

村居感作①

烽火惊边亟②，风云匝地阴。

游鳞初纵壑，倦鸟喜还林③。

念旧萦长梦，登高发朗吟。

海天时报目，消息独关心④。

①原注：时中日战事方殷，敌机南袭，潮汕震惊，因之避乱旋里。

②来自边疆的烽火急迫而凶险，使人心惊。这里的烽火，指抗日烽火。

③这两句写自己在烽火连天的严峻形势下回到家乡，就像把被抓的鱼儿放回水里，让疲倦的飞鸟回归树林一样，心情愉悦。

④末联写自己虽然避居故乡山村，但对于时势还是很关心，天天从报纸上读取相关消息。

端午怀远

地僻逢端午，天涯孰可亲。
徒萦闺里梦，长忆意中人。
即事乖前志，浮名①误此身。
寄书何日达，细看泪痕新。

①浮名，意为虚名。南朝宋谢灵运《初去郡》诗："伊余秉微尚，拙讷谢浮名。"宋林逋《和酬泉南陈贤良高见赠》："扬袂公车莫相调，浮名应未似身亲。"作者文采风流，名声大，但可能却因此成为其与意中人因缘的障碍。

郊行即事

暮烟缭袅夕阳斜，远水连山一望赊①。
更有牧童牛背笛，数声吹入野人家。

②一望赊，一望无际的意思。赊：遥远。唐戎昱《桂州腊夜》："坐到三更尽，归仍万里赊。"

谒晤于右任先生^①，并蒙为拙稿题辞，赋此奉谢二首

贱子曾经谒后尘，登门倒屐^②见情真。

灵光鲁殿^③岿然在，折节相从^④欲问津。

墨妙兰亭句亦奇，老来工力更成时^⑤。

品题一自叨椽笔，声价应教十倍之^⑥。

①于右任（1879～1964年），中国近现代著名政治家、教育家、书法家。陕西三原人，原名伯循，字诱人，晚年自号"太平老人"。早年参加中国同盟会，长年在国民政府担任高级官员，后赴台并终老于斯。

②屐（lǚ），鞋子。倒屐，倒屐相迎的略语，是倒穿鞋子热情迎接宾客的意思，说明对待朋友的热情和一片诚意。典出《三国志·王粲传》：朝廷重望蔡邕"闻粲在门，倒屣迎之。粲至，年既幼弱，容状短小，一坐尽惊。邕曰：'此王公孙也，有异才，吾不如也。吾家书籍文章，尽当与之。'"。这里用以形容于右任接待后辈的真诚与谦虚。

③灵光，汉代殿名，比喻仅存的有声望的人或事物。典出东汉王延寿《鲁灵光殿赋》："鲁灵光殿者，盖景帝程姬之子恭王馀之所立也。初，恭王始都下国，好治宫室，遂因鲁僖基兆而营焉。遭汉中微，盗贼奔突，自西京未央、建章之殿皆见隳坏，而灵光岿然独存。意者岂非神明依凭支持，以保汉室者也。"这里用以尊崇于右任。

④指降低自己身份或改变平时的志趣行为。这里指自己要改变一向的孤傲习气，追随于右任问学。

⑤兰亭，指王羲之的《兰亭序》。整句是恭维于右任的书法高妙到可以追步王羲之的《兰亭序》，同时诗歌也写得好，越老造诣越高。

⑥这两句是自己的诗稿经过于右任如椽大笔品题，获得极大声誉。

病榻书怀

股肱今既经三折①，鬓发从兹见二毛②。

虽是半生多屈滞，何曾满腹尽牢骚。

前车鉴戒犹非远，劫运③缠绵难自逃。

遭此人生最惨疼，天何厚彼薄吾曹。

①原注：撞车三次，折左膝及左右股。

②二毛，开始有白头发，黑白相杂。

③劫运：灾难，厄运。

浪淘沙（二首）

倾承香港友人携回舍侄自北京来书，述及闽西故乡情事，谓"侄于1960年毕业于厦门大学后，分发北京文物出版社工作。近年慈母见背，民哥去世，其遗下一女二子，均已长大成人，并在中学任教。哥（自注：即吾子）有子女甚多，生活尚好……"等语，循读再三，悲喜交集。因填词二首，聊以抒怀志感云尔。

（一）

极目望幽燕，远隔云天①，何时北上趁楼船②。回忆京华欢乐地，风月无边③。一别已多年，国步④频迁，于今忽得数行笺。当此轻寒风月夜，怕听啼鹃⑤。

①幽燕，指北京。作者时在台湾，侄儿在北京工作，望幽燕，就是遥望
　远在北京的亲人。

②楼船是我国古代一种甲板建筑巨大、船高首宽、外观似楼的大船。这

里只是代指乘车、船、机赴京。

③作者年轻时在北京读书，对北京的繁华留下美好印象。

④指国家的命运。《诗经·大雅·荡之什·桑柔》有云："於乎有哀，国步斯频。"

⑤相传战国时蜀王杜宇称帝，号望帝，为蜀治水有功，后禅位臣子，退隐西山，死后化为杜鹃鸟，啼声凄切，后常指悲哀凄惨的啼哭。辛弃疾《菩萨蛮·书江西造口壁》有句云："江晚正愁余，山深闻鹧鸪。""怕听啼鹃"表达的意思与辛弃疾此句意思相近，都是向往京城而又看不到京城的怅惘情绪。

（二）

翘首海云边，碧波滔天，离家不觉卅余年。岁月空怜年少去，故我依然。往事遥如烟，犹自缠绵。邂闻嫂侄痛长眠，欲借狂歌聊当哭①，为赋新篇。

①用长声歌咏或写诗文来代替痛哭，借以抒发心中的悲愤。典出汉杂曲歌辞《悲歌》："悲歌可以当泣，远望可以当归。"

王仲焜（1912～2016 年），又名同任，武平县平川镇西厢村人。出身书香家庭，中学毕业失怙，即挑起持家养亲重担。先任小学教员，后服务于银行界，担任过永定、武平等处银行主管。1949 年后留任中国人民银行武平支行会计股长，1958 年被错划为阶级异己分子，清洗回家务农。1980 年平反，作退休安置。不久被聘为《武平县金融志》主编。业余好吟诗作对，历劫不磨。惜 70 年代以前所作，多已毁失。晚年与友人合编《武平乡贤诗联选抄》，又出版个人诗文集《西窗漫草》、诗集《期颐撷拾》。性恬淡达观，发为诗文，风格以冲淡、平和、质朴见长。

送同学远行①

同堂计三载，相聚感情长。

解题与复习，夜共灯烛光。

一旦闻远行，忧喜扰中肠。

转念丈夫志，少壮游四方。

愿君留异域，学博姓名扬。

1926 年 5 月

①原注：在小学高三时，读杜甫"人生不相见，恍如参与商"诗后，老师出题习作。按：小学高三当为高小三年级，或高小第三学期，盖当时学制与今不同。

潮州客居

韩江水涨暮春初，客舍凄清叹索居。

缺本经营嗟失业，托人谋职总空虚。

他乡孰识穷途马？①陌路谁怜涸辙鱼②！

浪迹天涯身已困，何时归去慰倚闾③？

1932 年 4 月

①原注：唐马周青年时，落拓他乡，穷途受困。注者按：唐初马周，少孤，嗜学。但放浪不羁被州人鄙薄。曾西游长安，宿于新丰旅店，店主不理他。后得唐太宗赏识，任吏部尚书，是初唐名臣。

②"涸辙鱼"同"涸辙之鲋"，典出《庄子》卷九上《杂篇·外物》，指在干涸了的车辙沟里的鲫鱼，比喻处于困境、亟待援助的人或物。

③典出《战国策·齐策六》。是倚闾而望的缩略写法。闾指古代里巷的

门。子女出外，父母靠着家门向远处眺望。形容父母盼望子女归来的
迫切心情。

游福州鼓山（二首）

（一）

驻足榕垣①日日闲，初秋时节访名山。

龙泉洞内泉甘美，喝水岩前水不还②。

新竹参差绕古寺，奇花吐艳缀禅关。③

达摩面壁清幽处④，安得结庐隐此间。

（二）

峰头⑤小憩兴悠悠，无限风光眼底收。

僧隐山中忘岁月，云封洞口几春秋。

滔滔川水朝东海，济济人烟是福州。

怅惘家乡何处是？⑥飞帆点点马江流。

1935 年 8 月

①福州别称榕城，作为省会，又称省垣。此处合别称与省会两义，称为榕垣。

②喝水岩位于涌泉寺山门东，元朝延祐二年（1315 年）开辟为著名景
　点。岩下有一条深涧长年干涸，传说五代后梁开平二年（908 年），
　名僧神晏禅师来此建寺，因寺旁涧水喧哗，搅扰诵经，遂大喝一声，
　令溪水改道，溪涧就此成为枯涧，因而得名"喝（hè）水岩"。改道
　的涧水从东侧观音阁的石壁涌出，后人将出水口处理为龙头吐水状，
　故称龙泉洞。据现代地质学研究，喝水岩一带是地壳活动的一条大断
　带，潜流在涧底下活动，故地表看不到水流。

③涌泉寺内铁树开花。

④菩提达摩是南印度高僧，南北朝时自海道经广州到中国传播佛教，辗转来到嵩山五乳峰下修习壁观，就是坐禅入定，使自己的心像一面墙壁一样坚定稳固，不受外界的影响。后人讹传，以为达摩在嵩山少林寺面壁坐禅，整整九年，成为佛教史上的美谈。达摩被尊为中国禅宗初祖，鼓山涌泉寺是禅宗寺院，故借达摩面壁为禅僧坐禅之意，称"达摩面壁清幽处"。

⑤鼓山北有小顶峰、大顶峰，是十八景之一。其中小顶峰在涌泉寺后，登临可以俯视涌泉寺殿阁及福州全城，大顶峰则由小顶更上一里多，人迹罕至。北宋咸平（998～1003年）中，福建路采访使丁谓始披榛以登，上有石刻朱熹"天风海涛"四大字。清人邓子静有诗曰："中天削出玉芙蓉，迥压全闽气势雄；半夜峰头看日出，扶桑近在海门东。"

⑥是时作者赴福州投考区政班，以体检不合格落选，心情郁闷，触景伤情，因有是语。

访高梧白云山赖义士岩（二首选其一）

满山红叶正秋天，瞻谒遗碑倍惘然。
凫卵常供当菽粟，石岩高卧锁云烟。①
折腰未惯赓陶令，②强项何难继董宣。③
懦立顽廉④兴正气，后人共说昔时贤。

1936 年 10 月

①赖义士事迹见本书赖崧诗及注释。
②陶渊明（352或365～427年），字元亮，又名潜，私谥"靖节"，世称靖节先生。浔阳柴桑（今江西九江）人。东晋末至南朝宋初期大诗人。曾任彭泽县令，因不愿为五斗米折腰，在任八十多天便弃职而去，从此归隐田园，是中国田园诗之祖。赓：继续，继承。

③董宣，字少平，河南杞县人。东汉初名臣，以性强项、不畏强暴、惩治豪族著称。任洛阳令时，光武帝刘秀的姐姐湖阳公主的奴仆仗势杀人，被湖阳公主包庇。董宣拦住湖阳公主的车，令奴下车而杀之。公主诉于刘秀，刘秀令其向公主叩头谢罪，董宣拒不低头。刘秀令人强按之，终不能使其低头。

④典出《孟子·万章下》："故闻伯夷之风者，顽夫廉，懦夫有立志。"后浓缩为成语"顽廉懦立"，形容高尚的事物或行为对人的感化力强，能使贪婪的人廉洁，怯弱的人自立。本句因平仄关系，调整为"懦立顽廉"。

纪事（三首）

（一）

三生石上注前因①，念念不忘旧雨②情。
玉镜重圆③深自慰，知心结伴倍相亲。

（二）

记得儿时到我家，歌声竹马④两无猜。
新人原是旧时友，永结同心并蒂花。

（三）

得卿为伴几生修⑤，回首前尘⑥似梦游。
自拟深情胜宝黛⑦，灯前相对说红楼⑧。

1939 年 4 月

①佛教认为众生有"前生""今生""来生"，合为"三生"，各自处于不断的因果轮回之中。唐袁郊根据这种思想创作了传奇《甘泽谣·圆

观》，故事梗概是有一书生李源与僧圆观友善，同游三峡，见妇人引汲，观曰："其中孕妇姓王者，是某托身之所。"更约十二年后中秋月夜，相会于杭州天竺寺外。是夕观果殁，而孕妇产。及期，源赴约，闻牧童歌《竹枝词》："三生石上旧精魂，赏月吟风不要论。惭愧故人远相访，此身虽异性长存。"源因知牧童即圆观之后身。由此，三生石成为前因宿缘尤其是姻缘前定而又希望婚姻永续的象征物。

②旧雨，典出杜甫《秋述》，记杜甫卧病在长安，"常时车马之客，旧，雨来；今，雨不来。"是说过去宾客遇雨也来，而今遇雨却不来了。后以"旧雨"作为老友的代称。

③典出唐孟棨《本事诗》，记南朝后主陈叔宝之妹乐昌公主下嫁太子舍人徐德言，陈朝亡国之际，德言自知夫妻不能相保，对妻子说："以你的才貌，亡国后一定被收入权豪之家，我们就永别了。倘若情缘未断，希望还能相见，我们之间应该有一个信物作为凭证。于是拿出一面铜镜，破为两半，各执一半。与妻子相约："以后你一定要在正月十五，拿这半面铜镜到都市去卖，我若还在，就会在这一天来寻访。"陈亡后，乐昌公主果然为越国公杨素所得，宠爱有加。徐德言流离辛苦，辗转来到隋朝京城长安。等到正月十五至都市访寻，果然见一老仆人兜售半面铜镜，要价很高，大家都笑他荒唐。徐德言把老仆人引到家中，拿出饭食招待，并说明缘故，拿出半镜，两半合为完璧。乃题诗一首曰："镜与人俱去，镜归人不归。无复姮娥影，空留明月辉。"乐昌公主得到此诗，终日哭泣，吃不下饭。杨素得知此事，也怆然改容，即召德言，还其妻，还赠送很多礼物给他们，并设宴与德言乐昌公主偕饮，令乐昌公主作诗，曰："今日何迁次，新官对旧官，笑啼俱不敢，方验做人难。"两人终于一起回归江南，白头终老。

④竹马，青梅竹马的略语。见张永明《秋思》第三首注④。

⑤源于佛教的三生和因果轮回观念，认为男女能结为夫妻是经过好几辈子修炼才得到的，所谓"十年修得同船渡，百年修得共枕眠"。

⑥佛教称色、声、香、味、触、法为六尘，认为当前的境界由六尘构

成，都是虚幻的，所以称尘世或尘缘。后来以“前尘”指从前的或过去经历过的事情。

⑦贾宝玉与林黛玉，《红楼梦》的男女主人公，他们之间的爱情深挚、纯真、缠绵。

⑧即《红楼梦》，清曹雪芹所著小说，是中国四大古典文学名著之一。

感怀（二首）

用李景蝉师原韵

（一）

生成傲骨不交官，涉世方知处世难。
休羡王孙①穿革履，应怜吾辈误衣冠②。
鸡凫③有食汤锅近，鸿雁遨游天地宽④。
何似渊明归隐去，绕庐遍植竹千竿⑤。

（二）

万千愁绪总无端，世道沉沦胆欲寒。
狡兔休夸三窟稳，蒙鸠且择一枝安⑥。
深更惊扰攻城贼，黑夜擒掳守土官。⑦
莫羡人间金饭碗，而今破缺不堪餐。⑧

1941年5月

①与公子相对，旧指王侯、贵族的子孙，后泛指富贵人家子弟。

②衣服和礼帽。古代等级森严，士以上才可戴帽，服装也各等级有别。所以衣冠泛指士以上的服装，转义为世族；士绅。《后汉书·羊陟传》：“家世衣冠族。”意思就是我们家世世代代都是世族、士绅。

③凫，水鸟，俗称"野鸭"。鸡凫，泛指鸡鸭。此句是说鸡鸭虽然有人喂食，但却离汤锅很近，即随时可能被宰杀而入汤锅。

④本联用鸡凫与鸿雁的对比，表达作者具有远大志向，系从明唐寅《警世》诗"笼鸡有食汤锅近，海鹤无粮天地宽"句化出。

⑤竹有轻虚劲节，历来作为士人高尚品格的象征。竹千竿是士大夫理想中归隐生活必不可少之物。白居易有诗曰："十亩之宅，五亩之园。有水一池，有竹千竿。"陆游有诗曰："好竹千竿翠，新泉一勺水。"

⑥蒙鸠，即斑鸠。战国荀况的一则寓言《寓林折枝》曰："南方有鸟焉，名曰蒙鸠，以羽为巢，而编之以发，系之苇苕。风至苕折，卵破子死。"大意是：南方有一种鸟，名字叫蒙鸠，用羽毛做巢，用毛发编织，绑在芦苇之上。大风刮来，芦苇折断，鸟蛋破了，小鸟也死了。究其原因，不是巢做得不完好，是因为所依靠的芦苇不牢固啊！作者此句的意思是，吸取蒙鸠卵破子死的教训，要找一个稳固的职业做依靠。

⑦1941 年 5 月 4 日，武平城发生兵变，县长被掳，杀害公务员工 19 人，银行被抢。此事详参本书丘复《杂感》诗（一）注①。

⑧银行工作被誉为金饭碗，但由于银行被抢，员工衣物全部损失。当时物价飞涨，包括作者在内的银行员工生活非常困苦。

七五年新春①（二首）

和兆新弟原韵

（一）

一年容易又春忙，冻土初开水尚凉。

爆竹连声思《祝福》，青灯相对读《彷徨》。②

半生辜负攻书史，终岁辛勤为稻粱。③

此日团圆度佳节，杯斠婪尾乐洋洋。④

（二）

风雨晦暝⑤春复秋，每逢佳节⑥思悠悠。

寒梅初绽迎新岁，浊酒三杯解积忧。

与世相遗徒负愧，⑦觅诗且自寄闲愁。

穷坚老壮⑧君须记，莫把韶华⑨付水流。

①七五年：即 1975 年。

②《祝福》《彷徨》都是鲁迅著作名篇。此处作者一语双关，表达了新年的祝福，也抒发了自己仍戴着阶级异己分子帽子处境艰难不胜郁悒彷徨的心情。

③读书不为稻梁谋，这是过去儒家知识分子的崇高理想，典出《论语·泰伯》：子曰："三年学，不至于谷，不易得也。"意思是孔子说："读书三年而不想望当官吃俸禄，这是难能可贵的。"作者此句反其意而用，慨叹自己半辈子读书，最后还不得不为了一日三餐而奔波劳碌。

④杯斠，《西窗漫草》原文作"怀斠"，据词意改。娄尾，又称蓝尾酒。唐苏鹗《苏氏演义》卷下云："以酒巡匝为娄尾，一作蓝尾。侯白《酒律》谓：'酒巡匝到末坐者，连饮三杯，为娄尾酒。'"鲁迅《惜花四律》其三有"撩人蓝尾酒盈卮"之句。

⑤《西窗漫草》原文作"风雨晦明"，据词意改。

⑥唐王维《九月九日忆山东兄弟》诗曰："独在异乡为异客，每逢佳节倍思亲。遥知兄弟登高处，遍插茱萸少一人。"

⑦作者被错划为阶级异己分子，备受屈辱凄凉，是时世负他，这里反而说"与世相遗""负愧"，是说反话，也体现了作者的反躬责己的忠厚性格与不管什么都只能说自己不好的时代特点。

⑧《后汉书·马援传》："丈夫为志，穷当益坚，老当益壮。"唐王勃《滕王阁序》有句云："老当益壮，宁移白首之心？穷且益坚，不坠

青云之志。"此句加以浓缩，并根据平仄需要调整为"穷坚老壮"。
⑨韶华，指美好的时光，也写作韶光。

坎坷杂忆（十首选四）

（一）

廿载①心情只自知，对人强笑背人悲！
无端清洗复加帽，默傲寒霜紧锁眉②。

（二）

掩卷废吟弃妇诗③，不堪卒读《断肠词》④。
伤心最是离行⑤日，凄恻门前无限悲。

（三）

力弱身衰谁可怜，百般劳役要争先。⑥
敖胡山上扛杉木，困倒雪坪临夜边。⑦

（四）

祸遗儿女出身差，升学无门婚事乖。
二十三年风雨雪，摧残待放含苞花。⑧

1980 年 12 月

①廿载是 20 年。作者 1958 年蒙冤，至 1980 年平反，前后 23 年。这里
　说廿载，只是一个约数。
②寒霜代表压迫他的势力，默傲说明他面对种种不公，心中保持孤傲，
　表面只能沉默以对。紧锁眉形容凄苦的心情。
③纪晓岚《阅微草堂笔记》录李芳树《刺血诗》，是一位弃妇用血写的

诗，情词凄绝哀怨。作者1958年被清退，自己感到形同弃妇。

④《断肠词》，南宋朱淑真作，共一卷，25首。淑真为钱塘（今浙江杭州）女子，因自伤身世，故以"断肠"名其词。

⑤蒙冤被清退，被迫离开银行工作岗位。

⑥作者被管制劳动，常常要担负繁重几乎不能胜任的劳役。

⑦敫胡山在武平西山崇后面，距县城十余华里；雪坪亦为山名，离作者家约八华里。

⑧当时凡是讲阶级出身，地主、富农、反革命、坏分子、右派分子等"黑五类"或"黑九类"在各方面受到极严重的歧视，其子女的升学、工作、婚姻等也受到种种限制和影响。

祭石狮寨宗贤公坟①

清明正是艳阳天，瞻拜遗碑②忆昔贤。

迁学筑城昭志册③，励心文选著诗篇④。

佳城⑤胜地山川秀，怪壑悬崖景色妍。

昂首雄狮正崛起，群峰罗列绕坟前。

1981年4月

①石狮寨贤公坟地点在西门坊滦角水库附近。贤公为武平王氏六世祖。

②遗碑为贤公坟前墓碑。

③贤公长子王琼，字良玉，号孚斋。成化丁亥（1467年），知县袁旻重修学宫，王琼时为诸生，捐资赞助，事见康熙《武平县志》卷五《莅治志·黉宫》。后为岁贡，就读国子监，授南京兵马司指挥。弘治十一年（1498年）提为兵部主事。参赞巡抚金泽军务，再次上疏筑砖城，获得批准。筑成的砖城周长七百六十三丈，高二仞（一仞合周尺八尺或七尺。周尺一尺约合二十三厘米）多，筑城费用巨大，王琼主动捐助白银800两，大有功于武平的城守。事载康熙《武平县

志》卷三《建置志·城池》及 1993 年版《武平县志》。

④武平王氏十八世孙王启图事，见本书王启图诗作及注释。

⑤佳城，指墓地。典出古代笔记小说《西京杂记》卷四："佳城郁郁，三千年见白日。吁嗟滕公居此室。"关于《西京杂记》的作者和年代，《四库全书总目》列入小说家杂事类，兼题刘歆、葛洪姓名。近世考证者多认为是葛洪依托之作。

早春登梁野山

梁野巍峨插太空，攀登心似少年雄。

云飘曲径千层白，春染枝头数点红。

石鼓高悬迷雾绕，禅林深隐乱山中。

浮柱出米传奇迹，揽胜还须上险峰。

1982 年 1 月

游杭州西湖杂咏·谒岳王墓①

莺飞草长江南天，西子湖滨谒岳坟。

"还我河山"怀壮志②，"精忠报国"表坚贞。③

中原怕复愁昏主④，冤案铸成恨佞臣。

千载难平三字狱⑤，炉香岂足慰英魂！

1983 年 5 月

①《游杭州西湖杂咏》共五首，此选其一。岳飞（1103～1142 年），字鹏举，河南安阳汤阴县人，南宋抗金名将，中国历史上著名民族英雄，位列南宋中兴四将之一。在宋金议和过程中，岳飞遭受秦桧、张俊等人的诬陷，被捕入狱。绍兴十一年十二月（公历 1142 年 1 月），岳飞被以"莫须有"的"谋反"罪名，与长子岳云和部将张宪同被

杀害。宋孝宗时岳飞冤狱被平反，改葬于西湖畔栖霞岭。追谥"武穆"，后又追谥"忠武"，封鄂王。

②原注：岳飞曾自书横幅"还我河山"四字。

③原注：岳飞母曾在其背刺"精忠报国"四字。

④原注：明文征明有岳坟题词"……当时自怕中原复"之句。昏主，指宋高宗赵构。

⑤当时审讯岳飞，找不到根据，竟以"莫须有"为由定案，这就是千古奇冤的"三字狱"。

赏菊（二首）

和李永荣兄原韵

（一）

耸立陵园一望奢①，东篱②灿烂尚多华。

红黄相映幽香永，银白争妍素影斜。

三径③除尘迎好友，初冬赏菊品清茶。

相期共爱秋花美，晚节④留芳有几家？

（二）

飒飒西风菊正黄，庭前挺立傲寒霜。

秋花胜似春花美，胜在孤芳晚节香。

1984 年 12 月

①一望奢，一望无际的意思。奢，同"赊"，遥远。

②陶渊明有诗云："采菊东篱下，悠然见南山。"后世常以东篱表示菊花开处。

③陶渊明《归去来辞》有"三径就荒，松菊犹存"之句。唐李善注引
　东汉赵岐《三辅决录》曰："蒋诩，字元卿，舍中三径，唯羊仲、求
　仲从之游，皆挫廉逃名不出。"这里三径指家园，或喻归隐。唐孟浩
　然《秦中感秋寄远上人》："一丘常欲卧，三径苦无资。"

④晚节：指晚年的节操。《宋书·良吏传·陆徽》："年暨知命，廉尚愈
　高，冰心与贪流争激，霜情与晚节弥茂。"
　宋苏轼《谢翰林学士表》之一："敢不激昂晚节，砥砺初心。"

游武夷山

群峰拔峭绕清溪，轻筏凌波看武夷。
玉女①娉婷临水立，大王威勇带云飞。②
船棺遗蜕③悬崖见，翰墨飘香老桂栖。④
最是此山奇绝处，千岩万壑竞仙姿。⑤

1985 年 8 月

①玉女峰，在武夷山二曲溪南，乘坐竹筏从水上望去，俨然一位秀美绝
　伦的少女。朱熹《武夷棹歌》有句云："二曲亭亭玉女峰，插花临水
　为谁容。"南宋著名道士白玉蟾《咏玉女峰》有句云："插花临水一
　奇峰，玉骨冰肌处女容"。

②大王峰又称纱帽岩、天柱峰，因山形如宦者纱帽，独具王者威仪而得
　名。位于九曲溪口北面，是进入九曲溪的第一峰。原注：大王峰常有
　云雾飞绕。

③船棺是船棺葬的葬具，是古代一种独木舟形棺木葬具。在武夷山的小
　藏峰、大藏峰、白云岩、大王峰、观音岩等处悬崖，迄今尚遗存有架
　壑船棺与虹桥板等古物。经考古工作者考察，所谓"架壑船棺"是
　古时候聚居在武夷山一带古越族入葬俗的遗物——一种形制奇特的棺
　柩。船棺外形分两类：一类为两头翘起如船形；一类方形，其状如

盒，俗称"函"。所谓"虹桥板"，也就是用来支架船棺或架设栈道的木板。

④翰墨岩，在武夷山二曲，其右为铁板嶂，左为兜鍪峰、玉女峰。原注：翰墨石悬崖上，生有百年老桂一株，花香扑鼻。

⑤千岩万壑，典出南朝宋刘义庆《世说新语·言语》："顾长康从会稽还，人问山川之美，顾云：'千岩竞秀，万壑争流。'"唐白居易《题岐王旧山池石壁》诗："况当霁景凉风后，如在千岩万壑间。"郭沫若《游武夷泛舟九曲》有句云："崖崖壑壑竞仙姿"。

长汀双柏树

久仰汀城双古柏，院前挺立已千年。

参天黛色常如此，点首朱衣或是仙。①

雪压霜欺中不屈，千磨万劫老弥坚。

纪昀②已有传奇记，今日访君情更牵。

1985 年 8 月

①长汀双柏在汀州试院（今长汀县博物馆）内。纪昀《阅微草堂笔记》卷一"汀州试院"条，有一则传奇，说他任福建学政时，到汀州监考，在汀州试院堂前见到二古柏，唐朝所植，人们都说树有神。当天晚上月色皎洁，他走到试院石阶上，仰见树梢有两红衣人，向他打躬作揖，冉冉渐没。他喊幕僚出来，大家也都看到了。第二天，他到树旁各施礼作揖，作为答谢，然后刊刻一副对联在祠门上，曰："参天黛色常如此，点首朱衣或是君。"

②纪昀（1724～1805 年），字晓岚，一字春帆，晚号石云，道号观弈道人，河北献县人。清代政治家、文学家，乾隆年间历官左都御史，兵部、礼部尚书、协办大学士，曾任《四库全书》总纂修官，著有《阅微草堂笔记》。

敬老日抒怀

步李永荣原韵

秋郊寥廓思茫茫，极目烟云变幻常。

七秩^①遍尝人世味，一年又见菊花黄。

浮生若寄谁非梦^②，盛世能逢喜欲狂。

百老登高秋气爽，万山红叶醉重阳。

①见《祝李永荣老友八十大寿兼庆金婚纪念》注⑦。

②清袁枚《随园诗话》补遗卷一49则引邵元直孝廉有句云："浮生若寄谁非梦，到处能安即是家。"此处即借用邵元直现成诗句。其意思是从佛教一切皆空的思想出发，认为人生短暂，虚幻无定，如同寄居尘世，转眼皆成空寂，犹如大梦一场。又，道家也有人生如梦的思想。《庄子·齐物论》讲述了庄子自己梦中变化为蝴蝶而梦醒后蝴蝶复化为己的故事，提出了人不可能确切地区分真实与虚幻和生死物化的观点。受此观点影响，苏轼《赤壁赋》有"人生如梦"之句。

游梅县阴那山灵光寺

暮春时节雨缠绵，来访灵光结佛缘。

寺创名僧传胜迹^①，诗题歇石仰前贤。^②

千年老柏荣枯伴，^③五指奇峰高矮连。^④

缓步铁桥回首望，云深何处是桃源？^⑤

1989年4月

①原注：唐高僧了拳在此开山创灵光寺。

②原注：寺下有石名小歇石，清翰林李士淳题诗及石赞。注者按：李士
　　淳（1585～1665年），明末程乡县（今梅州松口）人，万历三十七年
　　（1609年）中广东解元，崇祯元年（1628年）中进士。曾任吏部侍
　　郎。明亡，入阴那山从事著述。

③原注：寺门前有双柏树，已有一千余年，但左株于三百年前枯萎，其
　　根株仍屹立不倒。

④阴那山主峰海拔1298米，山后五峰如指立，称五指峰，又名梅峰。
　　登主峰，需攀3824级石阶。

⑤原注：李士淳诗有"铁桥过去便桃源"之句，因当时云迷山径，未
　　去探寻。

游连城中华山性海寺①

闽西名刹誉中华，殿宇层楼一望奢②。
舍利晶辉传佛国，禅林葱翠隐僧家。
晨钟觉醒游人梦，薄雾轻笼宝树花。
最是深秋时节好③，红柑累累伴山茶。

①中华山性海寺是连城县著名古名刹，坐落在新泉镇联溪村境内。始建
　　于明洪武四年（1371年），属于禅宗法眼宗道场，是1983年福建省
　　首批对外开放的寺庙之一。

②一望奢，一望无际的意思。奢，同"赊"，遥远。

③"时节好"，《西窗漫草》原文为"好时节"，按格律要求，此句第六
　　字应为仄声，据此而改。

拟赠性海寺慧瑛和尚[①]

中华山上创名刹，寺有高僧品德佳。

五载京都研佛理，七年性海育琪花[②]。

纤尘不染正心意，净土翻开种果茶。

珍重农禅长结合[③]，出家入世[④]福千家。

[①] 原注：慧瑛和尚在北京佛学院研读五年，1983 年在寺住持。七年来实行农禅结合，开发净土，大种果茶。现固定资产已达百余万元，成为闽西佛教界一朵璀璨的琪花。注者按：慧瑛和尚（1925—1996年），连城县新泉人，13 岁出家，曾任中国佛教协会福建分会副会长。

[②] 琪花指仙境中玉树之花，此处比喻性海寺在研究佛理、培养僧才和劳动生产方面取得巨大成绩。

[③] 农禅结合为唐江西奉新百丈山怀海禅师首创，带头参加生产劳动，提出"一日不作、一日不食"的口号。释慧瑛领导中华山性海寺僧尼发扬"农禅并举"的百丈遗风，成绩斐然，赢得社会的尊重和善男信女的支持。近几年，寺庙建设又有新的发展。

[④] 佛教主张脱离尘俗，追求超越人间的彼岸世界，剃染出家，但近现代佛教走人间佛教路线，强调人间关怀，济度众生，提出以出世的精神做入世的事业，是为入世。出家入世，就是把这两者圆融结合在一起。

游泰山（二首）

（一）攀登十八盘

八十龄登十八盘，游人莫说不平凡。

还须直上玉皇顶[①]，险阻艰难也登攀。

①玉皇顶是泰山主峰之巅，因峰顶有玉皇庙而得名。远古帝王曾于此燔
　柴祭天，并祀山川诸神。玉皇庙殿前有"极顶石"，是泰山最高点的
　标志。其西北有"古登封台"碑刻，说明这里是历代帝王封禅泰山
　时设坛祭天之处。东亭可望"旭日东升"，西亭可观"黄河玉带"。

（二）登岱顶

登临绝顶兴犹浓，伫立山头我为峰。

四处云山收眼底，一轮红日耀长空。

祝李永荣老友八十大寿兼庆金婚纪念

频年诗酒世交①坚，赋性真诚齿德全。

总撰谱篇②敦族谊，合编诗粹③念乡贤。

金婚④伉俪恩情重，玉树芝兰⑤庭训传⑥。

八秩⑦高龄犹矍铄，九如⑧献颂福绵绵。

1991 年 1 月

①世交，指上代或数代彼此有交情者。唐刘长卿《和州留别穆郎中》
　诗有句云："世交黄叶散，乡路白云重。"
②李永荣曾主持修撰武平李氏族谱。
③王仲焜与李永荣合编《武平乡贤诗联选抄》，自费出版。
④结婚 50 年称为金婚。
⑤芝兰，原指灵芝、兰草或香草；玉树：原指美丽的树木。比喻德才兼
　备有出息的子弟。典出《世说新语·言语》所载谢安与其侄谢玄的
　问答。原文是：谢太傅问诸子侄："子弟亦何预人事，而正欲使其
　佳？"诸人莫有言者。车骑答曰："譬如芝兰玉树，欲使其生于庭阶
　耳。"谢安死后被追封太傅，世称谢太傅；谢玄死后被追赠为车骑将
　军、开府仪同三司，故称车骑。

⑥庭训是父亲教导儿子的雅称。典出《论语·季氏》，大意是孔子的儿子孔鲤两次在孔子面前趋而过庭（即小快步恭敬地走过庭院），孔子先后教导他要学诗、学礼。后来将父亲教导儿子称为庭训。

⑦《礼记·王制》："七十不俟朝，八十月告存，九十日有秩。"本指古代帝王对老人的优待，其中"秩"是指官吏的俸禄。后因称七十岁为七秩，八十岁为八秩，九十岁为九秩。唐白居易《喜老自嘲》诗："行开第八秩，可谓尽天年。"

⑧出自《诗经·小雅·鹿鸣之什·天保》。本为祝颂人君之语，有"如山如阜，如冈如陵，如川之方至，如月之恒，如日之升，如南山之寿，不骞不崩，如松柏之茂"等九个"如"。后推而广之，泛指为祝寿之词。如清刘献廷《寿孟仲闲》诗："寿君以盘飨，何如以文章……为君陈于前，以代九如颂。"

贺朱瑞清八十大寿

"文明"相聚忆当年①，犹仰英姿启后贤。
绛帐②著劳桃李③茂，莱衣戏彩④子孙绵。
经霜松柏劲而直，偕老鸳鸯情更坚。
今日杖朝⑤尊齿德，为君祝颂九如篇。

1991 年 10 月

①作者与朱瑞清 20 世纪 30 年代初曾在文明小学同事。

②绛帐，指红色的帷帐。因为东汉大儒马融常坐在绛帐里授徒，后人遂用此典做师长或讲座的尊称。典见《后汉书·马融传》："居宇器服，多存侈饰，常坐高堂，施绛纱帐，前授生徒，后列女乐。"

③桃李，比喻后辈学生。用以尊称他人培养出来的学生。典出《韩诗外传》，赵简子对子质说："夫春树桃李，夏得阴其下，秋得食其实。春树蒺藜，夏不可采其叶，秋得其刺焉。由此观之，在所树也。今子

之所树，非其人也。故君子先择而种也。"

④老莱子，本为春秋晚期（约公元前 599 年至约公元前 479 年）道家思想家，后成为中国民间传说中二十四孝人物之一，说他不遗余力孝养二老双亲，自己 72 岁时，为了使老父母快乐，还经常穿着彩衣，做婴儿的动作，以取悦双亲。后人以"老莱衣"或"莱衣戏彩"比喻对老人的孝顺。唐孟浩然有诗曰："明朝拜嘉庆，须著老莱衣。"宋苏舜钦《老莱子》诗："飒然双鬓白，尚服五彩衣。"

⑤《礼记·王制》："八十杖于朝。"谓八十岁可拄杖出入朝廷，后用作八十岁的代称。唐韩偓有诗云："若为将朽质，犹拟杖于朝。"清赵翼《初用拐杖》诗："我年届杖朝，卅载林下叟。"

九十遐思

九十回头当十九，青春影绕老人心。

耳聋且作"痴儿"憨①，眼亮细看祖国新。

泰岱②长城留履迹，南疆北国结诗情。

争超百岁方过半③，道远还须善养身。

2001 年正月初一

①指作为一家之主，对下辈的过失要能装糊涂。典出宋司马光《资治通鉴》第 224 卷：大功臣郭子仪之子郭暧娶了唐代宗女儿升平公主，两人因事吵嘴，公主告到代宗处，郭子仪捆绑儿子去谢罪。唐代宗宽慰郭子仪说："鄙谚有之：'不痴不聋，不作家翁。'儿女子闺房之言，何足听也！"

②即泰山，过去称为岱岳。

③原注：古人说："行百里者，半九十。"我以为人的生命亦如行路。要争超百岁，九十岁时才得一半。唯其路远，故要善自养身。

《西窗漫草》 问世

《西窗漫草》历风霜，苦辣酸甜已遍尝。

今日淡妆来问世，画眉深浅任评章①。

2001 年 11 月

①唐朱庆余考进士前，想请文坛大家张籍为他讲好话，作诗给张籍曰："洞房昨夜停红烛，待晓堂前拜舅姑。妆罢低声问夫婿，画眉深浅入时无？"自比新媳妇，比自己的文章为画眉，把张籍比作公婆（舅姑即公婆），好坏由公婆评鉴。张籍回诗曰："越女新妆出镜心，自知明艳更沉吟。齐纨未足时人贵，一曲菱歌敌万金。"高度评价朱庆余的诗文。此处活用这一文坛佳话，说自己的诗文集质量如何，任由读者批评。评章，指评论与分析。典出《北史·西域传》："小事则世子及二公随状断决，评章录记，事讫即除。"著名用例如宋代卢梅坡的《雪梅·其一》："梅雪争春未肯降，骚人搁笔费评章。梅须逊雪三分白，雪却输梅一段香。"

旧日地方风情杂咏（十二首选四）
——摭拾廿世纪二三十年代一些侧面史实风情

（一）凉笠下的少女

凉笠中空出髻丫①，青帘飘忽貌如霞。

村庄夏日无休歇，忙了耘田又采茶。

①凉笠为夏天女人戴上遮太阳的用品。20 世纪二三十年代武平女人还梳高髻，一般斗笠是不适用的，因而用竹制成圆形平面而中空的圆

笠，高髻从中空露出，用银簪卡住，周围用青色或绿色布围住，轻风
吹来，飘忽凉爽。

（二）端阳节

门挂菖蒲似剑长[①]，家家裹粽度端阳。

平川水浅无舟赛，纸扇香囊送婿郎[②]。

[①]旧俗端午节每家门口挂菖蒲、艾叶以辟邪祈福。

[②]旧俗过端阳节时须购纸扇及手绣的香包送给女婿、外甥等。客家话称
　女婿为婿郎。

（三）中元敬祖烧包买子孙

中元敬祖烧包伞[①]，为去扬州买子孙。

而今旧俗废除了，正是人间讲计生。

[①]旧俗于中元即农历七月十五日半夜起床，在厅中设席焚香烛，将金银
　纸扎成的金银锭数十个装于大纸包内，外书寄某祖收，烧给祖宗（有
　的还要烧大小纸扎的凉伞），去扬州买子孙。到傍晚时，又要到路口
　烧香，接回祖宗。

（四）大牛纲上出牛王

八月十六大牛纲[①]，东门河坝出牛王。

农民牛只都赶市，足下有田家运昌[②]。

[①]旧时在县城东门河坝设牛纲墟，每逢六日为墟日，由牛贩向江西会昌
　等处贩买牛只到县城交易。每年八月十六为大牛纲墟，四乡农民赶牛
　云集墟市。

[②]在牛墟上，赶墟的人无论卖或不卖，或与人交换的牛，到下午散墟

时，检查自己买的或交换的牛。发现牛脚底有"田"字形的，定卜家运昌盛。

　　林默涵（1913~2008），武平县武东乡人。原名林烈，1928 年在福州高中师范科求学时受革命思想影响，随后在福州、厦门、上海等地从事革命活动，曾两次被捕入狱。1935 年到日本学习。次年回国，在多种进步报刊任编辑，并开始用笔名"默涵"撰文。1937 年抗日战争全面爆发后，先后在上海、武汉、延安、重庆等地从事革命文化工作，抗日战争胜利后到上海、香港等地参与革命文化工作。1949 年后主要在宣传部门工作，曾任中共中央宣传部副部长兼文化部副部长、文化部顾问、中国文联党组书记、执行副主席。"文化大革命"中备受折磨。有杂文集《狮和龙》《浪花》，文艺论集《在激变中》《林默涵文论集》《林默涵劫后文集》《心言散集》等。

狱中吟[①]

秋风瑟瑟雨丝丝，坐对囚中欲暮时。
雁过长空音讯断[②]，云封别浦[③]梦魂驰。
谁教急管吹愁曲，我自低吟托远思。
暗影森森笼四壁，月华一线上征衣。

①此诗应是 20 世纪 30 年代初作者被捕入狱时所作。
②暗喻与共产党组织失去联系。
③河流入江海之处称浦，或称别浦。古人之诗"别浦"常与忧愁相联系，如：南朝宋谢庄《山夜忧》诗："凌别浦兮值泉跃。"唐杜甫《奉送卿二翁统节度镇军还江陵》诗："嘹唳吟筇发，萧条别浦清。"

忆旧游

结伴青春赴虎门①，苍波默对吊英魂②。

百年史事兴衰变，卅载交情③手足温。

滴翠山雄今更好，飞红梦倩④尚遗痕。

相逢不用悲华发，放眼神州共一樽。⑤

①虎门，广东省东莞市名镇，1839 年林则徐率军民在虎门销烟，揭开了中国近代史的第一页。

②在虎门销烟及其后抗英斗争中捐躯的先辈。

③与作者青春做伴赴虎门的人是谁，已不可考。从他与作者有三十年交情来看，与作者真是情同手足。也可看出此诗应是 20 世纪六七十年代之后所作。

④梦倩，梦到美好的人或事，指美梦。

⑤两个白发老人，何悲之有？应是都在"文化大革命"中身处逆境。但作者还是乐观积极，与友人互相勉励，要放眼神州看到形势好转的前景。

秋日登临（在丰城作）

客中病起上高台①，秋入江南草木衰②。

燕市云浓家不见③，长江水暖雁稀来④。

篱边菊笑陶公醉，泽畔歌吟屈子哀。⑤

人说丰城藏剑地⑥，青锋何日出尘埋。⑦

①"文化大革命"期间，林默涵受到迫害，被关押达十年之久。1975 年到江西丰城钢铁厂监督劳动。所谓"客中"，实即在丰城受监督管

制中。

②唐杜牧的《寄扬州韩绰判官》："青山隐隐水迢迢，秋尽江南草未
　凋。"本句将"尽"改为"入"，时序稍早，意绪相近，都有愁肠百
　结的意味。

③云浓，暗喻北京笼罩在恐怖气氛中。由于云浓，能否回北京的家，何
　时能回，都难以预料，吉凶未卜。

④过去大雁是传递书信的，雁稀来，表示亲人和友朋音信杳然。

⑤陶渊明隐居，"采菊东篱下，悠然见南山"；屈原流放，泽畔行吟，
　写出《离骚》等诗篇。作者也是形同流放，身处逆境，就以陶渊明、
　屈原自况。

⑥作者自注："相传丰城地下埋有宝剑。"

⑦史载丰城宝剑一名龙泉，一名太阿，深埋地下四丈余，待雷焕任丰城
　宰，才掘地找到。这里作者以丰城宝剑自喻，相信总有一天能够再见
　天日，再展宏图。

感　怀

苍茫赣水向东流，别却京华忽又秋。①
过眼名花随逝水，经唇烈酒压羁愁。
凄凄风雨香山路，渺渺烟波子美舟。②
最是伤心无语处，琵琶一曲泪泉稠。③

①作者1975年到丰城接受监督劳动，此诗应作于1976年秋。

②此诗原注："香山：白居易晚年居香山，自号香山居士，后人因之称
　白香山。子美，杜甫字子美。"作者盖以杜甫和白居易的坎坷经历
　自况。

③唐白居易作有《琵琶行》，与琵琶女有"同是天涯沦落人"之慨。作
　者此时也是天涯沦落人，故此想到《琵琶行》而老泪横流。

赣江远眺

萧萧木落夕阳残，滚滚江流去不还。[①]

壁上雕弓弦影暗[②]，枥前战马鬣毛鬖[③]。

久经沧海难忘水[④]，历见风霜未觉寒。

何日长空张万里，犹将一挽射天关。[⑤]

[①] 唐杜甫《登高》："风急天高猿啸哀，渚清沙白鸟飞回。无边落木萧萧下，不尽长江滚滚来。万里悲秋常作客，百年多病独登台。艰难苦恨繁霜鬓，潦倒新停浊酒杯。"本联从杜甫诗化出，潦倒悲秋的情绪亦参差近似。

[②] 宋苏轼《江城子密州出猎》："会挽雕弓如满月，西北望，射天狼。"苏轼在词中表达的是要为国家歼灭西北强敌的豪情。但这里雕弓只挂在壁上，而且弦影暗，显然是闲置已久，无用武之地。所以这句表示的是自己被弃置不用，报国无门的感慨。

[③] 鬖：sān，下垂貌。曹操《龟虽寿》："老骥伏枥，志在千里；烈士暮年，壮心不已。"表达了年老志壮的情怀。但作者的情况是自己像一匹战马，却被废弃，鬖毛都下垂了，也是徒有壮心而已。

[④] 唐元稹《离思》："曾经沧海难为水，除却巫山不是云。"表达对生命里最美好事物的怀念及后来事物的黯然失色感。常表示事业下滑或后续感情生活的悲哀。作者这里改"曾经"为"久经"，改"难为"为"难忘"，表达的是对革命事业的忠贞不渝。

[⑤] 射天关，与射天狼同义。本诗表达的是，虽然历尽艰难，但自己虽九死而不悔，相信有朝一日能得到重用，为革命效力，大展宏图。

六九述怀①

平生不善稻粱谋②，逆水行船棹未休。

岂惜微躯投鳄鳖③，甘当孺子作驹牛④。

接传天外真知火⑤，化却人间冻馁忧。

莫道春归花事尽，夕阳红叶耀高秋。⑥

①作者自注："1982 年 11 月，谒马克思墓后作。"这时作者已经复出，重居高位，出访德国。

②本指禽鸟寻觅食物，如唐杜甫《同诸公登慈恩寺塔》："君看随阳雁，各有稻粱谋。"后用作比喻人谋求衣食钱财。

③《诗经·小雅·巷伯》："取彼谮人，投畀豺虎。"原指那种好搬弄是非的人，要把他扔出去喂豺狼虎豹。形容人民群众对坏人的愤恨。这里改为投鳄鳖，反其意而用之，比喻愿为人民作牺牲。

④鲁迅《自嘲》诗句："横眉冷对千夫指，俯首甘为孺子牛。"意思是对统治者横眉冷对，对人民甘做牛马。本句即取此义。

⑤在希腊神话中，普罗米修斯（Prometheus）为造福人类而偷了天火，自己却受尽残酷的惩罚和煎熬。这里天外指西方，真知火指马克思主义，意思是中国共产党像普罗米修斯偷天火一样，从西方找到了马克思主义，自己就是接受、传播马克思主义的人，一切都为了人民免受饥寒，过上幸福生活。

⑥一般认为，人老了，不再有春天的灿烂辉煌，但作者自信，秋天的夕阳红叶更美。也就是说，自己的晚年还要焕发出无穷的活力，还要做一番壮丽的事业。

求　索①

马蹄瘦骨踏冰霜②，寥廓江天溢晚凉。

丛树有情迎宿鸟，疏星无语送斜阳③。

登高不怯山蹊窄，眺远何嫌客路长。

纵目天涯寻芳草④，岂嗟风雨湿衣裳。⑤

①此诗 1976 年作于江西。

②宋欧阳修《奉使道中作》："马蹄终日践冰霜，未到思回空断肠。少贪梦里还家乐，早起前山路正长。"此句从欧诗化出，而强调"瘦骨"，说明自己的处境更加不堪。

③梁启超集句联语有云："燕子来时，更能消几番风雨。夕阳无语，最可惜一片江山。"此联意境，颇与本联诗句意境相通，都反映出一种落寞伤怀的情绪。江天晚凉，疏星无语，衬托出诗人的寂寞无语。

④宋苏轼《蝶恋花》："天涯何处无芳草！"芳草喻美的人、美的事。作者身处逆境，但对美好理想的执着追求未尝稍歇。

⑤风雨喻恶劣的环境，恶劣的势力。这一联说，既然要追求美好理想，那就不怕任何摧残打击。

夜读史①

春宵漠漠一灯残，展卷浑忘破晓寒②。

百代绮罗余寂寞，万重金粉尽阑珊③。

诗怀有忿和忧写，青史无情带笑看。

动地荒鸡鸣大野④，攀天硕鼠泣危杆⑤。

①此诗作于 1976 年清明节后。当年清明节发生在天安门的"四五"事

件，因悼念周恩来总理而起，看似一场群众运动，实际上是党内两派政治势力的重大较量，影响深远。作者是时仍在江西受监督劳动，但已敏锐地感受到这次事件的意义。本诗即针对此事件有感而作。

②破晓寒，犹言黎明前的黑暗。

③唐李白《登金陵凤凰台》："吴宫花草埋幽径，晋代衣冠成古丘。"喻一切繁华都会成为过去。本联诗意与此相近，但特指"文化大革命"恶势力的表面强大很快就会化为乌有。阑珊，有凄凉、凄楚、凋零的含义。本联暗指恶势力看似猖獗，其气势已接近末路。

④荒鸡，指三更前啼叫的鸡。旧以其鸣为恶声，主不祥。宋苏轼《召还至都门先寄子由》诗："荒鸡号月未三更，客梦还家得俄顷。"鲁迅《辛亥残秋偶作》："竦听荒鸡偏阒寂，起看星斗正阑干。"

⑤硕鼠，大老鼠。《诗经·魏风·硕鼠》："硕鼠硕鼠，无食我黍！三岁贯女，莫我肯顾……"比喻贪得无厌的剥削者。这里借指"文化大革命"中兴风作浪的害人虫。攀天指这些害人虫窃取了最高权力，但他们自己也感觉到末日为时不远，所以在桅杆上暗暗哭泣。

夜　思①

长安旧事已如烟②，半暗孤灯照不眠。
有志无功闲处老，是尧非桀梦中牵③。
精禽立意填沧海，顽石犹能补昊天。④
起看群星窥树杪⑤，雄鸡一唱试挥鞭。⑥

①此诗作于1976年秋，正是"四人帮"被粉碎的前夜，作者仍在江西监督劳动中，但已有相对的自由，反思自己一生经历，激励自己斗志，乃作此诗。

②长安，指北京。以前在北京干过的辉煌事业，像烟消云散一样，都成为过去。

③尧为古代圣皇，桀为古代暴君。"是尧非桀"就是站在圣君明帝一边，反对暴君，对于这样的大是大非问题，连做梦都牵挂着，毫不含糊。

④精卫填海，古代神话，比喻意志坚决，不畏艰难，锲而不舍，也有仇深似海、誓志复仇的含义；顽石补天，典出《红楼梦》，谓女娲补天剩下的一块顽石，也有补天之志。本联借这两段神话故事，抒发自己要为革命事业发挥作用的愿望，以及革命到底的坚定意志和决心。

⑤树梢浓叶间透出了群星的亮光，比喻天将破晓，光明即将到来。

⑥《晋书·祖逖传》："中夜闻荒鸡鸣，蹴琨觉，曰：'此非恶声也。'因起舞。"唐李贺《致酒行》："我有迷魂招不得，雄鸡一声天下白。少年心事当拿云，谁念幽寒坐呜厄！"毛泽东《浣溪沙·和柳亚子先生》："一唱雄鸡天下白，万方乐奏有于阗，诗人兴会更无前。"作者此句盖综合上述各典，表达自己对前途充满信心，要发奋图强、自强不息的意愿。

送友人西去①

十年流放幸重逢②，又听骊歌语未终③。
白发频添冤狱后，青春尽付战尘中。
行人④踽踽西天月，驻马嘶鸣北国风。⑤
此去黄沙千里路⑥，天涯何处歇飘蓬⑦。

①此诗未署年月。作者1966年被囚，而诗有"十年流放"一语，应作于1976年。而全篇感情比较沉重，应是"四人帮"尚在台上，彼此冤狱尚未平反之时，即1976年10月之前。所送友人为谁，难以考定。

②"幸重逢"，是彼此都结束了流放生活。

③先秦逸诗有《骊驹》篇："骊驹在门，仆夫具存；骊驹在路，仆夫

整驾。"客人临去歌《骊驹》，后人因而将告别之歌称为"骊歌"。听骊歌而语未终，应是指友人又要奉命远行，但友人的冤狱未有定论。

④行人，出行、出征之人，或一种职官。《周礼·秋官》有行人。春秋、战国时各国都有设置。汉代大鸿胪属官有行人，后改称大行令。明代设行人司，复有行人之官，掌传旨，册封、抚谕等事。本诗"行人"之性质，应属后者。

⑤"西天""北国"两语，透露友人所去为西北远方。"踟蹰"（zhí zhú）一语，则有徘徊不前之义，说明友人并不乐意此行。

⑥泛指西北大沙漠。我国甘肃、新疆多沙漠，如塔克拉玛干沙漠、柴达木沙漠等。

⑦飘蓬比喻漂泊无定。友人获得相对自由，能够衔命远行，但冤狱未雪，还要继续过漂泊无定的生活，其心情是沉重的，作者有相似的经历，送别的心情也是沉重的。

谢赠画

丘茔遗剑岂云痴①，一卷丹青寄远思②。
寂寂深山啼独鸟，潇潇暮雨洒空枝。
曾经烂熳开幽树，岂料飘零落圮池。③
不用招魂劳故旧，梅花重绽小春时。④

①原注："春秋时吴国公子季札出使过徐，将心爱的佩剑挂在徐国国君冢木上，表示赠给故友。"丘茔，冢墓。

②丹青，即画。寄远思，赠画含有深意。

③中间两联，是读画感受到画的内容。圮池，湮没废弃的池沼。在暮雨潇潇的空寂深山里，一朵曾经在枝头烂漫绽放的鲜花，孤零零飘落在破败的池沼上。这可能是赠画者心目中的作者经历和形象。兼有赞

叹、惋惜、安慰之意。

④招魂，《楚辞》中有一篇《招魂》，大旨是召唤灵魂回来。本诗尾
联的意思是，老朋友送我这幅画，本意是想安慰我，并召唤我的
灵魂回来。其实不必有劳老友如此用心，我就像孤高贞洁的梅花
一样，终有一天，会重新绽放青春，就像小阳春绽放的梅花一样，
孤洁芬芳。方言里的小春，即小阳春，指的是立冬至小雪节令这
段时间。

题小照①

炎凉历尽复何求，默坐荒郊对老牛。

风雪十年罹浩劫，江流九派洗沉忧②。

岂无黄土埋忠骨，自有青山伴白头。③

遥望隔江垂暮色，夕阳红破一天秋。④

①本诗未署年月，诗中有"风雪十年罹浩劫"一语，十年指 1966 ~
1976 年，敢把这十年叫作浩劫，自是粉碎"四人帮"之后，因此，
应是 1976 年十月之后，即将离开江西丰城时，在赣江边拍了一张照
片，此诗是题照之作。

②长江流经湖北、江西、九江一带有九条支流，因以九派称这一带的长
江，后也泛指长江。

③清龚自珍《己亥杂诗》其五："青山处处埋忠骨，何须马革裹尸还？"
本联化用龚自珍诗意，"青山伴白头"意指自己老了，与青山为伴，
暗喻自己有青山一样的品格。

④隔江，隔着赣江。"夕阳红破一天秋"，自己在深秋站在赣江边，面
对绚烂的夕阳，暗喻自己晚景会像夕阳一样绚烂美好。

赠友人

　　一九七五年，我被囚禁九年后，又被流放到赣江之滨，达两年半，其间得友人赠诗感而奉和。

百洞征衣满路尘，敢因风雨惜微身①。

铁窗动荡悲歌气，客梦迷离故国魂②。

谁道高丘无静女③，分明白屋④有芳邻。

横腰长铗⑤今犹在，留得寒光烛乱云。⑥

①南朝乐府西曲歌《作蚕丝》："春蚕不应老，昼夜常怀丝。何惜微躯尽，缠绵自有时。"本句"惜微身"本此，意思是要为革命事业奉献一身。"风雨"喻革命路上遇到的坎坷挫折。

②故国，通常指故乡，这里也可能指作者常年工作的北京。

③高丘，楚国山名。《楚辞·离骚》："忽反顾以流涕兮，哀高丘之无女。"王逸注："楚有高丘之山。女以喻臣。言己虽去，意不能已，犹复顾念楚国无有贤臣，心为之悲而流涕也。"静女，《诗经·邶风》："静女其姝，俟我于城隅。爱而不见，搔首踟蹰。"静女指文雅的女子。高丘静女指受排挤打击而无怨无悔忠君爱国的贤臣。这里是作者自况。

④白屋，白茅覆盖的房屋。古代为平民所居。《尸子·君治》："人之言君天下者瑶台九累，而尧白屋。"《汉书·王莽传上》："开门延士，下及白屋。"颜师古注："白屋，谓庶人以白茅覆屋者也。"这里白屋芳邻指出身平民百姓的好友、好邻居。

⑤见谢肇齐诗《观京戏〈追韩信〉》"铁唱无鱼"注。

⑥尾联意思是，我胸有才识，待价而沽，终有一天会得到赏识和重用。

海边漫步①

海潮平履迹，晓翠拂素衣。②
梦里长安远③，催归总未归④。

①"文化大革命"中作者被困于江西，无由到海边。"文化大革命"后，
据作者女儿回忆，作者 1986 年夏天去了烟台，1991 年夏天去了青
岛，又基本上每年夏天去北戴河。从诗中"梦里长安远"表达的意
思来看，此诗可能是 1986 年夏作于烟台，或 1991 年夏作于青岛。作
于北戴河的可能性较小。

②刚刚踩在沙滩上的足迹，被上涨的潮水淹没了；晓风吹拂，身上的衣
服似乎染上了周遭的翠色。这两句诗意应从唐裴迪《辋川集·华子
冈》诗句"云光侵履迹，山翠拂人衣"化出。但把"人衣"换成
"素衣"，平仄就出了一点问题。

③长安，喻北京。长安远，意思是梦境中离北京特别遥远，反映作者渴
望回到京城。但对于作者来说，京城有两层意义，一是代表寓居京城
的妻儿，回京城就是与京城的妻儿团聚。杜甫《月夜》诗：中"遥
怜小儿女，未解忆长安。"就是指他的留在鄜州的儿女还太小，不懂
得思念沦落在长安的老父亲。这是以长安指代远在长安的亲人的用
例。另一是代表京城的皇帝，在现代则是代表在京城的中央和元首。
辛弃疾《菩萨蛮·书江西造口壁》"西北望长安，可怜无数山"是这
种意义的用例。又《世说新语·夙惠》有"日近长安远"的典故：
"晋明帝数岁，坐元帝膝上。有人从长安来，元帝问洛下消息，潸然
流涕。明帝问何以至泣，具以东渡意告之。因问明帝：'汝意谓长安
何如日远？'答曰：'日远。不闻人从日边来，居然可知。'元帝异
之。明日，集群臣宴会，告以此意，更重问之。乃答曰：'日近。'
元帝失色，曰：'尔何故异昨日之言邪？'答曰：'举目见日，不见长

安。'"长安和日，也都是皇帝和权力核心的象征。在这种情况下，回京城就是指代重回接近权力核心的地位。"文化大革命"之后，作者重新受到重用，位高权重，不会有难回京城之忧。这里写的是梦境，梦中回到"文化大革命"的悲惨岁月，那时"长安"对于作者来说真是遥不可及。被管制被折磨的生活在作者心中打下深刻的烙印，以致"文化大革命"后仍心有余悸，故有"梦里长安远"的梦魇和感叹。

④ "催归总未归"也应是梦境中的事。那时候，是"组织"把他流放到江西，就是要让他不得回归京城，因而"催归"的只能是家人。家人盼他、催他早点回家，但他身不由己，想归而不得归，故云。

观壶口瀑布

黄河壶口瀑布，在山西吉县与陕西宜川之间，激流澎拜，声震数里，极为壮观。1984 年 9 月，与友人结伴往游，兴而吟此。

如云飞沫湿衣襟，壶口惊涛落万钧。
已杳风华惭夙志①，仍将涓滴报斯民②。
后波赴海超前浪，老叶成泥育幼林③。
钝剑无锋甘直折，犹胜逐浪曲柔绳④。

一九九二年五月十三日

① 作此诗时，作者已年逾古稀，可谓风华已杳，由于历史的原因，夙志并未完全实现，抚今追昔，作者感慨万千，故云。

② 涓滴，指微薄的余力。意思是，尽管受尽历史的折磨，还是要尽微薄的余力报效生我养我的人民。

③ 前浪、老叶，作者自喻；后波、幼林，比喻年轻后辈。龚自珍《己亥杂诗》："落红不是无情物，化作春泥更护花"，意境与此后先相映。

④"钝剑无锋"也是作者自喻，饱经磨难，剑锋已钝，但还是坚持正直的性格，宁愿因此折断，也不学随波逐流的弯曲绳子。本诗除首联写景，后三联用种种比喻表白自己的性格和意愿，表达了一位老人久经磨难之后渴望组织和友朋理解的心境。

陈仲平（1913~1993 年），武平县象洞乡人，1929 年参加象洞暴动走上革命道路，曾任广东梅州地委副书记、梅县县长。1949 年调回闽西组建龙岩地委和龙岩专署，为首任龙岩专区专员公署专员，并一度兼任武平县委书记。后被打成右派分子，下放到山西工作。"文化大革命"后平反，1979 年冬任中共中央党校哲学教研室副主任，1982 年离休。1993 年因病逝世，终年 80 岁。

月夜散步在黄河大桥上①

百丈长桥漫步行，蛙声阁阁乱人心。②
举头南望问明月，白石峰前稻叶青③？

①此诗作于 1973 年暮春，正是"四人帮"喧嚣鼓噪之时。作者下放于晋西北保德县。
②蛙声阁阁，象征"四人帮"一伙的喧嚣鼓噪。
③"白石峰"在武平象洞，是作者家乡的山峰。"稻叶青？"是一个问句，表面意思是家乡稻叶青不青，实际上是关心家乡和各地生产状况。体现了他内心对"四人帮"一伙"宁要社会主义的草，不要资本主义的苗"之类谬论的反感和鄙视。

入党三十年书怀①

时余遇逆境（被开除党籍），由京到晋已近两年，在入党 30 年之际，百感交集，书此以自勉。

三十年前水流东，三十年后水流西。
任凭河水多变幻，石烂海枯志不移。

答友人

"长夜漫漫无尽头？"劝君莫作杞人愁[1]。
太阳不会西边出，扬子黄河岂北流？[2]

[1] 杞人愁，即杞人忧天，天不会掉下来，杞人之忧是不必要的。
[2] 此诗应作于作者衔冤受屈之时。友人对前途比较悲观，而作者信念坚定，对前途充满信心，发而为此诗。扬子，即长江别称"扬子江"。

题晨、建二儿培才校前照[1]

凝看照片想联翩，三十二年瞬息间。
山剃光头田长草[2]，忠魂烈骨哭黄泉！

[1] 作者于1987年12月补记："培才小学是1940年时的大埔县委机关所在地，我当时任县委副书记，出发回来常住于此。黄惠容则是培才教师。1972年我大儿晨光、三儿建光从山西保德县回乡插队，到龙岩后随外婆回大埔黄沙，他们专门到父母住过的培才校前拍了照，给我寄来一张。当时正是'四害'横行时节，看后百感交集，忍不住即在照片背面题了上面四句话。诗中'忠魂烈骨'，特指当时同住培才的卜人和黄芸，泛指大埔的先烈们。"
[2] "四人帮"批"唯生产力论"，提倡"农业学大寨"，全国生产受到严重破坏，各地生态破坏尤甚。

八十书怀①

八十春秋转眼过，成功事业愧无多。

朝朝暮暮卅年奋，碌碌忙忙半世磨。

十载山间斗豺虎②，廿年地下抗妖魔③。

天安门上红旗展，汀水韩江尽唱歌！④

①民间做寿计虚龄，此诗应作于1992年。

②应指在闽西、粤东山区打游击的革命战争生活。

③陈仲平含冤20年，20年间，坚持革命气节，暗暗与包括"四人帮"在内的反动路线作斗争。

④汀水，闽西的母亲河；韩江，粤东的母亲河。作者大半生奋斗在闽西、粤东，故以"汀水韩江尽唱歌"表达自己暮年回首的欢悦之情。

李永荣（1911～1997年），武平县平川镇北门坊人，小学教员。曾与王仲焜合编《武平乡贤诗联选抄》。

赏菊（二首）

（一）

拾级登高望正奢①，艳阳天气物多华。

陵边公路林中过，郭外青山云里斜。

俯仰金风千本菊，殷勤甘露一杯茶。

陶公②无怪怡然笑，得意芳扬隐逸家。

（二）

几朵微红几朵黄，东篱挺立傲寒霜。

孤芳独爱陶家菊，为避嚣尘晚吐香。

①见王仲熙《赏菊》诗"一望奢"注。

②即陶渊明。

咏八老聚餐

倏忽韶华又一年，仲冬八老庆团圆。

席陈淡酌微肴味，座列退休干职①贤。

陋室②高朋忘俗累，蓬庐胜友结诗缘③。

诸兄未减胜时志，不负须眉④百尺天⑤。

①干部与职工。

②对自己住宅或居室的谦称。唐刘禹锡《陋室铭》曰："斯是陋室，惟吾德馨。""谈笑有鸿儒，往来无白丁。""南阳诸葛庐，西蜀子云亭。孔子云：何陋之有？"有此前例，陋室之称，虽是自谦，却不无自豪之意。

③高朋、胜友，略同于良友，或德才兼备引以自豪的好友。唐王勃《滕王阁序》有云："十旬休暇，胜友如云；千里逢迎，高朋满座。"

④本指男子的胡须和眉毛。古时男子以胡须眉毛稠秀为美，故以为男子的代称。

⑤百尺天，比喻男人的天地宽阔，志向远大。清吴兆元诗"劫余自拓三弓地，眼界重开百尺天"之句，见清胡恩燮等编《南京愚园文献十一种中》。

十老团聚一周年抒怀

八十高龄应不难，群英聚会若金兰[①]。

名篇砥砺研还读，益友交游暑复寒。

酌酒吟诗春永驻，品茶玩月夜将阑。

唯祈十叟年年健，政美时清一片丹[②]。

①典出《周易·系辞上》："二人同心，其利断金；同心之言，其臭如
　兰。"缩略为金兰，原指朋友间感情投合，后来用作结拜为兄弟姐妹
　的代称。《世说新语·贤媛》有"山公与嵇、阮一面，契若金兰"
　之语。

②一片丹，语义不太清楚。结合前文"政美时清"，似乎是歌颂社稷江
　山一片红；但联系到全文，又好像是说十老个个有一片丹心。

卧病答王仲焜慰赠（三首选一）

老聃[①]哲学最达观，失马塞翁[②]当福看。

遭火参元柳子贺[③]，无粮野鹤也心闲[④]。

①老聃，原诗作"老冉"，误。老聃即老子，姓李，名耳，字聃，春秋
　时大哲学家、思想家，道家学派创始人。后世被尊为道教鼻祖。其思
　主张无为而治，富于辩证思维。

②即塞翁失马，语出《淮南子·人间训》，讲述一位老翁失马带来的一
　连串悲喜故事，比喻一时虽然受到损失，有可能反而因此得到好处。
　也指坏事在一定条件下可变为好事，反之亦然。

③典出唐柳宗元《贺进士参元失火书》。在这封书信中，柳宗元对朋友
　王参元家中失火，"始闻而骇，中而疑，终乃大喜。盖将吊而更以贺

也。"阐明了祸福相依、忧道不忧贫的道理。勉励王参元要遇事达观，做一个安贫乐道的人。

④语出明唐寅《警世》诗"笼鸡有食汤锅近，海鹤无粮天地宽"，蕴含哲人处世应达观少欲的道理。

廖建安（1921～2007），武平县武东镇安丰村人，厦门大学法学系毕业，1948年赴台，历任专科及中学语文教员，以弘扬中华文化、力辟日本殖民陋习为己任。业余热心公益，长期担任台北武平同乡会《乡音》主编，于联络乡谊、加强两岸文化交流颇多贡献。好吟咏，不事雕琢，重在表现真性情。有《逸庐文稿》问世。

寿李柏存①先生八十

康强耄耋②几疑仙，丽日祥开玳瑁筵。

鼎革勋名光史册③，琴堂④清誉咏佳篇。

仁浆义粟恩施广⑤，桂子兰孙⑥福慧全。

海屋此添无量寿⑦，冈陵⑧叶颂永尧天⑨。

①李柏存（1881～1961年），广东省梅县松口镇人，早年留学日本早稻田大学，参加中国同盟会，辛亥革命时，成功劝说广东水师提督李准反正，历任江苏道尹，又任文昌、遂溪、新兴、连平等县县长，广东省参议员等职。后赴台终老。

②耄耋（mào dié）：古称八九十岁的老人。《诗经·大雅·板》："匪我言耄"；《左传·隐公四年》："老夫耄矣，无能为也。"

③颂扬寿星辛亥革命立功事。

④《吕氏春秋·察贤》："宓子贱治单父，弹鸣琴，身不下堂而单父治。"后人遂称州、府、县署为琴堂。此处赞扬寿星官做得好，而且不忘风流文雅，吟诗作赋，受人仰慕。唐韦应物《送唐明府赴溧水》

诗："到此安畎俗，琴堂又宴然。"

⑤颂扬寿星一生多有赈济义举。

⑥对人子孙的美称。明汤显祖《紫箫记·就婚》："作夫妻天长地远，还愿取桂子兰孙满玉田。"

⑦海屋添筹，祝人长寿用语。苏轼《东坡志林》卷二"三老语"条右一则寓言，说从前有三位老人相遇互相问年龄。其中一人曰："海水变桑田时，吾辄下一筹，尔来吾筹已满十间屋。"海屋堆满了记录沧桑变化的筹码，其主人之高龄难以想象。

⑧冈陵，就是高山丘陵，一般都存在了千万年乃至上亿年。用于祝寿语，与寿比南山相同，而更典雅，如"寿域开冈陵福祉""寿并冈陵""寿同冈陵"。

⑨《论语·泰伯》："巍巍乎，唯天为大，唯尧则之。"谓尧能法天而行教化。后因以"尧天"称颂太平盛世。

端阳节（二首选一）

节到天中物候新，熏风送爽草如茵。
龙舟竞渡思贞士，角黍飘香荐荩臣①。
江水长流骚客恨，湘累②难悟楚君嚚③。
由来兴废关忠佞，读罢怀沙④太息频。

①荩（jìn）：向前的意思。荩臣，忠臣。语出《诗·大雅·文王》："王之荩臣。"后引申指忠诚之臣。这里贞士与荩臣都指屈原。屈原，战国时楚国的政治家，尽忠辅佐楚怀王，不受信任，看到国家将亡，怀恨自沉汨罗江。传说端午节划龙舟抛角黍（即粽子），就是为了拯救屈原。

②湘累，指屈原投湘水而死。

③嚚（yín），愚蠢而顽固的意思。楚君，指楚怀王。《史记·五帝本

纪》："舜父瞽叟顽，母嚚，弟象傲，皆欲杀舜。"

④屈原临死前所作绝命词，诗题大概蕴涵怀抱沙石以自沉的意思。内容讲述遭遇的不幸与感伤，发抒临终前的浩叹与歌唱，希冀以自身肉体的死亡来最后震撼民心、激励君主，唤起国民、国君精神上的觉醒。

仲秋晓望二首

（一）

燕去鸿来①客梦惊，花残叶落亦关情。

举头犹有前时月②，底事干卿照到明③？

①比喻行踪不定的人。宋赵长卿《清平乐·鸿来燕去》词："鸿来燕去，又是秋光暮。冉冉流年嗟暗度，这心事还无据。寒窗露冷风清，旅魂幽梦频惊。何日利名俱赛，为予笑下愁城。"

②唐李白《静夜思》写思乡之情："床前明月光，疑是地上霜。举头望明月，低头思故乡。"此诗是作者旅居台湾思归不得时所写，其思乡之情正与千年之前的李白共鸣。

③底事，意为何事。典出唐刘肃《大唐新语·酷忍》："天子富有四海，立皇后有何不可，关汝诸人底事，而生异议！"本诗"卿"指月亮。整句意思是：我的思想之情与你月亮有何关系？为什么照着我一直到天明？这是从反面说明，自己对着皓月思乡怀人直到天明。

（二）

金风飒飒老蒹葭①，绿减红衰换物华②。

晨露既晞杨拂面，朝霞初起水明沙。

登楼抒感王生赋③，对月思乡杜老嗟④。

三径⑤已荒归意急，烽烟未靖滞天涯。

①蒹葭（jiān jiā）是一种芦荻、芦苇。《诗经·秦风·蒹葭》："蒹葭苍苍，白露为霜。所谓伊人，在水一方。溯洄从之，道阻且长。溯游从之，宛在水中央。蒹葭萋萋，白露未晞。所谓伊人，在水之湄。溯洄从之，道阻且跻。溯游从之，宛在水中坻。蒹葭采采，白露未已。所谓伊人，在水之涘。溯洄从之，道阻且右。溯游从之，宛在水中沚。"一般将此诗理解为一首恋歌，由于所追求的心上人可望而不可即，诗人陷入烦恼。说河水阻隔是含蓄的隐喻。

②绿，指绿叶、绿树，红，指红花。金风、老蒹葭、绿减红衰，都是秋天景象。由秋景的衰飒兴起诗人的愁思。

③王生赋，指王粲的《登楼赋》。王粲（177～217年），字仲宣。今山东微山人。东汉末年文学家，"建安七子"之一。少有才名，客居荆州时作《登楼赋》，名满天下。此赋以简洁明快的语句，忧悯世道，怀念故乡，热烈冀望太平盛世的到来；对自己的坎坷遭遇，也发出了强烈的感慨。

④杜老，指杜甫。杜甫（712～770年），字子美，自号少陵野老。今河南省巩义人。唐代伟大诗人，与李白合称"李杜"，也常被称为"老杜"。其《月夜忆舍弟》诗是对月思乡的杰作，前两联曰："戍鼓断人行，边秋一雁声。露从今夜白，月是故乡明。"《月夜》诗也抒发了思乡思念妻儿的深沉感情："今夜鄜州月，闺中只独看。遥怜小儿女，未解忆长安。香雾云鬟湿，清辉玉臂寒。何时倚虚幌，双照泪痕干。"

⑤见张永明《咏菊》诗注。

旅游大陆感怀六首（选二）

游福州有序

　　余系闽人，未履福州，引以为憾。斯番三度返乡，原拟赴武夷山一游；但因时间匆促，不无疑虑。窃念榕城亦为闽省名都，林园古迹甚多，足供数日盘桓，武夷之游，遂作罢论。

故国风光处处奇，名园古刹更非稀。

榕城本是风流地，何必匆匆去武夷。

履河侄邀宴感赋

暌隔卅^①年绝讯音，他乡不比故乡亲。

今朝欢聚堪回首，已见相思梦里人。

①卅（xì）：四十。

厦大1948届^①同学毕业四十五周年纪念会感赋（六首选四）

重逢

天涯迢递又重逢，四载研磨^②一梦中。

莫谓胜缘^③殊短促，人间最美夕阳红。

①原稿作1948级。作者1948年毕业，应为1948届。

②作者1989年回大陆，曾与大学同学见面，1993年毕业45周年重聚，
相隔四年。研磨，此处指研究、写作。

③胜缘，本是佛教用语，借指善缘。南朝梁武帝《游钟山大爱敬寺》
诗："驾言追善友，回舆寻胜缘。"

惜别

相逢不易别还艰^①，是易是艰一念间。

但愿人人都健饭，五年再见又何难？

①因为相逢不易，所以离别备觉难舍。唐李商隐有诗云："相见时难别
　亦难，东风无力百花残。"

忆长汀

满天烽火志凌云①，粝饭芒鞋②忆愈馨。

犹记晨曦初露后，疏钟岚影落梅林③。

①抗日战争时厦门大学内迁长汀，作者这一届厦门大学同学头两年是在
　长汀度过的。抗战烽火遍地，师生壮志凌云。
②粝饭芒鞋：糙米饭和草鞋。形容生活条件的艰苦简陋。宋陈著《沁园
　春·和元春兄自寿》有句云："但菜羹粝饭，不求他味；芒鞋竹杖，
　足畅幽情。"
③梅林是长汀城外胜景，是当年厦门大学师生暇时经常流连之处。历史
　学家、厦门大学教授、厦门大学校友韩师国磐先生回忆说："龙山的北
　极阁、城外的通济岩、朝斗岩、双峰亭、梅林等处，都成为（龙山）
　诗社的集会处。"他又有诗曰："戎马关山志未穷，骚人雅集咏长风。
　双峰秋色梅林月，犹有诗情到梦中。"见所著《韩国磐诗文抄》。

赠汪校长伯明师①

簪缨奕叶②最堪夸，棠棣联辉③位望华。

学究人天④兼化育，满园桃李出奇葩。

①汪德耀（1903～2000年），字伯明，江苏省灌云县人，1943年至
　2000年在厦门大学任教授，先后任系主任、理工学院院长、代理校
　长、校长等职。他是著名的细胞生物学家、教育家，长期从事细胞生
　物学的教学和科学研究，为我国细胞生物学的开拓做出了贡献。
②簪缨，古代达官贵人的冠饰；奕叶，累代，世代。合指世代做官的人家。
③棠棣，指兄弟，棠棣联辉形容兄弟都很出色。典出《诗经·小雅·鹿

鸣之什·棠棣》："棠棣之华，鄂不韡韡。凡今之人，莫如兄弟。"汪
德耀之弟汪德昭（1905～1998 年），是中国著名物理学家、大气电学
家、中国水声事业的奠基人、中国科学院资深院士。

④对自然、社会、人文都有精深的研究。语从自司马迁《报任少卿书》
以下一语化出："亦欲以究天人之际，通古今之变，成一家之言。"

人生偶感（五首）

（一）

不炼金丹不学禅，浮生似梦惜华年。

尘寰①未有长生策，行乐及时即是仙。

①尘寰，亦作"尘阛"，代指人世间。语出唐权德舆《送李城门罢官归
嵩阳》诗："归去尘寰外，春山桂树丛。"

（二）

人到无求品位高，痴痴为利总徒劳。

世间只有诗书好，腹里有它气自豪。

（三）

人生百岁太匆匆，过得情关是杰雄。

薄幸风流无定论，是非只付笑谈中。

（四）

人生如戏戏人生，真戏真人洽物情。

最怕矫揉多作态，非人非戏博嘘声。

（五）

朋侪①交谊贵真知，管鲍②纯情最可师。
趋炎附势诚可鄙，求荣卖友更堪悲。

①朋侪（péng chái），朋友辈。南朝梁陆倕《为息缵谢敕赐朝服启》："姻族移听，朋侪改瞩。"
②春秋时齐人管仲和鲍叔牙相知最深，后常以管鲍或管鲍之交比喻交情深厚的朋友。典出《列子·力命》："生我者父母，知我者鲍子也。此世称管鲍善交也。"

欧游（八首）

罗马市

罗马文明世所珍，艺文律法独精醇。
承先启后光寰宇，古迹偏多最可人。

翡冷翠（佛罗伦萨）

人文荟萃久扬名，三杰①钟灵诞此城。
大卫英风垂典范②，千秋景仰有余情。

①14～16世纪意大利文艺复兴时期三位杰出艺术家列奥纳多·达·芬奇、米开朗基罗和拉斐尔被誉为"美术三杰"，或"文艺复兴后三杰"。三杰皆生长于佛罗伦萨，其中达·芬奇最大的成就是绘画，他的杰作《蒙娜丽莎》《最后的晚餐》《岩间圣母》等作品，体现了他精湛的艺术造诣。同时他还是思想深邃、学识渊博、多才多艺的天文学家、发明家、建筑工程师，擅长雕刻、音乐、发明、建筑，通晓数

学、生理学、物理学、天文、地质等学科；米开朗基罗是画家、雕塑家、建筑师和诗人，是文艺复兴时期雕塑艺术最高峰的代表；拉斐尔是三杰中最年轻的一位，他的作品博采众家之长，形成了自己独特的风格，是手法主义的代表人物，也代表了当时人们最崇尚的审美趣味，成为后世古典主义者不可企及的典范，其代表作有油画《西斯廷圣母》、壁画《雅典学院》等。作者自注以为三杰是达·芬奇、米开朗基罗和但丁，有误。但丁、彼特拉克、薄伽丘是文艺复兴的先驱者，被称为"文坛三杰"，或"文艺复兴前三杰"。

② 大卫是古以色列国第二代国王，他建立了统一而强盛的以色列国，对犹太民族和世界都产生了影响。《大卫》雕像是文艺复兴时期雕塑巨匠米开朗基罗的代表作，创作于 16 世纪初，被视为西方美术史上最优秀的男性人体雕像之一。它以完全的裸体表现传说中犹太少年英雄大卫战胜敌人哥利亚的故事。大卫体态壮伟，有坚如钢铁之意，矗立于佛罗伦萨，寓意力抗强权、捍卫佛罗伦萨人民，具有显明的政治意义。作者自注称大卫是"佛罗伦萨之象征人物"，亦有小误。大卫不是佛罗伦萨人，是以色列人。

威尼斯

水都应数威尼斯，瀛海仙洲远近知。
河上轻舟哥曼妙，风情宜画亦宜诗。

瑞士

水绿山青净雾烟，街衢宽洁室庐妍。
行人相遇多微笑，浊世仙乡在眼前。

等卢森堡铁力士山

缆车直达最高峰，左右东西景不同。
白雪苍林相掩映，游人欢跃舞春风。

巴黎市

巴黎自古是名区，华屋繁花似画图。

更有名姝兼美酒，何人到此不欢娱。

红磨坊观舞

列车电掣到花都^①，别具胜情异国无。

红磨坊^②中声色艳，不虞人世有蓬壶^③。

①巴黎素有花都之誉。

②红磨坊是巴黎的一家夜总会，以表演艳歌艳舞闻名。表演者衣着比较
暴露，但没有色情和淫秽之感，却给人以艺术的享受。

③即蓬莱，古代传说中的海中仙山。晋王嘉《拾遗记·高辛》："三壶，
则海中三山也。一曰方壶，则方丈也；二曰蓬壶，则蓬莱也；三曰瀛
壶，则瀛洲也。形如壶器。"唐沈亚之《题海榴树呈八叔大人》诗：
"曾在蓬壶伴众仙，文章枝叶五云边。"

夜游塞纳河^①

景色瑰奇塞纳河，浓阴夹岸画船多。

金风飒爽凉如水，瑞璨华灯映碧波。

①塞纳河是法国北部大河，全长 780 公里，包括支流在内的流域总面积
为 78700 平方公里。它是欧洲有历史意义的大河之一，流经的巴黎盆
地是法国最富饶的农业地区。塞纳河从盆地东南流向西北，到盆地中
部平坦地区，流速减缓，形成曲河，穿过巴黎市中心。巴黎就是在塞
纳河城岛及其两岸逐步发展起来的。巴黎市沿塞纳河十多公里都是石
砌码头和宽阔的堤岸，有 30 多座精美的桥梁横跨河上，高楼大厦排
列于两岸，倒影入水，景色十分美丽壮观。

游上杭紫金山^①

层峦耸翠水潺潺，庙宇辉煌瑞霭间。
龙井峻崇宜俯瞰，旖旎烟景满春山。

①作者原注：紫金山为上杭名山，与武平梁野山齐名，系佛教圣地，风
　景瑰丽。该山名胜有南天门、桃源洞、中峰、五龙寺、麒麟殿（上
　殿）、龙井等。余于1944年任教川坊培英小学，春假曾率诸生一游。
　注者按：川坊即今武东镇川坊村，毗邻上杭，紫金山在其东北约10
　公里。

答刘泰隆^①兄

神交数载感知音，一面缘悭更慕钦^②。
新学探寻推巨擘^③，奇文典雅羡儒林^④。
如椽大笔匡颓俗，似雪清操惬素心。
剪烛西窗^⑤期未远，明时还共励丹忱^⑥。

①刘泰隆，见刘泰隆诗作者简介。
②神交，指精神上的交往，因慕名而在不知不觉中把对方当朋友。一面
　缘悭：指想见上一面，但总差那么一点缘分，没有见上。
③巨擘（bò）：比喻杰出人物；在某一方面居于首位的人物。新学探寻
　指刘泰隆研究现代文学特别是鲁迅文艺思想。
④刘泰隆著有《鲁迅研究》、《朱自清作品欣赏》（合作）、《赵树理短
　篇小说欣赏》（合作）等著作和论文，获得荣誉，在文化、学术界受
　到好评。
⑤在西窗下秉烛夜谈，边谈边剪掉蜡烛多余的烛芯。原指思念远方妻

子，盼望相聚夜语。后泛指亲友聚谈。典出唐李商隐《夜雨寄北》
诗："何当共剪西窗烛，却话巴山夜雨时。"
⑥明时，指政治清明的时代。三国魏曹植《求自试表》："志欲自效于
明时，立功于圣世。"丹忱，赤诚的心。宋赵令畤《侯鲭录》卷五：
"则当骨化形销，丹忱不泯，因风委露，犹托清尘。"这句的意思是，
我们遇到了好时代，还要互相激励，保持良好的精神状态，增进彼此
纯洁的友谊。

黄卓文（1926～1995 年），原名刘凤和，武平县永平镇人。三岁丧
父，七岁随母亲逃荒粤东，被辗转卖至龙川县黄家，改今名。1949 年
后成为国家干部，但在历次运动中蒙冤受整，历尽艰辛。1978 年调回
武平工作，先后在县公交办公室、县政府办公室任职。晚年任新编《武
平县志》总编。好吟咏，有诗词集《晚霞红》《晚霞红续集》。其诗押
韵未严格遵从平水韵，但大体合于中华书局整理出版的《诗韵新编》
十八部韵。

游鼎湖山①

九月与路东材君出席《南方日报》通讯员表彰会，会后应高要县
新闻秘书邀请到肇庆游览。

游罢星岩②兴未阑，驱车直上鼎湖山③。
树深苔软长阶滑，烛冷香残古庙寒。
珠水④喧腾银翅展，沙田⑤平坦金波翻。
天公有意随人愿，胜景新晴最好看。

1962 年

①原题《游七星岩》三首，此其一。根据内容改今题。

②即肇庆七星岩，位于肇庆市区北约 2 公里处，景区由五湖、六岗、七
　岩、八洞组成，面积 8.23 平方公里，湖中有山，山中有洞，洞中有
　河。七星岩以喀斯特岩溶地貌的岩峰、湖泊景观为主要特色，七座排
　列如北斗七星的石灰岩岩峰巧布在面积达 6.3 平方公里的湖面上，所
　以取名为七星岩。20 余公里长的湖堤把湖面分割成五大湖，风光旖
　旎，被誉为"人间仙境""岭南第一奇观"。国家级文物保护单位七
　星岩摩崖石刻是中国南部保存得最多最集中的摩崖石刻群。

③鼎湖山距肇庆城区东北 18 公里，北回归线穿山而过，被中外学者誉
　为"北回归线上的绿宝石"，与丹霞山、罗浮山、西樵山合称为广东
　省四大名山。公元 676 年，惠能高僧的弟子智常禅师在鼎湖山西南之
　顶老鼎建白云寺。此后，高僧云集这里，环山建起三十六招提。明崇
　祯六年（1633 年），莲花峰上新建起莲花庵，第二年高僧栖壑和尚入
　山住持，重建山门，改莲花庵为庆云寺。到了清代，庆云寺规模越来
　越大，鼎湖山因而成为岭南四大名山之首。

④珠水，即珠江，流到肇庆的是珠江支流西江。

⑤沙田是在珠江及其支流的三角洲地带，由于人工围垦、河口堆积而形
　成的一种耕地，属于鱼稻共生生态系统。

武北纪胜　当风岭①

　　轻车连拐廿三弯，俯首临窗心胆寒。
　　北麓藜②松披白雪，南坡桃李抖红颜。
　　崖头尚见钢钎迹③，草薮犹存土灶盘④。
　　多少晶莹铺路石，始将绝壁化雄关。

①万安镇与永平镇之界山，为武平北区到县城必经之路，陡峭险峻，昔
　日土匪丛生，盘踞山中。

②藜，一年生草本植物，茎坚硬，可做拐杖，称藜杖。

③修路工用钢钎凿石留下的痕迹。

④修路工在此施工时埋下的简陋灶台。

梁山①四季吟

（一）

叠嶂连绵春意浓，长藤短草笑东风。

浅青淡碧新妆好，处处杜鹃照眼红。

（二）

雾罩云遮梅雨蒙，奇峰险谷有无中。

浓眉雅髻长裙碧，朝挂青丝昼映虹。

（三）

气爽天高耸碧空，枫林似火满腮红。

娇姿迷醉攀高客，月上危崖未下峰。

（四）

万仞雄峰冰雪封，白头犹恋夕阳红。

银钗玉坠②凌空笑，无限风光素裹中。

①梁山：即梁野山。

②形容冰挂。

杜鹃花

荆丛草薮自相安，厉雪严霜只等闲。

除却春风无所恋，年年浓艳照人间。

文娱活动小咏（九首选一）

武平平川镇文娱活动多彩多姿，试用七绝记录之。

舞船灯①

轻摇桂棹浓清波，弦醉琴酣箫鼓和。

无限春光无限意，满船捷报满船歌。

①舞船灯是一种汉族民俗舞蹈，属于客家民间创作的传统文艺节目。虽
然名带船字，但并不在水里表演，而是在陆地上，所以又叫旱地船
灯。舞船灯所用之船，一般用竹、木制作，灯架长7尺左右，高约5
尺，外面用色纸、花布，扎成花鸟虫鱼等装饰。这种歌舞在闽西山区
武平、长汀、上杭、永定、连城等客家聚集的地方活跃不衰，以此表
达"庆丰收、乐太平、度佳节"之喜庆心情。

咏物二题

蝉

餐霖醉露不知愁，咏柳讴花任自由。

每到黄昏歌更哳，一生无日不风流。

野葛

牵藤拉蔓攀高树，带水拖泥铺浅溪。

赢得花开身已老，风流悔在晚秋时。

访小池①

云中闻吠犬，溪尽见山村。

花落红铺瓦，树深绿掩门。

鸣蝉噪白昼，倦鸟报黄昏。

长夏不知暑，野香入夜闻。

①小池，即今龙岩市新罗区（旧龙岩县）小池镇。

登福州鼓山①

灵泉清冽照苍颜，石鼓无声抱佛龛②。

喝水岩前临旧刻③，朱公亭④外数归帆。

松涛断续传欢笑，寺院幽深寄怨烦。

敢向名山轻问讯，台湾骨肉几时还？

①鼓山位于福州市东郊、闽江北岸，离市中心区约8公里，是福州市最
　著名的风景区。鼓山并不算高，最高峰海拔925米，但是山上胜迹众
　多，林壑幽美，引人入胜。其山形如石鼓，故名。
②指鼓山涌泉寺。此寺号称"闽刹之冠"，是全国重点寺庙之一。寺
　建在海拔455米的鼓山山腰，前为香炉峰，后倚白云峰，有"进山
　不见寺，进寺不见山"的奇特建筑格局。始建于后梁开平二年
　（908年），明代曾两次毁于火，明天启七年（1627年）重建，清

顺治、康熙年间又几次扩建。现存寺院格局和建筑物多为明、清两代所遗。

③喝水岩见王仲焜《游福州鼓山》诗注2。喝水岩前摩崖石刻众多，单宋代的题刻就达109处，包括蔡襄、朱熹等名人旧刻。

④应指喝水岩石壁上的亭子。喝水岩石壁上有朱熹所书"寿"字，楷书，字径高4米，宽3米多，是福建省最大的古代摩崖石刻之一。郭沫若1962年游鼓山题诗："节届重阳日，我来访涌泉。清风鸣地籁，凝雨湿山川。浮岭多松柏，依岩有杜鹃。考亭遗址在，人迹却萧然。"朱熹建有考亭书院，其学派称为考亭学派。所谓"考亭遗址"即朱熹遗址，也就是这一"寿"字摩崖石刻。

病愁（二首选一）

连天霹雳我岿然，笑对阎王冷对仙。
顽疾缠身思振作，瘟神逼命不悲观。
化疗药治未言苦，剖腹开膛只等闲[①]。
自古抗癌皆恶战，沙场休问几人还[②]。

①作者1989年1月确诊为肝癌，先后作了两次肝切除手术。
②唐王翰《凉州词》："葡萄美酒夜光杯，欲饮琵琶马上催。醉卧沙场君莫笑，古来征战几人回？"

重上冠豸山

结伴石门[①]泛小舟，俨然人在画中游。
数峰倒影船头挂，万壑横空眼底收。
穿径攀亲会五妹，扶崖觅趣戏金猴[②]。
身临绝顶三千尺，纵目连城十里楼。

①指冠豸山石门湖，坐落于冠豸山东南，面积 400 多亩，如一块翡翠，镶嵌在冠豸山的险峰奇谷中，四周环山，旧时连城八景之一"石门宿云"即指此。

②五妹、金猴，应指环湖山峰中形象像女子、猴子的山石。

梁野山鼓子石

头承星斗面南天，厉雪严霜只等闲。

姿态不随世俗转，年年笑口向人间。

禁火叹

　　本世纪（注者按：20 世纪）1917 年、1936 年、1955 年有过的霜降叠重阳今年又出现，武平部分农村谣传此日用火惹灾，一时闹得沸沸扬扬。

又逢霜降叠重阳①，平地骤生迷信狂。

远近人家多禁火，高低楼院尽无光。

荧屏顿息霓裳舞，餐桌不闻饭菜香。

揽月邀空成现实，斯民愚昧足忧伤。②

①霜降叠重阳，即霜降日与重阳节同一天，这种现象一般 19 年偶尔或 38 年一遇，因农历"十九年七闰"，故均出现于农历闰年（如诗序所言 1917、1936、1955 年）。1955 年之后再次出现于 1993 年，故本诗应作于此年。最近一次出现于 2012 年。中国民间如客家地区有"霜降叠重阳，十家烧火九家亡"之说。据说古时，霜降、重阳是天上两员猛将，一日相斗，战至人间。重阳不敌，躲进人间一户人家灶内，其性属火，安然无恙。霜降性为水，无法入灶捉拿重阳，遂将人家烟

囱全部堵上，逼重阳出来再战。烟囱被堵，浓烟不散，房屋着火，烧火做饭之人被熏烧而死者，不计其数。故有"霜降叠重阳，十家烧火九家亡"之说，或含避免"水火不容""水火相冲"蕴意。

② 末联意思是，当今科技发达文化昌明，飞船登月遨游太空成为现实，然而还有不少人这么愚昧，令人忧伤。

惠州怀旧（三首选一）

为访东坡过柳堤，朝云冢①上草萋萋。

瘴乡②今日人皆富，尽可从容啖荔枝。③

① 北宋绍圣元年（1094）苏东坡贬谪惠州，曾作《荔枝叹》诗。侍妾朝云病死惠州，葬于西湖孤山。

② 晚至唐宋，岭南开发程度还很低，莽莽森林中疾疫流行，称为瘴疠，中原士人视岭南为畏途，称为瘴乡。韩愈《左迁至蓝关示侄孙湘》："一封朝奏九重天，夕贬潮州路八千。欲为圣明除弊事，肯将衰朽惜残年！云横秦岭家何在？雪拥蓝关马不前。知汝远来应有意，好收吾骨瘴江边。"

③ 苏东坡在惠州，有两首关于荔枝的诗篇。一首是《荔枝叹》："十里一置飞尘灰，五里一堠兵火催。颠坑仆谷相枕藉，知是荔枝龙眼来。飞车跨山鹘横海，风枝露叶如新采。宫中美人一破颜，惊尘贱血流千载。……"针对荔枝荣列朝廷贡品，反成为百姓之大祸害，而加以讽谏。说明当时荔枝还不是细民百姓可以随便享用的奢侈品。另一首是《食荔枝》："罗浮山下四时春，卢橘杨梅次第新。日啖荔枝三百颗，不辞长作岭南人。"反映他对荔枝的喜爱，以及随遇而安的乐观精神。现在人民生活提高，惠州荔枝普及而丰收，所以说"尽可从容啖荔枝"。

七十自寿

少时境遇怕重提，喜获温馨身老时。

半世升沉留悔悟，满襄风雨任东西①。

常将勤奋换欢悦，偶写诗词寄溦痴。

灾逼病磨人尚在，仰天一笑祝古稀。

①苏东坡《定风波》词："莫听穿林打叶声，何妨吟啸且徐行。竹杖芒鞋轻胜马，谁怕？一蓑烟雨任平生。料峭春风吹酒醒，微冷，山头斜照却相迎。回首向来萧瑟处，归去，也无风雨也无晴。"这里化用苏东坡词句，暗寓效法东坡坚韧乐观精神之意。

春归梁野

梁野山海拔 1538 米，为武平第一高峰。

一嶂冲天绿万重，奇崖险谷半朦胧①。

雉鸣浅草声声脆，花发疏林点点红。

眼底新楼歌晚日，岭头古树醉春风。

不知城里消闲客，明日几人攀顶峰。

①常时梁野山云遮雾绕，很难看到清晰山容。

刘泰隆（1927~2004 年），笔名兴无、太龙。武平县中堡镇人。20世纪 50 年代初中期先后毕业于福建师范学院中文系（本科）、上海华东师范大学中文系（研究生）。曾任武平县小学、中学教员，研究生毕业后历任广西师范大学助教、讲师、副教授、教授、硕士研究生导师，广西师范大学中国语言文学研究所所长。

祝广西师范大学七十华诞^①

秀峰书社亘千秋^②，八桂^③文人意志遒。

北伐元戎^④抒壮志，抗倭劲旅赴同仇^⑤。

栽桃培李万山遍，化雨春风四海稠。

七秩寿辰频致意，攀登更上一层楼。

① 录自台北武平会刊《乡音》第26期，第134~136页，2003年元月出版。

② 秀峰，即独秀峰，位于桂林市中心的原靖江王城内，今属广西师范大学王城校区。孤峰突起，陡峭高峻，有"南天一柱"之称。山东麓有南朝宋时文学家颜延元读书岩，为桂林最古老的名人胜迹。桂林秀峰书院建于叠彩山与独秀峰之间，是桂林四大书院之一。清光绪二十八年（1902年）朝廷令各省裁书院立学堂，巡抚丁振铎改之为育才馆，旋并入广西大学堂，院产归大学堂。现为广西师范大学一部分。

③ 八桂，即指广西壮族自治区。《山海经·海内南经》："桂林八树，在贲隅西。"晋郭璞注："八树而成林，言其大也。贲隅，今番隅县。"

④ 指参加北伐屡建战功的桂系将领李宗仁、白崇禧。李宗仁字德邻，广西桂林人（1891~1969年），1925年7月，联合黄绍竑、白崇禧统一广西。1926年7月，国民革命军出师北伐，李宗仁历任第七军军长，中路军兼左路军总指挥，第四集团军总司令，率部转战湘、鄂、赣、皖、苏，屡克顽敌，被誉为"钢军"。白崇禧（1893~1966年），字健生，广西桂林人，与李宗仁合称"李白"，两人多年一路合作无间，最初一同加入孙中山在广州的革命阵营，又联手驱逐广西的旧军阀。北伐战争时，率广西军队攻至山海关。

⑤ 李宗仁、白崇禧领导的桂系军队积极参加抗日战争，被称为最凶猛的抗日军队。

后　记

　　武平建邑于北宋初，僻远险阻，向称岩邑。然建邑之初即有高僧郑自严开山于邑南狮岩，传播佛法，收拾人心，号称定光古佛，影响深远，乃至享誉九重庙堂，化及名公巨卿。古佛且以偈为诗，开武平文学史先河。对于古佛的佛法和惠泽，中朝名士如黄庭坚，莅汀莅武官宦如郭祥正、李纲等皆有诗赞之。武平之文脉由此发轫，南宋以降，代有诗作，虽进展有迟有速，然不绝如缕，于武平之文教，大有造焉。

　　本届武平县领导，于武平古今文化传承，极为重视，策划推出《梁野文库》，大力彰显武平文教的方方面面。其中选题有《武平古今诗词选注》一种，乃邑中贤达李坦生先生提出，且已先行搜集诗作加简注约三万字。后来有关方面认为应扩大收罗面，且加注释，坦生先生年事已高，无力承担，乃征召鄙人任其劳。予虽少小离家，而乡音无改，桑梓情怀，未尝稍替。且先大父谢伯镕先生曾协纂民国《武平县志》，此次为乡邦编撰并笺注古今诗词，正乃绳其祖武、反哺桑梓之举，可谓责无旁贷。然予眼下尚有多个国家课题在手，必须兼顾，不能全力以赴投入诗注工作，为了不影响工作进度，乃邀请邹文清君襄助此举。文清世居汀南，与武北隔江相望、鸡犬相闻，且究心乡邦文献有年，于古籍整理、校订颇有积累。闻予之招，欣然愿往，热情甚高。

　　2017 年 6 月 9 日，由武平县文联牵头，邀集宣传部、文联相关人士谢天荣、陈柏平、郑启荣、林永芳等及编注者谢、李、邹三人，商定编撰方针。要旨有二：一是扩大搜采范围，上穷碧落下黄泉，凡古代歌咏武平的诗词，务求一网打尽，不留遗珠，现代武平人的诗词，则择其精华，宁缺毋滥；二是对作者生平，要尽量考出，对诗词的写作背景及所涉及的典故，乃至一些比较艰深难懂的词义，应作简明的笺注，以钱仲联《人境庐诗草笺注》为样板，效其体例，也力争达到其力度。

方针既定，谢、邹两人乃黾勉从事。在搜采方面，以清康熙《武平县志》、民国《武平县志》这两部记载武平诗作较多的方志为基础，旁搜博求，钩沉辑佚。比如宋诗，就从《临汀志》、王象之《舆地纪胜》、沈辽《云巢编》、黄庭坚《山谷集》、惠洪《石门文字禅》、郭祥正《青山集》、李纲《梁溪集》、今编《全宋诗》等补充了一批诗作。又从元代刘将孙《养吾斋集》觅得《南安岩》《狮子山》诸诗，填补了武平文献有关元诗的千年空缺，弥足珍贵。又比如，明末陈际泰，为"江西四家"之一，其祖父流寓武平象洞，本人生于象洞，母、妻皆为当地民女，实为武平县人。此次从其《已吾集》辑出《罗甥彦深归武平》等五首诗作，使后人得以一窥这位临川才子"不忘生长所自"的武平深情。再比如，清道光间武平才女王友楣的诗，先大父谢伯镕曾将其编入民国《武平县志·列女传》，惜已佚失。我们从丘复《南武赘谭》《新杭川风雅集》辑出王友楣诗十一首，弥补了武平现存旧文献无一女史之作的千年缺憾。在笺注方面，我们不但力求诗词的第一手资料，可能情况下还直采著作的原刻本（如钟孚吉《皆山诗钞》等），并广搜不同版本，互相参核，订正错讹，尽最大可能保证诗句文字的精准无误。在此基础上对诗词中的用典、用事作了谨严笺注。为便于当代一般文化水平的读者阅读，某些诗注采用了详注方式，凡作者生平及诗文所涉古词、山川、地名、人物、事件、制度、用典等等，均详加考订，尽量说明。至于当代诗作，则往往采取直接采访诗作者后裔或友朋的方式，千方百计，不厌其烦，不得真相，决不罢休。两位笺注者合作无间，邹文清每笺注完一诗人之作，即发给我斟酌推敲，订正完善。搜采与笺注历时近一年，初稿完成打出清样后又校补修订半年多，其中甘苦，实不足为外人道。仅管如此，限于水平和条件，肯定仍有不足之处，尚祈广大读者批评指正。

兹编所录，计有历代诗作者75人，其中两宋11人、元代1人、明代 19 人、清代 27 人、现当代 17 人；所录诗词 514 首。纵观全篇，大致可以清代为分界。宋、元、明三代直至清初，诗人几乎全为外籍，或出仕官宦、按临大吏，或过往文人墨客，所咏题材集中于南安岩、定光佛、"武平八景"，最著者有宋之李纲、明之王守仁，实为邑乘增光。明末，始有本土诗人陈际泰（寓贤）、赖崧留有诗作。清代以降，武平本籍诗人渐为主体，所咏题材广泛，或邑中风物、他方异景，或探幽览胜、吊古寄怀，或羁旅愁思、友朋酬唱，或咏物言志、感怀时事，林林总总，尽入诗中。此中，自闽迁蜀六世的戊戌志士刘光第，只身离京，泛海南归武平祖居地，盘桓数月，缱绻难舍，可谓赤子情深，感天动地！而此际与武平结下诗文胜缘者，则又有长汀黎士弘、镇平（今蕉岭）丘逢甲、上杭丘复等人。纪事咏物，抒情言志，文心存焉。职此之故，在一定程度上，可以说这部《诗注》，其实是千年武平的一部缩微文学史、山川史、社会史，更是一部幽深的心灵史！

　　本书编撰过程中，中共武平县委书记陈厦生高屋建瓴，给予正确指导。县委宣传部诸领导也大力协调，林永芳女史做了很多具体工作，给予我们很多支持。邑中才俊张添良君，曾协助李坦生先生做了搜罗、誊录工作。著名历史学家、中国社会科学院历史研究所研究员张弓学长拨冗为本书作序，大光篇幅。在此一并致以衷心谢忱！

　　初稿完成，回顾一路过来的欢欣喜乐与困顿劳苦，感慨系之，乃赋得一律抒怀，题为《自题〈武平古今诗词选注〉》：

> 武平文脉邈而远，名宦先贤诗赋传。
>
> 片羽吉光存断简，鲁鱼亥豕混残编。
>
> 黄泉碧落求之遍，继晷焚膏作郑笺。
>
> 一册稿成须纵酒，画眉深浅听诸天。

谢重光

戊戌年菊月于榕城兰韵斋

图书在版编目（CIP）数据

武平古今诗词选注／陈厦生主编． -- 北京：社会
科学文献出版社，2019.10
（梁野文库）
ISBN 978 - 7 - 5201 - 5188 - 7

Ⅰ．①武…　Ⅱ．①陈…　Ⅲ．①诗词 - 注释 - 中国
Ⅳ．①I22

中国版本图书馆 CIP 数据核字（2019）第 142506 号

· 梁野文库 ·

武平古今诗词选注

主　　编／陈厦生
选　　注／谢重光　邹文清

出 版 人／谢寿光
责任编辑／张倩郢

出　　版／社会科学文献出版社·学术资源建设办公室（010）59367113
　　　　　地址：北京市北三环中路甲29号院华龙大厦　邮编：100029
　　　　　网址：www. ssap. com. cn
发　　行／市场营销中心（010）59367081　59367083
印　　装／三河市尚艺印装有限公司

规　　格／开　本：787mm × 1092mm　1/16
　　　　　印　张：31.5　字　数：445 千字
版　　次／2019 年 10 月第 1 版　2019 年 10 月第 1 次印刷
书　　号／ISBN 978 - 7 - 5201 - 5188 - 7
定　　价／128.00 元